Bernd Hertling

Habichte über Karthago

Meiner Frau Susanne gewidmet

Bernd Hertling

Habichte über Karthago

VERLAG PHILIPP VON ZABERN

„Die Leistungen der Menschen kann man erst richtig beurteilen, beachtet man die Schwierigkeiten, unter welchen sie sich mühen.“

Gaius Iulius Caesar

In Erwartung der Flut

430 A. D.

Bonifacius, ein untersetzter Mittfünfziger, in dessen sinnenfrohem, rotgeädertem Gcesicht auch Durststrecken ihre gekerbten Spuren hinterlassen hatten, befand sich in einer wenig beneidenswerten Situation. Der *comes Africae* ballte die behaarte Faust. Klobiger Goldschmuck zierte seine breiten Finger. Sein Rang des Generalissimus Africas war gegenwärtig nichts als ein wohlklingender, leerer Titel. „Der Pavian", wie ihn seine Freunde und Feinde gleichermaßen nannten, ein kaum zu übertreffender Meister der Intrige, schlug Rivalen lieber schon so aus dem Felde, ehe er sich ihnen auf demselben zum Kampf hätte stellen müssen. Mehr als einmal schon hatte er sich dafür verflucht. Hätte er nur niemals diesen vermaledeiten Brief geschrieben!

Nun erwuchs aus seinem privaten Notstand dem ganzen Land die ärgste Krise, seitdem die Römer ihr Imperium auf Africa ausgedehnt hatten. Nur großer Mühe und vielen Briefen hatte er es zu verdanken, dass Galla Placidia ihn in seinem Kommando über die africanischen Provinzen bestätigt hatte, allen Intrigen seines Rivalen zu Trotz. Dieser nichtsnutzige Illyrer Aëtius hatte doch tatsächlich von Untreue, Illoyalität, ja Verrat des *comes Africae* gesprochen. Das Amnestieschreiben, das Bonifacius nun in den Händen hielt und das ihn des uneingeschränkten Vertrauens der Kaiserin und ihres Mitregenten versicherte, war wohl moralisch betrachtet eine Siegerpalme, doch die dringend benötigten Hilfstruppen zauberte es nicht herbei. Da saß er nun in der alten Residenzstadt der Nubierkönige, Hippo Regius, und verfolgte mit ohnmächtiger Wut das sich in seinen Provinzen anbahnende Desaster. Seine Goten und die wenigen Marusier, die ihm als reguläre Truppen die Treue gehalten hatten, waren gegen das, was da heranzog, machtlos. Die vandalischen und alanischen Massen, die wie eine Flutwelle durch die Wadis schwappten, ließen sich nicht mehr stoppen.

Diese Flut aus Mensch und Tier wurde durch die alte römische Versorgungsstraße über Tingis, Volubilis und Thagaste geradewegs auf die reiche, fruchtbare Region um die Hauptstadt Karthago hingeleitet. Die breite, wohlerhaltene Piste erleichterte dem Tross aus Ochsenwagen, Eselskarren und Maultiergespannen, die alle Habe der beuteschweren Sippen fassten, das Vorwärtskommen auf dem neuen Kontinent erheblich.

Die Sonne sog den Kriegern des Comes die Lebenskraft förmlich aus den Leibern. Mit vor Trockenheit roten Augen bespähte man die Invasoren und ging größeren Kampfhandlungen tunlichst aus dem Weg. Auch die Eindringlinge waren nun, kurz vor Erreichen ihres lang verfolgten Zieles, immer weniger dazu bereit, ihr Leben aufs Spiel zu setzen.

Bonifacius pickte sich gedankenverloren ein paar getrocknete Weintrauben aus einer einsamen Schale vom Tisch. Für die afrikanische Weinlese wäre es jetzt höchste Zeit, ließ er seine Gedanken vom Gaumen zum Gegenständlichen hin leiten, aber der Wein dieses Jahres würde – wenn überhaupt – in den Kellern der Barbaren reifen. In Fachkreisen war der zu erwartende Jahrgang als ein besonders feiner Tropfen gehandelt worden, und nun würden ihn diese Wilden wie gewöhnlichen Landwein und obendrein ungemischt literweise in sich hineinschütten. Er schüttelte sich ob des Gedankens. Sein Blick wanderte über die grünen Weinberge im Hinterland, um sich dann auf die gespenstisch stille Ebene vor der Stadt zu konzentrieren. Mit zusammengekniffenen Lidern spähte er vergeblich nach einem Lebenszeichen in den Stellungen der Vandalen. Trotz seiner geringen Mannschaftsstärke war er in der taktisch günstigeren Position, doch wäre er der Letzte gewesen, in dieser Situation sein Schicksal dem launischen Schlachtenglück anzuvertrauen. Mit großer Genugtuung hatte er festgestellt, dass der Feind auch nach dreimonatiger Umzingelung der Stadt noch keine Belagerung im klassischen Sinne zuwege gebracht hatte. Die Vandalen waren mit leichtem Gepäck gekommen, ohne Rammböcke, Ballisten und Sturmtürme. Ihr Befehlshaber an dieser Front war ein Meister der Tarnung, so verzichteten seine Männer auf ihre bunten Kriegsmäntel und hüllten sich in farblose Stoffe, Helme erhielten Lederkapuzen, Speerspitzen staken in Scheiden, Panzer und Harnische trug man unter den Wämsern, um zu verhindern, dass die Sonne sie verriet. Kein Blinken, kein Blitzen war in der dürren Ebene zu sehen, und doch war das Vorfeld um die Stadt gesät mit tausendfachem Tod und Mord in Gestalt der farblosen Masse der Krieger. Nur der Staub, den gelegentlich losgeschickte Meldereiter aufwirbelten, zeugte von der Präsenz einer Armee. Nachts war die Ebene übersät mit Feuern, so weit das Auge reichte – doch nicht jedes war besetzt. Der Belagerer gaukelte dem

Verteidiger der Stadt die Anwesenheit einer etwa doppelt so starken Armee vor, um Bonifacius von eventuellen Ausfällen abzuschrecken. Inzwischen schuf der Vandalenkönig Tatsachen, indem er das weite Land mit seinen ausgedehnten Latifundien besetzte.

Was sich da unter den Augen des ohnmächtigen Comes vollzog, war kein simpler Strandhieb, sondern Landnahme und zugleich soziale Revolution im großen Stil. Die Invasoren, das war unübersehbar, kamen nicht als Piraten oder Diebe, Geiserich führte seinen Krieg nur gegen die römische Oberschicht und den besitzenden katholischen Klerus. Auch dem Comes war allmählich klar geworden, dass Geiserichs Vandalen kein groß angelegtes Mordbrennen inszenierten. Ihre Absicht lag vielmehr darin, sich häuslich niederzulassen und ihre künftigen Wohnstätten möglichst unbeschädigt in die Hand zu bekommen. Geiserich verschonte das gemeine Volk und verbot das Niederbrennen von Gehöften. Durch Enteignung und Vertreibung der Besitzenden einerseits und mit der Befreiung der rechtlosen Ureinwohner andererseits stellte er die gewohnten Verhältnisse auf den Kopf. Wer gestern noch Herr war, fristete heute als Sklave sein ärmliches Dasein auf seinen vormaligen Besitztümern und durfte noch froh sein, wenigstens das Leben gerettet zu haben. Auf den Latifundien, wo zahlreiche Sklaven arbeiteten, hatte stets die Peitsche vor dem Zuckerbrot Vorrang gehabt. Die Vandalen, die sich an den besitzlosen Landarbeitern nicht vergriffen, sahen meist nur zu, wie die nun Befreiten an ihren Peinigern von gestern, ihrer grenzenlosen Wut freien Lauf lassend, fürchterliche Exempel statuierten. Das über lange Zeit hinweg gedrückte Selbstbewusstsein der Marusier entlud sich nun als Gewaltorgie.

Vom ständigen Frieden verwöhnt, hatten neben dem Kampfgeist der africanischen Römer auch die Befestigungen, die ohnehin nur sehr sporadisch angelegt worden waren, gelitten. Schließlich galt noch immer das Ummauerungsverbot für africanische Städte, ein Relikt aus der frühen Kaiserzeit, so dass Bonifacius' Goten und Marusier trotz pausenloser Schufterei Hippo Regius nur sehr provisorisch zur Verteidigung bereit machen konnten. Bestimmte Häuserzeilen waren zur Stadtbegrenzung erklärt worden, andere abgerissen, so dass am Ende eine schiere Beleidigung des Begriffs „Stadtmauer“ die Stadt umschloss. Die „Perle Numidiens“, wie Hippo gerne von reisenden Römern genannt worden war, war von derber Hand in die unansehnliche Muschel geschoben worden.

Die außerordentliche Fruchtbarkeit jenes breiten Landstrichs um Karthago und das Küstengebiet zwischen der Syrte, der Grenze zu Libyen und den Säulen des Herakles war die Grundlage für den Reichtum der Provinz und ihres Herrn, des römischen Kaisers. Äußere Feinde fürchtete Rom in diesem idyllischen Garten am Rande der Oikumene nicht. Um die Verwaltung effektiver zu gestalten, hatte Diocletian das Reich in eine westliche lateinische und eine östliche griechische Hemisphäre getrennt. Nun gab es zwei Kaiser und zwei Hauptstädte. Wurde Konstantinopel von Ägypten aus versorgt, so Westrom aus Africa. Wer dieser Provinz vorstand, hielt die römische Wölfin an der Kette.

Africa, das die Hellenen Libya nannten, stand vormals für Sicherheit, ruhiges Leben, Behaglichkeit und Überfluss. Als in Pannonien die Zeichen auf Sturm standen, die Donaugrenze über ihre gesamte Länge einbrach, römische Kaiser höchstpersönlich gegen die Barbaren in die Schlacht zogen und fielen, herrschte in Africa tiefster Friede. Nur eine Generation später, Britannien, Gallien und Hispanien gingen zum Großteil an die Barbaren verloren und der rätische Limes hielt nur unter Aufbietung aller Kräfte dem Druck aus dem Norden stand, belustigte sich die römische Bevölkerungsschicht in den weitläufigen Arenen Karthagos an Tierhatzen und Gladiatorenkämpfen! Dieser lokale Frieden wurde nur kurzzeitig durch den Aufstand der Sekte der Donatisten getrübt. Weite Teile der westlichen Regionen wurden verheert und geplündert. Hier nun hatte die Kaiserin den fähigen Feldherrn Bonifacius geschickt, die Ordnung wiederherzustellen.

Durch sein entschlossenes Vorgehen den Fanatikern gegenüber hatte der Comes dem Spuk damals ein jähes Ende bereitet. Doch kaum war der erste heftige Brandgeruch verflogen und waren Truppenstationierungen zur Sicherung des inneren Friedens an diesem neuralgischen Punkt erfolgt, wurde auch das Verhältnis des Comes zur Kaiserin in eine heftige Krise gestürzt. Nach „Wiederherstellung der Ordnung“, die er alleine seinem persönlichen Einsatz zuschrieb, wurde Bonifacius kecker in seinen Forderungen, seine offensichtliche Loyalität angemessen zu honorieren, so dass die Kaiserin sich gezwungen sah, ihn in die Schranken zu weisen. Endgültig jedoch hatte er die Nerven an jenem denkwürdigen Tag vor vier Jahren verloren, als er jenes ominöse Sendschreiben an die Vandalenkönige losgeschickt hatte. Nun saß er in der Mausefalle, die er selbst gespannt hatte, fest und konnte warten, bis die Katze kam, ihn aus seiner ungemütlichen Lage auszueisen. Kein erbaulicher Gedanke und zu allem Überdruss gab es niemanden, den er mit Hass und Rache verfolgen, niemanden, den er für seine Notlage verantwortlich hätte machen können – außer sich selbst. Bonifacius' Idee, König Gundarich und seinen Bruder, den Piratenhäuptling Geiserich, als gleichwertige Partner anzusprechen, war altrömischer Strategie entsprungen: *Divide et impera* – teile und herrsche! Er hatte geplant, die rivalisierenden Barbarenhäuptlinge gegeneinander auszuspielen, um zuletzt selbst Herr im Hause zu bleiben.

Seine Mittelsmänner hatten ihn von den außerordentlichen Begabungen und dem unbeugsamen Willen zur Macht, die sich in des Königs illegitimem Halbbruder kristallisierten, unterrichtet und er kannte Details pikanter und dramatischer Art der Hasdingenfamilie. Mit seiner doppelten Adresse betätigte er sich als römischer Königsmacher bei den Vandalen, zeigte dezent an, dass er im Seehelden auch den Führer eines Teils des Volkes erblickte. Geiserichs Ehrgeiz würde mit Sicherheit über kurz oder lang mit dem Alleinherrschaftsanspruch Gundarichs kollidieren und er, Bonifacius, hätte in Africa dann zwei streitende Brüder als Mitregenten, die ihn als Schiedsrichter anrufen müssten. Dann hätte er sie mit jenen Provinzanteilen mit dem größten Donatistenanteil und natürlich der unregierbaren Grenzregion an den Ausläufern der Wüste abgespeist, wo kriegerische Stämme den vandalischen Wehrbauern schon so einheizen würden, dass sie keine weiteren Expansionsgedanken mehr fassen könnten. Zudem würden ihm die Vandalen und Alanen wunderbar als Prellbock dienen, an dem sich die eventuell nachziehenden Westgoten die Hörner würden abstoßen können. Und das Meer beherrschte er dann mit Hilfe von Geiserichs Flotte. Er hatte alles so schön geplant, mit Hilfe und zur Not sogar gegen die Kaiserin.

Das in Militärkreisen so unrühmliche wie unbeliebte Wort „Putsch" rückte da in die tieferen Windungen des Gehirns des Comes vor, nur um sogleich daraus eliminiert zu werden. Mit dem ränkereichen Geiserich war an „teile und herrsche" natürlich nicht mehr zu denken. Der neue Vandalenkönig und er waren sich zu ähnlich, um gemeinsam herrschen zu können. Gundarich war tot, und Geiserich hatte Bonifacius in der Zange.

Noch war die berüchtigte Vandalenflotte nicht vor der Hafeneinfahrt Hippos gesichtet worden, noch war man nicht vollständig im Kessel. Jetzt galt es die Stadt zu halten, bis eventueller Entsatz nahen würde – sofern überhaupt auf ein Eingreifen Roms zu hoffen war.

Ein leichtes Stechen in der Magengrube machte sich bemerkbar. Langes Wachen, viel Sonne und wenig Nachschub machten noch jede Armee irgendwann mürbe. Viele Kaufleute waren, noch bevor allgemeiner Alarm ausgegeben worden war, mit ihren Kornfrachtern nach Rom ausgelaufen, die ihnen eigenen Nachrichtendienste wussten wie immer mehr als die Militärs. Aufgrund von Rationierungsmaßnahmen bei der Kornverteilung herrschte zwar noch keine Hungersnot, doch murrte das Volk fast so lautstark wie die Mägen der Wachmannschaft draußen im engen Vorzimmer.

Anders als die Hauptstadt und wichtige römische Garnisonen musste Hippo Regius ohne einen Aquädukt auskommen. Gäbe es nicht den Ubus, das kleine Flüsschen, das der Stadt Süßwasser zur Verfügung stellte, die Magistrate wären bei der Trinkwasserversorgung arg in Bedrängnis geraten. Bonifacius hatte jegliche Verunreinigung des jetzt während der Hundstage nur sehr spärlich fließenden Nasses verboten und mit strengsten Strafen belegt. Doch mit jedem Tag erhöhte sich die Zahl der in den Mauern Darbenden. Aus dem Umland flüchteten immer wieder verängstigte Dörfler und Latifundienbesitzer in die scheinbare Sicherheit der Stadt, und immer öfter waren Bischöfe, die Weisungen ihres greisen Oberhirten Augustinus missachtend, unter den Flüchtigen.

Der Patriarch Africas, Augustinus, war bereits zu Lebzeiten Legende. Dieser im Ruf der Heiligkeit stehende Mann trug die Schuld dafür, dass er, Bonifacius, hier in der Mausefalle saß und sich langsam aushungern lassen musste. Ohne seine dringlichen Briefe hätte der Comes sich nie hierher begeben. Glücklicherweise hatte er seine Gattin, die dralle Gotin Pelagia, samt Tochter beizeiten nach Rom schaffen lassen.

Als Pragmatiker mit Sinn für Macht unterstellte sich Bonifacius in Glaubensfragen zwar dem energischen Oberhirten und blieb letztendlich dem Katholizismus treu, den Bekehrungsversuchen seiner arianischen Gemahlin zu Trotz – doch die Augustinischen Lehren blieben ihm weitgehend fremd. Er, Bonifacius, war mit Sicherheit keines jener Geschöpfe, die Gott als Ersatz für die gefallenen Engel in den Himmel aufnehmen würde. Hierfür war er doch allzusehr dem Diesseits verhaftet. Die moralische Instanz der meisten Menschen, das Gewissen, ist doch noch immer recht rudimentär entwickelt, dachte er, wobei ein Grinsen über sein breites Gesicht huschte, solcherart Luxusware konnte er sich nicht leisten.

Augustinus' Charisma rührte von der tiefen Seelenweisheit des Mannes mit Erfahrung. Wie jeder wusste, war der Patriarch nicht schon immer ein Heiliger gewesen. Im Gegenteil! Nur mit Mühe war er als junger Mann der Gefahr, auf Erden bei Nacht zu verkommen, entronnen. Er zählte 75 Jahre, und, wie man hörte, war er während der Monate der Belagerung fast ständig auf den Beinen gewesen um der heimgesuchten Schar Trost und Segen, Heilung und Cura zu spenden.

Schritte näherten sich, und Bischof Possidius von Calama, sein Adlatus, trat ungestüm ein. Voller Sorge berichtete er dem Comes, das Fieber, das den greisen Oberhirten vor einigen Tagen gepackt hatte, habe sich in der Nacht verschlimmert und ihn aufs Lager geworfen, von wo aus er mit Handauflegen noch viele Kranke heilte, jedoch zunehmend an Kraft verlor. Die Quelle, die so vielen Trost und Hoffnung spendete, drohte zu versiegen. Der Heilige Mann bestünde nur noch aus Haut und Knochen, sein Geist sei schon im Gespräch mit den Engeln.

Die Hundstage würden das ihre tun, um das Fieber noch anzuheizen. Bonifacius sah den Patriarchen schon leibhaftig in den Himmel auffahren, währenddessen jenen bis in die letzten Atemzüge Zweifel an der Reinheit seiner Seele quälten. Um vor Augen zu haben, was der Mensch letztlich sei, hatte Augustinus die Wände seiner Kammer mit den Bußpsalmen Davids beschreiben lassen, berichtete Possidius bedrückt.

„Morgen", beschied ihm der Comes, „werde ich dem frommen Mann einen Besuch abstatten, heute lassen es meine Pflichten an der Mauerkrone nicht mehr zu." Mit ein paar allgemeinen Wünschen für eine Besserung des Kranken komplimentierte er den Geistlichen wieder hinaus, der sogleich ans Krankenbett des Freundes zurückeilte.

Entgegen Augustinus' Weisungen war auch der Wüstenbischof Adeodatus mit einigen Akoluthen aus Sitifis geflohen. Ihn wollte der Comes vernehmen über etwaig beobachtete Truppenbewegungen der Vandalen und hatte ihn deshalb für die Morgenstunden zu sich gebeten. Doch offenbar ließen sich die Gottesmänner Zeit für ihre Morgentoilette! Langsam wurde er ungeduldig. Er goss sich mit Essig gestrecktes Wasser aus einer Metallkaraffe in einen Becher und leerte ihn in einem Zug. Seine schlechte Laune nicht mehr kaschierend, stellte er das unschuldige Trinkgefäß mit einem lauten Knall ab und wischte sich angewidert den Bart. Wie ihm dieser Essig zum Halse heraushing! Ein lautes Rülpsen verschaffte ihm Erleichterung von seinem ewig übersäuerten Magen, der von Zeit zu Zeit nach oben ans Zwerchfell drückte. Er blickte auf seine zur Tatenlosigkeit verurteilten Hände. Die Schwertschwielen stellten sich langsam wieder ein, dennoch waren diese Hände von seinen zahlreichen Geliebten begehrt. Trotz seiner martialischen Erscheinung war der General ein zärtlicher Liebhaber. Nicht nur in besseren Zeiten hatte er es nicht nötig gehabt, Sklavinnen zur Liebe zu zwingen, wie so manch anderer, und auch jetzt noch war er überzeugt von seiner männlichen Ausstrahlung und Potenz. Früher, noch in Karthago, hatte er ab und zu seiner Vorliebe fürs Derbe freien Lauf gelassen, hatte sich inkognito in den billigeren Bordellen herumgetrieben und sich an käuflichen Dienerinnen der Astarte abreagiert. Seine Vorstellungen von „inkognito" waren jedoch offenbar nicht weit genug gegangen, denn er war im ganzen Land als Wüstling und Schlemmer verschrien, was er nolens volens zur Kenntnis genommen hatte. Mit der betörenden Hetäre Ischthoret hatte er sich gezeigt, wo es nur ging, denn es galt viel in Karthago, die Ehre zu haben bei – beziehungsweise mit – ihr zu verkehren ...

Isis, sein Pavianweibchen, gähnte herzhaft und schmetterte ihm fordernde Laute aus ihrem Kissenberg auf dem Feldbett entgegen. Trotz des Mangels musste es für Bananen für seinen Liebling allemal noch reichen. Er warf ihr ein Paar zu, das sie geschickt auffing und abschälte. Dem Comes hatte die Extravaganz, auch auf Feldzügen sein Maskottchen mitzunehmen, den Ruf des Sodomiten eingetragen, was jedoch in keinster Weise hieß, dass ihn seine Soldaten nicht geschätzt und geehrt hätten.

„*Simiamator*" hatten sie ihn nach dem großen Sieg über die Goten in der Narbonensis, als sie ihn nach guter altrömischer Militärtradition zum Imperator ausriefen, geheißen. „Affenliebling!" Nun, über derlei derbe Späße musste ein Feldherr hinwegsehen können und den Legionären deshalb zu grollen wäre als Zeichen von Unreife aufgenommen worden. Schon Caesar war als „kahler Päderast“ ausgeschrien worden und hatte gute Miene zum bösen Spiel gemacht.

Und jetzt ließen ihn diese Pfaffen warten! Ihn, den Kommandeur! Sollte sich Thorwald mit ihnen besprechen, er war schließlich nicht zur Beichte angetreten, um auf dem Arme-Sünder-Bänklein auf die Absolution zu warten.

„Thorwald!“

Auf diesen Ruf hin stürzte sein Adjutant der Gotenwache herein und salutierte zackig mit dem römischen Gruß.

„Du holst dir aus den Klerikern, die demnächst hier vorstellig werden, die nötigen Informationen über eventuelle Truppenbewegungen und Zahlen der Feinde ein. Und halte deine arianische Zunge im Zaum! Kein Gerangel mit den Pfaffen um Licht und Wahrheit, verstanden? Zahlen will ich sehen, Zahlen und sonst nichts, alles klar!?“

Der Gote nickte leicht eingeschüchtert zum Zeichen, dass er verstanden hatte.

„Wegtreten!“

So schnell es ging, schuf Thorwald Raum zwischen seiner Person und dem offenbar übellaunigen Comes, der mit einer lässigen Bewegung Helm und *gladius* vom Bord angelte, sich gürtete und hinaustrat in den erbarmungslos heißen Vormittag dieses 28. August 430 A. D.

Von der Zitadelle aus konnte er die Stadt mit ihren beeindruckenden Thermen, dem Theater, den geweihten und profanen Basiliken und den diversen heidnischen Heiligtümern überblicken. An den römischen und phönizischen Tempeln nagte, anders als im liberaleren Karthago, der Zahn der Zeit. An den heidnischen Baudenkmälern, den inoffiziellen Steinbrüchen, durfte sich jeder ungestraft bedienen. Nein, Repräsentationsbauten waren sie nicht mehr. Bevor der Comes jedoch in das heillose Wirrwarr des Häusermeeres da unten eintauchen konnte, begann plötzlich irgendwo eine kleine Glocke, ganz außerhalb der Gebetszeiten, wie in fiebernder Agonie schnell und unregelmäßig zu schlagen.

„Ein Alarm?“, durchfuhr es ihn. Der General war außer sich. Der Weg von jeder x-beliebigen Stelle im Mauerring zur Zitadelle war kurz, längst hätte er wissen müssen, was anstand. Seine Bedeckung stürzte aus den Innenräumen auf die Hochterrasse der Festung.

Thorwald zog noch den Helmriemen fest und überprüfte den Sitz des Schildgurtes. Seine blauen Augen spähten in die flirrende Hitze vor der Stadt. Weit und breit kein Staubwölkchen, das einen alanischen Reiter hätte anzeigen können. Auch die Goten waren verwirrt. Wieso nun dieser Alarm?

Kein Bucinensignal war ertönt, nur die Glocke terrorisierte mit ihrem ängstlichen Gescheppere die Stadt und ihre Wachen. Ein Aufruhr innerhalb der Mauern? Musste Bonifacius seine Goten gegen seine Schutzbefohlenen hetzen, um für Ruhe und Ordnung zu sorgen? Aus der Stadt war kein Geschrei zu vernehmen, kein Rauch, kein Volksauflauf auf dem Forum, dem einzigen Versammlungsplatz, den die römische Zivilisation dem anarchischen Wildwuchs des Stadtmusters abgetrotzt hatte.

Die gotischen Offiziere wechselten ratlose Blicke und besprachen sich in ihrem vokalreichen, an Zisch- und Stoßlauten nicht gerade armen Idiom, bis schließlich Thorwald mit cholerischem Geschnatter vier Melder losjagte, um von den Mauern Nachricht einzuholen. Angestrengt starrte Bonifacius in die Runde, bis seine Aufmerksamkeit auf einen bestimmten Ort gelenkt wurde. Die *Basilica Pacis*, die älteste christliche Kirche der Stadt, war weder so beeindruckend noch so erhaben, wie ihr Name nahelegte. Eigentlich war sie nicht mehr als ein größeres Bethaus mit niedrigem, gedrungenem, kantigem Turm, vor dem sich viele Menschen, die neugierig dem Geläut gefolgt waren, eingefunden hatten.

Gerade als der Comes hinabsteigen wollte, tauchte am Fuß der Treppe, die außen zur Dachterrasse der Zitadelle hinaufführte, wie aus dem Nichts Bischof Adeodatus von Sitifis mit einigen Messdienern auf.

Er trug bescheiden den bodenlangen schwarzen Byrrhus der einfachen africanischen Geistlichkeit. Gesenkten Blickes, die Häupter mit Hilfe der Kapuzen verhüllt, erklommen die Knechte Gottes, die Finger zum Gebet ineinandergeschlungen, die schmale, geländerlose Treppe. Während sie sich würdig und ohne Hast, als ob sie eine Prozession anführten, näherten, witterte der Comes förmlich das Unheil, das ihm hier schwarzgewandet entgegenkroch. Die Gruppe von Klerikern erwartete Bonifacius auf der Südseite der Terrasse, wo sie, Adeodatus einen Schritt vor den Übrigen, hingebungsvoll in der ärgsten Hitze der prallen Sonne standen. Der einfache schwarze Byrrhus hing unmotiviert an dem mageren Männlein, dessen fast kahler Vogelkopf mit der schmalen, hakig gebogenen Nase fast vollständig in der weiten Kapuze verschwand. In tiefen, verschatteten Höhlen glühten seine Augen wie zwei Häufchen brennender Kohlen. Die schmalen Lippen wirkten wie eine Unterstreichung seiner eingefallenen Wangen. Seine knochigen, deformierten Hände, sie erinnerten Bonifacius an die Klauen von Kampfhähnen, waren ineinandergeklammert, als bärgen sie einen Schatz. Wie deutlich zu sehen war, trug er die Nägel nach africanischer Mode lang und spitz. Der blutverkrustete, schmutzige Verband an seiner Rechten zeugte von einer nur schlecht verheilenden Wunde. Selbst in der Hitze der prallen Sonne zitterte der Mann, was er, allerdings vergeblich zu verbergen suchte.

Ihn hat wohl das Fieber gepackt, sinnierte Bonifacius beim Anblick des leicht schwankenden Klerikers. „Ich entbiete Euch meinen Gruß“, hieß er den Ankömmling willkommen.

„Gelobt sei Jesus Christus!“

Bonifacius bat den Bischof in sein kühles Zimmer und wies ihm einen Platz an. „Ich ziehe es vor, zu stehen“, verkündete der Kirchenmann, woraufhin Bonifacius ebenfalls auf einen Hocker verzichtete, konnte es doch der befehlsgewohnte Mann nicht ertragen, wenn andere auf ihn herabblickten.

„Die Hitze heute ist tödlich“, bemerkte er, um das Schweigen des Klerikers aufzulockern.

„In der Tat, der Patriarch ist soeben gestorben“, kam es lapidar zurück, „deshalb läutete Possidius, dieser Narr, die Glocke. Augustinus ist dem Fieber erlegen, er schaut jetzt die Herrlichkeit Gottes, wie beneidenswert!“

„Wie man mir mitteilte, hättet Ihr Gelegenheit gehabt, ihm dort“, Bonifacius, auf den sich die Gefühlskälte seines Gegenübers übertrug, wies mit dem Zeigefinger nach oben, „noch dazu als Märtyrer, Quartier zu machen.“ Die Augen des Sitifeners verengten sich missbilligend.

Adeodatus hatte sich erst vor ein paar Wochen nach einem Rechtfertigungsbrief an Augustinus aus seiner abgelegenen Gemeinde verzogen. Eine vielleicht nicht heroische, aber durchaus verständliche Haltung angesichts der Tatsache, dass die Eroberer es vorwiegend auf die katholischen Würdenträger und deren Schätze abgesehen hatten. Im Grunde gab es keine Herde, die es zu schützen galt, da die Wölfe nur die Hirten anfielen, die Lämmer jedoch verschonten. Es wäre Wahnsinn gewesen, sich den blutgierigen, blonden Bestien in den Weg zu stellen. Die Bischöfe Mansuetus von Urusi und Pampianus von Vita hatten es beide versucht, und beide waren aufs Grausamste ermordet worden. Sicherheit, dass wusste Adeodatus, würde ihm erst die Stadt Hippo schenken können. Unterwegs jedoch fielen er und seine Begleiter einer Schar entlaufener marusischer Sklaven in die Hände. Dem Kreuz, das er an einer Kette um den Hals trug, erwiesen die Heiden keinen Respekt, sie erblickten darin in erster Linie den Metallwert. Während die Banditen noch untereinander scherzten, ob sie dem Bischof den Kopf abschlagen sollten, um leichter in den Besitz der Kette zu gelangen, angelte sich einer die Beute mit seinem langen Krummschwert, ohne den Bischof zu berühren. Ernst wurde es allerdings, als sie den herrlich gearbeiteten Saphirring, Zeichen der unbefleckten Keuschheit, an des Bischofs Hand entdeckten. Er hatte ihn seit Jahren nicht mehr abgelegt, da seine vom Rheumatismus deformierten Finger dies nicht mehr zuließen. Allerorten sah man einarmige Priester, denen ihr Schmuck zum Verhängnis geworden war. Doch seine Peiniger hatten es nicht so eilig und trennten, nach einigem Geziehe und Gezerre, ihm mit fast schon chirurgisch zu nennender Präzision den begehrten Ringfinger von der Hand. Zuletzt zwang man ihn noch, seine Kleider bis aufs Unterhemd abzulegen, und dann jagten sie ihn und seine ebenfalls sehr dürftig bekleideten Diakone und Akoluthen, in die Hitze der Wüste.

„Ein Martyrium, das nicht aus vollem Herzen kommt, ist nichts wert", entgegnete Adeodatus trocken. „Momentan braucht die *ecclesia militans* lebende Vorbilder. Hirten, die stark und gefestigt sind im Glauben und ihre Lämmer vor dem Pesthauch der arianischen Häresie bewahren, den diese Barbaren verbreiten. Sieh sie dir nur an, ihre Priester, mit langen Haaren und Bärten laufen sie herum, sie stinken und", der Bischof holte tief Luft, „sie halten sich Kebsweiber. Sie sind die achte Plage Ägyptens, die Engel Luzifers, die Antichristen. Wir müssen uns wappnen mit dem Schwert des reinen Glaubens, den Schild der Wahrheit vor uns hertragen ..."

Hier sah sich der Comes, der an der Liturgie nichts so sehr hasste wie die Predigt, und der erkannte, dass Adeodatus in den wohlbekannten Kanzelstil zu verfallen drohte, gezwungen einzuschreiten. Ungewöhnlich schroff fiel er dem Bischof ins Wort.

„Ja, ich weiß! Doch wir brauchen scharfe Schwerter aus Stahl, nicht verbale Großtaten. Als militärischer und ziviler Befehlshaber der Stadt will ich eines klarmachen: Ihr lasst unsere arianischen Mitbürger, insbesondere meine Goten, in Ruhe. Wir können uns Zwistigkeiten in vom Feind belagerten Mauern nicht leisten. Sonst könnt Ihr Euch hinterher als der neue Apostel der Vandalen betätigen – wenn sie gewillt sein werden, Euch zuzuhören. Ohne meine arianischen Goten könnt Ihr Geiserich mit Weihwasser und Weihrauch von der Stadt fernhalten." Ein verächtliches Lächeln huschte über das breite Gesicht des Comes. „Mal sehen, ob ihn das beeindruckt."

Der Bischof, der von Sitifis her einen kriecherischen, bigotten Magistraten gewöhnt war, der ihm alle Wünsche von den Augen abgelesen hatte, war ob der Respektlosigkeit des Comes entrüstet, schluckte seinen Zorn jedoch hinunter und erkannte, dass Bonifacius die Besprechung vielleicht als beendet betrachten könnte, wenn er nicht bald zur Sache käme. „Die Pflanze deines Glaubens bedarf noch einer großen Menge Wassers", belehrte er den Comes.

Derartiges kannte Bonifacius schon aus den Predigten seiner Frau, nur eben mit umgekehrtem Vorzeichen, doch war ihm im Augenblick nicht nach einem Glaubensgespräch. Er kehrte zur höflichen Anrede zurück, um dem Bischof entgegenzukommen. „Was gedenkt Ihr nun zu tun, Eminenz?"

„Wir werden die Trauerfeierlichkeiten vorziehen, wegen der großen Hitze, und sodann einen Nachfolger durch Wahl bestimmen."

Der Comes runzelte die Stirn. Eine Wahl? Das hatte symbolische Bedeutung: In der vom andersgläubigen Feind belagerten Stadt musste das neue Oberhaupt bestimmte Qualitäten aufweisen. Possidius, der Menschenfreund, der vertrauensvoll offene Intimus des Verstorbenen, den dieser als seinen Nachfolger vorgesehen hatte, würde sich harttun, wenn ein kämpferischer Typus es wagte, als Herausforderer anzutreten. Bonifacius ging ein Licht auf. „Die Wahl hat doch bereits der verstorbene Patriarch getroffen."

„Natürlich will hier niemand seinen Entschluss anfechten, aber die Verhältnisse haben sich geändert, und", Adeodatus' Stimme bekam etwas Klirrendes, Bedrohliches, „letztendlich kann kein Bischof seinen Nachfolger ernennen. Er gibt eine Empfehlung ab, die, auch wenn sie aus einem derart vom Heiligen Geist durchdrungenen Mann kommt, wie es der Verstorbene war, nicht bindend für das Kollegium sein kann. Entschieden, Comes, ist in dieser Sache noch gar nichts."

„Nun gut, das ist Eure Angelegenheit, auch wenn ich Eure Vorgehensweise etwas übereilt finde", beschloss der Comes das Thema. Eigentlich war es ihm egal, gab es doch im Moment dringlichere Probleme als eine Bischofswahl. Wie würde der abgebrühte karthagische Klerus darauf reagieren, wenn man ihm einen Wüstenheiligen als Oberhaupt vor die Nase setzte? Mit Possidius konnte man reden, er war ein Mann des Dialogs, aber diese Vogelscheuche im Talar war eher eine Gefahr für die Kirche Africas als ein würdiger Nachfolger Augustinus'. Nicht allein sein Anstand gebot ihm, Possidius zu warnen, dass etwas im Busch flackerte, das sich ohne Weiteres zum Flächenbrand ausweiten könnte.

„Ihr verzeiht, aber der Grund, weshalb ich Euch zu mir bat, ist eher diesseitigen Charakters. Habt Ihr während eurer Flucht Truppenbewegungen des Feindes beobachten können?"

„Die Geschichte mit dem Ring scheint sich ja wie ein Lauffeuer herumgesprochen zu haben", Adeodatus wies auf seinen Verband. „Sie schrecken vor nichts zurück, diese Vandalen. Mögen sie in der Hölle schmoren!"

Adeodatus hatte das Lauffeuer selbst entfacht und seine Geschichte in der Stadt als einen Überfall vandalischer Reiter ausgegeben, um die Sensationslüsternen auf seiner Seite zu haben. Von der Wildheit der Vandalen erzählte man sich ja so manches, aber gesehen hatten bisher nur die Wenigsten diese Blondköpfe mit den angeblich nimmermüden Schwertern. Dem Comes gegenüber besann er sich jedoch auf die Wahrheit. „Die Räuber stecken zumindest mit den Invasoren unter einer Decke."

„Das wissen wir hier auch", entgegnete dieser gereizt, „habt Ihr nun Vandalen gesehen oder nicht?"

„Im Vertrauen gesagt, nein, aber ..."

„Danke Eminenz, Eure Ausführungen waren mir von großem Nutzen", unterbrach ihn Bonifacius, „jetzt muss ich jedoch nach den Wachen sehen, Gott befohlen."

Er freute sich tierisch, dass es keinen Ring gab, den er nun etwa hätte küssen müssen und komplimentierte den sprachlosen Bischof hinaus.

Der Comes seufzte. So hatte also auch der Bischof keine leibhaftigen Vandalen gesehen. Waren sie nichts weiter als ein Wüstenspuk?

Doch bevor er diesen angenehmen Gedanken vertiefen konnte, fuhr ihm scharf und schneidend jenes Wort in den Nacken, vor dem sich die Stadt seit Langem geduckt hatte.

„Die Flotte! Alarm! Vandalenschiffe vor der Einfahrt!"

Er rannte um den würfelförmigen Zitadellenaufbau, der seine Wohnstätte darstellte, herum, um in nördlicher Richtung den Blick aufs Meer hinaus zu bekommen. Etwa ein Dutzend Schnellsegler kreuzte, in sicherer Entfernung von den Speerschleudern und Ballisten, vor der Hafeneinfahrt.

Am Horizont drehte gerade ein karthagischer Kauffahrer ab, vermutlich der letzte, den sie zu Gesicht bekommen würden. Die Karthager liebten zwar in der Tradition ihrer punischen Ahnen den Kitzel gefährlicher Geschäfte, aber wer sollte das Risiko eingehen, an der berüchtigten Vandalenflotte vorbei, in die eingeschlossene Nachbarstadt Mangelware zu liefern? Wer könnte dieses Risiko in Solidi und Sesterzen umgerechnet bezahlen? Hippo Regius würde von den karthagischen Zielhäfen gestrichen werden, wo man sich nun selbst allmählich auf die Barbareninvasion würde vorbereiten müssen.

„Das ist das Ende", befand Thorwald, „jetzt sind wir völlig abgeschnitten."

„Wir werden die Stadt halten, das verspreche ich dir!"

Unten am Hafen wehrte die schwere Eisenkette der Einfahrt der ungebetenen Gäste, und man konnte gut beobachten, wie die Geschützmannschaften auf den Moletürmen wie Ameisen nur scheinbar durcheinander und ohne System herumwuselten. Die Feuer für das Pech brannten, die Kugeln lagen bereit, aber noch machten die Vandalen keine Anstalten anzugreifen.

Noch ...

Erbeutetes Wissen
419 A. D.

Mehr als zehn Jahre hatte es gedauert, bis es den Vandalen auf ihrer ständigen Flucht vor den Goten endlich gelungen war, im Süden der iberischen Halbinsel, in der Provinz Hispania Baetica, eine Bleibe zu finden. Schwierigkeiten bei der Landnahme gab es kaum, denn die Fischer und Bauern der Gegend hatten sich kooperativ gezeigt. Aus ihnen waren auch keine Reichtümer herauszuholen, lediglich die größeren Städte, die um ihren Wohlstand bangten, versuchten oftmals erfolgreich Widerstand zu leisten.

Doch dass die Situation nicht für die Dauer ausgelegt war, sah des Königs Bruder, Geiserich, völlig klar. Richteten sie sich in diesem Provisorium irgendwie ein, würden sie schon bald zur leichten Beute der überlegenen Goten werden. Vor seinem inneren Auge schwebte die Vision eines Inselreichs, das genug Raum für sein Volk zu bieten hätte und durch die neue Flotte, sein ureigenstes Werk, verteidigt werden könnte.

Eifrig hatte er an der Reform der Vandalenarmee gebastelt. Längst waren ihm die traditionellen, auf persönliche Treueverpflichtung basierenden Gefolgschaften ein Dorn im Auge gewesen. Die Krieger hatten wohl Seite an Seite gekämpft, doch nach dem Krieg ging man wieder auseinander und verfolgte seine Eigeninteressen weiter wie zuvor. Dieser Usus musste beseitigt werden. Im stehenden Heer Geiserichs nach römischem Vorbild würden die Truppen einzig und allein dem König gehorchen, der ihren Sold bezahlte und sie an der anfallenden Beute beteiligte.

Zielstrebig hatte Geiserich seine schleichende Reform dort begonnen, wo ihm die alten Clane am wenigsten hatten dreinreden können, bei den im Wachsen begriffenen Seestreitkräften. Zum Dienst in der Flotte wurden nur Männer loyaler Häuptlinge zugelassen. Der in größeren Kategorien denkende Geiserich plante nicht nur die Armee, nein, die gesamte Führungselite der Vandalen langsam, aber sicher auszuwechseln. Er hatte von dem, was ihm aus seiner Beschäftigung mit den Griechen und Römern geblieben war, vor allem den Gedanken der *Paideua*, der Erziehung hochgehalten. Die kommende Elite bedurfte der klassischen Bildung, um mit den sie umgebenden Völkern mithalten zu können. Mit Reiten und Fechten allein war kein Staat zu machen. Da traf es sich gut, dass ihm sein Bruder Gundarich kürzlich diesen griechischen Sklaven, den er bei der Plünderung von Nemausus hatte mitgehen heißen, überstellt hatte.

Lange Jahre war Eudaimon Hauslehrer einer reichen Römerfamilie in Nemausus gewesen. Als ihn dann Gundarich, der König der Vandalen quasi als Privateigentum annektierte, war ihm, als fiele die Sonne vom Himmel und trockne alles Leben aus auf seiner Erde. Hatte er es schon als enorme Zumutung empfunden, die Sprösslinge dieser provinziellen Römer in Geometrie, Arithmetik, Geschichte und nicht zuletzt im Griechischen zu unterweisen, nun war er auch noch in die Hände blonder Bestien aus dem Lande der Hyperboreer gefallen und fürchtete den Rest seines Lebens als Schweinehirt zubringen zu müssen. War es nicht empörend genug, als Angehöriger eines Hellenenstammes, dem Inbegriff des freien Volkes schlechthin, in die Sklaverei verschachert worden zu sein, nur weil sein Vater den Unterhalt für sechs Kinder nicht mehr bestreiten konnte?

Insgeheim hatte Eudaimon, von rascher Auffassungsgabe und großer Gelehrsamkeit, von einem Posten in der Hauptstadt der Welt geträumt, und hätte ihn der richtige Aufkäufer erworben, es hätte ihm dort sicher eine große Karriere offengestanden, doch die Verhältnisse, sie waren nicht so. Sein Erstbesitzer hatte ihn seinem Sohn als Lehrer für dessen Kinder mitgegeben, als dieser sich aufmachte, in der transalpinen gallischen Provinz seine Fortune als Verwaltungsbeamter zu machen. Die politische Laufbahn seines *dominus*, der sich mit zäher Beharrlichkeit hochgearbeitet hatte indem er investierte, lobbyierte, Ehrenämter in Vereinen übernommen und dergleichen karrierefördernde Maßnahmen mehr ergriffen hatte, bis er endlich als Vollmitglied der kommunalen Kurie beitreten konnte, endete jäh, als drei Jahre später die Vandalen einfielen und ihn ohne großes Federlesen erschlugen.

Die beiden keltischen Sklaven im Hausstand des *dominus* wurden umgehend auf freien Fuß gesetzt. Eudaimon aber, der schon Morgenluft gewittert hatte, wurde zusammen mit der Matrone sowie den beiden Töchtern, die zuvor übel heimgesucht worden waren, quasi als mobiles Inventar auf die Odyssee der Vandalen mitgenommen.

Schwitzend und zitternd wartete Eudaimon, ohne genauere Vorstellungen der Adresse, an die er nun weitergereicht werden würde, auf seinen Abholer. Die Manieren dieses in seinen Augen selbsternannten „Königs der Vandalen“ – Gundarich war für ihn ein Häuptling von Wilden, mehr nicht – hatten ihn bereits das Fürchten gelehrt, und nun wurde er auch noch seinem noch wilderen Bruder übergeben. Dort sollte er wohl den mehr oder weniger ehrlich gezeugten Kindern anderer, weniger bedeutender Wilder griechische Manieren, Rhetorik und Geschichte beibringen. Es galt, sie bei gleichzeitiger Anreicherung mit antiker Bildung durch die Kinderstube, die sie nie genießen konnten, hindurchzuschießen, wie sich die ibero-romanischen Städter ausdrückten: „margeritas a las puercas“. Er sah sich an der Talsohle seines sozialen Abstiegs angekommen. Tiefer konnte er kaum noch fallen: Nicht nur unfrei, sondern in den Händen von Wilden, die außerstande sein würden, seine Lehren aufzunehmen und anschließend natürlich ihn, als die niedrigste Kreatur in dieser ungerechten Hierarchie, für ihr Scheitern verantwortlich machen würden.

Er rang die Hände und bemühte sich, gefasst zu wirken, wenn nun das Unheil unabwendbar über ihn hereinbrechen sollte. Nichts war ihm geblieben außer den Kleidern an seinem mageren Leib und seiner kleinen Kiste mit den armseligen Habseligkeiten eines Lehrerlebens: Bücher und Schriftrollen, eine Armillarsphäre, der unverzichtbare Gnomon sowie zwei Ersatztuniken und ein wollenes Himation für die kommende Kälteperiode fanden sich darin. Alle anderen Kleidungsstücke, die er besessen hatte, waren in die Truhen Gundarichs gewandert – bis auf seine durchaus ansehnliche Kollektion schön gearbeiteter Schuhe, an welchen sich einige Gefolgsleute Gundarichs erfreuten – diesem selbst waren sie, Enttäuschung der Enttäuschungen, zu klein gewesen.

Dieser Art nicht nur Nicht-Eigentümer der eigenen Person, sondern auch noch in dem bisschen Privatbesitz, das er angesammelt hatte, stark beschnitten, harrte Eudaimon barfuß der Dinge, die da kommen sollten. Seekönig Geiserich also hatte ihn erstanden. Ihm ging der Ruf eines Erfolgsmenschen voraus, auch wenn die äußeren Anzeichen allesamt nicht einen solchen ahnen ließen.

Er sei verschlagen, berechnend, listig bis hinterlistig, besitzgierig und grausam, hieß es. Nicht unbedingt Pluspunkte in einem Empfehlungsschreiben an einen Rhetor, wenngleich Eudaimon sich in der wenig beneidenswerten Lage befand, sich dem Bewerber auf Gedeih und Verderb ausliefern zu müssen.

Als auf dem Gang vor dem kleinen Zimmer unregelmäßige, schleppende Schritte zu hören waren, überlief den sonst so vernünftigen Mann eine Gänsehaut: Der Teufel in allerhöchster Person selbst schlich sich hier an. Da kam er nun also, dieser „Erste Mann der Königlichen Marine der Vandalen“, auch so ein Euphemismus, dachte Eudaimon, schließlich gingen sie, was man so hörte, vorwiegend mit gekaperten römischen Galeeren und gestohlenen Fischerbooten auf große Fahrt. Näher und näher kamen die schleppenden Tritte, und schließlich, als der Unhold vor der Kammer angekommen war, klopfte es sachte an der Tür. Nicht mit der Faust oder einem Eisenring, mit der Fußspitze! Eudaimon war perplex – der Teufel hatte ja Manieren! Anstelle ein „Herein“ oder Ähnliches zu rufen, zog er es seinerseits vor, auf Zehenspitzen über den kalten Boden zur Tür zu staksen und persönlich zu öffnen.

Vor ihm stand die tatsächlich nicht besonders anziehende Gestalt des Seekönigs. Peinlich war ihm sofort, dass er auf die Person des Höhergestellten herabsehen musste, und so zog Eudaimon instinktiv den Kopf ein wenig ein. Sein Gegenüber befand sich weit entfernt vom Gardemaß. Nichts an dem kleinen Mann gemahnte an Adel oder hohen Rang, so wie er in den schweren Caligae und der einfachen Freizeitkleidung des Soldaten im Türrahmen stand. Kein Schmuck, kein Goldgepränge an den Ärmeln, keine Orden zuhauf. Es war nichts anderes als nur diese tiefliegenden grünen Augen, die den Blick des Gegenübers sofort auf das unverhältnismäßig große, ausdrucksvolle Gesicht zwischen den schwer zu bändigenden schwarzen Haaren lenkten und ihn bannten. Ein gewinnendes Lächeln entblößte ein blitzendweißes Raubtiergebiss.

„Geiserich mein Name, darf ich eintreten?“

Keinerlei Gewese um „Seekönig“ oder „Königliche Marine“, der Mann war er selbst – mehr nicht. Doch auf den ersten Blick hatte Eudaimon erkannt, dass diese Definition durchaus genügte. Dieser wiewohl schiefgewachsene Mann hätte das Zeug zum König gehabt, zu einem wirklichen König. Doch waren Eudaimon die Sitten der Wilden so weit bekannt, dass ein Verwachsener sich von vorneherein keinerlei Chancen auf Herrscherwürden auszurechnen brauchte. Dass er in die exotische Rolle eines Flottenchefs schlüpfte, sobald sein Volk sich am Meer niedergelassen hatte, sprach für eine realistische Einschätzung der Gegebenheiten.

„Der Segen des Allerhöchsten begleite Euch!“ Er wies mit der

Rechten in die Kammer. Das Lächeln auf dem Gesicht des Seekönigs wurde eine Spur breiter, und er hinkte, das linke, kürzere Bein nachziehend, in den karg ausgestatteten Raum. Er fiel gleich mit der Tür ins Haus. „Man hat mir hinterbracht, du seiest der größte Logiker seit Aristoteles. Ich kann das natürlich nicht selbst überprüfen", räumte er ein, „aber in welcher Tradition stehst du?"

„Ich bin quasi Enkelschüler des berühmten Rhetors Libanios von Antiochia", begann Eudaimon zaghaft, „und mein Ziel ist es, obwohl ich selbst Unfreier bin", er vermied das unschöne Wort Sklave, „*liberi*, freie Kinder freier Männer, zu ebensolchen heranzubilden. Wofür ich garantieren kann, wenn sie durch meine ‚Fuchtel der Toleranz' – so nannte ein früherer Eleve meine Schule – hindurch sind, werden sie frei sein von Fanatismus, Sektiererei oder dogmatischen Einseitigkeiten." Was er vorerst verschwieg, war sein Pythagoreismus, inklusive dem Glauben an Reinkarnation und Gewaltfreiheit und seine vegetarische Lebensweise.

„Du bist genau der Mann, den ich suche", befand Geiserich. „Du wirst es mit einer kleinen Gruppe von Schülern zu tun bekommen, die du zu Menschen bilden sollst. Wandelnde Lexica erwarte ich allerdings keine, Schüler des Liberius."

„Libanios", verbesserte ihn Eudaimon und biss sich ob seines Übereifers auf die Zunge.

„Sehr gut, Libanio." Geiserich strahlte. „Du brauchst weder vor mir noch vor deinen Schülern zu kuschen, du bist dort nicht der Sklave, sondern der Lehrer für ihre fachliche Ausbildung und ihr Pädagoge für die Heranbildung edler Charaktere. Dazu gehört, dass sie sich ihrer Vorzüge bewusst werden, sie zu pflegen und leben wissen, aber auch an ihren Schwächen arbeiten lernen, die sie nicht als gottgegebene Eigenschaften, sondern als korrigierbare Fehler auffassen sollen. Und wie sie sich selbst behandeln, so sollen sie auch mit ihren Mitmenschen umgehen. Sie werden in eine kriegerische, wilde Zeit hineinwachsen. Deshalb lehre sie, zu ehren, wem Ehre zukommt und den Zagen zu verachten!"

Die Jungen, die durch Eudaimons Schule gehen sollten, würde Geiserich irgendwann in die Welt hinaussenden. Er würde sie als Geiseln oder Botschafter an die Höfe wichtiger Potentaten schicken, wo sie sich zu benehmen wissen müssten. An die hinterwäldlerischen Sueben oder die expansionslüsternen Goten, wo das Leben seiner Emissäre nicht ganz so sicher sein würde, dachte er dabei zu allerletzt. Er hatte Größeres im Sinn. Byzanz, Ravenna oder gar der umherziehende Hof der Hunnenkagane Oktar und Rugila schwebten ihm vor, was aber noch in den Sternen stand.

„Es wird eine Zeit kommen, wo nicht mehr allein durch Schwert und Axt geherrscht wird“, fuhr er fort, „wo mit Hilfe des Wortes Verhandlungen mit dem Feind betrieben werden. Hierzu ist es wichtig, die Jungen nicht nur in den freien Wissenschaften auszubilden. Ich erwarte, dass vor allem deine Unterweisungen in der Philosophie uns von Nutzen sein werden, wenn du verstehst, was ich meine.“

Eudaimon verzog das Gesicht, als hätte er sich gerade einen Knochensplitter zwischen zwei ohnehin schon wackelige, schmerzende Zahnruinen eingebissen.

„Ach, meinst du etwa die alte Anekdote, dass Thales eine bestimmte Mondfinsternis vorausberechnete, eine gute Olivenernte voraussah und alle Ölpressen aufkaufte, wodurch er dann ein reicher Mann wurde? Du denkst an eine Verquickung von Philosophie und Ökonomie, wenn ich dich recht verstehe?“ Er tat einen Schritt in Richtung auf seine Liegestatt. „Entschuldige, ich habe ganz vergessen, dir einen Platz anzubieten, aber es ist nur dieser wackelige Hocker da, wenn du mit ihm vorliebnehmen willst?!“ Er wies auf ein in Hinsicht auf Stabilität höchst zweifelhaftes, roh gezimmertes Sitzmöbel.

Geiserich schlug das Angebot mit einer kurzen Geste aus. Als sein Blick auf die bloßen Füße seines unfreien Gastgebers fiel, bedeutete er diesem, sich auf der Liege niederzulassen. „Nicht in der Hauptsache“, griff er den Gesprächsfaden wieder auf. „Ich brauche als Produkte deiner Schule keine Bankiers, Reeder oder Latifundienverwalter. Wir nisten uns in einer fremden Kultur ein, die uns nähren soll, und es wird uns unmöglich sein, aus ihr zu leben, wenn wir sie nicht kennen und schätzen werden. Es wäre ein Verbrechen, die Jugend so aufwachsen zu lassen, als befände sie sich noch in den Urwäldern Skythiens.“

Eudaimon nickte, wobei er hörbar aufatmete, was Geiserich mit einem Lächeln quittierte. „Natürlich wird sich immer wieder im Verlauf der Geschichte herausstellen, dass es nichts Praktischeres gibt als eine gute Theorie“, begann der Grieche, „aber ich möchte dich warnen, es ist leider durchaus fraglich, ob durch die Unterweisungen in der Philosophie der Lebensverlauf eines Menschen ganz anders gerät, als hätte er sie nicht erhalten. Äußere Bildung muss nicht zu innerer führen! Wo wird das noch augenfälliger, was ein Lehrer in letzter Konsequenz seinem Schüler sein kann als am Beispiel Seneca und Nero? Als Hindernis auf dem Weg zur Krone der Verworfenheit ließ Nero seinen Lehrer ermorden!"

Er bemerkte den schrägen Blick Geiserichs und beeilte sich, die Scharte auszuwetzen.

„Wobei ich mir sicher bin, dass es da am System lag. In der Stoa, wo der Materialismus heilig ist, wo einzig in der Pflichterfüllung ein Lebenssinn gesehen wird, gedeihen sauertöpfische Kreaturen ohne Blut und Pneuma in den Adern. Derartige Vergewaltigungen der Seele bringen meist ihre entsprechenden Nachtseiten zu Tage."

Geiserich wurde hellhörig: „Du meinst, gute Absichten verkehren sich oft, ohne dass man etwas dazutut, in negative Resultate?"

„Und umgekehrt: Alexander wiederum hatte an seinem Vater Dinge gesehen, die er so nicht leben hätte wollen, da er sie, nach seinem eigenen Ermessen als unwürdig, unköniglich und gemein einstufte."

„Verstehe", unterbrach ihn Geiserich, „weil er in der Person des großen Philosophen Aristoteles ein leuchtendes Vorbild erhalten hatte! Alexander, Herr über die Welt, wäre nicht der gewesen, der er geworden war, hätte er nicht in Aristoteles einen derart fabelhaften Lehrherrn gehabt, nicht wahr! Auf einen Menschen dieser Art baue ich, und du scheinst mir dazu geeignet zu sein."

Eudaimons Zutrauen zu dem schwarzhaarigen, finsteren Seekönig wuchs mit seiner Selbstsicherheit, so dass er sich frei genug fühlte, ihm seine eigenen Überzeugungen zu unterbreiten. „Verzeiht, Herr, wenn ich Euch widerspreche, aber es will uns nach eingehender Untersuchung der literarischen Quellen so scheinen, als seien sich die beiden niemals begegnet! Zweifelsohne sind die militärischen und politischen Leistungen Alexanders beispiellos. Charakterlich halte ich ihn, um es mit Verlaub zu sagen, eher für locker und burschikos: Wenn man bedenkt, was er sich – verzeiht das Wort – im Suff und in der Hybris des Gedankens, Gott-Mensch zu sein, geleistet hat! Die Gewalttaten, derer er sich schuldig machte! Dem Aberglauben, dem er sich schließlich überantwortete! Nirgends sehe ich hier die Handschrift des Stageiriten! Auch ihr extrem dünnerdiger Briefwechsel spricht Bände." Eudaimon war in seinem Element, er leckte sich die Lippen. „Oder, lass uns ein Jahrhundert weiter zurückgehen, bleiben wir bei meinem Volk: Nicht einmal die hochgerühmte Zeit der Klassik, jene fünfzig Jahre voller Frieden, Kunst und Kultur vermochten unserer Jugend dauerhaft moralischen Halt zu geben. Nein, es folgte das drei mal neun Jahre währende Massaker der hellenischen Stämme untereinander, die Raserei und der betäubende Rausch des Peloponnesischen Krieges, wo ebendiese Blüte der Jungend wehrlose Gefangene hinschlachtete, Kinder verhungern ließ und Frauen, nachdem sich eine Horde betrunkener Soldaten an ihnen vergangen hatten, zum Gaudium ertränkte. Sie waren zu edler Einfalt und stiller Größe erzogen, doch sie verhielten sich barbarischer als so manche Barbarenvölker ..."

Eudaimon wünschte, letzteres nicht gesagt zu haben. Der Seekönig reagierte mit seinem charakteristischen, in tiefen Tönen meckernden Lachen. „Du redest dich noch um Kopf und Kragen, wenn du so weitermachst!"

Eudaimon blickte zu seinem neuen Besitzer auf. „Ich muss darauf hinweisen, dass ich als Lehrer nur mein Wissen weitergeben und vielleicht noch selbst als Vorbild dienen kann – mehr nicht! Es liegt auch an Wesen und Talent der mir anvertrauten Schüler, sich zu den Menschen zu entwickeln, die dir momentan vermutlich vorschweben, jenen Menschen, die du brauchst. Ich werde nur den Weg weisen, gehen kann ich ihn nicht für sie!"

Geiserich schwieg. Aus glimmenden grünen Augen betrachtete er den zukünftigen Lehrer seiner legitimen Söhne, Hunerich und Gento, sowie Arwids und der anderen. Was er soeben vernommen hatte, war die beeindruckende Rede eines Mannes, der zwar seine Freiheit verloren hatte, aber seine Angst nicht zeigte, der im Geiste frei war. Irgendwann, natürlich nicht jetzt schon, er liebte keine Vorschusslorbeeren, würde er ihn freilassen. „Du hast Mut, Grieche", verkündete er mit lauter Stimme, „den du auch brauchen wirst, denn die Kinder sind Trotzköpfe, störrisch und ungehobelt, aber auf ihre Art noch sehr verspielt. Ich zähle auf dich, Menschen aus ihnen zu machen!"

Er winkte Eudaimon, ihm zu folgen. Als der sich seiner Kiste zuwandte, bedeutete er ihm, sie stehenzulassen. „Ich werde sie holen lassen", meinte er beiläufig.

„Es ist aber wichtig, dass nichts", der Pädagoge zögerte unmerklich, als er nach dem rechten Wort suchte, „wegkommt. Ohne den Inhalt der Kiste kann ich nicht in vollem Umfang unterrichten."

„Warte hier“, befahl Geiserich und humpelte durch den langen Gang. Er hielt den erstbesten Sklaven, der ihm über den Weg lief, an und schärfte ihm ein, bei Bedrohung seines Lebens, die betreffende Kiste zu bewachen. Eudaimon, der sich respektvoll einen halben Schritt hinter dem hinkenden Seekönig hielt, beschlich leichtes Grauen. Wie würde sich ein Mann, der andere wegen der Unversehrtheit einer Kiste mit dem Tod bedrohte, verhalten, wenn sein kostbarstes Gut, seine Söhne, irgendwelchen Schaden nehmen würde? Nicht auszudenken, wenn es dem Lehrer misslänge, sie zu Menschen, was auch immer Geiserich darunter verstehen mochte, zu bilden?

Der Himmel hatte sich mit Wolken bezogen, es war unangenehm kühl, als sie das Haus verließen. Eudaimons sehnsüchtiger Blick fiel auf das Paar gelber Stiefel an den Füßen eines von Gundarichs Burschen, die bis vor kurzem noch seine eigenen gewärmt hatten. Geiserich, der dem Blick verstohlen gefolgt war, ging ein Licht auf und er winkte den Träger der offensichtlich gestohlenen Schuhe zu sich her.

„Was gibt's Wichtiges?“, brummte Reto, „ich hab's eilig!“

„Deine Schuhriemen sind offen“, meinte Geiserich bedächtig.

„Du irrst dich“, maulte der Bursche ohne nachzusehen, da er wusste, dass er seine Schuhe gebunden hatte. Geiserichs Blick gewann eine gewisse Bedrohlichkeit.

„Sie sind offen“, konstatierte er, „und *deine* Stiefel“, er betonte das Possessivpronomen, als redete er von einem besonders widerwärtigen Insekt, „stehen hier vor dir, während du eilst, deine wichtigen Befehle auszuführen.“

Reto schüttelte ungläubig den Kopf, während der Seekönig langsam sein Schwert zückte. „Du bist wohl schneller zu Fuß als im Kopf“, knurrte er, „das wird sich ändern“, mit diesen Worten schmetterte er die stumpfe Seite seines Schwertes gegen das Schienbein des Burschen, der mit einem unterdrückten Schrei zusammenbrach. Geiserich wendete die Waffe in seiner Faust und legte die Schneide an die Kniekehle des Gestürzten. „Jetzt zieh die Stiefel aus, oder ich vergesse mich und mache dich zum Kr...“ Er stockte, eine flüchtige Röte überzog seine Gesichtshaut. „Na wird's bald?!“ Der gedemütigte Reto entledigte sich protestierend der Stiefel, während, vom Lärm alarmiert, Männer aus der Schar Gundarichs mit blanker Waffe aus den umliegenden Häusern gelaufen kamen. Doch auch Geiserichs Männer eilten heran, zogen blank und bildeten einen Schutzwall um ihn.

„Er hat mich bestohlen!“, rief Geiserich laut und vernehmlich in die Runde und wies auf Reto, „wer den Sklaven beraubt, bestiehlt den Herrn! Wenn euer König so etwas durchgehen lässt und Nachsicht übt mit euch ehrvergessenem Gesindel, kann ich es nicht ändern. Mit mir geht so etwas jedenfalls nicht.“ Er wandte sich suchend zu Eudaimon, sein Mund verzog sich zu einem geringschätzigen Grinsen, als er ihn vor Schreck am Boden kauernd wahrnehmen musste. „Fehlt sonst noch etwas, Grieche?“

Eudaimon, der zwar noch das eine oder andere Paar seiner Schuhe an den umstehenden Männern erkannte, schüttelte, um die Situation nicht weiter eskalieren zu lassen, den Kopf. „Ich bin zufrieden“, gab er mit zittriger Stimme bekannt. Verstehend erwiderte Geiserich seinen Blick von oben herab, sein Lächeln schon wohlwollender.

„Dann ist es gut. Eurik und Odilo, holt die Kiste des Lehrers herbei!“ Er wandte sich an Eudaimon, der mittlerweile seine so sehnsüchtig vermissten Schuhe wieder angezogen hatte. „Ich sehe dich später auf dem Schiff!“ Ohne die feindseligen Mienen der königlichen Krieger zu beachten, verließ er, gefolgt von seinen Männern, die Szenerie.

Noch ganz verdattert saß Eudaimon auf seiner Kiste und strich sich den Bart. Ein wenig Wein könnte jetzt nicht schaden, dachte er und winkte einen der emsig herumrennenden Weinverkäufer zu sich. Für zwei Asse erhielt er eine *Hemina* vermischten Landwein im Wegwerfscherben. Mit geschlossenen Augen führte er genüsslich den Becher zum Mund, als ihm die Köstlichkeit grob aus der Hand geschlagen wurde.

Begleitet von einem klackenden Geräusch und lautem Kinderlachen flog sein Becher in hohem Bogen aufs Pflaster, wo er zu Bruch ging. Als Eudaimon sich entrüstet in Richtung des Gelächters wandte, erblickte er zwei Knaben, einer mit Steinschleuder, die ihn ohne die geringste Scheu ansahen.

Der eine war etwa einen halben Kopf kleiner als der Schütze und trug das lange dunkle Haar ordentlich in der Mitte gescheitelt. Schon jetzt ließ eine breite, hohe Stirn auf den Denker schließen, wie die für einen Jungen seines Alters, Eudaimon schätzte ihn auf neun bis zehn Jahre, etwas zu vollen Pausbacken und der stämmige Körperbau sein Interesse an leiblichen Genüssen unterstrichen. Unter kräftigen Brauen verbreiteten braune Augen ein warmes Licht. Während der Schleuderer, die wilde ungezähmte Blondmähne um das nicht schmutzfreie Gesicht, die weißen Zähne zum schadenfrohen Lachen entblößt, stehenblieb, machte sich der Kleine sogleich auf, an Eudaimon heranzutreten.

Je näher er kam, desto größer erschien der Grünanteil in seinen Isiden und als er vor Eudaimon in die Hocke ging, schien dieser zum zweitenmal in die Augen des Seekönigs zu blicken. „Verzeih bitte, wir", dabei sah er sich zu seinem Freund um und winkte ihm, gleichfalls zu kommen, doch der machte nur auf dem Absatz kehrt und rannte davon, „also wir wissen eigentlich, dass sich so etwas nicht gehört, auch einem Unfreien gegenüber, und es tut uns Leid! Ich habe gehört, du sollst unser Lehrer werden." Mit einem weiteren Blick in Richtung des geflüchteten Übeltäters meinte er: „Du wirst ein dickes Fell brauchen für diese Lausebengel, und ich rate dir, schrei sie nicht an, dann werden sie noch bösartiger!"

Ein amüsiertes Lächeln umspielte Eudaimons Lippen: „Eure Hoheit gehören also nicht zu diesem Trupp von Lausebengeln?" Der Junge, der Ironie noch nicht mächtig, schüttelte den Kopf. „Ich bin kein Adeliger, aber ein Freigeborener. Ich heiße Arwid und meine Mutter Waltraute. Vater habe ich keinen", ergänzte er, „der Admiral kümmert sich um uns", mit Verschwörermiene neigte er sich näher an Eudaimons Ohr, „ich glaube, er ist in meine Mama verliebt, aber das muss geheim bleiben."

Der Grieche nickte verstehend. Das also war der gerade angekündigte Arwid. Ein freundliches, aufgewecktes Bürschchen mit angenehmen Umgangsformen und unentwickeltem Standesdünkel, freiem, ungezwungenem Blick, der bereit war, auch für die Fehler seiner Freunde einzustehen. Sieh an, ein Mensch!, dachte Eudaimon, natürlich erst noch im Werden begriffen, doch für das Weitere werde ich sorgen. Mit ihm würde er viel Freude beim Unterricht haben und seinen Spießgesellen würde er schon die Hammelbeine geradeziehen. „Arwid, sag deinem fernhintreffenden Pseudoapollon: ein toller Schuss! Den Becher treffen, ohne die Finger zu verletzen, Respekt! Aber sag ihm auch, er soll sich vorsehen!"

Der Engel der Rache

29. April 429 A. D.

Die Fesseln an den Handgelenken fügten ihr Schmerzen zu, die sie nicht mehr gewillt war zu ertragen. Je länger sie in diesem Zustand verblieb, desto geringer war ihre Chance auf Befreiung. Sie atmete tief durch, mehrmals, ließ ihren Kopf herabhängen, so dass er vor ihrer Brust baumelte, und bewegte ihn in rhythmischen Drehungen, bis plötzlich ein Schauer durch ihren Körper ging. Wie tot hing die keltische Gefangene an dem Pfosten, an den sie die suebischen Krieger gefesselt hatten.

Die schwarzhaarige Frau, die, ihrer zierlichen Figur hohnsprechend, über eine erstaunliche Geschicklichkeit im Nahkampf verfügte, war doppelt gesichert worden. Man hatte sie in einen Schweinekoben gesperrt und ihr zusätzlich die Hände hinter einem tragenden Pfosten zusammengebunden, an den man sie im Grätschsitz gelehnt hatte. Bei ihrer Gefangennahme hatten die Sueben sich von ihrer Gefährlichkeit überzeugen müssen, und so hatte Prinz Hermigar angeordnet, dass zwei Männer zu ihrer Bewachung abgestellt wurden. Diese jedoch, ältere Krieger, die dem groß angelegten Aufklärungsvorstoß, den Hermigar soeben mit der im Lager stationierten Einheit durchführte, ohnehin nicht hätten folgen können, zogen es vor, sich die Zeit mit den Lieblingsbeschäftigungen des beschäftigungslosen Soldaten, Trinken und Würfelspiel, zu vertreiben.

„Dunnerkeil on Wolkebruch, schlag ra, schlag ra, itz händ i allts verlore!"

„Isch des kähl, I brouch koin Kriag, om reich z'werra!"

Derart ihrer Obsession huldigend, schenkten die beiden Krieger natürlich auch der Dohle, die auf dem Innenhof des zum Lager umfunktionierten Gehöfts herumhüpfte und vermutlich Futter für ihre Jungen suchte, keinerlei Beachtung. Scheinbar ziellos hüpfte das Flattervieh herum, bis es schließlich einen metallisch glitzernden Gegenstand, der aussah wie ein Stückchen Kupferblech, aufhob und damit herumspielte. Anscheinend erfüllte es seinen Zweck, denn nach einigem Herumprobieren balancierte der Vogel das blitzende Beutestück quer im Schnabel und schlüpfte damit in den langen Stall. Kurz darauf erschien er wieder auf dem Hof und flog mit eiligen Flügelschlägen in südlicher Richtung davon.

Die Dohle achtete ständig auf ihre Deckung im Gehölz und im Gesträuch. Sie hatte sich ungefähr eine Laufstunde weit vom Lager entfernt, als sie Männer wahrnahm, die sich durchs Gestrüpp kämpften.

„Große Morrigan, kehren die Sueben schon um?"

Sie flog näher an den Trupp heran. Nein, das waren keine Sueben, aber was waren das dann für Krieger, die da geduckt durchs Unterholz pirschten? Vermutlich gehörten sie zum Heer der Feinde der Sueben und waren Angehörige jenes anderen Germanenvolkes, das zu suchen sie unterwegs war. Waren sie Vandalen, die nun ihrerseits Hermigars Bereitstellung auskundschaften wollten? Wenn ja, liefen sie in die richtige Richtung und würden bald fündig werden.

Weiter.

Bald schon fand die Dohle die Sueben, sie spähten immer noch in die andere Richtung aus, waren jedoch im Rücken der gegnerischen Streifschar. Hierher durfte sie sich nach ihrer Flucht nicht wenden. Um kurz zu verschnaufen, ließ sich das Tier im verwinkelten Geäst einer hohen Steineiche nieder, die den Wald überragte, und flatterte sodann von Ast zu Ast bis in die Krone des Baumriesen hinauf. Von hier aus hatte sie einen guten Überblick. In ihrem Rücken das Suebenlager, vor ihr war bereits die Küstenlinie schwach am Horizont erkennbar.

„Große Morrigan, hilf!"

Sie schwang sich in die Luft und flog zielstrebig in Richtung Meer, bis sie auf ein stark befestigtes Lager stieß, das offenbar das Hauptquartier der Vandalen war. Zu Fuß eine gute Tagesstrecke, das hieß zwei Nächte, wenn alles glattging. Bald hatte sie das Lager erreicht und ließ sich erneut auf einem großen Baum nieder, um abzuschätzen, mit wem sie es zu tun haben würde. Ein zahlenmäßig starkes Heer war hier untergebracht, es wimmelte von germanischen Kriegern. Hoffentlich waren sie weniger wild als ihre Peiniger, denn dieses Lager war ihr von Caffah gewiesenes Ziel, das sie nun nach langer Suche endlich gefunden hatte. Aber vorher war es anscheinend unbedingt nötig gewesen, sich von der feindlichen Partei fangen zu lassen ...

Sie putzte ihr Gefieder und bemerkte erst sehr spät die beiden jungen Männer, die mit Pfeil und Bogen ausgerüstet näherkamen. Der ältere, etwas größere, trug einen für sie fast heimisch wirkenden bunten Kriegsmantel und ebenso farbenfrohe Hosen aus Leder, sein mittelblondes Haar, das ihm bis auf die Schultern fiel, begann sich an der Stirnpartie zu lichten, was er mit einem von der Sonne weitgehend gebleichten Vollbart kompensierte. Der jüngere, kleinere war von etwas untersetzter Statur, doch strahlte er Energie und Ausdauer aus. Auch er trug seine dunkelbrünette schulterlange Mähne offen, wie bei den meisten Germanenstämmen üblich, doch ohne jenen seltsamen Knoten, den sich die Sueben an der rechten Schläfe in ihr Haar wanden. Er war glattrasiert und hatte, was ihr trotz der Entfernung auffiel, erstaunlich grüne Augen, die in der Sonne blitzten. Die beiden jungen Männer verband etwas. Das war für sie, mit dem scharfsichtigen Vogelauge ausgestattet, auf den ersten Blick erkennbar. Schließlich waren sie beide mit dem Schutzzeichen der Göttin gezeichnet. Neugierig beäugte der Vogel die beiden Gestalten, die mittlerweile ein gutes Stück näher herangekommen waren, mit quergestelltem und geneigtem Kopf. Der dunkle Krieger gefiel ihr gut, zu gut, denn sie konnte den Blick nicht von ihm wenden. Hierher musste sie gelangen! Hier würde ihre Botschaft Verständnis erfahren, dieses Zeichen hatte die Göttin ihr zum rechten Zeitpunkt geschickt, denn nach druidischer Auffassung verlieh die Göttin ihren Schutz keinen unwerten Männern.

„Ich bin sprachlos. Nach all der Zeit hast du dich ja nicht so arg verändert – äußerlich. Aber ich kann mir das wirklich nicht vorstellen, dass du in der Zwischenzeit keine Frau mehr angerührt hast“, hörte sie den Größeren sprechen, „und was mich daran am meisten beunruhigt, ist die Tatsache, dass du gesagt hattest, dir würde dabei gar nichts fehlen.“

„Nun, als Adept der pythagoreischen Lehren muss man auf so manches verzichten“, gab der Dunkle nachdenklich zurück. „Man muss viel tun, um rein zu sein, sich bestimmter Nahrungsmittel enthalten – so gut es eben geht –, jetzt in der Kriegszeit kann man das nicht alles befolgen, auch soll man zum Beispiel seine Sinnesorgane stärken, durch bestimmte Übungen des inneren Hörens, der auf Innen wie Außen gerichteten Aufmerksamkeit. Schau nur, dort drüben auf dem Ast der Vogel: Ich würde sagen, es ist eine Dohle und keine Krähe, ich kann das Grau im Nacken sehen – ich wette, du nicht!“

Der Größere blinzelte angestrengt. „Meine Augen sind auch nicht mehr das, was sie einmal waren“, meinte er, „ich könnte jetzt nicht erkennen, ob das dort eine Dohle ist. Ich glaube, ich schieße sie herunter, dann werde ich mir Klarheit verschaffen können."

Kaum dass er die bedeutungsschweren Worte gesagt hatte, legte er auch schon einen Pfeil auf die Sehne und zielte auf das arglose Federvieh.

Wie versteinert saß sie da, reglos vor Schreck. Sie sah sich in ihrem Vertrauen in die Göttin getäuscht. Das also ist das Ende, dachte sie noch. Doch in dem Moment, als der Pfeil von der Sehne losschnellte, erhielt er plötzlich eine andere Richtung und bohrte sich zuletzt in einen nahe stehenden Baumstamm.

«Truchthari, du Barbar! Nur weil du dir einbildest, dass du schlechter siehst, willst du das unschuldige Tier hier töten? An dir ging Eudaimons Unterricht wohl spurlos vorüber. Du kannst doch nicht einfach zum Scherz ein Tier töten. Zum Nahrungserwerb sehe ich es ja noch ein, aber nur so aus Jux und Tollerei?!"

Der kleinere Krieger, offensichtlich in heiligem Zorn, hatte dem Größeren während des Schusses einen Stoß versetzt und ihr somit das Leben gerettet.

„Wer Tiere verschont, wird auch nicht tierisch über eine allein wandernde Frau herfallen", schloss sie aus dem Verhalten des jüngeren Kriegers und machte sich auf, zurück in den Schweinekoben.

Nun begann der schwierigste Teil der Befreiungsaktion: Hatte sie das Kupferblech so abgelegt, dass sie es mit den nun schon fast tauben Fingern würde greifen können? Sie tastete sich nach unten und spürte, dass sie es recht gemacht hatte, doch wollten die Hände nicht gehorchen. Das Werkzeug entglitt ihr, zum Glück ohne Geräusch. Sie verbiss sich die Verwünschung, die ihr auf der Zunge lag. „Jetzt ist dein Geist so stark und doch vermagst du keinen Finger zu rühren, wenn es um deinen eigenen Körper geht", murmelte sie vor sich hin und schüttelte den Kopf. Doch dann konzentrierte sie ihre Willensanstrengung auf die rechte Hand und das Blech am Boden. Plötzlich war ihr Tastsinn wieder aktiv, und es gelang ihr, das flache Kupferteilchen, das für ihre Freiheit stand, tatsächlich in die Finger zu bekommen und damit an ihrer Fessel zu sägen – endlich, nach einer schieren Ewigkeit, gab das Seil nach und riss entzwei. Das wiederkehrende Blut trieb ihr Tränen in die Augen, und es war ihr, als würden ihre Hände von innen her mit heißem, pulsierendem Blei ausgegossen. Doch mit der Zeit kehrte mit dem

Blut auch die Muskelspannung zurück. Sie rieb ihre Hände aneinander, fühlte nach, wie gut es tat, sie wieder richtig bewegen zu können und spürte, wie die Kraft langsam bis in die Fingerspitzen hineinwuchs. Sie lockerte die Fingergelenke, indem sie die Knöchel der Reihe nach krachen ließ. Dann erst fühlte sie sich stark genug und bereit und nahm ihre vorherige Position wieder ein, mit hinter dem Pfosten verschränkten Armen. Mit einem Mal fing sie an, wie am Spieß zu schreien.

„Willst du wohl ruhig sein, du Schlampe!", polterte einer der beiden Wächter. Sie aber hörte nicht auf zu brüllen, steigerte sich vielmehr in einen hysterischen Krampf hinein, dass sie selbst Angst bekam, ihr würde nach spätestens zwölf Herzschlägen die Luft zum Atmen wegbleiben. Doch setzte sie das sehr lästige, ja schier schmerzerregende menschliche Dauergeräusch fort, bis endlich einer der Sueben in den Koben gestürmt kam. Er kam gerade recht, um zu sehen, wie die Gefangene die Besinnung verlor. Schwer fiel ihr Kopf gegen den sich nur noch schwach bewegenden Brustkorb. „Jetzt ist sie wenigstens still", dachte der Krieger. Zur Sicherheit wollte er jedoch ihre Fesseln nochmals überprüfen, man konnte ja nie wissen, was derart rasende Frauen anrichteten. Er bückte sich zu ihr herunter, kniete nieder und fummelte im Halbdunklen an ihren Handgelenken herum – um festzustellen, dass da etwas für ihn Lebensnotwendiges fehlte!

Diese Erkenntnis nützte ihm nichts mehr, denn mit der Schnelligkeit und Zielsicherheit einer Katze fuhr die Rechte der Keltin zum Griff seines Kurzschwertes, das er am Gürtel trug, riss es aus der Scheide und stieß die Klinge bis ans Heft in seine Kehle. Wie aus einem Sturzbach spritzte das Blut, und der Suebe sank röchelnd zu Boden. Die dunkle Frau trennte schließlich das Haupt vollends ab und ließ das Blut in einer riesigen Lache zusammenlaufen.

„Für dich, oh Morrigan, Göttin des Krieges, nimm mein Opfer gnädig an", murmelte sie neben dem Torso. Den Kopf legte sie behutsam zu Boden, sah ihm in die Augen. „Verzeih mir, dass ich dich getötet habe! Du warst nicht mein Feind, und du warst sicher ein tapferer Krieger. Mögest du zu Ruhm und Ehre wiedergeboren werden!"

Sie schlich sich aus dem Koben in den langen Gang des Stalles und spähte nach draußen. Anstatt sich um seinen Kameraden zu sorgen, ging der andere Suebe in eine entfernte Ecke des Lagers, um während der sich unerwartet ausdehnenden Spielpause sein Wasser abzuschlagen. Sie konnte keine Zeit darauf verschwenden, sich auf die Suche nach ihren beschlagnahmten Waffen zu machen, also gürtete sie sich kurzerhand mit dem Dolch und dem Sax des Getöteten. Sodann entfernte sie sich den Gang entlang aus dem Blickwinkel der Wache. Seltsam schnaubende Laute drangen aus der letzten einzelnen Box, sie erinnerten an lange, gleichmäßige Atemzüge. Vermutlich war hier ein krankes Pony untergebracht. Im Nu war sie im Freien, überquerte lautlosen Schrittes hinter dem Rücken des Sueben den Platz und näherte sich dem offen gelassenen Tor.

Oben auf dem Pfosten saß die Dohle und keckerte. Flugs ließen sie das Lager der Sueben hinter sich und entfernten sich unbemerkt in den Wald.

Die hispanischen Wälder waren von anderer Art als die heimischen der Grünen Insel, viel lichter in der Stammhöhe, dafür mit hoher, weitverzweigter Bodenvegetation bedeckt. Hier auf dem warmen Sandboden mochte es Schlangen geben, sie musste achtsam sein. Ihre größte Sorge galt jedoch den zweibeinigen Schlangen, dem suebischen Streiftrupp, der bald wieder zurückkehren musste. Sie lief mit locker federndem Gang durch das Gestrüpp, sie war es gewöhnt, sich im Wald aufzuhalten und dort große Strecken zurückzulegen. Der Wald war ihr bester Freund – neben den Vögeln im Allgemeinen und ihrer Dohle im Speziellen. Hurtig wie ein Bilch erklomm sie eine Eiche und verbarg sich im dichten Laub der ausladenden Äste. Sie überprüfte ihren Sitz in einer stabilen Astgabel und begab sich, nachdem sie sicher war, keinesfalls abrutschen zu können, auf die zweite Reise an diesem Tag. Diesmal kostete es sie wesentlich mehr Kraft, in die Dohle zu schlüpfen. Ja, sie spürte förmlich einen ansonsten nicht gekannten Widerwillen von Seiten des Tieres. Noch nie hatte sie Morrigan, wie sie ihre aviatische Hülle nannte, zweimal an ein- und demselben Tag heimsuchen müssen.

Erneut flog sie in dieselbe Richtung los und stieß schon bald auf eine Lichtung, auf der die verrenkten und verkrümmten Leichen einiger vandalischer Späher lagen. Sie musste Distanz schaffen, solange die Sueben noch nichts von ihrer Flucht erfahren hatten, also beschloss sie zurückzufliegen und hinterher einen Haken zu laufen, um die heimkehrenden Krieger zu umgehen. Nach kurzer Zeit war die Dohle zurück und ließ sich neben der puppenhaft schlaffen Figur auf dem Baum nieder. Plötzlich sträubte sie das Gefieder wie vor Schreck und keckerte sodann vergnügt vor sich hin. Währenddessen ging ein Beben durch den hingesunkenen Frauenkörper und die schlanke Gestalt richtete sich, wie aus dem Schlaf erwachend, auf, reckte kurz die Glieder und kletterte behende zum Erdboden zurück, um ihren Dauerlauf durch den Wald wiederaufzunehmen.

Kurz bevor die Nacht anbrach, ihre Flucht fiel ausgerechnet auf Neumond, ließ sie sich nochmals in der Deckung des Wurzelstocks eines umgestürzten Baumes nieder, um kurz auszuruhen. Ihre Gedanken wanderten, nein, zogen sie wie an einem Seil, das um ihren Hals geschlungen war, zum Lager der Vandalen. Der dunkelhaarige Krieger! Hoffentlich konnte sie möglichst rasch zu ihm gelangen, er würde sie schützen, denn es war gewiss kein Zufall, dass er ihr, besser gesagt Morrigan, das Leben gerettet hatte. Sie spürte ein bestimmtes Verlangen nach ihm, nicht nur das gewöhnliche Verlangen nach körperlicher Vereinigung, wie sie es gut kannte. Nein, ähnlich wie damals bei dem alten Druiden Caffah, der sie in die Kunst eingeführt hatte, geschah es ihr nun, dass auch ihr Geist nach Vereinigung verlangte, sie sich offenbar ohne den Menschen überhaupt zu kennen, bereits in ihn verliebt hatte. Er trug das Zeichen auf der Stirn, aber das trug auch sein Freund ...

Als die ersten Stimmen der Waldvögel ertönten und sich ein fahler Schein am östlichen Horizont abzeichnete, war es ihr gelungen, ein wesentlich größeres Stück Wegs zurückzulegen, als sie ursprünglich angenommen hatte. Das Meer war deutlich nähergerückt, und sie konnte das Lager der Vandalen in der Ferne erahnen. Bis zur dritten Stunde kämpfte sie sich weiter durch das Gesträuch, doch ließ ihre Achtsamkeit nach, öfter verletzte sie sich jetzt an Dornen und abgebrochenen Zweigen, die wie Lanzetten im Laub lauerten. Diese Signale der nachlassenden Kraft nahm sie geflissentlich wahr. Sie hatte gelernt, alleine im Wald zu überleben. Die Morgenstunden hielten für die Geübte jede Menge Trank bereit, sie streifte das kostbare Nass von den Blättern der Sträucher, von den Grashalmen und presste es aus den unter der südlichen Sonne allerdings nur spärlich gedeihenden Moospolstern. Langsamer gehend begann sie, den Waldboden nach Essbarem abzusuchen, fand auch Pflanzen, deren Wurzeln kraftspendende Wirkung besaßen und grub sie mit dem Kurzschwert aus. Dieses frugale Mahl, obendrein in der wenig beliebten Geschmackskombination aus bitter und süß, schlang sie, auf einem umgestürzten Baumstamm kauernd, hastig hinunter und fühlte sich augenblicklich gestärkt. Am Waldrand erklomm sie wieder eine der hohen Steineichen, die mit ihrer enormen Höhe und der schütteren Belaubung einen idealen Aussichtsposten bot. Die Augen mit der flachen Hand abschirmend, versuchte sie sich einen Überblick über das vor ihr liegende Terrain zu verschaffen.

Der Macchiendschungel, der sich nun vor ihr erstreckte, wirkte wie ein Labyrinth. Wie sollte sie sich darin zurechtfinden? Mit einer derartig undurchdringlichen Vegetation war sie nicht vertraut. Sich an der Sonne orientierend, kämpfte sie sich durch das unübersichtliche Gestrüpp, doch schon bald musste sie sich erschöpft geschlagen geben, und ließ sich, wie sie dastand, zu Boden fallen. Es tat gut, den sich von Dauerlauf und Mundatmung wie versengt anfühlenden Atemwegen etwas Erholung zu gönnen. Sie atmete tief aus, dabei hielt sie sich die Seiten und horchte dem Atem lange nach, bevor sie wieder Luft einsog und sich Brust und Herz weiteten.

Eine gewisse Ratlosigkeit machte sich in ihr breit. Kein Wölkchen trübte den metallisch blauen Himmel, um die Strahlen der sengenden Sonne abzuhalten. Langsam, aber sicher wurde es der Keltin zu heiß, und allmählich fühlte sie sich der Anstrengung, bei den herrschenden Temperaturen mehrere Stunden sehr konzentriert und ohne Wasser durch diesen Niederurwald pirschen zu müssen, nicht gewachsen. Die Gefangenschaft bei den Sueben und die damit verbundene Mangelernährung waren nicht spurlos an ihr vorübergegangen. Als die Sonne im Zenit stand und sie schier zu verbrennen drohte, wurde ihr klar, dass es unmöglich war, weiterzugehen. Niedergeschlagen ließ sie sich in dem Schatten, vielmehr der Vorstellung von Schatten, den die filigranen Pflanzen boten, nieder und beschloss, zu warten bis die ärgste Hitze vorüber wäre. Sie legte sich auf den staubigen Boden, das Kurzschwert griffbereit, und war innerhalb einer halben Minute eingeschlafen. Neben ihr kauerte Morrigan im Geäst eines Strauches. Den Schnabel weitgeöffnet, den Stoß gefächert und die Schwingen abgespreizt, versuchte sie, der Hitze auf ihre Weise zu trotzen. Die wohltuende Kühle des Abends weckte die Druidin aus ihrem Schlaf. Erst jetzt spürte sie, wie zerschlagen sie war, ein paar Kratzer hatten sich entzündet und schmerzten in pulsierendem Rhythmus und ihre Beine fühlten sich, kaum dass sie aufgestanden war, an wie mit Blei gefüllt. Wohl hatte ihr Wille über den Körper triumphiert, doch klagte der geschundene Sklave nun seine Rechte ein. Nirgends konnte sie hier schmerzlindernde Pflanzen entdecken und verfluchte erneut die Umstände, die sie hierher gebracht hatten.

Geduldig wartete sie auf den Neumondabend, um sich mit Hilfe der Planeten und des Zodiakus zu orientieren. Unter dem hispanischen Himmel sah sie sich vor eine nicht ganz einfache Aufgabe gestellt, konnte aber schließlich das Sternbild der Jungfrau am südlichen Horizont anvisieren. In zwei Stunden würde es von der Waage, in der sich gegenwärtig der Planet des Göttervaters aufhielt, abgelöst werden, sie musste sich also leicht südöstlich halten, um auf das Lager der Vandalen zu treffen. Der Weg war beschwerlich, da sie immer wieder nach oben schauen musste, um sich der Richtung zu vergewissern. Morrigan balancierte auf ihrer linken Schulter, wie immer, wenn ihre Meisterin nachts unterwegs war. Der Vogel schien Spaß dabei zu empfinden, wenn er getragen wurde und zupfte öfter seine Trägerin am Ohrring oder nestelte in ihren Locken herum. Die Druidin nahm es gelassen als Zeichen der Vertrautheit zwischen ihr und dem übermütigen Federvieh hin. Etwa eine Stunde nach Mitternacht erreichte sie das Lager der Vandalen.

Jetzt wollte sie nichts mehr riskieren. Mit aller Macht rief sie in die Dunkelheit lateinische Wortfetzen von Freundschaft und Gastrecht. Sie verzichtete auf das ihr geläufige Gotisch, um keinen falschen Eindruck zu erwecken.

Es kam auch eine lapidare Antwort, ebenfalls in der seltsamen Form des Lateinischen, die sich in jener Zeit bedenkenlos verwenden ließ: „*mane manem*!" Was wohl so viel heißen sollte wie: Warte bis zum Morgen!

Von dieser Reaktion wenig überrascht, beschloss die Fragerin erneut die notwendige Wartezeit mit Schlafen zu überbrücken und ließ sich in respektvoller Entfernung, wiewohl in Hörweite nieder. Allerdings wollte sie in der Nähe des Germanenlagers nicht auf einen gewissen Schutz verzichten. Bald stand neben der sich auf den Schlaf vorbereitenden Frau, wie ein Schatten im diffusen beginnenden Licht des sehr frühen Morgens, die schemenhaft wabernde Gestalt eines hochgewachsenen Mannes. Im Augenblick, als ihre überreizten Sinne den Wächter wahrnahmen, ließ sie ihren überanstrengten Geist willenlos in die Abgründe des Schlafes sinken. Wer das Dunkel mit den Augen zu durchdringen vermochte, würde eine Gestalt, gewandet in einen weiten, altmodischen Mantel, gelehnt auf einen langen, mit Runen verzierten Speer wahrnehmen, die Wache neben der Schlummernden hielt. Kein Krieger würde das Wagnis auf sich nehmen, sie unter seinem Schutz beschleichen zu wollen ...

Ein zugleich feuriger und eisiger Schreck riss sie jäh aus dem Schlaf, als ihr brutal die Arme auf den Rücken gedreht wurden. Die Sonne stand zwar noch niedrig am östlichen Himmel, doch war ihr Licht bereits stark genug, die mühsam aufgebaute Illusion des Wächters in die Schatten der Nacht zurückzudrängen. Ein unartikulierter Schrei entrang sich ihrer Kehle. Nicht schon wieder! Jetzt war sie an der richtigen Adresse und dann passierte es ihr erneut. Sie hatte schlichtweg verschlafen und sich wie ein Karnickel in der Schlinge fangen lassen!

Auch die Waffen hatten sie ihr abgenommen. „Lass mich sofort los“, fauchte sie den blonden Hünen an, der sie, als sei sie nichts weiter als ein leichtes Netz voll erlegter Tauben, hochhob und über die Schulter warf, obwohl sie wie wild mit den Beinen strampelte. Ihre Hände waren schon wieder zusammengebunden. Schnell war ein Haufen von Kriegern zusammengelaufen und bildete ein gaffendes Menschenknäuel um den Wachtposten, der das schreiende zarte Wesen herbeitrug und abstellte wie ein Müller sein Getreide. Ihre Pobacken schmerzten heftig, als sie hart zu Boden fiel. Obwohl sie wegen des allgegenwärtigen Schmutzes, der übel verfilzten Haare und der eher praktisch ausgerichteten Kleidung wenig anziehend aussah, bekamen die Vandalen große Stielaugen. Seitdem die Vorbereitungen fürs Übersetzen angelaufen waren, lebten sie kaserniert, ihr Kontakt mit Frauen hatte sich darauf beschränkt, bei Gelegenheit vorüberkommenden Marktweibern und ihren Töchtern aus der Ferne nachzupfeifen.

Ein Tumult brach los. „Ich darf zuerst“, verkündete der Finder der Beute. „Das wäre ja noch schöner“, dröhnte eine stark basslastige Stimme aus dem Hintergrund, und eine untersetzte Gestalt, deren Gesicht von blondem Bart schier zugewachsen war, drängte sich nach vorne. „Ich bin hier der *primus pilus,* und“, er grinste breit, wobei er ein gelbes Pferdegebiss entblößte, „wie der Name schon sagt, der erste Speer darf zuerst!" Sein Kontrahent gab sich jedoch noch nicht geschlagen und giftete zurück. Allerdings gingen die meisten Worte des Streites wegen des verwendeten Jargons am Ohr der Keltin vorbei. An und für sich war es ihr egal, welcher der Kontrahenten sich des Siegerrechtes bedienen würde. Immer war es dasselbe, wenn sie allein auf Krieger traf. Sie war Beute, nichts mehr. Ihre Wut hielt ihre Angst jedoch in Grenzen. Wie konnte sie sich nur so kurz vor dem Ziel noch fangen lassen!

Die beiden Rivalen waren inzwischen zu Tätlichkeiten übergegangen. Der Zenturio packte den Wachsoldaten und ließ ihn mit Hilfe eines gekonnten Wurfes, Gesicht voraus, in den Staub fallen. Gerade als er sich seiner redlich verdienten Beute zuwenden wollte, trieb ihn ein heftiger Tritt gegen das Hinterteil über sein Ziel hinaus – die Druidin drehte sich geschickt weg, und er wurde in den Haufen der umstehenden Männer katapultiert. Dröhnendes Gelächter umbrandete sie, die wie in einer Wolke saß und die Schmerzen in den Gliedern nicht mehr spürte. Die Szene war so ganz nach dem Geschmack der Soldaten. Zwei gestandene Mannsbilder rauften sich auf Teufel komm raus um eine gefangene Frau, die gebunden und hilflos zusehen musste. Wutschäumend drehte sich der Zenturio um und wollte gerade sein Schwert zücken, als in das Tohuwabohu plötzlich eine helle, jugendlich ungeschliffene Stimme drang. „Was ist denn hier los?"

Die Hand des Zenturios entfernte sich unauffällig vom Schwertknauf, um Staub von der Hose zu klopfen.

„Lasst mich mal durch!" Bereitwillig bildeten die Schlachtenbummler eine Gasse, durch die eine der Frau wohlbekannte Gestalt herankam. Sie dankte der Göttin, auf die wohl doch Verlass war, denn es handelte sich um keinen anderen als jenen dunkelhaarigen Krieger, dem sie schon einmal ihre Rettung zu verdanken hatte.

Offensichtlich hatte er, seiner Jugend zu Trotz eine gewisse Autorität bei den Soldaten, denn das Geschrei verstummte augenblicklich und die beiden Kampfhähne zogen sich grummelnd zurück, ehe das erwartete Unwetter sich über ihnen entladen konnte. Wenige Augenblicke später stand auch der blonde Krieger neben seinem Freund. Sein Atem ging keuchend, er war wohl aus einer entfernteren Ecke des Lagers herbeigeeilt. Offensichtlich hatte er sich soeben die Haare gewaschen, denn er trug die langen Schläfenhaare zu einem wenig kunstvollen Knoten auf der Stirn zusammengeflochten. „Was haben wir denn da?“, wandte er sich an die Kauernde.

„Wen! Bitte!“, kam es bissig zurück, „auch wenn ich eine Frau bin, bin ich doch eine Person und keine Sache!“

Der Schwarzhaarige pfiff anerkennend durch die Zähne. Sie spricht gotisch. Phantastisch, endlich hier auf eine Frau zu treffen, mit der man auch reden kann, schien er damit sagen zu wollen. „Umso besser, wer bist du denn?“

„Man nennt mich Ceridwen. Ich komme von der fernen Insel Hibernia, wo ich Priesterin der Göttin bin, eine *filid* ...“ Auf ihre verständnislosen Gesichter hin, ergänzte sie: „Die Römer nennen uns Druiden! Ich bin gekommen, um euch zu helfen. Deshalb bitte ich um angemessene Behandlung. Bindet mich los und bringt mich zu eurem Kommandeur, vorher bin ich nicht bereit, weitere Mitteilungen zu machen!“

Ein Grinsen zog kurz das Gesicht des dunklen Kriegers, der sie eingehend musterte, in die Breite. Er wandte sich zu seinem triefenden Freund. „Hast du schon einmal daran gedacht, Truchthari, dass man den alten Spruch: ‚*victrix causa diis placuit, sed victa Catoni*‘ auch so übersetzen könnte, dass dem alten Bock Cato nicht die ‚besiegte Sache‘, sondern eben ‚die Besiegte‘, also eine durchaus weibliche Person, gefallen hätte?“ Beide blickten herab auf die schmutzige, gefesselte Druidin und lachten herzhaft.

Ceridwen senkte den Blick zu Boden, die Göttin schützt keine unwerten Männer, versuchte sie sich einzuhämmern, doch fiel es ihr immer schwerer, dieser Sentenz aus den Regeln Glauben zu schenken.

„Wer sagt mir, dass du nicht lügst und eine Spionin der Sueben bist?“, wollte der blonde Barbar, nun wieder ernst, wissen. Ruckartig fuhr ihr Kopf hoch, kalt blickte sie ihm in die Augen.

„Sueben?“ Sie spuckte aus, was ihr nicht leichtfiel, ihr Mund war völlig ausgetrocknet. „Diesem Pack bin ich gerade entkommen. Macht mich jetzt endlich los!“

„Binde sie los, in Gottes Namen“, beeilte sich Arwid einen Krieger anzuweisen. Die Vandalen schauten allesamt betreten zu Boden. Aus dem großen Spaß, den sie sich mit der Gefangenen erhofft hatten, würde also nichts werden. Den Spaß würden nun die Anführer haben. Wie immer, wenn man als gemeiner Krieger seine Schäfchen nicht sofort ins Trockene brachte, hatte man das Nachsehen.

Ceridwen erhob sich und klopfte umständlich ihre zerissenen Gewänder ab. „Gibt es hier bei euch ein Waschhaus? Ich will nicht so zerzaust und schmutzstarrend meine von den Göttern aufgetragene Mission erfüllen.“ Mit blitzblauen Augen blickte sie dem nassen Blondschopf ins Gesicht. Jegliche Anwandlung von Furcht oder Beklemmung war von ihr gewichen, nicht zuletzt die Gegenwart des dunklen Kriegers verlieh ihr eine gewisse Sicherheit. Mit unsicherer Geste wies Truchthari auf jenen Zeltbau, aus dem er gerade gekommen war.

„Im Übrigen hätte ich nichts dagegen, wenn ihr mir Kleider besorgen könntet, denn die Sueben haben mir alles abgenommen, als sie mich abfingen. Morrigan, hierher“, pfiff sie die Dohle zu sich. Gemeinsam verschwanden sie im Zelt.

Truchthari schluckte. Wo sollten sie hier, in einem Lager der Nachhut, wo nur Soldaten hausten, Frauenkleider auftreiben?

Nachdem sich Ceridwen gründlich gewaschen und auch ihre Haare mühsam entwirrt hatte, erschien sie im vollen Glanz ihrer natürlichen Schönheit vor den Kriegern. Ein römisches Untergewand, das durchgeschnitten und zu einem reichlich knielangen Wickelrock umfunktioniert worden war, hatte sie mit einer ärmellosen Tunika kombiniert, alles in allem eine Tracht, die ihre weiblichen Formen aufs Deutlichste zur Geltung brachte. Ein Anblick, der die Stielaugen der Vandalen nur verlängerte. Doch die gefangene Druidin schritt, ein amüsiertes Lächeln auf den Lippen, selbstbewusst durch das Spalier der Soldaten zurück zu den Anführern. Arwid und Truchthari hielten die Luft an. So eine Frau hatten sie noch nie gesehen, sie wechselten einen kurzen, allessagenden Blick: Nicht irritieren lassen!

Ceridwen, die sich ihrer Wirkung auf Männer bewusst war, warf den Kopf in den Nacken, um sich ein paar Locken ihrer noch nicht ganz trockenen Mähne aus dem Gesicht zu schütteln. Ihre meerblauen Augen fixierten den Blick des grünäugigen, dunklen Offiziers, bohrten sich förmlich in sein Inneres. Er begann unwillkürlich heftig zu schwitzen und fuhr sich mit der Hand über die Stirn. Es blieb ihm nur mehr die Flucht ins Formelle.

„Darf ich dich in mein Zelt einladen, wo wir alles ungestört besprechen können?“

Die umstehenden Krieger murrten. Arwid sah Truchthari an. „Du und Balamber, ihr kommt mit“, ordnete er an. „Es wird keine Geheimnisse geben“, wandte er sich im Gehen an die Soldaten.

Die Gruppe ging gemessenen Schrittes entlang der *Via regia* zum Zelt des Kommandanten. Die Vorhänge am Eingang wurden zurückgeschlagen, so dass Einblick ins Zeltinnere gegeben war. Allerdings würden die Krieger der Unterredung nicht folgen können, da es grundsätzlich nicht erlaubt war, auf Hörweite heranzukommen. Doch den Anblick der geheimnisvollen Botin wollte sich keiner entgehen lassen. Die allernächste Zukunft würde wohl eine große Schlacht bereithalten, wurde allenthalben schon gemunkelt, machte doch das Gerücht die Runde, im Dämmerlicht der Morgenstunden hätte sich die unverwechselbare Gestalt des Schlachtenlenkers Wotan gezeigt.

Arwid ließ sich in einem Scherenstuhl neben dem aufgebockten Kartentisch nieder. Das Zelt hatte nur wenig Barbarisches an sich und orientierte sich, wie die ganze Lagerordnung, am römischen Vorbild. Zwar war dieses Idealbild des Militärlagers nicht ganz umzusetzen gewesen, da die Gefolgschaftsherren von ihren Kriegern umlagert werden wollten, wie es dem Herkommen entsprach. Dennoch waren die Kompetenz- und Hierarchieverhältnisse der Streitkräfte nach römischer Art gegliedert, was die Schlagkraft des Heeres erheblich gesteigert hatte. In diesem so römisch anmutenden Zelt fiel lediglich die Ausrüstung der drei Vandalen aus dem Rahmen, denn sie waren nach germanischer Sitte gekleidet und mit entsprechenden kleinen Repräsentationswaffen versehen. Um den kriegerischen Anlass des Treffens zu betonen, hatte sogar die ansonsten schmucklose Keltin das erbeutete Kurzschwert zurückerhalten und in ihren Gürtel gesteckt. Ihr wurde der Platz gegenüber dem Kommandeur zugewiesen, Truchthari und Balamber, der Schattenspender des Vandalenprinzen, flankierten die beiden.

„Nun hast du Kunde erhalten, wer ich bin, doch ist mir noch immer nicht bekannt, wen ich vor mir habe“, sagte die keltische Druidin rundheraus. Der verdutzte Arwid faltete seine langfingrigen Hände und stellte sich knapp als Legaten und Königssohn vor. Auch er ging sofort in medias res. „Du nanntest dich eine Botschafterin der Götter, was hast du uns zu bringen?“

„Nichts Geringeres als die Rettung deines Volkes! Der Suebenprinz Hermigar will euch überfallen und vernichten, wenn ihr am Übersetzen nach Africa seid.“

Sie ließ die Worte verhallen und beobachtete die Mimik der Vandalen. Während Truchthari ungläubig grinste und Balamber so tat, als habe er nicht recht verstanden, zeigte Arwid keinerlei Reaktion. „Nun, das überrascht mich nicht sonderlich“, konterte er, „wir haben ihn bereits ausspionieren wollen, doch sind unsere Späher nicht wiedergekehrt, wir erwarten sie jede Stunde.“

„Da könnt ihr lange warten! Ein kleines Detachement der Sueben hat sie aufgegriffen, ich wurde während meiner Flucht aus dem Lager Zeugin ihres Todes. Ich will nicht viele Worte machen, wo Taten notwendig sind. Eure Feinde stehen in großer Zahl in einer einzigen Bereitstellung, denn sie wollen erst angreifen, wenn das Gros eurer Truppen übergesetzt hat, um den Tross und die Nichtkombattanten auszuplündern.“

„Das sieht Hermerich, diesem Schweinehund ähnlich!“, entfuhr es Arwid. „Warum aber willst ausgerechnet du, eine Priesterin eines Glaubens, dem wir allesamt nicht anhängen, unser Volk retten? Ist eure Religion derart auf Nächstenliebe ausgerichtet, dass eure Götter Botinnen zu allen gefährdeten Kriegsheeren der Welt schicken, um sie vor dem Untergang zu bewahren?“

Arwid fixierte die Schöne und versuchte, sich nicht von ihrem Äußeren beeinflussen zu lassen, denn er begann zu spüren, dass er sich nichts sehnlicher wünschte, als dass er ihr vertrauen dürfte. Doch er schüttelte den Kopf. „Nein, Hermerich schickt eine Agentin, deren Zauber alle erliegen, weil man nicht anders kann, als ihr zu glauben, da man einem derart charmanten Wesen einfach nicht misstrauen kann, und baut damit eine Falle auf, in der sich der nicht mehr ganz ahnungslose Feind trotzdem fängt. Ich zweifle an der Wahrheit deiner Worte, Keltin.“

„Das verwundert mich nicht! Unsere Götter sind alles andere als reine Menschenfreunde, wir opfern ihnen auch Menschen, um uns ihrer Gunst zu versichern. Und doch wissen wir, dass unsere Götter auf uns angewiesen sind, und uns, ihr Volk, retten wollen. Wir haben einen Spruch erhalten, der uns vor dem eigenen Untergang warnt:

‚Männer aus dem Norden, stark im Eisen, werden herfallen über die grünende Eiriu, werden ihre Viehherden verheeren, ihre Frauen schänden und die Männer Mils töten. Städte werden sie errichten, um das Land zu beherrschen, Kreuz und Hammer werden regieren, brennen werden die Dörfer und hadern die Menschen untereinander.‘

Caffah, unser Meister, ist von den Göttern durch Träume wachgerüttelt worden, er ist überzeugt, dass die Stunde der äußersten Gefahr unmittelbar bevorsteht“, fuhr sie fort. „Ihr müsst wissen, dass ihr, euer Volk, im Plan der Götter eine große Rolle spielt. Sehr im Verborgenen könnt ihr den Männern Mils helfen, wie sie euch, durch mich weniger verborgen Hilfe gewähren werden. Ich werde mich zu euch gesellen und euch meine Kräfte zur Verfügung stellen, wo immer es notwendig sein wird."

„Schön gesprochen", meckerte Truchthari in seiner kratzigen Stimme, „auf eine wackere Kriegerin wie dich haben wir natürlich gewartet, dass du uns hier heraushauen wirst, mit deinem Kurzschwert und deinem komischen Vogel ..."

Ein flammender Blick der Keltin brachte ihn zum Schweigen, er fühlte sich plötzlich nicht ganz wohl mit seinem Spott. „Du wirst verstehen, dass wir, wie Arwid eben schon sagte, dir nicht so ohne Weiteres glauben können", milderte er seine Aussage ab.

Ceridwen sah ihn nur umso durchdringender an. „Erlaube mir kurz in deine Seele einzudringen", forderte sie.

Truchthari war natürlich nicht bereit, dies zuzulassen: „Am Ende verhext du mich noch, und ich kenne mich nachher nicht wieder, kommt nicht in Frage", lehnte er kategorisch ab und wandte sich hilfesuchend an Arwid.

„Tu's für König, Volk und neue Heimat", meinte der nur jovial und grinste. Derartige Sprüche kannte Truchthari noch von früher, aus seiner besten Zeit als Herzensbrecher in ganz anderen Zusammenhängen, doch zuletzt gab er, das Gesicht reine Skepsis, nach.

„Ich verspreche dir, dass dies keinerlei Spuren hinterlassen wird, ich will dir nur ein paar Wahrheiten über dich erzählen, die euch beweisen, dass ich übernatürliche Fähigkeiten habe und imstande bin, euch wirkungsvoll zu helfen."

Ceridwen versetzte sich unnötigerweise in Trance, denn alles, was sie hier aufführte, war der reine Bluff. „Ich sehe durch deine Augen." Sie machte eine Kunstpause. „Als Junger sahst du sehr gut, jetzt bist du", sie schätzte sein Alter, „zwischen 22 und 24 Jahre alt", da über Truchtharis Geburt wenig bekannt war, konnte er selbst nicht genau sagen, wie alt er nun sei, ihre Aussage entsprach also seinem persönlichen Blickwinkel und war gut getroffen, „vor Kurzem wurdest du daran gehindert, einen schwarzen Vogel abzuschießen. Du bist die rechte Hand des Legaten", sie wies auf Arwid, „und ihm schicksalsmäßig verbunden, denn auch du trägst das Zeichen der Göttin auf der Stirn. Ich glaube, das genügt, ich will hier keine Intimitäten ausplaudern."

Truchthari war beeindruckt, ebenso Arwid. Beide versicherten dem ungläubigen Balamber, dass es sich so zugetragen hatte, dass sie vorgestern bei einem Streifzug eine Begegnung mit einer Krähe oder Dohle hatten, die beinahe letal für das Tier ausgegangen wäre, da sie unnatürlich lange sitzen geblieben sei, als sie sich ihr genähert hätten. Doch mit einem Blick auf die Dohle zu Füßen der Zauberin Betrug witternd, wollte Truchthari sich mit dem bisher Gesagten nicht völlig zufrieden geben. Er verschränkte die Arme vor der Brust. „Welche Art Zeichen meinst du?"

„Du, wie dein Freund, ihr beide seid von der Göttin ausgezeichnet. Ihr tragt ihr Schutzzeichen auf der Stirn und seid also in die Pläne der Götter einbezogen, anscheinend ohne es zu wissen oder dafür vorbereitet zu sein."

Truchthari entsann sich seines Haarknotens. Sie konnte also kein sichtbares Zeichen auf seiner Stirn meinen, es war also, versetzt mit einigen Wahrheiten, doch nur Dichtung, was sie da vorbrachte. Er grinste breit und frech. „Du meinst also eine Art Zeichen, das nur speziellen Menschen wie dir zugänglich ist, einen Hokuspokus, dessen Wahrnehmung nur bestimmten Priestern vorbehalten bleibt, nicht wahr?"

„So habe ich mir deine Reaktion vorgestellt." Ihr Lächeln war zwischen Verführung und der Überheblichkeit derer, die etwas besser wissen, angesiedelt. „Nein, das Zeichen kann jeder sehen, der will. Hättest du also die Güte, deinen Haarknoten zu lösen?"

Truchtharis Neugierde erwachte.

„Schau dir zuerst deinen Freund Arwid an. Eine einzige dicke, blaue Ader zieht zur Nase, doch vom Haaransatz her laufen drei feinere Äste, die diese Ader speisen. Bei ihm sind sie schwerer einzusehen als bei dir, der du genau dasselbe Zeichen trägst. Mit dieser Vierheit schützt dich die Göttin. Man kann es nicht immer sehen, aber wenn du dich kurz bückst, wird es sich offenbaren."

Truchthari, dessen Eitelkeit ihm schon diverse Stunden physiognomischer Betrachtungen seines Konterfeis beschert hatte, war überrascht. Sollte es da ein Detail geben, dem er zu wenig, besser gesagt, überhaupt keine Aufmerksamkeit gewidmet hätte? Auch an Arwid war ihm das gerade beschriebene Indiz göttlichen Schutzes noch nie aufgefallen. So genau also siehst du dich an, dachte er bei sich und warf einen verstohlenen Blick auf Arwids Stirn. Tatsächlich konnte man da, wenn man nur darauf achtete, diese seltsame

Zeichnung der Blutwege, die in etwa der „*Ma*"-Rune entsprach, ausmachen. Und Gott machte ein Zeichen an Kain und seinen Nachkommen, dass sie nicht Schaden nähmen oder so ähnlich, spannen sich seine Gedanken weiter.

„Nun, was ist", wurde er von Arwids Stimme aus seinen Tagträumen gerissen, „willst du dem Ansuchen der *domina* nachkommen, oder bist du tatsächlich zu eitel, deinen nach oben gerutschten Haaransatz in ihrer Anwesenheit entblößen zu wollen?"

Verwirrt und gehorsam löste er mit fahrigen Bewegungen seinen Haarknoten, bückte sich für ein paar Sekunden, und schnell wurde das besagte Zeichen erkennbar, wie er der Reaktion der anderen entnehmen konnte. Nein, nie hatte er darauf geachtet, doch erschien es ihm einleuchtend, dass man darin das Schutzzeichen einer weiblichen Gottheit sehen mochte, schließlich stand die Rune „*Ma*" für „Mutter".

„Ihr beiden solltet euch an der Religion der Mutter ausrichten, ihr hättet mehr vom Leben", belehrte Ceridwen die verblüfften Freunde.

„Ich hoffe, du bist nicht gekommen, uns eine neue Religion zu bringen", verteidigte Truchthari seine Glaubensrudimente gegen neue spekulative Ungewissheiten, „wir Arianer haben nämlich mit der alten schon genügend Schwierigkeiten. Aber auch unser Gott machte Menschen, die ihm besonders wertvoll erschienen, ein Zeichen an der Stirn, damit sie nicht von anderen getötet würden, dazu brauchen wir nicht extra eine neue Göttin! An Arwid solltest du dich schon gar nicht versuchen, der ist Pythagoreer, den kannst du nicht mit einer Untergottheit abspeisen, er dient nur dem allerhöchsten Prinzip der Harmonie."

Der so Charakterisierte wischte die Debatte mit einer Handbewegung beiseite.

„Nun, Ceridwen, du gabst vor, uns retten zu wollen. Beweise es und verrate uns etwas über die suebischen Bereitstellungen!"

„Ihr vertraut mir also?"

Beide Freunde nickten, auch Balamber schloss sich der allgemeinen Zustimmung an. Den Zauber mit den Zeichen auf der Stirn konnte er sich überhaupt nicht erklären. Die Frau war also eine Hexe, so viel stand fest. Es fragte sich nur, für wen sie hexen würde, für die Vandalen oder für die Sueben. Er seufzte. Man würde sich einfach auf seinen und seiner Männer starken Arm verlassen müssen, wenn es zur Schlacht kommen würde. Dann würde man den

Sueben, ob mit oder ohne magische Unterstützung, schon zeigen, wo die Riesen die Stufen hinab zur eisigen grauen Hel in den Fels gemeißelt hatten.

Während Arwid auf ihren Bericht wartete, lehnte sich Ceridwen genüsslich zurück und streckte sich in sehr unkeuscher Manier. Der Prinz blickte befangen zur Seite, die beiden anderen bekamen glasige Augen, während die Keltin die Situation zu genießen schien und die Arme hinter dem Kopf verschränkte, immer noch ihre weibliche Pracht deutlich zum Ausdruck bringend. Gottlob saß sie mit dem Rücken zu der wartenden Schar der Krieger außerhalb des Zeltes. Herausfordernd leckte sie sich die Lippen. „Ich weiß, woran ihr drei jetzt denkt“, orakelte sie.

„Dazu gehören nun aber wirklich keine übernatürlichen Kräfte“, platzte Arwid verlegen lachend los.

„Aber keiner von euch könnte das, was er sich gerade ausmalt, durchführen, wenn ich es nicht ebenfalls wollte. Hermigar ist auch gescheitert an mir. Fünf Nächte lang musste ich sein Lager teilen, und er hat es kein einziges Mal geschafft! Ich habe ihm die Männlichkeit verzaubert, versteht ihr, es rührte sich nichts, und ich weiß nicht, ob sich jemals wieder etwas bei ihm rühren wird! Vielleicht habt ihr die Güte, diese Geschichte im Lager kursieren zu lassen, denn ich bin es Leid, dauernd die Annäherungsversuche irgendeiner Soldateska abzuwehren.“

Sie schlug die Beine wieder sittsam übereinander und richtete den Oberkörper auf. Das waren klare Worte. Betreten sahen sich die drei Vandalen nach irgendetwas Beschauenswertem in der Umgebung um. Nicht zuletzt um der Situation ihre Peinlichkeit zu nehmen, zog Ceridwen ihr Kurzschwert aus der Scheide und zeichnete damit Linien in den staubigen Boden des Zeltes.

„Hier ist euer Heer, hier die Guadiana, hier liegt Merida ...“

Eine halbe Stunde später jagten Meldereiter auf den besten Pferden, die sich im Lager fanden nach Tarifa, dem Haupthafen der Invasionsflotte, der nur wenige Meilen entfernt lag. Männer wie Rösser bedeckte eine Kruste aus Staub und Schweiß, als sie dort anlangten. Mit pfeifenden Lungen stürmten die Melder ins Zelt des Königs, der irritiert aufblickte, da er es nicht gewöhnt war, bei Besprechungen gestört zu werden. Doch der Anblick der ihm entgegenschwankenden, verdorrten Gestalten machte ihm die Dringlichkeit ihrer Nachricht überdeutlich bewusst. Was er da von den Boten seines Sohnes erfahren musste, überstieg seinen Erwartungshorizont bei Weitem. Hermerich sann also nicht auf einen kleinen Raid mit Beute und vielleicht etwas Landnahme als Ziel, der Suebenkönig wollte ihnen offensichtlich ernsthaft das Fell über die Ohren ziehen, das ganze Vandalenvolk versklaven. Warum sonst hätte er seinen Kronprinz Hermigar, den sturen Draufgänger, mit dem kompletten Heer ausgeschickt?

Geiserich war außer sich. Nach all den Jahren der intensiven Vorbereitung war endlich alles Nötige unternommen, um den Sprung in diese Welt jenseits des Meeres, die ihre Heimat werden sollte, zu wagen. Er hatte verschiedene Stützpunkte sowohl als Start- als auch als Zielhäfen ausgewählt, die nötigen Schiffe an der Meerenge zusammengezogen, wo nötig, Verhandlungen geführt – und das alles sollte nun umsonst gewesen sein? Sollte sein Traum vom Inselreich in sich zusammenfallen wie ein Kartenhaus? Diesen Traum wollte er verwirklicht sehen und kein Suebe sollte ihn daran hindern. „Sollen sie bekommen, wonach sie verlangen", Geiserichs Faust fuhr krachend auf den Tisch herab, „wir werden sie zermalmen!"

Rasch wich die Wut, und mit kühlem Kopf überschlugen der König und sein Stab, wen man wo noch erreichen und mobilisieren könnte. Geiserich reagierte blitzschnell, war ihm doch klar, dass seine Chance in der überraschenden Prävention bestand. Meldereiter auf Meldereiter jagten aus dem Hauptquartier, die Truppen, die noch nicht übergesetzt waren, zu alarmieren. Die Fähraktion musste bis auf Weiteres unterbrochen und alle verfügbaren Krieger ins Hauptlager zurückkommandiert werden, um sich von dort in Eilmärschen in die nordwestlich gelegenen Macchien in Bewegung zu setzen.

Die mit Furcht erwartete Verwirrung bei den Kriegern blieb aus. Fluchend und schimpfend, aber diszipliniert ließen sie ihre Sippen zurück. Sie wussten, dass das Überleben ihrer Familien davon abhing, ob es ihnen gelang, die Sueben zurückzudrängen. Der Hass auf den Feind wuchs mit jeder Meile, die sie in der Dunkelheit gegen ihre ursprüngliche Zielrichtung marschieren mussten, und die Offiziere hofften dringlich, dass die Wut der Gemeinen nicht verraucht sein mochte, bevor man auf die Sueben stieß. Geiserich setzte auf die überlegene Kampfmoral derer, die alles, was ihnen lieb ist, verteidigen, auch gegen einen weit überlegenen Feind.

Drei Tage später standen sie bereit zur Schlacht. Schmerzlich fehlte dem König das Gros der alanischen Reiterei, die er als erste hatte übersetzen lassen, um über bewegliche Einheiten am anderen Ufer zu verfügen und eventuell heranrückende römische Verteidiger auszuspionieren. Erneut steigerte er sich hinein in Wut und Rachegelüste. Arwid war mit Truchthari und der Nachhut eingetroffen und besprach sich ein letztes Mal mit dem Vater. Von Balamber unterstützt, würde er den linken Flügel, der im Wald operieren würde, befehligen. Dort wo sie kämpfen würden, waren sie allein auf sich gestellt, ohne direkte Verbindung zum Zentrum.

„Ich werde sie in den Kessel hier treiben", erläuterte Geiserich seinen Plan, „ihr müsst nur verhindern, dass sie den Wald als Fluchtrefugium nutzen, dann sind sie in der Ebene isoliert und wir werden sie gegen die östlichen Hänge drängen, wo es für sie kein Entrinnen geben wird. Wie besprochen wird nur jeder dritte Mann sichtbar aufgestellt, die anderen sollen sich in den Sträuchern tarnen, was ja nicht allzuschwer fallen wird", der König blickte herausfordernd in die Runde. „Morgen werden wir das feige Suebenpack vom Erdboden tilgen."

Arwid musterte besorgt die entgleisende Mimik des Königs. „Lass dich nicht hinreißen", redete er beruhigend auf den schäumenden Oberfeldherrn ein, „der Engel der Rache ist ein schlechter Ratgeber."

„Willst du mir etwa vorwerfen, mein Plan sei von Gefühlen bestimmt?", versetzte der König streitlustig. „Ich bin neugierig, ich will dazulernen, klär mich doch bitte auf, gibt es eine bessere Strategie?" In einer Situation wie dieser war er gefährlicher als ein Rudel ausgehungerter Wölfe. Sein blitzender Blick bohrte sich in die Augen seines Sohnes. Hier war wieder eine jener seltenen Gelegenheiten, in welchen Arwid sich gezwungen fühlte, in die Augen des Vaters zu blicken, in jene bannenden Augen, die sonst immer unter den vorspringenden Brauen so gut verborgen lagen. Nie hätte er in ihrem Grün eine derart schneidende Kälte vermutet. Ihn schauderte, doch hielt er dem Blick stand, auch er war erregt.

„Vater, hör mir bitte zu! Ich meine, du sollst dich nicht von deinem gerechten Zorn dazu hinreißen lassen, Werke der Unmenschlichkeit zu tun. Wir drängen die Sueben ab, kesseln sie ein und zwingen sie zum Frieden. Sobald sie begreifen, dass sie chancenlos sind, werden sie Emissäre mit ausgerissenen Grassoden schicken, und dann solltest du das Symbol der Kapitulation annehmen, statt sie zum Kampf bis zum letzten Mann zu reizen. Haben wir sie erst entwaffnet, dürften wir Ruhe haben vor diesen Störenfrieden."

Der König sah Arwid herausfordernd an. Ein schiefes Lächeln verunzierte seine angespannte Mimik. „Wer ist jetzt hier gefühlsgelenkt? Du mit deiner Humanitätsduselei oder ich in meinem ‚gerechten Zorn', den du mir freundlicherweise zugestehst? Lass den Krieg nur meine Sorge sein! Was hier in der nächsten Zeit passiert, hängt einzig und allein von meiner Entscheidung ab. Und jetzt geh und sieh zu, dass du deinen Auftrag erfüllst!"

Arwid hob wie betend die Hände, die Handflächen vor seinem Körper dem Himmel zugewandt. Doch der aufgebrachte König bedachte seine hilflose Geste einzig mit einem hingespuckten „Geh!"

Resigniert zog sich der Prinz zurück. Während er die Gurte seines Pferdes ein letztes Mal völlig überflüssigerweise überprüfte, ging es ihm nochmals durch den Kopf: Wie gut, dass er damals die Adoption in den Status eines legitimen Sohnes verweigert hatte und sein eigener Herr geblieben war. Sicher war er stolz, der Sohn des gefürchteten Geiserich zu sein, doch weit mehr erfüllte ihn die Tatsache mit Stolz, dass er es gewagt hatte, sich ihm wohl als einziger Mensch in seinem Bannkreis widersetzt zu haben. Und doch war der Vater, aller Gereiztheit und verletzter Eitelkeit zu Trotz, ihm gegenüber nie wirklich hämisch oder destruktiv vorgegangen. Oft fragte Arwid sich, über welchen immensen Schatz innerer Kraft sein Vater wohl verfügen musste, wie er nur ohne sichtbare Zeichen von Anstrengung die ständigen Schmerzen in seinem Bein, die andere zermürbt hätten, unter Kontrolle halten konnte. Ihn selbst würde diese Anstrengung, jene nicht unbeträchtlichen Kräfte in Dauerspannung zu halten, überfordern. Manchmal auch befiel ihn ein heimliches Grauen und er fürchtete eine künftige Apokalypse mit ihm als Hauptdarsteller, die alles Bekannte übersteigen würde. Doch jetzt, an diesem Maientag des Jahres 429, würde er funktionieren, seinem Vater keinen Grund zur Kritik geben.

*

Mit Geschrei warf man sich den flüchtenden Sueben entgegen, die versuchten, sich in den Wald zu retten. Der Angriff Hermigars, den er aus der Überraschung heraus vorzutragen wähnte, war in den ersten Wellen bereits versandet und festgelaufen. Kopfloses Chaos begann sich auszubreiten, als seine Krieger bemerkten, dass sie in eine Falle getappt waren. Arwid ließ es sich nicht nehmen, in der ersten Reihe mitzufechten, neben seinem Freund Truchthari und dem *primus pilus* Balamber, der das Gröbste für ihn erledigen würde, wenn er in zu arge Bedrängnis geriet. Auch Ceridwen hatte sich nicht abhalten lassen, gegen ihre vormaligen Peiniger mitzukämpfen. Plötzlich jauchzte sie in einem infernalischen Schrei auf: „Hermigar!"

Sie wies auf einen stattlichen Recken, der sich auf seinem Schimmel den Weg durch die vandalischen Reihen erstritt. Er führte das Schwert wie ein alter, in unzähligen Gefechten erprobter Haudegen, sein Ross war dahingehend abgerichtet, dass es nach den Köpfen der Umstehenden auskeilte und auf diese Weise so manchen Krieger fällte.

Arwid und Truchthari sahen ihre Chance. Sie lösten sich aus der Schlachtreihe und sprangen auf ihre Rösser, die hinter der Kampflinie angepflockt auf ihren Einsatz warteten. Sofort folgte ihnen Ceridwen. „Der gehört mir und der Göttin!", rief sie und als rachelüsterne Trias hefteten sie sich an die Fersen des Suebenprinzen, der bereits die vandalischen Linien im Walde durchbrochen hatte.

„Stell dich mir, ich schone dich!", rief Arwid dem Fliehenden nach. Doch der kümmerte sich wenig um Versprechungen, die sich vielleicht nicht halten ließen, und gab seinem Schimmel die Sporen. Truchthari versuchte indes, ihm den Weg abzuschneiden, indem er in stumpfem Winkel zum Kurs des Sueben anritt, was dieser nach angemessener Zeit mit einem Haken quittierte, der die Verfolger aufsprengte, da Truchthari nun, wohl mit waghalsiger Geschwindigkeit, jedoch fatalerweise in die völlig falsche Richtung dahingaloppierte. Arwid und Ceridwen hatten einiges an Abstand gutgemacht, als der Suebe endlich den jenseitigen Waldrand erreichte. Es war nicht mehr allzuweit zur Guadiana, die durch das enge Tal brauste. Sie war wohl kein wilder Strom, aber doch ein Fluss, der mit beachtlicher Geschwindigkeit dahinschoss und seine Tücken haben mochte. Hermigar holte aus seinem Pferd die letzten Reserven heraus und jagte mit dem Mut der Verzweiflung auf das rettende Ufer des Flusses zu, dicht gefolgt von der uneinigen Allianz aus Arwid und Ceridwen, weiter hinten mühte sich Truchthari vergeblich ab, den Vorsprung der anderen noch wettzumachen.

Plötzlich riss der Suebenprinz sein Pferd überraschend herum, um ebenso plötzlich gegen seine Verfolger anzureiten. Er zückte einen Wurfspeer aus der ledernen Scheide und warf ihn mit der Schnelligkeit eines Fischspießers, der springende Äschen harpuniert, in Richtung Ceridwen. Ihr Reittier bäumte sich auf, blutiger Schaum stand vor seinem Maul, der Speer war ihm durch den Hals gefahren und hatte die Reiterin nur um eine Handbreit verfehlt. Ihr Pferd stürzte, sich schier überschlagend, mit einem herzzerreißenden Schrei zu Boden, so dass die Druidin nur durch eine kunstvolle Rolle über den weichen Waldboden ihren Hals retten konnte. Arwid stand nun allein dem flüchtigen Heerführer gegenüber.

„Ich will dich nicht töten!", rief er. „Ich bin Arwid, König Geiserichs Sohn, du ergibst dich keinem minderen Söldner!"

Hermigar lachte wild, „Ich ergebe mich vor allem keinem Bastard!", klang es von vorne und der Suebe sprengte erneut in die andere Richtung, dem Fluss entgegen, davon. Sein Angriff auf Ceridwen hatte deutlich gemacht, dass ihm die Keltin offensichtlich gefährlicher erschienen war, weshalb Arwid ein Gefühl von verletzter Eitelkeit beschlich. Was wollte dieses aufgeblasene Bürschchen eigentlich? Er war doch verloren, sah er das nicht ein?

Nun gut, wer sterben will, dem gib einen Dolch, hörte er sich, oder zumindest eine Stimme in sich, sagen. Er forderte nun seinerseits von seinem Reittier das Letzte und machte einiges an Distanz zu dem Flüchtigen wett. Doch verfehlte sein noch aus vollem Galopp geschleuderter Speer das Ziel um mehr als eine Pferdelänge und fuhr mit Wucht in den Boden. Hermigar hatte mittlerweile das Flussufer erreicht und saß ab. Er erwartete seinen Gegner in geduckter Haltung, die Beine breit gespreizt, mit dem Schild kunstgerecht die linke Seite deckend, das lange zweischneidige Schwert entblößt in der Rechten. Er glaubte offensichtlich gleich überritten zu werden.

Arwid jedoch vermied diese in seinen Augen unfaire Kampfesweise und saß seinerseits ab. Wenn schon gefochten werden musste, diktierte ihm seine Ehre, dann sollte das direkte Duell Mann gegen Mann entscheiden, wer am Leben bleiben dürfte. Der Suebe, der ahnte, dass er erneut ein Friedensangebot erhalten würde, ließ Arwid keine Zeit, um Luft zu holen, sondern sprang ihn sogleich wie eine Raubkatze an. Pfeifend fuhr seine Spatha auf Arwids Kopf herunter und nur mit Mühe konnte dieser der Wucht des Hiebes standhalten, indem er ihn mit dem rechterhand geführten Schild parierte, dessen eisenbeschlagenen Rand er gegen die Klinge des Prinzen brachte. Zu seinem Glück fiel dem Sueben nichts besseres ein, als dieses Manöver zu wiederholen, was den nun Vorgewarnten dazu bewog, dem Hieb entgegenzukommen und ihm den Schildrand eine Spur schräger zu präsentieren. Somit gelang es ihm, das Schwert seines Feindes einzuklemmen. Hermigars Spatha, die in Arwids Defensivwaffe eine tiefe Kerbe hinterlassen hatte, saß darin fest und ließ sich nicht ohne Weiteres daraus befreien, all sein Reißen und Rütteln half nichts. Auch bei dieser Aktion hielt er sich zu lange auf, so dass ihm die beißende Schärfe Astrapias durch Sehnen und Muskeln des Unterarmes schnitt, als ob ein gekochtes Stück Braten tranchiert werden sollte. Kraftlos erlahmte die Hand, ließ das Schwert fahren und sank, die Finger verkrümmt, nieder.

Es gelang Hermigar, der seine Schmerzen mit keinem Laut quittierte, mit der linken Hand das Kurzschwert aus der Scheide zu nesteln, den Schild hatte er fallen gelassen. Ein unheimliches Lachen machte sich auf seinem Gesicht breit, lautlos zunächst, doch anschwellend im Heulen, gellte es durch das Tal, so dass sich Arwids Nackenhaare aufstellten und ihm eine Gänsehaut über den Rücken lief.

„Bastard ... Feigling ...!“, hörte er aus dem wirren Wust geringschätziger Vokabeln, mit dem ihn sein waidwunder Feind bedachte, heraus, „zu feige, einen Linkshänder zu töten!“

Arwids Schwerthand zuckte vor, doch ging der unbedachte, von der augenblicklichen Wut gelenkte Stoß ins Leere, ein weiterer glitt am Schuppenpanzer des Gegners ab. Schon in diesem Augenblick tat es Arwid leid, gegen diesen Mann zu fechten. Erneut rief er ihm zu, sich zu ergeben, was den Sueben jedoch nur umso mehr reizte. Mit einem Mal wandte sich der irrsinnig lachende Hermigar, Schaum vor dem Mund, wortlos von seinem Gegner ab, nahm ein paar Schritte Anlauf und sprang kopfüber in den Fluss, um nicht mehr aufzutauchen.

Arwid verspürte nur Mitleid mit seinem Kontrahenten. Er hoffte, er möge nicht ertrinken, hoffte er möge sich in die Freiheit retten, die ihm allerdings nur Schande einbringen würde, verwundet und geschlagen wie er war. Mit gemischten Gefühlen spähte er auf den Fluss hinaus, doch nirgends sah er den Blondschopf Hermigars hochkommen.

Sein Herz war nicht erfüllt von der Freude befriedigter Rache, sondern von Trauer. Hermigar war sein Feind, warum? Hätten sie nicht ebensogut Freunde sein können?

Truchthari kam angetrabt. Er hatte Ceridwen aufgelesen, die vom Sturz etwas benommen schien. Mit vereinten Kräften fingen sie den stolzen Schimmel des Sueben ein und machten sich sodann schweigend auf den Weg zurück zur Schlacht, deren vom Wald gedämpfter Lärm immer noch aus dem Hintergrund an ihre Ohren drang.

Arwid ließ den behelmten Kopf hängen, Ceridwen erholte sich langsam von ihrem Schrecken und Truchthari sah sich als zu spätgekommene Hilfstruppe. Er hätte darauf gebrannt, das blutige Haupt Hermigars seinem König zu überbringen. Arwid in seiner Unerfahrenheit hatte alles verpfuscht. Einen Mann wie diesen Hermigar fing man nicht! Man tötete ihn, und noch in fernen Zeiten würde man sich von den Barden in den vandalischen Hallen Africas dann die Lieder über diesen großen Kampf vorsingen lassen können. Doch für einen Sieg wie diesen, ohne wenigstens die Rüstung des Feindes erbeutet zu haben, würde niemand Arwid große Huldigungen entgegenbringen. Der Freund tat ihm leid ob seines Ungeschicks. „Und, wie fühlst du dich", brach er endlich das ihm unerträgliche Schweigen, „nach deinem ersten Sieg?"

„Der Suebenprinz ist sicher tot", quetschte Arwid hervor.

„Das ist allerdings das mindeste, was man erwarten darf nach seinem Abgang", versuchte ihn Truchthari zu trösten, „solange hält es keiner unter Wasser aus: Er ist sicher hinüber, darauf kannst du dich verlassen, du hast ihn", stotterte er mit einem Mal, „wenngleich eher indirekt ... aber dennoch ... sicher ist er wegen der fehlenden zweiten Hand ertrunken!" Unbeholfen nickte er wiederholt mit dem helmbewehrten Kopf: „Ja ganz sicher! Nein, ich versteh das ja, dass du ihn lieber in ehrlichem Zweikampf mit einem gezielten Schwertstreich zu seinen Ahnen geschickt hättest, aber es ist nun einmal anders gekommen. Aber", er legte tröstend seine Hand auf Arwids Ellenbogen, „selbstverständlich kannst du dir diesen Kampf als Sieg an die Brust heften."

„Ich ... ich habe ihn getötet", stierte ihn Arwid aus mattgrünen Augen an, „dabei hätten wir Freunde sein können! Verstehst du?"

„Bist du verrückt geworden?" Truchthari prallte entrüstet zurück. „Er war ein Suebe und mit diesem stinkenden Rattenpack willst du dich anfreunden?"

Arwid schüttelte die Hand des Freundes ab. „Wie oft soll ich dir noch sagen, dass ich es hasse, wenn Gewalt mit Gewalt vergolten wird, wenn gekämpft, getötet“, er wies mit der behandschuhten Hand auf die Keltin, „vergewaltigt wird! Ich fühle mich schuldig am Tod dieses erfolgversprechenden jungen Kriegers, verstehst du das denn nicht?“

Doch Truchthari sah ihn nur unter zweifelnd zusammengezogenen Brauen an. Er fuhr sich mit der Linken unter der Nase hin und her, wie um störende Barthaare zu bändigen und schüttelte den Kopf.

„Wie fühltest du dich denn, als du deinen ersten sogenannten Feind ermordet hattest?“, wollte Arwid plötzlich wissen und fixierte Truchthari mit einem unangenehm bohrenden Blick.

„Ermordet!? Wenn ich das schon höre“, fauchte Truchthari ungehalten, „dieser ‚sogenannte‘ Feind wollte ans Leben des Königs, das zu verteidigen ich geschworen hatte, da gibt es doch keine Frage?“

„Eines Königs, dessen Leben, wenn du ehrlich bist, dich nicht so sehr in Sorge versetzte, wie du jetzt vorgibst“, stichelte Arwid, „schließlich war Gundarich damals meinem Vater doch nur im Wege. Ein antiquierter germanischer Rabauke mit Keule und Wolfsfell, der, je eher desto besser, abtreten sollte! Du brauchst mir nichts vormachen, Truchthari! Deine Treue galt immer nur meinem Vater, nie Gundarich! Wenn du damals bei Sevilla jemanden tötetest, dann nur im Affekt der Kampfeslust, was du nun als Heldentum verbrämst!“

Truchthari schielte zu der schwarzlockigen Keltin hinüber, die ihm, nach wie vor, nicht übel gefiel. „Aber Gundarich war damals schwer angeschlagen, als ich mit meinem Detachement anrückte“, verteidigte er sich, vorgeblich zu Arwid gewandt, „und da ...“

„Ich wollte nicht den Hergang deiner Heldentat hören“, beharrte nun Arwid auf einer Abkürzung der wohlbekannten Geschichte vom langen Einzelkampf gegen den abgesessenen Panzerreiter. Jene Geschichte vom flinken Helden Truchthari, der dem grobschlächtigen Franken den tödlichen Speer zwischen Kinnriemen und Brustharnisch in die Kehle gerammt hatte und dadurch den schönen eisernen Spangenhelm mit dem angenieteten Nackenschutz, der jetzt sein Haupt zierte, erbeutet hatte. Den Helm hatte er letztendlich sage und schreibe dreimal umarbeiten lassen müssen, bis er endlich auf seinen kleinen Kopf gepasst hatte. „Ich wollte wissen, wie du dich dabei fühltest!"

„Großartig natürlich", versetzte der Freund eine Spur zu reflexhaft, als dass man ihm hätte Glauben schenken dürfen, „es war die Erfüllung des Kriegerlebens, das Resultat aus literweise vergossenem Schweiß und schmerzenden Schwertschwielen von den stundenlangen Einzelkampfübungen und dem Exerzieren in der Phalanx. Wenn du dann plötzlich spürst, dass du mit Hilfe irgendeines Kunstgriffes die Oberhand gewonnen hast", schwadronierte er ungehemmt dahin, „und der andere mit allem, was er tut, zu langsam sein wird, sein erbärmliches Leben zu retten, das ist ein Augenblick, der Flügel verleiht. Und diesen Augenblick musst du ausnutzen. Wenn du dich dann antöten lässt und zögerst, bist du dran!"

Arwids nach Wahrheit forschender Blick vermochte, vor allem angesichts der neben ihnen reitenden exotischen, blutrünstigen Kriegerin, nicht den von Trotz gefärbten Stolz in den Augen Truchtharis zu durchdringen. „Ich hätte mich eher, wie du es nennst, antöten lassen, anstatt zu töten! Gegenwärtig jedenfalls, fühle ich mich erbärmlich", versetzte er.

Als sie wieder in den Wald eintauchten, wollte Ceridwen unbedingt noch einmal zum Lager der Sueben reiten, in dem man sie eingesperrt gehalten hatte.

„Ich wäre sehr glücklich, wenn ich meine eigenen Kleider wieder bekäme und meine Waffen und Kräuter", erklärte sie den Freunden.

Arwid blickte despektierlich auf die kleine Druidin herab. „Um der Dame ihr Puderköfferchen zurückzuholen, werden wir jetzt zu dritt das Lager stürmen und alle darin kurz und klein schlagen, hast du dir das so vorgestellt?"

Außer einem verschmitzten Lächeln, das von hilflos hochgezogenen Schultern verstärkt wurde, erhielt er keine Antwort. Die Wirkung dieses Lächelns auf seine Emotionen musste er schnellstens lernen zu überwinden, sagte er sich im Geiste, sonst würde er bald als zuckendes, blutüberströmtes Opfer der Druidin im Kessel ihres männermordenden Kultes versinken.

„Also gut", meinte Arwid errötend, aber überzeugt, das taktisch Richtige zu tun, „wir sollten den Sueben diese letzte Zufluchtstätte wegnehmen, so es denn leicht möglich ist."

Ceridwen ritt nahe an ihn heran, so nah, dass sie ihre langen geheimnisvoll duftenden Locken mehr als rein zufällig vor seinem Gesicht wehen lassen konnte, was ihn über das durch die Sichteinschränkung übliche Maß hinaus verwirrte. Truchthari überholte ihn, blieb jedoch hinter der Keltin und verdrehte, nur für den Freund sichtbar, die Augen nach oben, als suchte er unter seinem Helmrand nach dem Beistand irgendwelcher Liebesgottheiten. Ihren Pferden die Sporen gebend, verließen sie den Ort des Geschehens in Richtung Truppe, wo sie der über ihr unversehrtes Erscheinen sichtlich erleichterte Balamber empfing. Es gelang ihnen dann auch tatsächlich mit nur geringer Verstärkung aus den Reihen der taktischen Reserve das kleine suebische Lager zu erobern, denn es waren nur wenige Krieger zur Bedeckung zurückgeblieben, die sie rasch aufrieben.

Das Lager war auf den Überresten einer schon seit längerer Zeit verwaisten *villa rustica* angelegt worden, deren Terrain wohl vor Menschengedenken mit viel Mühe und Plackerei dem Urwald abgetrotzt und wesentlich schneller von der üppigen Vegetation zurückerobert worden war. Mit einem ersten forschenden Blick in die Runde entdeckte Balamber sogleich die Leichen der vandalischen Späher, die in einer Ecke des Lagers achtlos auf einen Haufen geworfen worden waren. Man las sie auf und verbrachte die steifen, verrenkten Gestalten auf eine Pritsche, die von zwei Pferden zum Lager gezogen werden sollte. Gerade als sie anfingen, mit aus den Wachfeuern entzündeten Fackeln das Lager mit seinen Zelten und den improvisierten Stallungen anzustecken, ertönten markerschütternde Schreie aus einem der Verschläge. Truchthari sah Ceridwen misstrauisch an. „Sagtest du nicht, du wärest die einzige Gefangene hier gewesen?“

Ceridwen zuckte die Achseln. „Schaut ihr mal, wer da so lamentiert, ich suche inzwischen mein Bündel?“

Die Hilfeschreie kamen von weiter hinten aus einer Einzelbox, die wohl ursprünglich für ein Reitpferd gedacht gewesen sein mochte.

Arwid, Balamber und Truchthari liefen hinüber und erblickten zwei mal vier Finger, lang und der Situation hohnsprechend recht gepflegt, die um die gut übermannshohe Oberkante der Boxentür gekrallt waren. Offensichtlich mühte sich ein darin eingesperrter Mensch mit Klimmzügen ab, auszubrechen, was durch die niedrige Decke des Gebäudes vereitelt wurde. „Lasst mich raus, befreit mich!

Civis romanus sum!", tönte es von innen, „der Kaiser in Rom wird es euch danken und reich vergelten!"

Die Freunde wechselten einen Blick; wer ist das heutzutage nicht, römischer Bürger?, wollte er wohl sagen.

„Mach den Verschlag auf", ordnete Arwid an, und der vierschrötige Zenturio warf seine zweieinhalb Zentner Lebendgewicht sooft gegen die Tür, bis sie unter Knarren und Knacken seinem Impetus erlag. Gespannt blickten die Männer auf die freigewordene Türöffnung. Heraus trat würdevoll ein hochaufgeschossener Mann, wohl Anfang der Dreißiger, dem man sofort ansah, dass er Geschmack und Sinn für Ästhetik besaß, denn seine Kleidung war von der schlichten Eleganz, die von der „Hauptsache teuer und ausgefallen"-Fasson des reichen Durchschnittsrömers seiner Zeit deutlich abwich. Rasch verließen sie die Düsternis der Stallungen, bevor die Flammen aus den hölzernen Bauten aufloderten und diese rasch verzehrten. Versprengte Sueben würden hier nichts vorfinden, was ihnen hilfreich sein könnte.

„Ich bin euch sehr dankbar für meine Errettung", verneigte sich der Römer vor seinen Befreiern, „gestattet, dass ich mich vorstelle. Ich bin C. Severianus, nicht nur römischer Bürger, sondern waschechter, zumal altrömischer Einwohner der *urbs*, der Hauptstadt des Erdkreises."

Mit nicht uninteressiertem Erstaunen beäugte er die dunkelhaarige Schönheit, die mit fröhlichem Lächeln, ein voluminöses Bündel unter dem Arm, die unvermeidliche Morrigan daneben herflatternd, heraneilte. Ceridwen blickte zum Stall hinüber und musste lachen. Ohne die Übrigen aufzuklären, wandte sie sich an den Römer: „Du scheinst ja ein Gesegneter der Götter zu sein, du also warst das arme Pony in der Box, das ich so schön gleichmäßig atmen hörte. Kann es sein, dass du es fertiggebracht hast, meinen Schreikrampf und meine Flucht hier aus dem Stall schlichtweg zu verschlafen?"

„Das ist gut möglich", erwiderte er errötend, „meinen Schlaf scheint wirklich Morpheus persönlich zu bewachen." Seine Augen, im gedämpften Licht der Stallung hatten sie noch fast schwarz gewirkt, waren hell, das sorgfältig geschnittene, nicht einmal durch die Umstände der Gefangenschaft zu verwüstende sandfarbene Haar trug er in der Mitte gescheitelt. Ein paar helle Streifen auf seinen Unterarmen legten Zeugnis ab von gehabtem Reichtum, vermutlich in Gestalt von Silberarmbändern, die nun, nach der

Schlacht, vielleicht erneut den Besitzer gewechselt haben mochten und wohl die Muskeln eines wackeren Vandalen umwanden.

„Angenehm, *domina*, Eure Bekanntschaft machen zu dürfen! Ihr seid wohl ebenfalls römischer Abstammung – wenngleich Eure Kleidung die Vermutung nahelegt, dass Ihr Euch ... nun, wie soll ich mich ausdrücken ... akklimatisiert habt."

„Nicht jedes feurige Ross kommt aus der petrӓischen Provinz, Gaius ...", klärte ihn Cerdiwen auf. Der Römer lächelte. Bedacht, nicht sofort als „lateinischer Weiberheld" schief angesehen zu werden, wandte er sich mit bemühtem Interesse an Arwid.

„Ich nehme an, Ihr gehört dem Stamm der Vandalen an, jenen tapferen Kriegern, die sich anschicken, dem Reich die africanischen Provinzen zu entreißen?"

Truchthari, dem der Mann durchaus sympathisch war, wunderte sich über dessen geschnörkelte Sprache: So also drückte sich der vornehme Stadtrömer aus. Der Akzent, mit dem sein Gegenüber sprach, wollte ihm irgendwie nicht römisch vorkommen, doch kannte er zum Vergleich keinen Stadtrömer persönlich. Nein, aller Sympathie zum Trotz blieb er misstrauisch.

„An ein Entreißen denkt hier niemand. Wir werden als römische Untertanen dort siedeln", stellte Arwid klar. „Aber das ist jetzt nicht das Thema, vielmehr würde mich interessieren, was du hier treibst."

„Ich bin Geograph und dabei, das westliche Reich zu bereisen, um alles aufzuschreiben, was mir an Bemerkenswertem unterkommt."

„Aha, so etwas wie ein moderner Herodot?"

Truchthari mischte sich ein: „Aber du warst doch sicher nicht ganz auf dich gestellt, oder?"

Der Römer zog, fast unmerklich, eine Augenbraue hoch. Das mit dem Herodot schien ihm zu imponieren, wenngleich sich jener nicht gerade als Geograph in der zivilisierten Welt einen Namen gemacht hatte. Er entgegnete kein kritisches Wort, was jedoch reine Höflichkeit sein konnte, ebenso wie er sich, ganz Kavalier, den Gesprächspartnern jedes Wissen einfach zutrauend, nicht anerkennend über die Kenntnisse der antiken Literatur von Seiten des Barbaren äußerte.

„Selbstverständlich nicht", sein Blick glitt prüfend über seine sorgfältig manikürten Hände, „doch töteten diese Barbaren hier meine Begleiter, ich selbst blieb nur mit knapper Not am Leben.

Was jedoch das Schrecklichste an der ganzen Sache ist, die Sueben haben meine Schriftrollen als Fidibus verwendet – Papyrus brennt rasch, heiß und ansteckend. Derartigen Zunder hatten diese Wilden natürlich noch nie zu Gesicht bekommen. Alles über die Diözesen und Provinzen Obergermaniens, Galliens und die Iberische Halbinsel ist verloren. Aus dem Gedächtnis bringe ich es nicht mehr zusammen und zurückreisen erscheint mir bei der gegenwärtigen politischen Situation nicht angeraten."

„Nein, damit ist es jetzt wohl vorbei – vorläufig", verkündete Truchthari lakonisch und grinste Arwid an, „mein lieber C. Severianus. Wie Ihr Euch sicher erinnern könnt, habt Ihr ‚Dank und Vergeltsgott' durch den Kaiser angekündigt, was ich mir selbstverständlich nicht entgehen lasse. Betrachtet Euch, auch wenn es mir selbst schwerfällt, als meinen Gefangenen – und jetzt geht's hier lang", er deutete mit der Spatha auf den Pfad, der aus dem Lager hinaus in den Wald führte und sich dort rasch verlor.

Der Adamsapfel des Römers hüpfte. Das Gesicht reinste Entrüstung ließ er nach kurzem inneren Kampf resigniert die Arme hängen. „Barbaren", murmelte er vor sich hin und mit Vergilscher Empörung ergab er sich in sein Schicksal. „Überall dasselbe: *Auri sacra famis*!"

Truchthari winkte zwei Gestalten, deren Statur nicht den Eindruck erweckte, als würden sie Fluchtversuche ihres Gefangenen lediglich mit „Haltet ihn!" zu vereiteln versuchen, heran. „Gebt acht, dass er nicht fortläuft!" Mit diesen Worten schwang er sich auf sein Pferd. Das Gespann mit den aufgetürmten Leichen der Gefallenen konnte nur mit viel Mühe durch den Wald gebracht werden, während die Reiter vorausstoben, um eventuell noch in die Schlacht eingreifen zu können. Dies erschien ihnen allerdings immer unwahrscheinlicher, je mehr sie sich dem Waldrand näherten, denn es erscholl kein Kampfgeschrei und keinerlei Lärm aufeinanderprallenden Eisens und stampfender Rösser war zu hören. Auf halbem Weg kam ihnen Reginbald entgegen, der sie sichtlich erleichtert willkommen hieß.

„Als ihr euch Hermigar an die Fersen geheftet habt, war die Schlacht schon so gut wie geschlagen. Die Sueben sammelten sich ein letztes Mal und griffen nach Art der Urväter in der Eberkopfformation an." Er platzierte das stumpfe Ende seines Speers auf dem Fußrücken und ließ den Schaft durch die hohle Hand nach oben gleiten, bis er nurmehr wenige Handbreit unten herausragte und fischte damit einen herrenlos auf einem Baumstumpf liegenden schönen Helm mit Halsberge zu sich herauf. Kennerisch klopfte er auf die angenieteten Spangen. „Das ideale Geschenk für meinen Halbfreien, Heimito, er hat sich heute ausgezeichnet geschlagen und verdient, als freier Mann angesprochen zu werden." Er strich sich den Bart. „Ach, Kinder, heute ist ein guter Tag, verdienten Männern die Freiheit zu schenken oder sie zu befördern", sein breites, zufriedenes Lächeln ließ massive, gesunde Schneidezähne unter den Borsten des Oberlippenbartes sehen. „Gut, dass schon Geiserichs Vater, der gute alte Godegisil, Gott hab ihn selig, was die Schlachtaufstellung betrifft, bereit war, von den Römern zu lernen, und unser König seinerseits sich nicht zu blöd vorkam, diese Errungenschaften zu pflegen und weiterzuentwickeln. Wir ließen den Eberkopf dieser dummen Sueben anrennen mit Geheul und Gebrüll, Luren- und Flötengekreisch, und als sie nahe genug heran waren, dass sie ihren Sturmlauf nicht mehr hätten bremsen können, ließ Geiserich unsere dichten Reihen nach links und rechts auseinanderlaufen, so dass sich zwei taktische Dreiecke bildeten, zwischen denen die Sueben durchliefen. Bis sie gebremst hatten und recht wussten, was vorging, hatten wir sie in die Zange genommen und mit geringer Mühe aufgerieben."

Die beiden Vandalen und die Keltin lachten über die Rückständigkeit der Feinde und waren neugierig, was der König ihnen zu erzählen hatte.

Bald stießen sie auf das Gros des Heeres. Eine seltsame unbewegte Stille lag über dem Ort. Schweigend sammelten sich die vandalischen Abteilungen und machten sich zum Abmarsch fertig. Den Freunden fiel sofort unangenehm die gedrückte Stimmung auf, die bei der Truppe herrschte. Im ersten Augenblick dachte Arwid, sein Vater sei in der Schlacht geblieben, doch er erspähte in der Entfernung seinen blauen Wimpel und die unverwechselbare Gestalt zu Pferd. Sie waren gerade rechtzeitig gekommen, um nicht Zeugen einer Tragödie riesigen Ausmaßes sein zu müssen, wenngleich ihnen der Anblick ihrer Spuren nicht erspart blieb.

Der Kupfergeruch des Blutes lastete über der tautriefenden Blumenwiese und nahm ihr jeden Zauber, den sie unter allen anderen Umständen auf die Reiter ausgeübt haben mochte. Sollten das die Felder der Seligen sein? Ein Gruß aus dem Jenseits, der Tod umrahmt von duftenden Blumen, wie bei einem Begräbnis? Arwid fröstelte. Die grünende, blühende Ebene war übersät mit Farbklecksen, die aus sicherer Entfernung noch auflockernd und belebend wirkten, um sich jedoch beim Näherkommen als grausige Zeugnisse menschlicher Abgründigkeit zu entpuppen. Hier an der Guadiana lag annähernd die Hälfte der suebischen Krieger enthauptet neben ihren bunten Waffenröcken, hingestreckt in den Feldern. Wer glücklich die Schlacht, in der die Vandalen wie Berserker gefochten hatten, überlebt und sich ihnen auf Gnade oder Ungnade ergeben hatte, war niedergemacht worden. Geiserich hatte ohne jegliches Ansehen der Person sämtliche Gefangenen über die Klinge springen lassen. Der König brach den Stab ein einziges Mal, für alle, die in seine Gewalt geraten waren. Flehentliches Bitten um Gnade, wie todesmutiger Trotz in den letzten Augenblicken wurden gleichermaßen mit einem raschen Schwertstreich bedacht. Es gab kein Entkommen für die entwaffneten Gefangenen.

Arwid befiel ein Würgereiz, dem er nur mit Mühe widerstehen konnte. Er versuchte krampfhaft seinen Geist von der lastenden Situation zu befreien und flüchtete sich in Etymologie. Diese Schlächterei nach dem Gefecht gab wohl ursprünglich dem Kampf den Namen „Schlacht“: Der Besiegte wurde als Opfer für mörderische Götter abgeschlachtet. Aber das mochte doch Jahrhunderte, wenn nicht länger, zurückliegen. Schließlich hatte man heutzutage Mittel, um derartige Exzesse, wenn sie schon unvermeidbar waren, wenigstens zu ritualisieren, zu entschärfen, so dass der Besiegte nicht völlig vernichtet wurde. Er konnte sich nicht lösen von dem grausigen Anblick, der sich ihm darbot. Die kopflosen Körper, verkrümmt und verrenkt, wie sie gefallen waren nach dem Streich des Henkers, daruntergemischt ihre mitunter noch behelmten Schädel, hingewürfelt und verstreut, düngten sie die friedliche Erde mit ihrem Blut. Wie achtlos zurückgelassene Gerätschaften, die niemandem mehr von Nutzen sein mochten, beschmutzt und besudelt, boten sie ein abstoßendes Bild.

Auch Truchthari, der schon bei Sevilla gekämpft hatte und einiges gewöhnt war, konnte die Augen nicht von den leeren, glasigen Blicken der Erschlagenen wenden. Wie ein Kind, das sich vom Anblick des grauenerregenden Albs nicht lösen kann, schielte er immer wieder nach den grässlich verzerrten körperlosen Gesichtern. Auch er war allmählich blass geworden, suchte den Blick

Arwids, der ins Leere wandernd, nicht mehr wahrnehmen wollte, was sich ihm hier darbot. Ein mildes Lüftchen wirbelte den am Boden klebenden Metallgeruch des Blutes, das in Strömen vergossen worden war und das kurze Frühlingsgras mit einem glitschig-schmierigen Film überzogen hatte, auf. Die beiden Freunde vermochten den verdoppelten Sinneseindrücken keinen Widerstand mehr entgegenzusetzen und mussten sich übergeben, ehe sie absteigen hätten können.

Niemand kümmerte sich um ein ordentliches Begräbnis, ja, Geiserich war so weit gegangen, den Befehl auszugeben, die Leichen der Feinde nicht mehr anzurühren, sie nicht einmal zu verscharren. Klamm und übelriechend warteten die entseelten Körper als wohlfeile Beute für Bären, Wölfe, Füchse und Geier, die vom Leichengeruch angelockt herankommen würden, sobald sie sich ungestört wähnten. Schneller noch als diese Helfer der Hel würden sich ansässige Bauern und Landarbeiter über das Leichenfeld hermachen, auf der Suche nach Brauchbarem: Schuhe, Schmuck, Mäntel, Waffen und Münzen, die ja ihren Trägern nicht mehr von Nutzen sein konnten. Und natürlich die unvermeidlichen Talismane, wie Finger, Haare, Ohren eines Geköpften, mit deren Hilfe bei kundiger Anwendung kein Feind dem *Malvolent* standhalten und sich kein Frauenherz dem begehrlichen Werber verschließen konnte.

Nicht zuletzt, damit es zu keiner Inflation im Handel mit Objekten der schwarzen Magie in Baetica kommen sollte, vergruben die ersten, die sich mit diesen makaberen Hoffnungsträgern ihrer Begehrlichkeit ausrüsteten, die überschüssigen Schädel, bevor andere es ihnen gleichtun konnten. Eine Schar von unterweltlichen Dämonen, wenn nicht gar der Teufel selbst, so würde später erzählt werden, sei hier über eine marschierende Armee hergefallen und habe allen die Köpfe abgebissen. Auf diese Weise kamen wenigstens Teile der Sueben unter die Erde und wurden nicht, wie ihre sonstigen Überreste, Beute der Aasfresser.

Auf dem Weg zu den Häfen, wo die Einschiffung der Nichtkombattanten in der Zwischenzeit weitergegangen war, ritt Geiserich von der Spitze der Truppe nach hinten und gesellte sich zu Arwid und Truchthari. Sein Triumph war ebenso überwältigend wie nutzlos, was sich in seinem Gesicht deutlich widerspiegelte, das keine Spur von Freude oder Erleichterung über den Sieg aufwies. Verdrossen starrten die grünen Augen unter dem einfachen, schmucklosen Helm ins Leere. Arwid verspürte seinerseits nur wenig Lust, seinem Vater vom unseligen Ende des Suebenprinzen zu berichten. In erwartungsvollem Schweigen ritten sie nebeneinander her. Schließlich löste der König die Spannung.

„Ich habe einen großen Fehler gemacht“, begann er, „und ich schwöre mir selbst zu, nie wieder so zu handeln, wenn es um politische Entscheidungen geht. Ich wollte Hermerich ein für alle Mal zu verstehen geben, dass sein hinterhältiges Verhalten der übelste Ausbund an Ränke ist, den ich bisher erlebt habe, dabei habe ich mich hinreißen lassen, Niedertracht mit Niedertracht zu vergelten.“

Einen Augenblick lang glaubte Arwid, seinen Vater plagten Skrupel wegen der gemordeten Krieger, wegen der Tränen unzähliger Frauen und Kinder. Er spürte Mitgefühl in sich aufsteigen, ob der großen Verantwortung und Schuld, die der König auf sich geladen hatte. Doch rasch wurde er eines Besseren belehrt.

„Ich habe in einem Spiel mit vier Figuren eine völlig entfernt, was niemals nur für den von Vorteil ist, der diese Figur schlägt. Mit diesem Zug lade ich Theoderich ja geradezu ein, für seine Goten auch noch die Baetica zu erobern. Hermerich kann sich nicht mehr mit ihnen anlegen, geschwächt wie er ist – nun werden sie uns noch schneller im Nacken sitzen. Das hätte ich verhindern können und habe es nicht getan – nur um meiner Rache willen. Ich wollte im Blut der feigen Sueben waten.“

Betreten sah Arwid zu Boden, wobei sein Blick das Schuhwerk des Königs streifte und ihn von der Authentizität dieser Worte überzeugte. Nein, sein Vater war sein Mitgefühl nicht wert, der Schachspieler mit dem Leben von Tausenden auf dem Gewissen verdiente Verachtung – und dennoch konnte er ihn nicht als bodenlos böse abtun. Wie hätte er sich verhalten, wenn ihm die Entscheidung in dieser Stunde aufgezwungen worden wäre? Einen jungen Prinzen aus Edelmut laufen zu lassen war denn doch etwas anderes, als ein Heer, obzwar geschlagen, in unmittelbarer Nähe des Trosses, abziehen zu lassen.

„Ich schwöre euch, wenn ich je wieder im Spiel der Mächte so spielen werde, ist mein Kopf verwettet, denn dann steht fest, dass ich ein Narr bin.“

Arwid schwieg, abweisenden Gesichts, was Truchthari für sich mit: Ich hab es dir ja gleich gesagt übersetzte. „Mein König, so sei es“, überbrückte er das beredte Schweigen, das nun zwischen Vater und Sohn herrschte. „Wir hätten jetzt auch gar keine Zeit, um mühsam Verhandlungen in die Wege zu leiten. Hermerich hat seines Geschlechtes Grab eigenhändig mit Falschheit und Trug geschaufelt – mach dir keine Vorwürfe wegen der Sueben ...“

„Truchthari, du redest, als ob du noch nie weiter als bis zur Nasenspitze gedacht hättest. Was schert mich das Wohlergehen der Sueben? Wir sind es, die einen Puffer hinter uns verlieren! Das ist der Grund, weshalb ich mich als Narren bezeichne ...“

Arwid dachte noch immer darüber nach, wie er sich verhalten hätte, wäre die Verantwortung bei ihm gelegen, und immer deutlicher wuchs in ihm die Erkenntnis, dass sein eingeschlagener Weg außerhalb der königlichen Erblinie der Rechte war. Nur mit Hilfe der Geiserich eigenen Gefühllosigkeit konnten richtige Entscheidungen gefällt werden, nur in diesem kalten Klima gediehen Eigenschaften, die einen Menschen zum Staatsmann machten.

Und doch, er hatte von Eudaimon damals verlangt, Menschen aus ihnen zu machen. Bei ihm, Arwid, hatte der Pädagoge wohl das gesetzte Ziel erreicht – jedoch machte das aus ihm nicht automatisch einen Staatsmann. Heute beklagte sich der König, er habe sich von Gefühlen hinreißen lassen und eine nicht mehr gutzumachende Scharte, die auszuwetzen andere Generationen beschäftigen würde, geschlagen. Wie ihn, seinem Temperament gemäß, Wut, Zorn und Gewalttätigkeit überwältigen konnten, so würde Arwid dem Mitleid nachgeben, sich erweichen lassen und dadurch nicht Herr seiner Entscheidungen sein. Jene abgeklärte Gefühllosigkeit, die er am König noch über Jahrzehnte hinweg beobachten würde, deren Beurteilung ihm immer Schwierigkeiten bereiten würde, ihn hin- und herriss, zwischen Bewunderung und Abscheu, gerade diese Eigenschaft sollte er an sich selbst sein Leben lang nicht finden. Doch anscheinend war dies der Schlüssel zu politischem Erfolg und Weltruhm, den er in den Händen seines Vaters, trotz allem, gut aufgehoben wusste.

Pythagoras und Aphrodite

Arwid versuchte den zerknirschten König abzulenken, und sie sprachen länger über Dinge persönlicher Natur, was Truchthari bewog, die beiden allein zu lassen. Er sah sich nach der Schönheit von der Grünen Insel um und fand sie mit geringer Mühe weiter hinten reitend. Er ließ sich zurückfallen, bis er wie zufällig neben ihr ritt. Sie trug jetzt zusätzlich ihre eigenen Waffen. Ein langes zweischneidiges Schwert, auf dessen Lederscheide ein kunstvolles Schlangenmuster prangte, baumelte am Wehrgehänge bis an ihre Knöchel hinab. Wurfpfeile und teilweise scharf angeschliffene Bronzescheiben steckten in speziell dafür angefertigten Lederhüllen in ihrem Leibgürtel, der die schmale Taille umspannte. Sie war in ein Paar hirschlederne Hosen geschlüpft, die ihre langen Beine wie ein zweite Haut zu umhüllen schienen. Als Oberkleid diente eine knallig violett gefärbte Tunika, die bis auf die Mitte der Oberschenkel reichte. Darüber trug sie, wegen der Hitze nur lose, ihren buntgescheckten Sagum, der die rechte Schulter freiließ, um dem Schwertarm die nötige Bewegungsfreiheit zu gewähren. Lässig bewegten sich die Zipfel des weiten Mantels im Takt der Hufe, wobei sie das lange Schwert umspielten.

„Was hast du da noch alles an Schätzen in deinem Bündel?“, näherte Truchthari sich ihr vorsichtig an.

„Oh, alles Mögliche was man so auf Reisen braucht, ein wenig Stoff für Kleider, einen Lederhelm und verschiedenes andere, vor allem Kräutermixturen und Wundauflagen“, klärte sie ihn auf, „schließlich habe ich auch gelernt, wie man Wunden heilt.“

Sie tätschelte ihrem Pferd den Hals und sah unvermutet zu ihrem Gesprächspartner herüber. Mit dem Kinn wies sie nach vorne, wo sie die beiden Hasdingen, Geiserich und Arwid, reiten sahen. „Euer König ist wohl ein mächtiger Mann?“, meinte sie, was der Krieger an ihrer Seite mit einem nachdrücklichen Nicken quittierte.

„Allein schon sein Name hätte bei uns auf der Grünen Insel einen äußerst machtvollen Klang. ‚Rich‘ bedeutet ‚König‘, was er ja inzwischen geworden ist – und ‚geis‘“, sie sprach das Wort, als wäre das „i“ ein „j“, „bedeutet ‚Bannzauber‘. Euer König ist wohl ein Mann, der durch sein Wesen die anderen in seinen Bann zieht und ihnen befehlen kann.“

Auch Truchthari fühlte sich im Augenblick wie von einem Bannzauber geleitet, während er den Blick nicht von ihr nehmen konnte. „Wäre damals ich bei eurem König gewesen, als er vom Pferd stürzte“, fuhr sie versonnen fort, „könnte er heute normal gehen, jetzt aber ist es viel zu spät, hier noch etwas zu versuchen.“

„Du bist also nicht nur eine Frau, die in der Lage ist Wunden zu schlagen, sondern gleichzeitig auch eine Heilerin? Das nenne ich eine geglückte Kombination“, brachte Truchthari seine Bewunderung für ihre vielseitigen Qualitäten zum Ausdruck. „Das trifft sich ausgezeichnet, ich habe da nämlich ein Problem, mit dem ich eigentlich unseren Heiler, aufsuchen wollte.“ Er zögerte unmerklich. „Darf ich dich kurz damit behelligen?“

„Wenn es denn sein muss“, zierte sich die Druidin, die andererseits gerne zeigen wollte, dass sie sich daheim auch als Heilerin einen Namen gemacht hatte, „um was geht es denn?“

Truchthari grinste zufrieden in sich hinein, wusste er doch, dass es für Heiler nichts Schöneres gab, als sich mit ihrem Wissen und Können zu profilieren. Er hatte den rechten Ton getroffen. „Oh, das ist ziemlich umständlich, wir können das so von Pferd zu Pferd nicht angehen, ich glaube, wir müssen uns etwas von der Marschkolonne entfernen und absitzen, damit du die Sache ins Auge fassen kannst, es handelt sich nämlich um das meinige, genauer gesagt um mein Lieblingsauge, das linke, mit dem ich noch ganz gut sehe. Irgendetwas ist hineingeraten.“

Wie der Leidende vorgeschlagen hatte, begaben sie sich etwas abseits vom aufgewirbelten Staub und dem Getrappel der Hufe. Truchthari lehnte sich an einen Baumstamm, doch stand das Licht ungünstig, so dass die beiden die Position wechseln mussten. Mit geschultem Griff umfasste die Druidin den Kopf ihres Gegenüber, um dem Übel in seinem Auge auf die Spur zu kommen. „Ich kann nichts sehen, was auf Fremdeinwirkung hindeuten könnte“, verkündete sie nach einer kleinen Weile.

„Wirklich nicht, vielleicht musst du nur näher hinsehen?“

Sie kam ihm nun sehr nahe, ihr Atem streifte sein Gesicht und dabei empfand er den Duft, der von ihr ausging, wie eine wohltuende körperliche Berührung, die ihm durch und durch ging. Er versank schier in ihrem weitgeöffneten Auge, fing sich in den weißlichen Netzen die, haarfein, ihre blaue Iris durchwoben und erblickte zuletzt sich selbst im unergründlichen Schwarz ihrer großen Pupille.

Ein Schauer überlief ihn. Welch ein Weib, ging ihm noch durch den Kopf. Kommentarlos umarmte er sie und drängte sich gegen ihren Körper.

Bis sie sich vom ersten Schreck erholt hatte, war es ihm gelungen, sie gegen den Baum zu drücken. Doch nun, da er sie in der Klemme hatte, kam es ihm in den Sinn, dass er vielleicht nicht besonders überlegt vorgegangen war. Was wollte er nun eigentlich? Sie verführen – mittlerweile zu plump! Sie mit Gewalt nehmen, das ging gegen sein Ehrgefühl. Sie drückte das Kinn auf die Brust und versuchte, sich von ihm loszumachen, indem sie ihn bestimmt, aber ohne brutal zu werden, von sich wegschob. Halbherzig versuchte er noch, ihr einen Kuss zu rauben, was auch prompt misslang. Seine letzte Rettung vermutete er in dem tölpelhaften Satz: „Ceridwen, ich liebe dich, mein Auge ist krank, weil ich es auf dich geworfen habe!"

„Damit solltest du besser keine Späße treiben", entgegnete sie ernsthaft, doch ohne jeden Zorn, „es tut mir leid, aber ich liebe dich nicht, du bist mir durchaus sympathisch, aber Liebe empfinde ich nicht für dich!"

Der Frauenheld war getroffen, verunsichert stotterte er vor sich hin. „Naja, vielleicht ist es auch bei mir nicht wahre Liebe, vielleicht reicht es bei mir auch nicht so weit, so genau kann ich es auch nicht sagen", versuchte er seine angeschlagene Ehre zu retten.

Ceridwen vollführte mit ihrer Linken eine trennende Bewegung auf Höhe ihres Nabels. „Reicht es etwa so weit? Oder tiefer?" Allmählich geriet sie in Rage. „Ihr Männer verwechselt eure Brunstgefühle immer gleich mit Liebe. Also gut, zeig mir, wie sehr du mich ‚liebst'." Mit mechanischen Bewegungen entkleidete sie sich und legte sich, vom Gürtel abwärts nackt, vor dem verstörten Helden ins Gras.

„Na los, was ist?" Herausfordernd spreizte sie die Beine. „Willst du nun oder willst du nicht?"

Mit hochrotem Kopf wandte sich der „große Liebende" ab, er fühlte sich von ihr entlarvt, gewogen und für zu leicht befunden. Er flüchtete auf sein Pferd und ritt zurück zu den Kolonnen der Marschierer. Ceridwen, die sich ohne Eile angekleidet hatte, folgte ihm in einigem Abstand. Längere Zeit spürte er die Blicke der Herankommenden schon im Nacken, so dass er reflexartig den Kopf noch mehr einzog, als er spürte, dass sie ihr Pferd neben das seine manövrierte und sich zu ihm herüberbeugte.

„Vielleicht ein anderes Mal", wirbelte sie dem nun völlig Desolaten mit ihrer kleinen Hand durchs Haar, „denk aber in Zukunft nach, bevor du irgendwelche hehren Gefühle als Auslöser deiner Triebe bemühst. Bei uns in Munster heiratet auch nicht jede Frau jeden Mann, mit dem sie mal schläft, das gäbe nämlich ein arges Durcheinander."

Ein ebensolches hatte sie aber nun gerade bei ihm angerichtet. Seine staubigen, nach ihrer Aktion wirr nach allen Richtungen wegstehenden Haare legten Zeugnis ab vom Zustand im Inneren seines Kopfes. Truchthari, der nicht wusste, wie ihm geschah, behielt seine Schneckenhaushaltung bei und schielte nur scheu zu der unberechenbaren Frau hinüber. Er hatte sich derart blamiert, dass er sich sicher war, nie wieder im Leben mit dieser Frau ...

Ja, sie war wirklich eine Zauberin, eine Hexe, ein Wesen aus einer anderen Welt.

*

„Gut, bei den Stämmen auf ihrer viel gepriesenen grünen Insel geht es anders her, das habe ich auch schon mitbekommen, aber sie deshalb gleich als ein extramundanes Wesen anzusehen ... Da könntest du ja gleich sagen: ‚Die Insel liegt jenseits der Säulen des Herakles im atlantischen Ozean, sie ist also der letzte Rest des sagenhaften platonischen Atlantis und die übermächtigen Atlanter greifen per Götterboten in die Geschichte ein'. Wie gefiele dir diese Theorie? Mal was anderes! Die Atlanter als die Retter der Vandalen!" Arwid lachte und stocherte in der Glut. Er zog sich den Mantel enger um die Schultern, denn es war allmählich kühl geworden.

Ausnahmsweise war in ihrem Gespräch nun er in die Rolle des Schalks geschlüpft, die sonst immer Truchthari auszufüllen hatte, der nun, als Betroffener, sich den Spott versagte. „Sei mir nicht böse alter Freund, aber um die Aufrichtung deiner Hoffnung zu verhindern, muss man nicht die jenseitige Welt bemühen. Ceridwen hat dir eben deinen Schneid abgekauft, das ist alles! Und jetzt hör auf zu lamentieren, schließlich habe ich gehört, du hättest vor, in absehbarer Zeit ein Eheweib in dein noch zu erwerbendes Heim zu führen, an dem du dann deine Kräfte erproben kannst."

Truchthari sah sich entlarvt, anscheinend wusste schon das ganze Heer, dass er beabsichtigte, um Gunhild, Nichte und Mündel des Königs, zu freien. Nun, nach der gewonnenen Schlacht, hatte er vielleicht bessere Chancen.

„Wenn du allerdings so weitermachst wie bisher, wird es Probleme geben“, orakelte Arwid. „Ich glaube nicht, dass es meinem Vater gefallen wird, wenn meine Cousine von dir ewig keine Kinder kriegt, weil du ständig ...“, er machte eine Kunstpause und bohrte anzüglich mit der Zunge in der Unterlippe, „auswärts beschäftigt bist.“

„Das ist nun aber eine dicke Verleumdung! Ich und ständig ... also nein, ich werde Gunhild treu sein wie der Efeu der Eiche. Ich weiß auch nicht, was mich da eben gerade geritten hat!“

Arwid war sichtlich amüsiert über die Entrüstung seines Freundes, der hektische Flecken auf den Wangen bekam. „Getroffener Hund bellt!“ Er grinste jetzt breit und seine Wangengrübchen verliehen seinem Gesicht jenen charakteristischen, doch in letzter Zeit leider viel zu selten zu sehenden schelmischen Ausdruck. „Du bist mir aufs Eis gegangen, alter Junge. Ist denn deine Vorstellung von Gunhild wirklich derart, dass sie dir schon langweilig wird, bevor überhaupt etwas los war?“

„Aber nie im Leben“, redete Truchthari sich in eine, bereits bei sehr oberflächlicher Betrachtung schon als künstlich zu erkennende Rage, „das heute war der reinste Ausrutscher. Diese Druidin wollte mir wahrscheinlich nur vorführen, dass sie tatsächlich hexen kann.“ Leicht verärgert nutzte er die Gunst der Stunde für eine Retourkutsche. „Jetzt spiel hier nicht das große Vorbild. Wenn du dich in allen deinen asketischen Übungen so effizient betätigst wie bei der Einhaltung deiner reinmachenden Diät, dann frage ich mich schon, wie du es in der Zwischenzeit geschafft hast, dir einen derartigen Wanst anzufressen.“

Arwids Miene verfinsterte sich zunehmend. „Das kann ich dir sagen: Alles was süß ist, ist erlaubt, da Speisen dieser Art den Geist beflügeln.“

„Wein beflügelt auch, aber der ist euch doch verboten“, lästerte Truchthari und zog die Nasenwurzel kraus, „obwohl ich dich auch in diesem Punkt als nicht unbedingt askesefest bezeichnen würde!“

In Arwids Wangen schoss das Blut. „Kriegszeiten sind eben anders“, blaffte er, „bevor ich mir eine Vergiftung aus einem verseuchten Brunnen hole, trinke ich lieber mit den Soldaten ihren Essigwein.“

„... und abends den weniger sauren der Offiziere“, ergänzte der Freund seine Philippika.

Arwid zuckte missmutig die Achseln.

„Vermutlich liege ich dann auch nicht ganz falsch, dass allein die außergewöhnliche Situation der Kriegszeit auch deine Abstinenz vom sogenannten schwachen Geschlecht beeinflusst", säuselte sein Kontrahent, „ich meine dergestalt, dass sich hierbei eben keine Gelegenheit bot und deshalb ..."

„Keine Gelegenheit", fuhr Arwid nun auf, „so ein Quatsch! Du weißt doch genau, was so ein Tross alles mit sich bringt! Nein, in diesem Fall liegt es schlicht an meiner Standhaftigkeit", meinte er bedeutungsschwer, „Frauen sind der erste Schritt in die Welten der Finsternis, in Richtung des sich ewig drehenden Rades der Wiedergeburt, weg von der Erlösung."

„Ja, ja", sinnierte Truchthari grinsend, „die Tugenden der Not."

„Ach, was weißt du schon", kam es einsilbig mit einem gewissen resignierten Unterton zurück. Schweigend saßen sie eine Weile nebeneinander. Nachdenklich starrte Arwid ins Feuer, wo er aufmerksam die aufblaffenden, kleinen Flammenzungen beäugte, die aus der letzten Glut der verkohlten Scheite immer wieder hervorzüngelten. Es war zwar nicht wirklich kalt, aber dennoch genossen die Freunde nach dem anstrengenden Tag die besinnliche Stimmung, die ein kleines Feuer mit sich zu bringen pflegte. Truchtharis Gedanken wanderten tatsächlich für einige Augenblicke zu seiner erhofften Braut, die er kaum kannte. Wie aus einer anderen Welt drang Arwids Stimme an sein Ohr.

„Wahrscheinlich hast du recht", murmelte er, „sie wollte an dir ein Exempel statuieren, damit es kein bloßes Gerücht bleibt, was sie über Hermigar gesagt hat."

„Du willst es also auch noch ausposaunen und per Herold im Lager ausrufen lassen, dass ich hier kleine Probleme hatte, das ist doch der Gipfel", ereiferte sich Truchthari.

„Na ihr beiden, störe ich?"

Die Freunde fuhren beim sehr nahen Klang der neu in ihr Leben geratenen, aber doch schon sehr vertrauten Stimme Ceridwens hoch. Wie Schuljungen, die beim Abschreiben ertappt werden, liefen sie synchron rot an und schüttelten verneinend die Mähnen.

„Ich wusste gar nicht, dass wilde Krieger derart klatschsüchtig sein könnten, aber ihr erlaubt doch trotzdem, dass ich mich an euer Feuer setze?"

Als spontan keine erfreute Zusage kam, strich sie sich den Rock glatt und setzte sich mit der größten Selbstverständlichkeit der Welt dicht neben Arwid. Die Freunde blieben bei ihrem Schweigen. Arwid erhob sich staksig, stocherte mit einem Eichenast in der Glut herum und verbreitete den Anschein, unschlüssig zu sein, ob er nun die Glut zusammenraffen oder lieber verstreuen sollte. Schließlich schob er die glühenden Kohlestückchen auf einen Haufen zusammen und entfachte die Glut aufs Neue, indem er ihr mit seinem weiten Ärmel Luft zufächelte. Arwid beeilte sich, ein paar Stücke trockenen Holzes darum herum aufzuschichten. Zufrieden mit seinem Werk nahm er wieder seinen Platz am neuentfachten Feuer, allerdings etwas abseits der Besucherin, ein.

Die Keltin hatte ihn aufmerksam beobachtet, es war ihr nicht entgangen, dass die Reanimation des im Verlöschen begriffenen Feuers nicht unbedingt Zeugnis eines unmittelbar bevorstehenden Aufbruchs seitens der Vandalen ablegen sollte. Dennoch versuchte sie die beiden aus der Reserve zu locken. „Euer Freudentaumel über die nette Gesellschaft ist ja umwerfend, wie soll ich mich retten aus den Klauen so vieler Verehrer", lachte sie.

„Mir fällt gerade ein, ich muss noch zum König, wegen des Transports der Pferde etwas besprechen. Ich glaube, ich komme heute Nacht nicht mehr zurück, du weißt schon, meine Zukünftige harrt meiner", verkündete Truchthari im Aufstehen und weg war er.

„Ah, der charmante Legat ist verlobt? Schau an. Wie ist das eigentlich bei euch Arianern, schwört ihr euch auch ewige Treue zu bei der Ehe?", forschte sie unbefangen die Gebräuche des Gastlandes aus.

„Warum sollten wir da abweichen vom allgemein christlichen Herkommen?" Arwid starrte unverwandt ins Feuer und versuchte, ihre Anwesenheit zu ignorieren. Andererseits wünschte er sich in gewissen Winkeln seiner dem Untergang entgegentaumelnden Asketenseele nichts sehnlicher, als dass sie bliebe. Er suchte nach Worten, das angefangene Gespräch in Gang zu halten. „Du meinst wohl, weil unsere Priester heiraten dürfen, muss die Moral der nicht-ganz-so-heiligen Ehen der Laien automatisch lockerer sein? Ich muss dich enttäuschen, wir halten es hier wie die Katholischen. Also schlag dir Truchthari gleich mal aus dem Kopf, der ist so gut wie verheiratet", log er munter drauf los.

Sie lachte trocken. „Sollte ich das? Mach dir keine Sorgen, er ist an sich nicht die Art Mann, die ich bevorzuge", dabei blinzelte sie

Arwid unverhohlen zu, der sofort wieder den Blick senkte.

„Also, was mich betrifft“, platzte er heraus, „bin ich erstens kein gläubiger Christ, ich hänge nämlich überhaupt keiner Religion an. Und zweitens beabsichtige ich nicht zu heiraten“, nickte er bestimmt und wollte so zum Ausdruck bringen, dass damit das Thema für ihn abgeschlossen sei.

„Wie kannst du das so kategorisch behaupten“, ging die Keltin über diese seine Intention hinweg, „hast du kein Interesse an Frauen, du vandalischer Diomedes, ist Truchthari dein Sthenelos, oder so?“

„Entschuldige, du Botin der Götter! Er ist weder mein Sthenelos noch ‚oder so‘ und ganz generell reden wir hier nicht gerne über Intimitäten. Schon gar nicht mit Hexen, die wir kaum kennen“, fügte er erklärend hinzu.

Hier hatte Ceridwen anscheinend einen wunden Punkt getroffen. „Aber du warst doch sicher schon einmal verliebt?“ Als sich Arwids Miene daraufhin verfinsterte und er säuerlichen Gesichts seiner Betätigung am Feuer erneut nachging, nur mit gesteigerter Intensität, da wusste sie, wo der Hund begraben lag.

„Du hättest deine Angebetete sicher geheiratet, wenn die Möglichkeit dazu bestanden hätte, nicht wahr?“

„Damals schon, da war ich noch jung und dumm.“

Die schwarzgelockte Schöne lachte heiser. „Jetzt, mit deinen zwanzig Jahren, ist natürlich deine persönliche Entwicklung um einiges vorangeschritten, und du kannst jetzt aus der Erfahrung des reifen Alters auf die Fehler von früher zurückblicken, ich verstehe“, nickte sie bedeutungsschwer. Als sich ihre Blicke begegneten, entschlüpfte beiden ein Lächeln, doch Arwid konnte ihr nicht viel länger als einen Lidschlag lang in die Augen sehen.

Innerlich verfluchte er sich für sein Ungeschick und seine Schüchternheit. Oh, sie gefiel ihm wohl, entsprach genau dem inneren Bild von „der Frau“, das er von Anbeginn an mit sich herumtrug. Er hatte nie verstanden, wieso seine Kameraden immerzu den großen Blondinen nachpfiffen und -liefen. Doch als Adept pythagoreischer Askese hatte er den Weg der Reinheit eingeschlagen, vollführte seine gymnastischen Übungen zur Stärkung des Geistes und gab sich den Übungen der Mathematik, allerdings mit weniger ausgeprägter Leidenschaft, hin. Und nun diese Anfechtung!

In ihm kämpften Gefühle gegen die Ideale einer, für einen jungen Mann eines weltzugewandten, kriegerischen Volkes doch sehr untypischen asketischen Morallehre und Ethik. Einer Ethik, die der ältere Truchthari – sicher nicht ganz zu unrecht – wann immer sich dazu Gelegenheit bot, in die Nähe einer gewissen Weltflucht rückte. Da saß nun das Ebenbild der Frau seiner Träume neben ihm, und er konnte sie nicht ansehen, geschweige denn berühren. Und je länger er über dem Feuer seiner Meditation nachhing, desto deutlicher erkannte er, dass es tatsächlich eine gewisse Unsicherheit war, ja eine Vorstufe von Angst, die ihn daran hinderte, der verlockenden Schönen näherzukommen. Schweigend und versonnen blickte er ins Feuer, wobei ihn das unbestimmte Gefühl, beobachtet zu werden, beschlich. Ihm war, als lauere im Feuer der hundertäugige Argus, dessen immerwache Augen, als zischend schwelende, kurz aufglühende Pünktchen, die sofort wieder verloschen, um an anderer Stelle erneut aufzuglimmen, auf ihn gerichtet wären. Verlegen stocherte er in der Glut. Zischend fing eine noch unversehrte Ader eines schon weitgehend verkohlten Scheites Feuer, eine kleine Flamme schoss hoch, das Scheit ächzte und knackte unter der Pein Loges, der es, wiewohl lichtlos, doch zur Wärme zwang.

So wie sich diese in Ceridwens Füßen ausbreitete, begann sie zu frösteln und drängte sich, Wärme auch für den Körper suchend, an den schweigsamen Jüngling an ihrer Seite. „Es wird allmählich kühl“, verlieh sie ihrem Empfinden Worte. Arwid sprang, wie vom Skorpion geangelt, auf die Beine. „Soll ich die Glutottern mit dürrem Geäst mästen? Oder brauchst du einen Mantel oder ein Fell?“, versuchte er höflich, ihr behilflich zu sein.

„Nein, danke, so schlimm ist es auch wieder nicht, setz dich lieber wieder zu mir, das würde mir für den Augenblick vollauf genügen“, lächelte sie mit dem unschuldigsten Augenaufschlag, dessen eine Liebesgöttin fähig zu sein mochte, zu ihm hoch.

Arwid kam linkisch ihrer Aufforderung nach, doch schwitzte er mittlerweile Blut und Wasser und schlang, ganz gegen seine inneren Absichten, die Arme fest um die hochgezogenen Knie. Die Frau hingegen legte sich zurück und ließ dabei, wie zufällig ihren Arm hinter seinen Rücken wandern. Da sie ihn über Ehe und Heirat so unvermittelt ausgefragt hatte, beschloss nun Arwid seinerseits, ihr auf den Zahn zu fühlen.

„Du sagtest, du seiest Priesterin“, begann er in unmittelbarer Nähe des Anfangs des Schöpfungsberichtes. „Vermutlich gibt es eine Menge Regeln und Gebote der Reinheit und Askese, die du befolgen musst, um dieses Leben führen zu können, liege ich da richtig?“

Sie rollte kurz mit den Augen, dann warf sie den Kopf in den Nacken, als würde sie von einer inneren Konvulsion geschüttelt. Sie lachte ein lautloses Lachen, wobei sie ihre tadellosen Zähne entblößte. „Es gibt da bestimmte Verrichtungen und Übungen“, begann sie, als sie sich nach einer Weile wieder beruhigt hatte, „vor allem des Gedächtnisses, die mir vorgeschrieben sind ...“

„Und dabei verzichtest du sicher auf den Genuss des Fleisches“, assistierte ihr Arwid, der nun in neu entfachtem pythagoreischem Eifer glühte. Erneut warf sie ihm einen vieldeutigen Blick zu und ein raues, kaum verhaltenes Lachen rollte ihre Kehle herauf, das Arwid zutiefst verunsicherte. War es Spott, war es gar Verlangen, was in diesem Lachen zum Ausdruck kam?

„Ich könnte dich jetzt fragen, welchen Genuss du hier meinst“, leckte sie sich über die sanft geschwungene Oberlippe. „Wenn du den Verzicht auf Fleisch in meinem Speisezettel meinst, muss ich dich enttäuschen. Morrigan, die Göttin des Krieges, deren Dienerin ich bin, lechzt nach Blut. Ich sagte schon, dass wir ihr für gewöhnlich Menschen opfern, doch wir greifen auch auf wehrhafte Tiere wie Eber, Auerochsen, Luchse und Wölfe zurück, wenn wir keine Gefangenen zur Verfügung haben. Ich glaube, dass eine Kohlköpfe verdauende Priesterin eines Kultes bei dessen Zelebrierung sie Köpfe rollen lässt, sich schlecht ausnimmt, meinst du nicht auch?“ Sie blickte ihn voll an. „Enttäuscht?“, versetzte sie fragend.

„Ein wenig schon“, musste der offen entsetzte Arwid zugeben, „ich dachte immer, es bedarf einer gewissen Reinheit, um Priester sein zu dürfen, schließlich bist du doch Mittlerin zwischen Göttern und Menschen ...“

„... der Göttin“, korrigierte sie ihn, „ich vollzog gelegentlich die Opferriten, doch bin ich über dieses Amt schon hinaus, da die Fähigkeiten, die ich mir aneignen durfte, mit einer gewissen Berufung zu Höherem verbunden sind. Wovon ich aber schweigen muss“, kam sie einer erfahrungsgemäß nun wohl auftauchenden Frage zuvor.

„Wir Pythagoreer hingegen leben nach sehr strengen Reinheitsvorschriften. Je weiter eine Person innerhalb der Stufenleiter zur Harmonie des Geistes schon vorgedrungen ist, umso schwieriger werden die Prüfungen, die ihr auferlegt werden. Wir essen selbstverständlich kein Fleisch, auch keine Fische, keine Bohnen oder Eier, üben den Körper alltäglich in gymnastischer Betätigung ...“

„Du auch?“, deutete sie lachend auf seinen Bauch.

Das war nun das zweite Mal innerhalb sehr kurzer Zeit, dass seine weltliche Figur Anlass zur Skepsis an seinem Asketentum bot. In Gedanken verfluchte er den drahtigen, eher schon als mager zu bezeichnenden Truchthari, in dem jedermann sofort einen Hungerkünstler sah, obwohl der gerne und viel aß, ohne auch nur ein Gramm zuzunehmen. „Nun ja, ähem, nicht täglich, gerade jetzt wegen der bevorstehenden Invasion kommt man nicht zu alledem, was man da eigentlich tun müsste, aber ich versuche stets die Gebote des Meisters einzuhalten“, erklärte er bestimmt.

Ceridwen legte sich zurück und ihr suchender Blick glitt über den sternenübersäten Himmel. „Schau nur, diese Sternenpracht. So etwas haben wir bei uns im Norden nicht, der Süden scheint sich doch näher ans Himmelsgewölbe anzuschmiegen. Wie nah hier das Bild des großen Jägers herankommt, man könnte meinen, sein Bogen und vor allem der Hund wäre mit Händen zu greifen.“

Ihre großen Pupillen unterstrichen die Sehnsucht in ihrem himmelwärts gerichteten Blick. Wie einem inneren Zwang folgend, redend und redend und sich immer mehr dafür verfluchend, zerstörte Arwid die aufkommende Romantik im Keime.

„Du meinst also tatsächlich, dass uns das Bild des Riesen Orion hier näher ist, weil sich das Firmament hier weiter zur Erde herabbeugt? Also nach jenen verschrobenen Theorien, die sich gegenwärtig ‚Philosophie‘ schimpfen, kann das gar nicht sein, da die Welt angeblich ein Gefälle nach Südosten hin haben soll. Aber Weisheitsfreund schimpft sich heute so mancher. Mein Freund Truchthari wird von vielen schon deshalb als Philosoph bezeichnet, weil er der Ironie mächtig ist ... Einzig Pythagoras, der Meister, hat recht erkannt, dass die Welt völlig anders aufgebaut ist, als sie sich die Hohlköpfe heutzutage ausdenken. Anstatt den Himmel zu beobachten, stellen sie schlaue Rechenmanöver an, die mit Hilfestellung von 55 Engeln und ebenso vielen Rädern den Antrieb der Planeten auf ihren unregelmäßigen Bahnen ermöglichen sollen. An Wissen dieser Art trägt man schwer heutzutage.“ Er seufzte. „Die wahre Lehre darf ich nicht weitergeben, ich habe Stillschweigen geschworen, verstehst du?“

Sie nickte ernsten Gesichts. „Wie gesagt, auch ich habe ein Gelübde abgelegt, das mir verbietet über gewisse Wahrheiten, die ich von meinem Meister erfahren habe, auch nur ein Sterbenswörtchen nach außen dringen zu lassen. Erzähle nur weiter, was immer du erzählen darfst."

Wie es Arwid schien, hatte sich die Druidin nun voll auf seine Ebene begeben, war ganz geballte Aufmerksamkeit und Wissbegierde und doch hielt er dem offenen Forschen ihrer großen Pupillen nicht stand. Er sammelte seine verbliebene Konzentration, spürte die Nervosität, die von ihm Besitz nehmen wollte und zwang sich zu innerer Ruhe und Gelassenheit. Er wusste, dass es nun galt, zu brillieren oder verlacht zu werden, und so begann er zaghaft:

„Wie Platon sagte, das ganze All ist Musik! In der äußersten Sphäre des Fixsternhimmels, den arktischen Gefilden also, ist die Harmonie am größten. Dort herrscht Reinheit, und beim Wiederaufstieg in die Harmonie dürfen die Seelen all die Laster, die sie während ihrer Inkarnationen auf Erden von den Planeten aufgenötigt erhalten haben, wieder zurückgeben. Derart geläutert, gelangen sie dann in die ewige Harmonie und lauschen verzückt den Sphärenklängen. Allein unser Meister vermochte lebendigen Leibes die Harmonie der Sphären zu vernehmen. Von der Erde zur lunaren Sphäre ist es ein ganzer Ton, von C zu D, von dort zum Merkur ein halber Ton, zum Es, von dort zur Venus erneut ein halber Ton, zum E, von ihr zur Sonne ist es eine kleine Terz, wir sind beim G. Die Sonne ist wieder einen ganzen Ton vom Mars entfernt, A, welcher wiederum einen Halbton, B, vom Jupiter entfernt liegt, der es ebenso weit, zum H, also zum Saturn hat. Dieser letzte, äußerste und kälteste der Planeten ist wiederum eine kleine Terz, den Weg zur Oktave bis zum nächsthöheren D in der Tonleiter, vom Fixsternhimmel entfernt."

Ceridwen hörte ihm geduldig zu und versuchte erneut, mit einem Anflug leichter Verzweiflung, seinen Blick einzufangen. Er jedoch mied jetzt bewusst ihren Blick, war ganz *theoria*, innere Schau, wobei er sich nicht aus dem Konzept bringen lassen durfte.

„Von dort aus, also vom Fixsternhimmel, werden die übrigen Sphären angetrieben", setzte er seinen Vortrag fort. „Pythagoras benannte sie nach den Griechischen Göttern, zunächst Kronos, dann Zeus, Ares, Helios, Aphrodite, Hermes und Selene. Hätte er nicht die Gnade dieser Gehörleistung gehabt, wir wüssten nicht um die Reihenfolge der Planeten ... Stell dir vor, in alter Zeit soll man berechnet haben können, wieweit entfernt von der Erde sie sich bewegen! Wer sollte so etwas heutzutage zuwege bringen? Das ist wahrhaftig ein Jammer, lieber glauben sie an Einflüsse der Sterne auf ihr Schicksal, als die Wahrheit über sie erfahren zu wollen. Sie lassen den Mond alle 28 Tage auskühlen, um sich danach sukzessive wieder zu erwärmen, oder sie lassen ihn von einem himmlischen Untier auffressen, um dann wiedergeboren zu werden ..." Jetzt hatte er sich in Fahrt geredet, konnte vor ihr, all seiner Schüchternheit zum Trotz, glänzen.

„Dies führt uns zu einer der größten Errungenschaften in der Wissenschaft unseres Meisters. Er erhielt Einblick in ein weiteres gravierendes Geheimnis: Der Kosmos hat Kugelgestalt! Alles, unsere gute alte Erde eingeschlossen, dreht sich um das ewig ruhende, nie verlöschende Zentralfeuer, von dem die Sonne aber nur ein Abglanz ist. Andere Schulen setzen die Erde in den Mittelpunkt, an die Stelle des Zentralfeuers und damit im Handumdrehen den Menschen wieder ins Zentrum des Kosmos." Er schüttelte den Kopf über so viel Ignoranz. „Dass die Erde edler ist als die übrigen Sterne, mag allerdings sein, denn in ihr gehen die vier Grundelemente segensreiche Verbindungen ein, genauso wie im Fixsternhimmel, wo ebenfalls alle Elemente vertreten sind. Die Planetensphären hingegen sind nur unvollkommene Teilgebilde, lasterhaft und erlösungsbedürftig. So ist doch der Stern des Ares dem erhitzenden Feuer, jener der Aphrodite dem kühlenden Wasser oder der hermetische Planet der wirbelnden Luft zugeordnet ... Hier jedoch, auf der Erde vermischt sich alles zum Ganzen ... aber sagte ich das nicht soeben", begann er zu stottern, „ach nein, das stimmt so nicht ..."

Er war so vertieft in die Rückführung der im Entgleisen begriffenen Gedanken seines Vortrags, dass er erst sehr spät bemerkte, dass ihn Ceridwens Arm zunächst wie zufällig berührt hatte, dass ihre Hand zärtlich, aber bestimmt über seinen breiten Rücken, an der Wirbelsäule entlang nach oben gewandert und schließlich in seiner Mähne verschwunden war. Ihre kleinen, aber durchaus kräftigen Finger massierten mit vorsichtigem Druck seine Kopfhaut. Starr behielt er seine gegenwärtige, nicht unbedingt bequeme Haltung bei, stellte sich tot und versuchte, sowohl die Berührung als solche als auch das damit einhergehende aufkommende Wohlgefühl standhaft zu ignorieren.

„Ja also, die Planeten haben Leidenschaften, mehr oder weniger üble, jedoch allesamt Hindernisse auf dem Weg zur ewigen Harmonie", versuchte er einen letzten intellektuellen Verteidigungswall, um seine bedrohten asketischen Ideale zu errichten, „da wäre der Zorn des Ares und wie wir wissen, auch die", er schluckte hörbar, „Be-gehr-lich-keit der Aphrodite ..." Er stockte.

Was nun die Zweideutigkeit des Begriffpaares „Genuss des Fleisches", deren Auflösung noch immer im Sternenraum schwebte, betraf, vertrat Ceridwen offenbar die Ansicht, dass dem Tun vor dem Reden der Vorzug zu geben sei, und so konnte Arwid die Sprache nicht mehr auf seine Ansichten zur pythagoreischen Sexualmoral bringen, der er ebenso bestimmt anzuhängen vorgab wie all seinen anderen Vorschriften.

„... sag mal, hörst du mir überhaupt noch zu?"

Anstelle einer Antwort brachte sie ihr Gesicht unmittelbar vor seines, so dass allein der Glanz ihrer Augen als Lichtrest vor ihm schimmerte, während der müde Schein des späten Feuers eine zartrötliche Gloriole um ihren Lockenkopf zauberte. Sie zog ihn an sich, und mit einem Kuss, der ihn von oben bis unten wie Feuer durchdrang, brachte sie den Verwirrten schließlich zum Schweigen. Von jenem Moment an war es um Arwid geschehen. Sein ganzes Leben lang würde er der Gefangene jenes fremdartig zauberhaften Feenwesens bleiben, nachdem er die erste Nacht seiner Gefangenschaft als die größte Befreiung seines Lebens empfand.

*

Truchthari indes rannte mit seiner Idee, um Gunhild zu werben, offene Türen ein.

Zum einen schien er der hübschen, wohl noch etwas scheuen jungen Dame zu gefallen, zum anderen kam der Antrag auch ihrem Vormund und Oheim Geiserich gelegen. Die blauäugige Gunhild war wie Ceridwen dunkelhaarig, doch hier endeten die Gemeinsamkeiten. Gunhilds Haar war glatt, die Form ihres Gesichts eher länglich schmal als rund. Trotz ihres angenehmen Äußeren konnte sie nicht als Schönheit im herkömmlichen Sinn gelten, verkörperte sie doch mit ihrer hochgewachsenen Gestalt die Walküre, die Wotan sich als Tisch- und Bettgenossin gewählt hätte.

Ihre durchaus sinnliche Ausstrahlung machte sie durch ihr anerzogenes, höfisches Verhalten, das sie auf Zurückhaltung und Mäßigung in allen Lebenslagen getrimmt hatte, mehr als wett. Hätte der König ihr nicht mit immer deutlicher werdenden Worten „gut zugeredet", dem Werben des trotz seiner Jugend schon bewährten Truchthari nachzugeben, hätte sie den Bewerber nicht erhört, entsprach er doch nicht den standesgemäßen Vorgaben. Indem sie jedoch Erziehung und Standesdünkel hinter sich lassen durfte, sah sie dem Kommenden mit freudiger Erwartung entgegen.

So auch Truchthari, der die um zwei Jahre Jüngere schon immer verehrt hatte. Doch wenn er ehrlich war, musste er sich eingestehen, richtig verliebt war er in sie nicht. Allerdings, so redete er sich jedenfalls ein, diese Sache mit der Liebe werde sich schon noch entwickeln, wenn man erst einmal zusammenlebte.

Truchthari wäre jedoch nicht Truchthari gewesen, hätte er nicht wie sein großes Vorbild versucht, zwei Fliegen mit einer Klappe zu schlagen.

All seinen militärischen Verdiensten zu Trotz konnte es dem geblütsmäßig betrachteten Niemand nur aufgrund einer Verbindung dieser Art gelingen, seinen Platz im Beraterstab des Königs zu behaupten. Er hatte dem König bei seiner Werbung vor allem deshalb imponiert, weil er kein einziges Wort über Gefühle verloren hatte. Nein, er hatte ihm seine uneingeschränkte Treue und Loyalität versichert, und darauf hingewiesen, dass er diese am besten als Mitglied des Kronrates zum Ausdruck würde bringen können. Er hatte sich auch schon Gedanken darüber gemacht, wie er dorthin gelangen könne: Es gäbe doch die traditionellen germanischen Hofämter, Seneschall, Kämmerer, Mundschenk und, extra für Heldica neu geschaffen, das Amt des *praepositus regni*: des Kanzlers. Bis dato sei der Posten des Truchsessen vakant, in dieses Amt könne er, Truchthari, doch vordringen, indem er ein Mitglied der Königsfamilie ehelichte. Und, nebenbei, hätte er auch schon eine geeignete Kandidatin, um seinen Ehrgeiz und den Wunsch nach Familiengründung gleichermaßen zu befriedigen. So einfach sei das alles.

Geiserich, dem diese Idee nicht nur zupasskam – hätte sein Kandidat für das Truchsessenamt nicht um die Hand des Mädchens angehalten, er hätte sie ihm mit dem Ziel, ihn enger an sich zu binden, förmlich aufgedrängt – willigte sofort ein. Er vertröstete den durchaus nervösen Werber auf ein paar Tage, da er sich schließlich mit dem Objekt des Begehrens noch einmal persönlich besprechen müsse, vergaß aber auch nicht, auf gewisse Charaktermängel seiner Nichte hinzuweisen. Sie sei, was man auf den ersten Blick nicht gleich erkennen möge, ein wenig herrisch und sehr von sich und ihrer Bedeutung eingenommen. Dies hätte Truchthari, als künftiger Ehemann, so er wenigstens daheim ein friedliches Leben zu führen gedenke, abzustellen beziehungsweise zu tolerieren. Ansonsten könne er „die Kleine", ja, Geiserich bedachte seine Nichte, die ihm, ohne sich auf die Zehenspitzen stellen zu müssen, glatt über den Kopf sehen konnte, mit diesem Titel, durchaus als gutes Mädchen empfehlen. Wie die meisten jungen Dinger sei sie vernarrt in Kinder und wäre, sobald sie erst einmal selbst Mutterfreuden empfände, sicher leichter zu handhaben, so der Truchsess in spe verstünde, was er meine.

Geiserich kratzte sich das Kinn und blickte dem sich entfernenden Truchthari belustigt hinterher. Letzten Endes hatte dieser mühsam mit rauer Stimme vorgebrachte Heiratsantrag ihm selbst gegolten! Offenbar suchte die junge Waise in ihm auch einen Vaterersatz, was dem König, nachdem sich Arwid der Adoption verweigert hatte und seine legitimen Söhne, Hunerich und Gento, noch zu jung für weittragendere Pläne waren, mehr als gelegen kam. Da man nicht wusste, was die nächsten Monate bringen würden, beschloss der König, ein Zeichen zu setzen und ließ gleich am folgenden Tag, kurz bevor sie daran gingen, nach Africa überzusetzen, die Verlobung seiner Nichte mit Truchthari bekanntmachen. Doch bereits mit dem Kuss verabschiedete sich Truchthari von Gunhild, da er einer kämpfenden Abteilung zugeteilt wurde. Wann sich die Beiden wiedersehen würden, stand in den Sternen.

* * *

Ein unvollständiger Römer

2. Juni 429 A. D.

Geiserich hatte es möglich gemacht. Das wohl größte amphibische Landeunternehmen der Weltgeschichte, die geordnete Überquerung der sieben Meilen breiten Straße zwischen den Säulen des Herakles durch das gesamte, an die 80.000 Köpfe zählende Volk stand kurz vor seiner Vollendung. Der König hatte nicht nur die eigene Kriegs- und Handelsflotte, sondern auch kleinere Schiffe der südhispanischen Fischer herangezogen, denn die rudergetriebenen Kriegsschiffe verfügten über wenig Transportvolumen. In vierwöchigem Pendelverkehr wurde alles, mit Mann und Maus, Ochsenkarren, Viehherden und nicht zuletzt der reichen Beute, die sich in dem vieljährigen Plünderungszug durch halb Europa angehäuft hatte, verladen und übergesetzt. Gleich in den angesteuerten Zielhäfen wurden die Ankömmlinge von zurückgelassenen Männern der Vorhut in Empfang genommen und erhielten Instruktionen, damit weiterhin ein geordneter Ablauf der Landnahme gegeben war. Dass der König sich als hervorragendes Organisationstalent erwies, mussten sogar seine Gegner neidlos anerkennen. Bis auf die grausam bestrafte Unterbrechung durch Hermerich verlief alles nach Plan.

Die Freunde mit ihrem Gefangenen warteten auf den Befehl des Gubernators – Steuerführer und Kapitän in einem – zum Auslaufen. Sowohl Arwid als auch Truchthari teilten die Begeisterung des Königs für Schiffe, Häfen und das Meer in keinster Weise. Allen Aufstiegschancen bei der Marine zu Trotz blieben sie Landratten aus Überzeugung. Sie hatten nicht das Zeug zum Seehelden, waren ihnen die Tiefen des Meeres doch ein Gräuel, und Arwid war im Nachhinein sehr froh, dass er um eine Ausbildung bei der Marineinfanterie herumgekommen war. Er kniff sich die Nase zu. Das unverkennbare Hafenaroma, ein Gemisch aus unsauberem Wasser, Fisch von gestern und nassem Tau verursachte ihm einen Anflug von Übelkeit. Jenes romantische Gefühl von Aufbruch in die Ferne und erhoffter glücklicher Wiederkehr, das jedem Seemann das nötige Urvertrauen gab, lag ihm ferne. Und auch der seinem Naturell nach neugierige Truchthari heftete ob des beweglichen Bodens unter seinen Füßen den Blick etwas starren Genicks auf einen fixen Punkt an Land. Beiden konnte es nicht schnell genug gehen, endlich in See zu stechen, um die unliebsame Situation hinter sich zu lassen, und doch beschlich sie eine uneingestandene Furcht vor der weinroten See, dem Reich unbekannter grauenerregender Götter und Ungeheuer, das sie nun zu überqueren hatten.

„Warum bauen sie eigentlich keine Brücke nach da drüben?", versuchte Truchthari einen Scherz, „die Perser haben damals auch den Hellespont überbrückt!"

„Erstens ist es nur ein Katzensprung der dort Europa von Asien trennt", versetzte Truchtharis frisch erbeuteter Geograph, „und zweitens verleitet das Resultat dieser Expedition nicht zur Nachahmung. Es gibt doch nichts Schöneres, als zur See zu fahren", er blickte zum azurblauen Himmel, „höchstens Fliegen könnte noch schöner sein, wäre es uns möglich." Die Libellen in Arwids Eingeweiden vollführten allein beim Gedanken daran einen Freudensprung, sehr zum Unwohlsein ihrer fleischlichen Hüllgestalt.

„Ikarus! Mehr sage ich dazu nicht!", versetzte der Prinz.

Da sie sich auf einem der letzten Schiffe befanden, die den heimatlichen Kontinent verlassen sollten, um das Vandalenvolk in eine ungewisse Zukunft auf dem neuen Erdteil zu schaffen, hatte es eine gute Weile gedauert, bis schließlich die Reihe an sie gekommen war. Nach einigen Stunden kam endlich das ersehnte Land in Sicht.

„Africa!" Severianus breitete die Arme und sein Wissen vor den Barbaren aus. Mit seiner weitausholenden Geste schien er die sich schier endlos vor ihnen erstreckende Küstenlinie mit langen Armen umfassen zu wollen. „Das ist tatsächlich ein regelrechter Erdteil, ich weiß ehrlich nicht, wem da dein Vater aufgesessen war, der ihm dieses riesige Land als ein Inselchen, wie etwa Britannien eines ist, andrehen wollte."

„Was heißt hier Inselchen", ließ sich Ceridwen vernehmen, „die waldreiche Alba ist groß und mächtig." Auf ihren Lokalpatriotismus ging jedoch im Moment niemand ein.

Voller Spannung blickten die Freunde und der Gefangene dem näherkommenden Land entgegen. Unmerklich langsam schien die Küstenlinie aus dem Wasser herauszuwachsen, so wie die morgendliche Entfaltung einer Blüte, die man doch zu beobachten wähnt, obwohl man der Langsamkeit ihrer Schritte in der Ausbreitung ins Licht nicht mit dem Auge zu folgen vermag. Im Hintergrund wurden hohe, mit ihren beschneiten Gipfeln trotzig und abweisend wirkende Berglandschaften sichtbar.

„Außerdem erzählen alle, dass bald hinter dem fruchtbaren Küstenstreifen eine schreckliche Wüste beginnt, die noch von niemandem durchquert worden ist."

Auch Truchthari wollte zeigen, dass er sich schon etwas über das neue Land informiert hatte. „Vor allem nicht in südlicher Richtung", pflichtete er dem Fachmann bei.

„Sie zieht sich entlang dieses Meeres, das die Mitte der Welt markiert, bis in die östliche Kornkammer hindurch", beeilte sich dieser seine Kenntnisse an den Mann zu bringen, ehe ihm ein eventueller Besserwisser zuvorkommen mochte, „dorther sollen die meisten schwarzhäutigen Menschen stammen, nicht nur aus Äthiopien, denn die Sonne versengt dort alles."

Truchthari bestätigte seinen Sklaven. „Ja, das moderate Europa können wir jetzt ad acta legen, hier in Africa prallen Fruchtbarkeit und Dürre, Überfluss und erschreckende Armut mit voller Wucht aufeinander. An einem Flecken wächst alles, wovon du selbst im klimaverwöhnten Gallien höchstens zu träumen wagst und unmittelbar daneben verdorrt alles Leben, nichts kann sich halten und gedeihen. Ich bin schwer neugierig, ob alles so sein wird, wie der König es uns angekündigt hat. Übrigens, glaubst du an Ptolemaios oder hängst du einem anderen geographischen System an?"

„Was heißt da glauben!? Wir, ich meine, ich und mein Gehilfe, wir waren immer Anhänger des Ptolemaios, den ja auch die christliche Religion anerkennt. Aber letztendlich ist das doch keine Frage des Glaubens, sondern des Wissens."

„Du meinst also, die Welt sei eine Scheibe, die auf den Wassern schwimmt und in deren Zentrum das Mittelmeer sich befindet?" Ohne auf die Antwort des Geographen zu warten, hakte er gleich nach, die Ironie in seiner Stimme war nicht zu überhören. „Ich kann das sehr gut verstehen, schließlich sind jene Menschen, die diese Region bewohnen, die Römer, die edelsten unter der Sonne und die wichtigsten, weshalb sie auch in die Mitte des Universums gehören?"

Arwid sah missbilligend zu seinem Freund hinüber. „Nun lass doch den armen Mann erstmal sein System erklären und bring ihn nicht ständig durcheinander!"

Severianus holte tief Luft, doch bevor er loslegen konnte, warf

Truchthari ein: „Entschuldige, ich möchte hier keine alten Thesen von der Welt als Scheibe hören, mich würde eigentlich nur interessieren, ob du auch der Ansicht bist, dass Africa mehr breit als lang ist?"

„Aber natürlich! Alles andere würde doch der Heiligen Schrift widersprechen, die sagt, die Welt sei wie der Tempel Jerusalems aufgebaut, der nach den Bauplänen Gottes entworfen worden ist. Wie die darin westöstlich aufgestellten Tische mit den Schaubroten, die von gewellten Ornamenten eingefasst wurden, wird das Land als ein von den begrenzenden Wassern umgebenes Rechteck aufgefasst, das von Nordwest nach Südost leicht abfällt. Die Wüste nach Süden hin zu durchqueren wäre auch nicht sehr sinnvoll, denn kurz hinter der Wüste hört die Erde ohnehin auf und stößt an die Grenzwasser. Die südlichen Grenzwasser fassen die größten Wassermassen, da sich ja das Erdgefälle dorthin neigt." Severianus nickte gravitätisch. „Es ist interessant, dass nicht alle Flüsse in dieses Wasser einmünden. Die Strömungsrichtung des Nil beispielsweise verläuft in entgegengesetzter Richtung. Er fließt gewissermaßen bergauf, weshalb er eine geringere Geschwindigkeit hat als etwa der Rhodanus oder die Zwillinge Euphrat und Tigris, die dem Erdgefälle folgen. Manche Phantasten behaupten gar, der Nil hätte normale Quellen wie jeder andere Fluss auch, das ist natürlich der bare Unsinn, es ist das südliche Grenzwasser, das ihn speist und mit Macht von sich wegschiebt."

Arwid, dessen pythagoreisches Geheimwissen das Weltsystem in Kugelgestalt vor sich sah, hielt sich lieber zurück, da er keine Lust hatte, sich die Überfahrt durch einen fruchtlosen Disput vermiesen zu lassen und beschloss, die Weitläufigkeit des Decks auszunutzen, um etwas herumzustrolchen.

„Barbaren", murmelte Severianus, dem die nur scheinbar beiläufige Entfernung des Prinzen nicht entgangen war, vor sich hin, und sandte ihm einen entrüsteten Blick nach. Tatsächlich sah der sich bereits nach wenigen Schritten in Richtung achtern von imaginärer Gewalt gezwungen, zu seinem ursprünglichen Aufenthaltsort am Bug des Bootes zurückzukehren. Allerdings nicht wegen des fesselnden Vortrags des Geographen, sondern ihn zwang die Gewissheit, dass er sich in absehbarer Zeit übergeben müsste, wenn er seine auf den Wassern schwankende Seele nicht mit den Augen an der Beständigkeit des Festlandes, das vor ihnen aufkam, festmachen konnte. Der Geograph, der die Situation natürlich zu seinen Gunsten interpretierte, fuhr nun erst recht beflügelt fort.

„Auch Aristoteles, der größte Denker aller Zeiten, lehrt, dass sich nichts ohne Ursache bewegt, da der natürliche Zustand der Dinge die Ruhe ist."

„Aber entschuldige! Dein hochgeschätzter Aristoteles erntete auf so vielen Feldern, dass ihm auch unversehens so manches Unkraut in die Hände fiel", platzte nun wieder Truchthari in den Vortrag, „wenn das Wasser von Natur aus stehen sollte, dann gäbe es längst keines mehr, denn stehendes Wasser fängt an zu stinken und stirbt, wenn es nicht bewegt oder erneuert wird. Primär ist doch alles in Bewegung, nichts verharrt in der Ruhe. Herakleitos, den ihr den Dunklen nennt, hat recht, wenn er sagt, dass du nicht zweimal in denselben Fluss steigen kannst."

Die das Schiff umgebenden Wellen schienen ihm mit ihrem gleichmäßigen Auf und Ab bei seiner Argumentation sekundieren zu wollen. Severianus wischte Truchtharis Einwand kopfschüttelnd beiseite. „Nein, so einfach darfst du dir das nicht machen! Du lässt dich täuschen von den Eindrücken, die dein Auge aufnimmt, ohne sie verstandesmäßig zu verarbeiten. Das Wasser fließt nur, wenn es angeschoben oder einem Gefälle ausgesetzt wird", er hatte sich in Fahrt geredet, „der Nil nun hat sogar das Gefälle gegen sich und fließt trotzdem noch. Das kann aber nicht daran liegen, dass Wasser im Naturzustand fließt, sondern muss davon herrühren, dass er von einer immensen Gewalt, die von hinten her auf ihn einwirkt, vorangetrieben wird, das leuchtet doch ein, oder?"

„Ich sehe auch eine nicht minder immense Gewalt, die von hinten auf dich einwirken wird, wenn du jetzt nicht endlich ruhig bist!", mischte sich nun Arwid ein, der sein linkes Bein anhob, als ob er das Gewicht seines Stiefels abschätzen wollte, und den Polyhistor mit einem giftigen Blick bedachte. Truchthari war erstaunt über die Reaktion seines Freundes, der offensichtlich ausnahmsweise nicht in der Laune zu einem philosophischen Streitgespräch war. Nur zu gerne wäre er jetzt Zeuge eines verbalen Stellvertreterkrieges der antiken Philosophen gewesen. Der Pythagoras Arwids hätte sicher zuerst Zahlenverhältnisse ermittelt, um daraus Schlüsse zu ziehen, und nicht schon vorher angenommen, er wisse, wie die Welt aussehen müsse, um nur noch nach Bestätigungen für seine Theorien zu suchen.

„Lassen wir doch das Ganze auf uns zukommen", warf der Prinz ein, „Wir setzen gerade über in ein absolut fremdes Land und reden schon vorher die ganze Zeit darüber, wie es dort ist, als seien wir schon dort gewesen und würden alles aus eigener Anschauung kennen." Er fasste seine Freundin um die schlanke Taille. „Wenn Ceridwen in einer Tour von Hibernia und ihrer scheinbar so faszinierenden Andersartigkeit schwärmt, weiß sie, wovon sie spricht, aber hier wird doch nur spekuliert und keiner weiß etwas Genaues."

Severianus blickte indigniert zu Boden.

„Mein He..., pardon, meine Herren ..."

„Endlich hast du kapiert, wie du mich anzusprechen hast", belustigte sich Truchthari über den Lapsus des Römers, dessen Gesichtsausdruck eine seltsame, gar nicht zur Situation passende Erleichterung aufwies, und der gleich wieder versuchte, sein Wissen an den Mann zu bringen.

„Geheimnisse und Überraschungen werden wir in Africa noch in tausenderlei Gestalt antreffen, verlasst euch darauf. Wir werden wilde Löwen, nicht geschützt durch die Mauern der Arenabrüstung, aus näherer Entfernung zu sehen bekommen, als uns lieb sein wird. Ebenso wilde Menschen werden uns das Leben schwer machen, und euer König wird sich wehmütig nach zivilisierten Feinden sehnen, wie wir Römer es waren." Die Pause in seinem Sermon nutzte nun „sein Herr" für eine nicht unwichtige Frage.

„Da fällt mir gerade ein, wie kommen wir an deinen Geldgeber, an jenen großzügigen Menschen, der das Lösegeld für dich bezahlt, den römischen Kaiser, heran?" Bisher hatte sich dieser Fang noch nicht rentiert. Wenn man von den nur schwer zu unterbrechenden polyglotten Auslassungen des Gefangenen über Geographie und Geschichte absah, die er bei jeder Gelegenheit abspulte und deren Memorierung man als Bildung im weitesten Sinn bezeichnen konnte, hatte der vornehme Römer ihm noch keinerlei Nutzen gebracht, wollte doch Truchthari nicht unbedingt einen Hauslehrer als Mitbringsel aus der Suebenschlacht anschleppen. Severianus hingegen schienen die finanziellen Spekulationen in Hinsicht auf seine Person kalt zu lassen. Wusste er nicht, dass Gefangene, die nicht nutzbringend verwendbar waren, das heißt, sich nicht verkaufen ließen oder ordentlich arbeiten konnten, gerne an die Fische verfüttert wurden? Er lachte nur gackernd und machte, in der Gewissheit seines Wertes eine wegwerfende Handbewegung. „Ich denke, dazu wird auch der Statthalter des Kaisers hier in Africa, ein gewisser Bonifacius, bereit sein."

„Ich glaube, der ist auf uns gar nicht gut zu sprechen momentan, aber, wenn ich ihn zufällig sehen sollte, werde ich ihn natürlich fragen, wie er mir deine Unentbehrlichkeit vergütet", rang sich Truchthari einen müden Scherz ab.

Arwid grinste breit. „Das möchte ich gerne sehen: Wie du, Truchthari, den Generalissimus der Kaiserin und *comes Africae*, Flavius Bonifacius Pavianus auf der Straße triffst und ihn fragst: ‚Ach, entschuldigt bitte, Ihr seid doch hier der Allerhöchste, könnt Ihr mir etwas Geld geben für einen Hauslehrer in Geographie und Historie, den ich in Spanien gefangen habe. Es handelt sich um ein besonders wertvolles Exemplar dieser Spezies, denn er ist römischer Bürger. Wollt Ihr mir Bares geben oder einen Wechsel, wenn Ihr gerade nicht genügend mit Euch führt? Bei Nichtbezahlung kann ich den verdienten Mann allerdings nicht nach Rom zurückkehren lassen, sondern muss ihn den heimischen Göttern hier opfern!'"

Es sah schlecht aus für Severianus, der pikiert zu Boden blickte. Natürlich würde Truchthari ihn, genausowenig, wie er daran dachte, ihn freizulassen, an irgendwelche gierigen Tiere verfüttern. Notfalls würde er den Geographen als Landvermesser an Latifundienbesitzer vermieten, doch über diese seine Pläne ließ er selbstredend den Gefangenen in Unkenntnis. Die Freunde ließen die Blicke an der Linie der jenseitigen Meeresküste entlangwandern. Auf was für ein Abenteuer hatten sie sich eingelassen, als sie Geiserichs Traum vom vandalischen Africa aufgegriffen hatten?

Nun waren sie mittendrin, ihn zu verwirklichen. Mit von böig auffrischendem Wind geblähten Segeln steuerten sie dem Gestade entgegen, das immer näher heranrückte. Ihrem Schiff war ein Landeabschnitt direkt gegenüber Tarifa zugewiesen worden. An Backbord konnten sie in der Entfernung mit Mühe noch eine stattliche Anzahl von Schiffen, die nur Frauen, Alte und Kinder beförderten, ausmachen. Diese Transporter liefen weiter östlich gelegene Häfen an, um den Langsameren den Landweg zu verkürzen. Sie mit ihrer Schar würden wieder einmal die Nachhut bilden. Mit ernstlichen Kämpfen war zwar kaum zu rechnen, doch wollte Geiserich Räuber und plündernde Nomaden davon abhalten, den Treck aus dem Hinterhalt anzufallen, und hielt dort eine scharfe Waffe bereit, die vor allem aus den profilierungsbedürftigen Jungkriegern bestand.

Gleich nach ihrer Anlandung gedachte er, diese Waffe aus der Scheide zu ziehen und ihre Schlagkräftigkeit zu demonstrieren.

Während der gesamten Zeit, die sie für den Transfer des Großteils des Volkes benötigten, war ihnen der Meergott gnädig gewesen, hatte nicht ein einziges Opfer verlangt. Geiserich hatte seinen vermessenen Schwur, alle Vandalen trockenen Fußes nach Africa zu schaffen, in die Tat umgesetzt. Kein einziges Schiff war gekentert oder gesunken, kein einziger Mann in den Fluten umgekommen, doch jetzt, gerade als die letzte kleine Flottille unterwegs war, schien sich ein Unwetter zusammenzubrauen.

Der Wind frischte zusehends auf, und schwarze Wolken, die sich vor den Bergen verdichteten, jagten über die Meerenge. Im Nu hatte sich das Meer verändert. Aus dem satten Blau war ein dunkles Grau mit nahezu schwarzen, amorphen, scheinbar unterseeische Abgründe andeutenden Flächen geworden. Gurgelnd wurden dort Ströme hinabgezogen, während sie andernorts geysirartig aufzutauchen schienen. Mehr als nur vereinzelt tanzten nun weiße Schaumkronen auf den immer steiler sich türmenden Wellen. Das Szenario hatte sich aus der Idylle in ein Inferno verwandelt. Die Taue sangen vibrierend im Sturm, und der Gubernator pfiff den Matrosen, die Zusatztakelage einzuholen, so dass sie zunächst noch mit dem großen Rahsegel fuhren, dessen Fläche sich jedoch binnen kurzer Zeit als zu groß für die Gewalt des heftigen Windes erwies. Die Wogen prallten an das hohe Bord, Gischt spritzte darüber. Prüfend blickte Ceridwen zum Himmel, doch zeigte sie keinerlei Unruhe oder gar Angst.

„Das ist nur ein kleiner Sturm, der legt sich bald", versicherte sie den Männern an Bord. Es schien so, als wäre sie die einzige, die sich unbeeindruckt von dem Geschehen zeigte, ja, als mache ihr das Toben der Elemente Spaß. Die Matrosen, Frauen an Deck waren ihnen natürlich der reine Graus, murmelten etwas von „Hexe" und „Teufelsbraut, die sich natürlich vor der Hölle nicht fürchten muss" und machten sich an ihre harte Arbeit, das Hauptsegel einzuholen und den Mast umzulegen, um den Schwerpunkt des Schiffes günstiger auszutarieren.

Der Wind kam von achtern und drohte das Schiff aufs Land zu werfen. Rasch hatte man die letzte Distanz zum Ufer zurückgelegt, doch ein Anlegen verbat sich wegen der hohen Wellen, so dass der Gubernator sich gezwungen sah, vor der Mole Notanker auszuwerfen. Gischtend verschwanden die drei eisernen Anker an den langen schneckenartig eingerollten Tauen in der Tiefe und fanden nach einigem hin und her Grund. Doch das Schiff riss an den Tauen, bockte und sprang auf den Wellenbergen umher wie ein junges Fohlen. Die Gesichter der meisten Männer nahmen eine grünliche Färbung an, die wackeren Reiter und Schwertfechter opferten nun dem Neptun, oder wem auch immer, der für diese Meerenge zuständig sein mochte. Die großen, bunten schreckeinflößenden Dämonenaugen, die des Schiffes Bug zierten, vermochten ihn ebensowenig einzuschüchtern wie die „Opfer" der Landratten ihn besänftigten.

Arwid hing verkrampft über der Reling. „Oh ihr Götter, das überlebe ich nicht!" Ceridwen legte ihre Hand, ohne viel zu sagen auf seinen Rücken und vollführte kleine kreisende Bewegungen. Langsam begannen seine Eingeweide, sich zu entkrampfen, gleichzeitig wich die ihn völlig absorbierende Übelkeit einer angenehmen Gleichgültigkeit. Er fühlte sich den Elementen preisgegeben und doch sicher und geborgen, fast wie ein unbeteiligter Zuschauer erlebte er das Toben des Windes und das gischtende Gewoge des Meeres. Verständnislos und unsicher schüttelte er den Kopf, seine noch schweißnassen Hände umfingen dankbar die Linke Ceridwens.

Mit einem schrecklichen Ruck, der von einem scharfen Knall begleitet wurde, riss eines der Ankertaue und peitschte zurück an Deck. Es traf einen völlig erledigt an der Reling lehnenden Krieger und schleuderte ihn wuchtig zurück, wo er besinnungslos liegenblieb. Ceridwen kämpfte sich zu ihm durch und musste feststellen, dass einige Rippen gebrochen waren. Hier an Bord war bei dem wackeligen Untergrund an eine fachgerechte Versorgung nicht zu denken, doch sie war sich sicher, dass der Mann durchkommen würde und kam, vom Spiel der Wellen auf und ab gehoben, zu Arwid zurückgetorkelt, der gerade anfing, erneut die Farbe zu wechseln. „Gleich ist's vorbei", redete sie beruhigend auf den Seekranken ein. Außer ihr schien lediglich dem Geographen der Seegang nichts auszumachen.

„Stimmt, du hast recht, das sieht jetzt sehr gefährlich aus, aber in spätestens einer halben Stunde ist der Zauber vorbei", pflichtete er ihrer Beurteilung der Situation bei.

„Als Geograph hast du sicher auch die Meere befahren", interessierte sie sich für seine Sicherheit.

„Ja, wir haben schließlich auch Ligurien und Aremorica kartiert, zum Teil vom Meer aus, da gewöhnt man sich an derartige Vorgänge."

Ein erneuter Knall ließ alle auf dem Schiff zusammenfahren, das zweite Tau war gerissen, jetzt galt es zu handeln. Man konnte den Gubernator als Indikator für die Situation, in der sich das Schiff befand, verwenden. Zwar hatte er von seinem erhöhten Standpunkt aus eine gute Übersicht über das Geschehen, doch umgekehrt konnten alle sehen, wie es um ihn bestellt war. Sein Gesicht nahm jene wächserne Tönung an, die sich gerne kurz vor einer Panik einstellt. Aller Augen hingen an dem der Verzweiflung verfallenden Fachmann, dem die Kontrolle über das Geschehen zusehends entglitt.

Severianus erfasste die Situation, spurtete, den Seegang ignorierend, heckwärts, enterte die Achterschanze und gleich darauf den Sitz des Gubernators, indem er den zitternden Mann einfach beiseite schubste. Über das Getöse von Wind und Wasser ertönte seine sonore Stimme: „Alles hört auf mein Kommando!"

Die Matrosen ordneten sich ihm kommentarlos unter, die Dramatik der Situation ließ ihnen keine Wahl, sie hingen an nur mehr einem einzigen Anker, dem sprichwörtlich schlechten. Die Hafenmole ragte gefährlich weit vor, dahinter jedoch war das Wasser relativ ruhig, Severianus wusste, dass sie diese Spitze umschiffen mussten, um sich in Sicherheit zu bringen.

„Ceridwen, kapp das Tau", brüllte er. Die Angesprochene wieselte zu dem verbliebenen Ankertau und tat wie geheißen. Jetzt hing alles an dem Römer, der das Ruder meisterhaft führte und im Schweiße seines Angesichts das Schiff langsam, aber sicher herumbrachte, so dass es den gefährlich vorspringenden Eckzahn der Mole nun direkt vor sich hatte. Wenn er den Kurs nicht noch um wenige weitere Grade korrigieren konnte, stand dem Schiff das Los, der Länge nach aufgeschlitzt zu werden, bevor.

Mit vorquellenden Augen stemmte sich der hochgewachsene Mann ins Ruder, die meisten der Matrosen beteten, die Krieger rangen hilflos die Hände und wie um in ihren Chor einzustimmen, ächzte das Schiff in allen Fugen. Manche der Männer vergaßen über der Bedrohung sogar ihre Übelkeit, andere sahen in der Kollision mit der Molenspitze die ersehnte Rettung aus ihrer Malaise. Mit vernehmlichem Knacken gehorchte schließlich das Schiff dem Ruder, die Spitze der Mole hinter sich, trieb es nun in ruhigem Gewässer. Fast augenblicklich endete das Gezerre und Geschiebe am Schiffsrumpf und langsam trieben sie auf den Kai zu.

Ein mächtiges Tau wurde in ihre Richtung geworfen, glitt an der Schanzverkleidung ab und fiel schlaff ins Wasser des Hafenbeckens. Das Schiff hingegen behauptete seinen Eigenwillen und wollte partout nicht längsseits gehen, was jedoch den neuen Ruderführer nicht aus der Ruhe brachte. Auch dieses schwierige Manöver meisterte er anstandslos. Arwid fragte sich insgeheim, woher er diese Fähigkeiten haben mochte. Endlich gelang es, gegen den Usus, mit dem niedrigeren Bug voran festzumachen. Nur das Heck musste noch eingefangen werden, und man konnte endlich die schwimmende Schaukel verlassen. Doch wie zum Trotz krangte das Boot nochmals aus.

Severianus ruderte, was das Zeug hielt, mit dem schweren Steuerruder, um den Rumpf erneut längsseits halten zu können, jetzt war man nahe genug heran. Ein Seil flog heran, wurde festgemacht, Severianus stieg siegessicher mit einem Bein auf einen der hoch aufragenden, korkummantelten Fender am Kai. Mit dem anderen Bein stand er sicher auf der Schanze und machte den Hafenarbeitern Zeichen, mittschiffs ein Reep anzulegen. Da bewegte sich ein letztes Mal das Heck des Schiffes vom Land weg.

Langsam, doch unaufhaltsam wurden dem verwegenen Steuermann die Beine in eine immer unzumutbarere Grätsche gezogen, die Augen aller ruhten erwartungsvoll auf ihm. Die einen hofften auf Rettung, die anderen auf einen spektakulären Sturz. Grotesk wirbelte er mit den Armen rudernd die Luft auf, bis er sich schließlich mit einem verzweifelten Sprung zu retten suchte, dabei jedoch weder Schiff noch Kai erreichte und mit lautem Klatschen in das abgestandene Wasser des Hafenbeckens stürzte. Kurz darauf erschien sein nicht mehr so ordentlich frisiertes Haupt in einiger Entfernung auf der Wasseroberfläche. Die Freunde lachten Tränen. Diesen Kunstsprung würden sie so schnell nicht vergessen. Der verhinderte Akrobat schwamm indes mit kräftigen Zügen, den Kopf wie ein Hund immer weit aus dem Wasser erhoben, zur rettenden Kaimauer, wo bereits ein herabhängendes Seil auf ihn wartete. Auf diese Weise war er eher an Land als die Übrigen.

Der Reihe nach kamen die restlichen Schiffe der letzten Fuhre an, mit dem Seegang kämpfend, vorwiegend Kavallerietransporter mit flachem Bord, die nicht den Hafen direkt anliefen, sondern die seichten, vorgelagerten Sandstreifen zum Anlanden nutzten. Kaum waren die Kiele auf den Sand gesetzt, sprangen einige Nauten an Land, zogen die Schiffe höher aus dem Wasser und kippten sie dann zur Seite, so dass die Pferde bequem heraus schreiten konnten. In einer guten halben Stunde würden die Krieger mitsamt ihren Reittieren zum langen Treck aufbrechen können.

Der Gubernator, der nun wieder sein Amt versah, ordnete an, die langen Leitern von der Schanze zu lösen und auf die Kaimauer herabzulassen, wo der triefendnasse und übelriechende Severianus bereits wartete. Der tapfere „Kapitän a. D." sah erbärmlich aus.

„Willkommen in Africa, Herr!", salutierte er vorschriftsmäßig mit dem römischen Gruß, wodurch die Bewillkommnung der Vandalen auf dem neuen Erdteil auch nicht weihevoller geriet.

„Ein schlechtes Omen", murmelte einer der Nauten, „Gott ist gegen das Unternehmen, zuerst der Sturm und dann dieser Wassersturz bei der Landung." Fast wehmütig versuchte er, die spanische Küste auszumachen. „Die Vorzeichen der Eingeweideschauer sind auch alle schlecht ausgefallen", bestätigte ihn ein weiterer, „die Götter finden keinen Gefallen an unserer Landnahme auf dieser dunklen Insel. Und zurück können wir auch nicht mehr", jammerte er.

„Ja, wir sind jetzt in Africa, nichts führt mehr zurück in die alte Heimat und die neue müssen wir uns erst mal erstreiten", brachte Arwid, nun festen Boden unter den Füßen, die Situation auf den Punkt. „Nehmt leichten Herzens Abschied, Männer, und wendet euren Mut auf die Aufgaben, die hier auf uns warten."

Nichts erinnerte mehr an den grüngesichtigen lethargischen Neptunanbeter, Arwid leuchtete schier von innen her, er war voller Optimismus für seine und seines Volkes Zukunft. Wie auf Kommando sahen alle zurück zum europäischen Kontinent, der jedoch verschämt sein Gesicht hinter den Wolken des allmählich abziehenden Unwetters verbarg. Bereits aufgesessene Zenturionen mit ihren Signiferen und Bläsern erschienen auf den Straßen, die vom Hafen wegführten. Raustimmige Befehle sprengten die Soldaten auseinander, die feierliche Stimmung, die aufkommen wollte, wurde im Keim erstickt. Rasch wurden die Schiffe entladen, und es wimmelte bald von Reitern, die ihre Ausrüstungen zusammentrugen und nach ihren Tieren suchten.

Truchthari nutzte die Gunst der Stunde und schritt mit feierlich ernstem Gesicht auf den Römer zu. „Du hast uns aus schwerer

Seenot durch selbstlosen Einsatz errettet", verkündete er mit Laudatorenstimme, „wir wären kein ehrliebendes Volk, würden wir dies nicht honorieren, und so haben wir, Arwid, Sohn des Königs der Vandalen und Alanen, und ich, Truchthari, dein rechtmäßiger Herr", diesen Passus betonte er besonders, „beschlossen, dir die Freiheit wiederzuschenken."

Ein Leuchten ging über das Gesicht des Römers.

„Zusätzlich haben wir beschlossen, dich zu ehren. Deine künstlerische Einlage hat uns den Abschied von der alten Heimat erleichtert und obendrein den Königssohn in seiner melancholischen Stimmung sehr zu erheitern gewusst, weshalb wir dich mit einem Ehrennamen anstelle eines Cognomens, das deinem Namen zur Vollständigkeit ja noch fehlt, auszeichnen wollen. Von heute an heißt du Gaius Severianus Lapsus."

Das Leuchten erlosch augenblicklich.

„Wunderbar, ich fühle mich geschmeichelt, so ein schöner Spitzname, das hätte ich gar nicht erwartet, ich glaube, ich verzichte dankend ..."

„Ach, keine falsche Bescheidenheit, Lapsus", ein schelmisches Grinsen umspielte Truchtharis Lippen. „Leicht wie ein Füllen überspringt der neue Name das Gehege der Zähne und dringt an die Ohren aller, die in Hörweite sind, um dort große Heiterkeit zu erregen. Du kriegst das alles selbstverständlich noch schriftlich nachgereicht, wie in Rom: Keine Freilassung ohne Diplom. Alles muss seine Ordnung haben! Was mich noch interessieren würde", setzte er lauernd nach, „woher hast du die Fähigkeit, ein Schiff so geschickt zu lenken? Von einem Geographen erwartet man gemeinhin derartige Fertigkeiten nicht, oder?"

„Zuhause, das heißt in meinem Ferienhaus in Baiae", antwortete der Römer, „habe ich ein kleines Segelboot, wo ich mich in den heißesten Sommerwochen als, wie soll ich sagen, Freizeitkapitän vielleicht?, in der Kunst der Seefahrt versuche."

„Und dann gehst du gleich mit so einem Frachter um, als sei er eine Nussschale. Alle Achtung!" Truchthari trat von einem Fuß auf den anderen. „Wie dem auch sei", das Folgende kam eher schleppend, „wenn du willst, trennen sich hier unsere Wege. Du bist frei und kannst deinen Schritt dahin lenken, wohin es dir beliebt, und wir werden deine Entscheidung natürlich respektieren", er streckte dem Schmutzwasseraromen ausdünstenden Freigelassenen ziemlich distanziert die Hand hin. Doch Lapsus schlug nicht ein. „Also, ehrlich gesagt, gefällt es mir bei euch nicht übel, wenn ihr wollt, schließe ich mich euch eine Zeitlang an."

„Du wirst schon noch sehen, auf was du dich da einlässt, aber du bist uns sehr willkommen." Arwid nahm, ungeachtet seines erbarmenswerten Zustandes, den neugewonnenen Freund herzlich in die Arme. Die Pferde wurden herübergebracht. Einige stolperten nach der schwindelerregenden Überfahrt noch recht unbeholfen herum, doch wollte Arwid keine Zeit verlieren. „Aufgesessen", befahl er, „zum Sammelpunkt der Nachhut!" Zu viert setzten sie ihren Weg ins Ungewisse, in ihre neue Heimat, fort.

* * *

Ischthoret, die Vielgeliebte

August 430 A. D.

Ischthoret straffte ihren makellosen Körper vor ihrem Prunkstück, einem fast sechs Fuß hohen Kupferspiegel. Anstelle eines Rahmens war die Metallplatte ringsum mit Hilfe von Punzierungen zu einem kunstvollen Ornament verschiedenster, scheinbar wildwuchernder Pflanzen gestaltet. Die blankpolierte Fläche des Spiegels selbst, die beflissener Pflege bedurfte, hatte der großzügige Spender den Künstler nur knappbemessen freizulassen veranlasst. So, dass Ischthoret immer ihrer wahrhaft betörenden Formen gewahr sein musste, aber auch als ständige Mahnung, nicht der Disziplinlosigkeit zu verfallen, auf dass sie diese nicht verlor. Obwohl sie über Jahre hinweg bei keinem Bankett hatte fehlen dürfen, war es ihr nur selten vergönnt gewesen, sich ordentlich satt zu essen, denn das Kapital für ihr Gewerbe, viele nennen es das älteste der Welt, bildete nicht zuletzt ihre aparte Figur.

Sie war für eine Punierin hochgewachsen, ihr schwarzes, glattes Haar, das, wenn sie es offen trug, ihren Körper bis zur Hüfte einhüllte, war meist zu einer Vielzahl langer, dünner Zöpfchen geflochten. Sie stand in dem Ruf, die abgeschlafftesten und verbrauchtesten Lustgreise des Sündenbabels Karthago wieder in Fahrt zu bringen. Das Gefeilsche mancher Berufsgenossinnen war ihr ein Graus, sie hatte den Grundsatz, prinzipiell nicht mit sich handeln zu lassen, von ihrer Mutter Chattah übernommen. Ischthorets dunkler Teint und Haarpracht waren ihr Erbe, doch auch ihr Vater hatte ihr einiges mitgegeben.

Der dunkelblonde, blauäugige Nikomedes, „direkter Nachfahre des Periander aus Korinth", wie er gerne hervorkehrte, hatte ihrer Mutter wohl gefallen, und sie hatte fast ein ganzes Jahr in schon fast eheähnlich zu nennendem Verhältnis mit ihm verbracht. Nichtsdestotrotz hatte immer festgestanden, dass ihrer Liebe zeitliche Begrenzungen auferlegt waren. Nie hatte Niko ein Hehl daraus gemacht, dass er nicht ewig im Hafen dümpelnde Schaluppen steuern, sondern bei passender Gelegenheit einen Piratenjäger kommandieren wollte. Und einige Zeit nach den Donatistenunruhen, wo er eine Triere kommandiert hatte, war der in seinem Herzen unstete Mann plötzlich verschwunden. Sein abschiedsloser Aufbruch glich der Flucht vor Verantwortung. Hatte er Chattahs Schwangerschaft geahnt? Indem sie zu lange schwieg, hatte sie ihm die Flucht leicht gemacht. Niemand nahm daran Anstoß, eine Dirne zu verlassen, und juristisch besehen sah es noch schlechter aus für Chattah, deren Bauch sich zu wölben begann. Sie gehörte schlichtweg zu jener Gruppe von Hetären, die Pech gehabt hatten. Das zurückgelegte Geld, Nikomedes hatte sich in guten Zeiten nicht lumpen lassen, war in den nahezu zwei Jahren der Zwangspause, selbst bei niedrigsten Ansprüchen, fast aufgebraucht. Danach hatte sie sich in ihr Schicksal gefügt und ihre Arbeit wieder aufgenommen. Sie war abgeklärt genug, den Griechen auch nicht mit der Ohnmacht des Hasses zu verfolgen und hatte auch niemals vor Ischthoret ein despektierliches Wort über ihren Vater verloren. Das Einzige, was ihr nach den Jahren von ihm geblieben war, war ein Amulett in Form eines Skarabäus an einer Silberkette. Der Käfer war aus Speckstein geschnitten und trug in der Schriftkartusche auf der Bauchseite einen vorgewölbten Halbmond und eine ausgesparte Vertiefung in Gestalt der Sonnenscheibe. Allerdings war es kein Geschenk von ihm an sie gewesen, sondern sie hatte ihm den anderen Teil geschenkt, mit hervortretender Sonne und Hohlraum für den Halbmond. Beide zusammen ergaben eine Kapsel, die annähernd die Form einer Kugel bildete. Ihren, den weiblichen Teil, hatte sie aufbewahrt und der Tochter als kleines Andenken vererbt. Der materielle Wert des Amuletts war gering, doch hielt Ischthoret den Käfer in Ehren, wenngleich sie ihn nie bei sich trug – war er doch zu armselig für die Gesellschaft, in der sie zu verkehren pflegte.

Von ihrem Vater hatte sie die gerade, schmale Nase mit der niedlich aufgeworfenen Spitze und den zartgeschwungenen, rundlichen Nüstern geerbt, ebenso die kräftigen Brauen, die weiblich abgeschwächt, ihre breite Stirn dominierten. Ihr Mund war nicht so breit, wie es das Schönheitsideal Nordafricas eigentlich verlangt hätte, doch waren die natürlich roten Lippen voller als bei den meisten Griechen dieser Zeit. Die leicht vorspringende Unterlippe versprach Sinnlichkeit und das feste Kinn Durchsetzungsvermögen. Die Spannung der Wangen deutete auf ein großes Energiereservoir hin und verlieh ihren Zügen jene jugendliche Frische, die auch Kenner der Materie darüber hinwegtäuschen mochten, dass sie bereits in der Mitte ihrer Zwanziger war und nun schon zehn Jahre ihrer kraftraubenden Tätigkeit nachging. Doch aller Harmonie der Formen zu Trotz waren es ihre Augen, die wie ein Magnet die Blicke aller auf sich zogen. Ihr linkes hatte die dunkle braune Tiefe von Chattahs punischer Rasse, was durchaus mit der Farbe ihres Haares und dem dunklen Teint vereinbar war. Was jedoch aus dem Rahmen fiel und den Betrachter wie mit einem Bann belegte, war das Rechte, welches im ungetrübten Blau des Väterlichen erstrahlte. Ihr Stolz auf diese Extravaganz wurde kompensiert durch die abergläubische Furcht vieler Menschen vor dem „Bösen Blick", den sie angeblich aussandte, um impotent zu machen. Als sie zum ersten Mal den Diätetiker in den Thermen konsultierte, hatte dieser mit einem geschliffenen Glas lange ihre Augen betrachtet und ihr dann eröffnet, sie habe wohl einen „schwierigen Charakter", ihr Lebenslauf werde von Spannungen bestimmt sein. Das Unstete des Vaters konkurriere zu stark mit dem erdhaften Element der Mutter und würde ihre natürlichen Wünsche nach Geborgenheit, Familie und Kindern dauerhaft bekämpfen. Was in der Jugend Abenteuerlust sein mochte, könne sich später in Unrast verwandeln. Der grauhaarige Mann zuckte nur die Achseln, als sie ihn um Rat zur Abhilfe fragte, und so hatte sie beschlossen, nur sich selbst und sonst niemandem treu zu sein. Mit der Auswahl ihrer Parfums, der Verweigerung der Mode ihrer Zeit, sich Scham- und Achselbehaarung entfernen zu lassen, zielte sie auf die tiefsitzenden Urinstinkte der Männerwelt, auf die Krieger und Freibeuter in ihrer, vom urbanen Lasterleben überreizten Psyche. Nimmt doch auch beim zivilisierten Menschen die Witterung Reize wahr, die dem Filter des kontrollierenden Bewusstseins entgehen. Die Kunst lag darin, ihre Opfer nicht merken zu lassen, dass sie ihr bereits ins Garn gegangen waren und ihnen vorzugaukeln, sie selbst seien die Eroberer.

Sich umwendend betrachtete sie über die Schulter hinweg im Spiegel ihre Rückenansicht. Die schmale Taille betonte die Reize ihres breiten, sehr weiblichen Beckens und ihres straff gerundeten Hinterns. Sie ließ sich ins Hohlkreuz fallen, drückte mit einer Überstreckung der Rückenmuskeln ihre festen Brüste mit den kleinen dunklen Höfen um die mit Rötel hervorgehobenen Brustwarzen heraus und ließ mit pendelnden Kopfbewegungen ihre Mähne, die bis ans Gesäß fiel, ihren Körper umspielen. Ihre Sklavinnen glaubten sehr gut zu verstehen, weshalb viele ihrer Liebhaber vor allem das Katzenspiel und das Spiel der Pferde mit Ischthoret bevorzugten. Denn letztendlich war ihren Galanen gerade jene animalische Entfesseltheit, die sie an der Hetäre während des Liebesaktes besonders reizte, auch wieder suspekt. Ischthorets sich aufbäumender, zuckender Körper; ihr Stöhnen, Wimmern und Fauchen, ihre schnappenden Zähne, der entrückte zwiefarbene Blick und die scharf schneidenden Fingernägel kurz vor und während des letzten Höhepunktes stachelten sie zwar an, das Letzte aus sich herauszuholen, und doch verspürten sie, ohne es sich jemals einzugestehen, eine leise Angst, der bacchantischen Ekstase Ischthorets zum Opfer zu fallen. Wenn sie „nachher" neben ihr lagen, und sie selbst, als hätte sie keinerlei Anstrengung gehabt, mit ihren langen, schmalen Händen, ihren Helden eine sanfte entspannende Massage angedeihen ließ, lachten sie innerlich über ihr Unbehagen von zuvor.

Ischthoret war klar, dass es mehr an ihrem Bedürfnis nach Kontrolle lag als an den unwiderstehlichen Reizen ihrer Rückansicht, dass ihre Freier sich das Pferdespiel für den abschließenden Höhepunkt aufhoben; wenn sie dann ihre wilde Mähne vor Augen hatten, glaubten die schwitzenden und keuchenden Hengste, „ihre" Stute im Griff zu haben.

Neben der Pflege von Haut und Haaren durch ihre Sklavinnen stählte sie ihren Körper durch rhythmische Gymnastik. Sie liebte den Aufenthalt in den Thermen, wo sie neben den üblichen heißen und kalten Bädern auch Schwitzkammern und in unregelmäßigen Abständen den Diätetiker aufsuchte, der neben Ernährungsratschlägen auch das eine oder andere Tränklein gegen Beschwerden aller Art und vor allem Schwangerschaft wusste. Ein Kind, soviel stand fest, hätte das vorzeitige Ende ihrer Karriere bedeutet. So wie sich alles darum riss, sich mit ihr zu schmücken – sie auszuführen war kein billiges Vergnügen, denn sie stellte hohe Ansprüche –, wäre wohl niemand bereit gewesen, sie zu ehelichen, wie auch sie keinen Gedanken an Familie verschwendete. Doch mit Hilfe der ihr eigenen Intelligenz hatte sie sich ein kleines Vermögen geschaffen und schacherte vor allem mit den Griechen vor Ort. Geld muss arbeiten, war ihr Leitsatz, und so verlieh sie zu mäßigem Zins und vergrößerte so ihr Kapital zusätzlich. Doch für einen Ausstieg aus ihrem primären Geschäft, dem „Verleih ihres Körpers zu erfreulichem Nutzen", wie sie ihre Tätigkeit manchmal spaßeshalber nannte, reichte es noch lange nicht – zumindest wenn sie den gegenwärtigen aufwendigen Lebensstil beibehalten wollte.

Dass die Vandalen vor der Stadt lagen, interessierte sie, wie die wohlhabenden Kreise Karthagos generell, einen Pappenstiel. Wer in Africa Herr sein würde, war ihr ziemlich gleichgültig, auch nach einem Machtwechsel würde das Geld Alleinherrscher sein, und als Realistin sagte sie sich, dass sie es wohl auch über sich bringen würde, sich mit den Barbaren zu arrangieren. Sie hatte in ihrer Anfangszeit öfter geschäftlich mit Goten zu tun gehabt, deren stürmisch direkter, unkomplizierter Art sie durchaus auch etwas abgewinnen konnte. Hatte sie früher auch mehrere Freier pro Nacht gehabt, war sie jetzt lieber der Ring am Finger einiger weniger Männer von Rang und Ansehen, die sich mit Großzügigkeiten überboten, um sich gegenseitig bei ihr auszustechen. Ihr einziges Unglück im Moment war der eingeschlossene *comes Africae* in Hippo Regius, der bei ihr nicht unbeträchtlich in der Kreide stand. Auch wenn er ein guter Liebhaber war, seine Liquidität war inzwischen arg gesunken. In seinen letzten Wochen in Karthago hatte sie ihn auf kleiner Flamme schmoren lassen und nur nach Abzahlung von Teilbeträgen weitere Dienste ihrerseits in Aussicht gestellt. Dann war ihr der Bischof von Hippo, Augustinus, in die Quere gekommen, der Bonifacius solange mit Briefen bombardierte, bis dieser seine Goten zusammentrommelte und zum Schutz der bedrängten Stadt aufbrach. Wäre sie ein Mann, sie hätte die blonden Bestien schon bei Tingis abgefangen und ins Meer geworfen. Da dem aber nicht so war, hieß die Parole gegenwärtig „*Gesericus ad portas*“.

Vor ihrer privaten Tür aber stand, unangemeldet, wie so oft, der Reeder Demokedes. Der Grieche, ihr gegenwärtiger Favorit, kam gerade recht, um ihr „beim Ankleiden behilflich zu sein“. Mit einer Handbewegung scheuchte sie ihre Sklavinnen hinaus, das hieß, sie versteckten sich hinter einer künstlichen Wand, von wo aus sie alles mitbekamen, was sich im Geschäftsraum abspielte. Der Sklave an der Tür, der hünenhafte Slawe Tschagrin – in Africa galt es als schick, sich Exoten zu halten –, bedeutete dem Gast einzutreten und verschwand im Vorzimmer, sicher auch er ganz Aug und Ohr. Doch der Schauplatz des Geschehens war bewusst so gestaltet, dass ein Späher an der Türritze oder am Schlüsselloch enttäuscht sein musste, es sei denn, er war zoologisch interessiert: Das einzige, was man von dort aus sehen konnte, war das Fell eines großen Berberlöwen, das einstens noch der Comes seiner Angebeteten verehrt hatte.

„Ganz schön zeitig kommst du hier hereingeweht, ohne ein paar

Wachteln oder Täubchen für die Küche, was sollen wir nun frühstücken? Ich habe gar nichts im Haus." Ihr spitzbübisches Lächeln produzierte Grübchen in den Wangen. „Der schwerreiche Herr Reeder will sich wohl aushalten lassen, aber da hat er sich leider vertan. Die Kurtisane ist abgebrannt. Sie kann ihm höchstens ein paar Krammetsvögel und Trauben auftragen lassen."

Demokedes besuchte seine Geliebte jedoch nicht in erster Linie um ein abwechslungsreiches Frühstück einzunehmen, hatte er doch ein Anliegen von weittragender Bedeutung vorzubringen.

Persönlich mischte sie ihm den Begrüßungstrunk, vier Teile Wasser zu einem Teil Wein, denn der Morgen brauchte die Sinne unvernebelt und klar, doch leicht angeregt. Anders als der Comes, der die herben Weine schätzte, bevorzugte Demokedes den lieblichen Sabiner. Als sie ihm die Kylix reichte, fuhr ihre Hand wie zufällig über die seine. Die Züchtige mimend, verhüllte sie ihre Brüste mit ihrem langen schwarzen Haar und wich zurück auf die Liegestatt, den Mann allein mit dem Blick nachziehend. Er konnte ihr nicht entweichen, also ging er zum Angriff über, warf sich neben ihr auf die Liege und suchte mit seinen Lippen die ihren. Seine langen, schmalen Hände, richtige Schreiberhände und nur mit einem Siegelring an der Rechten geschmückt, glitten über ihren warmen Körper. Mit sanften streichelnden Bewegungen reizte er ihre empfindlichen Stellen, bis sie stöhnte, dann erst, als er sichergehen konnte, dass auch sie ihre Freude haben werde, verschaffte er seinem „Mercurulus", wie er „ihn" nannte, Zugang in ihren Venustempel. Und anschließend, die Sklavinnen hatten es ja geahnt, war wieder das Pferdespiel an der Reihe. Nach diesem angenehmen Empfang, sie lagen nebeneinander auf der zerwühlten Decke, musste er endlich herauslassen, was ihn zu so früher Stunde zu ihr geführt hatte. „Ich fürchte, wir werden uns jetzt längere Zeit nicht sehen können", brummelte er auf dem Bauch liegend in seine Ellenbeuge und hob den Kopf. Seine großen, braungrünen Augen mit den langen Wimpern, die jede Frau neidisch machten, strahlten aus einem kantigen Gesicht. Wie auch immer er daliegen und sie ansehen mochte, immer erschien ihr sein Mund zu klein, was auch die quer über das Kinn laufende Narbe, die dem Untergesicht eine ganz eigene Note verlieh, nicht änderte. Er hatte sich bei einem Sturz gegen die Back eines schlingernden Schiffes eine Risswunde zugezogen, die sich während der Reise auf See entzündet und die leicht aufgeworfene Narbe hinterlassen hatte. Er wählte nicht den einfachen Weg, einen Vollbart zu tragen, wie es Mode bei den Auslandsgriechen war, sondern unterzog sich dem alltäglichen Ritual des Barbierens, wodurch er sie wie eine Auszeichnung präsentierte. Nebenher diente sie jenen, die ihn besser kannten, als Indikator seiner Stimmungen. Gegenwärtig war sie gerötet, was niemanden angesichts der Situation verwundert hätte.

„In circa einer Woche dürften die Vorbereitungen für meinen großen Coup abgeschlossen sein ... Wie du weißt, wird Bonifacius in Hippo Regius von den Vandalen auch vom Meer her blockiert. Wenn es mir gelänge, ein Schiff mit Lebensmitteln in die darbende Stadt zu schleusen, dürfte das nicht bloß einträglichen Gewinn bringen, das wäre das Geschäft des Lebens! Meinst du nicht auch?" Um ihr Schweigen zu unterdrücken, fuhr er begeistert fort. „Ich habe mich mit Chaim ben Itzhak zusammengetan, er besitzt in Hippo eine Prokura, die er eigentlich schon abgeschrieben hat, die ich ihm aber retten könnte, wenn ich wieder herauskomme. Deshalb kann ich mir dort zinslos von ihm leihen, was ich zum Unterhalt in Hippo brauche. Er beteiligt sich auch am Einkauf der Ladung und erhält dafür dreißig Prozent vom Gewinn, das ist einigermaßen fair für alle."

Ischthoret lachte heiser. „Du verteilst das Fell des Bären, ehe du ihn erlegt hast! Und wenn die Vandalen dein Schiff kapern? Was machst du dann?"

„Dazu wird es nicht kommen, das habe ich mir bereits zurechtgelegt. Die Mannschaft muss die Gewässer in und auswendig kennen, vielleicht kommen wir unentdeckt durch ... Wenn nicht, so kann ich nur so viel sagen, dass Geiserichs Blutdurst weit hinter seinem Hunger nach Gold zurücksteht. Den zu stillen würde ich dir als Aufgabe stellen. Wenn es hart auf hart geht, musst du mich auslösen aus den Händen der Barbaren, aber wie gesagt, ich bin mir sicher, dass es nicht so weit kommen wird. Glaub mir das jetzt, ich kann es dir nicht erklären. Ich weiß, dass du geschäftstüchtig bist, und ich vertraue dir. Deshalb schlage ich dir vor, meine Geschäfte während meiner Abwesenheit zu führen. Wenn alles glattgeht, könnten wir später unsere Geschäfte zusammenlegen, du bräuchtest nicht mehr als Hetäre zu arbeiten und als vereinte Handelskompanie wären wir nur schwer angreifbar. Was sagst du dazu?"

Ungläubig staunend hatte sie seinen Ausführungen gelauscht.

Natürlich reizte es sie, diese Gesellschaft mitzugründen und zu lenken. Aber würde sie sich dadurch nicht zu eng an den Griechen binden? Sicher, er war reich, gebildet, wohlgestalt und empfindsam, eigentlich ein Traummann! Aber sie liebte ihn nicht. Schon aus Prinzip nicht und auch dann nicht, wenn sie ihre Gefühle tiefer erforschte. Es gab noch andere stattliche Karthager, die sie umschwärmten. Ihre mühsam erkämpfte Unabhängigkeit wäre der Preis – den zu zahlen sie nicht gewillt war. Doch wollte sie Demokedes nicht brüskieren und hielt ihn hin, dass sie sich nicht sofort entscheiden könne, sondern ein paar Tage und Nächte mit sich beraten müsse.

„Gut, morgen früh wirst du mir sagen, wie du dich entschieden hast, ich will dich nicht drängen, aber ich darf jetzt keine Zeit mehr verlieren, in ein paar Tagen wird das *mare claustum* wieder geöffnet, und ich will mich nicht unbedingt von deinen Träumen abhängig machen, verstehst du."

Das war hart und direkt, er machte sich immer lustig, wenn sie vor einer Entscheidung auf ihre Träume achtete. Er deutete dann auf seine Stirn mit der Bemerkung, „hier fallen Entscheidungen, nicht da", wobei er die Hand auf den Bauch legte. Einmal hatte er bei dieser Demonstration ihren Körper benutzt, worauf sie ihn mehr als nur freundschaftlich geknufft und darauf aufmerksam gemacht hatte, dass er ihr Entscheidungszentrum, das allein ihr gehörte, gefälligst verschonen sollte.

Auch diesmal erwachte ihr Oppositionsgeist. „Träume kommen nicht auf Kommando, du wirst eventuell etwas warten müssen." Demokedes erkannte, dass es nun an ihm war, einzulenken. Wenn Ischthoret sich verletzt fühlte, konnte sie ungemein bockig werden.

„Oh holde Liebesgöttin der Tyrsener, so bitte ich dich denn inständig um dein Orakel, und ich will auch in deinem Tempel opfern."

Die frivole Anspielung überhörend, meinte sie: „Die Zeit der Taubenopfer ist doch längst vorbei, aber ich werde es die Priester wissen lassen, was mein Mund weissagend verkündet." Er hatte sie also wenigstens versöhnt, wenn schon nicht gewonnen. So wenig er daran geglaubt hatte, dass sie ihm mit einem „Ja" um den Hals fallen würde, so wenig hatte er mit einer Abfuhr gerechnet. Ihre Idee, nochmals seinen Vorschlag zu überschlafen, fand er sinnvoll und lud sie, um ihre Träume günstig zu stimmen, für die Nacht zu sich ein, was sie annahm.

Die Gesichtszüge Demokedes', auf dem sie rittlings sitzt und ihn schier mit ihren heftigen Beckenbewegungen ans Bett nagelt, verschwimmen vor ihren Augen. Sie ist die Herrin, und er ihr Sklave. Ein orgiastisches Gefühl durchdringt sie von unten her und breitet sich gleichmäßig in ihr aus, ihr Geist fährt aus ihr und steht neben der Bettstatt. Sie sieht sich durch seine Augen, sieht auch den halbwüchsigen Jungen, Produkt ihrer Vermischung, unter dem Bett herauskriechen. Sein Gesicht kann sie sich nicht einprägen, doch trägt er an einer Goldkette ein Hexagramm um den Hals – ein Schutzzeichen, fährt ihr in den Sinn. Der Junge schaut sie verehrend an, sie ihn begehrlich, sich die grellrot geschminkten Lippen leckend.

Sie sieht ihn reiten, auf einem Delphin zwischen den Wölfen des Meeres – zuletzt beißt ihm ein Hai ein Bein unterhalb des Knies ab. Kein Schmerz zeichnet sich ab auf seinem Gesicht, er geht mit einer Porzellanprothese, die bei jedem Schritt ein ekelhaft kratzendes Geräusch auf dem Marmorboden ihrer Halle verursacht. Aus dem Hintergrund tritt ein hochgewachsener Mann in schwarzem Mantel, er trägt in den Händen einen schweren Bronzehammer und schlägt den Jungen in Stücke, die er einsammelt und in einen Kessel füllt.

Sie sieht erneut sich selbst, ihr Abbild, geistesabwesend an einer festlich gedeckten Tafel liegen, vor sich den uralt wirkenden Kessel, aus dem ihr die schattenhaft hinter ihr auftauchende Gestalt des Dunklen mehrere Kellen Kesselfleisch in roter Sauce vorlegt. Sie macht sich mit gutem Appetit über das Mahl her und verschlingt, gierig ganze Stücke hinunterwürgend, die ihr zugedachte Portion.

Sie ist hochschwanger und liegt in den Wehen, ein dunkles, amorphes Etwas drängt sich aus ihrem Leib, ein grausiges Ding, ein riesiger schwarzer Skarabäus, der sich zur Kugel einrollt und so verharrt. Sie kann den Blick nicht mehr von dem Tier wenden. So sieht sie sich sitzen, auf die Mistkäferkugel starrend, plötzlich wird ihr Geist wieder angesogen, fährt spiralig in die Dahockende ...
Mit einem spitzen Schrei fuhr sie hoch. Demokedes neben ihr atmete ruhig und gleichmäßig, auf ihrer Stirn aber standen die Perlen der Anstrengung, das leichte, seidene Betttuch klebte an ihren weiblichen Rundungen. Erschöpft sank sie zurück in einen tiefen, traumlosen Schlaf.

* * *

Ein Hexenprozess?
Mitte Juni 429 A. D.

Nach der Landung wurde der anfänglichen Begeisterung Arwids und seiner Freunde ein heftiger Dämpfer versetzt. Da Geiserich eine Landung römischer Entsatzes im Rücken der langsam vorankommenden Heersäulen befürchtete, ließ er Arwid mit seinen Leuten, an die fünfhundert gutgerüstete Reiter, als Nachhut zurück. Der König hatte Arwid und Truchthari schonend auf einen Vormarsch von circa einem Jahr Dauer vorbereitet, wobei er betonte, dass man diese Frist nur bei eindeutiger militärischer Überlegenheit einhalten könnte. Sollten sie auf massiven Widerstand stoßen, wäre es mehr als fraglich, ob die Landnahme überhaupt glücken würde.

Bisher jedoch war es zu keinen ernsthaften Auseinandersetzungen gekommen – bis auf ein paar Scharmützel mit räuberischen Berbern, die auf ihren schnellen Dromedaren den Reitern arg zusetzten, zumal die Pferde vor dem impertinenten Geruch der auch für sie „feindlichen" Reittiere scheuten und zurückwichen. Das Gros der Bevölkerung gehörte allerdings marusischen Stämmen an, die sich den Eindringlingen nicht widersetzten, sondern sie als Befreiung vom Joch der römischen Steuerpächter und als militärisch ernstzunehmenden Schutz vor den Berbern begrüßten. Man tauschte Gaben und Ehren aus, gekämpft wurde nicht.

Anders verhielt es sich mit der römischen Grenzbefestigung Taza, die den Zugang zu einem wichtigen Pass über das Atlasgebirge bewachte. Der Kommandierende, ein galloromanischer Zenturio, der den unheilsschwangeren Namen „Victus" trug, verteidigte sich recht wacker. Der ominöse Name war das Resultat eines Fehlers der von einem Numider geleiteten Registratur der Legion, die ihm das „c" großzügig geschenkt hatte, und wurde von der vorwiegend aus rätischen Auxiliaren bestehenden Truppe ausnahmslos wie „Fictus" gesprochen, was die Sache nicht besser machte.

Als sich die Vandalen nachts an langen Tauen von den Felsen herab auf das Kastell abseilten und es quasi aus der Luft kommend einnahmen, floh die Besatzung Hals über Kopf in der felsenfesten Überzeugung, Opfer eines Überfalls geflügelter Dämonen geworden zu sein. In der allgemeinen Panik dachte niemand daran, die Vorräte unbrauchbar zu machen oder wenigstens Feuer an die Palisaden zu legen. Die Räter büßten an die zwanzig Mann ein, darunter auch Victus, dem ein unabsichtlich losgetretener Felsbrocken auf den Kopf gefallen war. Wenngleich sein vorzüglicher, ledergepolsterter Eisenhelm dem Aufprall standhielt, so doch nicht die gelenkige Verbindung zwischen dem vierten und fünften Halswirbel – was ihn schließlich das Leben kostete.

Nachdem sie die Gefallenen ehrenvoll bestattet hatten, richteten sich Arwid und seine Leute häuslich im Kastell ein und bauten es zu einer Festung aus, um sich hier gegebenenfalls einigeln zu können. Von hier aus unternahmen sie Versorgungs- und Aufklärungsstreifzüge ins Umland. Im Osten des Kastells lag die Provinz Mauretina Caesareenis, die westlich gelegene Provincia Tingitana war der römischen Verwaltung schon vor der vandalischen Invasion langsam entglitten, da sich die nomadischen Berber als die Herren des Landes aufspielten und es de facto auch waren. In ihnen sah Geiserich das Hauptproblem in Africa, mit den Römern gedachte er, schon irgendwie fertig zu werden. Die Kampfesweise der Kamelreiter, die in unliebsamer Weise an die Blitzangriff und Rückzug-Taktik der Hunnen erinnerte, war für die vandalischen Krieger ein harter Brocken. Glücklicherweise kam es bei den Scharmützeln mit ihnen zu keinen nennenswerten Verlusten. Rund um das Kastell verhielten sich die Berber erst einmal abwartend, so dass die Nachhut hier einen ruhigen, abwechslungsarmen Dienst versah.

Unvermutet, doch was die Moral betraf äußerst segensvoll, erschien eines Tages der König mit kleinem Gefolge im Lager und erkundigte sich nach dem Stand der Dinge. Erstaunlicherweise befand sich unter seinen Begleitern auch der Exorzist Gregor. In einer kleinen Ansprache machte der König seinen Leuten Hoffnung auf die baldige Auflösung des abgelegenen Stützpunktes. Denn, so führte er zufrieden aus, es drohe von Westen her kein Nachsetzen der Römer. Aufklärungsgeschwader der Flotte hatten herausgefunden, dass der von ihnen in Gallien geschlagene General Castinus sich noch immer nicht von seiner Schlappe erholt hatte und ein Rachefeldzug seinerseits nicht zu erwarten war. Anders als befürchtet seien auch von Osten her keine maritimen Landungstruppen unterwegs, um sie zur See zu umgehen und ihnen dann in den Rücken zu fallen.

Gleich nach der Ansprache winkte er Arwid, ihm in den Turm zu folgen.

Vater und Sohn saßen auf der oberen Turmplattform des Prätoriums, das sich in der Mitte des Kastells wuchtig erhob. Von hier aus hatte man Sicht auf das Gebirge, wobei sich die Passstraße weithin überblicken ließ. In westlicher Blickrichtung hin erstreckten sich die Weiten der tingitanischen Ebene.

„Schön, dass sich die römischen Feldherren genauso uneins sind wie ihre gemeinsamen Feinde. Von Castinus droht uns keinerlei Gefahr mehr." Der waffenlose Geiserich streckte sich behaglich. „Er denkt wie alle seine Kollegen im Schema des Floriansprinzips: Jetzt brennt es eben bei Bonifacius und nicht mehr bei ihm. Er zieht den Kopf ein wie eine Schildkröte und sieht nicht, was um ihn herum vorgeht. Außerdem hat er die römische Heeresdienstvorschrift auf seiner Seite. ‚Ohne spezielle Anweisung kein Einsatz außerhalb des Zuständigkeitsbereichs', heißt es da ..."

Geiserich ließ den Blick über das Umland des Kastells schweifen. Karstiger, staubiger Boden, nur schwach entwickelte Vegetation, keine Grundlage für Landwirtschaft und Siedlungsland; alles in allem nicht das Africa seiner Träume. „Andererseits will ich hier in dieser trostlosen Einöde keinen einzigen Mann unnötigerweise verlieren. Haltet euch also zurück, beobachtet, weicht Gefechten aus und provoziert vor allem keine", wies er seinen Sohn an.

„Das ist leichter gesagt als getan", mit einer ratlosen Geste hob Arwid die Arme, „erstens müssen wir uns versorgen und woher nehmen, wenn nicht stehlen? Zweitens sind wir durch unsere bloße Anwesenheit eine Provokation für die Berber. Mit diesem Volk ist nicht gut Kirschen essen, sie sind mir unheimlich in ihren weiten dunklen Mänteln auf ihren Renndromedaren. Die Marusier nennen sie ehrfürchtig: ‚Die Blauen'. Sie schwören, die Berber hätten eine blaue Hautfarbe. Sie sagen, dass diese Farbe von ihrem blauen Blut herrührt, und sie selbst sich laut eines alten Orakels von einem blaublütigen Volk in eine glückliche Zukunft führen lassen sollen. Sie stammten von irgendwelchen außerirdischen Göttern ab und wären die schrecklichsten Krieger unter der Sonne ... Offen gesagt, würde ich ihrem Einflussbereich möglichst schnell den Rücken kehren. Wie weit nach Osten reicht eigentlich ihr Siedlungsgebiet?"

Der König verzog schmerzlich das Gesicht, darüber habe er keine Informationen, musste er gestehen.

„Die Berber wandern stets umher, sind heute hier, morgen dort, es scheint so, als ob sie nur hier in der abgelegenen westlichen Einöde der Tingitana ihre Zelte auf Dauer aufgeschlagen haben. Wir müssen sie langfristig davon abhalten, nach Osten vorzudringen. Entweder wir schüchtern sie ein oder, was günstiger wäre, wir machen sie zu unseren Verbündeten. Aber das drängt jetzt noch nicht so. Hauptsache, ihr lasst euch auf keinen Waffengang ein."

Sie hatten es sich bequem gemacht, die Caligae abgelegt und die Füße mit den Fersen auf den mittleren Sparren der umlaufenden Brüstung abgestützt. Der Vater massierte, wie immer, wenn er sich als Privatmann fühlen durfte, sein lahmes, kribbelndes Bein.

Über der Ebene versank eine große rote Sonne im Dunst, die milde abendliche Brise schmeichelte den noch vom Tag erhitzten Männern auf dem Turm. Entspanntes Schweigen herrschte, nur das hämmernde Zirpen der Zikaden drang in unterschiedlichsten Tonlagen ans Ohr. Arwid lockerte den unangenehm engen Leibgurt, der ihn in seiner unmilitärischen Behaglichkeit störte. Vor seiner Truppe hätte er sich niemals so gegeben, doch, nachdem sich sogar sein Vater etwas gehen ließ, glaubte er, es ihm gleichtun zu dürfen. Morrigan, Ceridwens Dohle saß auf dem Geländer und steckte den Kopf ins Gefieder, vom König missmutig beäugt.

„Mein Sohn", dieser wusste, dass es nun, da der Vater diese Anrede benutzte, unangenehm werden würde, „ich habe mit dir ein ernstes Wort zu reden."

Arwid wandte dem König den Kopf zu, der jedoch seinen Blick ignorierte und, als suchte er etwas Bestimmtes, angestrengt in die Ferne der Ebene starrte.

„Nichts Politisches, vielmehr Privates, ja, wohl dein Privatissimum."

Eine bedeutungsschwangere Pause folgte, ehe der Vater losdonnerte: „Was hast du dir da eigentlich für eine Schlampe an Land gezogen?" Arwids flache Hand fuhr knallend auf die Sitzbank herunter, er holte Luft. Der Kopf der Dohle fuhr erschreckt aus dem Gefieder, sie flatterte hektisch herum, bemüht, ihr Gleichgewicht zu behalten, allerdings ohne aufzufliegen.

„Ich will nichts hören", setzte der König sofort nach, „die Männer des Kronrats sagen, sie ist eine Hexe, sie zaubert den Männern die Zeugungskraft weg und übt einen schädlichen Einfluss auf dich aus. Das Weib muss weg! Ist das klar?"

Fassungslos sah Arwid seinen Vater an, der seinem Blick nach wie vor auswich und angespannt, als sei er auf Wachtposten und dürfte seine Aufmerksamkeit auch nicht für einen einzigen Augenblick von der Straße abwenden, in die Ferne sah.

„Wie das, sie hat uns an der Guadiana gerettet", versuchte Arwid, an den Vater heranzukommen, „ohne sie säßen wir heute nicht hier. Ist das deine Art, Dankbarkeit zu zeigen? Wie könntest du es wagen, sie davonzujagen, nach all dem was sie für uns getan hat?"

„Es ehrt dich natürlich, dass du sie verteidigst. Du handelst wie immer moralisch. Aber ist es nicht so, dass du hier nur moralische Gründe vorschützt, um dein Geliebte nicht zu verlieren?"

Geiserich fuhr sich vulgär mit der Zunge über die Lippen und untermalte dies mit einer eindeutigen Handbewegung. Diese Regung war neu für Arwid, der in seinem Vater immer nur verkörperte Politik gesehen hatte. Nie hatte er ihn sich als sinnlichen Liebhaber einer Frau vorstellen können, vielmehr hatte er zu wissen geglaubt, Sexualität sei für den abgeklärten König nur ein Instrument zur Erzeugung politisch relevanten Nachwuchses. Das Bild vom „reinen" Vater bekam einen empfindlichen Riss. In diesen inneren Erdrutsch drang die belegt wirkende Stimme des Verkannten.

„Ich kann dich gut verstehen, sie ist sehr attraktiv und sicher eine angenehme Bettgenossin – wenn sie einem nicht gerade was weghext – oder hat sie dich auch verzaubert, nur andersrum?"

Herausfordernd sah er zu seinem Sohn hinüber, las augenblicklich in dessen Miene die Verachtung des Liebenden für den Begehrlichen, doch zu spät tat ihm der Fauxpas leid. Arwid erfasste die Situation und beschloss, die persönliche Befangenheit des Königs als Trumpf im Ärmel zu behalten.

„Vater! Du und Hexerei! Das sind doch zwei Welten, ich kenne dich gut genug, dass derart rückständige Ansichten für dich keine Basis für eine Anklage sein können!" Mit einem kleinen, überlegenen Lächeln kämpfte er erfolgreich gegen den strengen Blick des Vaters an, der wieder die tiefliegenden Augen dem Sonnenuntergang zuwandte. „Du hast mich nicht umsonst mit diesem Kommando ausgezeichnet. Warum vertraust du mir in dieser Sache nicht auch, Vater? Warum hörst du lieber auf die Einflüsterungen deiner Gegner?"

„Was soll das heißen, der Kronrat ist nicht mein Gegner ..."

Arwid fiel dem Vater ins Wort: „... aber es sitzen genügend Häuptlinge drin, die dich loswerden möchten. Das ist doch nichts

Neues! Letztendlich haben sie alle gemäß den Stammesregeln geheiratet, nur wenige haben die Frauen, die sie sich wünschen zu Hause, und da kann es nicht ausbleiben, dass sie schon allein aus diesem Grund neidisch sind auf mich. Sie gönnen mir mein Glück nicht und wollen uns nun mit diesen dummen, kindischen Anschuldigungen schaden. Gut, Ceridwen verfügt über übersinnliche Fähigkeiten, das kann ich allerdings nicht abstreiten, doch hat sie diese stets zu unserem Besten eingesetzt."

Arwid war aufgestanden, zog den losen Leibriemen fest und lehnte sich mit dem Rücken an das Geländer. Er sah seinen Vater direkt und herausfordernd an. Anklagend fuhr seine Rechte gegen den sitzenden König vor.

„Ich weiß nicht, wie *du* es hältst mit der Liebe in Fragen der Ehe? Wer ist eigentlich deine momentane Favoritin? Bist du überhaupt verheiratet oder wartest du auf eine günstige Gelegenheit dir ein potentes Adelshaus zu verpflichten?"

Geiserich erblasste. Was bildete sich der rotzfreche Welpe eigentlich ein, was er sich herausnehmen durfte? Zwar lag es ihm auf der Zunge, seine Liebe zu Arwids verstorbener Mutter zu beschwören, doch sah er nicht ein, weshalb er seinem Sohn Rechenschaft schulden sollte. Mühsam rang er um Fassung.

„Wir reden nicht über meine Belange, sondern über meine Sorge, was dein weiteres Leben angeht! Schaff dir diese keltische Hexe vom Hals, bevor ich geeignete Schritte einleite, sie loszuwerden!" Kurz erlaubte er sich einen Blick in die Augen seines Sprösslings, der dem bohrenden Grün des Vaters trotzte. Eine kleine Weile rangen sie auf diese Weise um die Oberhand. Als die Spannung schier unerträglich geworden war, brach Arwid das Schweigen, ohne jedoch den Blick von den Augen seines Vaters zu wenden.

„Eine Trennung von ihr kommt nicht in Frage! Wenn du sie verjagen willst, verschwinde ich mit ihr!" Arwid wunderte sich über seine Selbstbeherrschung, so sehr es in ihm innerlich kochte, nach außen drang eine klare, feste Stimme.

Geiserich, der es wie alle machtliebenden Menschen hasste, von oben her angesprochen zu werden, war unversehens in die Defensive geraten. Mit seinem gefürchteten durchdringenden Blick, der üblicherweise jegliche Opposition im Keim erstickte, drang er nicht bis ins Mark des Sohnes vor.

„Überleg es dir gut, ob du gegen uns beide vorgehen willst", bekam er zu hören, „ich will dir keinen Kampf ansagen. Auch wenn ich nicht Mitglied der Königsfamilie bin, liebe und ehre ich dich wie einen gesetzmäßigen Vater."

„Also, was redest du dann noch herum? Den Vater zu ehren heißt, ihm gehorchen!"

„Du kannst mich gerne, sofern das möglich ist, in eine noch verlassenere Gegend zum Kriegsdienst schicken, aber über meine Gefühle hast du keine Gewalt. Ich will keinen Streit! Wir müssen doch zusammenhalten, in diesen Zeiten besonders. Meinst du nicht, es wäre besser, ihr, ich meine, du und Ceri, ihr würdet euch vertragen?"

„Das wäre ja noch schöner! ‚Käridfen, dubiose Priesterin einer ebenso dubiosen Göttin als persönliche Freundin des Königs der Vandalen und Alanen' oder was?", äffte Geiserich und versuchte, die Situation bewusst ins Lächerliche zu ziehen, doch Arwid konterte mit maliziösem Grinsen.

„Es wäre nicht schlecht, wenn du es einrichten könntest, dich mit deiner künftigen Schwiegertochter gut zu stellen, es sei denn, du willst ständigen Krach in der Familie."

Endlich war es heraus!

„Wie bitte? Habe ich mich verhört? Du willst dieses Weib auch noch heiraten?" Außer sich war der König aufgesprungen, verbiss sich den Schmerz und stelzte wie ein Tiger im Käfig auf dem Wehrgang auf und ab. Er schlug sich mit der flachen Hand gegen die Stirn.

„Du bist total verrückt geworden! Du weißt doch gar nichts über sie! Sie ist älter als du, hat keine Mitgift, außer einem schwarzen Vogel und einer Reisetasche voll Unkraut", lamentierte er, „und du willst nicht behext sein?"

Ungläubig schüttelte er den Kopf. „Meinen Segen dazu hast du natürlich nicht!"

Die steilen Stirnfalten des Königs zogen weiße Striemen in das Rot des Jähzorns. Vergeblich rang er um Beherrschung, wandte sich ab und starrte erneut hinaus auf die bereits zu drei Vierteln verschwundene Sonne.

„Mach was du willst! Gregor wird jedenfalls deiner kleinen Schlampe auf den Zahn fühlen und wehe euch, sie erweist sich als Hexe oder etwas Ähnliches, dann hängst du auch mit drin. Ich hoffe, dir sind die Konsequenzen bewusst! Auf Hexerei steht nach wie vor der Tod!"

„Du würdest mich, den du als Kind so sorgsam umhätscheln und pflegen hast lassen, dem Tod in den Flammen überantworten, nur weil ein paar Idioten im Kronrat vor Eifersucht platzen? Nein, Vater! Dein Drohen schreckt mich nicht. Ich nehme dir diese rückständige Einstellung nicht ab."

Die beiden waren, der Natur des Gesprächinhalts entsprechend, immer lauter geworden, die Dohle sträubte verschreckt ihr Gefieder, schüttelte sich und flog auf die Spitze des Fahnenmastes auf dem Turm, von dem das blaue Banner des Hasdingenkönigs mit den drei Habichten wehte. In diesem Augenblick trat Ceridwen aus dem Zimmer und lächelte ihnen zu.

„Schaut nur, was für ein schöner Sonnenuntergang", versuchte sie, die Situation zu entkrampfen. Doch hatten weder Vater noch Sohn einen Sinn für den letzten Akt dieses beeindruckenden Naturschauspiels. Sie nahmen nichts wahr von dem filigranen Weiß der Wolken, das langsam ins Silbrige wechselte, vom Auftritt der hesperidischen Venus, von den uralten Spielen, die Luft, Dunst und restliches Sonnenlicht mit ihren Farbnuancen spielten. Unbewegt starrten beide vor sich hin – Geiserich mitten hinein in das sich ihm bietende Naturschauspiel, das er geflissentlich ignorierte, Arwid stierte zu Boden und ertappte sich dabei, dass er versuchte, durch die Ritzen der Planken Einzelheiten im darunterliegenden Lager auszuspähen. Als Ceridwen ihn ohne jegliche Scheu küsste, sah der König, der sich wieder gesetzt hatte, demonstrativ weg.

„Habt ihr euch dann ausreichend ‚guten Tag' gesagt?", giftete er nach einer kleinen Weile.

Arwid errötete. „Entschuldige, Vater, ich weiß, es gehört sich nicht ..."

„Jetzt kriech hier nicht auf dem Bauch, wir haben uns lieb, warum soll dein Vater das nicht wissen dürfen", meldete sich Ceridwen zu Wort.

„Dich hat hier niemand nach deiner Meinung gefragt! Geh ins Haus! Ich habe mit meinem Sohn zu reden", klärte Geiserich die verdutzte Ceridwen über die ihr zugewiesene Rolle auf. Abwehrend verschränkte sie die Arme vor der Brust und wich keinen Zoll.

„Was ihn angeht, geht auch mich an", verkündete sie laut und deutlich.

Schlagflussartig lief der König rot an, allerdings nicht unbedingt wegen seiner übertriebenen Moralität. „Das ist doch der Gipfel! Ich habe dir bedeutet, zu verschwinden, und das meine ich auch so."

Sie aber trotzte ihm und blieb, wo sie war. Arwid, dem die Sache zunehmend peinlich wurde, versuchte zu schlichten und behalf sich mit einer Notlüge. „Lass es gut sein, Ceri, ich hole dich, sobald mein Vater den geheimen, ausschließlich für mich bestimmten Teil der Nachricht beendet hat."

Es war ihm zwar nicht ganz wohl bei dieser taktisch richtigen, inhaltlich aber falschen Aussage, doch erschien sie ihm momentan als das geringere Übel.

„Wenn ihr eure Geheimnisse immer in dieser Lautstärke weitergebt, braucht ihr euch nicht zu wundern, wenn bald die ganze römische Welt sich darüber das Maul zerreißt", bemerkte sie spitz und ging wider Erwarten ins Turmzimmer zurück.

Der König sah ihr nach, wobei sein Blick nicht ganz frei von Bewunderung war. Natürlich hatte er Verständnis für seinen Sohn, der gerade wegen seiner aufrichtigen Haltung in seiner Achtung nur noch mehr stieg. In versöhnlicherem Ton fuhr er fort: „Also Junge, stell dich nicht quer, wenn Gregor sie als Hexe entlarvt, ist es aus, verstanden? Ansonsten tu, was du willst." Schwerfällig wie es seine Art war, erhob er sich. „Ich weiß auch nicht, wozu ich hier meine kostbare Zeit vergeude, nur um meinem Sprössling bittere Erfahrungen zu ersparen ...", er schüttelte resigniert den Kopf. „Gregor wird heute Abend noch herüberkommen und sie examinieren. Erspar mir allen weiteren Ärger und gehorche!"

Arwid sagte nichts, saß nur schweigend im Trotz, mit verschränkten Armen auf dem Bänkchen. Er blickte nicht einmal auf, als sich der Vater verabschiedete.

„Wir sprechen uns noch", tönte die Stimme des Vaters aus dem Innern des Turmes. Dann hörte er nur mehr den typischen Zweivierteltakt seiner Soldatenstiefel auf der gewundenen Treppe sich langsam nach unten entfernen. Schweren Herzens rief er Ceridwen zu sich heraus.

*

„Ápage Satana!"

Der Kreis um sie war mit Kreide gezogen. Sie hatte versprechen müssen, ihn nicht zu verlassen. Nur in eine weite Tunika gehüllt, bar jeder persönlicher Gegenstände wie Ringen, Broschen, Amuletten und dergleichen, die sie als Nekromantikon verwenden hätte können, stand die mutmaßliche Hexe im Bannkreis. Wegen der nächtlichen Stunde hatte man einige Kandelaber aufgestellt, die die Szene nur schwach beleuchteten.

Gregor war in seinem Element, wusste er doch, dass Hexen sich in erstaunlichem Ausmaß aufs Tarnen und Täuschen verstanden. Entweder waren sie alte, hässliche Weiber, vor deren Anblick man lieber Reißaus nahm, oder aber, wie in diesem Fall, hinreißend schön, so dass sie die Sinne des Exorzisten mit höllischen, nicht unbedingt übersinnlichen Phantasien vernebelten. Er persönlich war in seiner ganzen langen Karriere immer fest geblieben, hatte sich durch nichts und niemands Zauber blenden lassen. Er hatte auch darauf geachtet, dass die Leuchter so aufgestellt wurden, dass sie den unter der Tunika verborgenen Körper auch weiterhin verbargen und nicht durchschimmern ließen, was ihn von seinem heiligen Ernst hätte abbringen können. Er betrachtete sein attraktives Objekt lediglich aus dem dämonologischen Blickwinkel.

Ceridwen ihrerseits hatte sich in Trance versetzt, um zum einen das bohrende Forschen Gregors ins Leere laufen zu lassen und ganz nebenbei in seinem Geist einen kleinen Erkundungszug zu unternehmen, wobei sie sehr Interessantes zutage förderte. Allerdings war ihr nicht ganz wohl dabei und sie begann heftig zu schwitzen.

„Hast du jemals Umgang mit Dämonen gehabt?“, wollte der Exorzist, der seine Energie langsam entschwinden fühlte, als sauge jemand am Kern seiner Persönlichkeit, nun direkt wissen. Mit hauchfeiner Stimme, mehr ein Flüstern als ein Sprechen, kam es zurück.

„Ja, im Moment.“

Sie horchte längere Zeit in sich hinein und atmete heftig und stoßweise, dann brach es aus ihr hervor: „Ich höre einen gleichmäßigen, quälend lästig-pfeifenden Ton im Ohr eines mächtigen Königs, ich sehe ihn als waffenstarken Krieger mit dichtem Bart, von einem Pfeil ins Auge getroffen, tot zu Boden sinken. Ich höre das schnelle Herz des jüngeren, von Freude trunkenen Bruders zum Takt der Hufe schlagen, das Schicksal meint es gut mit ihm, zu spät kommt er, doch schuldlos ist er nicht ...“

Jetzt schwitzte *er* wahre Bäche, seine Locken klebten an der Stirn, das langwallende Haupthaar bildete einen feuchtheißen Mantel um Kopf und Hals. Wenn hier ein Dämon im Spiel war, dann schien nicht sie die Besessene zu sein, nein, ihm war, als würde er ihm ausgetrieben. Um Gregors schiefen Mund, der größtenteils vom wild wuchernden Bart versteckt war, zuckte es. Resigniert sackte er in sich zusammen. Wie auch immer sie das geschafft hatte – sie hatte Gundarichs Dämon in ihm entdeckt, jenen pfeifenden Dämon, der dem damaligen König den Schlaf geraubt, ihn geschwächt hatte, so dass er schließlich in der Schlacht sein Leben lassen musste. Und er, Gregor, war er nicht selbst zum Komplizen des Dämons geworden, als er von der Freude Geiserichs über den Tod des älteren Bruders erfuhr, der ohne Beistand in der Schlacht gestorben war, da Geiserich zu spät kam? Sein Mitwissen um diese Freude – konnte man gar von Schuld reden? – hatte Gregor endlich in die Position des spirituellen Beraters des Königs gebracht ... aber das waren alte Geschichten, die niemanden mehr interessierten.

„Danke, das reicht, du brauchst nicht weiterzusprechen, was wir hier gehört und gesehen haben bleibt selbstverständlich ein Geheimnis wie bei einer Beichte."

Er beeilte sich, zum Abschlussgebet zu kommen, wobei er sich einige Male versprach und verhaspelte. Mit schwacher Stimme eröffnete er Ceridwen, sie dürfe den Kreis nun verlassen. Erschöpft ließ er sich auf einer rohgezimmerten Bank nieder.

„Wird mir das vorgeworfen, der Umgang mit Dämonen?", begann die Druidin.

„Du stehst unter der Anklage der Hexerei, was heißt, dass du mit den bösen Mächten im Bund stehen musst, denn von sich aus ist kein Mensch in der Lage, Hexerei auszuüben", klärte sie der Exorzist auf. „Indirekt also bezichtigt man dich der Teufelsanbetung." Seine Augen waren noch immer forschend auf sie gerichtet. Offen erwiderte sie seinen Blick.

„Ich will ehrlich sein zu dir, denn ich halte nichts davon, Verstecken zu spielen. Ja, es gibt Mächte, die aber weder in den Bereich eures Teufels noch eures Gottes gehören und diesen Mächten diene ich sehr wohl. Ich verehre meine Götter, allen voran die mächtige Morrigan, Göttin des Krieges und der Fruchtbarkeit, deren Priesterin ich bin."

Erschrocken fuhr Gregor zusammen, daher kam diese Macht, über die sie zweifelsohne verfügte. „Beim Gehörnten", stieß er hervor und bildete reflexartig mit der linken Hand das Schutzzeichen gegen die Mächte der Tiefe, „verfolgt uns die weibliche Gottheit überallhin? Ich war froh, als wir diese finsteren, von uralten heidnischen Kulten verpesteten hispanischen Provinzen hinter uns ließen, und nun das!"

Ceridwen sah ihn mit großen Augen an.

„Habt denn ihr nicht auch eure Jungfrau Maria?"

„Die Jungfrau Maria steht bei uns Arianern in hohem Ansehen, doch ist sie keine Göttin! Nur die lästerlichen Katholiken nennen sie Mutter Gottes – wir nicht. Das ist ein gravierender Unterschied! Sie kann Jesus nur gebären, da sie das Wort Gottes empfangen hat. Darüber hinaus ist auch Jesus nur ein gottähnliches Wesen und ebenfalls kein Gott ..."

„Also manchmal glaube ich, eure alleinige Verehrung der Jungfrau ist nur eine billige Exkulpation! Keine weibliche Trinität gibt es bei euch, den wechselnden Mond habt ihr aus eurer Zeitrechnung genommen und verlasst euch auf die Sonne. Wo ist Hekate, wo Selene, wo ist die Finsternis des Neumondes, wo die magische Helle des Vollmonds? Allein die jungfräuliche Artemis, den Halbmond, lasst ihr gelten. Das ist Verrat an der Weiblichkeit!"

Gregor war deutlich anzusehen, dass er ihr nicht folgen konnte. „Zu behaupten, irgendetwas Weiblichem komme Göttlichkeit zu, ist Blasphemie! Gott, der Vater der Engel und Menschen, erschuf die Welt aus dem Nichts. So sieht es nämlich aus! Die Frau ist doch letztendlich überflüssig! Sie ist nur Gefäß des männlichen Samens, der in diesem Gefäß heranreift, um als Mensch geboren zu werden. Mitunter frage ich mich, ob es nicht schöner und besser wäre, den Menschen ohne weibliches Zutun, nur aus dem männlichen Samen auszubrüten, dann hätte er weniger Schwierigkeiten, ins Paradies zurückzufinden. Denn zunächst und vornehmlich ist der Mensch ja als Mann gedacht."

Ceridwen musste sich stark in der königlichen Tugend der Geduld üben, um jetzt nicht aus der Haut zu fahren, und tatsächlich verhielt sie sich wie eine Königin. „Aber wie du weißt, braucht der ‚Mensch' auch eine Gefährtin, wie euer Gott ja auch Sophia, seine Weisheit, bei sich hatte, als er die Welt erschuf. Was ich so gesehen habe in den letzten Monaten, die ich unter euch weilte, hat mich schon entsetzt: Ihr scheint Angst vor allem zu haben, was von Natur aus da ist, den Pflanzen und Bäumen, den Wäldern und Wiesen, weil sie für euch das Weib sind, jenes zauberhaft gefährliche Weib, das in allem steckt, das ohne Zweck und Ziel gebiert und nährt. Warum habt ihr Christen nur so übertriebene Ängste vor dem Weiblichen? Ich glaube fast, das ist der Grund, weshalb ihr euren Priestern sogar verbietet zu heiraten?"

„Wir Arianer sind da anders als die Katholiken oder gar die Isispriester, die sich zu allem Überfluss auch noch selbst entmannen müssen, weil ihre Göttin nichts Männliches in ihrer Umgebung verträgt“, verneinte Gregor, „unsere Priester dürfen sehr wohl heiraten. Aber, um auf deine Frage zurückzukommen, das Übel geht primär vom Weibe aus, denk nur an den Sündenfall. Zwar sagt der Apostel Paulus im Gegenzug, dass es besser sei zu heiraten, als vor Verlangen zu brennen, das gebe ich durchaus zu – schließlich gesteht er dem Mann das Verlangen nach dem Körper der Frau zu und ihr das Verlangen nach dem Körper des Mannes –, er ist nicht so feindlich gegen die Lust der Frauen eingestellt, wie man immer annimmt, aber ich persönlich bin da nicht seiner Ansicht. Ich selbst, auch wenn ich es mir leisten könnte, ich würde nicht heiraten!“

„Nun, das ist deine Entscheidung, ich jedenfalls will heiraten und zwar bald.“

„Ja, das ist dein gutes Recht. Die christliche Kirche hat endlich Schluss damit gemacht, dass Väter ihre Töchter in die Ehe verschachern und die Mädchen weinenden Antlitzes das Gehorsamsgelübde einem ungeliebten Mann ablegen müssen. Ohne ihre freiwillige Zustimmung kann die Frau nicht mehr einem Mann angetraut werden, das ist doch ein bedeutender Fortschritt und ein großes Entgegenkommen an die Frau, findest du nicht?“

„Nun, es ist etwas anderes, etwas zu wollen oder lediglich in das Gebot eines anderen einzuwilligen. Ich habe mir den Mann meiner Liebe selbst ausgesucht, weder mein Vater noch mein Meister taten das für mich, verstehst du?“

Skeptisch beäugte Gregor die Schönheit ihm gegenüber. Hinter seiner Stirn arbeitete es. Das natürliche Ziel im Leben für die Frau war es, einen Mann zu ehelichen und Kinder zu gebären, im Vordergrund stand allemal der Gedanke an das Versorgtwerden. Aber als Mann sollte man sich schon überlegen, ob man sich zeitlebens anbinden wollte. „Der Mann, der heiratet, wird geheiratet, er hat keine Frau, sondern wird von ihr gehabt“, das war eine alte Weisheit. Schnell überschlug er die Situation. Der König wäre gar nicht zufrieden, wenn seine Mission damit endete, dass Arwid und diese keltische Fee heirateten, und er, Gregor, sie am Ende auch noch trauen würde. Längere Zeit saß er schweigend, die geöffnete Hand mit dem abgespreizten Zeigefinger vor dem Mund. Ja, er wusste, wie er sie packen konnte.

„Du weißt offensichtlich nicht, was eine Ehefrau in der Ehe erwartet.“ Auf Ceridwens fragenden Blick eröffnete er ihr.

„Die Mutter Kirche setzt den Mann über die Frau und verpflichtet sie zum Gehorsam ihm gegenüber. Das dürfte dir, so nehme ich jetzt an, da ich dich doch ein wenig kenne, ziemlich schwerfallen ...“

„Erraten! Deshalb werde ich auch nie eine christliche Ehe eingehen und niemals Christin werden! Wenn du glaubst, mich bekehren zu müssen, dann bist du an der falschen Adresse. Auch Arwid ist kein Christ im herkömmlichen Sinne!“ Nun, da die Sache schon einmal so weit gediehen war, gab sie jede Zurückhaltung auf und blickte dem Exorzisten herausfordernd in die Augen. Die ihren blitzten vor Kampfeseifer, nicht umsonst war sie Priesterin einer Kriegsgöttin, Gregor jedoch verspürte mittlerweile nur geringe Lust, sich mit ihr bis in den frühen Morgen ergebnislos zu streiten. Hier prallten zwei Welten aufeinander, die sich zwar kurzfristig gegenseitig durchdrungen hatten, jedoch nicht dialogfähig waren. Er würde an ihr vorbeipredigen, außerdem waren die Heiden nicht sein Zuständigkeitsbereich, er war schließlich kein Missionar.

„Lass dir eines gesagt sein“, holte er ein letztes Mal aus, „der König wird nie zulassen, dass ihr heiratet, er wird auf einer ordentlichen christlichen Ehe seines Sohnes bestehen und zuallerletzt mit *dir* als seiner Ehefrau, du kannst froh sein, wenn er euer wildes Verhältnis duldet.“

Das klang nach einer Annäherung, die sie gar nicht erwartet hatte.

„Für mich jedenfalls“, der Exorzist erhob sich umständlich und ordnete seine Kleidung, „gibt es hier nichts mehr zu tun.“

Er nahm die Stola ab und wusch sich vorschriftsmäßig die Hände in kaltem geweihten Wasser, das er in die vier Ecken des Raumes versprengte, wobei er einen Segensspruch murmelte. Sodann entfernte er den Kreidekreis ebenfalls mit geweihtem Wasser, machte in Richtung der entronnenen Hexe ein Segenszeichen und verließ eiligen Schritts die Stätte seines vergeblichen Wirkens. Ceridwen lehnte sich erschöpft und durchgeschwitzt an die rohgezimmerten Querbalken, die als Trennwand zum Nebenraum dienten. Sie fuhr sich über die Augen, wie um etwas wegzuwischen. Nach einer kleinen Weile der Entspannung war sie wieder die alte.

„Arwid, du kannst reinkommen. Der Zauberer ist weg“, trällerte sie.

* * *

Ein väterlicher Segen

Wie erwartet strotzte der König nach Gregors Debakel nicht gerade vor Begeisterung. „Wie, dieses Weib ist keine Hexe? Aber jeder Laie mit verbundenen Augen lässt sich augenblicklich vom Gegenteil überzeugen! Und ich ging davon aus, dass für euch Männer der Gottesgelehrtheit eine Hexe bereits bei Verdacht schuldig ist. Wenn ich geahnt hätte, dass es auch da noch Spitzfindigkeiten gibt, ich hätte ..." Geiserich, der sich dem völlig ungewohnten Phänomen einer Niederlage gegenübersah, rang fassungslos die Hände. „Da will man nun auf Nummer sicher gehen und eventuelle Zweifel, ob alles seine Richtigkeit habe, von vorneherein ausräumen, und da kommt mein Haus- und Hoftheologe und Exorzist auf seinen Plattfüßen einhergewatschelt und erklärt mir, dieses Weib sei harmlos!" Geiserich holte tief Luft. „Ich frage mich allen Ernstes, wozu ich dich hierher mitgenommen habe!"

„Um ..."

„Ach, sei still!", mit fahriger Bewegung winkte er ab, „was weißt denn du?" Finsteren Gesichts stakste Geiserich in seiner von Kienspänen schwach erleuchteten Kammer herum, Gregor ehrerbietig immer einen halben Schritt hinter ihm.

„Mein König", jammerte er, „sie ist wirklich keine Hexe, sie ist Priesterin einer anderen Religion, dafür bin ich nicht zuständig. Ich habe auch nicht gesagt, dass sie harmlos ist, aber sie ist nicht mit dem Teufel im Bunde und deshalb keine Hexe, das kann ich", er warf einen Seitenblick auf den enragierten König, „oder besser, muss ich bestätigen." Durch das hektische Auf- und Ablaufen kam er allmählich außer Atem. „Außerdem", holte er Luft, „wäre ich der König, würde ich ihre Fähigkeiten eher zu nutzen suchen, als sie zu eliminieren." Dem so angesprochenen König, dem nicht entgangen war, dass ein offener Schlagabtausch mit Arwid im Moment nicht gerade gelegen kam, gingen allmählich Kronleuchter auf. Gespielt runzelte er die Stirn.

„Welche Fähigkeiten? Du sagtest doch gerade, sie habe nichts Übernatürliches an sich", verstellte er sich.

„Habe ich das?" Gregor blieb abrupt stehen. War er nicht mehr Herr seiner Sinne? Drückte er sich so undeutlich aus? „Sie hat eine seherische Begabung, das sollten wir ausnützen", hakte er nach, als sich der König, nach der Wendemarke an der gegenüberliegenden

Wand wieder mit ihm auf gleicher Höhe im Raum befand. „Wenn wir sie an dein Haus binden, indem sie Arwid heiratet, verpflichten wir sie doch gewissermaßen ..."

Der König, der die Atemprobleme des Exorzisten wahrnahm, hielt inne. Lauernd blitzte er zu dem ahnungslosen Mann im Talar hinüber, der vor seinen Augen nun schon zum zweiten Mal versagt hatte. „Eigentlich hast du Recht, denn es ist nicht unser Stil, die Menschen auszuspionieren. Diese ganze Gesinnungsschnüffelei, ob es nun um Religionszugehörigkeit oder um philosophische Weltanschauungen geht, ist unser nicht würdig."

Bis der Groschen bei Gregor gefallen war, dauerte es eine Zeitlang. „Und was mache dann ich? Ich bin doch gerade auf diesem Gebiet spezialisiert. Wenn ich keine Dämonenknechte mehr aufspüren darf ..."

Die Enttäuschung überzeichnete den Schrägstrich seines Mundes im Bartgewühl ins Groteske. Sein König und Kirchenoberster lächelte bösartig und zog langsam die Schultern hoch.

„Wenn ich dir was raten darf, du könntest es vielleicht mit Traumdeuterei oder so einer Zunft versuchen. Gibt es noch irgendwelche Fragen?", drängte der König den arbeitslosen Exorzisten zur Tür. „Nein? Dann mache ich mich morgen früh gleich wieder auf den Weg, ich habe ohnehin schon viel zu viel Zeit hier vertan. Soll der Junge seinen Willen haben, letztendlich ist es auch der meine. Und jetzt gute Nacht und Gott befohlen!" Er legte sich noch für ein paar Stunden unerquicklichen Schlafes zur Ruhe und befahl, bei Morgengrauen geweckt zu werden.

Geiserich gedachte, die kühle Morgenluft für den Ritt zu nutzen. Vor dem Aufbruch ließ er nach Arwid rufen und die Besatzung des Kastells zusammentrommeln, denn zum Abschied wollte er noch eine kleine Ansprache an die Krieger richten. Arwid erschien, mit Balamber an seiner Seite, in voller Montur. Die Wehrgänge waren dicht besetzt, jeder unter den einfachen Kriegern wollte hören, was der König ihnen zu sagen hatte, zumal es ihn sicher nicht zufällig hierher in die Einöde verschlagen hatte. Wohl blickte Arwid sich suchend um, doch riss er sich zusammen, als er den Vater hoch zu Ross sitzen sah, der gravitätisch auf ihn herabblickte. Trotz des Menschenknäuels im Hof war kaum ein menschlicher Laut zu hören, alles spitzte die Ohren. Auch dem streifenden Blick des Königs entging nicht das Fehlen Truchtharis und Ceridwens. Konnte er es ihr nicht verübeln, so indignierte ihn die Abwesenheit des

Truchsessen. Ob Truchtharis Fernbleiben Folge davon war, dass er nicht auch mit ihm ein paar persönliche Worte gewechselt hatte? Verflucht! Er war schließlich der König und hatte andere Sorgen als die persönlichen Empfindlichkeiten seiner Leute! Andererseits, raunte sein Gewissenswurm, so billig durfte er sich nicht herausreden. Er musste lernen, seine Zeit effektiver einzuteilen, er musste mehr für seine treuen Freunde da sein, auch wenn er kriegführender König war oder gerade darum. Er hob sich, so weit es sein lahmes Bein erlaubte im Sattel und warf den nun behelmten Kopf in den Nacken.

„Männer! Ihr werdet in den nächsten Wochen von hier abberufen und nach Osten verlegt.“ Sein gestriegeltes Pferd tänzelte nervös in Erwartung der langen Wegstrecke, die vor ihnen lag. „Ihr habt euch bravourös geschlagen und ich werde euch zu gegebenem Zeitpunkt auszeichnen. Wenn ihr glaubt, weil ihr hier, fernab vom entscheidenden Geschehen, in der Nachhut kämpft, bei der Verteilung des Landes zu spät kommt, irrt ihr. Für euch werde ich die besten Landlose zurückhalten, ihr braucht keine Angst zu haben, etwas zu versäumen oder leer auszugehen. Tut weiterhin hier im Hinterland eure Pflicht, die, wie ich sehe, schwer und wenig einträglich ist, und vertraut mir, wie ich euch vertraue. Indem ihr hier die Berber in Schach haltet, ermöglicht ihr unser Weiterkommen im Osten und leistet einen wesentlichen Beitrag zum Sieg!“

Als erfahrener Feldherr wusste Geiserich, dass die Bedeutung des Detachements nicht so groß war, wie er den Leuten einzureden versuchte, aber ihm war auch klar, dass die brutalsten Haudegen, lobte man sie nur ausgiebig, zahm wie Lämmer wurden. Zuletzt winkte er seinen Sohn näher zu sich. „Und nun zu dir, Arwid. Für deine Vorhaben hier wünsche ich viel Glück und gutes Gelingen, ich überlasse die Entscheidungen dir allein, du wirst schon wissen, was das Rechte sein wird. Alles in allem bin ich mit deiner Art der Führung sehr zufrieden. Mach weiter so!“

Er hob die Hand, zwinkerte seinem Sohn schelmisch zu und gab das Kommando zum Aufbruch. Langsam setzte sich der Zug in Bewegung, wurde nach Verlassen des Kastells auf der Römerstraße schneller und schneller und verschwand unter Aufwirbelung größerer Staubwolken in den karstigen Schluchten des Gebirges.

* * *

Riskante Geschäfte

August 430 A. D.

Noch umhüllte Dunkelheit das Schiff und sein Unternehmen. Demokedes hatte einen Zweimaster ohne Riemen gewählt, der circa 120 Tonnen Fracht befördern konnte. Ioannes' Vorschlag, das Schiff für diese Expedition nach Piratenart in Seegrün anzustreichen, hatte er abgelehnt. Er wollte vorderhand mit offenen Karten spielen und beließ seiner Aglaia – „Die Hellaufblitzende" – ihre weiße Farbe. Die vier Segler, die regelmäßig die Säulen des Herakles passierten, um zu den Zinninseln zu fahren, waren bezeichnenderweise nach den Hesperiden, deren Gärten ja nicht allzuweit entfernt liegen dürften, benannt. Die Aglaia war wegen ihres schräg im Vorschiff aufgestellten Vormasten und des dreieckigen Zusatzsegels über dem regulären Rahsegel etwas schneller als die meisten Frachtschiffe ihrer Größenordnung, unterstützt wurde dies noch dadurch, dass auf ein nachgeschlepptes Beiboot und den Bleischutz unter der Wasserlinie gegen Würmer und Muscheln verzichtet worden war. Der Reeder gab sich allerdings keinen Illusionen hin, was die vandalischen Dromonen betraf. Diese schnittigen Schnellsegler, die auch gegen den Wind manövrieren konnten, ließen sich kaum aussegeln.

Persönlich überwachte er das Ablegemanöver seines Frachters und begab sich dann, nach außen ganz Zuversicht und Ruhe, nach achtern zum Gubernator. Er richtete ein paar aufmunternde Worte an den bärtigen Seemann am Steuer und schlüpfte dann in die Thalamos, die Hütte der Verantwortlichen an Bord. Obwohl Schiffseigner und Besitzer der Ladung zugleich, konnte er, der Naukleros, der wirtschaftliche Entscheidungsträger, dem Gubernator keine Vorschriften machen, etwa wie das Schiff zu steuern wäre. Seemännische Entscheidungen lagen allein bei diesem.

In der Thalamos fand Demokedes keine Ruhe und begab sich an die Backbordreling, wo er ungestört war. Tropfen um Tropfen ploppten seine Probleme aus dem Kessel seiner verdrängten Einsichten und verwandelten sich in brühheiße Fettspritzer auf der Oberfläche seiner Selbstbeherrschung. Konnte er seinen neuen jüdischen Geschäftspartnern trauen? War Ischthoret eine gute Verwalterin seines Eigentums? Ließen sich die Vandalen ins Bockshorn jagen? Würde er Karthago jemals wiedersehen? Eigentlich trieb ihn nichts, kein äußerer Zwang, keine echte Notlage. Mit etwas mehr Aufwand und wesentlich geringerem Risiko hätte er mit Transporten nach Sizilien oder in den Osten auch Gewinn machen können. Beim Gedanken an christliche Caritas, Hilfe für in Not Geratene, huschte ein Grinsen über sein eckiges Gesicht. Wohl hatte er sich äußerlich zur katholischen Spielart dieser Religion bekannt, doch lediglich aus Geschäftsraison – wie so viele war er im Herzen Heide geblieben, fühlte sich der Platonischen Ideenlehre und dem Epikureischen Lebensstil verwandter als der moralinsauren Ethik von Askese, Entsagung und Himmelreich. Nein, er war durch und durch Mensch dieser zu Ende gehenden Epoche, in der Griechen und Römer mit ihrer Lebensweise und ihren vielgestaltigen Philosophien bestimmend waren. Er lebte nach dem Prinzip: „Nutze deinen Freunden mit aller Kraft und allen Fähigkeiten – und halte es mit deinen Feinden genauso, unter umgekehrtem Vorzeichen." Oder – der „Bürgerkrieg" des göttlichen Juliers gehörte zu seinen Lieblingsbüchern –: „Versuche, aus Feinden Freunde zu machen." Neutralität konnte man sich beim momentanen Stand der politischen Entwicklung nicht leisten, so gerne er sich auch aus diesem Kampf zwischen zwei Welten herausgehalten hätte. Hier die Errungenschaften der römischen Zivilisation, Kunst, Wissenschaft, gepflegter Lebensstil, zentralverwaltete Bewirtschaftung – dort ein verwildertes Volk von Barbaren, das zwischendurch versucht hatte, so etwas wie Kultur zu adaptieren. Doch diese Bemühungen waren durch sein chronisches Nomadentum zunichtegemacht worden. Mit der geballten Faust des ewig Geschlagenen und Umhergestoßenen, jetzt plötzlich unerwartet Stärkeren, pochten sie, nicht gerade zaghaft an die wackeligen Tore Africas. Auf eine Kurzformel gebracht, rang hier barbarische Finsternis gegen das Licht des hellenisierten Römertums.

Keineswegs würde er unter vandalischer Herrschaft in Africa leben wollen. Er hatte Ischthoret von den goldenen Türmen der oströmischen Hauptstadt Konstantinopel schon oft vorgeschwärmt, von wo aus er später zu wirken gedachte – wenn Africa tatsächlich verloren gehen sollte.

Es war nicht Vaterlandsliebe, was ihn letztendlich zu dieser Expedition trieb. *„Ubi bene ibi patria"* hatten sich die Griechen schon seit tausend Jahren auf ihr Banner geschrieben, und man fand sie in jedem einigermaßen bedeutsamen Hafen, wenn der nicht ohnehin seine Existenz griechischen Kolonisten verdankte. Sie kontrollierten, zusammen mit den Rittern Roms, den Hebräern und einigen wenigen phönizischen Emporien den Handel der Meere. Die Sicherheit der Seewege war ihnen ein Anliegen, sie hatten allen Grund, sich vor den Schiffen des sogenannten Königs der Vandalen zu hüten. Letzte Klarheit, weshalb er das Risiko einging, konnte sich der rational orientierte Reeder nicht schaffen. Hatte er seinem unsteten Wesen im Kontor allzu kurze Zügel angelegt? Es war wohl ein unbewusster Drang nach Abenteuern, der befriedigt werden musste. Sein Vater würde entsetzt die Hände ringen, realistisch seine Selbstüberschätzung geißeln und sich bar jeden Verständnisses kommentarlos zurückziehen. Aber sein Vater, der große Arzt Eumenes, war tot, und Demokedes fühlte sich erst seit diesem Schicksalsschlag, wenngleich er dies nur sehr zuverlässigen Winkeln seiner Seele anvertraute, wirklich frei.

Schon immer hatte Demokedes das Verständnis für dessen penetrant zur Schau gestellte einfache Lebensweise gefehlt. Des Vaters Selbstkasteiung war ihm ein Gräuel. Der Satz „Trinke lieber mit Genuss ein Glas Wein, als dass du mit saurem Gesicht eine Karaffe Quellwasser leerst" stammte zwar von einem Arzt, jedoch wäre er seinem Vater nie im Leben über die Lippen gekommen.

Natürlich wusste Demokedes, dass nicht zuletzt er mit seiner konsequenten Verweigerung des Arztberufs ein weiterer Nagel am Sarg seines Vaters gewesen war.

War doch sein Namenspatron ein berühmter Arzt im Zeitalter der Perserkriege gewesen und hatte Athossa, die Gemahlin Dareios I., von Brustkrebs geheilt. Diese Schuhe waren jenem Demokedes, der rund tausend Jahre später in Africa heranwuchs, zu groß, und er hörte an der Akademie lieber Literatur und Philosophie. Schweigend ertrug der Vater, ungewollt ein personifizierter Vorwurf, was er nicht ändern konnte: Die Abkehr seines Sohnes von der hippokratischen Zunft. Auch wenn er nie ein Wort der Missbilligung zu hören bekam, das Unverständnis, das ihm der Vater trotz allem entgegenbrachte, verletzte Demokedes seelisch stärker, als er sich eingestand, und ausgesöhnt war er mit ihm nicht, als Eumenes, noch keine sechzig Jahre alt, während einer Seuche starb, die zu bezwingen er sich vorgenommen hatte. Als Arzt von Stand und Ansehen hätte er sich nicht mit einer derart undankbaren Aufgabe auseinandersetzen müssen, doch hatte er sich den Magistraten förmlich aufgedrängt und den höchstmöglichen Preis für sein Scheitern bezahlt. Demokedes empfand wohl Trauer nach seinem Tod, aber das Gefühl der Freiheit überwog, und er vermochte zuversichtlich in die Zukunft zu blicken. Bis er, wie alle Africaner, mit der Landung der Germanen konfrontiert wurde.

„Du darfst ein Schiff nicht nur an einen Anker, das Leben nicht nur an eine Hoffnung binden" – diesen Satz des Epiktet nahm er nahezu wörtlich. Sicherheitshalber hatte er, schon lange vor der Vandalengefahr, je eine Filiale in Alexandrien und Byzanz eingerichtet. Wenn ihm im Westen nun alles abhanden kommen sollte, müsste er natürlich bescheidener leben, aber völlig verloren wäre er nicht gewesen. Was aber, wenn ihn nun die Vandalen schlichtweg erschlugen?

Sein Vater stand, Unverständnis im Blick, an der Reling und redete auf ihn ein mit seinem Schweigen. Stumm stand er da, mit dem Stab und dem Haarreif als Berufsabzeichen, im weiten altmodischen Himation, und löste sich mit der aufgehenden Sonne in kleine Lichtpartikel auf, die sich über dem Meer zerstreuten. Demokedes atmete tief ein und wischte sich mit der Hand über die Augen.

Sie fuhren knapp unter Land, was ihre Sichtbarkeit von See her erschwerte. Er wollte den Zielhafen im Schutz der Dunkelheit anlaufen und rechnete sich aus, in vier bis fünf Tagen anzukommen. Die Ladung bestand aus Weizen, Öl, Wein und einigen Spezialitäten. Drei Dutzend Krieger, griechische und jüdische Söldner, die sich für und gegen alles schlugen – vorausgesetzt, die Kasse stimmte –, waren im engen, von Natur aus bereits stickigen Zwischendeck untergebracht. Dem Blick verborgen, jedoch leicht erreichbar, warteten ihre Waffen. Die Krieger waren seltsam anzusehen, lungerten herum, spielten Würfel- und Brettspiele und waren eingeräuchert vom Duft scharf riechender Essenzen aus Kräutern und Gewürzen, die in einigen Kohlebecken vor sich hin glommen. In einer Ecke lag eine tote, bereits in Verwesung übergehende Ziege, deren Geruch ebenfalls penetrant das Zwischendeck durchdrang und den Mägen einiger Söldner arg zusetzte. Der Geruch der Kräuter jedoch war stärker und drang auch an Deck, wo er jedoch von der leichten Seebrise zerstäubt wurde und so ausgedünnt besser erträglich war als unten. Doch war dies Teil der Abmachung, die Demokedes mit den Söldnern getroffen hatte, und sie ertrugen es ohne zu murren. Der erste Tag verging „ohne besondere Vorkommnisse" wie die Wache beim turnusmäßigen Wechsel am Abend mitteilte.

In dieser Nacht gingen sie nahe der Küste vor Anker. Nach einem prüfenden Rundgang begab sich Demokedes zur Ruhe.

Das gleichmäßige Plätschern und Schmatzen der Wellen an der Bordwand mochte die Aufmerksamkeit der Wache wohl eingelullt haben, denn sie bemerkte die kleinen Fellboote, die sich vom Ufer her näherten, erst sehr spät. Die Angreifer, zwölf Männer, bewaffnet mit Dolchen und rasiermesserscharfen Wurfmessern, waren versteckt lebende Circumcellionen, die versuchten mit etwas Strandräuberei ihr Auskommen aufzubessern. Sie sahen eine leichte Beute vor sich. Ihr Eindruck bestätigte sich, bis der erste von ihnen behend über die Reling setzte und sich umsah, ob er wohl irgendwo einen schlafenden Wachmann überrumpeln könne. Doch die Überraschung war dann mehr auf seiner Seite, als einer der griechischen Söldner wie ein Schatten hinter ihm auftauchte und ihm das Gesicht mit Stiergewalt auf den Rücken drehte. Das letzte, was er wohl noch wahrgenommen haben mochte, dürfte jenes fürchterlich knackende Geräusch gewesen sein, das jenes Band, das den zweiten Halswirbel am Atlas und somit den Kopf in der gewohnten Weise hält, beim Reißen verursacht. Das laute Platschen des ins Wasser geschleuderten Körpers machte seinen Spießgesellen unmissverständlich klar, dass sie aufgeflogen waren. Hektisch legte man ab und ruderte so schnell es ging in Richtung Land.

Die aufgeschreckten Söldner aber, um die Freuden des ungestörten Schlafes geprellt, stürmten nun schon mal wach an Deck, um wenigstens eine kleine Schießübung abzuhalten. Unter Lachen und Wetten wurden die rückgebogenen Kriegsbogen gespannt und sogleich begannen die Sehnen zu surren, als zwei Dutzend Krieger die Marodeure unter Beschuss nahmen. Pfeile zischten und fanden noch auf hundert Schritt hin ohne Mühe in der vom Mondlicht schwach erhellten Bucht ihre Ziele, so dass keiner der Räuber das rettende Land erreichte.

Schade, dass es keine Vandalen waren, dachte Ioannes, Zenturio und Anführer der Söldner, und ließ die Waffen wieder am gewohnten Ort zwischen den Kleidern und Decken verstauen.

Die aufgehende Sonne lockte Seevögel an und die zweifarbig braunen Gänsegeier mit ihren weißen Hälsen, die sie nie voll genug bekommen konnten. Die Wölfe des Meeres hatten sich bereits in der Nacht, vom Blutgeruch unwiderstehlich angezogen, ihren

Anteil des Festmahls geholt. Immer wieder schnitten ihre charakteristischen Dreiecksflossen durch die Wasseroberfläche in der Nähe eines auf einen Felsvorsprung geworfenen Bootes. Die übrigen waren abgetrieben oder gesunken.

Doch etwas hatten Demokedes' Söldner bei ihrer nächtlichen Aktion nicht bedacht: Eine Zusammenrottung einer derartigen Menge von Aasvögeln in Küstennähe machte die Havarie weithin sichtbar. Die Vögel führten zu Beute oder, wenn es Kameraden betraf, Hilfsbedürftigen. Die kreisenden Geier lockten weitere Wölfe an, die schnellen Wogenwölfe der Vandalen.

An Bord der Aglaia war gerade die schweißtreibende Arbeit des Ankerlichtens beendet, und der Bootsmann ließ die Segel aufziehen. Schwerfällig setzte sich der Frachter in Bewegung, als sich der Ausguck meldete: „Segel voraus! Ein einzelnes Schiff!"

„Ausgerechnet jetzt!" Demokedes pfiff leise durch die Zähne. Diese Situation hatte er sich zuletzt gewünscht, aber, was half aller Ärger, jetzt würde sich zeigen, ob sich sein Plan würde verwirklichen lassen.

„Vandalenschiff voraus!"

Die Söldner im Zwischendeck bezogen ihre Stellung und bereiteten sich auf die Begegnung vor. Endlich konnte der die Luft verpestende Ziegenkadaver über Bord gehen, und die Haie sorgten rascher als Demokedes zu hoffen gewagt hatte für seine Beseitigung. Unbeirrt steuerten beide Schiffe ihren Kurs, der über kurz oder lang in einer Kollision enden würde. Der Schnellsegler kam rasch auf und bereits nach einer knappen Stunde war er auf Rufweite heran. Die Vandalen hielten Enterleitern bereit und standen in Waffen an der Reling. Demokedes formte die Hände zum Trichter und rief auf lateinisch: „Bleibt weg, Kranke an Bord, wir wollen den Heiligen sehen, dass er uns heilt! Bleibt weg!"

In reinem Latein echote es schließlich: „Wir sehen uns das an!"

Kurz darauf zogen die Vandalen den hochbordigen Kauffahrer mit langen Haken längsseits und legten Enterleitern an. Auch ein paar Angos an Seilen wurden geschleudert und bohrten sich in Decksplanken oder die Schiffswand. Gut drei Dutzend Krieger machten sich fertig zum Entern, zückten die kurzen Stoßschwerter und hoben die kleinen Rundschilde. Der Anführer sprang als erster auf das höhere Bord des Frachters, gleich nach ihm weitere zehn Mann. Die anderen warteten offenbar auf Befehle. Er sah sich auf dem Deck um, wo außer der Mannschaft kein Mensch zu sehen war. Der Geruch der Kräuter biss in seine Nase.

„Wo sind die Kranken?", begehrte er zu wissen.

Demokedes warf ihm unter Aufbietung aller komödiantischer Kunst, der er fähig war, einen unterwürfigen Blick zu. Das also war sein erster Vandale. Eine Gladiatorengestalt, vermutlich auch mit den entsprechenden Fähigkeiten, ansonsten nicht wesentlich anders als die Goten, die er bereits gesehen hatte. Dieser Staatspirat war geradezu eine Paradefigur ostgermanischer Physiognomie. Im Gegensatz zu den schmalstirnigen, langgesichtigen Franken und Sueben, waren diese Stämme, die viele Generationen lang in den Weiten der Wälder und Ebenen Osteuropas gelebt hatten, breitgesichtiger, mit vortretenden Jochbögen, breiter Nasenwurzel und starkem Kinn. Seine dunkelblonden Locken waren von Sonne und Salzwasser gebleicht, die wasserblauen Augen bohrten sich ohne Scheu in die grünen seines Gegenübers, den er für den Kapitän des Schiffes hielt. Sein Latein beschränkte sich offenbar auf knappe, kurze Aussagesätze, aber immerhin, für einen Barbaren nicht schlecht, musste sich Demokedes eingestehen.

„Macht die Kammern auf", forderte der Vandale, „lasst sehen!"

Zwei Matrosen öffneten den Zugang zum Zwischendeck. In den beißenden Geruch der Kräuter mengte sich nun schlagartig ein unangenehm süßlicher Gestank wie von halbverfaultem Fleisch. Der Vandale trat vor und sah bereits im Lichtkegel, den die Sonne in das finstere Zwischendeck warf, einige verkrümmte Gestalten in schmutzigen, schadhaften Kleidern auf Holzpritschen liegen. Schneidig stieg er die Leiter hinunter, um sich vom Ernst der Situation zu überzeugen. Eine wohl zu einer Frau gehörige Stimme lallte im unverständlichen Falsett mit belegtem Ton.

Demokedes rief dem Vandalen nach: „Sie sind Punier, Christenmenschen, wie du und ich! Sie sind krank! Lass sie in Frieden!" Seine weinerliche Tonlage, die er gut einstudiert hatte, klang überzeugend. Der Reeder wusste, dass Emotionen diese Barbaren zu rühren vermochten. Ihre ursprünglichen Seelen ließen sich von Winselei und Unterwürfigkeit vielleicht erweichen, und er kannte ihren Horror vor Seuchen.

Der Vandale beugte sich über eine der kranken Frauen mit langem schwarzem Haar, um ihr Gesicht zu inspizieren. Unmittelbar darauf drang sein markerschütternder Schrei durch den Mief des Laderaums.

„Die Pest! Hölle und Teufel!" Seine linke Hand, zum Abwehrzeichen der Donarsgabel oder Bockshörner geformt, fuhr gegen die Frau vor, während er gleichzeitig wie von einem Giftinsekt gestochen zurücksprang. Im Handumdrehen war er wieder an Deck, wo er seinen Ruf wiederholte. Als Folge des Eindrucks vom Unterdeck hatte seine sonst wohl auch bei rauester See propere Gesichtsfarbe nach graugrün gewechselt. Auch wenn Demokedes die vandalischen Befehle nicht verstehen mochte, sie verfehlten nicht die erhoffte Wirkung auf die Kapermannschaft, denn innerhalb eines Augenblicks war das Schiff von Barbaren geräumt und die Taue gekappt. Nur mehr ein paar Angos steckten recht zwecklos in den Planken der Aglaia. „Ein nettes Souvenir", grinste Demokedes in sich hinein.

Das Vandalenschiff verschaffte sich Raum zum Gegner, dann erst beriet die Mannschaft, wie man sehen konnte. In der Zwischenzeit gab Ioannes knappe Anweisungen: Die Maskerade wurde fallen gelassen, die langhaarige Kranke entpuppte sich als der jüngste der Griechen, Alexandros mit dem Mädchengesicht. Noch bartlos, doch ein brutaler Kerl, der mit den Nahkampfwaffen jeden Gegner in ein um Gnade flehendes, winselndes Bündel verwandeln konnte. Er legte die Pferdehaarperücke ab und griff zu den Waffen. Die anderen Söldner taten ebenfalls wie ihnen befohlen. Nur mehr die rußigen Tropfwachsflecken auf ihren Gesichtern und Händen erinnerten an die soeben durchgemachte Pest.

Gesetzt den Fall, die Vandalen kehrten zurück, etwa um das Schiff in Brand zu stecken, würde man kämpfen müssen und musste entsprechend gerüstet sein. Doch war sich Demokedes des Erfolgs seiner List sicher, denn nichts lernt ein Volk auf Dauerwanderschaft mehr zu fürchten, als jegliche Form von Pestilenz. Die Gallier hatten den vordringenden Vandalen vor zirka fünfundzwanzig Jahren nicht so sehr durch bewaffneten Widerstand geschadet, sondern vielmehr unter Zuhilfenahme von Krankheitsflüchen das Leben schwer gemacht und behexte Tierkadaver in die Brunnen verlassener Ortschaften gestürzt. Vor allem die weniger Widerstandsfähigen, Alte, Kinder und schwangere Frauen, waren den sich ausbreitenden, die Eingeweide verzehrenden Seuchen erlegen, lediglich der Verzehr von Backsteinpulver, dem man heilende Kräfte zusprach, hatte die Verluste einzudämmen vermocht. Verständlich, dass unter den Wandervölkern eine heillose Angst vor ansteckenden Krankheiten aller Art herrschte.

Der Kaperkapitän zeigte sich an der Reling. „Fahrt nach Hippo Regius und lasst euch segnen“, rief er, „damit euch auch kein Unheil wiederfährt, werden wir euch beschützen!“ So viel Großzügigkeit hatten Demokedes’ Leute nun auch wieder nicht erwartet, die nun die vor ihnen liegende Wegstrecke weiterhin untätig unter Deck schmoren mussten. Nur nachts, während die Matrosen sich niederlegten, konnten sie etwas Frischluft schöpfen.

Die Vandalen segelten, der Pesthauch sollte sie nicht berühren, immer am Wind, doch in guter Sichtweite. Dass man sie ziehen lassen würde, war ein Fixpunkt in Demokedes’ Plan gewesen: Den Vandalen käme eine kleine Seuche in der belagerten Stadt natürlich zupass und ein fiebernder Bonifacius wäre vielleicht eher bereit, sich in sein Los zu fügen und aufzugeben ...

Als am Morgen des zweiten Tages dieser unfreiwilligen gemeinschaftlichen Reise die Hafenanlagen von Hippo Regius im Dunst sichtbar wurden, dahinter die geduckte Stadt mit der mehr zu ahnenden als erkennbaren Zitadelle, drehte der Schnellsegler der Vandalen grußlos ab.

* * *

Arwid wird geheiratet

Juni 429 A. D.

Geiserichs Selbstvorwürfe waren nur bedingt gerechtfertigt, denn sein „Schwiegerneffe in spe" hatte durchaus Verständnis für die Terminschwierigkeiten eines Königs in Kriegszeiten. Auch wäre er gerne bei der Abschiedsansprache dabeigewesen, hätten ihn nicht unvorhersehbare Ereignisse davon abgehalten. Gerade als er sein Quartier, das direkt neben Arwids Zimmer lag, verlassen wollte, stand Ceridwen in der Tür. Wie immer, wenn er sie sah, durchlief ihn eine heiße Welle, und er drückte reflexartig die Fingerspitzen der Zeigefinger leicht gegeneinander, um sich innerlich zu beruhigen.

„Was gibt's?", fragte er bewusst locker und grinste unsicher. Ceridwen jedoch schwebte leichten Schrittes auf ihn zu, umarmte ihn wortlos und suchte seinen Mund zu einem leidenschaftlichen Kuss, wobei sie auf den Zehenspitzen balancieren musste. Ihre Hände waren plötzlich überall dort, wo er sie zuletzt erwartet hätte, und es dauerte keine Minute, bis er sich sanft, aber bestimmt auf sein unordentliches Lager gedrückt fühlte. Auf dem Zentralhof ertönte das zweite Bucinensignal zum Sammeln. Er hatte dafür jedoch im Moment nicht den rechten Sinn, da ihre wilden Küsse ihn alles vergessen ließen. Wie aus weiter Ferne erschien ihm Gunhilds Bild, ihr Liebe versprechender Blick, als er entrückt mit Ceris Brustwarzen spielte, ihre Hexenkünste kamen ihm in den Sinn, doch musste er innerlich darüber lachen, und zuletzt gab er sich dem Taumel hin ...

Verschwitzt lagen die beiden auf dem nun völlig zerwühlten Lager. Truchthari kraulte sie hingebungsvoll im Nacken, was sie mit unartikulierten Lauten des Behagens quittierte.

„Was ist mit Arwid?", fragte er unsicher.

„Nun ... ich werde ihn in absehbarer Zeit heiraten!"

Wie von der Tarantel gestochen fuhr Truchthari auf. „Wie, was, was soll das heißen?"

„Das heißt aber noch lange nicht, dass ich nur noch mit ihm ...", besänftigte sie ihn, „du hast die letzte Zeit immer so erbarmenswert ausgesehen, ich dachte, dir würde etwas fehlen."

„Jedenfalls hast du präzise erkannt, was mir gefehlt hat, nachdem ich jetzt seit zwei Monaten versuche, neben eurem Zimmer Schlaf zu finden. Ich glaube", räkelte er sich nun selig in der endlich erfüllten Begehrlichkeit, „ich muss mich nicht in Details verlieren oder deutlicher werden?“

Verspielt legte sie ihren Zeigefinger auf seine Lippen, den er sofort zärtlich beknabberte. Von draußen drang sich entfernendes Hufgetrappel in die Kammer. Sie erhob sich ohne Hast und schlüpfte wieder in ihre Tunika. Etwas eiliger zog Truchthari seine Montur über und wollte die Schöne zum Abschied in die Arme nehmen und küssen, doch sie schüttelte nur ihre schwarzen Locken, lächelte ihn verwegen an und vollführte erneut die international verständliche Geste des Stillschweigens.

Truchthari nickte, noch ganz benebelt von dem überwältigenden Gefühl, das diese Spontanaktion in ihm hinterlassen hatte. Noch ein hingehauchter Kussmund und weg war sie. Versonnen betrachtete er seine Hände, versuchte, verliebt an seiner Leinendecke schnuppernd, den unverwechselbaren Geruch ihres Körpers einzusaugen, der frei war von irgendwelchen künstlichen Aromen. War Ceri nun eine Hexe oder nicht? Gar nichts an ihr ließ an Hekate oder auch nur Selene denken, vielmehr spiegelte sich in ihr die ebenso keusche, wie männermordende Artemis, und doch ... Was war ihm gerade widerfahren? Er war verführt worden! Er, der sich einbildete, mit Frauen so umgehen zu können, wie er wollte, der glaubte, jede um den Finger wickeln zu können, immer alles unter Kontrolle zu haben! Er hatte sich hingegeben, willenlos, wie sonst nur die Mädchen, die ihm ins Netz gegangen waren. Er warf seine Mähne in den Nacken, lachte und schüttelte den Kopf. Zurückgesunken auf seine Liege, war er noch ganz in seine Träume verstrickt, als schwere Tritte den Gang entlangkamen. Das war nicht Arwids normaler gemächlicher Schritt, das klang nach Unbeherrschtheit und Ungeduld. Hier half nur eines ...

*

„So, Kopfschmerzen hast du, muss ich Mitleid haben oder ist es noch schlimmer?“ Während ein aufgebrachter Arwid förmlich im Zimmer auf- und ablief, lag Truchthari wie hingegossen. Ein Fetzen nassen Leinentuchs netzte seine Stirn mit der wohltuenden Kühle frischen Brunnenwassers. „Anscheinend hast du gestern Abend wieder zuviel gebechert und jetzt bekommst du die Rechnung präsentiert!“

„Nicht so laut, bitte, wenn schon Krach, dann leise“, stöhnte Truchthari und presste seine Hände an den Kopf.

„Geht es dir wirklich so schlecht?"

„Oh, ich kann nicht klagen, sprach der Advokat, ging heim und erhängte sich!"

Arwid musste grinsen, nicht mal als Schwerleidender konnte Truchthari ernst bleiben. Doch hinterhältigerweise rüstete sich der Halbtote zur Gegenoffensive.

„Ja, würde ich jede Nacht so in den Schlaf gewiegt wie du", stöhnte er, „müsste ich mich nicht an dieses Korma halten, dieses billige, bittere Soldatenbier aus Weizen, um Ruhe zu finden! Dieses Gebräu muss man ja literweise trinken, um überhaupt eine Wirkung neben dem üblen Geschmack im Mund zu bemerken." Eine neue „Kopfschmerzwelle" schüttelte den kampfunfähigen Krieger. „Wenn du deiner ... wenn du Ceri wenigstens den Mund zustopfen könntest, wäre für mich hier herüben schon einiges gewonnen, verstehst du?"

Der Gebeutelte blinzelte unter seinem Stirnverband hervor um die Wirkung seiner Worte abschätzen zu können. „Volltreffer!" jauchzte sein innerer Schweinehund und übertönte so alle anderen Stimmen, die sich auch gerade melden wollten. Arwid war stehen geblieben und sah betreten zu Boden.

„Ja, ich weiß, ich habe dich vernachlässigt in den letzten Monaten, aber du musst auch mich verstehen, ich bin verliebt, verstehst du, verliebt wie noch nie in meinem Leben."

„Es wäre ja nicht so, dass ich das nicht nachvollziehen könnte – dass ich an Gunhild nichts fände", ergänzte der Leidende nach einer unsicheren Pause, „aber dauernd auf Distanz, das ist zum Verrücktwerden. Was weiß ich, mit wem sie sich trifft, solange ich hier im Hinterland meinen Dienst versehe."

„Gunhild ist die Treue in Person", stellte Arwid apodiktisch in den Raum, „aber", argwöhnisch blickte er zur Tür, „bei Ceri bin ich mir da nicht so sicher ..." Truchthari brach in einen trockenen, sehr hysterisch wirkenden Husten aus, den er jedoch letztendlich unter Kontrolle brachte.

„Hör zu, wir müssen unbedingt noch etwas von dem Beutewein aufbrauchen, bevor wir weitermarschieren!", schlug Arwid vor. „Ich habe eine Amphore von gallischem Würzwein mit Zimtaroma entdeckt, er ist sicher nicht gepanscht wie der komische Räucherwein, den wir im Hafen vorgesetzt bekamen. Was hältst du davon – Würfel und Wein? Heute abend?"

Entsetzt fuhr Truchthari hoch. „Wie, schon wieder Alkohol?“ Der Leidende kämpfte um seine Glaubwürdigkeit. „Versprechen will ich nichts!“

„Na, dann erhol dich noch gut …“

„Also ich versuch's, nimm dir mal nichts anderes vor.“

„Das wird schwer werden“, gab Arwid zerfurchten Gesichts zu bedenken, „nachdem das Kastell ja derart abwechslungsreiche Möglichkeiten der Freizeitgestaltung bietet. Wenn du nicht definitiv zusagst, dann werde ich allein losziehen und mich vergnügen! Also dann, wir sehen uns später.“

Nun fing es tatsächlich in Truchtharis Kopf an zu hämmern. Er hatte seinen besten, einzigen Freund kaltlächelnd betrogen und nebenbei ging ihm auf, auch seine eigene Verlobte. Er würde binnen kurzer Zeit verheiratet sein, Ceri ebenso. War das vorhin ein einmaliger Ausrutscher oder sollte er sich auf doppelten Dauerehebruch einrichten? Nein, es ging ihm gar nicht gut an diesem langen wachfreien Nachmittag. Er tränkte tatsächlich den Leinenfetzen erneut im kalten Wasser seiner Waschschüssel und presste ihn gegen die Stirn. Eine innere Stimme versuchte, ihn davon zu überzeugen, wie einfach es wäre, bei Offenheit und Ehrlichkeit Zuflucht zu nehmen.

Geh hin zu Arwid und klär ihn auf, was passiert ist, versprich ihm, es nie wieder zu tun. Gerade der letzte Teil dieser Einsicht quälte ihn besonders. Nie wieder diese Frau … Nein, so etwas geboten bekommen und ausschlagen, das wäre ja Askese im Quadrat! Schließlich war er doch alles andere als ein Mönch und Eudaimon zum Trotz immer Epikureer geblieben. Seines Erachtens wäre Ceri nicht abgeneigt, die Geschichte fortzusetzen und schließlich nahm er Arwid doch nichts weg.

*

Arwid hatte die Würfel in seiner Kammer gelassen und war, angesichts des Zustandes seines Freundes Morgenluft witternd, das Pharaobrett unter dem Arm, wie vereinbart abends wieder aufgetaucht. Prompt war Truchthari dann auch nicht gerade die personifizierte Konzentration, doch auch Arwid vermurkste so einiges und glich Truchtharis Unachtsamkeiten durch eigene Fehler wieder aus. Beide tranken etwas zuviel, so dass das Spiel alles andere als befriedigend geriet. „Wenn ich heute einen Schlachtplan entwerfen müsste und auf deine Assistenz angewiesen wäre, die uns anvertrauten Krieger würden wohl allesamt erschlagen oder in die Sklaverei geführt werden", räsonierte Arwid, „wir spielen wie Schulkinder, Auge um Auge, Zahn um Zahn." Truchthari kratzte sich verlegen am Kinn und spielte kurz darauf wieder mit einer Locke, die er um den Finger wickelte. Arwid malträtierte die Kerze auf dem Tisch aufs Entsetzlichste mit allem, was er in das weiche Wachs bohren konnte. Schließlich platzte er los.

„Stell dir vor, wir werden heiraten, Ceri und ich!"

Truchthari markierte den Überrascht-Interessierten. „Ach nein, wer hätte das gedacht? Was sagt dein Vater dazu?"

„Du wirst es nicht glauben, er hat es gebilligt. Was mich schon länger drückt, war die Art und Weise, wie die Geschichte mit dem Heiratsantrag vor sich ging. Es ist doch allgemein üblich, dass der Heiratswillige seiner Auserwählten einen Antrag macht, ihr etwas schenkt, den Vater der Glücklichen aufsucht, um ihn günstig zu stimmen – gut, das ging in unserem Fall ohnehin nicht. Aber es lief alles völlig anders. Ceri hat mir, die Frau dem Mann, einen Heiratsantrag gemacht, stell dir das vor! Ich kam mir vor wie eine halbe Portion. Und das Beste kommt erst noch. Sie will keine christliche Ehe mit mir, sondern eine Wald-und-Wiesen-Hochzeit mit ihren keltischen Göttern als Zeugen und so weiter. Die Sache entgleitet mir völlig, verstehst du? Alles nimmt sie in die Hand, und ich habe höchstens beratende Funktion. Das hältst du als Mann nicht aus auf Dauer! Und was ihre Treue angeht, weiß ich wirklich nicht, ob ich mich auf sie verlassen kann. Sie flirtet dauernd mit deinem Römer herum und macht ihm schöne Augen."

Truchthari wurde es heiß und kalt, aber er behielt die Nerven und bügelte den Freund schnodderig nieder. „Ach, da würde ich mir nichts denken, ich glaube, der ist nicht so ihr Typ, sie spielt nur ein bisschen mit ihm. Schau, mit mir flirtete sie ja auch öfter."

„Das ist aber etwas ganz anderes! Seit du damals dein Glück versucht hast und auf den Bauch gefallen bist, ist die Sache für dich schließlich aus und vorbei. Außerdem weißt du ja, dass sie zu mir gehört, und sie käme nie auf die Idee, über einen bloßen Flirt mit dir hinauszugehen, da bin ich mir sicher. Wohingegen ich mir bei dir ...", er schielte über den Rand seines Trinkgefäßes zu Truchthari hinüber, dem die Sache nun doch allmählich ungemütlich wurde. „Unsinn, war nur Spaß", wiegelte er sofort ab, als er Truchtharis ausnahmsweise einmal nicht verstellt betroffene Miene wahrnahm.

Die Freundschaft der beiden war so weit gediehen, dass Schweigen für sie normalerweise alles andere als eine peinliche Gesprächspause bedeutete. An diesem Abend aber lastete es schwer zwischen ihnen und war nicht von der üblichen Harmonie.

Truchthari versank schier in seiner Feigheit, aber er wusste, es war zu spät, um noch mit der vollen Wahrheit dem nun doch misstrauischen Arwid gegenüber herauszurücken. Sie wichen sich mit den Blicken gegenseitig aus, bis die Kerze zischend ihren Geist aufgab. Polternd stießen sie in der dunklen Kammer zusammen, prallten regelrecht voneinander zurück, statt sich wie sonst zum Abschied zu umarmen. Verstimmt wie sie waren, fanden beide in dieser Nacht keinen Schlaf.

Am nächsten Morgen kam ein völlig zerknitterter Truchthari ins Turmzimmer und meldete sich ab zu einer mehrtägigen Fourageaktion ins Umland. Obwohl Arwid an die Maxime seines Vaters denken musste, nichts mehr zu riskieren, stimmte er dem Vorhaben zu.

„Es schadet vielleicht nicht, wenn wir uns ein paar Tage nicht sehen." Er wandte sich von dem Freund ab zu einer mit groben Kohlestrichen verfertigten Karte der Umgebung des Kastells. „Viel Erfolg", murmelte er vor sich hin, ohne Truchthari noch mal anzusehen.

*

Haako und Hugin, die Habichte der Freunde, polterten im Turmzimmer, wo sie auf einer Stange angebunden waren, mit den Schwingen. Ob sie eifersüchtig auf die Freiheit der Dohle waren, die draußen auf der Brüstung ihr Gefieder nach Unregelmäßigkeiten durchsuchte? Arwid selbst war in letzter Zeit nicht zur Beize geritten, doch ein Höriger hatte seinen Habicht, damit er nicht an Kraft und Ausdauer verlor, einige Male nach Tauben geworfen und mit dem Federspiel geübt. Hugin hingegen war nicht so in Form, da Truchthari seinen Vogel, den er auch auf Menschen scharfgemacht hatte, ungern anderen Händen anvertraute.

Von der Turmspitze wehte knatternd Geiserichs Fahne im Wind. Kein Wölkchen trübte den Glanz des unendlichen Äthers. Eine Kette Steinhühner schnurrte vorüber, und Arwid überlegte, ob er dem Habicht etwas Bewegung verschaffen sollte, als er vom Hufgetrappel eines Pferdes aufgeschreckt wurde.

Der Reiter, der sich aus östlicher Richtung näherte, wurde allmählich als Staubfahne, die über der gewundenen Passstraße zu schweben schien, auch optisch wahrnehmbar. Ein Vorreiter der Ablösung!, durchfuhr es in freudiger Erregung den Prinzen. Allmählich war es auch Zeit geworden, denn nirgends in der gesamten Region war es anscheinend so ruhig wie in ihrem Abschnitt. Dass der Reiter zu ihnen gehörte, war schon von weitem anhand der langen blonden Zöpfe sichtbar, die beiderseits des Helmes aufgeregt im Takt des Hufschlags hüpften. Er hatte sich die Augenbrauen bis zur Weiße gebleicht, um so „vieräugig" den Bösen Blick wenn nicht zu bannen, so doch abzulenken. Seitlich am Sattel war eine längliche Lederröhre angebracht. Außer seiner Spatha war er ohne Waffen, auch kein Schild sollte seinen raschen Ritt bremsen. Rasch kam er heran und wurde ohne großes Federlesen eingelassen. Das Pferd dampfte, und der Mann schwitzte, dass der Eindruck entstehen wollte, er stünde kurz vor der Exsikkose, was sich auch bestätigte.

„Wasser", war zunächst alles, was aus ihm herauszubringen war.

Unter den neugierigen Blicken der Krieger, die sich um ihn scharten, leerte er zwei große Schöpfkellen kalten Quellwassers, bevor er sich, den dichten Schnauzbart wischend, suchend in die Runde wandte. „Wo ist euer Kommandeur Arwid? Ich habe den Auftrag, meine Nachricht nur ihm persönlich zu übergeben."

Eiligen Schrittes kam der Gesuchte die Treppe des Turmes herabgelaufen. „Was gibt es Wichtiges? Werden wir endlich abgelöst?"

Der Kurier reichte ihm die versiegelte Papyrusrolle, deren Inhalt Arwid zunächst überflog, dann genauer studierte. Mit einer entrüsteten Geste ließ er den Brief sinken und seufzte. „Ausgerechnet jetzt!" Und etwas lauter: „Balamber!"

Der *primus pilus* kam herangelaufen, denn die Stimmlage Arwids ließ keinen Aufschub zu. „Hast du eine Ahnung, wohin Truchthari und Lapsus gegangen sind?" Als der Gefragte die Schultern hochzog, warf Arwid die Rolle wütend zu Boden und machte auf dem Absatz kehrt, um wieder zu seinem Zimmer unter der Turmspitze hinaufzuklettern. Balamber folgte ihm mit dem Kurier.

„Dass sich die Berber ausgerechnet jetzt, wo alles schon ausgestanden schien, zu einem großen Heer zusammengeschlossen haben, finde ich alles andere als fein von ihnen! Mein Vater plant, sie frontal anzugreifen, und wir sollen den Amboss für seinen Hammer bilden, das heißt, wir müssen nach Osten marschieren, uns in den Hinterhalt legen und den Pass sperren, wie es aussieht. Wie ich meinen Vater kenne, werden die Berber diesen Schritt bereuen, wenn es vorbei sein wird."

Schon am folgenden Tag rückten sie aus und legten sich wie geplant in den Hinterhalt, doch nichts passierte. Keine marschierende Armee, keine aufgelöst zurückströmenden Heerhaufen kamen auf sie zu. Das Warten zehrte an den Nerven der Krieger, und die Sonne tat das ihrige, den Aufenthalt in der Steinwüste der Bergabhänge so unangenehm wie nur möglich zu gestalten. Jeder suchte sich, in den unvorstellbarsten Verrenkungen, kühlere Plätzchen an den der Sonne abgewandten Seiten der Felsen. Doch diese Stellen waren dünn gesät. Langsam ging das mitgeführte Wasser zur Neige, einige Krieger wurden zurück ins Kastell geschickt, Nachschub zu besorgen. Sie kehrten etwa zur gleichen Zeit zurück wie Truchtharis Leute, die einen nachtblau gekleideten Berber auf einem Renndromedar mitführten. Die Neugier der Krieger war größer als ihr Durst. Alles scharte sich um die Fouragiere und deren fremdartigen Begleiter.

Truchthari berichtete mit vor Stolz geschwellter Brust von seinem großen Erfolg bei den Berbern, deren Feindseligkeiten sich einstellen ließen, indem er sie zu Verbündeten gemacht hatte. Ein Bote an Geiserich sei schon unterwegs, ihn aufzuklären. Die Berber hätten geglaubt, versicherte er, die Vandalen seien eine römische Armee, die gekommen wäre, die alte Ordnung wieder aufzurichten. Er, Truchthari, habe abgewunken und ihnen erklärt, sie seien ebenfalls Feinde der Römer und wollten sie aus dem Land jagen. Der Fürst der Berber habe ihn in seinem reichgeschmücktenen Zelt begrüßt und ihm beide Handflächen als Zeichen der Freundschaft entgegengehalten. Die Krieger würden mit ihnen nach Osten ziehen, um sich am Beutezug zu beteiligen.

Arwid blickte skeptisch zu seinem alten Freund hoch, der vor Aufregung noch nicht einmal abgesessen war. „Jetzt komm erst mal von deinem hohen Ross herunter, dass wir mal in normaler Lautstärke unter vier Augen sprechen können."

Bereitwillig kam der Angesprochene der Aufforderung nach.

Arwid trat nahe an ihn heran, so dass niemand ihren Worten lauschen konnte. „Wir können zwar davon ausgehen, dass mein Vater sich mit den Berbern lieber verbünden will, als sich mit ihnen zu schlagen. Aber ich denke, er ist nicht erpicht auf ihre Heerfolge gen Ost und will lieber mit beweglichen Gütern, Geld, Sklaven, Vieh, ihr Stillhalten erkaufen, verstehst du? Was, wenn sie am Ende die Domänen, die wir beziehen wollen, anzünden?" Arwid wollte den empfindlichen Freund nicht beleidigen und seinen in gutem Glauben errungenen Erfolg schmälern, doch hielt er Truchtharis Schachzug nicht für einen Ausbund geglückter Diplomatie.

Truchthari zog verärgert eine Grimasse. „Wie? Aber damit habe ich doch eine verlustreiche Schlacht verhindert, habe es ermöglicht, dass wir den Vormarsch nach Osten wieder aufnehmen können, sobald wir uns mit den Berbern geeinigt haben." Er fühlte Ablehnung und war schnell geneigt, sie ihrer schwelenden Verstimmung anzulasten. „Ja, wenn nicht der Prinz vorne steht, wenn einer aus der zweiten Reihe etwas Ruhmreiches bewirkt, dann zählt es nichts", keifte der verhinderte Diplomat.

„Jetzt sei kein Narr und führ dich nicht auf wie eine beleidigte Jungfer", wies ihn der Freund zurecht. „Deine Idee war sicher gut, aber ich glaube, du hast bei deinem Friedensplan übersehen, dass diese Nomaden in Konkurrenz zu uns treten werden. Wenn sie mal Blut geleckt haben, werden wir sie am Ende nicht mehr los ... Mir persönlich gefällt die Sache nicht, aber mein Vater wird schon die richtige Entscheidung treffen, wenn dein Parlamentär zu ihm kommt." Arwid lächelte den Freund aufmunternd an. „Du hast deine Sache gut gemacht. So haben wir die Möglichkeit zu Verhandlungen. Wir müssen nur auf der Hut sein, dass uns diese Wüstenbewohner nicht über den Tisch ziehen. Wie du ja weißt, feilschen sie nur all zu gern, und um jeden Brösel, ob sie ihn brauchen oder nicht, entfachen sie ein Riesenpalaver ..."

Mit offiziellem Gehabe wandte sich Arwid nun Tagil, dem Parlamentär der Berber, zu und versicherte ihn seiner und seines Volkes Freundschaft, die endgültige Entscheidung liege jedoch nicht in seinen Händen, sondern beim König. Sie würden jedoch sicher in Bälde einen positiven Bescheid erhalten.

Der Berber, der leidlich Latein sprach, gab zu verstehen, er müsse sich nun wieder bei seinem Fürsten melden. Mit Segenswünschen bedacht verabschiedete er sich und trabte auf seinem Renndromedar davon.

„Jetzt verstehe ich", meinte Arwid zu Balamber gewandt, „der König hat vom Sinneswandel der Berber erfahren und deshalb erfolgte kein Angriff." Entgegen der Ansicht Balambers, wenigstens Späher zurückzulassen, verlegte er die gesamte Einheit zurück ins Kastell. Truchthari und die Seinen hatten einiges an Lebensmitteln aufgegabelt und trieben eine kleinere Herde Rinder vor sich her.

Die Freunde wärmten sich an einem Kohlenbecken, das man

wegen der für die Jahreszeit angeblich typischen Fallwinde, die mit ihrer Kälte durch alle Ritzen drangen, entzündet hatte. Sie tranken Wein und waren in aufgeräumter Stimmung. Ceridwen war schon schlafen gegangen und auch Lapsus erholte sich von den Strapazen des Fourageeinsatzes. Mit geheimnisvoller Miene holte Truchthari ein sorgsam eingewickeltes Bündel von der Größe einer Männerfaust aus seinem Mantel. Vorsichtig enthüllte er den Inhalt vor den Augen des Freundes. Zum Vorschein kam ein sehr seltsam geformter Stein, der mehreren ineinandergeworfenen Scheiben unterschiedlicher Stärke und Durchmesser glich.

„Tagil sagt, dies sei ein Zauberstein, der nächtens funkenstiebend vom Himmel falle, er spiegle die göttliche Vollkommenheit wieder und bringt Glück und ein langes Leben." Er hielt kurz inne und drehte den Stein im schwachen Licht der Kienspäne, um dem Freund Gelegenheit zu geben, die Sternschnuppe aus der Nähe zu betrachten, „... aber nur dem, der den Stein als Geschenk erhält. Wenn du ihn findest und behältst, ist er schwach und nutzlos, du musst ihn herschenken, damit er seine volle Wirksamkeit entfalten kann, je öfter er weitergegeben wird, desto mächtiger wird er, sagt Tagil. Deshalb habe ich ihn erhalten."

Arwid griff neugierig nach dem Stein und drehte ihn vor seinen Augen hin und her in alle Richtungen. Auch er konnte sein Erstaunen über die Formgebung nicht verhehlen. „Ein Stein, gewachsen aus dem ewigen Spiel aus Flucht und Anziehung, geformt aus der Kraft der Kreise." Er hielt das Stück, das ein Durchschimmern des Feuers nicht zuließ, gegen das Licht. „Die fliehend fortstrebende Substanz wird, sobald sie eine bestimmte Strecke weit gekommen ist, unerbittlich ins Zentrum der Kraft zurückgezogen. Doch sie gibt nicht auf und versucht es erneut in andere Richtungen. Die Anziehung, nun schon gewarnt, greift energischer nach ihr, der Kreis wird kleiner. Allerdings – das hier sind ja alles Ellipsen ... Der Kreis als Urform ist eine ideale Gestalt, die Ellipse aber höchstens eine mindere Inkarnation der kreisbildenden Kraft. Dieser Stein, so ursprünglich er auch aussehen mag, wirkt unfertig. Er orientiert sich zwar am Kreis, beschreibt ihn jedoch nur ansatzweise und bleibt deshalb unvollkommen. Nicht wirklich schön, höchstens bizarr!" Er legte den Stein zurück auf den Tisch und nahm einen tiefen Schluck Wein. „Er kann kein vom Himmel gefallenes Göttergeschenk sein. Ich fürchte, da hast ausgerechnet du alter Skeptiker dir einen Bären aufbinden lassen. Oder diese Wüstenbewohner haben eine andere Vorstellung von Göttlichkeit, eben eine weniger vollkommene."

Truchtharis Blick verfinsterte sich. Die Worte seines Freundes trafen ihn, war es doch seine Absicht gewesen, die Kraft dieses wertvollen Geschenks noch zu steigern, indem er es abermals weitergab. Von dieser Idee rückte er nun ab. Beiläufig erkundigte er sich nach besonderen Vorkommnissen während seiner Abwesenheit, und Arwid berichtete ihm, noch ganz im Banne des Ereignisses, von seiner Hochzeit mit der keltischen Druidin.

„So etwas hast du noch nicht gesehen! Ceridwen bestand auf dem Zeitpunkt des Vollmonds, auch wenn ihr nicht hier sein konntet. Sie hatte mir erklärt, sie hasse die alte Sitte, dass der Bräutigam in der Hochzeitsnacht die Braut aus ihrem Brautkleid, in das sie eingenäht wird, herausschneiden soll. Sie meint, dass nicht allein sie als Geschenk für mich diene, sondern dass wir beide ein von den Göttern füreinander bestimmtes Geschenk sein sollen. Die Übergabe der Braut durch den Vater entfiel ja ohnehin, doch das hielt sie sowieso für einen besonders schlimmen Brauch, der nicht weit entfernt von einem regelrechten Brautverkauf stünde. Also haben wir uns gegenseitig versprochen, dass wir einander angehören, uns lieben und ehren wollen. Dann haben wir uns geküsst und die Ringe gewechselt, schau her." Ein schmaler goldener Ring, der zwei ineinandergeschlungene Ranken darstellte, zierte Arwids Finger.

„Ceri hat denselben. Du wirst lachen, sie hat beide dabeigehabt. Sie war sich sicher, während ihrer Mission den Mann ihres Lebens zu treffen und hat sich dergestalt auf diese Begegnung vorbereitet. Mein Ring passt wie angegossen!"

„Bist du sicher, dass sie die Ringe nicht verzaubert hat?", lachte Truchthari gezwungen.

„Und wenn? Dieser Art Zauber erliege ich gerne; ich kann dir gar nicht sagen, wie glücklich ich bin." Arwid schien mindestens einen halben Fußbreit über dem Boden zu schweben, weshalb es Truchthari momentan nicht für geraten hielt, ihn mit wenig erfreulichen Themen wie seinem und seiner frischangetrauten Gemahlin Fehltritt oder seiner Ansicht über Geiserichs Urteil zu Arwids Verbindung zu belästigen.

* * *

Africa wählt seinen Patriarchen
September 430 A. D.

Der Älteste, Abt Thaddäus von Melite, hatte den Vorsitz und eröffnete die Wahlsynode in Hippo Regius. Selbst in den kleinsten Christengemeinschaften Africas hatte man es sich zur Gewohnheit gemacht, Bischöfe zu wählen, und diese waren heute fast alle versammelt, so dass in der Basilica die bedrückende Enge eines Feiertagsgottesdienstes herrschte. Die Zahl der Würdenträger wurde noch um Äbte und selbsternannte „Vorsteher von Wüstenklöstern“, meist Einsiedeleien, erweitert.

„Brüder im Herrn! Bevor wir hier zur Wahl des Patriarchen schreiten, wollen wir uns sammeln im Gebet und des von uns gegangenen Patriarchen Augustinus gedenken.“ Langsam betete der Abt ein Vaterunser vor und ließ einige Zeit für private Gedankengebete der Synodalen.

„Ich möchte gleich die beiden Kandidaten, Possidius von Calama und Adeodatus von Sitifis bitten, ihre Ziele und Absichten kurz darzustellen. Possidius, willst du zuerst sprechen?“

Der Aufgerufene erhob sich. Trotz seiner annähernd sechzig Jahre gab er eine gute Figur ab, wie er so in der schlichten, weißen Albe aufrechten Hauptes einherschritt und in die Apsis der Basilica trat. Der hochgewachsene braunhäutige Punier wäre von anziehendem Äußeren gewesen – hätte es da nicht unübersehbare Spuren jener tiefen Kluft der Zerrissenheit der Christen Africas in seinem Gesicht gegeben. Als die Auseinandersetzung mit den Donatisten ihren Höhepunkt erreicht hatte, war er auf offener Straße von einem dieser Fanatiker überfallen worden. Er hatte ihm ätzende Säure ins Gesicht geschüttet, und die Hornhaut des linken Auges war zu einem milchig trüben Klumpen zusammengeschmolzen, was zur Folge hatte, dass es die Sehkraft vollständig verlor. Darüber hinaus durchzog eine tiefe, weit verzweigte Narbe die linke Gesichtshälfte von der Stirn über die Wange bis zum Mundwinkel. Meist verbarg Possidius aus Rücksicht gegen die Mitwelt das zerstörte Auge hinter einer Schutzklappe – wie auch an diesem Tag. Doch das hässliche Stigma seiner Narbe trug er stolz zum Zeichen, dass er diese seine körperliche Verunstaltung als Konsequenz seiner geistigen Aufrichtigkeit und Glaubenstreue, quasi als gottgewollte Auszeichnung, empfangen habe.

Lange blickte er mit dem verbliebenen Auge in die Runde, wo sich auf den tribünenartig ansteigenden Bänken die Teilnehmer der Wahlsynode drängten. Naturgemäß sammelten sich die jeweiligen Anhänger um ihre Führer, so dass er zur Rechten die starke Gruppe von Adeodatus wahrnahm, links seine eigenen Leute sowie die entscheidende Gruppe der Unentschiedenen. Nachdem das übliche Getuschel und Geflüstere verstummt war, begann er.

„Brüder im Herrn! Wir sind hier, um einen Titel zu vergeben – mehr nicht!"

Erneut wanderte sein Blick in die Runde, ein schiefes Lächeln machte sich in seinem verunstalteten Gesicht breit. „Ich hoffe, euch allen ist bewusst, dass der Gewinner dieser Wahl keinerlei Weisungsrecht über euch haben wird. Der Patriarch berät euch in Glaubens- und Personalfragen – mehr nicht; er weiht eure Bischöfe und Archimandriten – mehr nicht. Diesen Titel zu führen ist eine schwere Bürde, und ich stehe nicht hier, weil ich etwa ehrgeizig bin. Nein, Brüder, ich stehe hier, weil ich das Werk meines Freundes Augustinus fortsetzen will. Als sein persönlicher Sekretär, ein Mann der Schrift, hatte ich Einblick in all diese Vorgänge und weiß mit ihnen umzugehen. Ich will euch helfen, die Kirche des Herrn zu stärken gegen den Ungeist der Häresie. Ich weiß, wie oft Augustinus um Rat wegen Schriftauslegungen, wegen Fragen der Liturgie, der Weihen und des christlichen Lebenswandels der Kleriker angegangen wurde. Nein, ich reiße mich nicht um diese Aufgabe, aber ich halte sie für eminent wichtig in diesen Zeiten des Verfalls und der zunehmenden Unsicherheit."

Er wandte sich an seine Getreuen. „Wenn wir nicht mit Stumpf und Stiel ausgerottet werden wollen, ist unsere Bereitschaft zum Gespräch mit den Eroberern verlangt. Wenn es Gott dem Herrn gefallen hat, die arianischen Horden über uns obsiegen zu lassen, wenn es ihm gefiel, die Plage der Vandalen über uns kommen zu lassen, dann sicherlich nicht deshalb, weil diese Meute nach seinem Willen handelt, weil etwa die Blasphemie des Arius der wahre Glaube wäre. Nein, nicht auf jene Verruchten blickt er und wendet ihnen sein Antlitz zu. Uns allein gilt seine Sorge. Doch auch sein Zorn! In Ungnade sind wir gefallen vor ihm, ob unserer Lauheit und Lasterhaftigkeit."

Während dieses Passus sah er seinen Rivalen direkt an und stellte befriedigt fest, dass er, indem er dessen Ton und Lieblingsthematik aufgriff, dessen Konzept zu Fall brachte. Hinter Adeodatus' Stirn arbeitete es. Er musste nun einiges in seiner Rede ändern, wollte er nicht den Sermon seines Vorgängers schlichtweg wiederholen. Andere Bischöfe nickten beifällig, bisher war alles kein Problem, doch nun ging es Possidius darum, seine eigene Sicht der Dinge ins Spiel zu bringen. Er sandte ein Stoßgebet zum Himmel.

„Er will uns erproben durch das Joch der Häresie, das jene uns aufzubürden gedenken. Doch ich sage euch, wir werden unseren Glauben niemals unter dieses Joch beugen! Im Gegenteil, durch unsere aufrechte Gesinnung, durch das Vorbild eines wahrhaft christlichen Lebens, werden wir jenen zeigen, dass unser Glaube überlegen ist und dass jene nur dann das Himmelreich schauen werden, wenn sie uns nacheifern in unserem Bemühen, eine Civitas DEI auf Erden zu schaffen. Ohne Hass, Gewalt, Mord, Neid und Hader. Brüder! Auch die Arianer sind unsere Brüder", Murmeln und Brummen im Auditorium, „irregeleitete Brüder, die es zu erretten gilt." Mit Blick zu den paar anwesenden Karthagern fuhr er fort: „Indem wir ihre unwissenden Pseudopriester in jeder Debatte widerlegen, ihnen das wahre Wort Gottes immer näherbringen, werden wir aus den Arianern anständige Christen machen, die Eroberer in die bestehenden Verhältnisse einbinden und so eine Herrschaft des Terrors verhindern. Ich würde, wenn ihr mich beauftragt, persönlich mit Geiserich sprechen!" Schweigen. „Auch wenn, nein, gerade weil wir schwach sind an Waffen, muss unsere Stärke das Wort der Wahrheit sein und seine Verbreitung. Nur so können wir überleben, nur so werden wir die Probe bestehen, die der Herr uns auferlegt hat", schloss er.

Beifall von links – eisiges Schweigen von rechts. Possidius dankte dem Vorsitzenden und nahm seinen Platz wieder ein.

Adeodatus, der Favorit der Wüstenbischöfe, erhob sich und ging zum Platz des Redners. Noch immer lag ein fieberndes Glühen als Reminiszenz an die Wundinfektion in seinen tiefliegenden Augen. Der verkniffene Mund, wie vernäht, Symbol für seine gesamte Einstellung, ließ seiner kratzigen, schrillen Stimme freien Lauf, als er sich endlich öffnete.

„Brüder im Herrn", begann er, „ich will euch ohne Umschweife dartun, warum ich aufgestanden bin, wider den Willen des verstorbenen Patriarchen gegen Possidius aufzutreten. Ich bin zutiefst besorgt um unser aller Wohl! Ich weiß wirklich nicht, warum Possidius die Bedeutung des zu vergebenden Amts so herunterspielt. Ihr alle, zumal die Bischöfe unter euch, ihr erinnert euch doch sicher noch gut an jene nicht allzu fernen Tage, als die Barbarei über uns hereinbrach und Augustinus uns anweisen wollte, bei unseren Kirchen zu bleiben und den Märtyrertod auf uns zu nehmen – während er hier im sicheren Hippo saß und Durchhaltebriefe diktieren konnte. Er versuchte damals allemal, uns zu befehlen! Das waren keine ‚Ratschläge'!" Die Bischöfe des Westens machten ihrer Zustimmung durch beifälliges Gemurmel Luft. „Mansuetus von Urusi und Pampian von Vita, die diese unsinnige Anordnung befolgten – ihre Namen als Märtyrer seien gepriesen, sie erfreuen sich ewig des Anblicks des Herrn – ihre Schicksale sprechen mit beredter Zunge von der Macht des Patriarchen."

„Sie hörten eben auf die Stimme ihres Gewissens, der Augustinus nur nachhalf ...", unterbrach ihn Possidius, doch fuhr nun der Vorsitzende, der die Regeln gefährdet sah, dazwischen.

„Possidius, wir sind hier doch nicht in der Judenschule! Du kannst, nachdem er geendet hat, gerne noch deine Bedenken äußern", beendete er die Debatte. Mit einladender Geste wandte er sich an den indigniert vor sich hinstarrenden Redner. „Bitte, Adeodatus, fahre fort."

Adeodatus' Mund kräuselte sich zu einem wohl nachsichtig gemeinten Lächeln, was dem Asketen ein äußerst herablassendes Äußeres verlieh. „Possidius, dieser Phantast, denkt an eine Missionierung der Arianer von innen. Verzeiht, Brüder, aber das ist schlichtweg lächerlich. Ihr wisst alle, dass sie nur die Sprache von Feuer und Schwert verstehen. Wir, die Geplünderten und Geflohenen, haben es am eigenen Leib erfahren müssen." Beschwörend hob er seine rechte Hand, er hatte den Verband, der längst nicht mehr nötig war, erneuert und mit etwas Taubenblut in seiner Effektivität gesteigert.

„Ich weiß, wovon ich spreche", ergänzte er, „während jener da", er wies mit dem heilgebliebenen Zeigefinger auf Possidius, „lediglich spekuliert. Nur der offene, überzeugte Widerstand gegen die Invasoren unseres Landes und unserer Seelen kann uns retten. Sonst nichts." Anklagend fuhr die Hand mit dem blutigen Fingerstumpf vor: „Possidius hier hält sich aber offenbar für derart schlau, dass er Satan zu überlisten gedenkt. Diese scheinbar christliche Idee von der Verbrüderung mit den Arianern, das sieht doch jeder, der nicht mit Blindheit geschlagen ist, ist in Wahrheit des Teufels! Possidius ist in Karthago, diesem Sündenbabel, eben mit vielerlei heidnischem Tand und Unfug in Berührung gekommen." Er wandte sich nunmehr allein seiner Partei zu.

„Er nennt sich, ihr konntet es eben aus seinem Munde selbst vernehmen, einen Mann der Schrift." Adeodatus hielt kurz in seiner Rede inne, fixierte seinen Rivalen mit einem vielsagenden Blick, und fuhr sodann, wieder zu seinen Leuten gewandt fort, „... nicht der Heiligen Schrift, versteht sich. Ich konnte mir, als unser seliger Patriarch im Sterben lag, einen Einblick in die seltsame Bibliothek dieses Mannes hier verschaffen. Er liest die blasphemischen Werke der heidnischen Philosophen und Irrlehrer der Vergangenheit. Ich würde ja allein den Besitz derartiger Schriften unter Strafe stellen." Die Wüstenheiligen und Provinzialbischöfe klatschten Beifall.

„Nicht genug damit, dass er heidnischen Gedankenunrat aller Art in seiner Bücher- und Rollensammlung aufgestapelt hat, nein, zu allem Überdruss sammelt er Schriften pornographischen Inhalts. Ich hab's gesehen, mit eigenen Augen. Er hat auf den Tontäfelchen für die Rollen die Titel draufgeschrieben – so kann man lesen, was drin ist, an sich nicht schlecht – aber dadurch verrät er sich natürlich auch. Also, da gab es jene schreckliche ‚Liebeskunst' eines alten Lüstlings namens Ovid. Dieses Buch hat mit christlicher Nächstenliebe natürlich überhaupt nichts zu tun. Von dem alten Platon, der ja doch schon eine gewisse Ahnung von der Wahrheit gehabt haben mag, eine absolute Entgleisung in seinem Tun: ‚Das Gastmahl, Reden über den Eros' – selbstverständlich habe ich nicht hineingesehen, was darin steht, aber", ein maliziöses Grinsen dehnte den Strich unter seiner Nase und bog ihn zu einem liegenden Halbmond, „dazu braucht es nicht viel Phantasie." Auf den Rängen begann ein ungemütliches Gemurmel. Man betrachtete den Mann, ein klassisches Exemplar des ungebildeten Hinterlandklerikers als bloße Belästigung, einen fanatisierten Hohlkopf, der nicht ernst zu nehmen sei, auch wenn er eine ansehnliche Korona um sich geschart hatte. Die Vernunft würde siegen, dessen war man sich gewiss.

Possidius nutzte das unzufriedene Gegrummel im Auditorium als Chance zu einer außerplanmäßigen Verteidigung. „Ich sammle alte Schriften – und neue. Von unserem seligen Patriarchen habe ich alles, was er je verfasst hat, archiviert, inklusive seiner nicht unbeträchtlichen Korrespondenz. Die erwähnte ‚*Ars amatoria*' ist ein Relikt aus der Jugendzeit unseres Lehrers, gewissermaßen eine Reliquie ..."

Harsch wurde Possidius von seinem Gegner unterbrochen. „Seht nur seine Verworfenheit! Nun wälzt er es auf den seligen Augustinus ab! Dieser Mann hier", sein knochiger Finger fuhr wie eine Lanze auf Possidius zu, „hat kein Verantwortungsgefühl! Dieser Mann kann unmöglich unser Patriarch werden!"

Beifälliges Gemurmel von Seiten der Wüstenheiligen bestärkte den Redner. Der ließ sich nun nicht mehr den Wind aus den Segeln nehmen. „Eine derart ungezügelte Natur, die nicht einmal imstande ist ihre Triebe zu bändigen, ist ein ideales Gefäß für die subversiven Einflößungen Satans. Dieser Mensch wird uns an unsere Feinde ausliefern. Seine Vandalenmission ist doch nichts anderes als ein Pakt mit dem Bösen."

Possidius wurde aschfahl.

Adeodatus von Sitifis, eine einzige, wackelige Zielscheibe für Spott und Hohn und Verunglimpfungen aller Art, diese personifizierte Blamage, war von ihm geschont worden. Er, Possidius, wollte durch sein Programm der Vernunft überzeugen und nun kamen nichts als persönliche Invektiven der übelsten Art, Unflat und borniertes, giftiges Geschwätz zurück. Er bemerkte seinen Fehler zu spät. Ringsum erhob sich Murren und Zischen.

„Jetzt, in der Stunde der Bedrängnis, will er mit den Arianern paktieren!", rief Adeodatus. „Bischof Possidius verrät den Glauben!"

Die Anhänger des Redners waren empört aufgesprungen und schrien wild durcheinander höchst unfreundliche Tiraden, die jedoch im allgemeinen Lärm unverständlich blieben. Possidius' kleine Schar wehrte sich ihrerseits wacker durch Geschrei und Gepfeife. Ein Tumult bahnte sich an. Possidius sprang, im Versuch zu retten, was noch zu retten war, in die Mitte des Raumes, schob den dürren Adeodatus einfach beiseite und breitete die Arme aus. Wie die Gestalt des Gekreuzigten stand er da in ihrer Mitte und versuchte Ruhe zu schaffen.

„Da, du Mann der Schrift", brüllte ein ausgemergelter Wüstenheiliger und begleitete mit diesen Worten eine zum Wurfgeschoß umfunktionierte Schriftrolle, die Possidius nur knapp verfehlte.

„Ruhe, Brüder, Ruhe ...", doch auch durch Glockensignale vermochte der Vorsitzende den Lärm nicht zu beenden. Ein gewiss nicht zufällig zu dieser Synode mitgebrachter überreifer Granatapfel zerplatzte an Possidius' Brust und hinterließ, genau über dem Herzen, den makabren Eindruck einer blutenden Wunde. Possidius ließ die Arme fallen und begab sich gesenkten Hauptes zu seinen Anhängern. Gemeinsam verließen sie unter einem wahren Hagel aus Obst und Gemüse wenig frischen Erhaltungsgrades die Basilika. Kaum war der letzte durch die Pforte entschwunden, beruhigte sich der Tumult. Sklaven hasteten durch die Kirche und beseitigten flugs den Unrat, so dass die Würde des Hauses alsbald wiederhergestellt war.

„Versammelte Brüder", ergriff Thaddäus das Wort, „wir sind Adeodatus Dank schuldig für seine Leistung. Er hat uns die Augen geöffnet. Wer von uns hätte derartige Verirrungen der Seele und des Geistes an unserem Bruder Possidius angenommen? Da er nun mit seinen ebenfalls irregeleiteten Brüdern der städtischen Diözesen den Ort der Wahl verlassen hat, hat er offensichtlich auf seine Kandidatur verzichtet, er hat sich durch seine Flucht der gegen ihn erhobenen Vorwürfe als schuldig bekannt. Also frage ich die Anwesenden: Gibt es sonst noch einen Kandidaten für das Amt des Patriarchen der africanischen Kirche Christi?"

Schweigen.

„Also gut, dann dürfen wir wohl annehmen, dass alle Anwesenden für Bischof Adeodatus von Sitifis stimmen. Dennoch bitte ich euch, damit die Formalitäten erfüllt sind, eure Scherbe beschriftet in die aufgestellte Urne zu geben."

Die verbliebenen 65 Kleriker kamen der Aufforderung ohne zu zögern nach und Thaddäus leerte die Urne, nachdem alle ihre Plätze wieder eingenommen hatten, vor sich auf den extra zu diesem Zweck herbeigeschafften Tisch. Viele Male las er mit erhobener Stimme „Adeodatus", dann schmunzelte er, sein Bauch bebte vor innerem Lachen. „Die drei Kreuze hier, heißen wohl Adeodatus, oder?"

Tatsächlich erhob sich einer der selbsternannten „Äbte eines Wüstenklosters" und bestätigte mit einem breiten, eine Zahnruinenlandschaft präsentierenden Lächeln den Verdacht des Vorsitzenden. „Tut mir Leid, Aloysius, deine Stimme ist trotzdem ungültig!" Der Mönch setzte sich unter teils verächtlichen, teils belustigten Blicken der Synodalen, ohne zu widersprechen.

Das Resultat entsprach nicht ganz den Erwartungen. Tatsächlich hatten acht der Anwesenden, ohne äußerlich sichtbare Zeichen von Unsicherheit als schweigenden Protest ihre Stimme Possidius gegeben.

Trotzdem war Adeodatus' Triumph beschlossene Sache. Er dankte vielwortig für das in ihn gesetzte Vertrauen und versprach, ihm gerecht zu werden, wobei er einige seiner Parolen aus seiner Kampfansprache wiederholte. Dass seine Tiraden keinerlei realistischen Hintergrund vorweisen konnten, ja dass die politische Lage eigentlich dem Gegenteil dessen entsprach, was er versprach, schien niemanden zu stören. Offensichtlich vereinte die Synodalen eine gewisse Weltfremdheit und Wundergläubigkeit, als habe man die Devise „Es wird schon so kommen, wie wir es gerne hätten" ausgegeben.

* * *

Überfälle
Ende Juni/Anfang Juli 429 A. D.

Die Idylle, die Arwid und Ceridwen wie eine extraterrestrische Glocke über die Bergfeste Taza gebreitet hatten, wurde eines Morgens empfindlich gestört. Anstelle der Ablösung erschien Tagil der Berber. Allerdings nicht allein und auch nicht als Freund.

Brandpfeile flogen gegen die Palisaden, einige gingen im Hof nieder und prallten an den Backsteinplatten der Turmdächer ab. Arwids Männer, obwohl völlig überrascht, reagierten prompt und schossen aus allen Schießscharten zurück. Die Wüstenbewohner aber zielten vom laufenden Dromedar aus ebenso sicher wie aus dem Stand und holten so manchen Verteidiger vom Wehrgang. Zwei kleinere Feuer, die in der Nähe der Vorratshäuser auszubrechen drohten, wurden im Handumdrehen gelöscht, innerhalb der Palisaden war man Herr der Lage. Arwid versuchte die Zahl der Angreifer zu schätzen, mehr als 200 waren es wohl nicht, man war ihnen also zahlenmäßig überlegen. Allerdings konnte er nicht wissen, wie viele Leute der Feind in einer eventuellen taktischen Reserve zurückhielt. Das Kastell war nach zwei Seiten hin von Felsen eingerahmt, die sie ständig bewachten – Arwid vergaß nie die Art und Weise, wie man in den Besitz der Wehranlage gekommen war –, ein Sturmangriff konnte eigentlich nur frontal auf der Straße erfolgen.

Trotz des Ernstes der Situation war Arwid zu kleinen Neckereien aufgelegt. „Was ist jetzt mit deinem großen Friedensplan, Truchthari?“, fragte er im Vorbeigehen den Freund, als er die Schützen auf dem Wehrgang verließ und in die Turmkammer hinaufstieg. Die Männer an den wuchtigen Speerschleudern, die auf den Türmen angebracht waren, kurbelten, was das Zeug hielt, denn die Berber formierten sich in etwa zwei Stadien Entfernung zu einem Sturmritt. Normalerweise wäre dies die große Chance der Artillerie, Verwirrung zu stiften und Verluste beim Feind zu bewirken, indem sie schon im Vorfeld des eigentlichen Treffens in dessen Bereitstellung hineinfeuerte. Doch zähneknirschend musste Frawi, der Geschützmeister, erkennen, dass sich die Reiter außerhalb ihrer Reichweite sammelten. Es hieß, den passenden Moment abzuwarten.

Ein markerschütternder, in eine Reihe von kurzen Stoßlauten zerhackter Schrei zerriss die gespannte Stille, und die Dromedare rückten rasch vor. Frawi senkte den Arm, als Signal für die Katapultschützen, dass es gleich soweit wäre. Und schon jagte eines der beiden Geschütze einen massiven Rundholzbalken im Querformat gegen die anreitende Schar los, der nur vordergründig ein wenig zu kurz ging. Die runde Bohle sprang elastisch vom harten Boden hoch und brachte drei der Reittiere zu Fall. Brüllend überschlugen sich die Dromedare und entluden sich ihrer Reiter. Auf der schmalen Straße kam es zur Konfusion, als einige Wüstenschiffe die Nerven und ihre Reiter verloren und panisch ziellos in der Gegend herumliefen. Die schweren Geschosse der Schleudern schmetterten in das kopflose Knäuel aus Tier und Mensch und forderten weitere Opfer. Ein Reiter mit reichverziertem, weißem Kopftuch schrie durchdringenden Organs Befehle, bis ihn einer der Bogenschützen als wichtig erkannte und vom Dromedar holte.

Jetzt gab es unter den Nomaden kein Halten mehr, sie wendeten und gaben den Sturmangriff auf. Arwid hieß die Fernwaffen schweigen und sofort brachen aus dem Tor bereitgestellte Reiter hervor und setzten den Gegnern über die Leichen der Gefallenen und die Tierkadaver hinweg nach.

Wie immer, wenn eine Abteilung in der Rückwärtsbewegung angetroffen wird, gab es ein Blutbad. Das Gros der Berber bezahlte den aufgegebenen Angriff mit dem Leben, nur einigen wenigen gelang es sich zu retten. So spukartig und überraschend er auch erfolgt war, die spontane, schlecht vorbereitete Attacke hatte für die Verteidiger kein ernsthaftes Problem dargestellt.

Balamber erkannte auf dem Rückweg Tagil unter den Verwundeten und nahm ihn mit ins Kastell. Den Krieger hatte es böse erwischt, sämtliche Rippen der rechten Seite waren gebrochen, der paralysierte Arm baumelte wie ein Fremdkörper neben seinem Rumpf herab.

Truchthari übernahm seine Vernehmung. „Weshalb seid ihr wortbrüchig geworden? Was haben wir euch getan, dass ihr uns angreift? Wir haben doch Freundschaft geschlossen."

Statt einer Antwort spuckte der Berber mit Blut durchmengten Auswurf vor die Füße seines Gegenübers. „Das wisst ihr genau", begann er mit rasselnder Stimme, „ihr habt mit den Feindseligkeiten begonnen, ihr habt unsere Krieger, die friedlich im Feldlager schliefen, ermordet, wie feige Eulen, die nachts den Falken in seinem Horst schlagen. An euren Händen klebt das Blut wehrlos gemeuchelter Männer!"

Arwid und Truchthari sahen sich fragend an. Wer hatte hier Schuld auf seine Schultern geladen? Konnte man dem Krieger glauben? Arwid sandte sofort einen Boten los mit der Nachricht, man habe einen Trupp von ungefähr zweihundert Berbern aufgerieben, dabei zwölf Männer verloren. Man wünsche Aufklärung über die Aktionen des Königs. Noch am selben Abend kam der Bote zurück.

Das Gros von Geiserichs Armee liege gar nicht weit entfernt, wusste er zu berichten, ja, man habe die Berber nachts in ihrem leichtsinnigerweise ungesicherten und nur schwach bewachten Feldlager erschlagen. Einen leichteren Sieg hätte man noch nie errungen.

In Truchtharis Augen traten Tränen, ihm wurde schier übel. „Großer Gott! Im Glauben, unsere Verbündeten zu sein, verzichteten sie auf Wachen und dieser eiskalte Luchs Geiserich hat die Chance natürlich genutzt und wird sich darauf hinausreden, dass er nichts von unserem Friedensgespräch wusste." Arwid war ebenfalls elend zumute, so hatte er sich das alles nicht vorgestellt. „Jetzt mal meinen Vater nicht schwärzer als er ohnehin schon ist. Woher hätte er von deinem Sonderfrieden wissen sollen, schließlich haben nicht einmal wir, die wir ja zu deiner Einheit gehören, davon eine Ahnung gehabt?"

Doch Truchthari starrte nur resigniert zu Boden und winkte matt ab. „Das weißt du doch, ich habe einen Boten zu ihm geschickt ... der allerdings nicht wiedergekehrt ist. Jedenfalls haben wir jetzt hier im Westen einen unversöhnlichen Feind, der uns noch schwer zu schaffen machen wird."

„Ich denke nicht. Das war für diese Stämme doch ein Aderlass wie für die Sueben Merida ...", versuchte Arwid den Freund zu beschwichtigen, doch der stöhnte nur.

„Stell dir vor, wir hätten uns mit ihnen verbündet! Ich kann es immer noch nicht fassen! Ich habe mich schuldig gemacht am unrühmlichen Tod vieler tapferer Krieger. Sie haben auf mein Wort gebaut", er schniefte schwer bedrückt, „ich muss noch mal mit Tagil sprechen, er hält mich für wortbrüchig und für einen Schurken." Doch als er den Gefangenen besuchen wollte, hatte diesen der Wundschock, der mit dem enormen Blutverlust einhergegangen war, dahingerafft. Arwid, der Truchthari in zeitlichem Abstand gefolgt war, legte ihm mitfühlend die Hand auf die Schulter, doch spürte er, dass er gerade fehl am Platz war und überließ den Freund seiner Trauer.

Mit sehr schlechtem Gefühl verließen die Freunde einige Tage darauf die Festung, denn hier gab es für sie nichts mehr zu tun. Taza wurde von marusischen Auxilien übernommen, welche die Schwächung der Berber als große Entlastung begrüßten.

Askese und Zahlenmystik

Frühjahr 430 A. D.

Geiserich atmete auf, als er erfuhr, wie sehr man den Berbern mit diesem Überraschungsschlag geschadet hatte. Schließlich war er sich darüber im Klaren, dass diese Stämme niemals das Joch irgendwelcher staatlicher Autorität über sich dulden würden. Andauernd hätte man sie mit großzügigen Geschenken günstig stimmen müssen. Schließlich gab es im Land noch genügend Widerstand. Dazu zählten nicht zuletzt die Katholiken, die sich nicht ganz grundlos vor einer Verfolgung durch die arianischen Vandalen fürchteten. Ihre Priester predigten von den Schalen des Zorns, die Gott über die Erde auszugießen im Begriffe sei. Unterstützt wurden sie von vielen sogenannten Säulenheiligen, asketischen Eiferern, die ihr mönchisches Dasein in großer Zahl in den Einöden des afrikanischen Dürrelandes fristeten.

Als die Nachhut in die Gegend von Sitifis gelangte, trug man Arwid die Nachricht zu, in der Nähe lebe einer der bedeutenderen „Heiligen der letzten Tage", wie sie oft genannt wurden, ein Mann, der zwar nicht auf einer Säule, aber in einem vollkommen geschlossenen kleinen Haus lebe und sich nur von Speisen ernähre, die ihm Verehrer und Gläubige durch ein schmales Fenster in sein freiwilliges Gefängnis reichten. Arwid schlug Truchthari vor, sich diesen absonderlichen Menschen einmal anzusehen.

„Anscheinend sind diese Leute ähnlich veranlagt wie unser guter alter Eudaimon", brummte Truchthari, „also ich kann mir so ein Leben beim besten Willen nicht vorstellen."

„Was für ein Leben?", wollte Arwid, eher rhetorisch, gerne wissen.

„Nun, Maßhalten beim Essen und Trinken ist ja durchaus in Ordnung", erklärte sich Truchthari bereitwillig, „aber so ganz ohne Frauen ..."

„Ach, du Troll", fuhr ihm Arwid in die Replik, „diese Menschen leben freiwillig wie Eunuchen, ohne welche zu sein! Sie dürften sogar – aber sie wollen nicht!"

Truchthari schmunzelte vergnügt vor sich hin.

„Vielleicht können sie auch nur nicht? Dann ist es mit dem Wollen nämlich so eine Sache ..."

„Tja, hier spricht ja der Experte ...", versetzte Arwid und zwinkerte maliziös. Truchthari blickte kurz betroffen zu Boden, dann aber fing er sich wieder, nur um mit größerer Verachtung auf Arwids heilige Männer herabzuspucken.

„Nein, wenn du mich fragst, sind die alle schwul oder schlicht so pervers, dass sich einfach keine findet!"

„Wir können uns diesen heiligen Mann, der sich da einmauern hat lassen, doch einfach mal selbst ansehen, was hältst du davon?", schlug Arwid Truchthari vor und hieb ihm, ganz gegen seine Gewohnheit, jovial mit der flachen Hand in den Rücken.

„Gar nichts", zischte dieser mit plötzlich aufkeimender, unbegreiflicher Aggressivität, „ich hab dazu nur noch eins zu sagen: Es gibt andere Menschen, die längere Zeit auch nichts essen und trinken, zusätzlich zu ihrer sexuellen Abstinenz. Wenn sie das dann länger als drei Tage so durchhalten, fangen sie an zu riechen und man nennt sie dann gemeinhin Leichen. Den Anblick eines derartig verschrobenen Menschen erspare ich meinen ohnehin genug gequälten Augen lieber."

„Aber er dient doch damit Gott und dem Prinzip der Reinheit", versuchte Arwid ihn zu interessieren, „ich würde schon gerne wissen, wie sich so jemand fühlt."

Truchthari sah ihn groß an. „Warum fragst du nicht Ceridwen? Sie dient ebenfalls einer Gottheit und ist dabei alles andere als enthaltsam! Nein, Abstinenz allein ist noch kein Wert an sich. Es hängt von der Haltung ab, die man im Leben allgemein einnimmt, ob man ein gottgefälliger Mensch ist oder einfach nur ein irregeleiteter Troll. Und", als Arwid eine beschwichtigende Handbewegung vollführte, wurde Truchthari lauter, „unterbrich mich jetzt nicht", versetzte er gereizt, „wenn diese Auserwählten meinen, sie dienen auf diese Weise Gott, warum hängen sie das an die große Glocke? Warum tun sie's dann nicht daheim im stillen Kämmerlein? Sie haben eben ein anderes Laster, das man anscheinend eher geneigt ist zu akzeptieren, sie leiden an hochgradiger Gefallsucht! Denn als Vorbilder kann man sie ja schließlich nicht durchgehen lassen, wo käme die Menschheit hin, wenn alle so lebten?"

„Wahrscheinlich in den Zustand der Erlösung aus den Banden des Materiellen ...", murmelte Arwid.

Truchthari wirbelte wie vom Pfeil getroffen auf dem Sattel herum. Mühsam rang er um Selbstbeherrschung und Worte, doch beendete er das Gespräch mit einer bohrenden Bewegung seines rechten Zeigefingers an der Schläfe, ehe er seinem Pferd die Sporen gab, um zu der weiter vorne reitenden Ceridwen zu gelangen.

Versonnen sah ihm Arwid nach. Warum nur regten Truchthari diese Wüstenheiligen so auf? Ihn selbst interessierten sie, etwa so wie man sich für ein Monument der Architektur interessiert, in dessen Proportionen sich ein geheimer, schwer zu enträtselnder Sinn verbirgt. Auch ihm war die Haltung dieser Männer fremd, aber er versuchte, sie zu verstehen, während Truchthari lediglich Spott und Ablehnung für sie erübrigen konnte. Offensichtlich erklärte er gerade seiner Frau, was es mit Sinn und Unsinn der Askese auf sich hatte.

Arwid hielt kurz in seinem Gedankengang inne und wiederholte, vor sich hinmurmelnd die Worte „meine Frau", die ihn mit einer lebhaften Faszination und einem gewissen Staunen erfüllten und eine wohltuende Wärme um sein Herz bewirkten. Er schüttelte den Kopf, wie um gleichzeitig Gedanken an Säulenheilige in der sengenden Sonne und zwei ineinanderverschlungene Menschen zu verscheuchen.

Truchthari schien nun auch mit Ceridwen ein lebhaftes Gespräch zu führen, aus ihren Gesten konnte Arwid eine breitangelegte Übereinstimmung ablesen. Dennoch glaubte er immer noch den Worten Eudaimons, dass kein Mensch ohne Askese zur Seligkeit gelangen könne. Allerdings, auch das war ihm klar, er für seine Person musste seine Bemühungen um diese Seligkeit erst einmal einige Jahre vor sich herschieben. Jetzt war für derartige Ziele wahrlich nicht der geeignete Zeitpunkt, dachte er bei sich, als sie in Sitifis einritten.

Die überwiegende Mehrzahl der Stadtbewohner war katholisch. Als dann aber Geiserichs Truppen den Ort eingenommen hatten, versammelte sich die doch erstaunlich große Arianergemeinde zu einem großen Dankgottesdienst in ihrer kleinen, aber sehr kostbar ausstaffierten Kirche. Ihr Priester rief zur Mäßigung auf, empfahl die Rache an den ketzerischen Katholiken den vandalischen Eroberern zu überlassen und friedvoll zu den alltäglichen Verrichtungen zurückzukehren. Er sei dankbar, dass sogar ein Eiferer wie Adeodatus damals ihr Gotteshaus nicht habe schleifen lassen und ermahnte seine Schäfchen, sich den Katholiken gegenüber nun ebenso tolerant zu verhalten. Murrend war das Gros der Arianer nach Hause gegangen. Die meisten hatten zum Gottesdienst vorsichtshalber schon mal Waffen mitgebracht, die sie nun wieder in den Schränken verstauen mussten. Sie wollten nicht vergessen, dass sie Repressalien ausgesetzt gewesen waren in der Zeit der Diaspora, dass Adeodatus und die Seinen so manche ihrer Prozessionen durch die Stadt in einem Hagel aus Steinen und Unrat enden hatten lassen, dass es Tote zu beklagen gab, wenn beispielsweise die arianischen Klageweiber mit einem Leichnam durch die Straßen zogen, um ihn ehrenvoll für die Bestattung aufzubahren. Nein, sie waren mit dem Aufruf zur Mäßigung von Seiten des Priesters nicht einverstanden und warteten auf die Gelegenheit zur Rache an den vormaligen Unterdrückern.

Genau dies galt es, zu verhindern, war die Devise, die Geiserich, als Oberhaupt der Vandalenkirche, ausgegeben hatte. Ihn verlangte nach Frieden zwischen den christlichen Konfessionen, und er wollte, was revolutionär war, die übrigen Kulte in diesen Frieden miteinbeziehen. Der König und gleichzeitige Kirchenführer verfügte so, und seine Kleriker hatten sich, ob es ihnen zupasskam oder nicht, daran zu halten. Deshalb schärfte er dem rangnächsten Bischof Arbo ein, für den gewaltlosen Ablauf etwaiger Übernahmen katholischer Heiligtümer durch die arianische Glaubensgemeinschaft zu sorgen und stellte ihm zugleich reichliche Mittel zur Errichtung neuer Kirchen zur Verfügung.

Als Arwid in seinem Quartier erfuhr, die sitifenische Arianerkirche sei sehenswert, beschloss er, wenn er schon auf die Begegnung mit dem sagenhaften Wüstenheiligen hatte verzichten müssen, wenigstens dieses Wunderwerk sakraler Baukunst zu besichtigen. Das Bemerkenswerte, so hieß es, befinde sich im Innern, was man beim ersten äußerlichen Anblick des Gebäudes dann auch anzunehmen geneigt war, denn die Fassade oder die Konstruktion des Tonnengewölbes waren alles andere als ansprechend.

„Also, ich warte einstweilen draußen“, hatte sich Truchthari sofort von der Absicht Arwids, in die weihrauchgeschwängerte Luft des Gewölbes einzudringen, distanziert. Auch der Katholik Lapsus verzog das Gesicht. Ihn würden keine zehn Pferde in diese Ketzerkathedrale befördern, sollte sein Mienenspiel wohl zum Ausdruck bringen.

„Und wie steht es mit dir, Dienerin der Göttin?“, zog der besichtigungshungrige Prinz seine heidnische Gemahlin auf. Statt einer Antwort hakte sie sich bei ihm unter und gemeinsam gingen sie zielstrebig auf das Portal zu: ein schlichter Bogen, der mit einer unleserlichen Inschrift versehen war. Kaum waren sie in das Heiligtum eingedrungen, verharrten sie erstaunt. Obwohl es in der Kirche sehr dunkel war, die Freiräume für Fenster waren vom Baumeister sehr eng veranschlagt worden, strahlte es von der Ostseite her wie von einer lebendigen Sonne.

Das Altarbild, ein goldlastiges Mosaik mit ebensolcher Umrahmung, das in der Apsis prangte, war von unzähligen Kerzen in helles Licht getaucht, welches von den Goldplättchen reflektiert wurde. Vor dem Hintergrund eines nachtdunklen, goldsternenübersäten Himmels strahlte dem Betrachter das Abbild des Erlösers, der auf einem Orbis terrarum, bärtig und langhaarig, saß, förmlich entgegen. Sein Haupt war von einem Nimbus umgeben, die ernsten, großen Augen, deren eindringlicher Blick auf das Kirchenschiff gerichtet war, schienen wohl das Gewissen der dort versammelten Gemeindemitglieder erforschen zu wollen. Seine ausgestreckten Arme mit den stilisierten Stigmen in den Handflächen symbolisierten das Kreuz, an dem er sein irdisches Leben als Opfer für die Welt dargebracht hatte. Sein schneeweißer Mantel, der die Brust so freiließ, dass man den Einstich an seiner Seite deutlich erkennen konnte, hob sich markant vom nachtblauen Hintergrund ab. Zu seinen wundengezeichneten Füßen war dicht aneinandergedrängt die Schar der Apostel versammelt. Petrus etwas größer als die Übrigen, deutlich erkennbar am Schlüssel, den er in Händen hielt, die anderen, zwar ohne Märtyrerpalmen oder Nimben, aber in das strahlende Weiß der Reinheit gewandet.

Arwid hatte die religiöse Erziehung der Arianer genossen, und was er davon noch wusste, erklärte er Ceri im Flüsterton. „Der Künstler wollte wohl zum Ausdruck bringen, dass Christus völlig unbeeindruckt von den Wunden des irdischen Daseins die Welt hinter sich gelassen und zurück in die Lichtregion des Vaters gegangen ist, als dessen erstes Geschöpf er nun über die Welt herrscht – wir Arianer lehnen schließlich die Wesenseinheit von Vater und Sohn ab." Er legte seinen Arm um die Geliebte. „Siehst du, auch die Christen greifen bisweilen auf die uralten pythagoreischen Weisheiten zurück. Hier in diesem Bild wirkt die Zahl dreizehn, die Befreiung des Geistes aus der Stofflichkeit. Mit Christi Opfertod überträgt er seinen zwölf Jüngern die Befugnis, ins Rad der Wiedergeburten einzugreifen. Indem sie die Sünden vergeben, verschaffen sie den

Menschen Einlass in die Zeitlosigkeit der Gottesgegenwart." Arwid drückte die zarte Gestalt der schwarzlockigen Schönen, die schließlich nun seine Frau war, an sich, voller Freude darüber, dass sie sich ebenfalls für Dinge der Religion, der Philosophie und der Mystik interessierte. Seit jener zauberhaften Nacht in der Baetica, als er ihr den Aufstieg der Seelen durch die Gefilde der Sterne zur ewigen Seligkeit erläutert hatte, hatten sie öfter Gelegenheit gefunden, sich über Themen dieser Art zu unterhalten. Geblendet vom Glanz des Altarbildes ließ er sein Kinn auf ihrem Scheitel zur Ruhe nieder und sog den dezenten Duft ein, der von ihren Locken ausging. Arwid wurde nie müde, derartige Themen mit ihr zu erörtern. Allerdings waren sie dabei selten einer Meinung.

„Und doch siehst du hier das Zeichen der Mutter Erde vor dir", warf das geliebte Wesen, ebenso ehrerbietig wie er, im Flüsterton ein. Flugs drehte sie sich in seinem lockeren Griff um, so dass sie sich nun in die Augen schauen konnten. Auf seine deutlich zur Frage gerunzelte Stirn hin ergänzte sie: „Hier ist die Kugel der Erde, und Christus mit den ausgebreiteten Armen stellt das Kreuz dar, das darauf errichtet ist. Zusammen ergibt es nichts anderes als das Erdzeichen der Geheimlehren, du kennst es doch sicher. Jeder Mensch auf Erden sollte die Göttin verehren. Das kann er auch tun, indem er euren männlichen Gott anbetet, aber letztendlich ist alles Leben weiblichen Ursprungs ..."

„Im Westen vielleicht, ‚*vita, vitae*'", fuhr ihr Arwid in die Parade, „aber die griechische Weisheit sieht das anders, indem das Leben dort eindeutig *ho bíos* heißt, also männlichen Geschlechtes ist. Der Samen ist Träger des Lebens, die Frau ist schließlich nur Gefäß dafür ...", wobei er wohlweislich das Johannesevangelium unterschlug, wo vom Leben als *he psyché* in weiblicher Form gesprochen wurde.

Ceridwens Augen funkelten bedrohlich, was den liebenden Gatten, dem sehr an einem harmonischen Verhältnis zwischen ihnen gelegen war, verunsicherte. Er verstummte mitten im Satz und versuchte, die Widerspenstigkeit der Frau mit dem Glattstreichen einer ebenso widerborstigen Locke zu bändigen. Aber es war zu spät.

„Ach, du nun auch noch! Ich dachte, mit einer derart primitiven Vulgärphilosophie würde man bei euch nur von eurem Exorzisten behelligt." Während ihre Stimme noch immer beherrscht im Flüsterton zischte, waren ihre Hände bereits der willentlichen Kontrolle entglitten und hatten die zärtlichen Bemühungen Arwids um ihre Frisur zunichte gemacht.

Mit allem hatte er gerechnet, nur nicht mit einer derartigen Reaktion. „Ist ja gut“, versuchte er sie zu beruhigen und strich ihr erneut über den Scheitel. Mit einer fahrigen Bewegung wehrte sie den erzieherischen Gestus seiner Hände ab. Als er nachfassen wollte, wurde sie urplötzlich laut.

„Lass mich los! Ich werde meine Kinder gebären, und du kannst froh sein, wenn du der Vater sein darfst.“ Das an diesem geweihten Ort so offensichtlich disharmonische Paar erntete strafende Blicke aus den mit einigen unvermeidlichen Betschwestern besetzten Bankreihen. Arwid lief rot an. Wo war die Erdspalte, die ihn oder Ceridwen oder sie beide gnädig verschlingen würde? Erneut zischte eine alte Frau um Ruhe im Gotteshaus, und Arwid versuchte, ein verlegenes, um Entschuldigung heischendes Grinsen auf dem Gesicht, Ceridwen möglichst unauffällig aus dem Gotteshaus zu expedieren. Doch sie machte sich mit einem heftigen Tritt auf seine Zehen frei.

„Rühr mich nicht an!“ Sie war nun, die dunkle Lockenpracht um das blasse Gesicht schüttelnd, ganz im *furor celticus*, der schon den alten Römern, als sie noch jene Macht darstellten, vor der sich der Erdkreis beugte, das Fürchten gelehrt hatte.

„Dies hier ist ein Haus des Friedens und der Andacht und nicht der geeignete Ort für eure Zwietracht“, ließ sich ein herangetretener Messdiener in gedämpftem Tonfall vernehmen, „seid bitte still oder geht.“ Er raffte sein reichbesticktes Chorhemd und entfernte sich. Arwid, dessen Miene mittlerweile seine Betretenheit spiegelte, versuchte sich wenigstens körperlich von dem Vorfall zu distanzieren und flüchtete aus der Kirche. „Komm sofort zurück“, vernahm er aus dem Innern der Basilica die sich schier überschlagende Stimme seines Eheweibes, doch war es ihm ein Leichtes, der Versuchung zu widerstehen, dorthin zurückzukehren. Seine Freunde, die müßig auf den Stufen des Gotteshauses lungerten, konnten ob der Geräusche nicht ganz ernst bleiben.

„Findet dort drinnen die Keltenmission statt?“, erkundigte sich Lapsus in sachlich interessiertem Tonfall.

„Ich glaube eher, Ceridwen missioniert die hiesigen Arianer im Sinne ihrer Kriegsgöttin“, kommentierte Truchthari die aus dem angelehnten Tor dringenden Wortfetzen, die einen heftigen Dialog aus Bass und Sopran wiedergaben, welchen ersterer für sich entschied.

„Raus hier, du Höllenweib", das Tor flog auf und ein bärtiger, langhaariger Arianerpriester erschien. An seine breite Brust gepresst hielt er die schreiende und tobende Ceridwen. Sodann stellte er sie, ganz Gegensatz zu seinem Vokabular, ungemein sanft auf die Beine und blickte ihr kopfschüttelnd in die Augen, so wie man ein quengelndes wiewohl geliebtes Kind verweist. Ohne ein weiteres Wort zu verlieren, wandte er sich um und verschwand wieder im Halbdunkel seiner Kirche.

„Hör bitte, Ceri", stotterte Arwid. Doch sein liebendes Weib ließ sich auf den Stufen der Kirche nieder und barg ihr Gesicht unter wüsten Verwünschungen hinter einem Schutzwall aus Armen, Knien und schwarzen, wirren Locken.

„Tja, wir empfehlen uns einstweilen", forderte Truchthari Lapsus auf, „wir sehen uns dann ja wieder im Gasthaus zum Abendbrot."

„*Exeunt omnes!*", kommentierte Arwid sarkastisch die Szene.

„Ihr Männer seid doch alle gleich, keiner versteht uns Frauen", fuhr Ceridwen, die Lippen zu seltsamen Wellenlinien verzogen, mit geröteten Augen auf, „und ihr gelehrten Herren Philosophen am allerwenigsten. Wenn ich dieses lebensferne, lebensverneinende Gesabbere schon höre, ‚das Weib als Sammelbecken des Samens', als das vas bene claustum, in dem die Brut des Mannes heranreifen soll", sie spuckte verächtlich auf die Stufen des Gotteshauses. Arwid blickte besorgt in die Runde, ob dieser Vorgang nicht von irgendeiner umstehenden Person als Blasphemie aufgefasst werden könnte. „Wir Frauen tragen das Leben in uns aus, wir spüren es in uns wachsen, wenn ich während der Schwangerschaft sterbe, stirbt das Kind mit mir, was dem Vater zur selben Zeit widerfährt, ist völlig gleichgültig! Ihr Männer müsst das weibliche Erdzeichen aus dreizehn Geschlechtsgenossen zusammenflicken. Was ist das für ein Glaube, dem das Weibliche so fremd ist, dass er es nur allegorisch auffassen kann? Die Göttin lässt sich nicht mit dem Einzelaspekt der jungfräulichen reinen Magd abspeisen. Und du erst, mit deinem körperlosen Asketengott und deiner ‚Erlösung aus dem Stofflichen'", näselte sie, den Tonfall Arwids auf verletzende Weise imitierend, „hier heißt es zu leben", unmissverständlich deutete sie auf den Boden, „und zu sterben. Nicht irgendwo außerhalb der Stofflichkeit! Und solange hier auf Erden gelebt, geliebt und gestorben wird, ist die Gottheit weiblich, weil sie das Leben ist, klar? Ohne sie kein Leben und ohne Leben nichts Göttliches!"

Ceris Atem ging heftig und stoßweise. Arwid stand vor der enragierten Frau wie ein begossener Pudel. „Ich wollte dich eigentlich gar nicht …“, stotterte er erneut unbeholfen. Doch plötzlich sprang Ceri auf und flugs landete ein salziger Kuss auf seinem zu weiteren Erklärungen und Entschuldigungen bereiten Mund. „Und trotzdem liebe ich nur dich und das Kind in dir“, flüsterte sie ihm ins Ohr, „wenn du so betreten schaust, das ist zum Steinerweichen. So kann dir deine Frau nicht böse sein! So, jetzt aber ab nach Hause“, beendete sie die Debatte und wischte sich die Augen trocken.

Arwid stand da wie vom Schlag gerührt und kratzte sich den Kopf. „Frauen sind doch irgendwie anders.“

„Kommst du jetzt?“, drang ihre schon wieder gefestigte Stimme an sein Ohr, und er trottete benommen der wie eine kleine Gazelle dahinspringenden Frau hinterher.

Den Freunden blieb kaum Zeit, sich zu erholen. Man blieb nur wenige Tage in der Stadt, bevor der Befehl ausgegeben wurde, an einem der strapazierendsten Orte des Krieges Stellung zu beziehen. Die nächste Station der Freunde würde die hartnäckig sich haltende Stadtfestung Hippo Regius sein.

Als sie endlich vor der Stadt des Comes Bonifacius im März 430 A. D. Stellung bezogen, war seit ihrer Landung, wie es der König vorhergesagt hatte, fast genau ein Jahr vergangen. Doch vom Besitz ganz Africas trennten die Vandalen noch einige Schwierigkeiten.

Der Hunger in Sicht
Spätsommer 430 A. D.

Belagerungszeiten ermüden ein Heer mehr als Gewaltmärsche oder Schlachten. Die Untätigkeit zehrte an der Moral der Soldaten, ebenso wie die immer mehr um sich greifende Unterversorgung mit Nahrungsmitteln. Bonifacius konnte sich auf die Loyalität seiner Goten, die sich anders als illyrische oder keltische Verbände nicht zur Insubordination hinreißen lassen würden, verlassen, doch wollte er sie auf keinen Fall reizen und sorgte persönlich für ihre Verpflegung. Bei den häufigen Visitationen, die er den Verteidigern auf der Mauer abstattete, sahen seine Leute, dass ihr Kommandeur denselben Mangel litt wie sie. Auch an dem in den letzten ruhigen Jahren verfetteten Bonifacius hinterließ der Engpass an Lebensmitteln Spuren. Ganz Römer, befolgte er das *non vivere, valere vita!* – Du lebst nicht um zu leben, sondern zu deinem Wohlergehen. Feiern, aber richtig, und ohne Groll sich bescheiden in Mangelzeiten. Nicht zu seinem Nachteil hatte er deutlich abgespeckt und wirkte dadurch männlicher. Bisher hatte er noch kein Wort der Beschwerde oder des Protests gehört, wenn er seine Soldaten inspizierte, doch bei seinem heutigen Rundgang waren – allerdings in sicherer Entfernung – unschöne Bemerkungen gefallen. Auf die Dauer konnte es so nicht weitergehen. Nur, was sollte er tun? Einen Ausfall machen? Aber wen fassen? Wem an die Kehle gehen? Wäre er der Belagerer, er würde eine ausfallende Armee einfach ins Leere laufen lassen und genauso würde sich auch der vandalische Häuptling vor seinen Toren verhalten. Nein, man musste wohl oder übel durchhalten und auf Entsatz hoffen. Entgegen der allgemein herrschenden Auffassung, die Stadt sei abgeriegelt, sickerten täglich weiter Flüchtlinge durch die Linien der Belagerer und verstärkten das Heer der nutzlosen Esser. Geiserichs Feldherr, gerüchteweise handelte es sich um seinen eigenen Sohn, verstand sein Handwerk. Er plünderte systematisch die Dörfer in der näheren Umgebung, stellte die Männer vor die Wahl Kollaboration oder Tod, womit er die Reihen seiner Verbündeten verstärkte, und gewährte den Nichtwaffenfähigen großmütig freien Abzug nach Hippo Regius. Auf diese Weise füllte sich die Stadt zunehmend mit Alten, Kindern und Frauen. Er dachte an den Militärtheoretiker Vegetius: *et ferro saevius fames est* – „denn schrecklicher als das Eisen wütet der Hunger“ ...

Die ersten organisierten Jagden auf Ratten wurden unternommen, alles an Muscheln und Schnecken, was an den Kais und der felsigen Küste sich verankert hatte, war abgeerntet. Der flache Ubus, der ohnehin nie besonders fischreich gewesen war, glich nurmehr einer einzigen Reuse, das Hafenbecken einem einzigen großen Netz. Kleine Trupps von Halbwüchsigen plünderten die Nester der Seevögel am schwer zugänglichen Kap vor dem Hafen. Der vandalische Kommandeur scherte sich darum nicht im geringsten, wollte er doch die Zahl der Darbenden nicht verringern. Bonifacius kalkulierte eng und kam zu dem Ergebnis, dass sich entgegen allem panischen Geschrei die Stadt noch einige Monate halten dürfte. Er hoffte, die Kaiserin möge endlich eingreifen, hatte er ihr doch „offiziell" lebenslang seine Loyalität bewiesen, sogar in jenen Zeiten, da sie derart tief gesunken war, dass sie als wehrlose Geisel der Goten gezwungenermaßen einwilligte, deren König Athaulf zu ehelichen. Und Bonifacius war es schließlich gewesen, der damals den alles entscheidenden Sieg über die Goten errungen hatte, der dazu führte, dass Galla Placidia wieder ein ihrem Rang und Stand angemessenes Leben in Ravenna führen konnte. Und als sie vor den Intrigen ihres „geliebten Bruders" Honorius ins ihr zutiefst verhasste Konstantinopel hatte fliehen müssen und Honorius ihr Vermögen eingezogen hatte, wer war es gewesen, der ihr finanziell zur Seite gestanden war?

Und auch jetzt, so dachte er zeitweilig, wurde er vielleicht in Ravenna dringender benötigt, um gegen den verhassten Aëtius ein personelles Gegengewicht zu bilden, in dessen Händen Galla Placidia ein kostbarer Spielball war.

Ja, dachte er, sie ist eine goldene Kugel an einer langen, schweren Kette aus Gold, die sich, je nachdem die Militärs, die Latifundienbesitzer oder die Kirchenoberen umhängen, um sich mit ihr zu schmücken. Diese Kugel jedoch symbolisiert das Imperium, die Macht im Reich, Befehle ausgeben zu können, die unbedingten Gehorsam verlangten. Wenn ich das hier hinter mir habe, werde endlich ich dazu kommen, mir diese Kugel vor die Brust zu hängen. Dann, Aëtius, wirst du wünschen in Africa bei den Vandalen oder in Pannonien bei deinen Hunnen zu sein, aber nicht in Ravenna! Bonifacius Augen loderten, als er an diesen Emporkömmling denken musste, der sich bei Hofe in der Gunst der Kaiserin sonnte, während er hier langsam vor die Hunde ging. Die *horreae*, die staatlichen Getreidespeicher, waren noch zu einem guten Drittel gefüllt, und der Comes ließ die Getreideverteilung nach stadtrömischem Vorbild vornehmen. Festrationen wurden gratis an Bedürftige verteilt, die Vermögenderen bezahlten vertretbare Fixpreise.

Das Übertreten dieser Sperre beim Weiterverkauf war systematisch eingeengt worden. Schrittweise hatte er Strafen für Wucher, überhöhte Preise und das Bunkern von Vorräten verhängt, doch noch scheute er davor zurück, den privaten Verkauf von Getreide generell unter Strafe zu stellen. Mit Hilfe von Agents provocateurs hatte er die Einhaltung seiner Verordnungen ausgeforscht. Einen reichen Latifundienbesitzer, der sich in großem Stil der Übertretung schuldig gemacht hatte, hatte er standrechtlich aburteilen und öffentlich auspeitschen lassen. Der Mann starb an den Folgen der Geißelung und diente als abschreckendes Mahnmal. Auf dieses Exempel hin setzte eine wahre Flut von Getreideverkäufen an den Magistrat ein, was nur wieder bewies, dass doch in großem Stil mit Getreide spekuliert worden war. Der Comes staunte nicht schlecht, welch ungeheure Mengen an Korn abgeliefert worden waren. Dieser Aktion verdankte es die Stadt, dass die Speicher nun auf das erwähnte Drittel gefüllt waren und – vorerst – kein blanker Hunger drohte.

In Erwartung besserer Zeiten ließ Bonifacius Schuldscheine für das abgelieferte Getreide ausstellen, was als fiktives Zuckerbrot neben der sehr realen Peitsche aufgefasst werden konnte. Die meisten Besitzer dieser Schuldscheine verließen mit einem säuerlichen Gesicht die Schätz- und Abgabestellen. Doch, immerhin, der Garant war niemand geringerer als die römische Kaiserin. Wer würde noch liquide bleiben, wenn das Reich selbst bankrott ging? Dieser Frage gingen nur eingefleischte Optimisten nicht nach.

*

Mosche ben Saul war Realist und er rieb sich die Hände, glückstrahlend ob seiner sehr vernünftigen Entscheidung, sie von Getreidespekulationen ferngehalten zu haben. Er, Chaims Prokurist in Hippo, hatte dieser Versuchung widerstanden. Nicht aus moralischen Gründen, etwa, weil man mit Hunger keine Geschäfte machen soll, nein, er raisonierte, wie Bonifacius, über die Dauer des Status quo.

„Bei einer Belagerung zählt nur das, was du real in Händen hast", eröffnete er seinem Adlatus Nachum. „Wir werden jetzt erstmal alle Außenstände einfordern – und wenn wir auch nicht alles kriegen, wir werden uns verschließen vor Spekulationen und hochzinslichen Kurzkrediten. Wer jetzt nicht zahlt, dem drohen wir mit Pfändung – und du wirst sehen, wie rasch der gerupfteste Pleitegeier sich in ein fettes Täubchen verwandelt. Geld und Grund zählt jetzt, vergiss alles andere! Möchtest du einen Schuldschein, einzulösen nach Beendigung des Krieges, mit Gerichtsstand in Rom? Du hast es noch nicht erlebt, dass dir jemand vom Wein berauscht tanzend deine Schuldscheine vor der Nase verbrannt hat und dazu grölte: ‚Jüdchen, schau her, was ich mach mit deinem Schein! Bin ich etwa noch was schuldig?'"

Er strich sich den sorgfältig gestutzten Vollbart. Nicht nur sein von Barthaaren gänzlich unverdeckter Mund, auch die nussbraunen Augen lachten, während er mit der offenen Hand vor seinem Gesicht herumwedelte. „Nein, nein, auf so etwas lassen wir uns nicht ein. Soweit ich weiß, denkt der Vandalenkönig an Umverteilung. Den Latifundienbesitzern geht es als erstes an den Kragen."

Nachum drehte eine seiner üppigen Schläfenlocken um den linken Zeigefinger. „Wir haben eben noch keine Erfahrung mit den Vandalen. Soweit man den Hispaniern glauben darf, waren sie den Unseren dort nicht übelgesinnt. Zumal in Sachen Religion haben wir nichts zu fürchten. Die Arianer halten uns ja nicht einmal für die Mörder ihres Jesus Christus, der doch schließlich, wenn man das mal so sagen darf, einer der unseren war. Außerdem ist dieser Geiserich ein gerissener Fuchs und so weiß er bestimmt, dass sich eine florierende Judengemeinde positiv auf die Wirtschaft der Region auswirkt. Die christlichen Römer dürfen nicht leihen, die Germanen verstehen offenbar nichts davon, bleiben also nur wir und jene Griechen, die noch Heiden geblieben sind – also auch nicht arg viele. Meines Erachtens werden wir mit Geiserich besser stehen", endete er, „als wir jetzt mit Bonifacius auskommen."

Mosche legte die Stirn in Falten. „Wenn die Kinder Sems und Japhets unter einem Dach leben, gibt es Streit, weißt du das nicht, Nachum? Denke doch nur allein an die falschen Griechen, die uns jedesmal ans Messer liefern, wann immer sich die Gelegenheit dazu bietet ..."

„... weil sie unsere direkten Konkurrenten sind", unterbrach Nachum seinen Chef naseweis, „außerdem, wenn es erlaubt ist, möchte ich darauf hinweisen, dass du, als Mann von Erfahrung eigentlich nicht dieser allzumenschlichen Schwäche anheimfallen solltest, von einer einzelnen Erfahrung mit dem Angehörigen einer anderen Volksgruppe auf deren Gesamtheit rückzuschließen. Die Griechen! Sie sind geschäftstüchtig, abergläubisch, dem Spielteufel verfallen und führen sich überall als die großen Herren auf, direkte Nachfahren ihrer tausendjährigen Vergangenheit. Findest du nicht auch, dass es etwas zu einfach ist, so zu denken? Schließlich sind ja auch umgekehrt wir oft Opfer dieser generalisierenden Denkweise." Nachum war selbst erstaunt über seine Kühnheit, mit seinem Chef so zu sprechen, aber in Krisenzeiten verändert sich vieles, sogar die ehernen patriarchalen Machtstrukturen in einem Emporion sind dann nicht mehr gegen Aufweichung gefeit. Der Chef war enger an den Adlatus gerückt, hatte ihn in mehr eingeweiht als üblich, um einen möglichst reibungslosen Betrieb zu gewährleisten, und dieser vergalt ihm das Vertrauen mit freier Meinungsäußerung, was nicht unbedingt zum Schaden des Unternehmens geraten musste.

„Recht hast du, Nachum", pflichtete Mosche ihm nach einer Pause bei, „aber ich bin nun mal unsicher, ob wir mit den Germanen auf Dauer gut auskommen werden, auch wenn man soviel hört von der vielgelobten arianischen Toleranz. Aber, wie auch immer, wir müssen uns arrangieren und uns jetzt, so gut es geht, aus dem allgemeinen Kampf heraushalten. Wir Juden dürfen nicht Partei ergreifen. Zumindest nicht allzu augenfällig. Bonifacius muss sich unserer Loyalität gewiss sein und Geiserich darf keine Zweifel an unserer Neutralität hegen." Er lächelte dünn. „Meinst du, wir werden das hinkriegen?"

Nachum entließ seine Locke aus der Gefangenschaft seines Fingers. Seine Augen verengten sich zu Schlitzen. „Und was, wenn wir uns vorzeitig mit den Vandalen arrangieren?"

Mosche war entsetzt über die Immoralität des Jüngeren. „Nachum! Die Stadt zu verraten wäre eine nicht mehr gutzumachende Sünde vor Gott!"

„Versteh mich bitte nicht falsch", Nachum war nun auch aufgebracht. An Verrat im herkömmlichen Sinn hatte er nicht gedacht. Dass sein Chef derartiges auch nur annehmen konnte! „Darf ich dich an Lots Schicksal erinnern, als er, der nur Gast war in Siddhim, zusammen mit dem kanaanitischen König von Kedor Laomor aus Elam gefangen genommen worden war? Soll uns so etwas hier und heute erneut widerfahren? Es liegt mir ferne, die Stadt an die Vandalen auszuliefern! Aber ich dachte, die Germanen davon zu unterrichten, dass es in der Stadt eine kleine jüdische Gemeinde gibt, die damit an sich nichts zu tun hat, dass die Vandalen gegen die Römer Krieg führen ..."

„... damit nichts zu tun hat!", äffte Mosche den sich Verteidigenden nach, „natürlich haben wir damit zu tun. Wenn die Stadt verhungert, sind wir genauso tot wie die anderen auch, wir sitzen alle im selben Sack!"

Nachum, der mittlerweile aufgestanden war, nahm seinen Mantel und ging auf die Tür des Kontors zu. „Es ist spät, Mosche ben Saul, lass uns über all das noch mal schlafen, aber eines sage ich dir noch. Der Sack hat Löcher!"

Ohne auf eine Antwort von Seiten seines Chefs zu warten, war er draußen, scheppernd fiel die Tür ins Schloss, und Mosche war allein mit seinen Büchern. Es war dunkel geworden. Ächzend stand der nicht mehr junge Mann auf und suchte nach dem Feuerzeug. Schließlich schlug er mit dem Flint Feuer am Eisen, entzündete einen Span und steckte die Öllampen im Kontor an. Die Abendluft wehte eine unangenehm klamme Kühle in den Raum, er zog seinen Mantel enger um sich und setzte sich wieder hinter seine Bücher.

Chaim würde noch staunen, was hier alles herauszuholen war. Er, Mosche, würde das Meiste vom Baren vergraben. Die Barbaren würden sich sicher auch mit weniger zufriedengeben, als er tatsächlich besaß, und hatte man die üblichen drei wüsten Tage schrankenloser Plünderung überstanden, würde man immer noch sehen können, wie es weiterginge. Er erledigte die noch anstehenden Schreibarbeiten und löschte dann das kostbare Licht. Während er die nur sehr dürftig beleuchtete Treppe nach oben schlurfte, hielt er vor der Tür seines Adlatus noch einmal inne und hob die Hand, unentschlossen, ob er anklopfen sollte. Doch er besann sich und setzte seinen Weg in die eigene Wohnung fort.

Nachum ist ein Narr, wenn er glaubt, hier herauszukommen ohne uns zu schaden! Aber er ist tüchtig wie kein zweiter. Ich glaube, ich muss ihn in die Familie einbeziehen, um ihm seine Dummheiten auszutreiben. Judith wird nächstens vierzehn, ich glaube, er gefällt ihr und dass er ein Auge auf sie hat, sieht ein Blinder. Doch! Er ist der Rechte für sie, er hat Schneid, tritt für seine Sache ein und ist alles andere als ein Dummkopf. Er ist zwar ein Narr, doch sag mir keiner, gegen Narretei gäbe es kein Heilmittel!

* * *

Ein unerwartetes Gastmahl

Spätsommer 430 A. D.

Nein, Optimist war Bonifacius nicht – zumindest, was die belagerte Stadt betraf. Nicht mehr lange würde man den Belagerern die Stirn bieten können. Grauenhafte Geschichten gingen um von den Vandalen und ihrer Invasion im Paradies auf Erden: Sozialrevolution! Ehrbare Senatoren und *equites* arbeiteten im Schweiße ihres Angesichts als Ackerknechte auf ihren eigenen Latifundien, welchen vandalische Bauernkrieger vorstehen sollten. Die Marusier als kleine Pachtbauern wurden urplötzlich, da es um eigenen Gewinn ging, fleißiger und machten die die Knute schwingenden Aufseher überflüssig. Die übrigen Geschichten von der Urgewalt der germanischen Stämme kannte er ja zur Genüge. Innerlich straffte er sich, als er an seinen großen Sieg über die Goten bei Massilia im Jahr 413 dachte. Wild waren sie wohl, diese Vandalen. Aber waren sie wirklich gefährlicher als alle anderen?

Mit Sicherheit nicht! Auch wenn sie momentan den Vorteil der Überzahl auf ihrer Seite hatten, unbesiegbar waren diese Vandalen genauso wenig wie die Goten damals. Die meisten der Gräuelgeschichten, die man über sie erzählte, stammten ohnehin aus der Feder oder dem Mund katholischer Geistlicher, weshalb er, der Feldherr, an ihrer Glaubwürdigkeit stark zweifelte. Dennoch fragte er sich: war Geiserich nun Fuchs oder Wolf? Indem Bonifacius davor zurückscheute, den Gedanken zu Ende zu denken, der Bastard auf dem Vandalenthron – man munkelte ja, er hätte eine alanische oder gar slawische Mutter – sei eventuell eine neuartige Kreuzung aus diesen beiden unbeliebten Raubtieren, entschied er sich instinktiv für ersteren. Doch auch ein Fuchs hat gegenüber einem Wolf nur wenige Vorzüge im Hühnerstall ...

Unruhig lief der Comes im Raum hin und her, er beschleunigte seinen Schritt und verharrte vor dem Wandschrank. Was galt ihm dieses Provinznest hier? Einst mochte es die Königsstadt der Nubier gewesen sein, doch gegenwärtig verband er mit dem Namen Hippo Regius nicht mehr als ein mühsam romanisiertes Punierkaff voller Gezänk und Fanatismus. Seit Augustinus' Tod war er eigentlich seines Versprechens ledig. Der Klerus, der in der Stadt nicht nur sehr zahlreich, sondern auch entschieden auftrat, machte ihm vor allem in Gestalt des neugewählten Patriarchen Adeodatus das

Leben schwer, der ganz offen vom Primat der geistlichen Gewalt über die weltliche faselte. Mit einer Handbewegung vor dem Gesicht wischte er das Bild dieser buckligen Krähenscharbe förmlich weg. Dieser schlangenzüngelnde Taubenschlag mit der ausgekühlten Nestwärme eines Otternpfuhls! Er hatte von alledem die Nase randvoll, er wollte nur noch weg. Endlich, endlich erlaubte der Comes diesem Gedanken, sich in sein Bewusstsein vorzuwagen. Viel zu lange hatte er in jenen Abgründen seiner Seele geschmort, in die er niemandem Einblick gewähren würde, die er schließlich sogar vor sich selbst am liebsten verschlossen hielt.

Er stelzte zu dem Schränkchen mit den Schreibutensilien hinüber, wo Feder, Papyrusröllchen, Sepientinte in glasierten Scherben, Messer und Sand warteten. Er setzte sich umständlich zurecht, drehte am Röllchen, hielt die Feder an die Nase. Es sollte keine Bestechung werden, kein Handel und zu allerletzt eine Kapitulation, nicht einmal eine in Aussicht gestellte. Wie anfangen, der Anfang trägt den ganzen Brief in sich. Unruhig rutschte er auf dem Hocker hin und her, es fiel ihm nichts Rechtes ein – und dieses stetige gemeine Sirren einer einsamen Stechmücke brachte den mächtigen Mann langsam aus der Fassung. Zunehmend übellaunig umkreiste er den Tisch auf der Pirsch nach der Mücke, die die Wut ihres sich zum Verfolger wandelnden Opfers roch und sich unsichtbar machte. Zuletzt fischte er kurzentschlossen Helm und Gladius vom Bord und verließ flugs den Raum des Ungeschehenen. Lieber nochmals die Wachen inspizieren. Sein erster Blick, aufs Meer gewandt, ließ ihn erstaunt innehalten: Kein einziges Vandalenschiff war in unmittelbarer Nähe des Hafens zu sehen, dafür aber näherte sich aus Nordost – das wäre die Richtung Karthagos – ein Frachtschiff. Dahinter drehte gerade eine vandalische Dromone in Richtung des offenen Meeres ab.

„Das ist eine Falle", entfuhr es dem General, „Thorwald! Meldung zum Hafen – Frachter aufhalten, da ist was faul!"

Der Gote, auch etwas sehniger als noch vor ein paar Monaten, hetzte in Ermangelung eines Melders selbst über die niedrigen, für Menschen seiner Schuhgröße völlig fehlkonstruierten Stufen, normalerweise war er gewöhnt, mehrere auf einmal zu nehmen und so stolperte er mehr als er lief, die Treppenfluchten von der Festung zur Stadt hinunter. Als er wiederkehrte, liefen ihm Tränen über sein breites Gesicht. „Hilfe kommt, Herr, es ist ein Kauffahrer, ein Grieche aus Karthago."

Die Stadt glich, von oben besehen, einem Ameisenhaufen. Überall wimmelte es von buntgekleideten Gestalten, die in Richtung Hafen liefen, neugierig, was da wohl käme.

Auch Bonifacius hielt es nicht mehr in seinem Würfel auf dem Dach der Zitadelle. „Du hältst die Stellung", wandte er sich an seinen Adjutanten und zum Gehen. Hinunter zur Mauer, den Wehrgang entlang zum Hafentor – wie der Wind war der Comes am Ort des Geschehens, gerade als die schwere Sperrkette ins Wasser gesenkt wurde und der Frachter in den Hafen einlief.

Zwar richteten noch immer die Geschütze ihre todbringenden Inhalte auf das Schiff, doch niemand glaubte mehr an eine List der Vandalen. Wie um alle Bedenken zu zerstreuen, erschienen Demokedes und Ioannes an der Reling und winkten der jubelnden Menge am Kai zu, bevor das schwere Schiff beidrehte und mit dem Heck voraus fachgerecht anlegte und vertäut wurde.

Bonifacius traute seinen Augen nicht. Demokedes aus Karthago, der Schnösel, der lasterhafte Reeder, der Liebling der Frauen im Allgemeinen und Ischthorets im Besonderen. Mit großem Hallo wurden die Besatzung und die endlich ihrem Verlies entronnenen Soldaten empfangen. Der schwerfällige Frachter knackte an den Fendern, und die Menge begaffte die blendendweiße Aglaia, als sei sie die neueste technische Errungenschaft der christlichen Seefahrt. Was der kleinen, aber feinen karthagischen Kriegsflotte nicht gelingen mochte, der einzelne Frachter hatte es, obendrein noch ohne jegliche bewaffnete Eskorte, offensichtlich geschafft, zu ihnen in die belagerte Stadt durchzudringen.

Der Comes wusste, dass in den entsprechenden militärischen Stellen Karthagos keine Männer von Format saßen. Der Flottenchef war ein unscheinbarer Mensch, dessen Namen Bonifacius nur als „Nemo" im Gedächtnis hatte und auch die subalternen Stabsoffiziere waren alles andere als blinkende Sterne am Himmel der Nautik. Wohl hatte er jedoch noch das Geseiere im Ohr, die stolze Flotte müsse im Hafen verfaulen, während Geiserichs Hyänen gierig vor der Höhle des Löwen lauerten. Löwe? Hyänen? Bonifacius wäre bei der Verteilung der Rollen anders vorgegangen.

Doch vorerst musste hier organisiert werden: Unterbringung der Mannschaft, Löschen der Ladung, Versorgung des Schiffes. Bonifacius traf die nötigen Anordnungen und eilte Demokedes entgegen, um ihn herzlich und freundschaftlich zu umarmen. Vergessen war die alte Rivalität wegen Ischthoret, und auch Demokedes erwiderte die freundschaftliche Geste.

„Ave Comes“, grüßte er in gespielter Ehrerbietung, „ich hoffe, Euch wohlauf vorzufinden. Die Gewichtsreduktion lässt Euch vorteilhafter erscheinen. Verzehrt Euch die Sehnsucht nach“, er stockte unmerklich, „Karthago, oder sind es die Entbehrungen in dieser heiligen Stadt, die dieses Wunder bewirkt hat?“

„Glück Eurer Ankunft, Reeder, wünsche angenehm gereist zu sein“, parierte Bonifacius, „noch etwas mehr Salz in Eurem Haar und Ihr würdet eine helle Haupteszier tragen und könntet dann ungeschoren Euren Geschäften nachgehen, da Euch die Wogenwölfe für ihresgleichen hielten. Und auch in der Stadt aller Laster sind hellhaarige Männer rar und von der Damenwelt sehr begehrt. Hier in dieser Stadt des Heiligen hülfe es euch allerdings nicht viel, denn überall lauern Hölle und Fegefeuer“, er wies mit dem Kinn in Richtung einer schwarzgekleideten Gruppe von Klerikern, die, angelockt von der Ankunft des Schiffes, die Hälse reckten.

„Lasst die Krähen am Aas hacken, uns Adlern liegt mehr am Lebendigen, nicht wahr, Comes?“

„Aber die Aasfresser verderben den Appetit durch ihre übermäßig zahlreiche Anwesenheit.“

„Wie geht es dem Patriarchen, und was macht sein Sekretär Possidius?“, erkundigte sich der Grieche, um ein gewisses Interesse an dieser Thematik zu heucheln.

Die Miene des Comes verdüsterte sich. „Sehr zu unser aller Leidwesen ist der heilige Mann“, er bekreuzigte sich mit großer Geste, „zum Herrn heimgegangen, er hat die Strapazen der Hundstage und der durch die Belagerung verursachten Entbehrungen nicht überstanden.“ Er rückte dichter an Demokedes heran und dämpfte seine Stimme. „Augustinus' Nachfolger ist nicht, wie wir alle dachten, Possidius geworden, sondern so ein fanatischer Wüstenbischof. Ich kann jetzt hier nicht allzu viel darüber sagen, du verstehst“, misstrauisch blickte der hohe weltliche Würdenträger um sich, „die Menge hat zu viele Ohren“, beendete er diese Thematik. „Also, Demokedes, komm mit mir in die Zitadelle, damit wir alles Weitere in Ruhe besprechen können. Deine Leute sollen sich an meine Goten halten, dass sie verköstigt und untergebracht werden. Du wirst sicher verstehen, dass ich eine derart starke Privatarmee in einer belagerten Stadt nicht dulden kann.“

Abrupt blieb Demokedes stehen. „Was meinst du damit?“

„Nun, dass sich deine Leute meinem Oberbefehl unterstellen werden, ganz einfach.“

„Ach ja, und wer zahlt den Sold für sie weiter?“

„Du natürlich, du hast sie schließlich angeworben.“

„Oh ja, ich verstehe. Zusehen und die Zeche bezahlen! Nein, Bonifacius, so haben wir nicht gewettet. Meine Leute lasse ich nicht in diesem Krieg verheizen. Wie du gerade sagtest, habe ich sie angeworben, nicht als Krieger, sondern als Bewacher der Ladung und des Schiffs. Einen Augenblick, bitte, Comes.“ Er wandte sich um zu Ioannes: „Du gehst mit den Männern zurück aufs Schiff. Kein Fremder hat die Erlaubnis, das Deck zu betreten, niemand außer mir gibt dir bindende Befehle!“

Der Zenturio bleckte die Zähne zu einem „Verstanden“, machte zackig kehrt und brüllte seine Anweisungen. Wie die Wiesel hetzten seine Leute zurück an Bord. Schließlich waren sie noch nicht entlassen, erst recht nicht entlohnt und somit zum Gehorsam verpflichtet.

Bonifacius stand der Mund offen.

„Moment mal, also so was ... Ich bin hier der Stellvertreter der Kaiserin, und ich sage, deine Männer werden mir unterstellt.“

Demokedes grinste ihn frech an.

„So, du bist der Stellvertreter der Kaiserin. Nun gut, unweit von hier gibt es einen Stellvertreter Geiserichs, der seinerseits Vorschläge zu machen hat. Ich kann auch wieder auslaufen und die Belagerer beliefern, wenn dir das lieber ist“, bluffte er.

Bonifacius Augen verengten sich zu Schlitzen, urplötzlich gewann sein altes Gefühl Demokedes gegenüber wieder die Oberhand, die Freude über ein bekanntes, aber nicht unbedingt durch und durch sympathisches Gesicht in der Fremde war verflogen. Hier vor ihm stand der alte Rivale. Mühsam schluckte er seine aufkeimende Wut hinunter.

„Also gut, darüber sprechen wir noch, komm jetzt mit mir in die Burg, damit wir das Geschäftliche regeln können.“

Demokedes rührte sich nicht von der Stelle. Nein, mit dem Comes und einigen Hundertschaften Goten allein in der Zitadelle, nie und nimmer würde er da heil herauskommen, räsonierte er. „Genauso gut könntest du als Gast auf mein Schiff kommen. Wir haben alles, was wir brauchen“, entgegnete er zuckersüß, „und du kannst die Waren persönlich in Augenschein nehmen.“

Hilfesuchend sah sich der Comes um, „Ragnar, Theja, zu mir, wir gehen auf das Schiff." Sein Entschluss war schnell gefasst, er konnte sich dort sicher fühlen. „Schließlich ziehen wir ja alle an einem Strang", beschwichtigte er, „ist jetzt nicht so wichtig, wer wem befiehlt."

In der über dem Hecksteven befindlichen Thalamos des Kapitäns bewillkommnete Demokedes seine Gäste zunächst mit einem Becher Wein.

„Du hast ja an alles gedacht", lobte Bonifacius schmatzend den Rebensaft, den seine entwöhnten Geschmacksnerven sofort als seine Lieblingssorte, echten campanischen Nomentaner, identifizierten. Zusehends entspannte sich die Situation. Demokedes erzählte von dem Enterversuch der Vandalen, verschwieg jedoch seine List mit der Pest, ließ nach wie vor offen, ob er nicht doch im Einvernehmen mit den Invasoren handelte, ebenfalls nur in Andeutungen ließ er sich über die neue Form seiner Beziehung zu Ischthoret aus, um nicht zum falschen Zeitpunkt alte Wunden wiederaufzureißen.

„Kennst du den Juden Mosche ben Saul, den Schwager Chaims aus Karthago?"

„Persönlich nicht, doch du findest die Juden in Hippo ganz leicht, weil sie es hier vorgezogen haben, auf einem Haufen zu siedeln und dort kennt jeder jeden, denn so viele sind es auch wieder nicht, dass es unübersichtlich würde."

„Ich habe Nachrichten aus Karthago für ihn, doch das ist nicht so dringend, als dass es nicht warten könnte. Aber", wechselte er das Thema, „wie steht es mit eurer Lebensmittelversorgung? Was ist einer steinreichen und doch armen Stadt wie Hippo Regius eine größere Menge Weizens und andere Kostbarkeiten wert?"

Der Comes rutschte unbehaglich auf der Holzbank hin und her. „Wie groß ist diese größere Menge denn genau?" Bonifacius bedachte die Planken zu seinen Füßen stellvertretend mit einem geringschätzigen Blick. „Wenn ich mir diesen Kahn so ansehe, dürfte er höchstens 40.000 Medimnen Weizen fassen ..."

„Höchstens!", pflichtete Demokedes ihm bei. „Ich habe den Laderaum verkleinern müssen, wegen des Personals", ergänzte er, „ich bringe euch 30.000 Medimnen Getreide, 88 Amphoren Öl, 8 Amphoren Garum, 12 Amphoren Wein und ein bisschen Kleinkram. Nicht zu vergessen die Kampfkraft von 36 ausgesuchten Kriegern ..."

„... und ihren der Kampfkraft angemessenen Appetit", vervollständigte der Comes die Auflistung des Reeders.

„Wie wir doch schon festlegten, komme ich dafür auf, du brauchst dich hierbei um gar nichts zu kümmern“, wiegelte Demokedes ab, dem klar war, dass der Generalissimus alles tun würde, um den Preis zu drücken. Doch ehe er Bonifacius von den Vorteilen, die das Geschäft für ihn barg, überzeugen wollte, versuchte er einen anderen Weg.

„Ich habe hier extra für dich ein paar Spezialitäten mitgebracht“, er klatschte in die Hände und sogleich servierte ein Sklave auf einem großen Tablett – einen gewissen Luxus wollte Demokedes auch auf Reisen nicht entbehren – diverse Silberschalen und Platten, von makellos weißen Leinentüchern bedeckt, welche Leckereien enthielten. Der Sklave entfernte die Verhüllung und dem unfreiwillig fastenden Comes lief das Wasser im Munde zusammen. Da lagen feingeschnittene Scheiben geräucherten Kamelfleisches neben in Öl eingelegten Krammetsvögeln, in Weinblätter gehüllter Fischrogen neben öltriefenden Maränenfilets. Demokedes hatte auch einige Austern, Muscheln und Meereskerbtiere aus dem Bugraum, der ja immer Wasser führte, frisch heraufholen lassen. Ebenso frisch war das Fleisch von zarten Hähnchen, die erst am Tag der Ankunft geschlachtet worden waren, Feigen, Datteln und eine Auswahl verschiedener Sorten Bananen rundeten die Tafel ab. Zuletzt gab es noch als besondere Delikatesse kandierte Ingwerstangen aus dem äußersten Osten der Oikumene.

Bonifacius sprach den Köstlichkeiten, die er doch heftiger entbehrt hatte als seine innere disciplina ihm zugetraut hätte, des Gegrummels in seinem Intestinum nicht achtend, wacker zu. Gierig schlang der Ausgehungerte gegen alle guten Sitten und besseres Wissen die Delikatessen im Parforcetempo in sich hinein, sodass ihm, der derartige Attacken auf seine Verdauungsdrüsen schon lange nicht mehr geritten hatte, trotz des Ingwers am Ende übel wurde. Sein Leib schien sich aufblasen zu wollen, dem Comes wurde es eng ums Herz, ein leise bohrender Schmerz setzte zwischen den Rippenbögen ein und eroberte, an Intensität zunehmend, in Kürze das gesamte Areal des Oberbauches, um sich schließlich unter den rechten Rippenbogen zurückzuziehen und dort zu konzentrieren.

Demokedes sah, dass sich Schweißperlen auf der Stirn seines Gegenübers bildeten und hielt den Zeitpunkt fürs Feilschen gekommen.

„Ich hoffe, es hat dir gemundet.“

Bonifacius nickte höflich.

„Wie ich sehe, hat der Befehlshaber einen gesegneteren Appetit als sein Stab", Demokedes lächelte den beiden Goten zu, die bescheidene Mengen von Fisch und Fleisch, dafür mehr Fladenbrot zu sich genommen hatten, „wollt Ihr noch etwas?"

Abwehrend hob Theja die Hände, Ragnar schüttelte die ausgeblichenen Locken.

„Nun, Bonifacius", Demokedes hieb dem am Kämpfen befindlichen Gast wenig sanft auf die Schulter, „das war ein wahrhaft göttliches Mahl, nicht wahr?"

Der Angesprochene hielt seinen Oberkörper mit Mühe aufrecht und antwortete mit der Andeutung eines Nickens. Jetzt nur keine Schwäche zeigen, redete er sich ein.

Demokedes lehnte sich zurück und verschränkte die Arme vor der Brust. Ohne viele Umschweife kam er aufs Thema. „Ich nehme an, ihr habt Getreide und Öl rationieren lassen."

„Sicher haben wir das." Ragnar sprang für Bonifacius in die Bresche, denn das Dümpeln des Schiffes war dem Zustand des Comes nicht unbedingt zuträglich und es war offensichtlich, dass aus seinem Mund keine Antwort zu erwarten war. „Wir haben auch den Besitz größerer Mengen von Getreide unter Strafe gestellt", Ragnar blickte fragend auf den Comes, der mit einer Handbewegung sein Placet für die Gesprächsführung durch den Goten zu verstehen gab. „Gegenwärtig haben wir lediglich fixe Höchstpreise verordnet, um den Wucher einzudämmen. Die Medimne Weizen darf nicht mehr als 100 Denare kosten. Wir sind zu diesem Schritt gezwungen worden. Bald werden wir zur Enteignung oder zum Zwangsverkauf an die staatlichen *horreae* schreiten müssen. Die menschlichen Schwächen lassen uns keine Wahl."

Der Gote sprach langsam, mitunter musste er nach den richtigen Worten suchen, aber er machte seine Sache gut. Demokedes' Absicht, die momentane körperliche Verfassung des Comes für seine Zwecke zu nutzen, erwies sich als Luftblase. Gerade als er den Mund zu einer Frage öffnen wollte, fuhr Ragnar in seiner langsamen, unverrückbaren Weise fort, wobei er den Griechen unangenehm durchdringend ansah.

„Es tut uns leid für dich und deinen Wagemut, aber wir können auch dir nicht mehr bezahlen als unser Preisedikt vorschreibt. Das heißt, wir können dir 500 Solidi für deinen Weizen und entsprechend für das Öl bezahlen. Du wirst dir jetzt denken, ‚das ist nicht ihr letztes Wort', nicht wahr?"

Demokedes verzog keine Miene, er schien in die Ferne zu blicken. Das Schlimmste an alledem war, er hatte es geahnt, nein, gewusst, dass diese Geschichte so enden würde: Festsitzend mit Schiff, Ware und Kosten, ohne nennenswerten Gewinn, fern von Karthago ...

„Sieh zu, dass du noch einen halbwegs vernünftigen Preis dafür erzielen kannst! Vielleicht ziehen wir bereits morgen die Grundnahrungsmittel völlig ein, dann gehst du völlig leer aus", ließ sich plötzlich in seine Gedanken der Comes vernehmen. „So weit kommen wir dir entgegen ...", er hielt sich den Bauch und fuhr sehr gequetscht fort: „Als alter Freund rate ich dir dazu! Entscheide dich rasch!" Bonifacius überkam eine neue Welle von Übelkeit, er spürte ein Würgen im Hals und nur mit Mühe gelang es ihm, einen Brechreiz niederzukämpfen.

„„Lasst uns doch eine Runde Absinthwein trinken", sekundierte Ragnar dem angeschlagenen Comes. Demokedes klatschte in die Hände und instruierte einen Sklaven. „In unserer Offizin haben wir leider keinen Wermut aus dem Pontos oder aus Kappadokien, doch der sizilianische mag auch seinen Dienst verrichten. Nur, für den minderen Geschmack bitte ich nicht mich verantwortlich zu machen. Von selbst hätte ich euch nie dieses Getränk angeboten", entschuldigte er sich schon im Voraus. „Doch zurück zum Thema: Ich bin mit eurem Preis einverstanden, allerdings verlange ich Barzahlung und zwar vor dem Löschen der Ladung."

Ragnar runzelte die Brauen. „Vertraust du uns etwa nicht?"

Demokedes musste innerlich lachen, Vertrauen? Nein, Händlernaturen waren sie nicht unbedingt diese Germanen.

„Nie und nimmer!", fertigte er den Goten ab und wandte sich mit einem fragenden Blick an Bonifacius, der nur stumm nickte. „Im Übrigen, du brauchst meine ‚Privatarmee' hörte ich vorhin? Ich werde mit Ioannes sprechen, wenn sie wollen, können sie nach dem Löschen der Fracht bei euch antreten. Es handelt sich um Griechen und Juden, erprobte Krieger gegen Seeräuber im Osten und als Karawanenbegleiter in der Wüste. Ich würde mich mit ein paar Leuten zum persönlichen Schutz begnügen."

Theja und Ragnar blickten sich gegenseitig an. „Ich weiß nicht, ob das gut", meinte Ersterer in sehr holprigem Latein, „Soldat nicht verstehen gotiske Order, swierig Problem. Bei uns kein Römisk und Chellenisk Mann."

Bonifacius rappelte sich wieder hoch. „Das dürfte aber wirklich kein Problem sein und schon gar kein schwieriges. Ihr müsst mit ihnen eben üben", zu Demokedes gewandt fuhr er auf griechisch fort, „die Goten wollen immer unter sich sein. Das ist nichts als eine faule Ausrede, wir werden das schon deichseln – natürlich musst du deine Leute darauf vorbereiten, dass es bei uns nicht so luxuriös zugeht, wie hier bei dir, sie werden mit Abstrichen rechnen müssen."

Demokedes musste in sich hineingrinsen, „luxuriös", der Comes hatte ja das stinkende Zwischendeck und den ganzen Verkleidungszirkus nicht miterlebt.

Endlich kam der Sklave mit dem dampfenden Wein. Die drei Männer tranken sich zu und schlürften, bis auf einen, sehr widerwillig, aber dennoch solidarisch, das bitterwürzige Gebräu. Bonifacius spürte, wie die wohltuende Wärme seinen Zustand zusehends besserte. Seine Verdauungsorgane entkrampften sich, er gewann wieder die gewohnte Gesichtsfarbe und schließlich wich sein Leiden einer tolerierbaren Unpässlichkeit. Er hatte gesiegt, in der Höhle des Löwen seinen Gegner auf breiter Front über den Tisch gezogen. Demokedes' Bluff mit den Vandalen hatte er keinen Augenblick lang ernst genommen. Dem ausgeglichenen Gesichtsausdruck Demokedes' entnahm er, dass auch dieser nicht ganz unzufrieden mit der geschlossenen Vereinbarung war.

Der Comes erhob sich umständlich. „Nun, habe Dank für deine Gastfreundlichkeit, werter Herr der Meere und Kontore", verneigte er sich gegen seinen Gastgeber, was die Goten, allerdings ohne den ironischen Beigeschmack zu realisieren, ihm nachtaten und in ernster Miene vor dem „Herrn der Meere" die Häupter beugten.

Feierlichen Gesichtsausdrucks nahm Demokedes die Huldigung entgegen. „Unübertrefflicher Krieger der Schlachtfelder und Boudoirs", pries er den Comes, „lass dir diese Phiole mit Duftwasser überreichen, die Herrin der Lüste und Verführung schickt sie dir durch mich unwürdigen Boten, dass du dich daran ergötzest", mit theatralischer Geste bekam der Comes ein kleines Fläschchen überreicht, das er sogleich vorsichtig öffnete und daran schnupperte. Sofort erkannte er Ischthorets Lieblingsparfum und seine Augen bekamen einen seltsamen Glanz.

Demokedes hatte es ihm allerdings nicht gerade in bester Absicht zukommen lassen, dieser Duft würde den Comes nun begleiten.

Nicht genug damit, dass er seine Familie schon nach Italien hatte evakuieren lassen, auch die Geliebte war ihm entrückt, und nun unter dem Einfluss des Flakons würde er an nichts anderes mehr denken können als an das Zusammensein mit der begehrten Frau. Er würde sich nach ihr verzehren – ohne jegliche Hoffnung.

Zu spät erkannte Bonifacius diesen lausbubenhaften Streich des Griechen, den die Verzückung des Rivalen sichtlich amüsierte.

„Du kannst ja das Fläschchen deiner Lieblingskonkubine hier schenken und dann das Licht aus- oder die Augen zumachen ..." Demokedes grinste unverschämt und fuhr sich mit der Zunge über die Lippen. Dieser kleine Triumph am Ende versüßte ihm die ganze Affäre beträchtlich.

„Wahrlich, angenehme Erinnerungen ruft es in mir wach", deklamierte Bonifacius, „Dank für die reiche Gabe, Reeder, lebe wohl!"

Die Arme flogen hoch zum Römischen Gruß und der Comes verließ mit den beiden stirnrunzelnden Goten, die der Sache nicht ganz hatten folgen können, das Schiff.

* * *

Der Pogrom
Am selben Abend

Zweifel zernagten Mosche, dachte er an die kürzlich gefeierte Verlobung seiner geliebten Tochter zurück. Judith war für ihre vierzehn Jahre geistig sehr weit, ihrem Ehrgeiz und Wissensdurst waren, ganz Kind ihres Volkes, keine Schranken gesetzt. Wie Nachum sprach sie neben ihrer Muttersprache Latein und war gerade dabei, das Koinegriechisch der östlichen Reichshälfte zu erlernen. Ihrer Schönheit und Ausstrahlung war sie sich noch nicht bewusst – was sie nahezu unwiderstehlich machte, denn sie war ganz selbstverständlich die, die sie war, ohne künstliches Zutun oder sich in Pose werfen zu müssen.

Im Reich war es Gesetz für die Juden, sich die Ehe zuerst vom römischen Magistrat bestätigen zu lassen, bevor man nach eigenem Ritus Hochzeit feierte. Dann feierte man Verlöbnis und Hochzeit an ein und demselben Tag. Doch der Magistrat hatte sie beschieden, bis nach der Zeit der akuten Not der Stadt zu warten. Sobald man die Belagerer in die Flucht geschlagen habe, so hieß es, hätte man auch wieder Zeit für Nebensachen wie eine Judenhochzeit.

Also waren sie noch nicht unter den Baldachin getreten, keine Krönchen waren an ihre Häupter gehalten worden, keine Scherben, kein *Mazal tow* hatte es gegeben. Doch den gemeinsamen Becher Wein, eigentlich Teil des Hochzeitsrituals hatten sie bereits geleert, auch trugen sie die gemeinsamen Ringe des Eheversprechens. Doch Mosche ahnte, dass Nachum seine Pläne zur jüdisch-vandalischen Fraternisation nicht hatte fallen lassen, obwohl sie nie wieder darüber gesprochen hatten. Nachum hatte nur noch auf eine günstige Gelegenheit gewartet. Diese war nun gekommen. Wie die alteingesessenen Punier pflegten die Juden Africas Geschäftsräume und Wohnstätte möglichst nahe beieinander zu halten. Meist in Gestalt einer zweigeschossigen Wohnung über dem Kontor: In der ersten Etage lebten Gesinde und Angestellte und obenauf thronte die Familie des Unternehmers. Dank dieser Tradition hatte Nachum keinerlei Schwierigkeiten, sich heimlich zu entfernen, nicht ohne zuerst dem Lager einen Besuch abzustatten.

Sein Herz schlug heftig, bis in den Hals spürte er es hüpfen. Eigentlich hatte er die nächste mondlose Nacht nutzen wollen, um die Stadt zu verlassen, aber die überraschende Ankunft des karthagischen Frachtschiffes stürzte die Stadt in chaotischen Taumel. Man wähnte sich plötzlich, alle beunruhigenden Tatsachen negierend, schon frei, als Sieger. Viele gaben sich der Hoffnung hin, der Frachter sei ein Köder der Kaiserin gewesen, die Entsatzflotte stünde bereit und würde raschestmöglich folgen. Die Städter feierten im Vorgefühl ihrer Befreiung. Nur die Judenschaft war wegen des Sabbats in ihren Häusern geblieben. Nachum hatte sich mit der fadenscheinigen Ausrede, einen Bekannten besuchen zu müssen, für dieses Mal entschuldigt, so dass man ihn zunächst nicht vermissen würde. Er wusste: Jetzt oder nie!

Alles war bereit. Zu seiner üblichen Kleidung trug er einen breitkrempigen Reisehut und den unvermeidlichen langen Wanderstab, der gerade in der Wüste von großer Bedeutung sein konnte, wenn es galt ein Flugsandloch aufzuspüren oder sich aus einem solchen zu retten. Zur Sicherheit hatte er, der Unkriegerische, einen bewaffneten Sklaven mitgenommen. Er selbst verzichtete auf sichtbare Bewaffnung, nur ein kleiner Dolch steckte unter dem weiten Mantel in seinem Gürtel. Seinen Beuteln mit geprägtem Gold gesellte er einigen billigen Tand bei. Doch auch ein paar ausgesuchte Preziosen bettete er in ein mit Stofffetzen ausgepolstertes Kistchen, das er am Sattel seines Reittiers festgezurrt hatte. Es handelte sich dabei um silberne Becher von beträchtlichem Alter, verziert mit Figuren des höfischen Lebens der Reichshauptstadt. Mosche schwor Stein und Bein, dass es sich um den *Divi filius*, also Augustus höchstpersönlich handle, der hier inmitten seiner Familie idealisiert und entrückt wie Jupiter unter den Olympiern thronte.

Nachum war über diese Gegenstände nicht sonderlich erbaut und froh, sie loswerden zu können. Strenger als Mosche fühlte er sich dem mosaischen Gebot, sich kein Bildnis von Gott und den Menschen zu machen, verpflichtet. Sorgfältig listete er sie auf und hinterlegte den Zettel im Lager. So konnte er den Götzentand sinnvoll anwenden: Gewinnbringend für die Judenschaft hoffte er ihn zu veräußern und darüber hinaus machte er sich verdient um die Gesetzestreue seines Chefs, der ja streng genommen diese Gegenstände gar nicht besitzen durfte. Oh wie schön ließ sich etwas biegen, was nicht unbedingt gebrochen werden musste!

Die improvisierte Mauer zum Hinterland war, entgegen Bonifacius' Befehl, von Wachen verlassen. Nahe des ehemaligen Villenviertels gähnte, verborgen hinter Gestrüpp, ein Loch in der Mauer, das einem Pferd den Durchgang nicht verwehrte. Daran angrenzend lehnte sich ein Haus an die Mauer, dessen Tor sich von innen mühelos entriegeln ließ. Diese Verbindung zur Außenwelt war Nachums Geheimnis. Doch nun, in der nächtlichen Dunkelheit, war das Loch nicht ohne Weiteres aufzufinden. Kaum dass sie die Hauptwege verlassen hatten, die anlässlich der öffentlichen Feier mühsam mit Fackeln erhellt waren, wurde sein Orientierungssinn auf eine harte Probe gestellt. Nur tastend konnte er die ersten Stadien zurücklegen, dann erst gewöhnten sich die Augen an die Finsternis. Als er endlich die Stadtmauer erreichte, fühlte er sich schon deutlich wohler.

Nur was sollte er, so ihn einer der gotischen Soldaten aufhalten würde, dem Wachposten auftischen? Besser, er dachte nicht daran, jetzt konnte er nichts mehr ändern und gerade dieses Gefühl der Unabänderlichkeit seiner Entscheidung schnürte ihm den Hals zu und beengte seine Brust. Er atmete tief durch. Odysseus, der Listenreiche, kam ihm in den Sinn, schweige nur stille mein Herz, versuchte er seiner Nervosität Herr zu werden.

Genauso nervös wie er war eine Gestalt in unmittelbarer Nähe, die ebenfalls unter keinen Umständen gesehen oder gehört werden wollte: Hilarius, seines Zeichens Einsiedler in einer Wüstenklause. Dem frommen Mann klagten nun, im Angesicht der ungeheuren Möglichkeiten fleischlicher Genüsse, welche die Stadt bot, jahrelang geleugnete und unterdrückte natürliche Triebe ihre Befriedigung ein. Allen Gelübden zum Trotz gab er ihnen nach, nicht ohne sich jedesmal hinterher für sein schändliches Tun zu geißeln.

Gerade legte er einmal mehr den Grundstein für eine weitere Runde seiner nicht nur moralischen Selbstzerfleischung, indem er, erregt und hart atmend, die Brüste einer Dirne, mit der er am Mauerwerk lehnte, mit seinen knochigen Asketenhänden bearbeitete. Hier im Schutz des Schattens des Gemäuers und der Zweige der Sträucher, fühlte er sich unbeobachtet und sicher. Als er die seltsame Trias aus zwei Männern und einem Pferd bemerkte, bedeutete er seinem keuchenden „Schätzchen" ruhig zu sein, was dazu führte, dass ihre „Wollust" von der einen auf die andere Sekunde verebbte.

Teufel auch, dachte Hilarius, diese Gefäße des Satans beherrschen ihre Triebe. Ganz nach Belieben können sie die Lust in sich entfachen und sie ebenso, auf einen reinen Willensakt hin, wieder abstellen. Kein Wunder, dass es ihnen jederzeit gelingt, uns unschuldige Männer zu umgarnen und zur Sünde zu verführen. In der kurzen Zeit, in der er nun seinen Trieben nachzugeben gelernt hatte, hatte er jedoch erkennen müssen, dass ihm hingegen hierbei Grenzen gesetzt waren. Für den Augenblick jedenfalls duckte er sich unter den Strauch an der Mauer. Dem Mädchen fing die Sache an, ungeheuer zu werden, und sie entwand sich seinen Klauen. Doch Hilarius erwischte sie gerade noch am Arm, ehe sie sich losreißen und entfliehen konnte. Er riss sie an sich und hielt ihr zur Sicherheit noch den Mund zu.

Weder Nachum noch sein Begleiter bemerkten etwas von alledem. Dass das Pferd unruhig wurde, als er es durch den klaffenden Riss im Mauerwerk hinter dem Gestrüpp zog, verwunderte ihn nicht sonderlich. Das ruinöse Haus, dessen Dach und Mauern abzubröckeln begannen, war kein Hindernis mehr. Nichts als ein schwarzes Loch zeigte sich vor ihnen, und es fühlte sich an, als wandere er festen Schrittes ins Bodenlose.

Angesichts der weiten offenen Ebene, die nur von schwachem Mondlicht beschienen war, machte sich erneut das panische Gefühl in seinem Herzen breit, nun alleine zwischen den Fronten herumirren zu müssen. Außerhalb der Mauern galt er für jedermann als vogelfreier Verräter. Er war auf einmal zur Unperson geworden. Heftig begann er zu schwitzen. Vielleicht mochte sein Chef etwas geahnt haben, Judith jedenfalls hatte er in seine Pläne nicht eingeweiht, so dass sie nichts aussagen könnte, so sein Fehlen auffiel. Aber wer würde ihm Glauben schenken, dass er nicht auf Verrat im klassischen Sinne aus war? Und wer, dass der Plan tatsächlich allein von ihm ausging, er nicht lediglich als ausführendes Organ eines Komplottes der Judenschaft agierte? Diese Fragen stellte er sich jetzt – aber es war zu spät.

Der Lärm der feiernden Bürger in Hippo war noch vor den Mauern gut zu hören – getrost könnte man die erste Distanz zur Stadt mit Tempo herstellen. Sie stiegen zu zweit auf, und Nachum schnalzte mit der Zunge, um das Pferd zu schneller Gangart anzutreiben. Unter dem Lärmschutz des Festes sprengten sie davon ins Niemandsland, ins Ungewisse.

*

Die Bürger der Stadt feierten an diesem Tag ein Fest. In den Abendstunden wurden überall Fackeln angebracht und vielerorts gratis Wein ausgeschenkt. Demokedes blieb mit seiner Mannschaft in der

Nähe seines Schiffes. Als Vorsichtsmaßnahme lagen ihre Waffen griffbereit.

Im Laufe der Nacht gelangte ein Gerücht zum Hafen, das Demokedes das Blut in den Adern gefrieren ließ.

„Die Juden paktieren mit dem Feind! Sie haben die Stadt verraten!"

In der Stadt schien sich etwas zusammenzubrauen. Losgeschickte Soldaten berichteten außer Atem, dass es wohl zu einem Pogrom kommen werde. Die Unruhe sprang augenblicks auf Demokedes' Leute über, vor allem die jüdischen Krieger baten um Urlaub, doch er hielt sie zurück. Er rief nach Ioannes.

„Männer! Heute Abend brauche ich euch noch ein letztes Mal, denn im Judenviertel wohnt Mosche ben Saul, mein Partner und ich darf auf keinen Fall zulassen, dass ihm etwas zustößt! Ich denke nicht, dass wir ernsthaft kämpfen müssen, doch zur Sicherheit sollten wir Präsenz zeigen. Macht euch fertig, wir brechen schleunigst auf."

*

Hilarius war kein Dummkopf, wenngleich er auch moralisch immer mehr absank und vom Lüstling zum Totschläger geworden war. Ohne es zu wollen, hatte er einem menschlichen Leben ein Ende gesetzt. Seine große Hand verlegte dem armen Mädchen neben dem Mund auch die Atemwege. Gerade als Hilarius mit großen Augen den durch sein Habit als Juden kenntlichen Mann wie ein Schemen sein Pferd in die Mauer hineinführen sah, zappelte das „Schätzchen" in seinen Armen furchtbar und versuchte, ihn zu treten und zu schlagen.

Was er als erneuten Befreiungsversuch deutete, war jedoch die Aufbietung aller Kraft in der Agonie. Erst als sie schlaff in seinen Armen hing, gingen ihm die Augen auf. „Kyrie sôson! Herr, hilf!" Erschrocken ließ er den leblosen Körper des Mädchens zu Boden sinken und hetzte, wie von Furien gepeitscht davon – geradewegs in einen gotischen Wachsoldaten.

„Ist der Leibhaftige hinter deiner Unschuld her, Mönch?", lachte dieser, den panischen Blick in Hilarius' Augen kommentierend.

Doch der Mönch, der wusste, was für ihn auf dem Spiel stand, schwor insgeheim bei allen Heiligen, die Stadt so rasch wie irgend möglich wieder zu verlassen und den Rest seiner – oder der sündigen Welt – Tage in seiner Klause zuzubringen. An diesen heiligen Eid knüpfte er nur eine Bedingung: Sofern seine Untat nicht bemerkt werde. Im Vertrauen auf die jenseitige Gerechtigkeit, die er mit seinem weiteren Lebenswandel zu besänftigen hoffte, log er drauflos. Nach dem schwerstmöglichen Verbrechen bedurfte es nur geringer innerer Überwindung, eine perfekte Lüge in Verbindung mit der Anhängung eines Kapitalverbrechens an einen Unschuldigen zu stricken. Die Tatsache, dass es sich bei seinem neuen Opfer um einen Nicht-Christen, obendrein um einen aus der Mitte der Gottesmörder handelte, entlastete sein Gewissen noch beträchtlich.

„Mord, Totschlag!", stammelte er, „ein Mädchen ist ermordet worden. Ich habe es mit eigenen Augen ansehen müssen!"

Der Gote wurde zugänglicher. Noch immer belustigt, forschte er in scherzendem Ton den Mönch aus. „Und wo bitte ist die hübsche Tote?"

„Dir wird dein Sarkasmus gleich vergehen, Barbar! Nicht weit von hier. Komm mit ..."

Kurz darauf standen sie vor dem Leichnam der noch sehr jugendlichen Frau. Der Gote besah sie sich näher, der Körper war noch warm, kein Blut war vergossen worden. Er hob die Tunika, was ihm die Erkenntnis einbrachte, dass das Mädchen wohl Verkehr gehabt haben musste. Dabei fiel sein Blick auf den Geldgürtel, den die Tote um die Hüften trug. Eine Prostituierte also! Er zuckt die Achseln. Geld war offensichtlich da, nicht gerade viel, aber der Abend war noch jung. Prüfend blickte er zu Hilarius hoch, der sichtlich nervös von einem Bein aufs andere trat. Ein Mönch galt, ähnlich einem Krieger, der dazu verpflichtet ist, die Wahrheit zu sagen, als zuverlässiger Zeuge.

„Beraubt wurde sie offensichtlich nicht, was hast du gesehen, Mönch?"

In Hilarius' Kopf arbeitete es. ‚Jetzt nur keinen Fehler machen! Täglich werde ich zehnmal auf den Knien um meine Klause herumrutschen, jawohl, zehnmal! Während der ärgsten Mittagshitze und ohne etwas zu trinken, ich flehe dich an, höre mich, Herr, lass mich jetzt nicht im Stich!'

„Ein Jude war es, das weiß ich sicher. Er hat sie vergewaltigt und dann getötet ..."

„Hast du das gesehen?"

„Natürlich, mit eigenen Augen!"

„Den ganzen Vorgang? Und du hast nicht eingegriffen?"

Der Gote wurde argwöhnisch. Wer vergewaltigt denn eine Dirne? Wer bringt sie obendrein dann noch um, ohne sie zu berauben? Außerdem war ihm kein Hilferuf von Seiten des Mönches im Gedächtnis. Nein, dieser seltsame Heilige aus der Wüste erregte zutiefst sein Misstrauen.

„Alles was du gesehen hast, wirst du jetzt dem Polizeipräfekten erzählen. Hej, Walafrid ...", rief er einen zweiten Wachmann herbei, es folgte ein unverständlicher Schwall voller Stoßlaute und sonorer Vokale. Der Gerufene erschien, um den Ersten abzulösen, der seine schwere Hand auf Hilarius' Schulter legte. „Mitkommen!"

Dem Präfekten wurde eine hanebüchene Moritat hinterbracht, die er durch gezielte Fragen entschärfte und glättete. Was blieb, war noch immer besorgniserregend genug: Anscheinend hatte ein Jude, der im Verdacht stand, eine Prostituierte als lästige Zeugin eliminiert zu haben, die Stadt auf einem Pferd, beladen mit Gold, Silber und Edelsteinen verlassen, vermutlich in verräterischer Absicht. Als man den Comes davon in Kenntnis setzte, war sein Unglaube in Bezug auf die Geschichte groß.

„Ein Eselchen mit Gold beladen in eine belagerte Stadt hineinzubringen, macht sie sturmreif, sagte der alte Philipp von Makedonien, nicht ein Pferd voller Juwelen, das hinausgeführt wird."

Nichtsdestotrotz wurde als erstes ein Trupp Sklaven losgehetzt, das Loch in der Mauer zu suchen und augenblicklich zu flicken sowie das betreffende Haus abzureißen. Als zweites entstand ein Gerücht in der vor dem Magistrat zusammengekommenen Menge, das sich schneller verbreitete, als das Loch in der Mauer schmäler wurde. Durch die engen Gassen der Punierstadt hangelten sich Worte von Mund zu Ohr:

„Ein paar Juden, die eine christliche Jungfrau geschlachtet haben, sind zu den Vandalen geflohen, um uns zu verraten!"

wurde zum dumpfen Raunen:

„Die Juden haben eine Jungfrau gemordet, sie sinnen auf Verrat!"

schwoll an zu gefährlichem Grollen:

„Die Juden sind ein mordlüsternes Verräterpack!"

fegte mit schrillem Kreischen jede Vernunft beiseite und verkörperte sich, die amorphe Masse konkretisierend, im Blitzen von Stahl, im Aufflackern von Fackeln und in der malmenden Wucht hasserfüllter Rufe:

„Brennt ihre Häuser nieder! Schlagt sie tot, die jüdischen Schweine!“

Dumpfe Wut raste gegen die fremdartigen Metoiken, Mitbewohner der Stadt, die an deren Freude nicht teilnahmen, genausowenig wie an ihrem Leiden, die ihr Leben nach den ihrer Religion eigenen Rhythmen von Werk- und Feiertagen lebten, die nach ihrem eigenen am Mond orientierten Kalender rechneten – kurz, die deutlich sichtbar außerhalb standen. Deutlicher etwa als die schwarzhäutigen Numider oder sogar die heidnischen Berber. Gehörten sie nicht zu jenem Volk, das den Herrn ans Kreuz gebracht und sich somit sein eigenes Verdammungsurteil gesprochen hatte? Außerdem gab es auch noch eine Menge offener Rechnungen weniger spiritueller Natur, an deren Annullierung vielen gelegen war. Und wer sollte die wenig geliebten Fremden schützen? Wusste nicht jedermann in Hippo Regius, dass Bonifacius hochverschuldet war? Sicher hatten da die Juden den Daumen drauf – er würde sicher nichts bemerken wollen, und jedermann wusste auch, wie kostbar ihm seine Goten waren. Nein, der Comes würde sicher nicht eingreifen.

Die Straße, ein riesiger Krake mit Hunderten von Köpfen anstelle der Saugnäpfe, mit nicht zu zählenden Händen, Fäusten, geballt um Steine, Äxte, Messergriffe, Fackeln und Spießschäfte wächst an die Häuser heran. Seine Fratze grinst, von den Fensterkreuzen geviertelt, in die Stuben der ahnungslosen Metoiken. Die Leuchter in den Fenstern sind die ersten Ziele der Steine. Gejohle bei Treffern, wenn das Licht zum Feuer zurückmutiert und die Häuser von innen her in Brand steckt. Als nächstes brechen panisch aus dem Feuer stürzende Menschen im Steinhagel zusammen. Erster Brandgeruch. Schreie gehen in den dumpfen Geräuschen des Aufpralls von Steinen, Äxten und Fäusten auf menschlichen Körpern unter. Andere aber heben sich über das Getöse und Gejohle des Kraken, der sich am Blut seiner ersten Opfer labt, steilen spitz in den rauchschwangeren Himmel über dem Judenviertel, um darauf zurückzufallen.

„Alarm ...! Hilfe ...! Höre, Israel ...!“

Wie aus dem Nichts plötzlich zwei Dutzend Gewappnete – nicht mit Bratspießen und Holzfälleräxten gefährlich gemachte Schreibstubensoldaten wie gegenüber – in breiter Front treten sie dem vielarmigen Ungetüm entgegen.

Demokedes' Männer stehen bereit, die Häupter des Polypen abzuschlagen und die Stümpfe zu versengen. Bogenschützen knien, Hopliten recken die gefällten kurzen Stoßlanzen vor, weisen dem aufgeblähten Kraken seine Grenzen. Demokedes, den breiten Gladius in der Rechten wiegend, tritt vor. Neben ihm zieht Ioannes mit dem stumpfen Ende seiner Lanze eine Linie in den Schmutz der Straße. Eine klare Geste. Bis hierher und nicht weiter. Die blanken, wie Gebisse gebleckten Waffen unterstreichen die wilde Entschlossenheit, sich sofort der Gewalt bedienend zu verteidigen, wenn der Krake sich weiter vorwagen sollte.

Ein deutlich angetrunkener Vorwitziger, der den Zenturio wüst beschimpft und beiseiteschieben will, bekommt den Lanzenschaft vor die Stirn geschnellt, dass ihm die Augen vor die Füße springen und er leblos hintenüber kippt. Der Krake zieht sich molluskenartig zusammen, zuckt krampfig wie unter dem Brenneisen, schrumpft in die Röhren zwischen den Häusern, außerhalb des Judenviertels, löst sich auf in eine Unzahl biederer Bürger der Stadt.

Später würde keiner sich an den Vorfall erinnern, keiner würde dabei gewesen sein. Die Messer werden eingesteckt, die Äxte verräumt, die Fackeln in die dafür vorgesehenen Halterungen zur öffentlichen Straßenbeleuchtung zurückgesteckt. Die Feier in der Stadt geht weiter, als sei nichts vorgefallen.

Eine halbe Centurie von Bonifacius' Goten stürmt heran. Sie wären wohl nicht zu spät gekommen, um das Schlimmste zu verhindern, was die Juden erleichtert registrieren. Der Comes hielt also doch seine schützende Hand über sie und sie fühlen sich jetzt, dem Überfall zu Trotz, doch sicher unter dem Schutz der Goten und Söldner. Demokedes und seine Männer stehen umringt von dankbaren Menschen, auch den Goten schlägt Sympathie entgegen. Die Juden verlassen ihre Häuser, bringen Speisen, Wein und Musikinstrumente. Doch sind Menschen ums Leben gekommen. Es werden melancholische, traurige Weisen angestimmt, Klagelieder. Judith, die an ihren Vater gedrängt dabeisteht, zupft ihn am Ärmel.

„Sahest du die Söhne Sems und Japhets? Sie kämpften nebeneinander und jetzt feiern sie miteinander."

Mosche, der die Anspielung versteht, seufzt. „Ja, mein Kind, aber sie leben nicht unter dem selben Dach. Apropos, wo ist eigentlich Nachum?"

Die Goten hatten sie mitgenommen, und nun lag sie bedeckt mit einem dunklen Militärmantel, der ihr bis an die Knöchel reichte, in einem unbeleuchteten Winkel der Wachstube. Wie beiläufig lag sie da, die Beine leicht gespreizt, noch mit den abgewetzten roten Sandalen an den Füßen. Niemand kümmerte sich um sie, nahm Notiz von ihrer Anwesenheit. Sie lag da im Dunkeln unter dem weiten Mantel, bis schließlich jemand kam, der sich für sie interessierte.

„Eigentlich gibt es heute genug anderes für mich zu tun", ächzte der Präfekt, „also lasst mal sehen."

Seine Liktoren beleuchteten die Szene, wie der Mantel zurückgeschlagen wurde und das Gesicht des toten Mädchens zum Vorschein kam. Immerhin haben die Goten ihr die Augen geschlossen, dachte er bei sich. Aber die Haltung, in der sie erstarrt war, noch dazu das bis knapp an die Scham heran hochgeschlagene Kleid ... Der Tod ist gierig und schonungslos, dachte der Präfekt, bar jeglichen Schamgefühls ist er, Thanatos, wie die Alten ihn genannt hatten. Mit einem leisen, Schmerzen in den Gelenken unterdrückenden Stöhnen ließ er sich auf die Knie nieder. Er unterzog den Leichnam einer eingehenden Betrachtung, verzichtete jedoch auf jegliche manuelle Untersuchung und bedeckte vorsichtig, als gelte es, eine Schlafende nicht zu stören, das olivfarbene Gesicht, auf das dieser obszöne Tod ein sinnliches Lächeln eingraviert hatte, wieder mit dem groben Tuch des Sagum. Dieses Lächeln wollte so gar nicht zum gewaltsamen Ende des Mädchens passen, wie sich auch andere Details nicht mit dem geschilderten Hergang des Verbrechens, dem es zum Opfer gefallen war, in Einklang bringen lassen wollten.

Mit erneutem Ächzen erhob sich der Präfekt wieder, bedeutete den Goten, dass das alles sei für den Augenblick, und diktierte fast schon im Gehen begriffen seinem Schreiber die wichtigsten Stichpunkte.

Es gab tatsächlich Wichtigeres in dieser so völlig aus dem Ruder gelaufenen Nacht als dieses Tötungsdelikt an einer Libertinen zweifelhafter beruflicher Provenienz. So wie die Dinge nun einmal lagen, würde es nicht einmal zu einem Verfahren kommen, denn der Präfekt vermochte sich im Augenblick niemanden vorzustellen, der in diesem Fall Anklage erheben würde. Und wo kein Kläger, da kein Richter!

Judiths Begeisterung über die spontane Straßenfeier schwand immer mehr, je später es wurde. Nochmals ging sie zu den Toten hinüber, die in einem der angekokelten Häuser aufgebahrt worden waren und ging der Reihe nach die sechs Leichen ab. Nein, Nachum war mit Sicherheit nicht darunter, er lebte also noch. Kaum war die Ungewissheit von ihr gewichen, erfasste sie heiliger Zorn. So konnte er nicht mit ihr umspringen! Warum ließ er sich jetzt nach der Katastrophe, nicht endlich sehen? Nach Feiern stand ihr überhaupt nicht der Sinn. Ein paar von Bonifacius' Goten führten einen Ringtanz auf, in dessen wirbelndes, strudelndes Rund sie jeden hineinpackten, den sie erwischen konnten und flugs sah sie sich eingereiht in die trunkene Schar der Tänzer. Der neben Judith taumelnde Soldat warf ihr begehrliche Blicke zu, die sie kühl abgleiten ließ. Der Gote, schließlich des vergeblichen Flirtens müde, griff sie urplötzlich um die Taille und schleppte sie weg, ehe sie überhaupt einen Ton sagen konnte.

„Ich dir nichts tu", versicherte er dem strampelnden Bündel an seiner Seite andauernd, bis sie weit genug weg waren. „Du mir gefällt! Aber Walafrid kein Unmensch, kein Gewalt!" Sein Latein war alles andere als makellos, aber durchaus verständlich.

„Dann setz mich jetzt ab!"

Gehorsam und vorsichtig stellte der Gote seine „Beute" ab und setzte sie, wie eine Porzellanfigur auf den Absatz einer kleinen, zu einem Hauseingang hochführenden Holztreppe. Er selbst ging auf einer niedrigeren Stufe in die Hocke. So waren sie in etwa auf gleicher Höhe mit ihren Gesichtern und, nebenbei, konnte sie nicht überraschend davonlaufen. Zärtlich, wie sie es ihm nie im Leben zugetraut hätte, strich ihr der Bär durchs Haar, „so schön Mädchen! Walafrid viel allein, reich und doch allein." Zur Bekräftigung seiner Worte ließ er einen Beutel voll Silbermünzen erscheinen, was ihm durchaus nicht unberechtigterweise als reich erschien. Genau betrachtet schnitt er gar nicht einmal allzu sehr auf. Mit seinem Zusatzsold als Wachmann verdiente er wohl um einiges mehr als die meisten seiner Kameraden.

Judith zeigte sich wenig beeindruckt. „Ich bin nicht käuflich, wenn du das meinst, ich bin ein ehrbares Mädchen und ich rate dir, mich in Ruhe zu lassen. Lass mich bitte gehen."

Sie erhob sich entschlossen, doch ebenso entschieden drückte sie der Wachmann auf ihren Platz zurück. „Komm schon, Mädchen, Liebe machen!"

„Du hast gesagt, du bist kein Unmensch und wirst keine Gewalt anwenden. Ich bin einem Mann angelobt und Jungfrau. Bin ich einmal entehrt, kann ihn nicht heiraten, verstehst du. Mein Bräutigam würde mich töten, wenn er erführe, dass ich ihn betrogen habe!"

Ihr Erröten blieb in der Dunkelheit so unbemerkt wie ihre Lüge. Aber was wusste schon der Gote von ihren Sitten? Angeblich verfing die Mitleidstour bei einsamen Wölfen am besten und so verfehlte auch ihr Lamento nicht seine Wirkung auf den Wachmann, der resigniert vor sich hinstarrte. „Juden seltsam Volk. Lieber tötet Frauen als schläft mit ihr, deshalb Frau Angst und will nicht!"

„Menschenleben wiegen heute wohl ohnehin nicht besonders viel ... Das ist keine Frage der Religion oder Rasse! Wer hat die sechs Menschen hier getötet, die nichts getan haben außer der jüdischen Gemeinschaft anzugehören, das waren doch nicht wir. Du hast doch selbst gesehen, was passiert ist ..."

„Ich aber auch gesehen warum! Jude hat Frau ermordet. Schöne junge Frau wie du, lieblich rote Wangen – einfach tot", er machte die allgemein verständliche Geste des Halsumdrehens, „eben noch jung und warm, jetzt kalt und fängt an zu riechen. Deine Mann getan!"

Judith durchfuhr es eisig. Sollte sie diese so jedenfalls nicht beabsichtigte Botschaft wörtlich nehmen? War das ein Wink des Schicksals? In Ihrem Kopf drehte sich alles, doch rasch fing sie sich wieder.

„Kannst du das näher erklären?"

„Mann von euch, Jude, geflohen aus Stadt, Mädchen gesehen und Mönch. Jude sieht Mädchen, totgemacht, Mönch versteckt, nichts passiert."

Der Vater mit seinem Gerede vom „Sack mit Löchern" hatte also doch Recht gehabt, war ihr Nachum, dieser ach so treuherzige Kerl, einfach auf und davon? Ihre Stimme bebte unmerklich. „Hast du das alles selbst gesehen?"

„Ich gesehen tot Mädchen!"

„Woher weißt du, dass ein Jude das Mädchen getötet hat?"

„Mönch Zeuge, heilig Mann nicht lügt. Zuerst ... nun ...", jetzt wurde der Wachmann verlegen, nein, diesem unschuldigen Ding durfte er nicht die volle „Wahrheit" sagen. „Zuerst sich umgesehen, dann sie erwürgt und durch Mauer davon!" Er nickte bedeutungsschwer mit seinem massiven Schädel: „Aber, kein Zauber! Loch in

Mauer da durch und weg."

Judith begann allmählich an ihrem Nachum zu zweifeln, Gott der Herr, was stimmte hier? Könnte sie nur mit Nachum sprechen, ihre Zweifel ausräumen, aber wie? Sollte ihr Vater doch recht behalten haben? Er pflegte ihn immer als „den klugen Narren" zu bezeichnen. Nur durch ihn wusste Judith von Nachums Vision vom jüdisch-vandalischen Pakt gegen die Römer. Offenbar hatte sich Mosche mit seinem Plan, Nachum durch eine Ehe mit ihr an die Familie zu binden und ihn somit von seiner abwegigen Idee abzubringen, verschätzt.

Sie konnte nicht mehr, schwer stützte sie ihren Kopf in die Hände und fing hemmungslos an zu schluchzen. In dem bärenhaften Goten erwachte mehr und mehr der Beschützerinstinkt und verdrängte letzte Reste seiner Begehrlichkeit. Erneut strich er ihr zärtlich über den Scheitel und hievte sein gesamtes Kampfgewicht auf ihre Stufe, die bedrohlich ächzte, als er sich neben Judith niedersetzte. Ohne noch ein Wort zu verlieren legte er seine schwere Pranke um die Schultern des Mädchens und drückte sie wie ein Vater liebevoll an sich. Judith, die sich selten so geborgen gefühlt hatte wie in diesem Augenblick, konnte all ihre Trauer, all ihre Enttäuschung und die Wut über ihre vermeintliche Einfalt und Vertrauensseligkeit hinaus heulen. Als ihr Schluchzen langsam verebbte, brachte der Gote sie zurück zur Feier, wobei die beiden so manchen skeptischen Blick ernteten.

Mosche kam ihnen entgegengestürmt und riss sein Kind förmlich an sich.

„Was hast du mit meiner armen kleinen Tochter angestellt, du scheußlicher Riese ...", doch ehe er weiter seinem gerechten Zorn die Zügel schießen lassen konnte, fuhr ihm Judith, spitz wie eine Nadel, ins Wort.

„Lass Walafrid in Ruhe! Er ist ein anständiger Kerl, er hat mir nichts zuleide getan, im Gegenteil." Sie bot dem Goten die Hand. „Du warst mir eben eine große Hilfe, dank dir tausendmal!"

Der schlug freudig ein. „Man sieht sich!", verabschiedete er sich in seiner seltsamen Ausdrucksweise.

Schweigend gingen Vater und Tochter ins Haus. Mosche drückte Judiths Hand. Es war schon sehr spät, doch konnten die beiden nicht schlafen. Als Judiths Mutter die Treppe herunterkam und fragte, was denn schon wieder los sei, schickte sie der Vater, mit wenigen Worten der Aufklärung versehen, wieder ins Bett. Als er sich vergewissert hatte, dass seine Frau außer Hörweite war, begann er.

„Für mich ist die Sache klar, das Gerücht, dass wir eine Christin geschlachtet haben, hat sich dummerweise bewahrheitet. Anscheinend hat Nachum tatsächlich einen Mord ...", hilflos hob er, um Worte ringend, die Hände, „was weiß ich, vielleicht war es auch nur Totschlag - aber was spielt das für eine Rolle? - auf sein Gewissen geladen. Der Grieche, der uns in letzter Sekunde mit seinen Kriegern gerettet hat, hat mich davon unterrichtet. Er ist Partner von Onkel Chaim aus Karthago. Karthago ist sicher wie Abrahams Schoß, jene Stadt werden die Vandalen nie erobern. Außerdem wird die Kaiserin sicher alles tun, um diese letzte Bastion gegen die Barbaren zu verteidigen. Hippo dagegen ...", er schüttelte den Kopf, „... ziehen erst einmal die neuen Herren hier ein, gehen wir den härtesten Zeiten entgegen, die Africa seit Menschengedenken gesehen hat! Diese Wilden lassen sich nicht abspeisen mit ein paar Goldstücken, sie wollen hierbleiben und das Land unter sich aufteilen. Wir werden Steuern zahlen müssen, mehr als an Rom. Ich weiß, dass wir verloren sind. Nachum wird uns tatsächlich verraten, er wird den Vandalen einen Weg weisen, wie sie in die Stadt gelangen können und dann gnade uns Gott!"

Also war es doch wahr! Nachum, ihr geliebter Nachum, war ein gemeiner Verräter und Mörder obendrein. Sie musste unbedingt mit ihm sprechen - nein, sie wollte ihn nie wiedersehen.

„Vater, ich bin müde, ich will mich schlafen legen, mir ist das alles zu viel."

Mosche küsste sie auf die Stirn und sah ihr mitleidig in die Augen. „Ich kann mir vorstellen, was sich in deinem armen kleinen Herzen abspielen muss, aber ich kann dir keinen Rat geben, außer: Entscheide erst nach reiflicher Überlegung, was du tun willst."

Judith entkleidete sich langsam und penibel, legte alles sorgfältig zusammen, doch ehe sie, ohne sich zu waschen, ins Bett stieg, streifte sie behutsam den Ring von ihrem Finger und hängte ihn an ihr silbernes Halskettchen. Obwohl sie innerlich wie zerrissen war, würde sie Nachum eine Chance geben, ganz aufgeben wollte sie ihn noch nicht, denn sie konnte sich nicht vorstellen, sich derart in ihm getäuscht zu haben.

* * *

Noch ein Engel
Am folgenden Tag

Zunächst hatte Nachum noch gehofft, das Dutzend Reiter, das hier heransprengte, wären Marusier, die ihn hätten verstehen können, doch gehörten sie zum alanischen Teil der Belagerer. Er erkannte sie an den tuchumwickelten Helmen. Schnell waren er und sein Begleiter umzingelt, drohend richteten sich Lanzen auf sie. Unverständliches Geschnatter. Böse Blicke. Die dunkelhaarigen Steppenreiter wirkten hier in der Wüstenei wie schon immer dazugehörig.

„*Linguam latinam loqueris? Hellenitzeis?*“, wandte sich Nachum an einen wegen seiner schweren goldenen Halskette als Anführer vermuteten Reiter. Erst jetzt fiel ihm auf: Von diesen Männern Kenntnisse fremder Sprachen zu erwarten, die über Vandalisch oder Gotisch hinausführten, war reine Illusion gewesen. Doch hier stand Fortuna als Patin neben Nachums kleinem Trupp: Der Reiter hatte von seinem Vater, der sich als junger Mann bei den Oströmern als Söldner verdingt hatte, ein paar Brocken Griechisch aufgeschnappt und sie behalten, mehr aus Spaß an den seltsam klingenden Vokabeln, als aus zielgerichtetem Interesse, was sich in den folgenden Worten verdeutlichte.

„*Chaire! Chairoumai! Eu pratto, ho oinos agath'estin, he kore kal'estin* – Sei gegrüßt, ich freue mich, mir geht es gut, der Wein ist gut, das Mädchen ist schön, hahaha.“

Immerhin, ein Echo, dachte Nachum bei sich. „*Eirene* – Frieden!“ Dieses Wort war dem Alanen allerdings fremd, er runzelte die Stirn. Nun durfte Nachum nur den mühsam hergestellten Kontakt nicht wieder verlieren. „Was für ein Glücksfall, dich hier anzutreffen – *Philia!*“, verkündete er mit breitem Lächeln.

Auch das Gesicht des Alanen hellte sich auf. „Freundschaft“, wiederholte er und dolmetschte seinen Kameraden. Wie Nachum nun bemerken musste, waren auch sinnvolle Wendungen hängengeblieben.

„*Dora phereis?* – Bringst du Geschenke?“

Damit hatte Nachum gerechnet, er nickte und zog aus seinem Beutel einige Ketten mit Glasperlen, Gehäusen von Meeresgetier und Pflanzensämlingen der seltsamsten Formgebung heraus und hielt sie hoch. Das war zwar alles nicht viel wert, aber als erster Test nicht schlecht. Warum gleich Perlen vor die Säue werfen? Die Alanen verteilten die Kleinodien unter sich, worauf die notwendigerweise leer Ausgegangenen protestierten und so musste Nachum die letzen Reste des mitgeführten Schunds abgeben, wohl wissend, dass alle weiteren „Dora" ein Loch in seinen Beutel reißen würden.

„*Angelos eimi*", lenkte der Bote nun die Aufmerksamkeit der Reiter, die sich ganz dem Materiellen zugewandt hatten, wieder auf sich. „*Angelos*? Haha ...", der Rest war alanisches Geschnatter. Der Anführer war einem typischen Phänomen im Umgang mit fremden Sprachen aufgesessen. Beizeiten haben Worte mehrere Bedeutungen, der Adressat kennt jedoch nicht alle und die Botschaft bekommt dadurch einen verdrehten Sinn. Der Alane deutete zum Himmel.

„Angelos kyriou ek tôn ouranôn?"

Der weite, lange Mantel, der zweizinkige Bart, der breite, schattenspendende Hut, die seltsam gedrehten Schläfenhaare: Sahen so Engel aus? Der Alane strich sich den Bart. Nein, von Engeln hatte er eine gänzlich andersgeartete Vorstellung. In seinen Augen musste solch ein Himmelsbote sehr schnell sein, er brauchte also ein hervorragendes Pferd, nicht so einen lahmen Ackergaul, wie ihn dieser selbsternannte Engel am Zügel führte. War er gar ein Transportengel? Gab es so etwas, Transportengel? Andererseits, wer konnte das so genau wissen? Angelologie war natürlich nicht das Spezialgebiet des Patrouillenführers. Ein derart ambivalentes Wesen auszurauben oder gar zu töten, verbat sich von vorneherein, vielleicht sprach der Pferdeführer dort die Wahrheit und dann gnade ihm Gott beim jüngsten Gericht! Jesus würde sich zurückziehen, und der Allerhöchste würde die Fülle seines weißen Haupt- und Barthaares schütteln. Blitze würden niederfahren und Donner rollen: „So so, einen meiner Engel hast du aus Habgier umgebracht ..." – der Allerhöchste würde nicht zufrieden sein mit ihm ...

Die Alanen berieten sich längere Zeit. Nachum, der im Ungewissen blieb, ob sie etwa gerade um den Beuteanteil feilschten, den jeder einzelne der Krieger nach dem ebenso plötzlichen wie absichtlich herbeigeführten Ableben des „*Angelos*" erhalten würde, wurde es zunehmend mulmig. Doch wagte er jetzt nicht, das Palaver der Reiter zu stören. Zuletzt winkte ihn der Anführer zu sich, bedeutete ihm, aufzusitzen und mitzukommen.

Sein Begleiter wurde einem weiteren alanischen Krieger zugewiesen, der ihn vor sich in den Sattel hievte, und der Trupp setzte sich in Bewegung. Da das Packtier eine äußerst träge Gangart bevorzugte und alles Pfeifen, Schnalzen und Spornen nichts half, blieben fünf Mann als Eskorte zurück, während der Rest vorausritt, um eine seltsame Meldung zu machen. „Ein Engel des Herrn ist vom Himmel gekommen!"

Nach einer guten Stunde traf man in einem sehr provisorisch wirkenden Stützpunkt der Belagerer ein. Eine Vielzahl geduckter Zelte umgab einige kleine Hütten mit flachen, lehmbeschmierten Dächern, die sich ebenfalls niedrig an den Boden schmiegten. Die meisten der improvisierten Bauten waren aus Palmwedeln zusammengesetzt. Auf einer wie aufgeworfen wirkenden Anhöhe lag ein großer Stapel dieses Materials, offenbar als Vorrat für Reparaturen. Was auf den ersten Blick wie ein friedliches Nomadencamp aussah, entpuppte sich beim Näherkommen als kleines Heerlager, das um die 400 Mann beherbergen mochte. Ein weiteres Lager dieser Art war nicht in Sichtweite.

Bei eingehender Betrachtung des seltsamen Ensembles verstand Nachum allmählich den Ärger des Comes mit dieser beobachtenden Belagerungsarmee. Bei einem Ausfall ein paar verstreute Lager dieser Art zu zerstören, wog das Risiko, kostbare Truppen zu verlieren, nicht auf, und so hielt sich der Status quo bei gegenseitigem Wissen um diese Gegebenheiten.

Der Anführer brachte Nachum zu einem der Unterstände, wo er nach kurzem Warten eingelassen wurde. Der Fetzen, der wohl eine Tür symbolisieren sollte, wurde beiseitegeschlagen und erschreckte einige große Vögel, die auf einer langen Stange in einem abgedunkelten Winkel des Raumes saßen. Die Dohle, die nicht angebunden war, flog kurz auf, keckerte und ließ sich sodann wieder auf der Stange nieder. Die beiden festgeleinten Habichte jedoch polterten aufgeregt mit den breiten Schwingen, um nicht herabzufallen. Der kleinere sträubte das schwarz-weiß gesperberte Gefieder und hechelte, um sich wieder zu beruhigen.

Nachum brauchte einige Zeit, um sich von dem Schrecken, den ihm wiederum die unruhigen Vögel eingejagt hatten, zu erholen und sich an die schwachen Lichtverhältnisse im Raum einigermaßen zu gewöhnen. Der Unterstand bestand aus nur einem Raum. Rund um einen roh gezimmerten, mit Karten übersäten Tisch saß eine Gruppe – vermutlich vandalische Offiziere. Einer der Männer, ein Sitzriese, wie es Nachum schien, denn er schrumpfte schier beim Aufstehen, erhob sich und ging ihm ein paar Schritte entgegen. Im Gegenlicht wirkte er dunkel.

„So also sehen Engel aus", begrüßte er in belustigtem Ton den Boten, „sie wirken recht alttestamentarisch!" Sein Latein war fließend, doch schien es Nachum, als ob der Vandale die ‚d' und ‚l' vor dem Aussprechen durchkaute, so weich war ihr Klang aus seinem Mund.

„Friede!", begrüßte er ihn.

„Ein merkwürdiger Gruß in dieser Zeit", kam es zurück.

Nachum, den die Sprachbeherrschung seines Gesprächspartners erstaunte, war sich nun sicher, einen ganz hohen Offizier vor sich zu haben, trotz des jugendlichen Alters. „Bist du Geiserichs Sohn?", fragte er ohne Umschweife. Trotz der diffusen Lichtverhältnisse erkannte er ein Schmunzeln auf dem Gesicht des Vandalen.

„Verzeih, aber die Fragen stelle lieber ich – nimm Platz, Hebräer, und stärke dich."

Nachum nahm den Reisehut ab, seine Kipa behielt er natürlich auf, und sprach den herbeigeschafften einfachen Speisen eifrig zu. Das Fladenbrot war übersät mit groben, bitter schmeckenden Körnern von Schwarzkümmel und kugeligen kleinen Früchten von Anis und Koriander, die beim Zerbeißen ihr erfrischendes, die Zunge kühlendes Aroma verströmten. Die dumpfe Hitze im Unterstand schien mit einem Mal erträglicher geworden zu sein, und der feucht-kalte Geschmack löste Nachums Beklommenheit wie seine Zunge. Und so erbat er sich ungeniert zum Fladenbrot und dem Käse noch etwas Salz. Doch unvermutet hielt einer der Anwesenden den jungen Krieger, wohl einen Offiziersanwärter aus den Reihen des Adels, der ihm dienstbeflissen das Gewünschte schon bringen wollte, zurück und sah dem Juden fest und durchdringend in die Augen.

Jetzt erst fiel Nachum auf, dass er hier einer Frau gegenübersaß. Sie sah nicht sehr vandalisch aus, rabenschwarze Locken umrahmten ein zierliches Gesicht. Der Kopf wirkte groß auf den schmalen Schultern. Im direkten Kontrast zum Rahmen aus schwarzem Haar und sonnengedunkeltem Teint kristallisierte sich ein Blick aus meerblauen Augen, der sich durchdringend und scharf wie ein ägyptisches Papyrusmesser in jene Nachums senkte. Und da gab es Menschen, die behaupteten, der Sehvorgang beruhe einzig auf der Entgegennahme von Außenreizen durch das passive Auge! Deutlicher konnte doch die allgemein für wahr gehaltene Lehrmeinung, das Auge sende Strahlen aus, um sehen zu können, nicht bestätigt werden, dachte Nachum. Über Reflexionen dieser Art hielt er der glasharten Kälte ihres langen und tiefen Forschens stand. Lag es an den großen, geweiteten Pupillen? Er wusste nicht woher er seine Sicherheit zog, jedenfalls glaubte er Sympathie hinter der Skepsis zu erkennen und irrte nicht.

„Gut, gib ihm Salz – du bist jetzt unser Gast; wie ist dein Name?"

Nachum stellte sich vor.

„Ich bin Ceridwen", kam es zurück und dies hier ist Arwid, mein Mann und Sohn König Geiserichs, Befehlshaber an der Front vor Hippo Regius."

Nachum schluckte, denn aller Augen ruhten forschend auf ihm. „Du hast es mir leicht gemacht, Ar-wid", er sprach den Namen zögerlich aus, als müsse er mit der Zunge jeden einzelnen der fünf Buchstaben ertasten, „ich sehe, dir ist mein Volk bekannt. Seit die Römer unseren Tempel zerstört haben, ließ uns Kaiser Hadrian aus unserer Heimat verjagen und zerstreute mein Volk in alle vier Winde. Doch noch sind wir nicht untergegangen im Gemenge der Völker, wir haben unsere Sitten und Gebräuche bewahrt und unser Blut so gut es ging rein gehalten, seit elf Generationen! Normalerweise mischen wir uns nicht in die große Politik, führen lieber unsere kleinen Geschäfte."

„Wie man es nimmt", fuhr Truchthari dazwischen, der bisher geschwiegen hatte, „groß und klein ist bekanntlich relativ."

„Lass ihn erzählen", beendete Arwid den Einwurf.

„Er hat schon recht", nahm Nachum den Faden wieder auf, „man muss von etwas leben und kann nicht aus lauterer Nächstenliebe Handel treiben"

„Das sagt mein Vater auch", bemerkte Arwid, „ihr würdet euch gut verstehen. Der Seekönig von einst als Schutzherr der Krämer!"

Alle lachten, bis auf Arwid, der seine Bemerkung ernst gemeint hatte. Tadelnd blickte er in die Runde. „Das ist weder dumm, noch lustig, weshalb lacht ihr?" Er wandte sich wieder seinem Gast zu. „Dass ihr Juden keinen Grund habt, den Römern dankbar zu sein, liegt auf der Hand. Dein Anliegen läuft wohl auf die Entlassung deiner Leute aus der römischen Solidargemeinschaft der Stadt hinaus und du bietest dafür Geld an, das du mitführst. So ist es doch, nicht wahr?"

„So ähnlich", pflichtete ihm der verdutzte Nachum bei.

„Mein lieber hebräischer Engel, so einfach, fürchte ich, wird das nicht gehen. Du denkst, wir sind Barbaren und Wilde. Den Wilden gebe ich Glasperlen, den Barbaren echte und alle sind entzückt. So ähnlich? Ich hätte da ja eine Idee, aber darüber muss ich erst noch mit meinem Vater rücksprechen ... Wie steht es bei euch in der Stadt?"

„Oh, alle sind wohlauf und vergnügt und halten eurer läppischen Belagerung noch mindestens zehn Jahre stand."

„Du hast Recht, das war eine dumme Frage", resümierte Arwid. Es entstand eine peinliche Pause.

Ceridwen pfiff durch die Zähne, Morrigan kam angeflattert und spielte eine Weile mit einer von ihren Haarklammern. Lapsus zog den Kopf schützend zwischen die Schultern, als er bemerkte, dass die Dohle, der Ceridwens Schmuck offensichtlich nichts mehr bieten konnte, neugierige Blicke auf seinen funkelnden Ohrring warf. Mit seiner passiven Strategie bewirkte er jedoch lediglich, dass Morrigan den Landeplatz wechselte und sich auf seinem Kopf niederließ, um von dort aus nach dem Gold zu angeln. Heiterkeit breitete sich im Raum aus, und Truchthari lockte den Vogel mit einer Münze von seinem Aussichtspunkt fort. Niemand durfte es wagen, sich des zudringlichen Tieres aktiv, etwa durch einen Schlag mit dem Handrücken, zu erwehren. Ceridwens Ausbrüche waren zu recht gefürchtet, denn ihr war der Vogel heilig, der sich unerzogener benahm als ein römisches Kaiserkind. Ceridwen richtete ihre Haarklammer und griff Nachums Erzählung auf.

„Erzähl uns doch mehr von deinem Volk! Soweit ich weiß, habt ihr euch auf meiner Insel noch nicht niedergelassen. Hadrian und seine zahlreichen Nachfolger konnten euch auch nicht dorthin schicken, da ihnen meine Insel nie gehörte – und natürlich nie gehören wird."

Nachum zwirbelte eine lange Strähne um den Mittelfinger und dachte nach, wo er beginnen sollte. Seine Augen wanderten durch den Raum, auf Papyrusrollen geschriebene Briefe lagen neben Arwids Ellenbogen. „Wir sind das Volk der Schrift, deren Studium uns oberste Aufgabe ist. Die Tradition der Schrift geht zwar vom Vater auf die Kinder über, aber sogar die Frauen dürfen sie erlernen ..."

„Was heißt hier sog..."

„Ach bitte Ceri, kann er jetzt ganz normal erzählen, ist das möglich", Truchthari klang gereizt. Nachum war belustigt, Disziplin war offenbar nicht die Kardinaltugend der Vandalen. Arwid nahm sich der Sache an.

„Euer Volk übertrifft wohl alle anderen an Bildung und Wissen, wenn die Schrift bei euch nicht allein den Adligen und Priestern vorbehalten bleibt. Ihr könnt, wenn ihr auf euresgleichen trefft, selbst wenn es am Rande der Oikumene wäre, von mehr Voraussetzungen ausgehen, als bei anderen Menschen, da jeder von euch sich bemüht, ein Gelehrter zu sein. Aber verglichen mit der lateinischen Schrift ist die eure schwerer zu erfassen, ohne die Hilfe der Vokale braucht man doch sicher sehr lange, um dieses System zu erlernen, nicht wahr?"

Nachum hob überrascht die Brauen. Der Barbar hatte Kenntnisse, die über das Notwendige hinausgingen.

„Du hast dich damit befasst?"

„Nur peripher. Aber, wo wir dabei sind, sag uns doch, wie nähert ihr euch diesem schwierigen System eurer Schriftzeichen an?"

„Man wächst hinein, würde ich sagen, die Kinder lernen, bevor sie schreiben und lesen können, wichtige Passagen der Schrift auswendig, wodurch ganz nebenbei das Gedächtnis geschult wird. Später lernen sie die Schriftzeichen zu deuten, das heißt mit dem zuvor gelernten Text zu vergleichen, mitzulesen, und mit der Zeit wird so die ganze Schrift erfahren. Damit meine ich nicht, im Kopf gespeichertes, wesensfremdes Wissen sinnlos zu rekapitulieren. Was da mit Herz und Hirn, eigentlich mehr inwendig als auswendig gelernt wird, ist unser Gesetz und unser Gespräch mit Gott. Gott ist in uns, und die Einhaltung seiner Gebote ist unser Dienst, sowohl am Gemeinwesen des Volkes als auch an ihm. Dazu werden unsere Kinder erzogen."

Der Abend ging hin mit alttestamentlichen Helden- und Gräuelgeschichten, wobei Ceridwen mehr als einmal ruhiggestellt werden musste. Dann erzählte Nachum von den prächtigen Königspalästen, dem zweifachen Tempelbau der Juden, der Belagerung von Masada, dem Tempelbrand und zuletzt der Niederlage Bar Kochbas und der Diaspora des Volkes Israel. Und überall wo sie lebten, waren sie von Argwohn umgeben, wurden immer wieder zum Ziel von Anfeindungen und irrationaler Furcht, zu viele Niederlagen,

Gefangenschaften und Verfolgungen hatten das erwählte Volk Jahwes heimgesucht. Das durfte sich so nicht fortsetzen. Gerade die Vandalen, ewig gejagt und geschlagen von ihren übermächtigen Nachbarn, mussten hier Einsicht walten lassen.

Das Gespräch, das Arwid kurz darauf mit seinem Vater führte, ernüchterte ihn zwar, der alte Fuchs hatte wieder den Wolf hervorgekehrt, doch das Endresultat war das Erwünschte.

„Die Sache ist die", erläuterte er Nachum, „mein Vater gedenkt euch unter seinen Schutz zu stellen. Da ihr klug seid, wird es euch nicht erstaunen, dass er an seine Zusage, nach der Landnahme mit euch eng zusammenzuarbeiten, Bedingungen knüpft."

Nachum hob die Arme zu einer weitausholenden, hilflosen Geste, die Handflächen dem Himmel zugewandt. „*Manus manum lavat*, wie die Römer sagen, so ist das Leben."

„Und ich glaube, dass es das beste für dich ist, erst einmal hier bei uns zu bleiben, bis etwas Gras ...", er stockte und blickte hinaus in die Unwirtlichkeit der Wüstenei, „... nun, man sagt eben so, über dein Fehlen gewachsen ist."

* * *

Haie, Helden und Dreiviertelhelden
Herbst 430 A. D.

Niemanden ließ Ischthoret hinter ihre Fassade blicken, die Maske einer Sphinx voller Redseligkeit, ein Geheimnis, umgeben von einem Wall aus Worten. Sie selbst verglich sich mit einer Zwiebel, die Hülle um Hülle preisgab, ohne je ein Herz sichtbar werden zu lassen, und gefiel sich durchaus in der Rolle der sich Entblößenden. So mancher ihrer Liebhaber mochte der Überzeugung gewesen sein, er würde nun ihr wahres Wesen kennen. Doch letztendlich waren sie alle, Demokedes eingeschlossen, getäuscht.

Seine Rückkehr wurde nun immer wahrscheinlicher, denn eine Entsatzflotte mit Soldaten und Nachschub war endlich in Karthago eingetroffen, allerdings nicht aus Westrom, sondern aus Byzanz. Doch allein beim Gedanken, Demokedes wiederzusehen, fühlte sie sich beengt. Ihr Plan sah vor, sich noch eine Zeitlang an der Reederei zu beteiligen, um sich dann sukzessive vom Geschäft wie von ihrem Liebhaber zu lösen.

Für sie gab es jetzt hier genug zu tun. Die oströmische Flotte hatte ansehnliche und reiche Offiziere angelandet, und Ischthorets Haus war die Adresse Nummer Eins bei den Großen und Vornehmen des Ostens. Eine ebenso interessante, wie bunte Trias war täglich bei ihr anzutreffen: Flavius Ardaburius Aspar, die Schwerthand des oströmischen Kaisers, sowie dessen *domesticus* Markianos und der Nauarch Nikomachos aus Korinth.

Aspar war wohl der mächtigste Militär östlich von Brundisium, und wenn es so weiterging, in Kürze auch westlich davon, denn wer sollte ihm noch die Stirn bieten, hätte er erst einmal Africa erobert? Ironie des Schicksals: Er gehörte dem Volk der Alanen an, deren Gros sich ja vor Jahrzehnten den Vandalen Godegisils angeschlossen hatte und das nun „der Feind" war. Gewissensbisse verursachte ihm diese Tatsache nicht. Umso besser, dachte er, wenn man sich mit den Besiegten dann ohne Dolmetscher verständigen kann.

Ohne große Hausmacht im Hintergrund, war er die Karriereleiter mit Hilfe seines beharrlichen Ehrgeizes und seines scharfen Verstandes bis an die Spitze hochgeklettert. Er bekleidete das Amt des *magister militum per orientem* und war Comes seines Kaisers Theodosius II. Da sich der oströmische Kaiser in militärische Belange aus mangelndem Interesse nicht persönlich einmischte, fand sich Aspar in der beneidenswertesten Position, die ein Offizier innehaben konnte: Der braunhäutige, schwarzbärtige Hüne agierte, vergleichbar einem *Strategos Autokrator* der hellenistischen Epoche, fern vom Hofe als bevollmächtigter Feldherr in völliger Eigenregie. Byzanz duldete es, wusste man ihn doch so fern vom Hofe sinnvoll beschäftigt, und das Ziel des Vandalenfeldzugs in Africa ließ persönliche Rivalitäten hintan stehen.

Ischthoret, die Menschen- und Männerkennerin, empfand vor diesem undurchsichtig vor sich hin Schweigenden, der in Gesellschaft nur mäßig dem Wein zusprach und nie ihre eigentlichen Dienste beanspruchte, eine gewisse Scheu. Wenn er tatsächlich einmal das Wort ergriff, verstummte augenblicklich die Konversation und seine Offiziere lauschten ihm wie einem Orakel. Er brachte Gespräche auf den Punkt, die abzugleiten drohten, behielt ständig die Übersicht und rettete damit so manches Thema vor der Zerfledderung. Hierin war ihm der Grieche Markianos ähnlich, dessen zupackende Löwenerscheinung Ischthoret besser gefiel. Seine Gesichtszüge waren von einer selten anzutreffenden Harmonie aus Gegensätzlichkeiten, so sinnlich wie willenstark. Markian fieberte seinem ersten eigenständigen Kommando, dem Entsatz der eingeschlossenen Stadt Hippo Regius, entgegen. In einigen wenigen Tagen würde er aufbrechen, um die Stadt den vandalischen Wölfen zu entreißen. Ein Zauderer war er noch nie gewesen. Schon einmal, vor zehn Jahren, hatte er als noch grüner Tribun durch seinen vorbildlichen persönlichen Einsatz eine auf der Kippe stehende Schlacht gegen die Perser gewendet. Er wollte zuerst den Belagerungsring vom Meer her durchbrechen und dann an Land einen Ausfall gegen die schwache Belagerungsarmee der Vandalen unternehmen, die er aufzureiben gedachte. Er behielt es für sich, aber im Grunde sah er sich schon als Sieger und Befreier Africas und machte sich Gedanken über das weitere Vorgehen nach dem Triumph.

Am Abend vor dem Aufbruch gesellte sich der Dritte im Bunde, der Grieche Nikomachos zu Ischthoret und erklärte, er wolle die Nacht vor dem Einsatz mit ihr verbringen. Der Nauarch war nicht mehr der Jüngste, gut in den Fünfzigern, aber noch immer von athletischer, ansehnlicher Statur. Auch wenn sein Haupt- und Barthaar größtenteils ergraut war, schienen seine kräftigen, dunklen Brauen dem Alterungsprozess zu trotzen. Er war keineswegs hässlich, sein Gesicht wies nur wenige kleine Narben um das meisterhaft aus Glas ersetzte rechte Auge auf, das er im Kampf gegen gotische Piraten im Schwarzmeer eingebüßt hatte. Er stamme aus der uralten Handelsmetropole der nördlichen Peloponnes Korinth und sei ein „direkter Nachfahre des Tyrannen Periander", wie er im Grundton der Überzeugung gerne hervorkehrte.

Ischthoret, die von ihrer Mutter her mit dieser Genealogie vertraut war, schürzte unbeeindruckt die Lippen. „Das sagen alle Korinther, wenn sie im Ausland sind." Doch ihr gefiel der Nauarch, der wie ein ertapptes Kind zu erröten begann – zum ersten Mal in ihrem bewegten Leben fand sie einen Mann einfach süß. Sie küsste ihn schelmisch auf die Nasenspitze und zog ihn mit sich die Treppe hinauf.

Wenige Minuten später erschien ein Gast, mit dem zu dieser Stunde niemand gerechnet hatte, schon gar nicht in diesem Haus.

Chaim ben Itzhak war widerstrebend in das Haus der ihm gegenüber immer sehr herablassenden Geschäftspartnerin gekommen, um mit ihr zu beraten, was mit Demokedes Finanzen zu tun sei, sobald das byzantinische Expeditionskorps die Vandalen aus Africa verjagt haben würde. Doch fand sich keine Gelegenheit zu einem Gespräch. Die Großen, Aspar und Markian, waren sich für einen Plausch mit einem Juden zu vornehm, so nahm er Vorlieb mit der zweiten Garnitur. Ein tyrsenischer Marinetribun winkte ihn zu sich.

„Na, wie gehen die Geschäfte?", witzelte er.

„So weit gut, danke der Nachfrage. Im Prinzip bin ich allerdings hinter der Dame Ischthoret her", gab Chaim zu.

Der Tyrsener verzog den Mund zu einem zugleich komplizenhaften wie verächtlichen Grinsen. „Da brauchst du aber einen langen Atem, die Dame ist nämlich heute schon belegt", er fuhr sich mit der Zunge eindeutig über die Lippen, „außerdem ziehe ich es stark in Zweifel, dass sie es mit einem Juden machen würde!"

„Oh, auch ich habe meine Vorstellungen von Reinheit", konterte Chaim, „sie dürfte mir nicht zu nahekommen."

Der Tyrsener grinste. „Das sagst du jetzt! Troll dich besser, heute Nacht bleibt der Nauarch Nikomachos bei ihr, es hat keinen Sinn zu warten. Vor morgen früh, wenn wir auslaufen, brauchst du nicht wiederzukommen."

Chaim zog wortlos die Brauen hoch und verabschiedete sich mit einem kurzen Kopfnicken. Die ganze Nacht! War das nicht kürzlich noch Demokedes' Privileg gewesen? Auf der Straße dachte er bei sich, dass das alles doch höchst ungewöhnlich, Chaim wiegte den Kopf, ja geradezu faul war. Spielte die Dame Ischthoret mit dem Gedanken an einen Kurswechsel? Er jedenfalls würde Demokedes, ihren gemeinsamen Partner, davon natürlich in Kenntnis setzen. Zuerst jedoch wollte er einmal Erkundigungen einziehen, wer dieser Nikomachos denn überhaupt sei. Er wandte sich in Richtung Hafen und horchte sich etwas um, sodann suchte und fand er einen jüdischen Soldaten der Oströmer, den er beauftragte, eine kleine Nachricht an den Reeder Demokedes in der eingeschlossenen Festungsstadt zu übermitteln. Leider geriet dieser Soldat später in der Nacht aufgrund eines Würfelspiels in eine Prügelei, die er nicht überlebte, und so wurde die Botschaft nie überbracht.

Lag es an seiner Einäugigkeit, dass er, anders als alle ihre Galane und Kunden, ihr beim Höhepunkt ins Gesicht sehen wollte? Während sie in seinen Armen unter ihm zerfloss, zerstob auch ihre Seele, liebevoll drückte sie den Kopf des Mannes an sich.

„Du darfst nicht fortgehen“, flüsterte sie, „ich will, dass du hierbleibst.“

Der Nauarch war sprachlos. War das ein billiger Trick einer Edelnutte? Eine Laune? Ein Spiel? Lachend entzog er sich ihr und begann sich anzukleiden. Missmutig verfolgte sie seine umständliche Aktion und tippte ihn vorsichtig mit dem langen Nagel ihres Zeigefingers an, wie eine Katze, die spielen will. „Du Angeber“, neckte sie ihn, „hast du nicht gerade noch ausposaunt, du willst die ganze Nacht mit mir verbringen, nicht nur ein paar Stunden?“

Was sich der Grieche nicht zweimal sagen ließ, und so lagen sie umschlungen, bis es langsam dämmerte.

„Ich komme wieder, sobald wir die Barbaren hinausgeworfen haben.“ – „Ich werde auf dich warten“, versprachen sie sich zum Abschied.

Ischthoret war benommen. Was war das? Dieses Gefühl kannte sie nicht und sie begann sich, noch ehe sie darüber ins Reine gekommen war, dass sie sich verliebt hatte, für diese Schwäche zu hassen. Das durfte doch einer Frau ihrer Profession nicht passieren! Noch dazu mit einem Mann, der weder an Macht und Besitz noch an Ausstrahlung und Aussehen mit Demokedes mithalten konnte. Auch wenn sie sich zunächst gegen dieses Gefühl sträubte, das ihrem Verstand strikt ein weiteres Eingehen auf Fragen wie: „Wie wird das weitergehen, wenn Demokedes zurückkommt?" verbat, es siegte über all ihre Bedenken. Sie musste sich eingestehen, dass sie Niko mit jedem Tag seiner Abwesenheit mehr vermisste und einen raschen Sieg der Byzantiner herbeisehnte.

*

Bereits beim ersten Hinsehen wusste Bonifacius: Geiserich, seine Söhne, der schäumende neue Patriarch Adeodatus und alle seine Bischöfe, das waren sämtlich kleine Fische verglichen mit diesem Hai hier.

Dieser war ihm ebenbürtig, ein zweiter Hai – eigentlich sollte er sich freuen, doch die Dynamik und der Optimismus, die von dem Jüngeren ausgingen, lähmten ihn. Er sah keiner Jagd zweier Haie im Heringsschwarm entgegen, sondern einem Kampf im Haifischbecken auf Leben und Tod. Der Mann hatte trotz seiner 35 Jahre noch sehr jugendliche Züge, doch so einnehmend die Physiognomie Markians auch sein mochte, dahinter lauerte ein eiskalter Taktiker. Kaum waren die Oströmer in Hippo Regius gelandet – übrigens ohne auf den Widerstand der Vandalenflotte zu stoßen, mit dem jedermann gerechnet hatte, Geiserichs Flottenchef vor Ort hatte mit seinen Trieren seltsamerweise einen Tag vor dem Eintreffen der Byzantiner das Feld, beziehungsweise die Küste geräumt –, schon führten diese sich als die Verwalter der befreiten Stadt auf. Bonifacius wurde gehört, sein Rat höflicherweise eingeholt, doch entschieden wurde nun im Gemeindehaus, das Markian zu seinem Hauptquartier gemacht hatte. Aspars *domesticus* hatte sehr konkrete Pläne, wie vorzugehen sei, und er hatte dem Comes Chierwein auf die Zitadelle mitgebracht, dem sie in brüderlichem Argwohn vereint gemeinsam vorsichtig zusprachen.

„Wir warten meinen nächsten Konvoi aus Karthago ab, Comes, dann haben wir die nötige zahlenmäßige Überlegenheit, um die Wilden auszurotten. Zuerst schlagen wir die Vandalen und dann wird aufgeräumt mit diesen verwahrlosten Zuständen, dass Knechte Herren sind und Senatoren während der Feldarbeit zum Takt der Knute alberne Liedchen singen müssen. Ihr werdet sicher verstehen, dass mein Kaiser Theodosius", er ließ das „mein" wie Butter auf dem heißen Fisch auf seiner Zunge zerlaufen, „nicht willens ist, Africa in die Verwaltung Ravennas zurück zu überstellen, der Comes Aspar wird sich dann um die Angelegenheiten hier kümmern."

Bonifacius zog die Brauen hoch, doch blieb er bei seinem Schweigen. Das war eine Annexion! Hier sprach die Macht pur, ohne Beschönmäntelung durch Recht und Tradition.

„Seit alters her ist Africa dem westlichen Augustus unterstellt", entgegnete er schließlich in sachlicher Tonlage. „Der Kaiser Diokletian wollte, wie Ihr wisst, in seiner Weitsicht für die beiden großen römischen Völkerhäuser je eine große Kornscheuer, Ägypten für den Osten, Africa für den Westen. An dieser weisen Entscheidung, so gebe ich zu bedenken, sollte nicht gerüttelt werden."

Markian sah sein Gegenüber lange durchdringend an, ohne ein Wort zu sagen.

„Wie viele Legionen hat Eure Kaiserin Galla Placidia hier liegen?", knarrte er trocken. „Comes, Ihr seid anmaßend. Ihr glaubt wohl", fuhr er leise, nun ungemütlicher werdend fort, „wir, der *magister militum* Aspar und ich, löschen das Feuer hier mit dem Blut unserer Männer, fahren sodann mit Segenswünschen und Eurem Dank versehen, wieder nach Hause und Ihr feiert hier den Status quo ante?"

Bonifacius musste an sich halten. Mit dem Blut unserer Männer, hallte es in seinem Kopf. Was interessierte diesen Schnösel von Offizier, noch dazu aus der zweiten Garnitur, das Schicksal der Soldaten? Man bezahlte, sie kämpften, siegten, fielen im Kampf, siechten an Wundfieber oder Krankheiten dahin. Er, Bonifacius, war da eine löbliche Ausnahme, ihm lagen seine Goten tatsächlich am Herzen, er war ein General, der sich hochgedient hatte, nicht in die Kaste hineingeboren worden war wie dieser Gernegroß hier. In ihm kochte die Wut des altgedienten Militärs, der sich von einem adligen Bürschchen Vorschriften machen lassen musste.

„Nun geht Ihr zu weit, General", fuhr er auf, „wir haben nun die Stadt über ein Jahr lang ohne fremde Hilfe gegen die Barbaren gehalten. Nicht die Masse der Krieger ist maßgebend, sondern das hier", er tippte sich an die Stirn. „Ich habe in der Zeit der Belagerung nur sehr wenige Leute verloren, weil ich sie sinnvoll eingesetzt habe und das werde ich weiter so halten", trotzig verschränkte der Comes die Arme vor dem massigen Brustkasten, dass die eigentlich zur Zier dienenden goldenen Armreifen bedrohlich klirrten. Mit einem Mal war Markian klar, dass er den Comes nicht würde brüderlich einsacken können. Vielleicht war es aber auch besser, den Römer zu neutralisieren. Kein empfindlicher Zweitbefehlshaber, mit dem er sich den Sieg teilen musste, und keine Goten, denen er zutiefst misstraute! Hinter dem Lächeln kaltgrünes Gift, das Wort für Wort in den Weinkelch troff, fixierte er den Römer über den Rand der Kalyx hinweg.

„Du bekommst die ehrenvolle Aufgabe, uns mit deinen Goten den Rücken frei zu halten, die Mauern und den Hafen zu sichern wie bisher, während wir die Belagerungsarmee aufreiben."

„Nun, ich glaube eher, wir sollten das noch detailliert besprechen, wie wir die Vandalen schlagen werden, meinst du nicht auch?"

„Mein Plan steht, Bonifacius. Sobald der nächste Konvoi einläuft und die Soldaten von der Seefahrt erholt sind, geht's los. Deine Goten brauchen auch weiterhin eine weise Führung, die sie vor allzu herben Anstrengungen oder gar Verlusten bewahrt, deshalb werde ich verzichten, sie in meine Truppe einzugliedern."

Welche Gnade, dachte der Comes bei sich, doch überkam ihn große Lust, seinem Gegenüber die Zähne in den Schlund zu schlagen.

„Unsere vereinten Truppen werden siegen", ging er, Zuversicht mimend, über alle Unverschämtheiten Markians hinweg und ließ den süßlichen Südwein, den er ebenso herzlich verabscheute wie seinen Gesprächspartner rasch den Gaumen passieren.

Der jedoch insistierte. „*Meine* Truppen, Comes! *Ich* habe hier den Oberbefehl und ich sage dir, deine Goten bilden die taktische Reserve. Ihr sichert die Stadt – dass Ihr das könnt, habt Ihr ja hinlänglich bewiesen. Was sich vor Euren Mauern abspielt, ist nicht Eure Sache und im Übrigen, Comes, glaube ich, Ihr habt Euch eine kleine Verschnaufpause redlich verdient." Damit ließ er den verdutzten Haudegen einfach stehen und trat hinaus auf die Terrasse.

Entgeistert blickte Bonifacius auf das Spiel von Licht und Schatten in der Tür, durch die gerade der Grieche entwichen war. Das war schlimmer als ein Rauswurf! Ein aus dem Inneren des Hauses dringendes Krachen eines an der Wand zerschellenden Tongefäßes bestätigte einem zufrieden grinsenden Markian, dass sein Plan aufging. Bonifacius mochte wohl toben, aber er würde sich fügen. Vor dem Treppenabsatz machte Markian halt und schirmte seine

Augen gegen die Sonne. Ein kleiner Trupp seiner Leute kam da den Hang herauf, gab es Neuigkeiten?

*

Nachum stand der Schweiß auf der Stirn. Er empfand sich als ekligen Wurm, als hinterlistige Schlange und hoffte inständig, sein Gesprächspartner möge ihm nicht auf die Schliche kommen.

„Es war nicht schwer, durch ihre Linien zu kommen, Herr. Man hielt uns wohl an und nahm uns Wegzoll ab, aber ausgeraubt haben sie uns nicht, der Herr sei gepriesen in seiner Güte. Sie waren in fiebriger Eile. Überall Gezänk und Streit, es haben sich Söhne des Königs in den Haaren – die üblichen Querelen um Fragen, die bei barbarischen Völkern immer schwer wiegen, wer nun befehlen darf und wer gehorchen muss. Wie es scheint, zieht dieser Streit weite Kreise im Volk, das sich in zwei Parteien zu spalten droht, ähem, verspricht. Vielleicht erledigt sich auf diese Weise die Vandalenplage von alleine?"

„Was geht das eigentlich euch Juden an?", fuhr ihm Markian schroff dazwischen. Er war gleich herbeigeeilt, als er hörte, wer da im Gemeindehaus auf ihn wartete.

Nachum straffte sich. „Nun, wir suchen Schutz hier in der Stadt, und ich halte es für meine Pflicht, den Vertreter des Kaisers hier über die Dinge, die ich am Weg erfuhr, aufzuklären."

Das saß. Markian war geschmeichelt, dass der Jude in ihm und nicht in Bonifacius den rechtmäßigen Vertreter des Reiches erblickte.

„Natürlich hast du recht gehandelt, aber wie du schon sagtest, Jude, ist es deine Pflicht und Schuldigkeit dem Reich gegenüber, das über dich und die deinen seinen schützenden Mantel legt, und keine besondere Leistung. Ich nehme nicht an, dass du für deine Nachrichten ein Entgelt erwartest."

Daran hatte Nachum wirklich zuallerletzt gedacht, verzog jedoch Enttäuschung mimend das Gesicht.

Mit einer Handbewegung seitens des Generals war er entlassen. Groß war seine Zufriedenheit: Der Byzantiner hatte Blut geleckt und würde bald losziehen, um einen Bluttrunk zu sich zu nehmen.

Nachum ging, einmal in Fahrt gekommen, sofort zu „Punkt Zwei" im Plan über. Hier fühlte er sich leichter, denn den guten alten Bonifacius wollte er schließlich nicht hinters Licht führen. Er hatte für ihn persönlich tatsächlich nur Gutes dabei.

„Du lernst es auch nicht mehr, Thorwald, jedesmal wenn du mit deinen ungewaschenen gotischen Fingerknöcheln an die Tür klopfst, erschreckst du die Damen hier. Gewöhn dir doch endlich römische Sitten an, und klopfe leicht mit dem Fuß an die Tür, ist das zu viel verlangt? Also, was gibt es? Wie du siehst, bin ich beschäftigt, ich habe keine Zeit für Probleme, hierfür ist jetzt schließlich Markian zuständig!"

Bonifacius war wieder in seine alte Rolle geschlüpft. Im rechten Arm ein leichtbekleidetes Mädchen zweifelhafter Profession, in der linken Hand eine Karaffe Wein, saß der Comes auf seinem Feldbett, dessen Anblick viel von seiner martialischen Akurratesse verloren hatte.

„Aber er sagt, es sei dringend und ginge nur Euch an, nicht den Byzantiner", Thorwalds Bass verlieh den Worten eine zusätzliche Dringlichkeit, so dass sich der Comes zum Einlenken genötigt fühlte. „Also gut, soll kommen!"

Herein trat Nachum, der den Hut aufbehielt und den Gehorsam vor Gott der Ehrenbezeugung gegen den Vertreter der weltlichen Macht vorzog. Dieser, die Dirne nuckelte obszön an seinem Daumen, war allerdings keine reine Inkarnation von Amt und Würden.

„Schieß los, Hebräer, wo drückt der Schuh?" Ehe Nachum auch nur einen Ton hervorbringen konnte, fuhr er lauter werdend fort: „Aber keine Schöpfungsmythen. Wie du unschwer erkennen kannst, bin ich beschäftigt."

„Oh, ja", errötete verlegen der Parlamentär.

Mit einem Blick auf die sehr italisch aussehende junge Frau, begann Nachum sein Anliegen vorsichtshalber in griechischer Sprache vorzubringen.

„Wie geredet wird, herrscht bei den Vandalen ein desolater Zustand, sie werden sich aber bald einigen, angreifen und der Stadt das Wasser abschneiden, um sie so zur Kapitulation zu zwingen."

„Woher weißt du das?"

Nachum zuckte die Achseln. „Nun, die Zwistigkeiten hier innerhalb der Stadt sind noch ärger als drüben bei den Wilden. Wir haben gehört, du darfst nicht kämpfen, Comes."

„Woher ..." Bonifacius gab es auf, anscheinend waren die geheimsten Pläne jedem jüdischen Kameltreiber im Umkreis der Stadt bekannt.

„Nun, Comes, *manus manum lavat*: Du hast sofort eingegriffen, als der Pogrom losbrach. Ich sag dir eines: Sei froh, dass du zuschauen darfst, ich würde mich bei dem, was kommt, nicht um einen Platz in der ersten Reihe balgen." Nachum ließ den sprachlosen Bonifacius sitzen und entfernte sich mit einem „Vale Imperator!", was er mit dem römischen Gruß begleitete.

Bonifacius Verwirrung dauerte nicht lange. Er fischte sich sein Schreibzeug, drückte der Dirne ein Kupferstück in die Hand und scheuchte sie weg, nicht jedoch ohne zuvor auf Griechisch ihren Schoß verflucht und ihren Vater einen stinkigen Weinpanscher genannt zu haben, was bei ihr keine Reaktionen außer einem irritiert geistlosen Lächeln auslöste, den Comes jedoch umso zufriedener machte.

Er konnte bis drei zählen. Der gerüchteweise entwichene Jude war also zurückgekehrt. Er hatte die Germanen kontaktiert und wollte nun, nicht ganz selbstlos, aber dennoch ehrenwert, den Comes mit aus der Schlinge ziehen. Bonifacius war in seinem Element. Sofort schrieb er eigenhändig einen versöhnlichen Brief an den General Ostroms, in dem er sich grundsätzlich damit einverstanden erklärte, die Nachhut zu übernehmen, doch riet er dringend von einem Ausfall ab. Es sollte ja nicht heißen, man habe Markian nicht gewarnt. Tatsächlich hörte in dieser Nacht das Rauschen und Plätschern des Ubus nach und nach auf, vermutlich war es den Belagerern gelungen, ihn umzuleiten.

*

Nikomachos zog mit dem Fingernagel Ischthorets aufregende Hüftlinie nach. Er war überraschend früh aus Hippo zurückgekehrt. „Leider kann ich nur kurz bei dir sein", schnurrte er, „morgen fahre ich schon wieder zurück, wir bringen nochmals Waffen und Soldaten rüber. Diese sogenannten Seewölfe sind vor uns ausgerissen wie die Hyänen vor dem Löwen", warf er sich in die Brust. „Wir hatten gar keine Gelegenheit, sie anzugreifen! Markian freut sich schon auf die Schlacht. Überläufer haben ihm erzählt, es gebe bei den Barbaren Kompetenzstreitigkeiten um den Oberbefehl, wie das bei den Wilden nun mal so ist: Jeder will befehlen und keiner kann gehorchen! Ihr Anführer, Geiserich, will sich wohl aus der Verantwortung für die sichere Niederlage stehlen. Ich sage dir, in einer Woche ist die Stadt befreit!"

Seine Begeisterung griff nicht auf Ischthoret über. Der Gedanke an Demokedes' Rückkehr, die unter diesen Umständen nicht mehr lange auf sich warten lassen konnte, verdüsterte ihre Stimmung. Mühsam setzte sie sich auf und eröffnete Nikomachos die Hintergründe ihres zeitlich begrenzten Wohlstandes. Dieser wäre schnell dahin, würde sie mit Demokedes brechen.

Nikomachos, ganz Pragmatiker, war schnell entschlossen. „Mich zu heiraten ist ohnehin Wahnsinn – ich bin heute hier, morgen dort – du heiratest einfach deinen Reeder und ich", versonnen spielte er mit einem Ring am Finger, „werde dich öfter mal besuchen. Was hältst du davon?"

Seine zu seinem zerfurchten Gesicht so gar nicht passen wollende unbeschwerte Bedenkenlosigkeit irritierte sie. Warum nur liebte sie ausgerechnet dieses Musterbild eines Tunichtguts – genauso wie einstmals ihre Mutter? „Ich mache *dir* einen Vorschlag", begann sie mit vibrierender Stimme und erhob sich, „wir nehmen Demokedes' Barschaft und dein Schiff, kehren Africa den Rücken und gehen nach Asien oder Ägypten, wo uns keiner kennt. Irgendwohin, wo uns niemand dumme Fragen stellt, wo wir in Ruhe leben können. Wir werden uns ein nettes Häuschen kaufen, nobel, aber nicht protzig. Ein paar Sklaven fürs Gröbste, kein großer Luxus." Verträumt blickte sie zum Fenster. „Du und ich. Zusammen. Vereint als getrautes Paar." Sie stampfte heftig mit dem Fuß auf. „Oder du kannst mich am Arsch lecken! Entweder ganz oder gar nicht, für halbe Sachen bin ich mir zu schade!", schloss sie ihr am Ende sehr laut gewordenes Angebot.

Nikomachos blickte betreten zu Boden. Natürlich war das die Gelegenheit seines Lebens. So sehr wie er immer hervorkehrte, liebte er Wind und Wogen, die Seemannsbräute, nun auch wieder nicht. So ein Prachtweib! Diese Energie, diese Entschlossenheit – dieser Körper! Wer konnte hier ablehnen? Alexander der Große vielleicht, Caesar – kaum. Nein, offensichtlich hatten die Moiren vor, aus seinem und Ischthorets Lebensfaden ein festes Netz zu spinnen.

„Gehen wir nach Italien – nach dem Sieg kann ich eventuell ein Schiff auftreiben. Ich kann nicht ohne Weiteres über ein Schiff verfügen, ich befehlige zwar einen größeren Verband, aber ich bin kein Eigner, verstehst du?"

Sie verstand. Seine Prahlerei von wegen „Mein Schiff" war also nicht ganz wörtlich zu nehmen – wie so vieles offensichtlich, aber alles war ihr egal. War sie übergeschnappt?

„Wir sind glücklicherweise nur auf deine seemännische Begabung angewiesen, nicht auf die unbedingte Verfügbarkeit „deines Schiffes", denk doch nach", sie wurde kühn, „wir haben doch schließlich die

Schiffe meines Kompagnons, über die ich verfügen kann, nein, das dürfte kein Problem sein. Wenn du zurückkommst, brauchst du nur mehr den Kahn zu wechseln und wir verlassen Africa." Sie setzte sich wieder und sah ihn schräg von unten her an.

„Dann müssen wir uns aber beeilen, denn vor dem Sieg laufen wir nicht mehr aus und dann käme der Eigner ja gleichzeitig mit mir zurück, das wäre doch ziemlich riskant, wie soll das unbemerkt vonstatten gehen?"

„Tja, Demokedes ist natürlich ein Problem ...", Ischthoret lehnte sich wie zufällig zurück, so dass ihre Brüste unter der enganliegenden Tunika bestens zur Geltung kamen. Warum nur dieser Einäugige, dieser Dreiviertelheld, den sie, ihrer Verliebtheit zum Trotz, doch im Grunde ihres Herzens verachtete? Ein hämisches Grinsen tauchte unvermutet auf Nikomachos' Lippen auf – entdeckte er jetzt gerade seine Fähigkeit zu echter, bodenloser Bosheit?

„In einer belagerten Stadt wie Hippo geht ja so manches drunter und drüber, da kann doch ein Seefahrer abends ohne Weiteres in ein Handgemenge verwickelt werden ...", sinnierte der Grieche vor sich hin, der sich nun endgültig entschieden hatte, die Idee der Seemannsbraut gegen die sehr reale Ischthoret einzutauschen. „Außerdem ist der Gute sehr vertrauensselig, wie man sagt – er käme nie im Leben darauf, dass ich etwas gegen ihn im Schilde führen könnte", spann er ungeniert den Gedanken fort. Fragend und beifallheischend sah er sie an – wie ein Hund. Mit keinem Mucks gab Ischthoret ihre Zustimmung zu verstehen, sie wollte nicht verwickelt werden in diese Sache, wenngleich ihre Triebe im Bund mit krimineller Energie nun plötzlich mit Leichtigkeit die Oberhand über Ratio und Rechtsgefühl gewannen.

*

In der belagerten Stadt beriet sich Markian mit seinem Stab und schickte leichte kretische Aufklärer los. Die Bogenschützen aus uralter Tradition sollten die Lage sichten. Ihr Bericht war zu verlockend für einen in militärischen Kategorien denkenden Menschen. Ungehindert hätten sie sich heranpirschen können, sie wären nicht einmal auf vorgeschobene Wachen gestoßen. Das Gros der Vandalen befände sich in einem unbefestigten Lager, die Mannschaften seien wohl im Aufbruch, wenn nicht gar in Auflösung begriffen. Markian jubelte innerlich. Ob ein Sieg leicht erfochten war oder unter Mühen und Opfern, blieb sich im Endresultat gleich und einen sicheren Triumph aus den Händen gleiten zu lassen, war nicht das Seine. Er schickte nach Bonifacius, dessen Ankunft überraschend schnell gemeldet wurde. Formlos grüßend trat der wuchtige Mann in den Arbeitsraum des Byzantiners.

„Ist etwas Wichtiges vorgefallen, General, dass Ihr so ungestüm nach meiner Anwesenheit verlangt?", fragte er, ganz Beherrschung und Unwissenheit, „wollt Ihr mit mir über mein Schreiben sprechen? Ja, ich habe es mir noch einmal überlegt. Wir müssen zusammenhalten, zum Wohle des Ganzen werde ich mich Euren Anweisungen beugen."

„Da tust du gut daran, Bonifacius", Markian nannte ihn schon gar nicht mehr mit dem ihm zustehenden Titel, „denn ich werde das Otterngezücht der Barbaren endgültig austilgen. Ich weiß aus sicherer Quelle, dass sich die Vandalen uneins sind, Geiserichs Söhne rangeln um die Posten beim Heer und die ertragreichsten Grundlose im neuen Land. Wenn wir jetzt geballt dazwischenfahren, ist das Gastspiel der Germanen in Africa über die Bühne, ehe überhaupt der Vorhang hochgezogen wurde", lachte er. „Du wirst sehen, wir legen diesen Räubern in kurzer Zeit das Handwerk, sie können dann gleich mit Kind und Kegel unsere Domänen bewirtschaften – als Sklaven. Geiserich und seinen Clan schaffen wir auf sein geliebtes Meer und verfüttern sie an die Fische! Ungestraft bändelt keiner mit uns an. Es wird nie eine Landkarte geben, auf der sich ‚Africa Vandalica' findet."

Zwar war hinter aller Großsprecherei für den Geübten die Rhetorik greifbar – doch konnte Bonifacius die versteckte Warnung an seine Adresse entschlüsseln, die da lautete: Ab heute hat Byzanz das Kommando hier!

*

Zurück in Hippo Regius, gelang es Nikomachos rasch mit dem Reeder bekannt zu werden, dem er dummerweise von Anfang an Sympathien entgegenbrachte. Nachdem Markian mit Infanterie und Reiterei und großem Pomp die Stadt zu seinem Angriff auf die Belagerer verlassen hatte, war die Enge nicht mehr so drückend und die Situation übersichtlicher. Soldaten bildeten wieder die Ausnahme im Straßenbild. Demokedes war nicht schwer zu finden. Seit dem Pogrom war er meist mit einem kleinen Trupp seiner Söldner unterwegs und trug auch selbst stets Waffen, wenn er sich in der Öffentlichkeit zeigte.

Nikomachos stellte sich in völlig unverfänglichem Tonfall als Bekannter Ischthorets vor, deren Grüße er ihm, Demokedes, überbringen solle. Er erzählte einige Belanglosigkeiten und überreichte ihm eine Schriftrolle mit einem Brief. Demokedes, der förmlich danach lechzte, ein Lebenszeichen seiner Geliebten zu empfangen, vertröstete den Nauarchen kurz, um den Brief sogleich zu lesen. Während der Lektüre verfinsterte sich sein Gesicht zusehends, bis er schließlich mit kurzen, unwirschen Bewegungen das Schreiben wieder einrollte und zuband.

„Offenbar keine guten Nachrichten", konstatierte der Nauarch.

Demokedes ging auf seine Frage nicht ein, sondern steckte den Brief weg und schlug vor, man könne doch den Abend gemeinsam verbringen. Er habe jetzt Lust, ordentlich zu feiern. „Der Comes hat mich eingeladen, er wird sicher nichts dagegen haben, wenn ich dich mitbringe."

„Lustig, gerade wollte ich dir dasselbe vorschlagen. Die ganzen Marineleute sind auch da, wir feiern den bevorstehenden Sieg Markians, da geht es sicher hoch her."

Demokedes tippte an den Lederhelm und begab sich mit seinen Söldnern in sein Quartier.

Und so lagen sie denn am Abend zu Tisch in einem der vornehmsten Lupanare bei Wein, Weib und Gesang.

„Ach, weißt du Niko", lachte Demokedes in enthemmter Weinlaune, als eine hochgewachsene hellhäutige Tänzerin vor seiner Kline sich in lasziven Bewegungen zum Rhythmus des Doppelaulos wiegte, „eigentlich stehe ich doch mehr auf Blondinen."

„Zugegeben, ich auch", verkündete der Seemann, „sie sind so herrlich unkompliziert, direkt und lüstern."

Bonifacius, der als Gastgeber der Männer von der Versorgungsflotte natürlich auch seinen Stab mitgebracht hatte, feierte mit der Gewissheit, vom nächsten Tag an wieder Herr im Hause zu sein. Während im Raum überall „auf den Sieg" getrunken wurde, sah der Comes sich und seinen Pavian bereits auf dem Streitwagen die Via Triumphalis in Rom zum Capitol hinauffahren. Ein inneres Bild, das den äußeren Gegebenheiten nur symbolisch entsprach, ihm aber vollauf genügte. Er jedenfalls würde der Kaiserin ihre Provinz Africa wieder zu Füßen legen. Mit dem kleinen Unterschied, dass sie neuerdings von tributpflichtigen Vandalen verwaltet wurde, aber immerhin. Er, Bonifacius, wäre dennoch der Retter des Kaiserthrons der westlichen Reichshälfte. Mit dem wohlklingenden Titel *magister militum per occidentem* würde man ihn ansprechen dürfen, dachte er zwischen zwei ordentlichen Schlucken seines geliebten Nomentaners, die Kaiserin würde nicht umhin können, ihn für diesen Befreiungsschlag aus der byzantinischen Umklammerung zu befördern, da mochten seine Rivalen bellen und knurren!

Nikomachos, der an weniger gefährliche Umklammerungen dachte, winkte die Tänzerin zu sich und flüsterte ihr längere Zeit ins Ohr. Sie sah zu Demokedes hinüber und nickte lächelnd. „Niko, lass uns Bruderschaft trinken", lallte der Reeder gerade, hob seine Kalyx und umfing mit dem rechten Arm jenen des Freundes, so dass eine Brezel aus Männerarmen und Weinkelchen entstand. Beide wünschten sich langes Leben und Gesundheit und leerten die Kelche.

Nikomachos nutzte die Gelegenheit: „Und jetzt, zur Festigung unserer Freundschaft, gehen wir zusammen mit der schönen Suebin hier nach oben, wenn schon kein Blut mehr fließen darf bei Soldatenbrüderschaften, dann wenigstens ..."

Demokedes verschluckte sich schier und fiel in einen heftigen Hustenanfall. Als er sich so weit wieder gefangen hatte, stotterte er: „Ich soll mit dir zusammen diese Germania da ...?" Die Suebin, die offenbar begriff, dass von ihr die Rede war, lächelte penetrant. „Also gut", zierte er sich noch ein wenig, „von mir aus." Die Barbarin umfing ihre beiden Helden, die sie fast um Haupteslänge überragte, um die Taille und sie verließen zu dritt den Bankettraum.

Bonifacius kraulte geistesabwesend seine Paviandame Isis. „Seit wann steht Demokedes auf blond?", fragte er sich gähnend und streckte sich voller Behagen, während Isis sich wie eine Katze auf den Fußboden stürzte, wo sie sich eine dreiste, fette Kakerlake griff und sie, zurück auf Bonifacius' Schoß, schmatzend verzehrte. Der Comes träumte weiter von seiner Ankunft in Italien, von den Kirchen und Palästen Ravennas, von der üppigen Kaiserin, kurz stieß Aëtius' dunkler Schatten wie ein Nachtmahr in die rosa Wolken des Comes, doch Galla Placidia, plötzlich mit dem Gesicht Ischthorets, „die Macht als Hure?", wies den Schatten hinaus in Finsternis und Kälte ... Der Pavian begann plötzlich aufgeregt zu kreischen. Der Comes fuhr hoch. Aufruhr? Niederlage? Schon jetzt?

Doch die Katastrophe, die sich durch den Lärm ankündigte, war eher von lokalem Charakter – dennoch nicht minder fatal für die

Betroffenen. Die Brüder von vorhin entpuppten sich als feindliche, die sich mit Gepolter und Geschrei die Treppe herabwälzten. Das Glasauge des Nauarchen war herausgefallen, die leere Höhle klaffte abstoßend und passte gut zu dem wutverzerrten Zähnefletschen, das er zur Schau stellte. Demokedes' Tunika war zerrissen, er blutete aus einer Wunde am Hals, die gefährlich aussah. In Nikos Hand blitzte ein kurzes, dreieckiges Messer, das potenzielle Streitschlichter abhielt.

„Auseinander!", brüllte Bonifacius im Kasernenton, doch seine Stenthorstimme verhallte ungehört. Die messerbewehrte Rechte Nikos prellte überraschend vor, wieder Blut, nun auf der Wange des Reeders, der zu spät ausgewichen war. Demokedes floh zurück zum Treppenabsatz, wo er sich umwandte und den heraneilenden Niko erwartete. Als dieser nahe genug heran war, fasste Demokedes die Geländerholme, schwang wie ein Turner die Füße voran, dem Nauarchen entgegen und traf ihn schwer vor die Brust. Nikomachos wurde nach hinten geworfen und prallte mit dem Kopf auf den Boden. Stille.

„Wunderbar", ließ sich der Comes vernehmen, „Reeder erschlägt Nauarchen! Das ist auch eine Form von Flottenpolitik. Wir brauchen Geiserich und seine Marine eigentlich gar nicht mehr. Wir können sie heimschicken und die Sache hier selbst regeln."

„Dieser Mann hat mich, kaum dass ich die Waffen abgelegt hatte auf heimtückische Art und Weise und ohne jeden ersichtlichen Grund angefallen", behauptete Demokedes schwer atmend. Das Messer in der Hand des Bewusstlosen verlieh seiner Aussage einen gewissen Nachdruck.

„Erspar uns die Einzelheiten, Demokedes", versetzte Bonifacius, „die Sache liegt ja auf der Hand. Ihr habt euch wegen des blonden Gifts oben in die Haare gekriegt, nicht wahr?"

„Nicht wegen des blonden", Demokedes wischte sich das Blut von der Wange und blickte den Comes vielsagend an, der zum Zeichen seines Verstehens nickte.

„Das ist das Risiko bei dieser Profession", sagte er vieldeutig und winkte zwei Sklaven heran, die sich widerstrebend näherten. Auf den ersten Blick konnte man den Mann, wie er da lag, für tot halten, doch atmete er, für die Umstehenden unmerklich. Nur langsam kam Nikomachos wieder zu sich, wurde hinausgetragen. Bonifacius gebot nochmals mit ausgebreiteten Armen Ruhe.

„Es war Notwehr“, verkündete er kategorisch. Die Marineoffiziere, die unter Nikomachos’ Befehl standen, warfen dem Comes und Demokedes feindselige Blicke zu, wagten jedoch nicht zu widersprechen. „Mal sehen, was der Generalissimus Markian dazu sagen wird“, drang es anonym aus der Menge. Bonifacius zog zur Antwort nur den Inhalt seiner Nase hoch und spülte ihn mit Wein hinunter, als zivilisierter Mensch spuckte er nicht auf den Boden.

Ein Sklave brachte ihm zwei Utensilien, die den Kämpfern verloren gegangen waren: das Glasauge des Nauarchen und eine kleine Briefrolle, die der Comes an der Art, wie sie ihm überreicht wurde, irrtümlich an sich adressiert glaubte und öffnete.

Und so durfte er, zwischen den spitzen Fingern seiner Linken Nikos Glasauge, einen Blick auf die kringelreiche Handschrift der Dame Ischthoret werfen, in der sich hier einiges über die Geschäftsführung der Reederei Demokedes in Erfahrung bringen ließ. Die Ausgaben waren erstaunlich hoch für das, was hereinkam, befand der Comes kopfschüttelnd, doch das sollte nicht seine Sorge sein. Was ihm, nun neugierig geworden, an dem Brief am meisten auffiel, war die Tatsache, dass er nicht ein einziges persönliches Wort für Demokedes enthielt. Er hätte von einem beliebigen Prokuristen stammen können, der einen knappen Geschäftsbericht liefern musste. Die flexible Dame wechselte also einmal mehr die Fronten. Würde sie irgendwann einmal auch einen Vandalenkönig becircen?

Demokedes verließ das Fest, um seine Verletzungen beim Chirurgen versorgen zu lassen, der sie klammerte und ihm heilende Kräuter auflegte. Dabei war ihm, als ob die Wunde seiner Seele stärker brannte als die beiden doch gar nicht so harmlosen Schnitte. Hatte er Ischthoret verloren?

Bis zum Morgen war auch der Nauarch wiederhergestellt und kommandierte brummenden Kopfes das Ablegemanöver seiner Triere. Die Soldaten, die er mit der Flottille noch aus Karthago holen sollte, würden nur wenn sie ganz großes Pech haben sollten, noch in den Kampf gegen vandalische Truppen ziehen müssen. Doch so recht glaubte an diese Möglichkeit niemand.

* * *

Ein wegweisender Sieg

Da er ausgerückt war, ohne den zweiten Konvoi aus Karthago abgewartet zu haben, musste Markian mit dem Manko kämpfen, nicht auf die zahlenmäßige Überlegenheit, vor allem bei der Reiterei, zurückgreifen zu können.

Die Last des Hauptstoßes würde auf den Schultern der Kerntruppen liegen, die nach alter Art mit Rechteckschilden und drei verschieden langen *Pila* ausgerüstet waren, so dass, ähnlich der Schlachtordnung der großen Makedonenkönige, der Gegner bereits auf Abstand dezimiert werden konnte. Die Reiter sollten den rechten Flügel sichern, links würde man sich an die schroffen Felsen des Arianegebirges anlehnen. Die Hauptaufgabe der Kavallerie würde das Gemetzel unter den zurückweichenden Vandalen sein.

Mit einem Nachtmarsch brachte man das Heer nahe genug an den Feind – mit dem Morgengrauen sollte der Tanz beginnen. Die Aufklärer berichteten von hektischem Aktionismus im Lager der Vandalen. Offensichtlich hatten sie ein ansehnliches Heer zusammengezogen, die Häuptlinge und Clanchefs waren mit möglichst zahlreicher Klientel angerückt, um ihre Ansprüche besser untermauern zu können. Die Flussumleitung, eine Verzweiflungstat des Hasdingenkönigs, sollte die Gegner wohl herauslocken, um im Kampf das Heer wieder zu einen. In der Tat ein verwegener Plan, der hier Geiserich unterstellt wurde. Markian war jedoch so wesentlich schneller als erwartet „angelockt" worden und würde, indem er seinerseits die Barbaren mit einem Überraschungsangriff überrumpelte, diesen Trumpf gegen ihre zahlenmäßige Übermacht ausspielen und damit stechen.

Geiserichs Gesicht leuchtete. Umgeben von seinem Kronrat leerte er ein Glas Essigwasser.

„Mein König, ich habe mich wirklich sehr zusammenreißen müssen, nicht zu schreien, als mir dieser kretische Lümmel auf die Zehen getreten ist", übertrieb Truchthari, der die Aufklärung übernommen hatte, seinen Bericht, um ihn anschaulicher zu machen. „Man gibt ihnen anscheinend keine Rüben zu fressen, sie scheinen allesamt bei Nacht nichts zu sehen. Wenn ich mich nicht täusche, waren es sechzehn Mann, jeweils zwei zusammen. Meine Männer haben schrecklich gemeutert, dass wir sie nicht einsacken durften, aber ich habe sie getröstet, dass es morgen richtig was zu tun gibt. Nicht ein halber Byzantiner pro Mann, sondern drei oder vier für jeden."

Alles lachte.

„Ich hoffe nur, Nachum hat seine Aufgabe vollständig erledigen können", forschte Geiserich nach Details.

„Es sieht so aus, mein König, Goten wurden bisher keine gesichtet. Die Römer haben ein Lager errichtet, unbefestigt, mit nur wenigen Wachen, sie haben sich dicht an die Felsen gehalten. Die Reiterei kampiert auf der jenseitigen Seite des Flussbetts – immerhin nicht direkt drin."

Arwid, vor dessen geistigem Auge eine gewaltige Flutwelle binnen eines Lidschlages Tausende von Menschenleben sinnlos verschlang, lag deren Schonung mehr am Herzen als ein vollständiger Sieg. Er hatte eine Idee. „Ich würde den Fluss gleich zu Beginn der Schlacht oder schon vorher aus seinem Staubecken befreien", meinte er.

Der König hob die Brauen und bedachte ihn mit einem Blick, in dem sowohl Ärger über die unerwartete Wortmeldung als auch Überraschung mitschwang, positive Überraschung, weil sich sein Sohn plötzlich für Fragen des Krieges interessierte. Ursprünglich hatte Geiserich geplant, den Fluss erst in jenem Moment loszulassen, in dem Panik bei den Byzantinern auszubrechen drohte, sobald sie in der Zange saßen.

„Wir könnten so die Reiterei abschneiden und dann gefangen nehmen. Sie bringen sicher eine Menge Lösegeld. Außerdem sieht die Aktion dann eher aus wie eine Panne, so dass sich die Byzantiner noch mehr in Sicherheit wiegen werden." Aus Geiserichs Blick wich die Verärgerung.

„Mein Sohn, alle Achtung, das ist eine hervorragende Idee!"

Truchthari, der sich durch Arwids Beitrag zurückgesetzt fühlte, preschte nochmals vor: „Und du willst wirklich warten, bis Markian angreift? Warum zerquetschen wir ihn nicht in der Nacht wie einen faulen Apfel?"

Geiserich strich sich den Bart. „Besser, sie laufen in den Sack, als dass der Sack ihnen entgegenlaufen muss!" Er lachte sein bekanntes, bedrohliches, raues Lachen.

Gerade als sich die Sonne in jenen wunderbaren Farben, die sie nur über der Wüste an den Himmel zu zaubern vermag, über den Horizont erhob, ertönte von ferne ein seltsames Dröhnen, Poltern, ein unbändiges Rauschen und Tosen, wie von einem fernen Gewitter. Die Byzantiner, die sich zum Gottesdienst versammelt hatten, nach Einheiten geordnet, gerieten in Verwirrung. Gezischel und Getuschel – der Priester ließ die Monstranz sinken und blickte erschrocken zum Himmel, der sich langsam aus den vielfältigen Rosa- und Rottönen schälte und zu zarten Blautönen wechselte. Kein Wölkchen war zu sehen. Bevor sich die Bestürzung durch das Herannahen des Geräusches in Panik verwandeln konnte, war der Verursacher zu sehen: Eine grässliche graubraune, schäumende Flutwelle, die sich mit Getöse in das trockene Bett des Ubus ergoss, teilweise über die Ufer hinaustretend, schob Felsbrocken, Kies und Sand vor sich her. Einige Soldaten, die zu dicht am ausgetrockneten Flussbett gestanden hatten, wurden von der schäumenden Flut fortgerissen. Die Welle schoss am Heer vorbei, vielmehr zwischendurch, denn die Kavallerie stand nun, wenn man von ihren Obersten, die sich bei Markians Stab befanden, einmal absah, isoliert am anderen Ufer.

Markian blieb gelassen. Seiner Ansicht nach war der Damm gebrochen, weil Geiserichs Leute sich nicht um ihn gekümmert hatten. Er ließ sich auf einen Schild heben, damit man ihn auch am anderen Ufer noch sehen konnte und ließ, wie bei den Griechen üblich, dem Gottesdienst eine Ansprache an die Soldaten folgen. Er erhob seine Stimme, und erinnerte die Truppe daran, wie schon *hoi palaioi* – die Alten – die Skythen immer und immer wieder besiegt hätten. Auch wenn sich diese Skythen nun Vandalen nannten, wären es immer dieselben Feinde, die aus den Weiten der Grasländer gegen die zivilisierte Welt anbrandeten, und man werde auch diese hier der gerechten Strafe für ihre Überheblichkeit zuführen, sie zu Paaren treiben und in den Staub treten.

Anschließend besprach er sich mit seinem Stab. Trotz diverser Bedenken aufgrund der veränderten Lage hielt Markian an seinem nun einmal gefassten Plan fest. Die Reiterei solle ihnen, immer in Sichtkontakt, am anderen Flussufer entlang stromaufwärts folgen. Zwar konnten die gepanzerten Reiter das Wasser nicht durchschwimmen, da sie hierfür schlichtweg zu schwer waren, aber ihre Hilfe würde möglicherweise gar nicht nötig sein, denn die Flanke der Infanterie sei ja nun sowieso vom Fluss gedeckt. Durch rasches Nachsetzen gedachte er die Vandalen noch in ihrem Lager zu überraschen. Er gab seinen Gegnern noch eine Stunde.

Geiserich war realistischer.

„In zwei Stunden haben wir sie! Die Offiziere bitte lebend, ihr wisst schon ..." Er kniff ein Auge zu und machte mit Daumen und Zeigefinger aneinanderreibend eine eindeutige Geste, „...ansonsten: Drauf und keine Gnade! Dummheit plus Überheblichkeit ist gleich Hybris, das müssten die Griechen, auch wenn Sie sich jetzt Byzantiner nennen, eigentlich wissen, und so etwas schreit nach Strafe!"

Arwid zog den Kinnriemen seines Spangenhelmes fest und zückte sein Schwert Astrapia. „Wenn sie anfangen, sich zu formieren, geht's los." Reginbald, Anführer der Reiterei, hatte sich bereits mit den Alanen und der starken vandalischen Kavallerie unter der akustischen Deckung, die ihnen die Flutwelle gegeben hatte, in Bewegung gesetzt. Sie stießen ins Hinterland zurück, um von dort, einen großen Bogen schlagend, in die Flanke der römischen Reiterei einzubrechen. Aber noch war es nicht so weit.

Die oströmischen Kerntruppen marschierten geordnet, in Kampfbereitschaft, jedoch noch nicht in Schlachtordnung, auf das feindliche Lager zu, das langsam in Sicht kam. Geduckt stand eine große Zahl von Zelten ohne jegliche Ordnung wild verstreut am Flussufer und erstreckte sich so weit das Auge reichte nach Westen. Die Felsen zur Linken wichen zurück, als man auf das Lager zumarschierte. Jetzt galt es, die hinteren Reihen an den linken Flügel zu legen. Eine Bucina krächzte.

Es war zwar kein Angriffssignal, das der Signalgeber ausstieß, doch wurde es von der anderen Seite als solches genutzt. Gleichzeitig zogen diverse Brandpfeile in den klaren Himmel, die rauchende Parabeln bildend in der Nähe der vormarschierenden Byzantiner niedergingen. Dann brach das Inferno los.

In den Felsen saßen gut getarnt vandalische Bogenschützen und verbündete Schleuderer. Einige hundert Sehnen sandten aggressiv surrend wie Wespen ihre stacheligen Geschosse in die Flanke der Marschkolonne der Rhomäer. Einfach von Hand geworfene oder von langen Lederriemen geschleuderte Kiesel suchten sich pfeifend, flatternd und zischend ihre Ziele und prasselten mit großem Lärm gegen schwere Schilde und Harnische. Schreiend brachen die ersten Getroffenen zusammen, während Kommandos ungehört verhallten.

Truchthari hatte seinen Leuten eingeschärft, nach jedem dritten Schuss die Stellung zu wechseln, um den Eindruck einer beachtlichen Streitmacht zu erwecken. Doch im Eifer des Gefechts wurden seine Anordnungen wie die des Königs, Offiziere zu schonen, missachtet. Die Schützen konzentrierten sich vielmehr auf die Zenturionen, deren Gros bereits die ersten Salven nicht überstand. Noch hielt die Ordnung der Rhomäer, doch drängten sie sich zusammen, um weg von den tödlichen Felsen zu kommen. Die ersten beherzten Bogenschützen erwiderten die Geschosse der Vandalen, leichte Plänkler begannen, die Felsen zu erklimmen, doch kamen sie mit ihrem Vorhaben nicht weit, da jedem der vandalischen Bogenschützen ein bestimmter Sektor des Terrains zugewiesen war und sie alles ins Visier nahmen, was sich darin bewegte, zumal, wenn es gar einem Kameraden gefährlich hätte werden können.

Die Kerntruppen um Arwid brachen mit Gebrüll genau in jenem Augenblick aus den Verstecken, als die oströmischen Reihen sich zu entfalten begannen. Bevor sie sich zu einer langen Front formieren konnten, waren die Vandalen dazwischen, in alter urgermanischer Eberkopfformation spalteten sie den linken Flügel der Byzantiner vom Zentrum ab und drängten ihn gegen die Felsen. Von hinten durch die Bogenschützen und Schleuderer unter Beschuss genommen, von vorne die nun kasernenhofmäßig gestaffelten vandalischen Phalangen, hatten die Byzantiner keine Chance. Sie wurden zwischen diesen ungleichen Fronten aufgerieben, kein Mann kam davon. Das Zentrum zog sich nun zusammen, bildete zehn große Schildkröten und igelte sich ein.

„Zurück", brüllte rotgesichtig und desolat Markian. Sein Wunschtraum vom raschen und billigen Sieg hatte sich in den Alb der schmählichen Niederlage verwandelt. Die Schildkröten zogen sich langsam zum Fluss hin zurück. Lautes Geschrei und Getöse vom jenseitigen Ufer offenbarte den Leuten, die unter ihren Schilden schwitzend dem Mittag entgegendürsteten, dass nun auch die Kavallerie in die Zange geraten war. Die den Parthern abkopierten schwergepanzerten Kataphrakten, eine Phalanx zu Pferde, waren wohl eine hervorragende Offensivwaffe, Panzerreiter, die alles plattwalzten, was sich ihnen in den Weg stellte, doch mussten sie dazu erst einmal auf eine gewisse Beschleunigung gebracht werden, wissen, wo der Feind stand, und vor allem in dichter Formation eingesetzt werden. Als verstreut nachziehende Schar, die sich erst beim Herannahen der alanischen und vandalischen Reiterei zu ordnen begann, verlor diese Waffe viel von ihrer Schärfe. Erschwerend kam noch hinzu, dass sie ohne ihre Kommandeure kämpfen mussten, die sich immer noch auf Markians Seite des Flusses befanden. Sie wurden aufgesplittert, zersprengt und, in Einzelkämpfen den beweglicheren Steppenreitern weit unterlegen, niedergemacht. Nur etwa drei Dutzend Reiter wurden gefangen genommen. Die Vandalen hielten sich jedoch nicht auf und durchschwammen den Fluss, so dass nun auch die byzantinischen Fußtruppen im Kessel saßen.

Als Geiserich in aller Ruhe hinter seinen Reihen Geschütze aller Art auffahren ließ, sah Markian ein, dass sich seine paar Hundert Mann auf Gnade oder Ungnade ergeben mussten. Da er nicht den Heldentod suchte und außerdem von Geiserichs Geldgier wusste, die weit vor seinem Blutdurst rangierte, fiel ihm die Entscheidung, die Waffen zu strecken, nicht allzuschwer. Nachdem er sich aller Abzeichen seines Ranges entledigt hatte, sandte er Parlamentäre zu Geiserich, der voller Stolz die Kapitulation annahm. Bei verschwindend geringen Verlusten hatte er dem Feind eine empfindliche Niederlage zugefügt. Nachdem die Gefangenen ihre gefallenen Kameraden begraben hatten, wurden sie in ein provisorisches Sammellager verbracht. Auf dem Weg dorthin erleichterte man sie von allem, was ein siegreicher Krieger am Gegner für überflüssig befindet, so dass den meisten Römern nicht einmal ihre Stiefel verblieben und sie ihre Füße mit Tüchern umwickeln mussten, um die schlimmste Hitze des Sandes abzuhalten. Sodann trennte man Gemeine und Offiziere. Erstere wurden sogleich an Sklavenhändler verkauft, während die höheren Chargen zwecks Lösegeldforderungen interniert wurden.

Bis sie losgekauft würden, enthielt Geiserich den Gefangenen nichts vor als die Freiheit, sie waren keinen Demütigungen oder gar brachialer Gewalt ausgesetzt. Dennoch ließ man sie spüren, dass sie die Verlierer waren. In Ihrem Sammellager war es ihnen nur noch nachts gestattet, die Hütten aufzusuchen, die Tage mussten sie in der Hitze des Sommers ohne Dach über dem Kopf zubringen. Die Wasserrationen wurden auf das vertretbare Minimum gesenkt, so dass die Byzantiner zwar ständig daran erinnert wurden, dass der menschliche Organismus ohne Wasser nicht auskommen kann, doch keiner verdursten musste. Schweigend saßen sie in der Hitze und dörrten vor sich hin. Da niemand eine Vorstellung davon hatte, wie lange man hier so aushalten müsse, machte sich eine gewisse Apathie unter ihnen breit. Zermürbend war vor allem die Eintönigkeit, mit der ein Tag nach dem anderen verging. Anfangs waren wenigstens öfter Offiziere zu Vernehmungen erschienen, die man als Abwechslung hätte deuten können, doch blieben diese irgendwann auch aus.

Eines Tages erschienen einige hochrangige Vandalen im Lager, sie liefen über die Balustrade des Haupthauses und schauten anscheinend herunter auf die Gefangenen, die sich im schmalen Schatten zusammendrängten, den eine der Hütten warf.

Einzig Markian saß abseits von ihnen im Sand, den Kopf auf die Unterarme gelegt, schlief er oder döste zumindest vor sich hin. Etwas blitzte auf seiner Schulter: eine feingearbeitete Spange aus vergoldetem Silber mit eingesetztem Glasfluss, ein Kleinod, das gegen die römische Armeevorschrift verstieß, nicht zur Uniform gehörige Kleidungsstücke mit ins Gefecht zu nehmen. Bisher war es vom Militärmantel verborgen worden, doch erweckte es plötzlich ein spezielles Interesse. Urplötzlich spürte der dösende Mann, dass jemand seine Schulter berührte, an dem Schmuckstück herumzupfte und zerrte. Noch ganz benommen griff er dorthin, wo er die Ursache der Störung vermutete und hielt einen wild flatternden und kreischenden grauschwarzen Vogel in der Hand, der vergeblich versuchte, sich zu befreien.

Gleichzeitig erscholl ein markerschütternder Schrei vom Wehrgang. „Wenn du dem Tier ein Leid zufügst, erwürge ich dich eigenhändig!" Die Stimme stammte von einer Frau. Endlich Abwechslung in diesem trüben Lagerleben! Markian, das Federvieh festhaltend, blinzelte so verdutzt wie belustigt in die Sonne.

Die Frau auf dem Wehrgang gestikulierte wild. „Lass sofort Morrigan los, du Lump, oder es geht dir an den Kragen!"

Ungerührt hielt Markian das Tier weiterhin fest und rief zurück. „Wenn du gesteigerten Wert auf diesen Götterboten hier legst, dann musst du ihn dir schon holen."

„Ich komme sofort", Ceridwen wieselte im höchsten Tempo, das ihr ihre kleinen Füße erlaubten, die Stufen herunter und stand kurz darauf vor dem römischen General. Im Gegenlicht wirkte sie völlig schwarz.

„Dein Tierchen hier scheint auf Preziosen abgerichtet zu sein. Ist das die neueste Methode der Vandalen, Reichtümer anzusammeln?

Ich glaube, um Wiederholungsfällen vorzubeugen, werde ich jetzt deinem Vogel hier den Hals umdrehen", er deutete einen Griff nach dem Kopf der Dohle an.

Hier verstand Ceridwen keinen Spaß. Reflexartig kickte sie dem General, der vor ihr am Boden kauerte eine Ladung Sand ins Gesicht, dass es staubte. Der Grieche hustete und prustete, hielt jedoch nach wie vor den Vogel an den Ständern umklammert.

„Nochmal so etwas", spuckte er verächtlich, „dann mache ich Ernst."

Ceridwen hatte die Fäuste in die Hüften gestemmt und stand breitbeinig vor ihm, ihre Augen blitzten, aber der Ehrenkodex der Krieger verbat auch ihr, sich an einem Wehrlosen zu vergreifen.

„Lass Morrigan sofort los oder muss ich wirklich handgreiflich werden? Du bist ein rechtloser Gefangener, ich könnte dich töten lassen. Ein Wink von mir genügt, und du hast einen Pfeil in der Kehle stecken, ehe du nur dazu ansetzen kannst, dich für dein Verhalten zu entschuldigen."

Markian hörte aus ihrem Redeschwall heraus, dass sie diese Option offensichtlich nicht wahrnehmen würde. Wäre es ihr Ernst, hätte sie nicht lange gefackelt und er wäre längst tot.

„Holde Herrin der Raben. ...

„Das ist eine Dohle, du Ignorant", verbesserte die schwarze Göttin.

„Gute Frau, wer seid Ihr, dass Ihr hier diesen Ton anschlagen könnt?"

„Das geht dich nichts an – her mit dem Tier!"

„Also, gut. Ich bin Markianos, *domesticus* des *magister militum per orientem,* Exarch des Kaisers Theodosius II. in Africa, Flavius Ardaburius Aspar und Befehlshaber der Truppen hier."

„Gewesener Häuptling dieses geschlagenen Haufens? In der Tat, sehr eindrucksvoll! Ich bin Ceridwen."

„Wie? Käriffein? Eure vandalischen Namen kann sich ja kein zivilisierter Mensch merken."

„Vor allem, wenn er so ein Ignorant ist wie du! Mein Name ist keltisch, ich komme von der fernen Insel Hibernia, deren Erdoberfläche nie ein römischer Legionär mit seinen Caligae entweiht hat. Jetzt weißt du genug und gibst mir Morrigan zurück, ja?"

„Ganz im Gegenteil! Jetzt hast du mich neugierig gemacht, und ich will mehr von dir wissen. Brauchen die Vandalen etwa Verstärkung vom Ende der Welt und noch dazu weibliche? Bist du etwa eine Amazone, eine Kriegerin?“

Wäre die Sonne nicht hinter ihr gestanden, hätte Markian erkennen können, dass sich Ceridwens Gesicht vor Zorn rötete.

„Was heißt hier: ‚noch dazu weiblich?‘ Du hast wohl noch nie gegen eine keltische Schwertfrau gekämpft. Namen wie Boudicca, Aïfe oder Cartimandua sagen dir natürlich nichts. Wärst du nicht so heruntergekommen und ausgemergelt, ich würde dich zum Zweikampf fordern und dir dein arrogantes Gesicht vor die Füße legen.“

Markian bedachte die Eiferin mit einem respektlosen Lächeln. „Ich würde mich auch nicht wehren. Gegen eine Frau mit dem Schwert zu kämpfen – ist ja lächerlich, noch dazu gegen so etwas Niedliches wie dich.“

„Jetzt reicht's aber! ‚Niedlich!‘ Arwid, Truchthari, kommt doch mal her!“

Die beiden Gerufenen kamen angetrabt. „Ist dir dein Vogel fremdgegangen, Schatz?“

Markian erhob sich aus dem Sand und musterte die jugendliche Gestalt, die sich näherte. „Habe ich recht gehört, ‚Arwid‘, dann seid Ihr der Anführer der Belagerungsarmee oder vielmehr sein Sohn, nicht wahr? Trotzdem meinen Gruß.“ Er hob die Rechte.

Arwid tat es ihm gleich. „Ihr irrt, Arwid selbst, Geiserichs Sohn, steht vor Euch. Wärt Ihr so gütig, meiner Frau ihre Dohle wiederzugeben?“

Markian wirkte wie versteinert. Ein Jüngelchen von höchstens zwanzig Jahren hatte ihn also geschlagen, und Manieren hatte er auch noch.

„Mit welchem Rang darf ich Euch ansprechen, Princeps?“

„Für dich wäre vielleicht ‚*dux*‘ angemessen“, sinnierte Arwid, „was meinst du, Truchthari?“ Doch der grinste nur.

„Und dieses bezaubernde Wesen hier ist tatsächlich deine Frau? Ist sie eine Prinzessin aus Hibernia? Ihrem Auftreten nach zu urteilen, ist sie es wohl gewöhnt, zu befehlen.“

„Ja, ich bin die Tochter des Clanchefs von Südmunster und Priesterin obendrein“, schaltete sich Ceridwen wieder ein, „und ich kann für mich selbst sprechen, dafür habe ich meinen Mann nicht gerufen. Arwid, du bist Zeuge, und du, Truchthari, ebenso: Dieser freche Römer hat mich beleidigt, und ich fordere ihn hiermit zum

Zweikampf heraus. Er soll eine Woche Zeit haben, sich vorzubereiten und entsprechend untergebracht werden. In seiner letzten Woche soll es ihm an nichts mangeln – außer an Frauen, denn er hat in mir mein ganzes Geschlecht beleidigt. Und jetzt", wandte sie sich wieder Markian zu, zu dem sie nun aufblicken musste, „gib mir endlich Morrigan."

Markian sah eine Chance, er musste diese Wilden bei ihrer Ehre packen.

„Gut, ich nehme an, aber ich weiß nicht, ob ich es über mich bringen werde, dich zu töten. Der Kampf ist unfair. Wennschon, brauche auch ich einen Anreiz. Ich stelle folgende Bedingung: Falls ich siege, werdet ihr mich freilassen und die übrigen Offiziere hier auch."

Arwid schüttelte lachend den Kopf.

„Legat, das geht auf keinen Fall. Was für dich und deine Leute bezahlt werden kann, darauf können wir nicht verzichten, ihr seid unser Eigentum und unsere Beute nach dem Sieg in der Schlacht. Ceridwen, du wirst auf diesen Kampf verzichten. Dieser Mann ist mir zu kostbar, als dass ich ihn von dir abschlachten lasse. Soviel hierzu. Worüber wir reden können, ist der Preis. Ich werde einen Gefangenen zu Aspar schicken mit meiner Lösegeldforderung. Wird der *magister militum* darauf nicht eingehen, werden die Gefangenen getötet." Er sah Markian offen in die Augen. „Dieser Bote wirst du sein. Ich traue dir und halte dich für einen Ehrenmann, der nicht das Leben seiner Kameraden für die eigene Freiheit opfert. Ist das in deinem Sinne?"

Markian war erneut verblüfft. Der Mann war human, man konnte wirklich mit ihm reden. Feierlich überreichte er ihm, Ceridwen geflissentlich ignorierend, den Vogel.

„Ich danke dir."

Morrigan keckerte und hüpfte sofort auf Ceridwens Schulter, die nun das Paradebild einer Hexe abgab, mit kohlschwarzem Haar, bunten Kleidern, Ohrring und dem teuflischen Ratgeber in Gestalt des Rabenvogels auf ihrer Schulter. Dem Byzantiner wurde sie immer unheimlicher, „niedlich" würde er sie jetzt nicht mehr nennen. Ihre Augen blitzten, die Wut kochte in ihr so stark, dass es augenfällig wurde, aber sie beherrschte sich. Sie ließ die beiden anderen vorangehen, verlangsamte ihren Schritt und blieb kurz stehen, so als wäre ihr noch etwas eingefallen, und ließ dem Byzantiner, für niemand anderen hörbar, noch eine letzte Freundlichkeit zukommen.

„Wenn du wortbrüchig wirst, Kleiner, das eine verspreche ich dir: Ich alleine werde alle deine Kameraden eigenhändig abschlachten, und sie werden dich verfluchen, allesamt, denn schön wird sie nicht sein, ihre letzte Stunde. Ich werde sie der Göttin opfern, die lange genug nun vergeblich nach Blut lechzt, seit ich meine Heimat verlassen musste."

Markian lief es eiskalt den Rücken hinab. Das war keine Aufschneiderei, dieses Weib schien zu allem fähig. Mit einer schäumenden Amazone, die alleine wegen eines gekidnappten Vogels Mordlust überkommt, war wahrlich nicht zu spaßen, und wenn es stimmte, dass sie von der westlichen Insel stammte, dann war ihre gerade vorgebrachte Tirade ernst zu nehmen. Jeder wusste, dass die Galater Menschenopfer dargebracht hatte, ehe sie mühsam christianisiert worden waren, und die Völker Hibernias waren keltischer Rasse, wie jene Galater Anatoliens. Ihre Sitten und Gebräuche glichen sich quer durch den europäischen Kontinent, sogar ihre Sprachen divergierten kaum. Sie waren musische, lebenslustige Völker, die aber des kriegerischen Mutes nicht entbehrten, ja regelrecht in Raserei fallen konnten, wenn es galt, eine Schlacht zu schlagen. Alles, was ihnen fehlte, war die nötige Disziplin, einen stabilen Staat zu errichten oder gar ein Großreich zentral zu verwalten. Gefürchtet waren sie nichtsdestotrotz, auch wenn ihr Stern im Sinken begriffen und sie allenthalben auf dem Rückzug waren. Hibernia war ihre letzte Bastion, wo sie, ohne mit den Römern je anecken zu müssen, den ihnen eigenen Lebensstil pflegen konnten. Markian wusste nur zu genau, welchen Exponenten dieser Völkergruppe er da vor sich hatte.

„Holde Frau, ich denke nicht daran, meine Kameraden im Stich zu lassen, Ihr wetzt Euer Messer vergeblich."

Ceridwen rümpfte verächtlich die Nase und ließ ihn stehen.

„Na, hattest du einen netten Flirt?", zog Truchthari sie auf.

„Ach du Trottel, ich trau dem Kerl einfach nicht, das ist alles, der lässt seine Männer in Morrigans Kessel sieden, Hauptsache, er ist in Sicherheit."

„Alles in allem halte ich ihn für einen Ehrenmann", warf Arwid ein, „wenn wir uns ihm gegenüber großzügig zeigen, fällt das auch positiv auf uns zurück. Ich will an ihm die vielgerühmte römische *virtus*, die Tugend des Mannes, erproben."

„Tu, wie du willst, aber sag später nicht, ich hätte dich nicht gewarnt."

Doch wie immer kam es anders und zwar in der Person Geiserichs, der im Lager erschienen war, als hätte er gerochen, dass etwas Außergewöhnliches vor sich ging. Er hörte sich, sofern dies bei drei durcheinander Bericht erstattenden Mündern überhaupt möglich war, alles in Ruhe an. Schließlich verschränkte er seine Arme und blickte Arwid herausfordernd an.

„Bei Gott! Was bin ich stolz auf diesen meinen Sohn, dass er sich nicht von der Macht versuchen lässt und Vertrauen gegen Vertrauen setzt, dass er ein vollkommener Kavalier ist und vor allem darauf, dass er sich ein derart kluges Wesen zur Frau genommen hat. Ceridwen, ich danke dir, dass du versucht hast, ihm die Augen zu öffnen."

Arwid, der uneingestanden noch immer sein Liebling war, was er ganz genau wusste, stutzte. Er musste schon einen gewaltigen Bock geschossen haben, wenn der König plötzlich seiner Schwiegertochter Recht gab.

„Wie kannst du es wagen, den wichtigsten Mann, der uns je ins Netz ging, einfach laufen zu lassen? Bist du von allen guten Engeln verlassen? Selbst wenn dieser Legat eure Verabredung einhalten würde, glaubst du denn allen Ernstes, Aspar würde ihn je wieder zurückschicken? Nie und nimmer! Er ist sein *domesticus*, du hast offensichtlich keine Ahnung, was das bedeutet?" Geiserich machte eine Kunstpause und sah seinen Sohn forschend an, der errötend den Kopf schüttelte.

„Markian weiß nicht nur, was der *magister militum* plant", erklärte der König, „sondern ist als echter Grieche in Byzanz voll hoffähig und vertritt die Interessen Aspars genau dort, wo die Entscheidungen gefällt werden. Auch wenn der Alane tatsächlich der Drahtzieher hinter den Kulissen ist und Mittel und Wege findet, sich zu behaupten gegen die Eunuchenkamarilla bei Hofe, er ist auf Leute wie Markian angewiesen. Vermutlich verfügt er nicht gerade über besonders viele Menschen dieser Art. Wie wichtig der Gefangene für ihn ist, werden wir jetzt versuchen zu ermitteln. Ich werde Aspar zu einem Gespräch einladen ... wir werden dieses Ansinnen mit dem Hinweis, dass wir seinen *domesticus* lebend aus den Wirren der Schlacht geborgen haben, untermauern. Aspar ist ein sturer Hund, sage ich euch, den ersten Boten, den ich zu ihm geschickt habe, hat er kurzerhand pfählen lassen, ohne ihn überhaupt anzuhören. Bisher hat er selbst nicht versucht, an mich heranzutreten. Ich werde es also noch ein zweites Mal versuchen."

Die erneute Pause im Redefluss des Königs lastete auf den Zuhörern.

„Die Wahl des nächsten Parlamentärs fiel nach reiflicher Überlegung auf dich, Truchsess, du bist nicht auf den Mund gefallen und eignest dich für solche Aufgaben besonders, da du dich gut in dein Gegenüber einfühlen kannst."

Der Angesprochene zeigte sich nur wenig begeistert und befühlte seinen Bauch.

„Mein König, ich bin hier wahnsinnig empfindlich, ein Holzpflock hierdurch würde mir, glaube ich, nicht sehr behagen. Meinst du nicht, es gibt etwas robustere, für diese Aufgabe besser geeignete und vor allem nach ihrer Erledigung weniger notwendige Leute als ausgerechnet mich? Ich bin schließlich der Hüter des Augapfels deines Sohnes und ..."

„Truchthari, jetzt sei endlich still, natürlich schicke ich dich nicht direkt in den Himmel – oder die Hel – du bekommst eine Reitereskorte und als Gepäck führst du den Legaten mit. Aspar darf ihn sich anschauen, aber dabei wird es bleiben. Wir wecken lediglich seinen Appetit, und er wird viele Dinge in einem anderen Lichte sehen, wenn er weiß, dass sein *domesticus* noch lebt und eventuell sogar wieder zu haben ist. Also, versaut mir die Sache nicht!"

Tatsächlich kehrte nach einigen Tagen zur großen Erleichterung Geiserichs und seines Stabes und sehr zum Leidwesen Ceridwens blutrünstiger Göttin Truchthari mit dem Legaten und Segenswünschen von Aspar ins Lager zurück. Doch mehr als allgemeine Wendungen wie „der *magister militum* wäre sehr an einem Gespräch interessiert" hatte er nicht im Gepäck. Zumindest klang dies nach einer Art inoffiziellem Waffenstillstand zwischen Byzanz und den Invasoren. Eilends unterbreitete Geiserich daraufhin seinem Stab seine Ideen.

„Wir werden uns in der nächsten Zeit jeglicher Form von militärischer Aggression enthalten, selbst wenn man uns provoziert. Ich will endlich Frieden in unserem Land. Dass wir Africa erobert haben, wird niemand mehr leugnen. Die paar Städte, die uns noch fehlen – auch wenn Karthago dazugehört – haben nicht das strategische Gewicht, dass wir dafür mit Hekatomben von Blut bezahlen müssten. Wir lassen sie links liegen und teilen das Land auf unter den Sippen. Als erstes hätte ich gerne Bonifacius vom Hals. Er ist der Einzige, der uns noch Schwierigkeiten machen kann. Gegen Aspar haben wir die Geisel Markian. Ich möchte euch natürlich nicht meinen Willen aufschwatzen – vor dem König gilt nach wie vor das Recht der freien Meinungsäußerung – aber ich meine, wir sollten den Comes einfach an seiner empfindlichsten Stelle packen: den Finanzen. Wir sind, das kann man ohne Überheblichkeit sagen, so beuteüberladen, dass wir eine kleine Investition verschmerzen können ... Ich dachte daran, dem Comes den Abzug möglichst schmackhaft zu machen und wer will, kann dies gerne Bestechung nennen. Ich denke, der Zweck, ein von römischen Truppen freies Africa, rechtfertigt die Mittel. Ich hoffe nun, ich finde dabei eure Zustimmung."

Fordernd blickte er in die Runde.

Kein Widerstand regte sich. Die Häuptlinge konnten sich seinen Gedankengängen nicht entziehen und stimmten zu. Außenpolitische Verantwortung, sofern sie über die bloße Kriegführung und taktisches Gedankengut hinausreichte, überließen sie gerne dem König, der sich so in einer gewissen überlegenen Position wiederfand, die er so ursprünglich gar nicht angestrebt hatte. Sie waren vollauf damit zufrieden, dass der König versuchen würde, Bonifacius aus Africa hinauszukomplimentieren. Wie das zu bewerkstelligen sein würde, ließen sie seine Sorge sein. Geiserich war wohl erstaunt, keine Fragen über das wie und wo vorgelegt zu bekommen, doch lag es ihm ebenso fern, die Häuptlinge zur Kritik anzuregen. Dass er keinerlei Widerspruch erfuhr bei seiner nicht näher bezifferten Plünderung der Beutekasse, verwunderte ihn, doch dachte er ohnehin nicht daran, alles aus eigener Tasche zu bezahlen.

* * *

Käfer und Kugel

Bevor Ischthorets Geliebter in Richtung Endsieg ausgelaufen war, hatte er ihr zum Zeichen seiner Treue ein kleines Schächtelchen geschenkt.

„Meine Erinnerung an Karthago", hatte er leichthin gesagt, als er es ihr in die Hand drückte, „bis ich dich kennenlernte."

Am ersten Morgen nach seiner Abreise begab sie sich in freudiger Erwartung in ihre Ankleide und nestelte mit nervösen Fingern das Geschenk aus der Hülle. Es war wohl ein Kleinod, nicht übermäßig schwer, aber sicher etwas Besonderes. Sie bekam ein Kettchen zu fassen, zog daran – ein Amulett in Gestalt eines sehr rund gearbeiteten Skarabäus baumelte vor ihren Augen. Sie brauchte nicht genau hinzusehen, um zu erfassen, dass die Kartuschenseite des Anhängers eine halbmondförmige Aussparung hatte und eine Sonnenscheibe sich aus dem Speckstein vorwölbte. Nein, es war nicht notwendig, das Gegenstück, das ihr die Mutter hinterlassen hatte, herbeizuholen. Mit schrecklicher Klarheit offenbarte sich ihr alles in einem einzigen Augenblick. Dennoch konnte sie dem Impuls, das fehlende Pendant einzupassen, nicht widerstehen.

„Nein, bei der großen Mutter, nein! Das darf nicht sein!" Der Schweiß trat ihr in kalten Perlen auf die Stirn. Sie wollte die üblen Gedanken, die sich ihr aufdrängten, verscheuchen, und fächerte sich mit der freien rechten Hand frische Luft zu, während die linke wie unter einem Zwang den heiligen Doppelkäfer weiterhin auf Augenhöhe festhielt. Magisch wurde ihr Blick von dem Skarabäus angezogen. Das Amulett schien sich selbständig vor ihren Augen hin und her zu bewegen, als wollte es ihre Aufmerksamkeit völlig absorbieren. Gegen ihren Willen begannen ihre Augen tatsächlich, der pendelnden Bewegung des Amuletts zu folgen. Die reale Umgebung verschwamm, vor ihren Augen wurde es nebelig, bis sie plötzlich aus der Orientierungslosigkeit herausgerissen wurde und sich in einem fremden Zimmer wiederfand.

Sie beobachtete wie durch einen Schleier zwei Menschen. Genau erkannte sie ihre Mutter Chattah als junge Frau, deren Gesichtszüge höchste Wonnen wiederspiegelten, als ihr Körper vom ledernen Scherenstuhl hintenüberhing. Ihre dichten, langen, schwarzen Haare peitschten bei jeder Bewegung wie Schlangen über den Boden, die Beine waren nach oben abgespreizt und lagen auf Nikomedes' beziehungsweise Nikomachos' Schultern, der vor dem Stuhl kniete und sich tief in der Punierin verströmte. Das lustvolle Stöhnen und Keuchen der Mutter stieß sie zutiefst ab. Wie konnte diese billige Hure diesem tapferen, tatkräftigen Mann nur vormachen, dass sie ihn wirklich liebte? Sie war nichts weiter als eine Hure, die vor dem billigen Mittel der Heuchelei von Gefühlen nicht zurückschreckte, um diesen Freier enger an sich zu binden. Ischthoret ekelte sich vor dem Weib, während der starke, nach Schweiß riechende Mann, der es der Hure gerade besorgte, etwas besonderes war in diesem Augenblick. Schließlich liebte sie ihn ja ...

Die beiden ineinander gesenkten Menschenleiber begannen nun zunächst langsam, dann immer schneller, sich in wilder Rotation zu bewegen, wobei sie sich, immer mehr ihre Konturen verlierend, zu einem glühenden Ball verformten, der sich noch immer in atemberaubendem Tempo rotierend, in ein Auge verwandelte. Ein riesiger Augapfel, lidlos und mit den tausend Pupillen eines allgegenwärtigen Blicks, starrte sie emotionslos an, pendelte schließlich langsam aus der rotierenden Bewegung aus und mutierte in den Doppelskarabäus zurück.

Mit einem Mal wurde ihr bewusst, dass nicht der Käfer, sondern sie selbst in ständiger Bewegung war. Sie kreiste mit schwindelerregender Geschwindigkeit um die geheimnisvolle Tierskulptur. Nicht sie war das Zentrum, der Käfer schien es zu sein, der wie still in der Luft ruhend vor ihr zu schweben schien.

„Das bist du!", tönte es von irgendwoher mit ohrenbetäubendem Hallen.

Ischthorets Handflächen füllten sich mit zähem, kaltem Schweiß. Sie ließ das Amulett fallen und begann sich unsicher die Hände an ihrer Tunika abzuwischen. Mitten in der Bewegung sackte sie langsam in sich zusammen und schlug der Länge nach hin. Dunkelheit umfing sie und nur wie das Echo eines weit entfernt nach dem Weg rufenden verirrten Wanderers drang die Stimme einer ihrer Dienerinnen an ihr Ohr.

„Bei Tanit! Herrin ..."

* * *

Der Pavian verlässt den Felsen

In Hippo Regius bemerkte niemand, dass eine Delegation des Vandalenkönigs unter Führung des Truchsessen in die Stadt gekommen war. Es geschah ja auch nicht direkt hochoffiziell, und nur wenige Menschen sahen den seltsamen Zug, der sich beim ersten Morgengrauen der Stadt näherte.

Die Vandalen waren zunächst von einem wenig erfreulichen Anblick begrüßt worden; grinsten ihnen doch von den Zinnen des Torturmes weißgelbe Zähne aus diversen vom Wetter und Vogelschnäbeln abgeschliffenen Knochengesichtern entgegen, die von farblosen Haarsträhnen umweht an langen Stangen steckten. Gefangene hatte der Kommandeur der belagerten Stadt offenbar nicht gemacht.

Sie hingegen wurden von der instruierten Wache an dem zu einer kleinen Festung ausgebauten waffenstarrenden Tor sehr diszipliniert und ohne Animositäten eingelassen. Die kleine Gruppe erinnerte an eine Gesellschaft sehr verwegener Geschäftsleute, die es gewagt hatten, durch besetztes Gebiet zu reisen, um mit der Stadt Handel zu treiben. Letztendlich waren sie ja auch Reisende, in der schwierigen und seltsamen Sache des Friedens. Wer genau hinsah, konnte erkennen, dass sie Waffen trugen, an sich nichts besonderes für fahrende Kaufleute, doch ihre Ausrüstung war eindeutig germanisch, prangten doch die zweischneidige Spatha und der kurze Sax am breiten Ledergürtel.

Der ortskundige Nachum ging voran, und die anderen drei folgten ihm durch die engen, verwinkelten Gassen der Altstadt in Richtung Zitadelle und Hafenviertel. Die Vandalen fühlten sich augenblicklich unwohl in dieser städtischen Enge.

„Mir graut davor, hier tatsächlich mal leben zu müssen, zwischen diesen vielen Mauern, wo du nicht weißt, wo die Sonne steht und ob sie überhaupt schon aufgegangen ist“, machte der *primus pilus* Balamber seinem Unmut Luft.

Allmählich kämpfte sich das Morgenlicht in die engen Gassen vor, die immer noch eine angenehme Kühle ausstrahlten. Morgendliche Geschäftigkeit begann sich auszubreiten, Händler räumten ihre spärlich gewordenen Waren auf die Schautische, ein schwaches Stakkato aus den Werkstätten der Kupferschmiede und Schuhmacher mit ihren Hämmern fiel in den vielstimmigen Chor der Marktschreier ein und einige Tragesel und Kamele verstärkten mit ihren Urlauten die Kakophonie.

Die Vandalen wurden zum Teil unsanft geschubst und gerempelt, lauthals prasselten Schimpfreden auf sie nieder, wenn sie nicht aus dem Weg eines wichtigen Mannes weichen wollten, kurz, sie fielen nicht im Geringsten auf in dem Gewühl. Selbst als Balamber einem sehr wichtigtuenden Sklaven, der ihn mit einer Reitgerte aus dem Weg scheuchen wollte, nachdem dieser vorübergeschwänzelt war, das Bein stellte und der sorgsam Gekleidete in den Schmutz der Straße schlitterte, wurden sie nicht aufgehalten oder zur Rechenschaft gezogen. So wie man den Goten, für die man sie offenbar hielt, zeigte, wie unwillkommen sie waren, so wenig muckte man gegen sie auf, wenn sie mal zurückschlugen. Trotz der Hektik und Aggressivität bemerkte der aufmerksame Truchthari, dass die Menschen allesamt für ihre jeweilige Statur untergewichtig waren, ihre Augenringe stammten nicht von Orgien oder nächtlichen Ausschweifungen. Der langanhaltende Belagerungszustand zeigte Wirkung.

Endlich hatten sie den freien Platz um die Zitadelle erreicht und wurden von den beiden himmellangen Goten, die abweisenden Gesichts das Tor flankierten, bereits erwartet. Sie waren bis an die Zähne bewaffnet und schienen nicht im Mindesten unterernährt zu sein. Truchthari freute sich diebisch, dass sie sich Zeit genommen hatten, die Stadt vor dem alles entscheidenden Gespräch in Augenschein zu nehmen. Bonifacius hatte anscheinend vor dem Tor zwei Prachtexemplare vorgeführt, um zu zeigen, dass man der Belagerung noch lange standhalten könnte. Gemessenen Schrittes geleiteten sie die Vandalen über die langen Außentreppen hinauf zum Turmzimmer des Comes.

Truchthari war über den Charakter seines erwarteten Gesprächspartners hinlänglich aufgeklärt worden, so dass er eine Vorstellung davon hatte, wie er zu packen sein müsste. Die beiden Goten waren lautlos mit der Delegation in den Empfangsraum geschlüpft und bedeuteten Truchthari, der als Sprecher der Parlamentäre vorausgegangen war, an einer imaginären Linie quer durch den Raum stehen zu bleiben.

Der Comes zeigte sich trotz der frühen Stunde nicht überrascht, eine Delegation der Belagerer in den Mauern der Stadt zu empfangen, der Jude hatte ihn ja darauf vorbereitet, dass von Seiten der Vandalen an ihn herangetreten werden würde. Wenig dezent verbreitete er eine Aura von staatlicher Autorität und Würde. Er trug den reichverzierten Repräsentationspanzer, der seine trotz der verlorenen Kilos sehr imposante Erscheinung zusätzlich aufbesserte, was von dem langen, purpurfarbenen Militärmantel noch unterstrichen wurde. Sein elfenbeinerner Imperatorenstab mit Nike und Sphäre obenauf lag demonstrativ auf dem Schreibtisch. An seiner linken Hand prangte der Siegelring des Prokurators. Er saß auf einem schlichten kurulischen Amtsstuhl mit Scherenfüßen ohne Lehne.

Unabhängig von der Situation und dem Eindruck, den er erwecken wollte, erforderte diese Sitzgelegenheit eine gerade Haltung, so dass der große Mann mit dem sonnengedunkelten, von einem graumelierten Vollbart eingerahmten Gesicht ein Idealbild der römischen Auctoritas – Gravität und Würde gleichermaßen – bot. Die hinter ihm durchs Fenster strahlende Morgensonne, die ihn mit ihrem Glanz umhüllte, tat ein Übriges, diesem Abbild geradezu numinosen Charakter zu verleihen.

Der selbstbewusste Truchthari war, das musste er sich eingestehen, beeindruckt und fühlte sich kurzzeitig als Bittsteller, der von der Gnade dieser geballten Staatsgewalt abhing. Er musste seine gesamte Energie aufbieten, um sich klarzumachen, dass er es war, der am längeren Hebel saß. Respektvoll nahm er militärische Haltung an und salutierte mit dem römischen Gruß.

„Ave Comes, Wohlergehen, Weisheit und langes Leben. Diese Wünsche entbietet dir durch mich Geiserich, König der Vandalen und Alanen. Vor dir steht Truchthari, bevollmächtigter Gesandter des Königs und königlicher Truchsess."

„Ave!" Der Comes verrückte seinen Körper nicht um einen Millimeter, geschweige denn, dass ihm in den Sinn gekommen wäre, sich zu erheben. Aufgrund der sicheren Entfernung zwischen den beiden war es für den sitzenden Comes nicht nötig aufzublicken, um dem Führer der Delegation in die Augen schauen zu können. „Was führt dich zu uns?"

Truchthari hielt den Pluralis majestatis nicht für angemessen. Der Titel des Comes berechtigte Bonifacius nicht von seiner Person wie von einem Herrscher zu sprechen. Nur nicht den Bittsteller mit dem Hut in der Hand verkörpern, das war momentan sein einziges Ziel. Nicht unbemüht schob er aufkeimende Minderwertigkeitskomplexe beiseite, wobei es sich nicht vermeiden ließ, dass nun er seinerseits den Comes brüskierte, indem er anfing, während seines Vortrags vor dem Schreibpult seines Verhandlungspartners auf und ab zu gehen.

„Mein König weiß deinen Heldenmut zu schätzen, Comes, und will mit dir verhandeln. Du hast dich klug verhalten, als du dich dem Oberbefehl des Byzantiners verweigertest, um unter seinem Kommando gegen uns in offener Schlacht dein Glück zu erproben. Das Ergebnis ist dir hinlänglich bekannt. Wir haben sie alle eingesackt, keine Maus ist aus dem Kessel entronnen, und es tat uns in der Seele weh, dass wir alle umbringen mussten, weil der halsstarrige Markian sich weigerte, zu kapitulieren. Wir rechneten schon mit großen Reichtümern, aber er wollte es offenbar nicht anders." Während seines Vortrags pirschte sich Truchthari mit jeder Kehre näher an den Schreibtisch heran, so dass der Abstand zu Bonifacius mehr und mehr schrumpfte. Die Situation nahm immer groteskere Züge an, je mehr die statuenhafte römische Auctoritas, die der Comes so trefflich verkörperte, ihren Kopf hin- und herwenden und den Blick erheben musste, um dem Vorgang folgen zu können. Die Mitglieder der Delegation, die im Hintergrund warteten, versteckten ihre Augen unter den Hutkrempen oder sahen betreten zu Boden, um nicht durch ihr respektloses Grinsen den Erfolg der Mission ernsthaft zu gefährden. Diese unfreiwillige Komik brachte Truchtharis Gemüt wieder in Gleichklang. „Ich weiß, Comes, du wärst uns sowieso nicht in die Falle gegangen, aber, wenn man schon sieht, dass alles aussichtslos ist, dann gibt man doch auf oder wechselt die Fronten ..."

„Schweig, du Ratte!" Jetzt war es an Bonifacius aufzuspringen, empört über die Bedingungen, die der ihm immer näher rückende Sprecher zumutete. Die so heftig heraufbeschworene römische Amtsautorität wich mit einem Schlage sehr individuellem Temperament cholerischer Ausprägung. „Von Überlaufen oder Verrat brauchst du gar nicht erst anzufangen. Ist das die Art der Vandalen zu verhandeln?"

Die Empörung war wohl echt, doch musste Truchthari daran denken, dass der Begriff „Verrat" sehr unterschiedlich aufzufassen war. Unbeirrt nahm er seinen Zickzackkurs durch den Raum wieder auf.

„Nun, Comes, so würde ich es nicht nennen. Doch wäre ich an deiner Stelle nach wie vor vorsichtig. Du gingst zuerst nicht in die

Falle, warum willst du jetzt unbedingt darin verhungern? Deine Position ist alles andere als rosig. Du bist der letzte Römer, der in Africa noch Widerstand leistet, und es könnte so kommen, dass den Letzten die Hunde beißen, verstehst du?"

Als Bonifacius etwas einwenden wollte, genügte ein einziger Blick des Truchsessen, der das Heft nun sicher in seiner Hand sah, ihn am Sprechen zu hindern.

„Mein König will Menschenleben sparen, wo es nur geht, aber es kann natürlich eine Situation eintreten, die auch in ihm die alten Berserkertugenden wiedererweckt, und er dann nach Blut verlangt und rollenden Köpfen. Ich will dich warnen, überspanne den Bogen seiner Geduld nicht mutwillig. In der Provinz gehen wir schon dazu über, die Landlose zu verteilen, nur die Grundstücke, die zu den Städten gehören, haben wir bis dato noch zurückgehalten. Karthago, weil es so groß ist, und Hippo, weil wir es noch nicht haben." Er machte eine Pause, um den Satz nachklingen zu lassen. Von der Seite her sah er zu Bonifacius hinüber, der blass geworden war. Anscheinend hatte er den Köder geschluckt, zumindest hielt er es nicht für unmöglich, dass Karthago schon gefallen war ... Jedenfalls stand fest, dass er es im Augenblick selbst nicht besser wusste!

„Ja, leicht hat man es uns nicht gemacht, aber nachdem wir die Entsatzflotte aufgerieben hatte, musste Aspar reichlich überstürzt das Feld räumen. Wir können natürlich keinen Pfahl im Fleisch gebrauchen.

Wir werden Hippo ausbrennen müssen, wenn uns nichts anderes übrig bleibt. Nun, da wir ganz Africa unser Eigen nennen, können wir uns mit aller Wucht auf die letzte Bastion Roms stürzen, wenn du nicht nachgibst. In wenigen Tagen können wir all unsere Truppen hier konzentrieren. Außerdem, wir sitzen an der Quelle. Wie du ja schon gesehen hast, führte der Fluss heuer mitunter recht wenig Wasser ..." Auch diese Anspielung ließ er etwas nachhallen. Unvermutet beendete er seinen Peripathos, fixierte den Comes mit eisigem Blick und fuhr, die Tonlage nun ganz Härte und Bestimmtheit, fort: „Mein König könnte also von dir die Auslieferung der gotischen Garde, die Schleifung der Mauern und die Kapitulation auf Gnade oder Ungnade verlangen."

Bonifacius war nun vollends weiß geworden, er bebte vor Zorn. „Ich dachte, Ihr habt den beschwerlichen Weg nicht auf Euch genommen, um uns mit leeren Drohungen zu begegnen, sondern um ernsthaft mit uns zu verhandeln. Aber was du mir hier vorgetragen hast, ist nichts weiter als eine Erpressung, eine Zumutung. Lieber sterbe ich hier des Hungers, als mich auf so etwas einzulassen!"

Truchthari setzte ein breites, falsches Lächeln auf. „Mein lieber Comes ..."

„Ich bin alles andere als ‚Euer lieber Comes', ich nannte Euch eine Ratte und ich glaube, ich bleibe bei dieser Einschätzung. Ihr seid anmaßend, Truchsess! Genauso wie Euer König Hinkebein. Schert Euch zum Teufel!"

„Ich glaube, das wäre im Moment der falsche Adressat für meine Botschaft, Comes. Du hast mir nicht richtig zugehört", Truchthari lächelte noch immer. „Ich sagte soeben, mein König könnte ... Aber er ist nicht interessiert an weiterem Blutvergießen, er sehnt sich nach ungestörtem Frieden in einem von Römern, Puniern, Vandalen, Berbern und Alanen besiedelten Africa, das er für die römische Kaiserin zu verteidigen gedenkt – sofern uns hier Bleiberecht verliehen wird. Unsere Flotte wird das westliche Meer sichern und niemand wird es wagen, Transporte von hier in die Hauptstadt anzugreifen. Das heißt, wir garantieren nicht mehr und nicht weniger als die Versorgung der *urbs* mit Getreide. Um ihr diese schönen Neuigkeiten mitzuteilen, dachten wir, wärst du genau der richtige Mann. Dich kennt sie, zu dir hat sie Vertrauen, sie wird dem Plan sicher zustimmen, wenn du ihn ihr schmackhaft machen willst. Mein König bietet dir dazu freien Abzug aus der umzingelten Stadt hier an." Truchthari atmete durch, nur selten hatte er so lange ununterbrochen reden müssen, nicht einmal damals, als er bei Geiserich um die Hand Gunhilds anhielt, war sein Mundwerk derart gefordert worden, darüber hinaus schmerzten ihn vom ständigen bemühten Lächeln allmählich die Kaumuskeln.

Bonifacius, der so etwas schon geahnt hatte, setzte sich wieder und bot, plötzlich Etikette und Manieren entwickelnd, dem Parlamentär ebenfalls einen Platz an. „Wie stellt er sich das vor?"

Frech blickte Truchthari dem römischen Magistrat in die Augen. „Mein König Hinkebein, wie du ihn zu nennen pflegst, schlägt dir nichts anderes vor als Frieden gegen Land. Ihr zieht ab, lasst uns hier siedeln und wir verteidigen diese römische Provinz gegen alles was da noch kommen mag. Ist das kein Angebot?"

„Und wer garantiert mir, dass ihr euch daran halten werdet?"

„Niemand. Das heißt, das Wort meines Königs. Du musst uns natürlich auch Vertrauen schenken. Wenn dir das nicht reicht, kann ich dir nicht weiterhelfen, denn einen Vertrag darfst du alleine ohnehin nicht abschließen, dazu brauchen wir die Kaiserin."

„So einfach geht das alles nicht ..."

Truchthari verlor nun allmählich die Geduld, da war der Vandalenkönig bei seinem Heiratsantrag damals zugänglicher gewesen. Er wandte sich um zu seinen Begleitern.

„Seid doch bitte so gut und lasst mich kurz mit dem Comes alleine, es geht um einen geheimen Zusatz, den nur der König und ich kennen."

Nachum musste ein Schmunzeln unterdrücken, senkte erneut „demütig" den Kopf, so dass die breite Krempe seines Reisehutes sein Gesicht vollständig verdeckte, und ging, gefolgt von Balamber und den Goten, nach draußen. Die schwere Tür fiel ins Schloss. Die beiden Vertragspartner in spe waren allein.

„Comes, um die Sache kurz zu machen. Wenn du diese Einladung bedenkst, die du unserem König und seinem Bruder damals geschickt hast, ist es zum gegenwärtigen Zeitpunkt für dich vielleicht gar nicht so vorteilhaft, in Ravenna aufzukreuzen." Mit einer Handbewegung beruhigte er Bonifacius, der schon wieder auffahren wollte. „Bonifacius, es ist niemand da, vor dem du dich künstlich aufzuregen bräuchtest, jeder Mensch macht mal einen Fehler. Was deine Verbindlichkeiten in Karthago und Ravenna anbetrifft, so sei versichert, dass sie sich geregelt haben, sobald du die Stadt hier verlässt. Hab doch Vertrauen!"

Der Comes lachte gekünstelt. „Meinst du nicht, du überstrapazierst dieses seltsame Wörtchen ein wenig? Du machst mir hier derartige Angebote und redest von Vertrauen, als ginge es um eine Eheanbahnung und weiter nichts!"

„Entschuldige", Truchthari legte seine Stirn in dicke Dackelfalten und sah den Comes aus treuherzigen Augen an, „aber wann sonst soll man einem Mann Vertrauen schenken dürfen, wenn nicht in einer Angelegenheit wie dieser?"

Die Situation war gespannt wie eine Bogensehne. Wie würde der Comes reagieren?

Truchthari sah förmlich, wie es hinter der Stirn des mächtigen Mannes arbeitete. Dass er einschlagen würde, stand so gut wie fest, aber was würde er unternehmen, um sein Gesicht zu wahren?

„Ich sehe ein, dass Widerstand gegen euer überlegenes Heer und eure Flotte sinnlos ist, ja dass es an Idiotie grenzt, euer Ansinnen auszuschlagen, aber ich bin ein Mann von Ehre."

„Na gut, das war nur ein Vorschlag, du musst das Geld nicht annehmen, wenn du nicht willst, außerdem würdest du es ja nicht persönlich in Empfang nehmen müssen, sondern deine Gläubiger erhielten plötzlich Anweisungen, weiß Gott aus welcher Quelle du schöpftest, und fänden ihre Außenstände ausgeglichen."

„Darum allein geht es mir nicht. Ich denke an all jene, die die Stadt mannhaft über vierzehn Monate lang verteidigt haben, ich kann sie unmöglich zurücklassen."

„Das verlangt auch niemand von dir. Mein König, der die größte Flotte des westlichen Meeres befehligt, lässt dir sagen, dass du für den Fall, dass deine eigene Flotte für die Evakuierung nicht ausreichen sollte, Schiffe von uns erhältst, damit du alles dir Wertvolle mitnehmen kannst."

Bonifacius wurde zwar immer klarer, dass er einem großen Bluff aufsaß, dass dieser Bluff jedoch nur gegen einen Dritten gerichtet war und nicht zu seinen und des Reiches Lasten gehen würde.

Wenn Geiserich derart generös tat, war da etwas faul. Wahrscheinlich hatten die Vandalen Karthago doch noch nicht erobert, und vielleicht nahte obendrein noch eine zweite Flotte aus Byzanz? Doch war das wirklich sein Problem? Germanische Foederaten waren sehr zuverlässig, man kannte das von den Goten und den Burgundern, wohingegen die Kaiserin es unmöglich dulden könnte, dass Ostrom sich in Africa breitmachte. Das wäre das Ende der Selbstbestimmung Roms und der westlichen Reichshälfte. Nebenbei war die Sache auch mit keinerlei Häkchen und Ösen für seine Person verbunden, er brauchte kein Opfer zu bringen. Er musste sich nur einen Ruck geben! „Darauf kann ich eingehen", meinte er schließlich. „Sage deinem König, dass ich drei Tage benötige, bis ich alle informiert habe, die in Frage kommen, und um für den Aufbruch zu rüsten nochmals fünfzehn Tage."

„Diese Frist kann ich dir nur gewähren, wenn wir in der Zwischenzeit in die Stadt einrücken und die Mauern mit unseren Leuten besetzen können. Als Gegenleistung hast du das Versprechen, dass wir niemandem ein Leid antun werden und es zu keinerlei Plünderungen kommen wird."

Der Comes schluckte, doch beugte er sich dieser Bedingung widerspruchslos. Auf ein Bleidiplom, das er anschließend versiegelte, schrieb er die stattlichen Summen nieder, die er diversen Gläubigern schuldete und überreichte es Truchthari. Es war ausschließlich für den König zur Einsicht bestimmt. Ischthoret blieb dabei unerwähnt. Bonifacius hatte genug Schwierigkeiten mit ihrem Demokedes gehabt, als dass er sich zu Zahlungen verpflichtet gefühlt hätte.

Truchthari verspürte das berühmte Wehen des Mantels der Geschichte und dachte an die Possen, die er und Lapsus damals gerissen hatten von wegen „wenn ich einmal Bonifacius treffe ...", sagte sich, dass Frechheit siegen werde und fügte mit gespielter Gleichgültigkeit noch hinzu: „Übrigens, wenn ich dich noch mit einer kleinen persönlichen Angelegenheit belästigen darf: Wir haben noch in der Baetica einen Geographen aufgelesen, einen gewissen C. Severianus."

„Severus Pulcher vermutlich?", verbesserte der Comes zögerlich und zog argwöhnisch eine Braue hoch.

„Nein, er nennt sich C. Severianus", beharrte der Vandale.

„Dann ist er höchstens der Sklave oder ein Freigelassener. Die Endung und das fehlende Cognomen machen das doch schon deutlich, für so jemanden zahle ich keinen Denar, den könnt ihr an die Fische verfüttern." Das waren allerdings deutliche Worte.

Truchtharis erträumter privater Reichtum zerrann ihm zwischen den Fingern. Da er den Comes nicht zusätzlich durch Impertinenz reizen wollte, verzichtete er auf eine tiefergehende Erörterung des Themas und ging darüber hinweg, als hätte er es nie angeschnitten. Man unterhielt sich noch mehr oder weniger gezwungen und formelhaft über die unerträgliche Hitze der afrikanischen Breiten, dann sah Truchthari zur Tür.

„Sollte es noch Unstimmigkeiten geben, werden wir es dich wissen lassen, Comes", verabschiedete er sich. „Vale! Wir werden uns sicher noch sehen, bevor du aufbrichst."

„Vale, Truchsess!" Als sich hinter dem hinauseilenden Gesandten die massive Tür schloss, vollführte der Comes ungeachtet des schweren Panzers einen Luftsprung. Selten war er so guter Laune wie an diesem Tag gewesen. Der einzige kleine Wermutstropfen dabei war, dass sein Pavian vor wenigen Tagen gestorben war. „Thorwald, lass dich umarmen, wir haben es geschafft", brüllte er außer sich vor Freude seinem eintretenden Adjutanten entgegen.

„Endlich frei!", atmete der Gote auf.

Auch der Fuchs Geiserich rieb sich die Hände, als er Truchthari wieder in seinem Lager empfing.

„Aber eine Frage habe ich schon noch", warf der Parlamentär ein, „wieso gibst du die Möglichkeiten für die Autonomie der Vandalen aus den Händen, die dir doch niemand nehmen kann?"

Geiserich runzelte die Stirn. „Wer sagt das?"

„Du selbst mit deinem Foedusvertrag, den Bonifacius für uns aushandeln soll."

„Nun, natürlich haben wir das Land nicht für die Römer erobert, das weiß Bonifacius auch und seine Kaiserin ebenfalls. Pergament ist geduldig! Aber wir müssen ihnen schon ein bisschen entgegenkommen. Der Römer an sich ist doch ein sehr empfindliches Wesen, bis zur Mimosenhaftigkeit sensibel, wenn es um Rechtsfragen im Allgemeinen und um Staatsrechtsfragen im Speziellen geht. Sollen sie sich in Ravenna doch brüsten: „Der Vandalenkönig hängt an unserer Leine", nun, wie lang diese Leine ist, werden sie schon noch merken. Außerdem, wer garantiert uns, dass der Foedus geschlossen wird? Was ist, wenn Bonifacius wieder einmal in Ungnade fällt und bei seinem Sturz das ganze Projekt mitreißt?"

„Wer soll uns hier noch gefährlich werden?", wollte Arwid wissen.

„Nun, Byzanz ist noch lange nicht aus dem Rennen, es gibt dort mit Sicherheit einflussreiche Kreise, die anders denken als Aspar." Geiserichs Gesicht spiegelte Sorge wieder, Arwids glich einem einzigen Fragezeichen.

„Was soll das nun wieder, Vater, du solltest neben deiner Aufgabe als König noch als Orakelpriester dein Einkommen aufbessern. Aspar ist hier gelandet und hat uns ordentlich unter Druck gesetzt. Bisher hat er doch genug Schaden angerichtet, findet ihr nicht auch?"

„Also, ich weiß nicht", hakte der König ein, „in meiner Nase stinkt das ganze Unternehmen. Warum hat er nicht selbst kommandiert? Warum sitzt er in Karthago und führt sich als Despot auf? Warum hat er nicht verhindert, dass Markian ins offene Messer läuft? Vielleicht reicht sein Enthusiasmus gerade mal dafür, so weit weg vom Hof in Konstantinopel sein zu können, um ungestört ureigenste Politik zu machen?"

„Und dieses hochfahrende Auftreten", ließ sich Truchthari vernehmen, „das Pfählen eines offiziellen Gesandten." Er dachte an die

Entfaltung von eindrucksvoller Amtswürde und Offizialität durch den Comes im belagerten Hippo, der sich letztendlich dennoch gebeugt hatte. „Aspar zeigt sich unbeugsam, zu unbeugsam für seine reale Position, aber nach außen hin sehr wirksam. Dieser Mann wird nie sein Gesicht verlieren, sein Ehrenschild wird keinen Kratzer abkriegen, wenn er dermaleinst von hier wieder aufbricht."

„Und das wird er tun, sobald wir uns getroffen und unsere Gemeinsamkeiten erforscht haben werden", Geiserich grinste breit, „denn dieser Mann hat andere Ziele, als eine Provinz für den Osten zu erobern, das sage ich euch, aber das muss nicht uns bekümmern. Jetzt sollten wir erstmal die Sache mit der Heiligen Stadt beenden, bevor wir uns an die Unheilige machen."

Die Berater gingen auseinander. Truchthari schnurstracks in sein Quartier, das er mit Lapsus teilte. Der feilte sich gerade die Fingernägel, als der Truchsess hereingestürmt kam und sich vor dem der Schönheitspflege sich Widmenden aufbaute. „Sei du nur froh, dass ich dich damals schon freigelassen habe", fuhr er ihn grußlos an, seine blauen Augen sprühten Blitze, „zum Dank hättest du etwas ehrlicher sein können!" Wie er so dastand, auf den Sohlen vor- und zurückwippte, die Fäuste im Schwertgurt eingehakt, umgab sogar den relativ hageren Mann eine Aura der Bedrohlichkeit. Der sich in Unkenntnis des Vorgefallenen befindliche Lapsus ließ verlegen die Feile sinken und sah den Eindringling fragend an. Er konnte förmlich die Vöglein zwitschern hören und sah duftige Blumen sich an den Worten emporranken, als Truchthari in seiner Ansprache fortfuhr. „Kein geringerer als der Comes hat sich herbeigelassen, mir windigem Wicht die Augen zu öffnen! Kann es sein, dass ich mit dem Eindruck, dass du einer der wenigen Menschen bist, die doppelt freigelassen wurden, richtig liege?"

Lapsus sah betreten zu Boden. „Du hast es erfasst. Ich war eigentlich der Schreiber von Severus Pulcher, sein *Libertinus*. Ich dachte, ich könnte von all dem Wissen, das ich über meinen Herrn aufnahm, profitieren, indem ich mich als er selbst ausgab."

„Für dich war das sicher nicht übel, aber hast du eine einzige Sekunde lang an deinen Befreier gedacht, an mich?"

„Wie meinst du das?"

„Erinnerst du dich:

‚Wenn ich Bonifacius treffe, werde ich ihn fragen, was er für dich zahlen will'? Klar, damals dachte kein Mensch im Ernst daran, ich würde dem Oberbefehlshaber in Africa jemals persönlich gegenüberstehen, aber hättest du mich nicht aufklären können, ehe ich zu ihm ging? Der Comes bezahlt für dich keinen staubigen Sesterz, so ist es nämlich! Hättest du den richtigen Namen anstelle des wahren verwendet, wären wir jetzt vielleicht reich."

Truchtharis Gesicht war ein einziger Vorwurf. Lapsus wurde immer verlegener.

„Ich hatte einfach Angst, ihr würdet mich umbringen, wenn ich nicht so wertvoll wäre, dass aus mir kein Kapital zu schlagen sei ..."

Truchthari unterbrach ihn schroff. „Da lagst du gar nicht einmal so falsch! Einem Barbaren braucht man ja nicht von vorneherein die Wahrheit zu sagen. Aber, und darüber bin ich wirklich sauer, du hättest mich später als Freund einweihen können. So hast du mir mein privates Geschäft mit dem Comes versaut! Wer weiß, was er für einen Mann mit deinen geographischen Kenntnissen bezahlt hätte?"

„Nicht viel, glaube ich, sonst hätte er doch versuchen können, mich dir trotzdem abzuluchsen."

„Vermutlich dachte er nicht so weit, dass ein Unfreier genauso viel wissen könnte wie sein Herr?"

„Ein altes Vorurteil: Der Verstand des Sklaven reicht gerade bis zu seinen Haarspitzen und nachdem die meisten kurzgeschoren herumlaufen müssen ..."

Truchthari musste lachen. „Weißt du, dass es auch heißt, der Verstand der Barbaren reicht genauso weit? Nur wir mit unseren langen Haaren sind dann ja eindeutig im Vorteil ..."

„Weshalb das *Imperium Romanun* auch von euch erobert wird und nicht einem Sklavenaufstand zum Opfer fällt", grinste Lapsus.

Truchthari fühlte sich langsam verschaukelt. „Zurück zu dir! Ich glaube es besteht hier einiges an Aufklärungsbedarf."

„Ich habe dir meinen richtigen Namen genannt, denn sonst hätte ich mich garantiert irgendwann einmal verplappert und ihr wärt mir auf die Schliche gekommen." Treuherzig wie ein Schoßhündchen, das auf einen Leckerbissen wartet, sah er kurz zu dem Truchsessen hoch, um sich nun wieder der Pflege seiner vernachlässigten Fingernägel zu widmen. „Für viele beginnt das Elend, worin sie als Arme sich zu befinden glaubten, erst richtig, wenn sie reich geworden sind! So oder so ähnlich spricht der Dichter, also sei mir dankbar, dass ich dich vor dem Elend bewahrt habe."

Truchthari blieb zunächst die Spucke weg.

„Was mich übrigens noch brennend interessieren würde, ist, woher du so sicher mit dem Schiff umzugehen gelernt hast“, wechselte er schließlich das Thema.

Lapsus fuhr zusammen, so dass er sich beinahe mit der Feile gestochen hätte. „Also, das ist eine längere Geschichte. Eigentlich stamme ich von der Ostküste der Adria, aus der pannonischen Provinz. Unglücklicherweise war ich der älteste Sohn meiner Eltern. Unglücklicherweise deshalb, weil die Ausprägung des Familiensinns seitens meines Vaters von besonders individueller Art war. Er übte den gesuchten Beruf des Glasbläsers aus und galt als unübertroffener Meister in der Herstellung sogenannter Spruchbecher.“

„Sprechende Gefäße“, lachte Truchthari, „das musst du mir näher erklären.“

„Sie werden aus Glas von zweierlei Farben, oftmals in der altertümlichen Form des Trinkhörnchens verfertigt und an ihren Rändern prangen Sprüche, die den Zecher zu erhöhtem Weingenuss auffordern, wie *bibas domine!* oder das altbekannte *in vino veritas.* Damit machte er ein kleines Vermögen. Eine Schiffskatastrophe wendete das Blatt, als die Produktion eines halben Jahres in den Fluten der Adria versank und der dergestalt ruinierte Werkstattbesitzer sich gezwungen sah, ihn zu entlassen.“ Aufseufzend lehnte Lapsus sich auf seiner Liege zurück. „Nach Jahren am Schmelzofen hasste mein Vater nichts mehr als zu schwitzen, was nach Reinigung verlangt hätte, was wiederum in seinen Augen mit Anstrengung verbunden und so zu meiden war. Selbstredend oblag es also uns anderen, Brennholz vorzubereiten, Einkäufe zu tätigen und die schweren Wassereimer von der Zisterne nach Hause zu tragen. Ließ er sich tatsächlich einmal notgedrungen zu irgendwelchen Anstrengungen herbei, geschah es nur unter Protest und Gestöhne, und er hatte ein ausgezeichnetes Gedächtnis für derartige Zumutungen, die er katalogartig vor meiner Mutter auszubreiten pflegte, sollte sie ihn ‚schon wieder‘ um eine Gefälligkeit bitten. Aus dem eingebrachten Schatz an Erfahrungen dieser Art wog meine Mutter jede anstrengendere Tätigkeit dahingehend ab, ob es nicht doch besser wäre, sie kümmerte sich selbst um ihre Erledigung, was bedeutete, dass ich als der Älteste automatisch in der Rangliste der zur Hausarbeit zugelassenen Privilegierten nach vorne rückte.“ Lapsus nahm einen tiefen Schluck Wasser und leckte sich die Lippen. „Du kannst dir vorstellen, dass mich diese

Umstände bereits in relativ jungen Jahren aus dem Haus und direkt in die Arme der Marine trieben. Allerdings handelte es sich dabei nicht um eine ganz reguläre Einheit."

Truchthari räusperte sich. „Mit anderen Worten, du gingst unter die Piraten."

„So könnte man auch sagen, allerdings war mein Verweilen dort nicht von allzu langer Dauer. Doch wie man ein Schiff steuert, habe ich dort recht schnell gelernt. Wir gerieten in den Hinterhalt einer Abteilung der römischen Flotte, die unser kleines Geschwader in den Grund bohrte und die meisten der Männer tötete. Die Soldaten nahmen jedoch einen Teil von uns gefangen, frag mich nicht nach welchen Gesichtspunkten die Selektion vor sich ging, und wir wurden in Massilia auf dem Sklavenmarkt verkauft. Ein sehr befremdliches Gefühl, wenn man in Ketten auf einem Podest steht und wie eine frische Melone feilgeboten wird. In meinem Fall, ich war noch relativ jung und schmächtig, nahm sich das Anpreisen eher aus wie der verzweifelte Versuch des Sklavenhändlers, einen Ladenhüter an den Mann zu bringen. Doch hatte ich Glück und fiel an den Geographen Claudius Severus Pulcher, einen Angehörigen der Nobilität der Hauptstadt. Er machte seinem Namen keine große Ehre, denn er behandelte mich alles andere als streng. Man kann sagen, als Sklave bei ihm hatte ich es wesentlich besser als daheim oder gar bei den Piraten, wo ich als Schiffsjunge einigen Unbill zu erleiden hatte. Severus vertraute mir und so stieg ich bald zu seinem persönlichen Reisebegleiter auf. Nach einigen Jahren schon ließ er mich offiziell frei und ich trat in seine Familie ein, weshalb ich eben Severianus heiße."

„Ja, sein Cognomen hätte so gut zu dir gepasst, *pulcher*, ‚der Schöne'. Aber jetzt bist und bleibst du ‚Lapsus', das hast du dir selbst zuzuschreiben", belehrte ihn Truchthari. Ein undeutbarer Blick bohrte sich in die Augen des Truchsessen, doch verbal ging Lapsus auf seine Bemerkung nicht ein.

„Allerdings musste ich mich vertraglich verpflichten, ihm weiterhin als Mitarbeiter zu assistieren, was ich gerne tat, da mir die Arbeit des Kartographierens und vor allem das damit einhergehende Reisen ungemein gefielen."

„Tja, damit ist es jetzt ja hoffentlich bald vorbei, wenn wir erstmal unsere Höfe einrichten", unterbrach ihn Truchthari erneut.

„Ganz ehrlich, ich weiß nicht, ob ich euren sesshaften Lebensstil übernehmen werde. Wahrscheinlich werde ich wieder auf Reisen gehen, fremde Länder erforschen, vielleicht versuche ich eines Tages eine Wüstenquerung nach Süden, jetzt, wo ich so nahe dran bin?“ Versonnen schaute er vor sich hin und begann wieder mit seiner Feile herumzuspielen. „Der Rest der Geschichte, die ich euch bei meiner Befreiung“, das Wort klang irgendwie höhnisch, meinte Truchthari durchzuhören, „auftischte, ist wahr, bis auf den kleinen Schönheitsfehler, dass die Sueben meinen Herrn töteten und mich am Leben ließen.“

„Also den Falschen“, konstatierte Truchthari lapidar, „pekuniär betrachtet“, ergänzte er noch langsam und genüsslich, als er Lapsus' empörten Gesichtsausdrucks gewahr wurde. Doch dieser wich rasch einem einvernehmlichen Schmunzeln.

*

Verabredungsgemäß besetzten die Vandalen die Stadtmauern und enthielten sich jeglicher Gewaltanwendung, während in der Stadt ochsenkarrenweise die Vermögenderen, Römer wie Metoiken, ihre Güter zu den Schiffen brachten, um ins sichere Italien, Sizilien oder zu anderen Küsten überzusetzen. Bonifacius überwachte die Evakuierung und griff hart durch, wenn er bemerkte, dass die Exilanten sich gegenseitig Schwierigkeiten machten.

„Es gibt ausreichend Platz für alle! Die Schiffe im Hafen sind nicht alles, es wird mehr Frachtraum zur Verfügung gestellt, wenn es nötig wird“, ließ er zur Beruhigung ausrufen. Als eines der ersten Schiffe lief der Frachter des Karthagers Demokedes mit seinen Leuten aus. An Bord befand sich unter den jüdischen Exilanten, die mehr den Hass der Einheimischen fürchteten als die ihnen unbekannten Eroberer vom Kontinent, auch Judith. Sie sollte in Karthago bei ihrem Onkel Chaim untergebracht werden. Sie war wohl ängstlich ob des völlig Neuen, das sie erwarten mochte, aber es war ihre ureigenste Wahl gewesen, diese Schwierigkeiten auf sich zu nehmen, um sich Klarheit über einen Menschen zu verschaffen, den sie liebte und den sie zu kennen glaubte. Ob sie jedoch in Karthago ihren Nachum je wiedersehen würde, war mehr als ungewiss.

Demokedes' Gewinn nach der Fahrt lag zwar weit unter dem ursprünglich kalkulierten Ertrag, doch konnte er jetzt für die Passage nach Karthago von den Exilanten Fährgelder eintreiben, die dem Ernst der Situation angemessen waren und das Geschäft positiv abrundeten, und er führte das Gros der Barschaft mit sich, die sich

Chaim als Gewinn für seine Risikobeteiligung ausgerechnet hatte. Der Partner in Karthago konnte also zufrieden sein

*

Der Präfekt hatte sich geirrt.

Doch jetzt, einen Tag vor dem planmäßigen Aufbruch nach Italien, gab es für ihn Wichtigeres als die ermordete Dirne. Die Generalamnestie, die der scheidende Comes als Abschiedsgeschenk der Provinz in Aussicht stellte, ließ viele aufatmen, doch war klar, Mord konnte sie nicht beinhalten. Dennoch hatte er nicht mit einem Verfahren gerechnet. Wie nicht anders erwartet, hatten sich keine Angehörigen gefunden und mit der Leiche war auch gleichsam „ihr Fall" zu Grabe getragen worden. Und nun stand da dieser Jude vor ihm und erdreistete sich, in dieser schon ad acta gelegten Angelegenheit die kostbare Zeit des römischen Polizeichefs in Anspruch zu nehmen. Ausgerechnet jetzt, wo es noch so viel von Bedeutung mit dem Gast in der Präfektur zu besprechen gab.

„Ihr entschuldigt bitte kurz die Unterbrechung", bat er den Gast und wandte sich mit der Leidensmiene des terminlich überlasteten Bürokraten dem Juden zu.

Auch wenn er kein Angehöriger der Toten sei, begann der Mann, dessen gepflegtes Äußeres, angefangen beim sorgsam gestutzten Bart über die teure Kleidung bis hin zu feinen Aromen, die ihn umwehten, es dem Präfekten nicht erlauben wollten, ihn einfach wieder hinauszuschicken, erhebe er Klage wegen des besagten Dirnenmordes. Nicht etwa, um diesen zu sühnen, sondern weil durch die Aufklärung dieses Mordfalles der Verdacht von seinem Schwiegersohn in spe genommen und dieser rehabilitiert werden könne. Ihn interessierte aus diesem Grunde ob, und wenn ja, mit welchem Ergebnis die römische Polizei im betreffenden Fall ermittelt hätte.

Der Präfekt wandte sich erneut mit einem gleichermaßen verlegenen wie entschuldigenden Achselzucken an seinen Gast. Dieser, ein Mann undefinierbarer Provenienz, war nur mit einfacher Tunika und schmucklosem Überwurf bekleidet und hatte es sich an einem zweiten Schreibtisch bequem gemacht, wo er aus einem bauchigen Trinkgefäß heißen Kräutersud schlürfte. Wortlos gab er mit einem lässigen Handzeichen zu verstehen, dass er für die Situation Verständnis aufbringe und fischte sich andere Akten aus den Tiefen eines Wandregals.

Der Präfekt sah den hebräischen Metoiken durchdringend an.

Wie zum Teufel hat der es geschafft – unangemeldet obendrein – bis zu mir vorzudringen?, dachte er bei sich.

„Verzeiht, Präfekt, dass ich mich noch nicht vorgestellt habe", begann dieser und deutete eine Verbeugung an, „Mosche ben Saul mein Name, ich bin Geschäftsmann."

Der Präfekt nickte dankend, machte sich aber seinerseits nicht die Mühe, sich vorzustellen, sein Rang mochte dem Bittsteller gegenüber genügen, und faltete, als Zeichen seiner Aufmerksamkeit, die Hände zu einem spitzgiebeligen Dach vor seinem Bauch.

„Mein Schwiegersohn unternahm diesen riskanten Vermittlungsversuch, von dem ja nun die ganze Stadt profitiert – außer ihm selbst, versteht sich, der ja noch immer bei diesen Wilden da draußen festgehalten wird ..."

Der Gast des Präfekten hustete künstlich und Mosche sah kurz irritiert zu ihm hinüber, ehe er in seinem Bericht fortfuhr.

„Ohne ihn hätte die Belagerung wohl ein weniger rühmliches Ende genommen, und der Anstand und die Würde des Reiches gebieten, ihn zu rehabilitieren. Denn an dem gemeinen Mord an dem wehrlosen Mädchen, für den obendrein sechs unserer Glaubensbrüder mit dem Leben bezahlten, ist er unschuldig, das weiß ich! Nachum könnte keiner Fliege etwas zuleide tun ..."

„Das sagt gar nichts", knurrte der Präfekt, „ich habe schon die friedfertigsten Zeitgenossen wegen Totschlags in die Schranken des Gerichts gewiesen. Aber wie dem auch sei, Ihr seid spät dran! Zumindest, was mich betrifft. Wie Ihr wisst, verlässt die römische Administration morgen die Stadt", er wies mit einer Geste, die an Grazie ihresgleichen suchte, auf den Mann am zweiten Schreibpult, „ab morgen liegen alle Angelegenheiten dieser Art in den bewährten Händen dieses Herrn."

„Heldica, *doctor iurisprudentiae*", stellte der so Eingeführte sich vor und hob grüßend den Arm, „ich bin ab morgen Chef der Zivilverwaltung der Stadt und vertrete als Kanzler meinen König Geiserich. Verzeiht meinen burgundischen Akzent." Seine Stimme hatte etwas unverbindlich Glattes, war aber durchaus nicht unsympathisch. Mosche besah sich die Gestalt. Eher untersetzt, von gepflegtem Äußeren, glattrasiert mit der für sein Volk typisch aufgewölbten Schädelkalotte, die seine ohnehin schon hohe Stirn noch unterstrich, mochte der Mann etwa dreißig Jahre alt sein. Lautlos beschimpfte sich Mosche, wegen seines „Wilden-Ausrutschers" von soeben, kam aber nicht darauf zurück. „Angenehm", lächelte er, vielleicht eine Spur zu verlegen, was der andere leicht belustigt quittierte.

„Ja, dieser Fall ist prekär", riss der Präfekt das Wort wieder an sich und legte nach einigem Suchen seinem Kollegen eine dünne Akte vor. „Ein Mönch, der den Vorfall beobachtet haben will, hat eindeutig falsch ausgesagt. Er versicherte den Bütteln, er habe gesehen, wie der Flüchtige, ehe er daranging, durch die Wand zu verschwinden, das Mädchen, das ihn wohl gesehen hatte, nicht nur erwürgte, sondern der Einfachheit halber obendrein noch vergewaltigte. Nur ich machte mir die Mühe", er betrachtete selbstgefällig seine sorgfältig manikürten Fingernägel, „das Opfer zu besichtigen und konnte keinerlei Hinweise auf den Tod durch Erwürgen feststellen. Der Mönch, ein gewisser Hilarius ohne festen Wohnsitz, ist im allgemeinen Tohuwabohu" – hier, bei der Verwendung eines Wortes seiner Muttersprache im Mund eines Römers, huschte ein Lächeln über Mosches Gesicht – „nicht mehr auffindbar, und wäre er das, hätten wir das große juristische Problem, dass Geistliche nicht der weltlichen Gerichtsbarkeit unterstehen, wir ihn also nicht wegen Falschaussage verurteilen können."

„Macht nichts", meinte Heldica lapidar, und ein enigmatisches Lächeln umspielte die Lippen des Kanzlers, „Euer Fall ist es ja ohnehin nicht mehr."

„Aber das Römische Recht?", protestierte schwach der Präfekt.

„Wird, wie besprochen, nicht angetastet", beruhigte ihn sein Nachfolger. „Schließlich habe ich beide Rechte studiert, auch wenn ich nur Zivil- und nicht Kirchenrecht absolviert habe ... Wir werden der Sache nachgehen", versicherte er Mosche, „aber Ihr werdet dafür Verständnis haben, dass es im Augenblick Wichtigeres für mich zu tun gibt!" Er begleitete den Juden persönlich hinaus. Zurück im Zimmer, ließ er sich an seinem neuen Stammplatz nieder, nahm ein loses Pergament an sich und besah es näher. Wie es auf den Tisch gekommen war, ohne Nummer und Einband, war dem Verwaltungsfachmann ein Rätsel. Ein breites Lächeln, das so gar nicht zu seiner ansonsten seriösen Art passen mochte, machte sich in seinem Gesicht breit. „Sieh an, sieh an", rief er belustigt, „wie kommt das denn hierher?"

Der Präfekt besah sich das Schriftstück und zuckte die Achseln. Was sie vor sich hatten, war nichts Geringeres als die Liste der Patriarchenwahl, die einen einstimmigen Wahlausgang zugunsten des Bischofs Adeodatus von Sitifis widerspiegelte. Dass sich Adeodatus seines neuen Postens nicht lange erfreut hatte, da er die Wirren nach der Landnahme nicht überlebt hatte, tat nichts zur Sache, vielmehr interessierte sich die arianische Geistlichkeit der Vandalen für die Sympathien, die dem fanatischen Hetzer quer durch die Reihen des Glaubensrivalen entgegengebracht worden waren.

Geräuschvoll und mühsam erhob sich der Präfekt. „Für mich gibt es nun nichts mehr hier zu tun", meinte er beiläufig und verneigte sich etwas zu devot vor dem neuen Verwaltungschef. Dieser lächelte belustigt, was den Menschen hinter der offiziösen Maske durchscheinen ließ. „Ach, wenn du willst, kannst du im Flur die Lampen löschen", versetzte er, „deine Leute sind alle weg, du bist der Letzte hier!"

Nach den drei Vorbereitungstagen besetzten die Vandalen die Stadt, ohne auf Widerstand zu stoßen. Der Comes, in voller Montur und in Waffen, erwartete den König in der Zitadelle. Sein verdutztes Gesicht, als ihm ein Jüngling von etwa zwanzig Jahren als der Chef der Belagerungsarmee vorgestellt wurde, wäre es wert gewesen, in Marmor gemeißelt zu werden. Voller ungläubigen Staunens musterte Bonifacius seinen Bezwinger – das also war der gefürchtete Stratege und Taktiker, der Markian geschlagen und ihn selbst hier systematisch ausgedörrt hatte. Trotz seines jugendlichen Alters, da war sich Bonifacius sicher, waren das einzig „Grüne" an ihm seine Augen.

„Ave, Statthalter", salutierte der dunkelhaarige Barbarengeneral, der gar nicht so unrömisch aussah. Er stach aus der Korona seiner Begleiter deutlich ab, die vorwiegend hellhaarig waren.

„Ave, Imperator", schnarrte zackig der Comes, den buschenbewehrten Helm unter dem Arm. Warum sollte er den jungen Mann nicht so nennen? Feldherr war er, die Insignien des Imperators würde er nie tragen, an Auxiliaren oder Foederaten verlieh Rom derartige Würden nicht – aber der Titel floss ihm leicht über die Lippen. „Ich, als Stellvertreter des römischen Kaisers übergebe dir, Stellvertreter Geiserichs, des Königs der Vandalen und Alanen, die Stadt. Wir haben gegeneinander gekämpft und keiner vermochte den anderen vollständig zu besiegen. Die Vernunft befiehlt, dass wir Frieden schließen. So sei es also."

Der Angesprochene musste sich erst noch den erhabenen Ernst der Situation ins Bewusstsein rufen. Seinem Vater hätte diese offizielle Aktion viel besser zu Gesicht gestanden, doch nahm er sich zusammen und versuchte mit so viel Würde, wie es einem zwanzigjährigen Barbaren möglich war, zu sprechen. Doch entbehrte die steife Feierlichkeit der Ansprache nicht einer gewissen Komik.

„Comes, ich bin Arwid, bevollmächtigter Vertreter des Kronrats der Vandalen und Alanen", führte er sich ein. „Du wirst natürlich verstehen, dass wir keinen Frieden schließen können, sondern uns nur versprechen, die Waffen nicht mehr gegeneinander zu erheben. Für einen Friedensschluss brauchen wir, wie du weißt, eine Vollmacht der Kaiserin. Derart weittragende Entscheidungen stehen uns also nicht zu. Ich nehme die Übergabe an und muss sagen, dass ich alle Achtung vor deiner Standhaftigkeit und Zähigkeit als Verteidiger habe ..." So tauschten sie Komplimente aus und beschulterklopften einander. Natürlich wollte in der gegebenen Situation keiner dem anderen mehr wehtun, und sie vermieden strikt, das Gespräch auf Markian zu bringen. Zuletzt schüttelten sie sich, wie faire Gegner eines gerade beendeten athletischen Wettkampfes, fast schon freundschaftlich die Hände.

So schlimm sind die Vandalen also doch nicht, wie immer gemunkelt wird, wurde dem Comes nun endgültig klar. Arwid hob die Hand in der weiten langärmeligen Tunika, das Handgelenk zierte ein vergoldeter Silberreif, der sich wie eine Schlange mit zwei Köpfen darum wand. Er schnalzte mit Daumen und Mittelfinger. Auf dieses Zeichen hin bahnte sich eine zierliche dunkelhaarige Frau aus dem Hintergrund den Weg durch die Delegation nach vorn zu den beiden Partnern. Der Comes war kurzfristig verwirrt, sollte sie ihm zum Geschenk gemacht werden, was sollte eine Frau sonst hier bei einer derart wichtigen Angelegenheit. Doch sogleich machte sich ein fröhliches Lächeln auf seinem Gesicht breit, das in herzhaftes Lachen überging, als er bemerkte, dass die Frau etwas sehr Possierliches auf dem Arm trug: Einen jungen Pavian. Um den Hals trug er ein Lederhalsband, an dem ein silbernes Kettchen, das an eine Hundeleine erinnerte, befestigt war. Ceridwen überreichte dem Comes das Tier als Geschenk Arwids, und der Comes nahm es mit einer seinem martialischen Habit hohnsprechenden Vorsicht entgegen, als ob es aus Glas gefertigt wäre. Und sogleich fühlte sich der junge Affe bei ihm wohl, kletterte auf seine Schulter und begann in seinem Gesichtsbewuchs nach eventuell versteckten Insekten oder ähnlichen Leckerbissen zu suchen.

„Woher wusstet ihr ...?“ Bonifacius, der gestandene Kämpfer und hartgesottene Soldat, der seine Emotionen kontrollieren konnte, wann immer es nötig war, kämpfte sichtlich mit den Tränen. „Wie soll ich euch danken? Ich hatte schon mit dem Gedanken gespielt, mir kein weiteres Maskottchen mehr zuzulegen, aber ihr habt mich überzeugt. Was wäre ein Bonifacius ohne Paviandame?“

„Ja, es ist ein Weibchen, wie du siehst, sonst wäre der Spaß nur halb geglückt, nicht wahr.“ Ceridwen lächelte schelmisch, ihre blauen Augen blitzten den Comes herausfordernd an: Was ist dran an dem Gerücht?, aber sie verkniff es sich, näher darauf einzugehen. „Zu einem Krieger, wie du es bist, einem Mars der Punier, gehört natürlich eine Liebesgöttin, die Venus der Punier, und so haben wir die kleine Dame schon mal auf ‚Ischthoret‘ getauft.“ Arwid lächelte dem Comes aufmunternd zu, der beim Klang dieses Namens, den er irgend möglich von sich ferngehalten hatte, zusammengefahren war.

„Ja, das ist sehr originell“, pflichtete er den Eroberern bei, „leider habe ich keine Xenie für euch vorbereitet.“

„Das haben wir auch nicht erwartet, aber wir dachten uns, ein kleines Präsent macht dir den Abschied von hier sicher leichter. Du kannst dich ja revanchieren, indem du in Ravenna gewisse Gerüchte, die sich um unser Volk ranken, entschärfen hilfst. Vielleicht lässt sich tatsächlich ein Vertrag mit der Kaiserin arrangieren. Unser König wäre überglücklich, für geordnete Verhältnisse sorgen zu können“, log er, den Charakter seines Vaters fehleinschätzend, auch sich selbst vor. In krassem Gegensatz zu ihm war Arwid Idealist geblieben und glaubte nach wie vor an das Gute im Menschen – allen Erfahrungen der jüngsten Vergangenheit zu Trotz. Zu einem Treffen zwischen Bonifacius und dem Vandalenkönig kam es nicht mehr, denn Geiserich war schon kurz nachdem die Delegation von Bonifacius zurückgekehrt war, wieder in Richtung Karthago aufgebrochen, um möglichst bald mit Aspar ins Gespräch zu kommen.

Der Comes schiffte sich als einer der letzten mit dem Ziel Portus ein, um dann über Rom nach Ravenna weiterzureisen. Um ihn her ein kleinerer Konvoi, besetzt mit dem Gros seiner Goten, die natürlich bei ihrem Herrn blieben. Er döste unter einem Sonnensegel und ließ den milden Wind des küstennahen Meeres um sein Gesicht schmeicheln, neben ihm in einem zierlichen Körbchen spielte die Paviandame Ischthoret mit Esskastanien und keckerte vergnügt vor sich hin. Der unvermeidliche Thorwald stand, mit Theja in ihrem gotischen Singsang vergnügt schwatzend, an der Reling. Erst lange nachdem sie die Region verlassen hatten, fiel Bonifacius auf, dass es ihm nach dem Lichten des Ankers kein einziges Mal in den Sinn gekommen war, zu der Stadt, die über ein Jahr lang sein Schicksal bestimmt hatte, zurückzuschauen. Vermutlich hatte er bei diesem Anblick auch nicht allzu viel versäumt, dachte er. Als sich die Sonne neigte und ein rosiges Abendrot über die Kimm zauberte, fühlte sich der Comes z. b. V. – zur besonderen Verwendung – auf direktem Weg in den Himmel. Immer mehr wich die dunkle Schönheit Ischthorets zurück und machte Platz für die üppige, hellhaarige und blauäugige Pelagia, die ihn mit Tochter und Schwiegersohn in Rom erwarten würde.

Er straffte sich innerlich, als er an die Kaiserin denken musste, auf deren Empfang er sich nun freute – zwar könnte noch leicht ein Vierteljahr vergehen, ehe er sie sehen würde, aber er wusste, alles würde gut werden.

* * *

Die freudlose Spenderin der Freuden

Winter 431 bis Frühjahr 432 A. D.

Mit starrem Blick saß die vormals begehrteste Frau Karthagos auf der Kline ihres Empfangszimmers. Als letzte Rettung hatte sie alle Räume mit Käfigen voll besonders sangesfreudiger Vögel ausstaffieren lassen. Die Stille, vor allem die nächtliche Welt des Schweigens, war ihr unheimlich geworden, so dass sie oft die Stunden bis zum Morgen zählte, wenn die Vögel mit ihrem Gesang die Sonne begrüßten. Erst wenn sie die entsetzliche Grabesstille verjagten, fiel sie in einen unruhigen, wenig erquicklichen Schlaf.

Nicht alle Tage war es so schlimm, doch wiederholten sich ihre Angstattacken häufig, mitunter raste ihr Herz, ihr wurde schwindelig und sie meinte im nächsten Moment sterben zu müssen. Ihre Glieder erkalteten von den Fingern und Zehen her und begannen zu zittern. Da sie nie wissen konnte, wann diese Zustände sie wieder überkommen würden, zog sie sich immer mehr zurück und verkroch sich in der vagen Hoffnung auf Spontanheilung.

Ihr erster Versuch, mit einem Mann zu schlafen, war desaströs geendet: Sie konnte es nur lustlos über sich ergehen lassen, brach dann plötzlich und unmotiviert in Tränen aus und bat ihren Verehrer, einen reichen Händler, um Verzeihung. Dieser jedoch verbreitete sich überall in der Öffentlichkeit über das traurige und verheulte „Mädchen der Freuden". Seine Geschichte machte, bald um eine Vielzahl pikanter Details angereichert, die alle nur eines gemeinsam hatten, nämlich die Unwahrheit zu befördern, die Runde in den Kreisen der Vornehmen. Vor allem jene Männer, die von Ischthoret früher nicht erhört worden waren, zerrissen sich nun in aller Ausführlichkeit und nicht ohne Schadenfreude die Mäuler. Man zog die Brauen hoch, zuckte die Achseln, war kurz irritiert, eine aufregende Abwechslung verloren zu haben, und ging zur Tagesordnung über.

Auch die in Karthago gebliebenen Offiziere, allen voran der Generalissimus Aspar, mieden ihr Haus nun, als sei es mit einem unheilbringenden Miasma kontaminiert. Schließlich ging sie in ihrer Not zum Diätetiker in die Thermen, der sich die Schilderung ihrer Symptome unbewegten Gesichts anhörte und sie dann nur fragte: „Ist das alles?"

Sie antwortete nicht sogleich, versuchte in ihrem wirren Kopf zu sortieren, was sie ihm erzählen würde und welche Details sie besser für sich behielt. Anscheinend dauerte es Euthyphron zu lange, denn plötzlich wurde der sonst so beherrschte Hippokratiker heftig.

„Ich habe dich gewarnt, Ischthoret, du hast dein Herz verhärtet, du schenktest Freude, aber keine Liebe, und nun kannst du dich nicht mehr freuen, weil du nicht weißt, was es heißt zu lieben. Dein kaltes Herz sucht aus der Enge zu entweichen und tobt dann von Zeit zu Zeit. Fülle es mit Liebe, es wird Feuer fangen und dich wieder beleben."

„Ja, Euthyphron, ich habe beschlossen, mit dem Hetärendasein Schluss zu machen und mich beruflich mehr dem Bankwesen zuzuwenden. Aber ...", sie stockte, ein plötzlich einsetzendes Schluchzen schüttelte sie, „... ich kann nicht mehr!" Ein Bild der Resignation abgebend, sackte die schöne, stolze Frau in sich zusammen. Begütigend nahm sie der Alte in den Arm. „Spuck es aus, es gibt nichts, worüber du mit mir nicht reden kannst." Geduldig saß er da und drückte das kleine Mädchen, als das sie ihm im Moment erschien, an sich. „Du bist tief verletzt, Kind."

Widerspruchslos ließ sie sich von ihm so titulieren: „Kind". Was war sie denn? War sie wirklich eine Frau? Weil sie menstruierte und mit Männern schlief? War sie in Wirklichkeit noch nicht reif, Frau zu sein?

„Es ist schrecklich", brachte sie mühsam hervor, „die alten Götter würden mich blenden, und der Gott der Christen wird mich rösten in der Hölle – ich habe Angst, schreckliche Angst, doch nicht so sehr vor der Strafe, sondern vor dem Leben. Ich fühle mich so allein. Du weißt, dass es mir bisher das höchste Glück galt, einmal in Ruhe allein sein zu können, und jetzt erfüllt mich dieses vormalige Glück mit Grausen."

„Was ist es denn Schlimmes, was du getan hast", trotz des milden Tonfalls seiner Stimme klang das Wissenwollen, das sie an einen christlichen Beichtvater erinnerte, durch, und sie zögerte erneut. Geübt im Warten, schwieg auch Euthyphron. Ischthoret kämpfte gegen die Tränen, kämpfte gegen die Angst, sich ihm anzuvertrauen. Sie zitterte am ganzen Körper. Blitzartig wurde sie von der Erkenntnis heimgesucht: Jetzt muss es heraus, sonst werde ich mich nie dazu durchringen können.

„Ich habe mich von meinem ..." Sie stockte kurz und holte Luft. „Nein, so war es nicht. Nicht ‚ich habe mich', nein. Ich habe meinen Vater verführt, allerdings wusste ich nicht, wer er war, vorher." Endlich war die Wahrheit heraußen, sie fühlte sich augenblicklich erleichtert. Ihr von Tränen und Rotz verschmiertes Gesicht wandte sie dem Alten vertrauensvoll zu, senkte jedoch gleich den Blick. Euthyphron sah man seine Erschütterung und Entrüstung an, womit er das Gebot der stillen Zurückhaltung der Hippokratiker verletzte. Doch mit derartigen Geständnissen wurde ja auch er nicht tagtäglich konfrontiert. Heftig schüttelte er seine eindrucksvolle weiße Mähne, gewann aber, geübt in Selbstbeherrschung, schnell die Fassung wieder und strich dem heulenden Häufchen Elend in seinem Arm über den Kopf.

„Es ist eines der ehernsten Gesetze unter den Menschen, nicht nur unter den zivilisierten Hellenen und Römern, auch bei den Barbaren und den Wilden, dass Väter sich nicht an ihren Töchtern vergreifen dürfen und Mütter an ihren Söhnen. Du hast ja den alten Mythos von Oidipous bereits angesprochen." Er rückte fast unmerklich von ihr ab, doch ohne dabei sein begütigendes Streicheln zu unterbrechen. „Du hast also deinen Vater verführt, das ist eine schwerwiegende Sache ..."

„Und was das Schlimmste ist: ich liebte ihn! Ich muss es gespürt haben tief in mir drin, wer er war. Ich habe mich nicht umsonst derart zu ihm hingezogen gefühlt, etwas in mir erkannte ihn, doch ich wollte es nicht wahrhaben."

„Wie du dich von dieser Sünde reinigst, ist natürlich deine Sache. Ob du zu einem Priester gehen willst, um zu beichten oder ob du einen älteren Kult vorziehst, du wirst darum aber nicht herumkommen, wenn du deine Seele retten und in Ordnung bringen willst. Dein Herz aber ist ebenfalls schwer geschlagen und wie mit eisernen Ketten gebunden, solange es dieser Liebe anhängt. Du musst sie aus ihm verbannen und in dich gehen. Am besten, du fastest eine Woche oder zwei ..."

„Schau mich an", unterbrach sie ihn mit fast tonloser Stimme, „ich kann ohnehin kaum mehr etwas zu mir nehmen. Ich habe keine Freude mehr am Essen oder sonstigen leiblichen Annehmlichkeiten. Ich weiß nicht, ob zusätzliches Fasten da ein großer Gewinn sein kann."

Euthyphron ging auf ihren Widerspruch nicht ein, sondern wechselte das Thema. „Wie lange schon leidest du an den beschriebenen Erscheinungen?"

„Drei Monate sind es jetzt und ich weiß nicht, wie ich es noch weiter aushalten soll.“

„Ich muss dich leider mit einer Binsenweisheit abspeisen: Du brauchst Zeit. Eine Zeit, die dir erlaubt, traurig zu sein und über deine Verletzung hinwegzukommen. Deine nächste Frage weiß ich schon: Wie lange das wohl dauern mag, nicht wahr?“

Sie nickte nur ungeduldig.

„Das kann weder ich noch sonst jemand dir sagen. Vielleicht ein paar Monate, vielleicht dein ganzes Leben. Aber wie ich dich jetzt kenne, wirst du es schon schaffen!“, lächelte er sie aufmunternd an. „Komm zu mir, so oft du willst, ich werde mir Zeit für dich nehmen und immer ein offenes Ohr für dich haben.“

Sie entlohnte ihn, mehr für seine Geduld als für den Rat und verließ die Thermen, ohne ein Bad genommen zu haben.

Noch bevor Demokedes sein eigenes Haus oder auch Ischthoret aufsuchen konnte, traf er den am Kai wartenden Chaim, der ihn und die unerwartete Nichte in sein Stadthaus führte. Chaim wollte seinen Augen nicht trauen, als er sah, was ihm da ins Haus geschwebt kam. Dieses zierliche Geschöpf sollte das Produkt aus dem dicklichen Mosche und seiner Schwester sein, auch nicht gerade eine schlanke ionische Säule? Mit Freuden nahm er sie auf in seinen Haushalt und wies ihr zunächst ein bescheidenes Gästezimmer zu. Sie sollte bald einen größeren Raum zur Verfügung bekommen, plante er.

„Mein Kind, wir unterhalten uns nachher, aber ich muss den Reeder kurz alleine sprechen.“ Mit einer Handbewegung rief er nach ein paar Sklaven, die sich um Judith und ihre Siebensachen kümmerten.

Ohne lange Präliminarien kam Demokedes gleich zur Sache. „Chaim, wie du meinem Schreiben entnehmen konntest, hat der Vandalenkönig die Juden trotz ihrer Kooperationsbereitschaft heftig geschröpft. Um den Comes zum Abzug bewegen zu können, ließ Geiserich dessen Schuldenberg bis auf Meereshöhe abtragen und wollte diese enorme Summe natürlich nicht ganz alleine aus seiner Privatschatulle schütten, also bat er die Juden, sich so kooperationsbereit zu zeigen, wie sie es ihm auch zuvor angetragen hatten. Er und seine Barbaren seien „bar alles Baren“, meinte der König und begehrte von den Juden zinslos zu leihen – zahlbar an irgendeinem unbestimmten Zeitpunkt in ferner Zukunft. Ich hoffe nur, du wirst verstehen, dass die Summe, die ich dir überbringe, nicht so hoch ist, wie ich ursprünglich ansetzte, da die Judenschaft in Hippo zusammenlegen musste, um die Vandalen auszuzahlen, damit diese Bonifacius' Schulden übernehmen konnten." Er lächelte dünn. „Natürlich ist das ein Staatsgeheimnis erster Güte, was ich dir hier erzähle. Offiziell geht Bonifacius nach Ravenna als der heldenhafte Verteidiger Africas. Damit kehrt also ein Gutteil der Schulden, die Bonifacius bei euch in Karthago gemacht hat, über eure eigenen Ausgaben als Einnahmen wieder zurück."

„Ja, das war eine interessante Transaktion. Sie sind alle ausgeglichen. Plötzlich gingen Wechsel ein, die im Auftrag von Bonifacius gezeichnet und erstaunlicherweise auch gedeckt waren. Wir dachten zunächst an die Kaiserin in Ravenna."

„Aber Geiserich will mit den Juden zusammenarbeiten, ihr werdet sicher noch auf eure Kosten kommen. Er will Treue um Treue vergelten, sagt er. Also, was den freien Abzug betrifft, hat er sich fair verhalten. Jedenfalls glaube ich, dass Geiserich mehr Krämer als Krieger ist, wir können hier einer rosigen Zukunft voller Geschäftsgründungen und Wirtschaftswachstum entgegenblicken. So, jetzt genug geredet, ich will möglichst schnell zu Ischthoret, mit ihr habe ich, wie die Goten sagen ‚ein Beilchen zu schleifen'."

„Also doch!"

Demokedes horchte auf. Unterdrückte Chaim hier ein Jubeln in seiner Stimme? Jedenfalls lächelte er von einem Ohr zum andern. „Wegen diesem Nikomachos, stimmt's? Aber, wie du sicher schon weißt, ist der zweite Konvoi, der von hier losgesegelt ist, ja von der Vandalenflotte abgefangen worden und dabei ist das Schiff deines korinthischen Rivalen gesunken. Ein Nauarch verlässt bekanntlich das sinkende Schiff als letzter, und somit ist es sehr wahrscheinlich, dass er von den Fischen gefressen wurde. Auf jeden Fall hat man seitdem von ihm nichts mehr gehört und gesehen, und somit ist diese Zicke jetzt ihren neuen Bock wohl endgültig los."

Chaim bemerkte die sich verändernde Mimik seines Partners. „Habe ich etwas Falsches gesagt?"

„Nun, sie in meinem Beisein als ‚Zicke' zu titulieren ist nicht gerade schmeichelhaft für meinen Geschmack, was Frauen anbetrifft, findest du nicht?"

„Mag sein, aber du musst dir doch darüber im Klaren sein, dass *sie* den Anschlag auf dich angezettelt hatte! Sie hatte es auf dein Leben abgesehen, der idiotische Korinther war bloß ihr Werkzeug, das ist eine zwar unangenehme, doch nicht minder wahre Tatsache ..."

Nun war es an Demokedes zu lächeln. „Mein lieber Chaim, du leidest in dieser Sache ein bisschen unter deinem verletzten Stolz." Begütigend legte er die sehnige Hand auf die Schulter seines Partners. „Du traust Ischthoret einfach jede Gemeinheit zu, weil sie dich, naja, immer so herablassend behandelt hat ..."

„Sie hat nicht einmal deine Finanzen mit mir besprechen wollen!", platzte es aus Chaim heraus.

„Ja, sie kann sehr hochnäsig sein, aber für mich bist du in dieser Sache, das sage ich dir ganz offen, nicht die letzte Instanz. Doch lassen wir das jetzt. Ich sehe mir alles mit eigenen Augen an und bilde mir selbst ein Urteil."

Er winkte seinen Sklaven, das Gepäck wieder aufzunehmen. „Ich muss jetzt los, ich werde sie möglichst bald sprechen, aber danke dir jedenfalls nochmals für deine wohlwollende Warnung."

„Ja, schau dir alles selbst an, lass dich überraschen", lächelte Chaim geheimnisvoll und vollführte eine hilflose Geste. Sollte doch Demokedes den bitteren Weg der Erkenntnis selbst beschreiten. „Leb wohl, gewöhn dich wieder ein in die lasterhafte Großstadt. Friede auf deinem Weg!"

Ein befremdliches Gefühl beschlich ihn, als er nach etwas mehr als einem Jahr der Trennung bei seiner zur Hassliebe avancierten Ischthoret anklopfte. Im Haus war es seltsam still, wohl zwitscherten allenthalben Vögel, doch von Menschen keine Spur, keine Freierschar, die seine treue Penelopeia belagerte. Doch als Tschagrin, der Sumpfslawe vom Rand der Welt, ihm die Tür öffnete, entging ihm nicht, dass dieser niedergeschlagen wirkte und – um die vierte Tagesstunde völlig unverständlich – Demokedes ein Zeichen mit dem Zeigefinger machte, sich still zu verhalten.

Gehorsam schlich der Reeder auf Zehenspitzen in das Zimmer.

Da lag seine Geliebte, nicht etwa in süßlich betörende Düfte gehüllt, verführerisch ihren begehrenswerten Körper auf der Kline räkelnd, nein, schlafend musste er sie antreffen, zusammengerollt wie ein kleines Kind, den Daumen im Mund, die Augen zugekniffen, als schaue sie mit Gewalt weg von einer schrecklichen Szene. Die Schultern stachen wie die Beckenknochen durch den Stoff ihres Kleides, ihre schlanken Finger hatten sich in knochige, raue

Vogelkrallen verwandelt, das Haar wirkte ungepflegt. Als er sich zu ihrem Gesicht herabbeugte, entdeckte er schorfige Mundwinkel und musste feststellen, dass ihn sein Eindruck in Hinsicht auf ihr Haar nicht täuschte – es roch streng. Erst jetzt fiel ihm auf, dass sie ihre Pracht bis auf Kinnlänge hatte abschneiden lassen.

Stöhnend richtete er sich auf. „Oh ihr Götter, was ist denn hier passiert?" Ungeduldig und wenig einfühlsam schüttelte er Ischthoret und riss sie so aus ihrem tiefen Schlaf. Nur langsam erwachte sie, doch nicht vollständig. Wie bei einem Menschen, der sich im Rauschzustand der Tollkirsche befindet, der im Aufwachprozess ohne wirkliches Erwachen herumirrt, wirkten ihre großpupilligen Augen verschwommen, der Blick jenseitig.

„Schlafen! Lasst mich doch endlich schlafen ...", murmelte sie und drehte sich von Demokedes weg, als hätte sie ihn überhaupt nicht erkannt. Der wiederum stand wie vom Blitz gerührt.

„Ischthoret, Liebes, wach endlich auf und sieh mich an, ich bin wieder da, freust du dich denn gar nicht?"

Ruckartig drehte sie sich nun um und riss die Augen weit auf. „Diese Stimme kenne ich! Tanit hilf, er will mich wieder schwängern mit dem abscheulichen Käfer. Geh weg, geh weg!", kreischte sie mit heiserer Stimme. Demokedes schüttelte sie nochmals unsanft und verpasste ihr eine Ohrfeige, dass es schallte.

„Du bist ja betrunken!", fuhr er sie an.

Mit einem Schlag war sie wach. „Ich und betrunken! Du müsstest eigentlich wissen, dass ich so gut wie nie Alkohol trinke. Ich habe nur geträumt. Und ich träume immer wieder dasselbe, immer wieder und das bringt mich an den Rand des Wahnsinns."

„Verzeih, dass ich dich geschlagen habe, aber ich wusste mir nicht zu helfen ..."

„Vielleicht hättest du dir besser überlegt, wie du *mir* helfen könntest?"

Demokedes schüttelte entsetzt und ungläubig den Kopf. Dieses Leidensbild sollte eine Verbrecherin sein? Nun, Chaim war wirklich nicht ganz richtig im Kopf, was Ischthoret betraf. Er suchte nach Worten. „Nun habe ich mich fast ein ganzes Jahr auf dich gefreut, und jetzt stehe ich da und weiß nicht, was ich sagen soll."

Mühsam setzte sie sich auf, fuhr sich mit der Hand mehrmals durch das unfrisierte Haar und schnippte sodann ungeniert mit spitzen Fingern ein paar Schuppen fort. Obwohl das ihren alten, längst vergessenen Plänen zuwiderlief, war Demokedes ja nun glücklich wieder da. Mit zunehmender Erleichterung registrierte sie, dass sie nicht mehr allein war und jetzt für lange Zeit nicht mehr allein zu sein brauchte. Allerdings galt es davor noch einige Hindernisse zu überbrücken.

„Du siehst krank aus, Liebes, sehr mitgenommen, so können wir unmöglich nach Konstantinopolis fahren."

Sie leckte sich die spröden, rissigen Lippen und blickte ihn aus großen, trüben Augen an – ein Bild des Jammers. „Was sollen wir denn dort?"

„Aber du weißt doch, dass Africa verloren geht für die Römer, die Vandalen werden sich hier breitmachen ..."

„Und? Wir werden uns schon mit ihnen arrangieren, da habe ich keine Angst."

„Ja, du vielleicht! Mit deiner Art Gewerbe kann man es jedem Mann rechtmachen, ob Nubier oder Germane."

„Sieh mich doch an! Was dieses ‚Gewerbe' betrifft", sie setzte mit spitzer werdender Stimme die Anführungszeichen um das Wort, „bin ich ruiniert. Hätte Afranius Macer mir damals einen geschliffenen Glasspiegel anstelle des kupfernen geschenkt, hätte ich ihn zerschlagen, als ich mich das letzte Mal darin betrachtete. Ich habe ihn raus schaffen lassen. Ich kann meinen Körper nicht mehr ansehen, ohne dass mich Ekel überkommt."

„Was ist denn geschehen, das dich so verwirrt hat? Wer will dich mit einem Käfer schwängern?"

„Du weißt es also", entgegnete sie tonlos, „woher?"

„Du hast gerade so etwas vor dich hingemurmelt, als ich dich aufweckte."

Als sich deutliche Erleichterung auf ihrem Gesicht spiegelte, bemerkte Demokedes, dass etwas nicht stimmte und verlegte sich aufs Zuhören ohne Fragen zu stellen. Forschend sah er Ischthoret in die zwiefarbenen Augen.

„Ich hatte wirklich sehr großen Ärger mit Nikomachos aus Korinth, der ja auch deine Bekanntschaft gemacht hat ...", sie wartete auf ein Erkennungszeichen seinerseits, was jedoch ausblieb. „Du kennst ihn nicht? Er hat mir erzählt, ihr hättet euch mal getroffen in Hippo – apropos, Hippo, was ist denn passiert, ist die Stadt wirklich verloren gegangen?"

Demokedes sah sich nun genötigt, wieder mitzureden. „Bonifacius wird abziehen, mittlerweile ist er wohl schon auf dem Weg nach Italien. Als Gegenleistung für den ehrenhaften Abzug überlässt er die Stadt den Vandalen, die ihrerseits versprochen haben, nicht zu plündern und zu vergewaltigen ...“, abrupt hielt er in seinem Sermon inne, „aber das ist im Moment doch nebensächlich, erzähl weiter.“ In gespannter Erwartung verschränkte er die Arme vor dem Körper und drückte die Kniegelenke durch. Nichts würde ihn erschüttern oder gar umwerfen können.

Ischthoret zog die Beine an und legte die Unterarme um ihre Knie. Mit viel zu großem Kopf, wie ein kleines Mädchen, das zu seinem gestrengen Vater aufblickt, saß sie da. „Also, die ganze byzantinische Nobilität war hier bei mir zugange. Vor allem der Nauarch Nikomachos von Korinth hatte ein Auge auf mich geworfen, anscheinend war es ihm nicht genug, meinen Körper für Geld zu besitzen, er wollte mehr, sprach von Liebe, Heirat und derart abwegigen Dingen. Ich versuchte ihn zur Räson zu bringen, doch dann schlug sein ganzes Benehmen um, er wurde gewalttätig, fesselte und ...“, sie stockte, „vergewaltigte mich und schlug mich bis zur Besinnungslosigkeit. Was er nicht haben könne, wolle er wenigstens zerstören, sagte er voller Hohn.“

Demokedes wandte sich von ihr ab, unwillkürlich ballte er die Fäuste. Das passte sehr gut zu diesem heruntergekommenen Seemann, dachte er, schon bei Bonifacius’ Gelage hatte der Ischthoret immer nur als „diese punische Edelnutte“ bezeichnet. Daraufhin war Demokedes damals handgreiflich geworden ...

„Du hast doch schon so manche Demütigung hinnehmen müssen, warum traf dich das jetzt so tief?“

Sie ließ ihren Kopf auf die Knie sinken, nur langsam fiel ihr das widerspenstige Haar über die Wangen ins Gesicht.

„Ich glaube, das kommt davon“, schien sie ihren Oberschenkeln und ihrem Schoß zu erzählen, „weil mir eben, wie du sagst, schon so viel Widerwärtiges in meinem Leben begegnet ist, dass irgendwann die Schmerzgrenze überschritten werden und es dann zur totalen Entladung kommen musste. Der Stein des Anstoßes muss dann kein Felsblock sein, ein Kiesel tut es auch. Aber, dieses Erlebnis war schon mehr als nur ein Kiesel in der Wagenladung der Beleidigungen, die ich in meinem Leben habe einstecken müssen.“

Sie blickte nun zu ihm auf und sah ihm voll in die Augen. Jetzt galt es, ihn von ihrer Unschuld und Ehrlichkeit zu überzeugen.

„Aber eine ganz andere Frage, stehst du noch zu deinem damaligen Angebot, mit mir zusammen deine Geschäfte zu betreiben?"

Demokedes schluckte, so direkt hatte er diese Frage nicht erwartet, er zögerte, wich ihrem direkten Blick aus und besah sich das körperliche Wrack auf der Kline. Sie war noch so jung und sollte schon am Ende sein? Nun, sie hatte sich seit ihrem vierzehnten Lebensjahr dem ältesten Gewerbe der Welt gewidmet, am Anfang sehr exzessiv, buchstäblich Tag und Nacht „durchgearbeitet", gegen Schluss zwar nicht mehr so ausufernd, aber trotzdem erschöpfend für Körper und Seele, sie war ausgebrannt.

„Ich bin wild entschlossen", fuhr sie fort, „meine Profession an den Nagel zu hängen! Ich kann und will nicht mehr Kloake für den Dreck all dieser Männer sein, weder körperlich noch seelisch! Du kannst dir gar nicht vorstellen, was da alles bei mir abgeladen wurde ... allerdings, so dachte ich mir, wäre es nicht schlecht, das altbekannte Etablissement weiterzuführen, als Nebeneinkunft gewissermaßen. Wir könnten das Geschäft schon wieder auf Touren bringen, was hältst du davon?"

Demokedes war immer noch voller Zweifel, ob sie wohl die Wahrheit sprach. Für ihn klang es durchaus plausibel, dass Nikomachos ihr Gewalt angetan hatte, und ihren Entschluss, ihren Beruf aufzugeben, konnte er nur gutheißen, nicht zuletzt aus eigennützigen Gründen. Allerdings war sie in ihrem gegenwärtigen Zustand alles andere als ein Vorzeigeobjekt, vermutlich würde sie auch nie mehr in der alten Schönheit erblühen. Gegenwärtig war sie eher hilfsbedürftig als eine Stütze für ihn, doch hörte er sich sagen: „Ischthoret, kannst du mir verzeihen, dass ich dich so lange allein gelassen und dich damit dieser Gefahr ausgesetzt habe?"

Sie hätte ihn umarmen und küssen wollen, hielt sich aber wohlweislich zurück und klimperte nur etwas mit den Lidern.

„Jetzt sei kein Narr! Ich werde schon wieder werden, wenn ich Boden unter den Füßen bekomme. Ich werde jetzt zum Tempel der Tanit gehen, für deine Rückkehr danken und ein Opfer bringen, willst du heute Abend wiederkommen?"

„Natürlich, gerne! Ich war noch nicht mal in meinem eigenen Haus, ich weiß gar nicht, wie es dort aussieht nach all der Zeit meiner Abwesenheit."

„Oje, ich habe ganz mein Gehirn verloren! Entschuldige tausendmal, dass ich noch nichts davon erzählt habe, ich weiß wirklich nicht, wo ich anfangen soll", plapperte sie plötzlich drauflos, „wir haben uns fast ein Jahr lang nicht gesehen! In deine Villa ist eingebrochen worden, man hat alles gründlich verwüstet, und der alte Philemon, der aufgeschreckt versuchte, Alarm zu schlagen, ist dabei ums Leben gekommen."

Demokedes verspürte einen Stich in der Herzgegend, Philemon, der gute alte Philemon, einfach einen alten Mann umzubringen, der sich doch nicht wehren kann.

„Warum hast du mir das nicht mitgeteilt? Du konntest mit der Flotte ein Schreiben schicken, beim ersten Mal hat es ja auch geklappt. Über diesen seltsamen Brief wollte ich dich auch noch befragen, aber das hat jetzt Zeit ..."

„Was heißt hier seltsamer Brief? Vielmehr könnte ich dich fragen, warum du ihn nicht beantwortet hast?" Ein sarkastisches Lächeln spielte um ihre zerschundenen Lippen. So wie sie ihr Kinn auf den Knien aufstützte, schien beim Reden der Oberkiefer die Bewegungen zu vollführen. Der ganze Kopf hüpfte aufgeregt auf der Basis aus Unterkiefer und Knien umher, was nicht einer gewissen Komik entbehrte.

„Nun, weil er nicht gerade dazu stimuliert hat, ebenfalls zur Feder zu greifen! Hätte ich dir etwas über Chaims Geschäftsführer schreiben sollen und über die Fixpreise, die den Gewinn arg gedrückt hatten? Hätte dich das so brennend interessiert?"

Ischthoret zog irritiert die Augenbrauen zusammen, Ansätze von Furchen bildeten sich auf der früher makellos glatten Stirn. „Nun gut, das hatte ich auch nicht erwartet, aber zum zweiten Blatt meines Schreibens ist dir anscheinend gar nichts eingefallen?"

Nun war es an Demokedes zu staunen. „Welches zweite Blatt? Ich habe eine Auflistung von Einnahmen und Ausgaben erhalten, ebenso unsentimental wie unpersönlich."

Ischthoret, nun ganz die Fassungslose, schlug mit der geballten Faust auf die Kissen ihrer Kline ein. „Dann hat dieses Schwein von vorneherein mit gezinkten Karten gespielt, ohne mir ein Wort zu sagen. Ich hätte es mir ja denken können, er hat schlichtweg die Post gefilzt und den persönlichen Brief an dich unterschlagen." So einfach ging das alles nun, staunte sie selbst, da ein Sündenbock gefunden war und für alles herhalten konnte.

„Das ändert natürlich einiges", meinte Demokedes besänftigend.

„Aber alles der Reihe nach. Ich glaube, ich muss wohl zuerst in meiner Domus nach dem Rechten sehen."

Ischthoret blühte mehr und mehr auf, die persönliche Anwesenheit ihres ehemaligen Favoriten gab ihr innerlich einen deutlichen Schub. „Also, oberflächlich haben wir uns darum gekümmert – aber ob versteckte Schätze in die Hände der Räuber gefallen sind, weiß ich nicht, in alle Geheimnisse deines Hauses hast du mich ja nicht eingeweiht", sprudelte sie recht lebhaft hervor. Ich will alles wieder gut machen. Ich will ihn lieben, sagte sie sich vor, vielleicht gelingt es mir, er hat doch alles, was einen Mann auszeichnet: Ehrbarkeit, gesicherte Verhältnisse, Geist, das Herz am rechten Fleck und ein stattliches Äußeres – und er ist ein guter Liebhaber.

Beim Gedanken an diese Tatsache befiel sie plötzlich wieder Angst, ihr Herz hetzte sich ab in ihrer Brust, hämmerte wild gegen die Rippen und ihr blieb fast die Luft weg. So schnell würde es nicht gehen, hatte Euthyphron ihr schließlich eingeschärft. Sie sollte nun nicht allzu viel von sich verlangen. „Dann bleibt es bei heute Abend? Am besten bei mir."

Demokedes schloss sie fest in die Arme, so dass ihre spitzen Beckenknochen sich hart in seinen Körper bohrten, doch er achtete nicht darauf. Auch den Geruch ihres Haars empfand er nicht mehr als streng, sondern höchstens als irgendwie eigen und er drückte zum Abschied einen Kuss auf ihre aufgesprungenen Lippen.

Sie lehnte sich an ihn, doch spürte sie keine Wärme in sich aufkommen. Trotz der Intimität der Situation war sie voller Angst. Sie hoffte inständig auf eine Wirkung der Tanitriten, welchen sie sich heute unterziehen wollte. Zu lange hatte sie es hinausgeschoben, aber die Priester würden ihre Sühnegabe sicher annehmen, denn sie verspürte echte Reue. Dass sie allerdings ihrem Liebhaber nicht die volle Wahrheit, beziehungsweise eine sehr eigene Version derselben aufgetischt hatte, sah sie als lässliche Sünde an. Er musste nicht alles über sie wissen, wusste er doch ohnehin schon zu viel. Und außerdem, sie hatte Niko mit keinem Wort gegen Demokedes gehetzt, wenn der brutale Nauarch, also ihr Vater, kam ihr zögerlich in den Sinn ... Nein, sie wollte ihn nicht als die Person sehen, die er tatsächlich war, sondern so, wie sie ihn brauchte, als einen Dreiviertelhelden mit zweifelhaften Ansichten über Recht und Unrecht, Moral und Ethik, der für seine Bequemlichkeit über Leichen zu gehen bereit war. Dieser Mann durfte, konnte nicht ihr Vater sein!

Nach kurzer Zeit machte sie sich allein auf den weiten Weg zum letzten Tempel der Tanit, nur ein Paar schwarze Tauben in einem Käfig aus geflochtenen Weidenzweigen hatte sie dabei. Der Kult war noch nicht völlig von den Christen beseitigt worden, doch die ursprüngliche Tempelprostitution gab es nicht mehr. Was genau der Opfernden harren würde, wusste auch sie nicht, doch vertraute sie in dieser Sache mehr der alten als der neuen Religion. Ein Tieropfer würde dargebracht, irgendwelche uralten Riten durchgeführt, geheimnisvolle Formeln gesprochen werden, und sie könnte sich dann gereinigt fühlen, ohne weitere Schuld auf ihrer Seele. Die Tauben hatte sie mitgenommen, da sie als der Liebesgöttin geheiligte Tiere bevorzugt geopfert wurden. Ihr Gefieder war schwarz, weil dies einerseits die Opfervorschrift verlangte und andererseits diese Farbe für den gefallenen Teil der Schöpfung stand, dem Weißen, Emporstrebenden diametral entgegengestellt.

Ischthorets Gang war nach all den Wochen des Herumliegens und der Krankheit ihrer Seele, die auch auf den Körper übergegriffen hatte, nicht mehr so selbstbewusst und zügig wie zuvor, ihre Ausdauer ließ zu wünschen übrig, und sie brauchte längere Zeit, bis sie sich durch die alte Byrsa den steilen, serpentinenreichen Weg zum Heiligtum hinaufgekämpft hatte. Oft blieb sie im Schatten eines Vordaches oder eines Baumes stehen, um wieder zu Atem zu kommen, und nur unter Aufbietung all ihrer Kraft gelang es ihr schließlich relativ erschöpft, die Pforte zum Heiligtum zu erreichen.

Den großen Tempel der frivolen Tanit hatte die sittenstrenge allerchristlichste Kaiserin vor zehn Jahren schleifen lassen, so dass sich die Stadtgöttin nun genötigt sah, in diesem Bauwerk ihre Residenz aufzuschlagen. Schon der äußere Eindruck war nicht geeignet, dem unvoreingenommenen Betrachter großen Respekt abzuverlangen. Der Mangel machte sich an allen Ecken und Enden bemerkbar. Dachziegel lagen zersplittert, die Farbe der Wandmalereien, die das Geison einst geschmückt hatten, war abgeblättert, die Figuren unkenntlich, obszöne Graffiti „schmückten" die Wände. Kurz: Eine unangenehme Aura von Verlassenheit und beginnender Verwahrlosung umgab das baufällige Gemäuer. Eilig durchschritt sie die Pforte, doch wurde ihre Erwartung, im Inneren gepflegtere Verhältnisse vorzufinden, enttäuscht.

Als hinter ihr die schwere Tür mit Knarzen und Ächzen ins Schloss fiel, beschlich sie das unheimliche Gefühl, die bekannte

Welt verlassen zu haben. Beklemmung umfing sie, und unwillkürlich hielt sie die Luft an. Ihre Augen, vom Licht des Tages noch verwöhnt, vermochten zunächst überhaupt nichts wahrzunehmen. Doch die junge, sensitive Frau spürte förmlich eine bedrohliche Wesenheit im Dunkeln, die körperhaft im Raum lastete und sie wie in einen sanften, schweren Stoff hüllte. Ischthoret musste an sich halten, da sie das Odium, das merkbar in dem Gemäuer hing, als nicht sehr einladend empfand, hatte sie doch in einem Tempel der Liebesgöttin mit sinnlichen Parfums oder wenigstens ätherischen Düften gerechnet. Hier roch es wie in einem Keller, der mehr Mäuse als Mehl beherbergte.

Offensichtlich kamen nicht mehr viele Gläubige her, um Opfer zu bringen. Aber sie musste sich selbst an die Nase fassen! Wie oft war sie, erklärte Dienerin der Astarte, Tanit, Rabbettna, Ischtar, Aphrodite – Freya neuerdings auch hier in Africa – in einem Tempel der Liebesgöttin zu Gottesdienst oder Opfer eingekehrt?

Unwillkürlich verkrallten sich ihre Finger im Weidengeflecht des Käfigs, was die Tauben mit einem irritierten Gurren quittierten. Hilfesuchend folgten Ischthorets noch immer nachtblinde Augen den wenigen Lichtflecken im Raum, die von den vereinzelt an den Wänden angebrachten, mit glanzlosen Reflektoren versehenen Öllämpchen und einer von der Decke herabhängenden Ampel herrührten. Mit spärlichem Schein flackerten sie gegen die Allmacht der Finsternis an, vermochten jedoch nur wenige Aspekte des Tempelinneren, fast farblos noch, dem Sensorium des Auges zugänglich zu machen. An den Wänden fanden sich Malereien, die kleinfigurige, ineinandergeknäulte Menschen beim „Gottesdienst" der Tanit wiedergaben. Doch all diese Einzeldarstellungen verbindend, lag dahinter eine schwer auszumachende, riesige weibliche Gestalt. Bei genauem Hinsehen konnte die Besucherin des Gotteshauses gespreizte Beine wahrnehmen, die an der einen Wand des Innenraumes nach oben strebten, um an der Decke in den Rumpf einer nackten Frauengestalt überzugehen. Exakt aus der wie aus dunklen Schlangen bestehenden Scham hing die Ampel mit der nur schwach rötliches Licht verbreitenden Lampe. Langsam wandte sie sich um und ebenso langsam erkannte sie, sich allmählich an die Dunkelheit gewöhnend, an der Decke einen weiblichen Torso sowie einen gesichtslosen Kopf mit langen, geflochtenen Zöpfen, die den Boden auf der gegenüberliegenden Wandseite berührten. Hier fand die Epiphanie einer Himmelsgöttin statt, die den Menschen und den übrigen die Erde bewohnenden Wesen das Licht gebar!

Ein schwaches Licht allerdings, das nicht einmal bis zum Allerheiligsten hinanreichte. Vor der *cella* hing ein schwerer, als safranfarben zu erahnender Vorhang, der das göttliche Eidolon verhüllte. Von den bis zur Decke reichenden Stoffbahnen ging ein speckiger Glanz aus, und einen Augenblick lang meinte Ischthoret, das Götterzelt möge wohl auch ohne Aufhängung von alleine stehen können, so verschmutzt musste es sein. Doch diese humorige Anwandlung legte sich rasch und erneutes Unbehagen befiel sie. Hier also sollte sie Buße tun.

Die beiden Tauben schlachten und dann nichts wie raus hier, war ihr einziger Gedanke. „Ist hier jemand?“, tastete sie sich mit brüchiger Stimme in das unheimliche Schweigen des Tempels.

„Natürlich, mein Täubchen, wir Diener der Göttin sind ständig in ihrem Tempel, um sie zu ehren“, erklang ein krächziges, geschlechtsunspezifisches Organ hinter dem Vorhang, der beiseitegeschoben wurde. Zum Vorschein kam ein Mensch, dessen Erscheinung nicht unbedingt die Assoziation hervorrief, eine Göttin müsste sich allein durch seine Gegenwart geehrt fühlen. Der Priester war von gedrungenem Körperbau, die Haut seines unbekleideten Oberkörpers glänzte von Schweiß und erinnerte in ihrer Faltigkeit an die Achselhöhlen eines Elefanten – und so roch er auch. Der erfreulichste Anblick an ihm war eine mit Stickereien reich verzierte Lederkappe, deren Zuschnitt dem normalen Verlauf des Haaransatzes nachempfunden war. Offensichtlich war der Tanitdiener kahlköpfig. Er leckte sich die vollen Lippen und brachte ein frivoles, zahnarmes Grinsen zuwege. Sein Mund schien mit seiner wie wegretuschiert wirkenden Nase auf einer Ebene zu liegen. Über diesem Arrangement lauerte ein Paar engstehender, schwarzbrauner Otternaugen. Obwohl Ischthoret verschleiert war, fühlte sie sich nackt unter seinem bohrenden Blick. Instinktiv zog sie mit der Linken ihre Stola enger um sich und drückte den Korb mit den Opfertieren vor die Brust.

„Was ist dein Begehr, mein Täubchen?“

Ischthoret wusste vom Hörensagen, dass es kultische Texte gab, die sie nun hätte sprechen müssen, doch kannte sie diese nicht. „Ich bin Ischthoret, Dienerin der Astarte, und ich möchte der Göttin ein Sühneopfer darbringen, denn ich habe Schuld auf mich geladen.“

Das klang für den Anfang nicht schlecht. Zur Unterstützung hob sie den Korb mit den beiden Tauben hoch, die sich ängstlich in der Dunkelheit aneinanderdrängten.

„Tanit wird sich an ihrem Blut laben, ich danke dir dafür", sprach der Priester und klatschte in die Hände, woraufhin ein mageres altes Männlein in ähnlicher Gewandung erschien. Wortlos nahm es mit einer kleinen, steifen Verbeugung in Richtung auf den Vorhang den Korb mit den Vögeln in Empfang und entfernte sich mit schlurfenden, schleppenden Schritten.

„Ja, dann kann ich wohl wieder gehen", mit einem verlegenen Lächeln wandte sich Ischthoret ab, um möglichst rasch das unheimliche Heim der Göttin verlassen zu können.

„Moment, Moment, mein Täubchen, wir haben doch noch gar nicht angefangen", meinte der sich als Oberpriester entpuppende Unsympath.

Als er den ängstlichen Ausdruck in ihren Augen entdeckte, umspielte ein schadenfrohes Lächeln seine wulstigen Lippen. Mit hartem Griff, der jegliches Widerstreben verbot, umspannte er ihr linkes Handgelenk und führte sie hinter den Vorhang. Nun war sie also im hellerleuchteten Allerheiligsten. Verdutzt drehte sie sich um. Von außen hatte sie nichts bemerkt, was auf Licht im Innern des Götterzeltes hingewiesen hätte. Hier, in der unmittelbaren Umgebung der Göttin, brannten zahlreiche Lampen. Doch der auf der Innenseite schwarz eingefärbte Vorhang hielt das Licht wie in einem Käfig gefangen. Das Standbild der Göttin, eine uralte, verwitterte Großplastik, erhob sich inmitten der *cella* zu beeindruckender Monumentalität. Umhängt war sie mit einem weißen, schäbigen Mantel. Als ob sie dem Priester ihre Beobachtung mitgeteilt hätte, begann er, auf sie einzureden, dass die Mädchen der Tanit nicht mehr der Göttin dienten und alles in die eigene Tasche steckten, anstelle der Göttin die gebührenden Opfer zu entrichten. Doch sie würden schon sehen, wohin sie das brächte, sich auf den neuen Gott der alten Juden einzulassen, der nur vordergründig ihr Treiben nicht strafe, doch sicher verfolge er ihr Tun weder mit Wohlgefallen noch mit Billigung.

„Opfert der Göttin, damit sie euch einlässt unter ihren Schutzmantel, wenn der Tag der letzten Posaune heraufdämmert und der Gott der Christen zu Gericht sitzen wird! Er wird euch verurteilen und hinabwerfen in den alles verzehrenden Feuersee! Doch auch die

Göttin der tausend Namen ist mächtig! Versichert euch des Schutzes der großen Göttin des Himmels und der Liebe, Tanit, Rabbettna, Asthoret, Astarte! Doch durch euren Geiz ist der Mantel der Tanit löchrig geworden und fadenscheinig, dahin ist sein weißer Glanz, wie welkes Laub hängt er um die Schultern der Erhabenen. Sie, die einst der ganzen Stadt Schutz und Zuflucht vor dem Wüten der Feinde gewährte, bedeckt jetzt nurmehr mit Mühe ihre eigene Blöße!"

Er hatte sich in Rage geredet, seine Augen blitzten Ischthoret böse an, der Klammergriff seiner Finger um ihr Handgelenk schmerzte. Abrupt ließ er sie los und wandte sich dem Eidolon zu, zu dessen Füßen eine Schale mit einer undefinierbaren Flüssigkeit bereit stand. Er hob sie an seine Lippen und nahm einen tiefen Schluck. Nach einigen wenigen Augenblicken der Ruhe verfiel er in einen monotonen Singsang in der traditionellen phönizischen Sprache des alten Karthago, die Ischthoret nicht geläufig war. Im Hintergrund befindliche, nicht sichtbare weitere Priester fielen in den Gesang ein und unterstützten ihn mit Tamburin und Flöte. Dabei schien der Oberpriester sich in Ekstase zu versetzen, er verdrehte die Augen, seine Gliedmaßen begannen zu zittern und zucken, schließlich setzte sich der plumpe Mann in Bewegung und umtanzte das Standbild, wobei er eine leichtfüßige Eleganz an den Tag legte, die Ischthoret seiner untersetzten Figur niemals zugetraut hätte. Während dieses Vorgangs war unmerklich der vordere Teil des Zeltes hochgezogen worden, so dass sich nun der Altar in die Kulthandlung integrieren ließ, auf den nun der Tänzer zusteuerte, die bereits getöteten Tauben zu holen. Er verspritzte ihr Blut zu Füßen der Statue, verlangsamte allmählich seinen kreisenden Lauftanz, bis er schließlich vor dem Götterbild stehenblieb. Kaum außer Atem kauerte er sich neben die Blutlache und musterte sie aufmerksam.

„Die Göttin ist nicht zufrieden, sie ist nicht versöhnt! Deine Sünde ist zu schwer als dass sie mit Taubenblut allein gesühnt werden könnte", verkündete er nach einer gewissen Zeit.

„Nun, ich kann der Göttin und ihrem Tempel ein Geschenk machen, wenn das etwas nützt ..."

Der strafende Blick des Priesters ließ Ischthoret mitten im Satz verstummen, denn sie musste noch etwas anderes in diesem Blick erkennen: langsam sich entwickelnde sexuelle Gier. Eigentlich, so dachte sie, waren die Tanitpriester doch Eunuchen? Was sollte dieser Kapaun von ihr wollen?

„Die Göttin erwartet ein anderes Opfer von dir, nicht umsonst trägst du einen ihrer Namen und bist ihre Dienerin. Sicher kannst du dir denken, was sie sich wünscht.“

Ohne auf eine Antwort zu warten, zerrte sie der Priester zum Altar. Er ließ seine Kleidung fallen, und Ischthoret erkannte mit Schaudern, dass seine Verstümmelung ihm wohl zwar nicht die Zeugung neuen Lebens erlaubte, ihn aber durchaus noch zur Ausübung des Geschlechtsakts befähigte. Er setzte sie hart rittlings auf den kalten Stein und schob mit geübten Griffen langsam und genüsslich ihren langen Peplos hoch. Wie betäubt ließ sie es mit sich geschehen. Als sie fühlte, wie die Kälte des steinernen Altars auf ihren entblößten Oberschenkeln eine Gänsehaut hervorrief, begann sie vor Wut und Scham zu weinen. War sie denn Freiwild? Heilige Göttin, lass das vorübergehen!

Ihre Tränen versiegten auch noch nicht, als sie endlich wieder vor dem Tor dieses Tempels der Schändlichkeit stand. Sie fühlte sich zutiefst entehrt und gedemütigt, ihr flacher Atem versengte innerlich ihre Brust, als sie wie ein gejagtes Tier den steinigen Weg zurück zur Stadt lief.

„Die Göttin hat dir somit verziehen!“

Die eklige Stimme ihres Peinigers hatte sie noch im Ohr, als längst um sie der Trubel der abendlichen Metropole tobte. Als sie ihr Haus betrat, richtete ihr Tschagrin aus, Demokedes sei inzwischen ins Dampfbad im Keller vorangegangen und erwarte sie dort. Baden! Ja, herrlich! Sauber werden! Den Dreck dieses Hierophanten herauswaschen. Sie stürmte zuerst in den Garten, sich die Kleider im Laufen vom Leib reißend, und sprang kopfüber in ihr Schwimmbassin. Wohlig schauderte sie vor der Kälte des reinigenden Nasses. Die Christen haben es da leichter, sie tauchen einmal unter und schon sind sie ihre Sünden los! Schön wäre es, wenn das so einfach ginge, fuhr es ihr durch den Kopf. Luftblasen stiegen vor ihren Augen auf ins Blau der Unendlichkeit, als sie unter der Wasseroberfläche verharrte und heftig ausatmete. Sie ließ sich sinken und eine wohlige Schläfrigkeit bemächtigte sich ihrer. Jetzt einfach hierbleiben, am Grunde des Wassers, alles vergessen, auf immer glücklich.

Die Welt und ihre Gedanken waren eins mit ihren Gefühlen, alles zog sie ins Blau. Äonen währende Sekunden lang ließ sie sich von diesem Zustand getragen über den Grund des Bassins treiben.

Das wassergefilterte Licht zauberte vor den Augen der Taucherin aus dem Heer von Staubpartikeln das Weltall. In der Ferne begann das Blau gefährlich abzudunkeln und kleinste feine Sternchen flackerten in Ewigkeit. Sie schloss die Augen vor dieser räumlichen Unendlichkeit und ließ sich auf den Grund sinken, wo sie sich in embryonaler Haltung zusammenkrümmte. Doch angesichts des Todes erfasste Panik die Nerven und Muskeln ihres Körpers, die auf die Gedankenwelt übersprang. Nie mehr atmen, nie mehr essen, keine wärmende Berührung eines Menschen mehr spüren in der Kälte des Nichts. Konnte sie das wirklich wollen? Zuletzt rang ihr eiserner Wille die widerstreitenden Elemente aus Apathie und Panik nieder. Sie entfaltete sich aus der Enge und stieß, sich wuchtig aufrichtend, vom Grund ab, zur Oberfläche, zu neuem Leben.

* * *

Chaims Tod

Ob sie ihm nach seinem etwas prosaischen Abgang wirklich gleich um den Hals fallen würde, wenn er nun, wie der kretische Stier aus den Fluten vor der tyrsenischen Königstochter, wieder auftauchen würde? Nicht einmal seinen unausgesprochenen Auftrag hatte er zu Ende bringen können. Sein Auftauchen würde nicht ganz so glanzvoll ausfallen wie jenes beim Raub der Europa durch den erfindungsreichen, proteusartig wandelbaren Göttervater am Anbeginn der hellenischen Kultur. Im Gegensatz zu diesem sah er sich nämlich völlig außer Stande, die Geliebte einfach huckepack zu nehmen und nach Konstantinopolis ins gemachte Nest zu tragen, was aber notwendig gewesen wäre in Anbetracht der Tatsache, dass er nunmehr über gar kein Schiff mehr, nicht einmal eines der kaiserlichen Flotte verfügte, da man es ihm, salopp gesprochen, unter dem Allerwertesten weg versenkt hatte. Gottlob war er von einem schnellen Aviso aufgefischt und mit zurück nach Karthago verbracht worden, wo er zunächst einmal unterzutauchen gedachte. Die Nase und vor allem das verbliebene Auge aus der Schusslinie zu bringen, erschien ihm das Gebot der Stunde zu sein.

Besser der Zorn seiner Geliebten, der sich sicher wieder legen würde, als ein Befehl Aspars zum erneuten Auslaufen. Sollte er sich verheizen lassen für neue Lorbeeren des hochvermögenden und anscheinend noch zu wenig dekorierten *magister militum per orientem*? Sollte sein Kadaver als Fischfutter dienen oder schlimmer noch: Sollte er als Gefangener in die Sklaverei der Vandalen fallen und unter dem Knallen der Peitsche Datteln ernten, Öl pressen oder Garum wenden, nur damit der prahlerische Grünschnabel Markian herausgehauen werden könnte? Nein! Er wusste zu wenig von der militärischen Großwetterlage, als dass er es mit seinem Überlebenswillen, als der sich sein innerer Schweinehund zu tarnen beliebte, hätte vereinbaren können, sich einfach bei einer Flotteneinheit zurückzumelden.

Unrasiert und mit zerschlissener Tunika, mit Dolch, aber ohne Schuhe, sah er verwegen genug aus, dass ihm niemand auf offener Straße mit unpassenden Fragen kam. Ungehindert gelangte er zu Ischthorets Etablissement, wo er sich unschlüssig in den Schatten der Mauer gegenüber des Empfangsportals drückte, von wo aus er die Szenerie gut überblicken konnte.

Bis ins Peristyl hatten sie ihn immerhin vorgelassen, dann aber musste er sich geschlagen geben. Bis hierher und nicht weiter, lautete die Devise für jene Gäste, die nicht der Mädchen wegen, sondern einzig um mit der Herrin zu sprechen, Einlass begehrten. Er erfuhr lediglich, die Dame sei unpässlich und bleibe dies wohl auch die nächsten Tage, er brauche sich also gar nicht erst ein weiteres Mal zu bemühen. Auch Demokedes, den er eigentlich hier zu treffen hoffte, sei im Augenblick nirgends zu finden – so ließ man wenigstens verlautbaren. Es nutzte ihm auch nichts, in Bezug auf den Reeder seinen Namen und die mehr als engen geschäftlichen Beziehungen ins Treffen zu führen, Chaim erhielt abschlägigen Bescheid. Mit einer Mischung aus Wut und Unverständnis im Bauch verließ er, zum zweiten Mal gedemütigt, das Haus der Edelhetäre. Unbedingt musste er noch einmal mit Demokedes sprechen, wegen seiner Nichte, dem Juwel seiner Augen, Judith, und ihrem angeblichen oder tatsächlichen Verlöbnis mit einem Kompagnon oder nur Lehrling seines Vetters Mosche in Hippo, so genau wusste er das alles nicht. Auch in Karthago brodelte es mittlerweile. Man warf den Juden günstigstenfalls Gleichgültigkeit, im schlimmsten Falle verräterische Umtriebe und Kriegsgewinnlerei vor, und immer wieder ereigneten sich Übergriffe, allem kaiserlich verbrieften Schutz zu Trotz.

Liebend gerne hätte er die schöne Judith in seinem Hause beherbergt, bis sie ihren Nachum hätte heiraten können, doch war ihm beim Gedanken, die alleinige Verantwortung für ihre Unversehrtheit tragen zu müssen, alles andere als wohl, und er hätte es lieber gesehen, wenn sie bei Demokedes, der über eine ansehnliche Privatarmee gebot, hätte Logis nehmen dürfen. Selbstredend hätte er bis auf das letzte As alle Kosten getragen, das gebot der Anstand, doch war er kein Kämpfer und verfügte nicht über die Mittel, gut ausgebildete Wachmannschaften anzuheuern. All dies hatte er auch zu Papier gebracht und – welch Wunder, der Sumpfslawe Tschagrin hatte ihm zugesichert, die Nachricht an den Reeder weiterzuleiten, so dass er wenigstens dieser Sorge bald enthoben wäre. Nichtsdestotrotz war seine Stimmung alles andere als heiter und unbeschwert, als er die Straße querte, um mehr oder weniger direkt dem Nauarchen Nikomachos in die Arme zu laufen. Diesen miesen Ziegenbock erkenne ich trotz Bart bereits am Gestank, dachte er bei sich, als er der zerlumpten, verwegenen Gestalt Auge in Auge gegenüberstand. Der Grieche bedachte ihn mit dem devotesten Lächeln, das er zustande bringen mochte.

„Ihr kommt wohl von der *domina* Ischthoret“, säuselte er, doch Chaim stand nicht der Sinn nach einem Gespräch mit diesem Mann, der in seinen Augen zum Abschaum der Flotte gehörte und der sich nun anscheinend anschickte zu desertieren.

„Ich dachte, die Wellen hätten Euch verschlungen“, murmelte er bloß.

Doch auch Nikomachos war Menschenkenner genug, die Situation des Juden zu erfassen. „Hat man Euch einmal mehr düpiert und nicht zu der Dame vorgelassen?“, näselte er mit geheuchelter Anteilnahme.

Chaim straffte sich. „Ihr könnt gerne Euer Glück selbst versuchen“, Ton und Mimik lautere Verachtung, „doch ich kann mir nur schwer vorstellen, dass Ihr weiterkommen dürftet. Nachdem Ihr so auf ihren Favoriten losgegangen seid ...“, konnte er sich nicht verkneifen anzumerken. Damit ließ er den barfüßigen, zerlumpten Griechen stehen und entfernte sich eilends.

„Dieser hochnäsige, eingebildete Sesselfurzer“, fluchte Nikomachos ihm stimmlos hinterher, „was bildet der sich eigentlich ein, wer er ist? Der hat noch nie den Angstschweiß bei einem Gefecht gerochen, höchstens seinen eigenen, wenn er einmal an einem Kettenhund vorbeimusste!“ Schon wollte er tatsächlich „sein Glück versuchen“, wie der vermaledeite Jude ihm geraten hatte, doch dann besann er sich anders. Was hatte Chaim mit seiner letzten Bemerkung gemeint? Wusste er vielleicht von Ischthorets Plänen, Demokedes zu verraten und ihn seinetwegen zu verlassen? Wusste er, dass der Zwischenfall in Hippo Regius keine spontane Prügelei unter Betrunkenen, sondern ein Mordanschlag auf Demokedes gewesen war? Hatte er den Reeder eventuell gar vor ihm gewarnt und er, Nikomachos, lief nun geradewegs ins gezückte Schwert, wenn er den Fuß über die Schwelle von Ischthorets Haus setzte?

Der Nauarch begann heftig zu schwitzen und mit einem Mal übernahmen seine Füße die Regentschaft, indem sie ihn, ohne dass er dies bewusst gesteuert hätte, auf die Fährte des Hebräers setzten. In seinem Hirn brodelte es nun noch mehr. Nein, er musste sich beruhigen. Man hatte Chaim nicht vorgelassen, hatte er gesagt, und warum hätte er lügen sollen? Ergo konnte Demokedes noch gar nicht wissen, dass er zum Opfer von Ischthorets und Nikos Plänen hatte werden sollen. Oder es war ihm schlicht egal, da er glaubte, dass sein Rivale sowieso in der Seeschlacht gegen die Vandalen gefallen sei.

Aber wenn Demokedes nun aus Chaims Mund erführe, dass er noch lebte, was dann? Welche Konsequenzen würde der Reeder daraus ziehen? Rächen würde er sich, was sonst. Weiter dachte Nikomachos nicht mehr, nicht zuletzt deshalb, weil ihn seine Füße ans Ziel gebracht hatten.

Während Chaim sich mit seinem komplizierten Türschloss abmühte, spürte er eine Präsenz hinter seinem Rücken, die nichts Gutes verhieß, er roch den abgestandenen Angstschweiß eines schmutzigen Mannes und auch ohne, dass er sich hätte umdrehen müssen, wusste er, was nun passieren würde. Trotzdem wollte er es dem verachtenswerten Griechen nicht unnötig leicht machen.

„Mein Tod wird dir nichts nützen", sagte er ruhig und bestimmt, während er den Schlüssel fahren ließ, um seinem Verfolger ins Gesicht zu sehen. Doch dessen Faust, in der der Dolch bedrohlich blinkte, war schon zum Stoß erhoben und sauste, wie vordem die Füße gegangen waren, wie autonom mit Wucht gegen den breiten Brustkasten und die Kehle des Juden. Immer wieder, bis dieser lautlos und blutüberströmt zusammenbrach. Nikomachos nahm das wenige Geld, das sein Opfer bei sich getragen hatte, zog ihm die Sandalen aus und entwendete noch zusätzlich die Tasche und ein wertvolles Seidentuch. Ernüchtert warf er alle Familien-Pläne über den Haufen und beschloss, als Versprengter, der er ja auch war, nun doch noch beim *magister militum* um gutes Wetter anzuhalten, denn der Gedanke, Demokedes und Ischthoret könnten sich wieder versöhnen, erschien ihm angesichts gewisser weiblicher Flexibilitäten nicht völlig abwegig.

Der Mord an Chaim blieb ungeklärt. Da Tschagrin Chaims letzte Nachricht nicht an Demokedes, sondern an Ischthoret weitergeleitet hatte und da es sich nicht schickte, dass Judith nun alleine wohnen würde, wurde sie in Ischthorets Haus aufgenommen. Ischthoret sah in ihr ein ihr vollkommen unterlegenes menschliches Wesen, was sie leider nicht dazu veranlasste, etwa bisher unbewusst in ihr schlummernde positive Charakterpotenziale freizusetzen.

* * *

Tod eines Heerführers
Hippo Regius, März 433 A. D.

Nach dem Abzug des *comes Africae* ließen weitere Erfolge auf dem Feld der Diplomatie auf sich warten. Zunächst hatte Aspar in Karthago nach einigem Hin und Her seine grundsätzliche Bereitschaft zu Gesprächen geäußert, woraufhin man sich via Vertreter diverse Male traf, wobei viel und ergebnislos geredet wurde.

Zwischenzeitlich hatte Geiserich seinen Sohn Hunerich an den weströmischen Hof als Geisel überstellen lassen, um die Römer erst einmal zu beschwichtigen. Bevor er erneut an Aspar herantreten würde, wollte er erst einmal die Rückkehr des Boten abwarten, der seinen Sohn begleitet hatte, um Ravennas Reaktion auf sein durch Bonifacius übermitteltes Angebot einzuholen.

Schon wenige Wochen nach dem 11. März, dem großen Schiffsweihefest der Ploiaphesien, mit dem das Meer wieder geöffnet wurde, erreichte jene sehnsüchtig erwartete vandalische Dromone die Sperrvorrichtungen des Hafens von Hippo Regius. Vor dem aufgezogenen blauen Signum des Königs senkte sich die schwere Eisenkette wie von selbst, und nach wenigen Halbkraftschlägen der Rojer konnte das schnittige Schiff anlegen. Ungeduldig hob sich der Bug in der schwachen Dünung auf und ab, als suchten die aufgemalten, ewig offenen, blauen Augen unter den schöngeschwungenen schwarzen Brauen den Weg aus dem Gefängnis des Hafens wieder hinaus in die Weiten des Meeres. Noch während die unwillig an den Seilen zerrende Dromone versorgt wurde, sprang ein Junge an Land und beeilte sich, zur Zitadelle zu gelangen. Die Wachposten blickten verdutzt dem in eifriger Eile mehrere Stufen auf einmal nehmenden Knaben hinterdrein. Aus der Nähe ließen sich gewisse Ähnlichkeiten mit Hunerich, dem ältesten legitimen Sohn Geiserichs nicht bestreiten. Die beiden Wachen sahen sich bedeutungsvoll an. Sollte sich Hunerich nicht gerade als Geisel und Symbol des guten Willens der Vandalen in Ravenna aufhalten?

Geiserich liebte es, sich in dem Würfel auf dem Dach der Zitadelle aufzuhalten, den er nun zum vorläufigen Zentrum seines provisorischen Reiches gemacht hatte. Von hier aus hatte der Comes den Widerstand gegen die Invasion geleitet, hier war er festgesessen und hier hatte er ihnen schließlich zugesichert, dass er sich in persona für einen Vertrag mit Ravenna stark machen würde. Der

König saß gerade an seinem Lieblingsplatz auf der Bank hinter dem großen Schreibtisch und brütete über einer kartographisch erfassten Verteilung der Domänen im Großraum Karthago. Immer wieder beschwerten sich Sippenvorstände, dass sie, gemessen an den Leistungen und Opfern der Wanderjahre, nun zu kurz kämen. Und der König nahm die Mahnungen ernst, prüfte und wog zum Teil kleinste Ackerbaueinheiten gegeneinander ab, ob nicht wirklich der eine oder andere benachteiligt worden wäre. Als sich die vertraute Physiognomie seines Sohnes in der Tür zeigte, fuhr er auf wie vom Skorpion gestochen.

„Bist du wahnsinnig? Du kannst doch nicht einfach deinen Platz in Ravenna verlassen, wo du doch unersetzlich bist", polterte er los, noch ehe der mit pfeifenden Lungen atemlos vor ihm erschienene Jüngling überhaupt ein Wort hervorbringen konnte.

„Du bist kein halbes Jahr fort und nutzt die erste Gelegenheit, auszubüchsen! Du wirst augenblicklich dorthin zurückkehren, wo ich dich hingestellt habe!" Die flache Hand des Königs sauste klatschend auf den Tisch vor ihm. „Keine Widerrede!"

„Vater, hör mich an!", gelang es Hunerich das Wort an den König zu richten, „nichts ist mehr, wie es war! Deshalb bin ich geeilt und habe Urlaub vom Hof erbeten, um dich aufsuchen zu können. Was du dir erwünscht hast, einen Vertrag mit dem Kaiser zu schließen, ist nicht mehr möglich, wir sind in Ravenna Personen sine gratia, da wir mit einem ‚Verräter und Feind des Kaiserhauses' paktierten!" Auf Geiserichs fragenden Gesichtsausdruck reagierte er mit einem erklärenden, „so drückt man sich dort zumindest aus." Hunerich holte Luft für weitere Ausführungen, während sein Vater unruhig auf seiner Sitzbank hin- und herrutschte, seine Miene nurmehr Aufmerksamkeit und gefasste Ungläubigkeit im Angesicht einer Katastrophe.

„Setz dich, mein Sohn", forderte er den noch immer hart Atmenden auf, es sich bequemer zu machen. Hunerich ließ sich neben dem Vater auf der Bank nieder und goss sich Wasser in einen Becher, den er hastig leerte.

„Mein Vater! Als ich in Ravenna ankam, wurde ich nicht gerade höflich oder ehrenvoll empfangen. Man brachte mich in einem schlichten Haus weit weg von den kaiserlichen Gebäuden unter und stellte nur wenige Sklaven zu meiner Versorgung ab. Valentinian bekam ich nur ein einziges Mal, anlässlich einer Begrüßungsaudienz für eine sehr kurze Weile zu Gesicht. Er trägt das Haar so, wie wir es vom alten Kaiser Marcus Aurelius her kennen, du weißt schon, wie auf den Büsten, die man überall sehen kann. Der Bart ist gezwirbelt und vielfach gelockt, das Haupthaar in Wellen und Rollen gelegt wie bei einem Weibsbild ...", doch der Vater unterbrach ihn in der Beschreibung des römischen Potentaten.

„Sei versichert, dieser Kopf wird nicht für praktisches Denken oder gar zum Philosophieren benutzt, nein, seinen Hauptzweck erfüllt er als Perückenstütze! Auch wenn er Aurelsche Attitüden aufsetzt, ist und bleibt er ein degeneriertes Bürschchen, das ist meine Meinung. Ich gehe doch wohl zu Recht davon aus, dass du dich nicht von ihm beeindrucken hast lassen!"

Hunerich warf den Kopf in den Nacken. „Selbstredend nicht, Vater. Ich vermag sehr wohl zwischen echtem Glanz und bloßem Gepränge zu unterscheiden. Aber es gab eine andere Person am Kaiserhof, die mir doch sehr bemerkenswert erscheint, die kleine Prinzessin Eudoxia, ein aufrechtes und trotz ihrer zehn Jahre schon sehr gebildetes Mädchen."

Der Prinz strich sich mit keckem Augenaufschlag zum Vater eine herabgefallene Strähne aus der Stirn. „Übrigens habe ich den Eindruck, sie hat Gefallen an mir gefunden. Dieses Kind sollten wir uns merken! Wenn sie zur Frau gereift sein wird, würde sie gut zu mir passen, sie wäre eine Zierde für unsere Familie", Hunerich zupfte nervös an seinem ersten auf der Oberlippe erscheinenden Flaum, „aber das nur am Rande", beendete er rasch den Exkurs, da er eine gewisse Ungeduld auf dem Gesicht des Vaters abzulesen glaubte. „Bonifacius ließ sich auf seiner Reise sehr viel Zeit. Ehe er nach Ravenna kam, blieb er ein ganzes Jahr lang in Rom, was ich ihm nicht verdenken kann, da Ravenna im Winter ekelhaft kalt und feucht ist – für einen Africaner wie mich die Hölle. Natürlich sparte man bei mir auch am Heizmaterial. Ja, mit Mundiuk, dem Sohn des Hunnenkagans Bdellas, habe ich Bekanntschaft schließen können. Bei dem wurde auch nicht geheizt. Die Römer denken wohl, die Barbaren sind solchen Luxus sowieso nicht gewohnt. Also die Hunnen sind ganz anders, als wir sie uns immer vorgestellt haben. Er ist fast einen Kopf größer wie ich ..."

„Als", fiel ihm der Vater korrigierend ins Wort, „größer als ich."

„Also gut: Größer als ich und sehr kräftig und muskulös gebaut, auch die Männer seiner Begleitung waren wahre Hünen. Also nichts da von wegen ‚kleine Reiter auf kleinen Pferden'. Mundiuk sagte, sein Volk werde die Römer beizeiten das Fürchten lehren und das hoffe ich, gerade in Hinsicht auf meine minderwertige Versorgung, doch sehr."

Erneut machte sich eine gewisse Ungeduld von Seiten des Vaters breit, der begann, mit den Fingern auf der Tischplatte herumzutrommeln. Hunerich stand der Schweiß auf der Stirn. Dass sich der Vater auch nicht im Geringsten für seine persönlichen Eindrücke und Erfahrungen aus der kurzen Zeit in Ravenna interessierte! Er begann wieder seinen Milchbart zu zwirbeln, wobei er naturgemäß nicht weit kam.

„Gut. Wo war ich stehengeblieben? Richtig, Bonifacius. Als er endlich vor wenigen Wochen vor Ravenna anlangte, war er wieder so beleibt wie vor unserem Angriff – so jedenfalls lästerte Aëtius über seinen alten Konkurrenten. Man trug mir zu, das heißt, Eudoxia in ihrer kindlich unbeschwerten Art erzählte mir, sie habe gehört, Aëtius sei stark eifersüchtig auf Bonifacius wegen seiner Bevorzugung durch Kaiserin Galla Placidia gewesen."

Geiserich zog belustigt eine Augenbraue hoch, als er den Filius so selbstsicher über die Infantilität der drei Jahre jüngeren Kaiserschwester schwadronieren hörte. Hunerich entging dies im Eifer des Vortrages. „Er habe sogar Streit mit ihr gehabt, als er erfuhr, unser Bonifacius nähere sich mit seinem Gefolge der Stadt, um mit der Kaiserin zu sprechen. Vermutlich hat er sich sehr gefürchtet vor dem mutigen Krieger, der sich so tapfer gegen uns geschlagen hat. Er habe die Kaiserin erinnert, welch ein unzuverlässiger, verschlagener Mensch der Comes doch letztlich sei. Galla Placidia jedoch, die ebenfalls nicht von gestern ist, ließ sich von diesem Miesmacher nichts Negatives über Bonifacius einreden. Nein, sie beschloss, ihn zu ehren und zum Heermeister des Westens zu machen und warf Aëtius hinaus. Doch der versicherte sich des Wohlwollens Valentinians, der ja eigentlich Kaiser ist, und zog los vor die Stadt, seinem Konkurrenten entgegen ..." Ein Blick auf das gequälte Gesicht Geiserichs veranlasste den Prinzen, seine Erzählung etwas zu straffen. „Ja, und bei diesem Treffen brachte er den guten Bonifacius eigenhändig und hinterhältig um. Das war's, was ich dir berichten wollte: Bonifacius, dein Mann in Ravenna, ist tot. Aber das ist noch nicht alles! Kaum hatte Galla Placidia in ihrer Schwäche für starke Männer Aëtius wieder rehabilitiert, macht er nun offen gegen uns Front. Statt dass wir in Italien einen Verbündeten gefunden haben, ist uns dort ein Todfeind entstanden!" Hunerich beendete seinen Kommentar zu den Geschehnissen mit einem tiefen Schluck aus dem nachgefüllten Wasserbecher.

„Ja, das verändert die Sachlage gewaltig", Geiserich strich dem Jungen über den Scheitel, „entschuldige meine Heftigkeit soeben, du hast natürlich Recht getan, dich von dort zu entfernen, sonst wäre es dir über kurz oder lang ergangen wie dem Comes." Er gab ihm einen versöhnlichen Klaps auf die Schulter. „Gut gemacht, Junge! Ich bin stolz auf dich!" Doch Hunerich war mit seinem Bericht noch nicht zu Ende.

„Eudoxia sagte, Aëtius hätte Bonifacius zuerst freundschaftlich angesprochen und ihn in Ravenna willkommen geheißen, doch der Comes habe seinen Argwohn gegenüber dem Illyrer nicht verhehlt, hatte doch Aëtius ihm schon öfter große Schwierigkeiten gemacht. Doch irgendwie scheint es Aëtius geschafft zu haben, den Comes zu einer Absprache unter vier Augen, ohne Waffen, in sicherer Entfernung zwischen den Reihen ihrer Begleiter, zu überreden. Als Bonifacius ihm zum Zeichen des Friedens die Hand reichen wollte, zückte sein Kontrahent einen verborgenen Wurfdorn und stach den Comes damit nieder, während seine hunnischen Söldner die kleine Gotenschar, die der Comes als Begleitung mit sich führte, samt und sonders zusammenschoss. Und dann, Gipfel der Geschmacklosigkeit, zwang er Bonifacius' Witwe Pelagia zur Ehe. Nun ist er alleiniger Militärmachthaber in Ravenna und verfügt nun auch über einen Haufen Geld, nämlich unseres, wenn ich das richtig sehe."

Geiserich schnitt eine ungläubige Grimasse. „Da hat nun ein Jagdhund den andern gefressen! Die Füchse werden sich freuen! Holt mir Truchthari her", wandte er sich an seine Leute, „wir müssen die veränderte Lage besprechen. Also, mein Sohn, das mit der Prinzessin Eudoxia als zukünftige Gemahlin ist gar keine so schlechte Idee. Es kann noch ein paar Jahre dauern, bis die Römer in Ravenna das akzeptieren werden. Aber bis Eudoxia so weit ist, heiraten zu können, dürften sie sich freuen, von uns ein derartiges Angebot zu bekommen!"

Mit knappen Worten wurde der Truchsess instruiert. Der König hatte den ersten Schrecken bereits überwunden und begann die Sache von der konstruktiven Seite her anzugehen. Wie immer bei heiklen Angelegenheiten blieb er völlig unemotional und versuchte sich an einer Bestandsaufnahme. Vorher jedoch schickte er Hunerich und die Sklaven mit der Order, dem Jungen ein kräftigendes Abendbrot zu servieren, hinaus, denn er wusste nicht, wo und wem gegenüber sich der aufgeregte Prinz verplappern würde. Allein mit Truchthari, legte er ihm den Arm um die Schultern und begann mit ihm das spartanisch eingerichtete Zimmer auf und ab gehend immer wieder zu durchmessen. „Wir werden von einer rechtlichen Absicherung unserer Landnahme nicht abstehen! Wenn die Römer uns keine Garantien geben wollen, vielleicht sieht Byzanz eher eine Chance, uns per Foedus zuzusichern, was wir uns erstritten haben. Zudem haben wir noch Geiseln von ihnen, die nicht nutzlos gefüttert werden sollen: Markian ist für Aspar eine wichtige Person, die sich nicht ohne Weiteres ersetzen lässt. Wie es scheint, verlässt er Karthago ungern ohne ihn, sonst wäre er, wenn man das von seiner sonstigen Passivität rückschließen darf, längst heimgesegelt."

Truchthari räusperte sich. „Ich möchte aber zu bedenken geben, dass Africa immer schon zum Westreich gehörte, dass von hier aus die *urbs* versorgt wurde und eine byzantinische Oberhoheit hier vermutlich zu einem Ungleichgewicht zwischen den Brüdern auf dem Kontinent führen wird. Ich gehe davon aus, dass Valentinian uns dann so bald wie möglich angreifen würde, denn er kann es sich nie im Leben leisten, seine Kornkammer zu verlieren. Was dann?"

„Hast du eine Vorstellung vom Zustand der römischen Flotte?"

„Nein", sah sich der Truchsess genötigt einzugestehen.

„Aber ich!" In Geiserichs Stimme erklang der Triumph von Fanfaren. „Die *classis Romana* ist gerade so viel wert wie zu Beginn der Punischen Kriege. Es sieht so aus, als hätten sie gar keine Feinde mehr auf den Wassern ihres *mare nostrum*, denn sie lassen die Kriegsschiffe in den Häfen vermodern. Das ist Tatsache! Ich frage dich also, wie sollen sie uns angreifen? Über den Landweg vielleicht? Die Iberische Halbinsel blockieren unverrückbar die Westgoten Theoderichs, der sie nicht passieren lassen wird, selbst wenn sie ihm weismachen, sie wollten nur den Durchmarsch durch sein Gebiet, um uns anzugreifen. Nein, vor den Römern habe ich nicht die geringste Angst. Wer uns wirklich schaden kann, sind die Byzantiner. Byzanz könnte uns mit der Syrteflotte stark zusetzen, seine Söldner könnten wie die Heuschrecken durch die Cyrenaika ziehen und über unser Territorium herfallen. Kaiser Theodosius hat ein volkreiches Imperium, gute Soldaten, gute Seeleute und hervorragende Offiziere. In Byzanz werden die alten militärischen Tugenden Roms noch gepflegt. Ich glaube nicht, dass Valentinian es wagen würde, uns anzugreifen, wenn er wüsste, dass wir unter dem Schutz der Byzantiner stehen."

Truchthari mochte die Situation, so wie der König sie ihm dargelegt hatte, nicht hinnehmen. „Du willst dich doch nicht den Byzantinern unterwerfen, jetzt, wo wir ihr Heer geschlagen haben und nurmehr Aspar in Karthago die Fahne für das Reich hochhält?"

„Nein, wir unterwerfen uns natürlich niemandem. Einen Foedusvertrag abzuschließen, heißt doch nur, dass die Vertragspartner sich gegenseitig Schutz und militärische Unterstützung gewähren. Während wir de jure Vasallen des Reiches sind, können wir de facto tun und lassen, was wir wollen."

Truchtharis Skepsis meldete sich zu Wort. „Aber welchen Vorteil könnten die Byzantiner davon haben, mit uns einen Foederatenvertrag abzuschließen?"

Geiserich zuckte die Achseln. „Ins Auge fällt, dass sie sich unangemessen passiv verhalten!"

„Du meinst, sie warten schlichtweg auf unser Angebot?"

Erneut zuckte der König nur die Achseln. „Hier halte ich es für vorteilhafter, zu wissen statt zu wähnen. Was letztendlich geplant ist, kann dir nur einer sagen, Aspar, und mit ihm werden wir tatsächlich sprechen müssen, und zwar bald! Die Zeiten des Geplänkels sind vorbei. Du wirst morgen zu ihm reiten und ihm mitteilen, der König der Vandalen und Alanen sei Willens, ihn persönlich zu sprechen. Er möge vorschlagen, wann und wo."

„Und was meinst du, sagt der Kronrat dazu?"

Abrupt blieb Geiserich in ihrem gemeinsamen Peripathos stehen, so dass der Truchsess über das lahme Bein des Königs stolperte und sich nur mit Mühe vor einem Sturz retten konnte. Als er ihm in die Augen sah, war ihm als blickte er in zwei von einem Lichtstrahl getroffene Smaragde und ihn überlief ein kurzer, kalter Schauer. Geiserich wandte sich von ihm ab und schlurfte an ein Fenster. Während er angestrengt nach draußen blickte, lastete ein drückendes Schweigen über der Zweisamkeit der Männer im Kopfraum der Zitadelle.

„Diese Sache ist mir viel zu wichtig, als dass ich die alten Trottel alle dazu hören möchte. Wenn wir hier einen Vertrag schließen, dann gilt er zwischen mir und Aspar, beziehungsweise seinem Kaiser, da haben die Edlen und Sippenvorstände nichts mitzureden."

Truchthari schluckte, sein Kehlkopf hüpfte auf und ab.

„Aber, mein König", wechselte er plötzlich in den bei ihm ganz ungewohnten formellen Tonfall, „wie stellst du dir das vor? Es gibt doch Gesetze, die dich verpflichten, so zu verfahren. Die Macht darf nicht auf einen einzelnen konzentriert sein, so dass er nach Gutdünken verfahren kann. Im Prinzip musst du doch den Kronrat einberufen, um ihm deine Vorschläge zu unterbreiten ..."

Erneut funkelten ihn die beiden kaltgrünen Smaragde an und ließen ihn, ohne dass ein Wort gefallen wäre, verstummen.

„Solche Sachen wie Gesetze sind für die Schwachen bestimmt. Sie haben sie vor Urzeiten gemacht, um die Starken in ihrem Tun zu behindern – siehe Römische Republik. So weit sollte es noch kommen mit mir, dass ich mich irgendwelchen Zwängen unterwerfe! Ich bin der König, du sagst es! Wenn ich Gesetze erlasse, sind sie höchstens für die anderen bestimmt, nicht für mich! Ich lasse mich nicht binden und korrumpieren. Ich will mir nicht mein im Wachsen begriffenes Reich von den alten Idioten ruinieren lassen, bevor es überhaupt zur Blüte gelangt. Schließlich denken die Sippenvorstände doch immer nur an den eigenen Vorteil und nicht ans Ganze."

Er sah Truchthari scharf von unten herauf an. Der kleine Mann mit dem energischen Kinn und dem lang wuchernden, in saubere Wellen gezwungenen schwarzen Haupthaar wirkte auf den Jüngeren plötzlich wie ein trotziges Kind, das seine Sandburg am Strand gegen die anderen behauptet – mit allen Mitteln –, bis die Flut kommt, deren unvermeidlichem Zerstörungswerk es gelassener zusehen kann als einem Willkürakt der Kameraden.

„Truchthari!" Die Stimme des Königs bekam etwas Singendes, wie wenn er eine Schlange beschwören wollte. „Jetzt, wo wir so weit gekommen sind, dürfen wir das Schwert nicht wieder hergeben und fruchtlose Debatten führen. Was ist denn an der Macht so schlimm?", verlangte er zu wissen.

„Nun, sie korrumpiert den, der ..."

Weiter kam der Truchsess nicht, denn der König unterbrach ihn mit einer Geste der Ungeduld.

„Gewäsch! Von machtlosen Luftschlösserbauern ersonnenes Gewäsch, das nun auch noch du wie mein Sohn Arwid nachplapperst. Von dir hätte ich mir mehr erwartet, mehr praktische Vernunft, nicht nur dieses Erwägen und Raisonnieren!" Ungewohnt offen blitzten seine Augen nahe vor Truchtharis Gesicht.

„Schau mich an! Truchthari, habe ich jemals meine Macht für egoistische Ziele missbraucht? Habe ich mich persönlich bereichert, Unrecht getan, Freunden geschadet?" Geiserich holte tief Luft, als kämpfe er eine Welle innerer Erregung nieder. Wie mussten die Schmerzen in diesen Augenblicken durch die Beine des Königs toben, der sich keine Erleichterung schaffte, indem er etwa seine aufrechte Haltung dem Größeren gegenüber verändert hätte. „Es geht um die schwierige Aufgabe, ein Reich zu schmieden, in dem unser Volk leben und gedeihen kann. Man muss dabei in der Verfolgung des Ziels sowohl beharrlich als auch flexibel sein können. Glaubst du, das ist möglich, wenn wir zu allen Fragen den Kronrat einberufen und mitreden lassen?"

Truchthari straffte sich seinerseits, auch wenn ihm die Gedanken seines Königs einleuchteten, so schnell wollte er sich nicht über den Tisch ziehen lassen. Doch musste er sich eingestehen, dass er schon halb gewonnen war.

„Du meinst also, die Absicht allein zählt? Weil du gerecht sein willst, brauchst du keine Gesetze, die dich binden?"

„Wenn du es so besser verstehst, bitte, nimm es so! Ich habe dabei allerdings immer den Nutzen für unser Volk im Auge, das heißt, nicht allein die Absicht, vor allem das Ergebnis muss stimmen!"

„Weil du gerade von einem Ergebnis sprichst – hast du jemals daran gedacht, was nach dir kommt? Du, Geiserich, König der Vandalen und Alanen, du magst ja voller guter Absichten sein. Aber wie soll sich dieses Regiment dann fortsetzen mit einer andern Person an der Spitze, auf die sich dann diese Macht konzentriert?"

„Du denkst schon jetzt an meinen Tod", murmelte er tonlos, wie unter dem Einfluss einer großen Schwäche. Truchthari sah sich in der Zwickmühle.

„Ja ... nein ... ich dachte nur, wenn ..."

„Ja, das ist es eben", fauchte ihn der kleine König an, „du dachtest nur! Ich hingegen denke nicht daran, die bestehenden Gesetze abzuschaffen, um eine Willkürherrschaft zu errichten – ich brauche einfach mehr Handlungsspielraum, das ist alles. Und deshalb werde ich in diesem Fall den Kronrat nicht einberufen, um ihn dazu zu hören, sondern erst nach Abwicklung der diplomatischen Geschäfte, um ihn über die Ergebnisse zu informieren."

Erneut sah Truchthari vor sich das Kind in der so kurz geratenen Gestalt des Königs, als er treuherzig zu ihm aufblickte. „Du warst immer treu und verlässlich. Ich brauche dich für weitere Vorhaben, und es wäre sehr wichtig für mich, zu wissen, dass ich mich weiterhin auf dich verlassen kann."

„Du weißt ja, wie Platon über diese Sache denkt", bestärkte ihn Truchthari in seiner Auffassung und lieferte bereitwillig Material aus der philosophischen Vorratskammer, „solange der Herrscher ein guter Herrscher ist, also selbstlos denkt und handelt, darf sein Wille ohne Weiteres als Gesetz angesehen werden." Er wunderte sich gar nicht so sehr, dass der König nicht lange fackelte, ja, ihm imponierte seine nonchalante Art, und außerdem fühlte er sich geschmeichelt, dass er unmittelbar teilhaben durfte an der Handhabung der Macht. Jetzt war er endlich an jenem Punkt angelangt, wo er immer zu stehen sich erträumt hatte. Er dachte an Arwids idealistische Vorstellungen von Herrschaft, seine Hirngespinste einer an Vernunft und Moral orientierten Herrscherschicht. Doch in sich spürte er ein großes Verstehen für Arwids Vater, und zugleich verblasste das bisher so klare Gefühl, dass Arwid schon beizeiten in sich die Reife und Berufung für den Thron wahrnehmen würde. Unsicher fuhr er sich über die Augen.

„Möchtest du einen Becher Wein?", hörte er die vertraulich klingende Stimme Geiserichs. Er nickte wortlos, und der König schenkte zuerst ihm, dann sich selbst einen Becher ein.

„Eigentlich ist das ja die Aufgabe des Truchsessen", versuchte sich Truchthari mit einem Scherz und setzte noch nach: „Ich hoffe, der Wein ist rein!"

Sie hoben die Becher und sahen sich in die Augen.

„Natürlich! *Dir* schenke ich immer reinen Wein ein, Truchthari", griff der König das Wortspiel auf, „auf dich kann ich zählen und auf dich verlasse ich mich, und so soll es auch umgekehrt sein!"

Nachdem ihn der König entlassen hatte, stand er noch auf dem Treppenabsatz und ließ den moussierenden vollmundigen Geschmack des ersten Jahrgangsweines des „Neuen Africa" nachwirken, während er fieberhaft darüber nachdachte, ob er die Sache Arwid erzählen sollte. So weit war es also schon mit ihm gekommen! Nicht nur, dass er ein Verhältnis mit der Frau seines Freundes hatte, er ertappte sich gerade dabei, dass er darüber nachdachte, inwiefern er ihn überhaupt noch in seine diplomatischen Feldzüge einweihen sollte. Dahin sollte es nicht führen, er würde dem Freund die gebührende Treue erweisen, würde ihm alles erzählen ... bis auf den Loyalitätsbruch seines Vaters dem Adel gegenüber. Derart in der opportunen Sicht der politischen Verhältnisse gestärkt, verließ er die Zitadelle und begab sich, da er in der Stadt heute sicher nicht mehr gebraucht wurde, hinaus auf seine neue Landvilla, wo Gunhild die letzten Renovierungsarbeiten überwachte.

* * *

Höhere Diplomatie

Arwid hatte es sich nicht nehmen lassen, der diplomatischen Mission seines Freundes nach Karthago beizuwohnen. Auch Ceridwen erklärte sich augenblicklich bereit, die beiden zu begleiten, als „moralische Stütze“, wie sie sich ausdrückte. Schließlich war es sogar bis zu ihr vorgedrungen, dass der Schwertarm des byzantinischen Kaisers ein Etablissement höchst zweifelhaften Rufes als Hauptquartier bezogen hatte. Seit Demokedes' Rückkehr gingen die Offiziere bei Ischoret wieder ein und aus. Wer würde für ihre beiden Krieger die Hand ins Feuer legen, wenn dieser Schwertarm andere, zwar weniger tödliche, aber dennoch scharfe Waffen auffuhr, um sie auszuhorchen oder gar für seine Ziele einzuspannen?

Als sie am Westtor der Hauptstadt anlangten, durften sie nicht nur unbehelligt passieren, Aspars Männer beließen die in diesen Dingen bekanntermaßen empfindlichen Germanen sogar im Besitz ihrer Waffen. Truchthari, für die Wachen von seinen bisherigen Missionen her eine vertraute Gestalt, hielt mit ihnen einen kleinen Schwatz vor dem Weitergehen. Als sie ankamen, öffnete ihnen ein Sklave, der diensteifrig den Gästen versicherte, der Herr sei gerade anwesend und würde sich sicher freuen, sie bewillkommnen zu dürfen. Arwid sah Ceridwen fragend an. War ihr Besuch, auf welchem Weg auch immer, schon gemeldet worden? Dann erst kam ihm in den Sinn, dass sie ein Haus besuchten, wo jeder Fremde sich zunächst erwartet fühlen sollte, wo eine weitere Differenzierung erst bei Einschätzung der Zahlungsfähigkeit des sehnlichst erwarteten stattfand. Arwid reckte den Hals, doch so weit er sehen konnte, schwärmten keine leichtbekleideten Dienerinnen der Ischtar umher, stattdessen war der Raum erfüllt vom Zwitschern und Singen kleiner Vögel. Wie zuhause lümmelte sich Truchthari auf die Kline neben Arwid, der etwas steif auf deren Rand Platz genommen hatte.

„Im Vertrauen“, raunte er ins Ohr des Freundes, „ich war ja schon einige Male hier, aber dabei wäre mir noch nie ein Herr des Hauses aufgefallen oder gar von der Herrin vorgestellt worden. Irgendetwas ist hier faul.“

Ceridwen, neugierig geworden, schlenderte zum anderen Ende des Tablinums, das mit Hilfe eines schweren Vorhangs vom nächsten Raum abgetrennt war. Vorsichtig zog sie den Stoff etwas beiseite und lugte durch den frei werdenden Spalt ins Peristyl. Ein in der Mitte des Raumes befindlicher Springbrunnen, der durch zahlreiche Grünpflanzen in Terrakottaschalen eingerahmt war, beherrschte die Anlage. Eine nackte Göttin, die nicht sehr effektiv ihre Reize zu bedecken suchte, erhob sich dort zu voller Größe aus dem Bassin und wurde von Tritonen, Seekentauren und anderen Meerfabelwesen angestaunt. Dabei spien die Adoranten Wasser in das muschelförmige Becken, dem Venus gerade entstieg. Drei Dienerinnen der Göttin saßen leise plaudernd auf dem Rand des Bassins und feilten sich die Fingernägel. Ein leichtfüßiger Sklave eilte von einem der in den Ästen der Palmen und Sträucher hängenden Käfige zum anderen, um den Singvögeln Futter zu streuen. Am hinteren Ende des großzügigen Raumes konnte Ceridwen eine hochgewachsene dunkle Frau in einem engen weißen Chiton erkennen, die auf einer Kline zusammengekauert lag und offenen Auges zu träumen schien. Ohne einen Lidschlag blickte sie abwesend an die Decke.

Das also war die sagenumwobene Ischthoret, die schwermütige Hetäre, von der jeder sprach, als kenne er sie persönlich. Mitleid erfasste die Druidin und sie nahm sich vor, sich beizeiten um die Frau zu kümmern. Auf leisen Sohlen ging sie zurück zu den wartenden Freunden, die verunsichert herumsaßen und etwas mit ihren Schwertern klapperten. Gerade wollte sie ihnen ihre Beobachtung mitteilen, als ein drahtiger, athletischer Mann erschien, sich für die Unhöflichkeit, so hohe Gäste warten haben zu lassen, entschuldigte und nach ihrem Begehr fragte. Als er der Bewaffnung der Gäste und der Frau in ihrer Begleitung ansichtig wurde, schürzte er die Lippen.

„Ich verstehe. Ihr kommt nicht wegen unserer Mädchen. Ihr wollt mich besuchen, weil ich einen hochgestellten Mann aus dem Osten bei mir als Gast beherbergen darf. Darf ich mich vorstellen, ich bin der Reeder Demokedes."

„Hier in Karthago heißen wohl alle Griechen Demokedes", entfuhr es Truchthari respektlos. Der Angesprochene zog eine Grimasse, die vermutlich Nichtverstehen ausdrücken sollte.

„Man sagt, jener Grieche, der im Sommer vor zwei Jahren unsere Flotte genarrt hat und sich als Blockadebrecher nach Hippo vorwagte, nannte sich ebenfalls so. Kann es sein, dass der Name dieses Gesuchten nicht unbedingt häufig ist?"

„Tatsächlich tragen nicht viele hier diesen Namen, und es wäre wirklich sehr dreist, wenn einer meiner Namensvettern es wagen würde, sich als der Seeheld von Hippo auszugeben!" Demokedes verneigte sich in geziert-spöttischer Manier. „Wollt ihr mich nun in Ketten vor euren König schleppen, auf dass er mir das Haupt vor die Füße lege?"

Truchthari und Arwid wechselten einen bedeutungsvollen Blick. Der Mann schien Charakter zu haben, trotzdem würde man ihm etwas auf den Zahn fühlen müssen. „Hast du etwa damit gerechnet, dass unser König alle Todesurteile, die er in der Eile unterschreibt, selbst vollstreckt? Der Henker, den er dir auf die Fersen gesetzt hat, ist weiblichen Geschlechts. Was sagst du dazu, Ceri, der Mann hier ist doch ganz schön leichtsinnig, wie?"

Demokedes hatte während des Gesprächs höflicherweise die anwesende Dame nicht allzu offenherzig gemustert, wobei ihm völlig entgangen war, dass die so liebreizend wirkende Frau zwischenzeitig ein Wurfmesser gezückt hatte und damit wie die Katze mit der zu ihrem großen Leidwesen schon toten und bewegungslosen, dadurch langsam uninteressant werdenden Maus herumspielte. Sie warf die scharfe Klinge hoch und fing sie geschickt am Griff oder mit zwei Fingern an der Spitze wieder auf. Aus Demokedes' Narbe war die Farbe gewichen, ihm war klar, dass er ein nicht zu verfehlendes Ziel bot. Ihrem Wurfmesser würde er kaum entgehen können. Schweißperlen bildeten sich auf seiner Stirn, doch um nichts in der Welt würde er sie jetzt wegwischen, da die gedungene Mörderin mit den kalten, blauen Katzenaugen, die jede seiner Bewegungen registrierten, sie als Aggression oder Fluchtversuch missdeuten würde. Ein angestrengtes, falsches Lächeln zwängte seine Lippen auseinander. „Ich verstehe nicht", stotterte er unbeholfen, „was soll das? Ich habe euch doch nichts getan!"

„Nicht direkt", meckerte der Truchsess, „aber du hast jenen, die ich als ‚nicht unbedingt zu uns gehörig' bezeichnen würde, geholfen, das ist doch so ziemlich dasselbe oder nicht?"

Wo blieben nur die Sklaven? Wo Ischthoret? Warum kam in diesem stark frequentierten Haus ausgerechnet jetzt niemand zufällig herein? Wut stieg in Demokedes hoch, dass er sich von der Trias hier alleine hatte überrumpeln lassen, sich ihnen gegenüber als Hänfling zeigte, der im Angesicht des Todes, den er doch nicht fürchtete – zugegebenermaßen hätte er ihn zu einem späteren Zeitpunkt als passender empfunden – plötzlich die Nerven zu verlieren drohte. Wenn ihn diese vandalische Mörderin unbedingt töten wollte, würde er sich also in sein Schicksal fügen. Er hoffte nur, dass sie anständig sein und die Sache schnell hinter sich bringen würde. Entschlossen, sich als ein den Barbaren imponierender Heros zu erweisen, der aufrecht in den Tod geht, breitete er die Arme aus.

„Bleib, wo du bist!", fauchte Ceridwen und hob die Hand mit der tückischen Waffe.

„Ich denke nicht daran! Ich habe mit Räubern gekämpft, als es nur um Gold ging, ich habe den Mob in den Straßen Hippos daran gehindert, wehrlose Menschen umzubringen, ich habe dem Tod ins Auge gesehen, und es schreckt mich nicht, wenn ihr mich nun töten wollt. Ich stehe zu dem, was ich getan habe in meinem Leben. Ja, wenn ihr es genau wissen wollt, hege ich Abscheu vor euch, dass ihr es wagt, einen ehrlichen Mann einfach so abzuschlachten! Stehe ich etwa unter Anklage? Ist das eure Art von Gerechtigkeit? Vor der Verhandlung den lästigen Menschen loszuwerden, damit er nichts Blamables über euer minderwertiges Volk aussagen kann? Ich habe gewusst, warum ich sofort gegen euch Stellung bezog, als es zu diesem Krieg kam, auch wenn ich zwischenzeitlich sogar die Meinung vertrat, man könnte sich wohl mit euch arrangieren. Aber wie ich nun sehen muss, habe ich mich geirrt! Ihr seid unzivilisierte Wilde, wie Bonifacius immer gesagt hat, die man mit Stumpf und Stiel ausrotten müsse, wolle man in Ruhe und Frieden in Africa leben!"

„Das hat Bonifacius gesagt?" Arwid schüttelte ungläubig den Kopf. „Warum, meinst du, hat er uns dann wohl gerufen? Außerdem, wenn du es wissen willst, wir sind als Freunde auseinandergegangen, der Pavian und wir!"

„Freunde von Bonifacius? Dass ich nicht lache! Bonifacius hat nur einen Freund: sich selbst – in guten Zeiten. In schlechten kann er sich nicht einmal auf den verlassen ..."

„Bonifacius verlässt sich auf niemanden mehr als auf Cerberus, Proserpina und Pluto, er ist tot!"

„Und ich soll ihn jetzt dann gleich treffen? Berückende Aussichten", murmelte der Reeder, dem die Länge des Gesprächs allmählich verdächtig wurde. Verlangte es die drei Todesengel vielleicht doch nicht so dringend nach seinem Herzblut?

Arwid stand nun ebenfalls auf und ging auf ihn zu, wobei er in Ceris Schusswinkel trat. Demokedes sah wohl seine Chance, doch wusste er nicht, ob er sich eventuell mit einem raschen Sprung in Sicherheit bringen sollte. Wäre er so vorläufig gerettet, zeigte er andernfalls seinen Gegnern, mit wem sie es zu tun hatten. Doch noch bevor er sich zur Feigheit entscheiden konnte, schlug ihm Arwid auf die Schulter.

„Leute wie dich könnten wir gebrauchen, du bist ein aufrechter Mann, der weiß, was er sich und seiner Ehre schuldig ist!"

„Ja", pflichtete Truchthari dem Freund bei, „wir wollten eigentlich nur wissen, ob du tatsächlich der Demokedes bist, von dem alles in Hippo mit so großer Achtung sprach. Entschuldige bitte die etwas ausgefallenen Methoden der Wahrheitsfindung, aber wir wollten eben sicher gehen. Dein Name hat großes Gewicht unter den Leuten hier, so viel haben wir in Erfahrung gebracht." Demokedes entfuhr ein erleichterter Seufzer. „Übrigens, das hier ist Arwid, Sohn des Königs, und an seiner Seite, wie es sich gehört, sein Eheweib."

„Ich habe sogar einen Namen", brummelte das Eheweib und Truchthari ergänzte, nicht ohne einen giftigen Blick in ihre Richtung, sogleich: „Ceridwen, von der Grünen Insel. Ja, und ich bin Truchthari, königlicher Truchsess." Er straffte sich innerlich. „Die Lage, in der wir uns befinden, ist durchaus ernst und wir würden uns freuen, wenn wir dich für uns gewinnen könnten. Wenn die Leute wissen, dass der Seeheld von Hippo nun gemeinsame Sache mit König Geiserich macht, wäre das für uns alle hier von Vorteil. Mein König will den Traum, dessen Verwirklichung man uns in ganz Europa nicht gewährte, hier in Africa endlich wahrmachen. Er will keinen endlosen Kleinkrieg mit breiten Schichten der Bevölkerung, sondern er will, dass wir hier endlich in Ruhe und Frieden siedeln können. Wir stehen mit Heer und Flotte gerade für den Schutz des Landes. Wir werden jeden potenziellen Eindringling abschrecken oder, wenn er tatsächlich den Angriff wagen sollte, vernichten. Das müssen alle wissen, allen voran Aspar! Wir müssen nun unbedingt ein Treffen zwischen dem *magister militum* und unserem König arrangieren, damit endlich in Africa klare Verhältnisse herrschen werden."

Verunsichert sah der Reeder zwischen den drei Gesichtern hin und her. „Es tut mir leid, aber der *magister militum* ist für heute ausgeritten. Zur Löwenjagd in Richtung des Gebirges. Vermutlich wird er erst morgen oder übermorgen zurück sein."

Die Emissäre zuckten die Achseln. „Dann müssen wir eben warten", meinte Ceridwen, „oder wollt ihr unverrichteter Dinge wieder heimreiten?"

„Mir ist nur diese Stadt ein Graus", bemerkte Arwid.

„Es hilft nichts, da müssen wir durch", beendete Truchthari die Debatte. Er wandte sich an den Gastgeber, der sich auf eine Kline niedergelassen hatte und nicht im geringsten den Eindruck vermittelte, ihn drängten irgendwelche anderen Geschäfte zur Eile.

„Wir würden gerne die Nacht hier verbringen – allerdings, was die beiden da betrifft, ohne die Dienste des Personals zu beanspruchen. Wäre das möglich?"

„Sicher, ich fühle mich geehrt, den Kommandeur der Belagerungsarmee von Hippo unter meinem Dach willkommen heißen zu dürfen." Demokedes lächelte gewinnend in Arwids Richtung. „Seine bezaubernde Gemahlin wird uns ebenfalls sehr willkommen sein. Und du", wandte er sich nun genüsslich an Truchthari, „willst sicher, wie immer auf Kosten eures Königs, eines der Mädchen für die ganze Nacht?"

Ceridwen und Arwid sahen wie auf Kommando zu Truchthari hinüber, der sichtlich errötend zusammenfuhr und sich tatsächlich zu einer Erklärung genötigt sah. „Was heißt hier auf Kosten des Königs? Ich bin schließlich als Parlamentär unterwegs und beim ersten Mal", hier appellierte er gestisch und mimisch an das Paar, „ihr erinnert euch doch noch, galt es nicht im Geringsten als abgemacht, dass ich mit heiler Haut zurückkehren würde." Er rutschte wie ein ertappter Dieb auf seiner Kline umher.

Arwid faltete die Hände zu einem Dach, dessen Spitze sich unbarmherzig gegen den Freund richtete. „Und kaum, dass du überlebtest, musstest du auch gleich sehen, was sich hier alles anstellen ließ?"

„Nun, erstens kannst du dir das anscheinend nicht vorstellen, wie man sich fühlt, wenn man um Fingersbreite einer Pfählung entgeht, und zweitens wusste ich nicht, wie Aspar hier residierte. Als dann nächtens diese verführerischen Geschöpfe in meiner Kammer erschienen ...", er schüttelte die geöffneten Hände in Richtung der Ankläger, „und außerdem, was ist denn schon dabei?"

Demokedes verfolgte den Diskurs der Gäste ebenso amüsiert wie entschlossen, sich in keinster Weise in denselben einzumischen.

„Also, wenn du hier gleich zu Beginn die Interna herauslässt, dann will ich heute auch was Vernünftiges dafür haben, nicht wieder so eine langweilige Gotin, die alles wie im Halbschlaf über sich ergehen lässt: Entweder du schickst mir die Herrin des Hauses oder die jüngste Maid, die ihr dahabt!"

Nun war es an Demokedes, schadenfroh zu grinsen. „Ich hab bloß ins Blaue geschossen, Herr Truchsess, Ihr habt Euch selbst verraten! Wir sind jetzt quitt! Ums Geschäftliche kümmert sich ausschließlich die Hausherrin, meine Verlobte Ischthoret – sie ist allerdings nicht mehr für Geld zu haben, Ihr müsst dann also mit der Jüngsten vorliebnehmen."

Später, als man sich zum gemeinsamen Schwitzen im Dampfbad des Hauses traf, erzählte Demokedes von seinen Abenteuern als Seefahrer, nicht zuletzt von seiner erfolgreich inszenierten Pestgeschichte, mit der er die vandalische Marine überlistet hatte. Er erntete großes Gelächter bei seinen Gästen, die sich tierisch freuten, dass auch bei der sakrosankten und ruhmreichen Flotte gelegentlich etwas schiefging.

„Gut, dass mein Vater das nicht weiß, ich glaube, er würde zwei Beine seines Thronsessels für deinen Kopf hergeben", Arwid hielt sich den Bauch, „du musst wissen, in allem, was die königliche Marine angeht, sein gehätscheltes Lieblingskind, ist er extrem empfindlich."

„Aber, wenn du dich anständig aufführst, werden wir dich natürlich nicht an ihn verpfeifen ...", kicherte Truchthari.

„Das heißt, ihr wollt mich also erpressen?" Demokedes' Gesichtszüge waren schlagartig ernst geworden.

„War doch nur Spaß", versuchte der Truchsess, ihn zu besänftigen, „aber denk nochmal darüber nach, ob du nicht doch mit uns zusammenarbeiten willst – dein Schaden wird es auf keinen Fall sein!"

Demokedes strich sich durch die schweißnassen Haare und spritzte die Brühe mit schnellenden Fingern von sich. „Ich werde mir alles in Ruhe überlegen!"

Arwid wechselte das Thema. „Wo kann man sich hier eigentlich massieren lassen?", wollte er wissen, „ich bin nämlich arg verspannt vom Reiten."

Der Reeder rief nach Sklaven und nach kurzer Zeit des Umbaus fanden sich die Freunde in den nun nicht mehr so stark beheizten Räumen des Bades auf wohlriechenden Matten wieder. Neben dreien kniete ein Mädchen, neben einer ein muskulöser Schwarzer von jenseits der großen Wüste.

„Es ist immer von Vorteil, wenn männliche Energien von weiblichen Gegenpolen und umgekehrt bearbeitet werden, dieses alte pythagoreische Prinzip scheint ihr gut erfasst zu haben“, lobte Arwid die Zusammenstellung, „die fließenden Kräfte gleichen sich dann durch die Polaritäten aus.“

„Außerdem entspannt sich der männliche Körper unter den Händen einer Frau ganz anders, als wenn er von einem Mann berührt wird“, pflichtete der Truchsess dem Philosophen bei. Ceridwen, die bereits unter den geschickten Griffen des Schwarzen wohlig stöhnte, meinte, Männer seien eben zu verkrampft, als dass sie körperlich loslassen könnten, wenn es nicht gerade um Sex gehe. Eine Aussage, der zu entgegnen sich im Augenblick keiner genötigt fühlte.

*

Truchthari hatte das Angebot abgelehnt, die Nacht mit Eirene zuzubringen, einer aus Alexandrien stammenden mittelblonden Griechin, die die Liebesgöttin mit einer beachtlichen Oberweite ausgestattet hatte. „*Koine Eirene*“, wie sie von allen, die sie kannten - und das waren viele -, genannt wurde, war berühmt für ihr Ungestüm und die Obszönitäten, die sie während des geschäftlichen Verkehrs mit den Kunden von sich gab. Doch war ihm in dieser Nacht vor dem vielleicht alles entscheidenden Gespräch mit Aspar mehr nach der Geschmeidigkeit und zarten Unerfahrenheit einer jungen Kurtisane. Als er eintrat, fand er in seinem bereiteten Bett eine Dienerin der punischen Aphrodite vor.

Sie musterte ihn mit einer Mischung aus Selbstsicherheit und Scheu in den Augen, die ihn verunsicherte. Was fühlte wohl dieses junge Ding, Truchthari fragte sich, ob sie überhaupt schon vierzehn Jahre zählte, das da in einem fremden Bett auf ihn, den Unbekannten, wartete? Gerade als er beginnen wollte, sich zu entkleiden, hielt er in der Bewegung inne und ging zögerlichen Schritts den noch nicht geöffneten, nur gelockerten Gürtel in der Hand haltend, zu seinem Lager hinüber. Behutsam setzte er sich auf die Bettkante und strich dem Mädchen sanft über das lockige, schwarze Haar, die Wangen, den Hals, doch dann zögerte er, obwohl er die erotischen Reize wohl wahrnahm, die von ihrem grazilen Körper unter der durchscheinenden, engen Tunika ausgingen.

Ihre Augen saugten ihn schier in sich auf, und was in ihnen zu lesen war, war Angst.

„Ihr seid doch nicht aus Karthago“, flüsterte sie unvermutet, „nicht wahr?“

Truchthari antwortete ihr nicht, sondern sah sie nur fragend an.

„Ihr verlasst diese Stadt doch wieder, nicht wahr?“

„Das will ich hoffen, schließlich bin ich ein hoher Gesandter aus Hippo Regius, aber was interessiert es dich denn, woher ich komme ...“

„Ich bin Judith!“, nickte sie ihm zu, „Ihr seid mein erster ...“, sie zögerte etwas, bevor sie das Wort über die Lippen brachte, „... Kunde, und da möchte ich doch gerne wissen, mit wem ich es zu tun habe.“ Wie vom Donner gerührt fuhr der Liebhaber in spe zurück.

„Du willst damit doch nicht etwa sagen, dass du noch nie ...“

Er suchte nach den passenden Worten.

„Nein, ich habe noch nie ...“

Auch das Mädchen definierte die Tätigkeit, um die es ging, nicht näher.

„Und wie kommst du dann an diesen Ort, wenn ...?“

Sie wandte sich ab und versteckte ihr Gesicht in den Kissen. Ein lautloses Schluchzen schüttelte ihren dünnen Jungmädchenkörper. Truchthari hob hilflos die Hände und entschloss sich zu einer zärtlichen Geste, indem er ihr wieder beruhigend über den Scheitel strich.

„Also komm, stell dich nicht so an, es wird nicht so schlimm sein, wie du vielleicht denkst, lass mich nur machen. Ich bin bestimmt kein Grobian, und du wirst sicher mit Freuden an dein erstes Mal denken, du Mädchen der Freuden!“

Doch ganz so sicher, wie er hier tönte, fühlte er sich nicht bei seiner aufmunternden Rede, die auch völlig ihre Wirkung verfehlte, denn das Mädchen wandte ihm nun ihr tränenüberströmtes Gesicht zu. In zunehmendem Maße machte sich in ihm ein leiser Ingrimm breit. Wie konnte man nur ein so unerfahrenes und unschuldiges Wesen hier in sein Bett manövrieren? Sollte er ihr etwa Nachhilfestunden geben? Er würde mit Ischthoret ein paar harte Worte sprechen müssen am nächsten Morgen. Über seinem heiligen Zorn ob der gedankenlosen Behandlung von Ehrengästen begann seine sexuelle Begierde zu schwinden, um dann völlig zu versiegen. Kurz flogen seine Gedanken zu Koine Eirene, die nun sicher in einem anderen Zimmer des weitläufigen Gebäudes mit ihrer unkomplizierten Derbheit zugange war, und seufzte. Letzten Endes hatte er sich selbst in diese Situation manövriert, als er auf der Jüngsten bestand. Ihm fiel ein, dass man in manchen Bordellen des Reiches Jungfrauen wie Störeier anbot, als ganz besonderen Genuss, der dann auch entsprechend vergütet werden musste. Wahrscheinlich hatte man gedacht, mit „der Jüngsten" hätte er durch die Blume den Wunsch nach einer Jungfer geäußert. Wie auch immer, sein Spaß für die Nacht war ihm auf diese Weise gründlich verdorben. Als das Mädchen bemerkte, dass er zauderte, schien sie sich zu fangen, das angsterfüllte Beben, das sie für ihn so unattraktiv gemacht hatte, ließ allmählich nach, um schließlich völlig zu verebben. Schniefend wandte sie sich um und sah ihn aus großen Augen an, genauso wie bei seinem Eintritt ins Zimmer.

„Kommt doch zuerst einmal zu mir unter die Decke, Ihr müsst ja langsam frieren da draußen ..."

Was sollte das nun wieder, war sie am Ende doch keine Jungfrau und alles war nur ein frivoles Spiel, um ihn zu reizen? Tatsächlich machte sie sich nun an seiner Kleidung zu schaffen, die mit seiner Nachhilfe schnell abgestreift war und ebenso rasch änderte sich der Sinn, des in seinem Liebeshunger doch nur vorübergehend gedämpften Freiers, und er war im Nu unter ihre mollig warme Decke geschlüpft. Als er das Licht löschen wollte, hielt sie ihn davon mit einem unpassend flehenden Blick ab. Mit demselben befremdlichen Ausdruck ihrer Augen führte sie sodann seine Hand zwischen ihre Schenkel. Als er zu verstehen glaubte, dass es ihr darum ging, sich ihm freiwillig hinzugeben, nicht als bezahlte Ware, begann er, sie vorsichtig und einfühlsam zu streicheln und zu erregen. Schon nach kurzer, allzukurzer Zeit wie es ihm schien, vibrierte sie am ganzen Körper und brach in spitze, entzückte Schreie aus, die ebenfalls nicht zu ihrem Gesicht passen wollten.

„Ja, ja, mehr, mehr, ich bin am Ende, Ihr schafft mich ..."

Truchthari beendete irritiert seine manuellen Bemühungen und starrte sie fragend an. Sie aber schüttelte beschwörend den Kopf und legte ihm den Finger auf die Lippen. Nach weiteren rhythmischen Schreien und ziemlich unsinnigen Sätzen, die die Manneskraft des Gastes priesen, ließ sie sich mit einem dumpfen Geräusch in die Kissen plumpsen. Sie ließ einige Sekunden verstreichen und eröffnete dem völlig Verdutzten sodann mit seidig-weicher erschöpfter Stimme, dass sie verstünde, wenn er jetzt ermattet sei und schlafen wolle, aber sie werde ihn noch einmal wecken, wenn ihm danach verlange, denn die Nacht sei noch lange nicht vorüber. Nach wie vor lastete ihr Schweigen bedeutender Zeigefinger schwer auf seinen Lippen. Der hellwache und aufmerksame Truchthari konnte nach kurzer Zeit leise schleichende Schritte vernehmen, die sich aus dem Nebenzimmer entfernten. Das Mädchen kommentierte das Geschehen mit einem Zeichen ihres zurückgekrümmten Daumens.

„Versteht Ihr jetzt", flüsterte sie, „dass ich ein durch und durch bedauernswertes Wesen bin?"

„Nun, um ehrlich zu sein", instinktiv war auch er in den Flüsterton gefallen, „nicht so ganz! Würdest du mich bitte über dein Theater hier aufklären?"

„Ich flehe Euch an", sie wurde nun noch leiser, „ich stecke in großer Bedrängnis!" Vorsichtshalber zog sie ihn völlig unter die Bettdecke, wo sie ihm, weiterhin im Flüsterton, ihre ganze Geschichte unterbreitete. Ihre Verlobung mit Nachum, ihre Flucht vor den Vandalen nach Karthago, den Mord an ihrem Oheim, ihre de facto-Entführung an diesen „Ort der Freuden", wo man sich „ihrer annahm", um letztendlich aus ihr eine Hure zu machen. Die Herrin hätte sie bisher vor jeglichem Kontakt mit dem Herrn, der sie ja aus Karthago herausgeholt hatte, ferngehalten. Sie sei tatsächlich noch Jungfrau und gedenke auch, das Kleinod ihrer Unberührtheit für den Tag der Hochzeit mit Nachum aufzubewahren. Doch die Herrin forderte, dass sie sich einem Freier hingebe. Bisher hatte sie alle abwehren können, indem sie ihnen Geschichten erzählte. So eine wie diese jetzt, verlangte der Truchsess zu wissen, nein, erfundene Geschichten, nicht die Wahrheit, klärte sie ihn auf. Sie habe die inständige Bitte an ihn, er möge sie aus diesem Haus befreien, es solle sein Schaden nicht sein, denn ihr Vater in Hippo verfüge über genügend Geld, sie auszulösen. Sie hätte ebengerade dem Horcher im Nebenraum vorgespielt, dass sie sich mit Freuden hingegeben habe und ihre Jungfernschaft passé sei, denn nur um dies zu hören, hätte sich der Posten auf die Lauer gelegt. Nun, da der Herr Parlamentär ja nicht aus Karthago sei, und sie ihm ihr Geheimnis anvertraut habe, würde er sie doch sicher stante pede mitnehmen.

Truchtharis Kopf rauchte. Wie stellte sie sich das vor?

„Also, ich werde mich bemühen, aber ich habe wirklich hier anderes zu tun! Eigentlich solltest du froh sein, dass ich deinen ganzen faulen Zauber hier nicht auffliegen lasse ..."

„Aber Herr, was soll ich denn tun, Ihr seid meine einzige Chance, von hier wegzukommen. Wir sind ständig bewacht, keine kommt aus dem Haus, wenn sie nicht irgendwohin bestellt wird. Ich war noch nie draußen, seit ich hier bin. Wenn ich so weitermache, dass ich alle Freier überzeuge, mich nicht zu entjungfern, hat mir die Herrin angedroht, wird sie mich einem andienen, der es nicht sanft und freundlich machen wird, einem Trunkenbold oder einem, der es liebt, die Frauen zu demütigen, was weiß ich. Nun drängt die Zeit, denn nach dieser ...", sie zögerte kurz, „... Nummer glaubt mir die Herrin sicher nicht mehr, dass ich weiterhin unberührt bin. Helft mir, Herr! Helft mir!"

„Du willst mir doch nicht erzählen, du hättest alle bisherigen Freier zur Enthaltsamkeit bewegt und hier bisher ein Leben als Nonne geführt?"

Sie lächelte hintergründig. „Das habe ich nicht gesagt, ich sagte nur, ich hätte meine Jungfernschaft gewahrt."

In Truchtharis Kopf drehte es sich, bis er sich schließlich in einer Woge aus Mitleid fand mit dem armen Mädchen, das hier so billig verramscht werden sollte. „Also, ich verspreche dir, zu tun was in meiner Macht steht, dich von hier wegzuholen."

„Wollt Ihr das wirklich für mich tun?"

„Versprochen ist versprochen, nur weiß ich nicht, ob ich dir große Hoffnungen machen darf."

Unbeholfen küsste er das Mädchen auf die Stirn und löschte das Licht.

„Ich werde mir etwas ausdenken."

Schweigend lagen sie eine Zeit lang nebeneinander, bis sich das Mädchen zärtlich an ihn drückte. Unvermutet begann sie, sanft an seinem Ohrläppchen zu knabbern.

„Meine Jungfernschaft will ich behalten, aber Ihr sollt auch nicht freudlos diese Nacht im Haus der Freuden verbringen ..."

*

„Und wie war die Nacht", erkundigte sich Arwid maliziös, „wie war die Jüngste des Hauses? Geht die Rechnung wieder an meinen Vater, ja?"

Truchthari, dem ausnahmsweise nicht zu spaßen zumute war, erstickte alle weiteren Bosheiten im Keim, indem er dem Freund die Tatsachen knapp und ungeschönt referierte.

Arwid strich sich nachdenklich das Kinn. „Du hast natürlich Recht, das Mädchen muss hier weg, je schneller, desto besser. Aber wie?"

„Ich dachte an Abkaufen. Bares Geld reizt solche Menschen, die mit so unsicheren Pfunden wie Leib und Fertigkeiten anderer Menschen wuchern, immer am meisten."

„Wie? Du willst diese Unschuld demütigen, indem du sie für Geld erwirbst und damit endgültig festlegst, dass sie unfrei ist?"

„Muss sie das erfahren? Und wenn, ich glaube, auch ihr ist jedes Mittel recht, noch heute hier herauszukommen."

Gerade als Ceridwen vom morgendlichen Bad im Frigidarium des Hauses zurückkehrte, trat ein Sklave zu den frühstückenden Freunden. „Ist es erlaubt, eure Runde zu stören? Die Herrin hätte euch gerne gesprochen."

„Jetzt gleich?", fragte Arwid und spülte Reste der Eierspeise mit Milch hinunter.

„Sie verlangt nur, wenn es genehm ist, nach dem königlichen Truchsessen."

Truchtharis Miene verfinsterte sich. Was er in der Nacht an Neuigkeiten über die Herrin gehört hatte, machte sie ihm nicht sympathisch, und dieses Wesen besaß die Impertinenz, Staatsgäste während des Frühstücks zu stören. Er wollte schon: „Es ist *nicht* genehm!" herauspoltern, doch sah er in einer Unduldsamkeit seinerseits sein Anliegen gefährdet.

Ceridwen fuhr sich aufreizend mit der Zunge über die Lippen. „Der Herr Truchsess werden zur Manöverkritik geladen, seh ich das recht?"

„Ach, sei doch still", fuhr er sie, ungeachtet Arwids Anwesenheit, entnervt an, „was weißt denn du? Sie kennt mich eben schon von meinen bisherigen Missionen und will wohl einen privaten Plausch mit mir halten, was soll da schon dabei sein?"

Er wandte sich an den verlegen von einem Bein aufs andere tretenden Sklaven. „Sag deiner Herrin, dass ich in Kürze kommen werde, ich frühstücke noch zu Ende, ja!"

„Oh, Eile ist nicht von Nöten!" Mit einem devoten Bückling wollte der Sklave die speisende Gesellschaft gerade verlassen, als ihn Arwid noch einmal zurückhielt.

„Ach, entschuldige, ist denn der *magister militum* wieder von der Löwenjagd zurückgekehrt?"

„Wenn ihr Euch ins Frigidarium bemühen wollt, werdet Ihr ihn jetzt wohl antreffen, er pflegt stets noch vor dem Frühstück ein Bad zu nehmen." Noch eine Verbeugung, und weg war er.

Ceridwen streckte sich behaglich. „Also das hätte ich dir auch sagen können, er ist schon im Bassin. Das ist ein Mann, sage ich dir, aber ich fürchte, er ist andersrum, denn er würdigte mich keines Blickes."

„Vielleicht hat er nur gedacht, du gehörst zum Inventar hier", bemerkte Truchthari spitz, „und außerdem, im Kaltbad, naja ..."

Bevor sie etwas erwidern konnte, erhob er sich und kündigte an, er werde nun zu Ischthoret gehen, um mit ihr „Tacheles zu reden", wie er sich ausdrückte. Arwid und Ceridwen sahen einander mit großen Augen an. „Was ist das nun schon wieder?"

„Wohl so eine Redensart bei den Hebräern, aber ich denke, es wird nichts besonders Artiges sein ..."

Als der Truchsess von seiner anscheinend eher nervenaufreibenden Mission bei der Hausherrin zurückkehrte, eine gewisse Röte hing noch in seinen Wangen, die Arwid untrüglich als die letzten Zeichen eines cholerischen Ausbruchs interpretierte, lag dieser rundum zufrieden auf der Kline und ließ sich nach altrömischer Manier die Weintrauben in den geöffneten Rachen plumpsen.

„Na, was macht dich so fröhlich? Warst du zwischenzeitlich beim Schwitzen und hast dich ordentlich massieren lassen?", erkundigte sich der Truchsess. Seine nur sehr mühsam geheuchelte Jovialität hinterließ bei Arwid einen essigartigen Geschmack. Doch er ließ sich nicht verunsichern.

„Ja, und ich war nicht einmal allein", gab er aus vollem Mund zurück. „Ich war in Herrengesellschaft, um nicht gleich zu sagen, in bester Herrengesellschaft! Während du hier deine Geschäfte zur Befreiung deines Liebchens, das du doch ohnehin sicher nur zum Eigenbedarf erwerben willst, vorantreibst", nuschelte er „und Gelder aus der königlichen Kasse für private Zwecke hinauswirfst, arrangierte ich im Dampfbad ein Gespräch zwischen meinem Vater und dem Schwertarm des byzantinischen Kaisers, so ist das. Und da kann ich doch wohl mit Fug und Recht zufrieden mit mir sein!"

Eine weitere schwarze Traube verschwand zwischen seinen Zähnen. Nach einer Zeit spuckte er die gesammelten Kerne der letzten zwanzig Trauben geräuschvoll in eine kleine Kupferschale. „Also, was mich betrifft, ist unsere Mission erledigt, wir können dann für diesmal aufbrechen, damit mein Vater baldigst die erfreuliche Nachricht erfährt!" Arwid rülpste ungeniert. Man konnte ihm auch aus größerer Entfernung ansehen, dass er sich rundum wohl fühlte. Endlich hatte er sich freihändig auf dem Parkett der höchsten Diplomatie bewegen können.

„Was soll das heißen? Hast du am Ende ein Gespräch zwischen Aspar und deinem Vater arrangiert?"

„Sicher hab ich das! Aspar lässt ihn durch mich hierher ins Haus Ischthorets einladen", verkündete er stolz.

„Wie? Bist du nicht ganz bei Trost? Der König soll hierherkommen?"

„Was ist denn schon dabei, selbst mein sittenstrenger Vater weiß, dass es Häuser dieser Art gibt, ich denke nicht, dass er sich geniert ..."

„Du Flachkopf! Du kannst doch nicht zulassen, dass der König hierherkommt, dass er wie Christus offenen Auges einreitet in die Stadt der Feinde und in sein Verderben geht! Sie werden ihn schlichtweg gefangen nehmen, und das war's dann mit einem Vandalenreich in Africa."

„Aber ich habe doch Aspars Ehrenwort, dass er ihn mit allen gebührenden Ehren empfangen und alleine mit ihm verhandeln ..."

Truchthari knallte sich die flache Hand vor die Stirn und begleitete den Vorgang mit einem Gebrüll, das so gar nicht in das geschmackvoll arrangierte Interieur von Arwids und Ceridwens Gästeraum passen wollte.

„Großer Gott! Da tut man einmal im Leben etwas aus reiner Nächstenliebe und schon kehrt es sich gegen einen! Wenn man nicht alles selber macht!" Er rang unfreiwillig theatralisch die Hände. „Ha, du bist doch ein Schwachkopf der, ach, mir fehlen die Worte, einer Klasse, die man noch extra für dich einrichten muss! Hat sich Aspar auch dahingehend geäußert", fragte er in plötzlich gefährlich zuckersüßer Tonlage, „ob wir das Lösegeld für den König auch gleich mitbringen sollen? Wenn er von dieser Einladung erfährt, wird er mich an Bonifacius' einmalige Erfahrung zum Thema Vertrauensseligkeit erinnern und anschließend in Streifen schneiden und an seine Meute verfüttern.“ Achtlos rupfte er von dem Traubenbündel ein paar Beeren ab und schob sie beiläufig in den Mund.

„Jetzt hör mir mal gut zu“, langsam verlor auch Arwid die Geduld, „dieser *magister militum* ist zwar ein Eisenfresser, aber ein grundehrlicher Mann.“

Prompt verschluckte sich Truchthari an seinen Trauben und brach in einen würgenden Husten aus, der seinen unmittelbar bevorstehenden Erstickungstod anzukündigen schien. Arwid schenkte ihm erst Beachtung, als sein Gesicht gefährlich blau anzulaufen begann und bearbeitete mit kräftigem Klopfen seinen Rücken, bis der Truchsess japsend wieder zu Atem kam. „Entschuldige, ich hielt deine Darbietung soeben für eine Somatisierung deiner Ansichten über Aspar ...“

Der noch immer unter einem gewissen Pneumamangel leidende Truchthari winkte ab und enthielt sich eines Kommentars.

„Jedenfalls hat Aspar mir freies Geleit für den König zugesagt. Ich glaube kaum, er wird es mit meinem Vater anders halten als bisher mit dir. Ich vertraue ihm und damit Schluss! Wenn du an alledem, das ich hier ganz auf unkomplizierte Art und Weise erreicht habe, noch rütteln willst, dann geh hin zu Aspar und erkläre ihm, dass weder du noch der Vandalenkönig an seine Lauterkeit glauben und dass deshalb das bisher Verabredete ungültig ist.“

Truchthari, der sich wieder so weit erholt hatte, barg seine Augen hinter seiner Rechten. „Vor so viel Infantilität muss ich in die Knie gehen, ich weiß mir keine Rettung! Wahrscheinlich wird dein Vater in Zukunft alle diplomatischen Verhandlungen in deine Hände legen, denn es ist ja alles wesentlich unkomplizierter, als man es sich so denkt als Mann vom Fach.“

Arwid war erregt aufgesprungen und sah dem Kontrahenten unvermutet offen in die Augen.

„Also, ich werde selbst die Nachricht meinem Vater überbringen, du brauchst keine Angst zu haben, deshalb Federn lassen zu müssen, und ich glaube, er wird sich bereitfinden, das Risiko auf sich zu nehmen. Vor allem, wenn ich ihm erzähle, dass Demokedes auch lieber in den Tod gegangen wäre, als sich selbst untreu zu werden und zu lügen. Wenn er sieht, dass auf der Gegenseite Ehrenmänner stehen, wird er nicht zögern, zu versuchen, sich ihnen gleichzustellen. Ich glaube nicht, dass er sich in jenen Schlupfwinkel seiner großen Seele zurückzieht, wo der Krämer in ihm haust und ihm einzureden versucht, dass sich das Risiko nicht lohne."

„Wie du meinst, ich kann diese bedauerliche Entwicklung sowieso nicht mehr ändern", seufzte der Truchsess. „Ich habe es noch nicht mal geschafft, dieses unschuldige Mädchen aus den Klauen der Hausherrin zu erretten." Erneut verbarg er seine Augen hinter den Fingern der rechten Hand und schüttelte entgeistert den Kopf.

„Tja, nicht dein Tag, wie?", feixte Arwid.

Truchthari schoss einen giftigen Blick über die Finger der schirmenden Hand in seine Richtung, der jedoch wirkungslos in dessen guter Laune verpuffte.

„Ischthoret ist eine Hexe, da halte ich jede Wette dafür ..."

„Ach, interessant, ich glaube, ich muss die Dame mal näher kennenlernen, dass wir Kochrezepte austauschen können", fiel ihm Ceridwen ins Wort, die soeben den Raum betreten hatte.

„Oh, ihr würdet hervorragend zusammenpassen, sie ist genauso wenig auf den Mund gefallen wie du! Also", räusperte er sich Aufmerksamkeit heischend und gleichzeitig anzeigend, dass er jede weitere Unterbrechung als persönliche Beleidigung interpretieren würde, „sie war durchaus freundlich zu mir, entschuldigte sich vielwortig für das Missgeschick der ‚Anfängerin, die viel zu früh kam' und versicherte mir, dass sie der Tölpelin noch Unterweisungen angedeihen lassen werde, die diese sich merken werde. Ich hingegen versicherte sie meiner vollsten Zufriedenheit, die so weit gehe, dass ich beabsichtigte, ihr das Mädchen abzukaufen. Doch das Gesicht der Herrin verwandelte sich in eine undurchdringliche Maske, die nach außen süß und schmeichelhaft plauderte, jedoch im Kern keinen Zoll von ihrer Absicht, das Mädchen Judith gedemütigt sehen zu wollen, abstand."

„Das habe ich aber auch schon gehört, dass die Dame Ischthoret von einem bösen Geist verfolgt werde, der sie zwinge, nicht sie selbst zu sein. Ich würde ihr gerne helfen ...", weiter kam Ceridwen nicht.

Der Erzähler wirbelte herum.

„Helfen? Diesem Drachen auch noch helfen? Man sollte sie ..." Doch auch sie ließ ihn seine Rachephantasien nicht ausformulieren.

„Genau das ist ihr anscheinend passiert. Sie verhält sich so unmenschlich, weil auch ihre Leiden unmenschlich sind!"

„Judiths Leid ist auch unmenschlich, warum willst du nicht ihr helfen, sondern lieber diesem Weib, das ihr das alles aus reiner Bosheit eingebrockt hat?“

„Judith weiß selbst, wie ihr geholfen werden kann: Sie will hier heraus. Aber Ischthoret weiß das nicht, ich wurde kürzlich Zeugin ihrer Krankheit. Sie liegt einfach nur da und starrt in die Luft wie tot, wenn sie sich alleine und unbeobachtet wähnt.“

„Sei dem, wie es sei! Letzten Endes berief sich Ischthoret sogar noch auf den Schutzbefohlenenstatus, in dem Judith ihr gegenüber stehe. Sie habe gar nicht das Recht, sie zu verkaufen, da sie ja keine Sklavin sei, umgekehrt jedoch schulde das Mädchen ihr Dankbarkeit und Gehorsam für die empfangene Fürsorge.“ Truchthari ballte die Faust und sein Gesicht bekam einen drohenden Ausdruck, so als stünde die verhasste Frau vor ihm. „Ich biss auf Granit, nein, mehr in Seetang. Diese offensichtliche Diskrepanz zwischen Mimik und gesprochenem Wort regte mich dermaßen auf, dass ich mich hinreißen ließ, sie als hinterfotzige, verlogene Puffmutter zu titulieren, was meinen sofortigen, kommentarlosen Rausschmiss zur Folge hatte.“

„Welcher Ausbund an Diplomatie!“, zog ihn Arwid maliziös grinsend auf.

„Das habe ich kommen sehen! Nie wieder erzähl ich euch was.“

Als Truchthari schmollend den Raum verlassen wollte, hielt ihn Arwid fest. „Hör zu, die Sache mit dem Mädchen habe ich längst für dich geregelt.“

Truchthari fuhr herum, sein Gesicht ein einziges Fragezeichen.

„Ich habe Aspar von deiner Neigung erzählt“, meinte Arwid. „Er wird sie für sich ausbedingen – ein Wunsch, dem sich die Dame des Hauses kaum wird widersetzen können – und sie unberührt lassen, bis wir wiederkommen, dann wird er sie dir als Geschenk mitgeben. So einfach ist das alles!“

„Und woher willst du wissen, dass sich Ischthoret auch ihm gegenüber nicht auf ihr ‚Sorgerecht‘ beruft? Und woher nimmst du die Sicherheit, dass sie Aspar mit Judith und keinem anderen Mädchen bedient, wenn nicht einmal Demokedes weiß, dass die Kleine hier ist?“

„Nun, Aspar kennt Judith schon aus eigener Erfahrung, da war die Herrin nicht so zimperlich. Allerdings war er lange nicht so begeistert wie du. Wahrscheinlich hat Ceri recht, und er ist andersrum.“

„Ach, zum Teufel, ich erzählte dir doch, dass sie Jungfrau bleiben will und ich keine unredlichen Absichten hege, ich will ihr nur helfen. Warum will das niemand glauben?"

„Weil wir dich kennen, lieber Truchthari", flötete Ceridwen auf seine rhetorische Frage, was jedoch nur eine obszöne Geste seinerseits in ihre Richtung hervorlockte. Auf jeden Fall lechzte der Truchsess nach Rache, deren Erfüllung sich in Gestalt des Reeders Demokedes, der sich soeben zu ihnen gesellte, in Aussicht stellte.

„Wie ich höre bleibt Ihr nicht länger Gäste unseres Hauses, ihr kehrt zurück nach Hippo?"

„So ist es", verkündete Arwid feierlich. „Ich hoffe, wir werden deine Gastfreundschaft in absehbarer Zeit wieder in Anspruch nehmen dürfen, wenn wir in die Endverhandlungen gehen?"

Demokedes lächelte vergnügt. „Es wäre mir eine große Ehre und Freude, euch alle wieder in Karthago willkommen heißen zu dürfen."

Man verneigte sich ebenso artig wie förmlich voreinander, dann gingen die Männer aufeinander zu, umarmten sich und klopften sich auf die Schultern. Doch bevor die Vandalen aufbrachen, nahm Truchthari den Herrn des Hauses beiseite und weihte ihn ein, welcher Praktiken sich seine geliebte Ischthoret bediente, wenn es darum ging, „frisches Fleisch" zu beschaffen. Mit einem Schlage verlor Demokedes' Gesicht jeden Glanz und er versprach, die Sache so bald wie möglich mit seiner Verlobten zu besprechen.

„Ach, Demokedes, so sind die Frauen ...", streute Truchthari noch Salz in die frische Wunde. „Nur eins noch. Hab doch bitte ein Auge darauf, dass Ischthoret auch wirklich Judith zu Aspar schickt."

Mit einem schwachen, sehr abwesend wirkenden Nicken des Kopfes quittierte der Reeder den Auftrag. Als die Vandalen aufsaßen und dem „Haus der Freuden" den Rücken kehrten, hatte er Tränen in den Augen. Er musste an Chaim denken und seinen letzten Brief, den er kürzlich in Ischthorets Schreibstube gefunden hatte, den Brief, in dem Chaim Demokedes darum bat, für Judith zu sorgen, und den er nie erhalten hatte. Seit Chaims Tod hatte er schon überall nach Judith gesucht und keine Ahnung gehabt, dass sie in seinem eigenen Haus als Gefangene lebte.

* * *

Höhere Diplomatie II

Heldicas Rechnung war aufgegangen. Der Fisch zappelte im Netz, einem reusenartigen Netz, das sich immer enger um ihn schloss, je mehr er versuchte, daraus zu entkommen, und das ihm letztlich den Tod bringen würde.

Der Kanzler hatte verbreiten lassen, man suche nach Zeugen des Dirnenmordes, schließlich sei man auch seitens der Vandalen an der Aufklärung eines derartigen Verbrechens interessiert. Wie zu erwarten meldeten sich mehrere Kandidaten, vermutlich vor allem deshalb, weil Heldica nicht vergessen hatte, auf eine Belohnung hinzuweisen. Die „Suchenden" indes hatten alle Vorteile auf ihrer Seite: Sie wussten in etwa, wie sich die Tat ereignet haben musste, und der Mönch war ihnen genauestens beschrieben worden. So währte es auch nicht lange und Hilarius fand sich in der Präfektur ein, um die Belohnung in Empfang zu nehmen. Seinen Status als asketischen Einsiedler konnte man den von ausgiebigem Weingenuss gezeichneten Gesichtszügen nicht mehr ansehen.

Heldica blieb während der gesamten Befragung stets höflich und freundlich, auch dann noch, als er alle Widersprüche, in die sich der Delinquent verwickelte, notiert hatte. Dann – immer noch ganz im Stil eines vornehmen Römers – eröffnete er Hilarius, dass er aufgrund seiner wiewohl farbigen und lebendigen, dennoch völlig unzutreffenden Schilderungen des Vorganges nicht nur wegen Falschaussage mit einer Anklage zu rechnen habe, sondern dass man ihn obendrein des Mordes verdächtige und er hiermit verhaftet sei. Es sei auch bei den Vandalen erlaubt, einen Beistand zu ernennen, aber nicht dringend notwendig.

Hilarius, der zunächst wie vom Donner gerührt in sich zusammengesackt war, besann sich dann jedoch außerordentlich rasch und verlangte als solchen niemand Geringeren als den Bischof der Stadt, Possidius von Calama.

Der Bischof erschien persönlich, sich der Sache anzunehmen. Heldica empfing ihn gut gelaunt: Da er sich schon einmal wegen dieser unbedeutenden Angelegenheit, dabei hielt er Possidius die Akte Hilarius unter die Nase, persönlich herbeibemüht habe, habe er die Ehre, ihm folgende Botschaften zu übermitteln: König Geiserich strebe keinen Kulturkampf gegen die katholische Kirche Africas an, ja er erweise den in Glaubensdingen divergierenden Mitchristen sogar die Gnade einer Besitzstandswahrungserklärung. Das heiße, er habe seinem Arianer-Bischof verboten, Zwangsbekehrungen unter den Katholiken durchführen zu lassen. Man werde allerdings im Gegenzug keinesfalls dulden, dass die katholische Kirche unter den Christen arianischen Bekenntnisses missioniere.

Possidius verzog das verunstaltete Gesicht zu einem teilparalysierten Lächeln. Wenn ein Mann am Rauch erkenne, dass seines Nachbarn Haus brenne, müsse es ihm doch gestattet sein, diesen zu warnen, wandte er vorsichtig ein.

Sobald es tatsächlich brenne, sei dies sogar seine Pflicht, solange der Rauch aber nur vom Herdfeuer herrühre, das den Nachbarn wärme und mit gutem Essen versehe, gab Heldica zurück, lege dieser keinen Wert auf eine Feuerwarnung. Darüber hinaus, fuhr er fort, werde mit sofortiger Wirkung eine Taufsteuer für die katholische Kirche erhoben werden, denn der König sehe es natürlich auch nicht gerne, wenn seine Toleranz dazu führe, dass sich wankelmütige Geister der falschen Herde anschlössen. Wer sich zum Katholizismus bekenne, müsse auch dazu bereit sein, materielle Opfer für seine Überzeugung zu bringen; eine Maßnahme, die sicher auch im Sinne des Bischofs wäre, der in solch schwierigen Zeiten wohl auch keinen allzugroßen Wert auf unsichere Kantonisten lege. Auch der König würde eine loyale Gesinnung unter seinen unmittelbaren Dienern schätzen und somit von den Mitgliedern der königlichen Verwaltung sowie des Militärs erwarten, sich zur vandalischen Spielart des Christentums, dem Arianismus, zu bekennen. Der König müsse aus besagten Gründen auch darauf bestehen, dass in den katholischen Kirchen keinerlei Äußerungen fallen dürften, die Unmut oder gar offene Feindschaft mit den neuen Herren des Landes zum Ausdruck brächten.

„Ich dachte, wir sollten uns hier nicht in allgemeine Sachverhalte vorwagen, sondern den speziellen Fall des Mönches Hilarius besprechen", meinte Possidius.

Heldica zuckte die Achseln. „Wie Ihr meint. Doch es wäre nicht von Nachteil, wenn Ihr über die Rahmenbedingungen, welche von nun an herrschen, unterrichtet seid", bemerkte er in nunmehr eher arrogantem Ton. „Dann wenden wir uns eben der vorliegenden Sache zu."

Kaum hatten sie sich darin vertieft, stellte sich jedoch eine Aporie juristischer Art ein: Wohl galten die Anachoreten als Geistliche, nicht jedoch als Kleriker im klassischen Sinn. Da sie nicht dem örtlichen Bischof, sondern ihren Archimandriten unterstanden, würde es Possidius lediglich möglich sein, ihn als Fürsprecher vor Gericht zu vertreten. Ihn aus den Klauen der weltlichen Jurisdiktion zu befreien, wie er ursprünglich vorgehabt hatte, würde jedoch seine Kompetenz überschreiten. Dennoch appellierte er an Heldicas Gerechtigkeitssinn, dass es doch nicht sein könne, dass sich die vandalische Gerichtsbarkeit mit dem Mönch und seinen Vergehen ernstlich befasse.

Darauf eröffnete Heldica dem völlig verdutzten Bischof, er sei durchaus bereit, in diesem Punkte einzulenken. Als der Beklagte sich schon erhob und dem Büttel die Hände hinhielt, dass er ihm die Fesseln löse, damit er als freier Mann den Raum verlassen könne, ließ der Kanzler die Katze aus dem Sack und gebot dem Büttel Einhalt. Als oberster Kirchenherr Africas werde sich der König persönlich mit der Sache befassen.

Das gesunde Auge des Bischofs sprühte Funken. Das werde man noch sehen und vor allem prüfen müssen, welche Befugnisse der arianische König sich hier in Africa – schließlich sei das Land, wenngleich von den Vandalen besetzt, noch immer römische Provinz – anzumaßen erdreiste.

Heldica bemerkte zuckersüß, es stehe nichts im Wege, er wies mit dem Kinn auf den verblüfften Gefangenen, den Mönch an die Kirche zu überstellen, sofern der Bischof einen Weg fände, wie das Mönchtum unter das Gesetz zu beugen sei. Geiserich reiße sich gewiss nicht um diese Befugnisse, doch an eine Tolerierung rechtsfreier Bereiche und Personen sei nicht zu denken.

Possidius zog den Kopf ein. Er sei nur ein Bischof unter vielen hier in Africa und könne hier alleine gar nichts entscheiden, doch stehe er jederzeit für einen weiterführenden Disput zur Verfügung.

„Der König nicht!", beeilte sich Heldica zu erwidern und komplimentierte den verdatterten Bischof hinaus. Schließlich wusste der Kanzler, dass er ein schlechter Berater seines Königs wäre, würde er zulassen, dass sich dieser in einen Disput mit dem Bischof verwickeln ließe, in dem ihn nicht seine Kompetenz, sondern einzig und allein ein Machtwort die Oberhand gewinnen ließe. Man werde ihn auf dem Laufenden halten, versicherte er dem Kirchenoberen, während die Büttel auf seinen Wink hin Hilarius wieder im Kerker verschwinden ließen.

*

„Entschuldigt bitte, dass ich Euch schon wieder wegen einer Jagd habe warten lassen", begann Aspar die verspätete Audienz, „aber man muss dann handeln, wenn die Situation sich als günstig erweist."

Truchthari ließ die so absichtslos wirkende Sentenz nachklingen und überlegte, ob Aspar zunächst die Situation für die Jagd und nun für Verhandlungen für erfolgversprechender hielt oder ob das eine mit dem anderen nichts zu tun hätte. Er verstieg sich zu einer vorlauten Frage, wobei er gründlich vergaß, dass eigentlich nicht er, wie gewohnt, das Wort zu führen hatte, sondern Prinz Arwid, der die heutigen Endverhandlungen über ein Treffen zwischen Geiserich und Aspar vor drei Wochen in die Wege geleitet hatte. „Ist das nicht ein gefährliches Vergnügen für einen Feldherrn fern der Heimat?"

Aspar musterte amüsiert den Truchsessen und setzte sein freundlichstes Gesicht auf.

„Die Löwenjagd scheint Euch ja geradezu ein Faszinosum zu sein. Wir können gerne ein wenig über erfreuliche Dinge plaudern", spöttelte er in jenem byzantinisch liebenswürdigen Tonfall, den er, der Soldat, so gerne und gekonnt nachzuäffen pflegte, wenn er in vertrauter Offiziersrunde über die Eunuchen, Verwaltungsbeamten und Priester am Hof herzog.

„Nun, ich dachte, es sei doch ein gewisses Risiko mit Eskapaden dieser Art verbunden? Man könnte auch Euch, dem mächtigsten Mann der östlichen Hemisphäre auflauern, so wie Ihr dem König der Tiere nachstellt", versuchte Truchthari die Wogen zu glätten, wobei er jedoch eher riskierte, ein Seebeben mittlerer Stärke auszulösen. Im Moment, in dem er die Worte gesprochen hatte, klangen sie auch in seinen Ohren nach einer Warnung vor Verrat. Doch Aspar ging glatt wie ein Reptil über einen heißen Stein über die Äußerung hinweg. Weder verbal noch mimisch verriet er die geringste Regung.

„Die Löwenjagd ist an sich nicht so gefährlich, wie man gemeinhin glauben mag. Ganz im Vertrauen: Man muss sich schon auch ein bisschen dumm anstellen, wenn man sich dabei von einem Löwen töten lässt. Vor dem tödlichen Schuss werden die Tiere nämlich von Schleuderern paralysiert, so dass sie entweder starr und bewegungslos dastehen oder sich wütend im Kreis herumdrehen, so wie ein Hund, der in sinnlosem Spiel versucht, seinen Schweif zu fangen. In beiden Fällen bieten sie den Bogenschützen ein ideales Ziel. Man kann dann relativ nah an die Raubkatzen herankommen und sie elegant mit einem einzigen wohlgezielten Schuss erlegen."

Arwid hatte während des Gesprächs ungeduldig aus dem Fenster neben dem mächtigen Mann aus Byzanz hinausgesehen und nervös mit der Schreibtafel in seiner Hand herumgespielt. Abrupt drehte er sich nun zum Raum hin um.

„Wie mein verehrter Freund und Beschützer schon angedeutet hat", er begleitete diese Sentenz mit einer gestischen Eleganz in Truchtharis Richtung, so huldvoll und wohlwollend, wie sie sonst nur Prinzen höchster Adelsgeschlechter gegeben ist, „die Könige, nicht nur unter den Tieren, auch die Herrscher über die Völker, wie mein Vater seit nunmehr annähernd einem Dezennium einer ist, sorgen sich nicht von ungefähr um ihre persönliche Sicherheit. Ist doch mit der Unversehrtheit des Königs Wohl und Wehe seines gesamten Volkes verknüpft. Es ist ein Jammer, aber jene Zeiten, als ein König sich noch ohne Eskorte ins Lager seiner Kriegsgegner begeben konnte, um die Leiche seines erschlagenen Sohnes aus den Händen des wütenden Feindes zu lösen, sind mit Priamos und Achilleus dahingegangen", säuselte er, „wie Ihr wisst, wurde der wehrlose, schutzflehende Greis bereits eine Generation später, obendrein vom Sohn des myrmidonischen Berserkers höchstselbst am Altar des Zeus hingeschlachtet."

Aspar fletschte die Zähne: *„Timeo Danaos et dona ferentes?* Will mir dein Vater durch deinen Mund diese Nachricht zukommen lassen?"

Erschrocken fuhr Arwid zusammen. Hatte ihm seine Kenntnis griechischen Kulturgutes die Chance verpatzt, sich verständlich zu machen, was das Misstrauen seines Vaters gegen Aspars Ansinnen betraf, ihn in der Stadt zu besuchen?

„Nein, natürlich nicht", beeilte er sich, die Sache richtigzustellen, „es handelt sich vielmehr um jenes unbedeutende Detail – meint mein Vater –, dass nicht wir einen Gefallenen wiederhaben wollen, sondern doch eher Ihr einen wichtigen Mann vermisst, den wir Euch jederzeit wiedergeben könnten. Der König hegt gegen Euch, Heermeister, keinerlei Argwohn, doch erscheint es ihm wenig ehrenhaft, den gefangenen Feldherrn Markian, quasi zum Gespött aller Karthager und Griechen, im Zug seiner Besuchsdelegation mitmarschieren zu lassen." Er reichte das versiegelte Diplomtäfelchen in Richtung des *magister militum.* „Wenn es Euch gefällt, die Nachricht meines Vaters, des Königs der Vandalen und Alanen, persönlich in Augenschein zu nehmen, so öffnet dieses Schreiben."

Als Aspar das Täfelchen zögerlich entgegennahm, verneigte sich Arwid höflich vor dem dunklen Hünen und ging auf spitzen Füßen einige Schritte zurück, um zwischen Truchthari und Ceridwen Aufstellung zu nehmen. Aspar überflog das Schreiben zunächst, dann las er es nochmals sorgfältig, Absatz für Absatz, um den Text auf eventuelle Haken und Ösen abzuklopfen.

„Nun, wir werden sehen", beschied er dem Botschafter, „wenn ich Euch bitten dürfte, Euch erneut der Beschwernis zu unterziehen, mich morgen etwa zur vierten Stunde nochmals aufzusuchen, kann ich Euch einen definitiven Bescheid geben", beendete er den offiziellen Teil der Begegnung. Seine schwarzen Augen glühten wie Kohlen in den Höhlen, während er noch einmal Arwid mit der Aufmerksamkeit einer Raubkatze vor dem Sprung musterte. Er räusperte sich und entblößte seine makellos weißen Zähne zu einem martialischem Lächeln.

„Ihr lechzt doch sicher nach einer Stärkung", meinte er, und ohne eine Antwort abzuwarten, wandte er sich der Tür zu. Auf sein Klatschen hin erschien ein junger Krieger ohne Waffen. „Stephanos, veranlasse doch bitte, dass meine Gäste anständig bewirtet werden", ordnete er an, ohne den Mann eines Blickes zu würdigen. Auf leisen Sohlen entfernte sich der Adjutant und schon nach kurzer Frist erschien ein Trupp von Sklaven und Sklavinnen mit leichtem Mobiliar, einem mit Schnee vom nahen Atlasgebirge präparierten *kratér* und großzügig arrangierten kalten Platten, die sie vor den barbarischen Gästen des *magister militum* aufbauten.

Diese staunten nicht schlecht über das technische Wunderwerk eines schneegekühlten Mischkruges. Doch nach außen hin ließen sie sich nichts anmerken, während sich der Heermeister in seinen Bart grinsend über ihre gutkaschierte Verunsicherung amüsierte. Man trank sich zu und nahm gemeinsam ein wenig von den raffinierten Speisen, doch war die Tageszeit nicht dazu geeignet, sich regelrecht satt zu essen. Nach einigen Höflichkeitsfloskeln verabschiedeten sich die Vandalen vom Heermeister. Kaum draußen, verpasste der „Freund und Beschützer" des Prinzen demselben einen empfindlichen Stoß mit dem Ellenbogen in die Lebergegend.

„Schade, dass die guten Sitten in Griechenland schon mit Homers Zeiten zu Grabe getragen wurden“, näselte er, „heutzutage führen sich die Epigonen dieses edlen Volkes auf wie die Perser und Barbaren, nicht wahr? Wie kannst du nur den *magister militum* derart verprellen?“

„Ich dachte, ich führe ihm einmal vor, dass wir gar keine derartigen Barbaren sind, wie sie immer glauben, sondern dass wir auch teilhaben an ihrem klassischen Bildungsgut ...“

„Ja, eine famose Vorführung hast du gegeben“, knurrte Truchthari. Doch bevor sich das Hickhack zu einem ordentlichen Streit auswachsen konnte, zwängte sich Ceridwen zwischen die beiden Kontrahenten, fasste sie um die Taille und fragte sie, wie denn nun die Loslösung Judiths vorankäme.

*

Offiziell galt Nachum nun als rehabilitiert, was ihm jedoch nicht viel nützte, da er, zurück in Hippo, feststellen musste, dass der Stern seines Auges, die Rose seines Herzens, das Licht seiner Seele, die schöne schwarzlockige Judith, nach der ihn mit jeder Faser seines Körpers verlangte, sich nicht mehr in der Stadt aufhielt.

Man hatte sie, zu ihrer größeren Sicherheit, wie Mosche hoffte, in die bewährte Obhut seines Bruders Chaim in Karthago verbracht. Als Nachum, ohne sich weiter zu besinnen, sogleich wieder seine Reisekleider anlegen wollte, intervenierte Mosche mit den Worten, er habe nun schon genug angerichtet; außerdem werde er dringend als Verbindungsmann zu den Vandalen, mit welchen er ja auf vertrautem Fuße zu stehen schien, gebraucht. Mit Tränen der Trauer und der Wut in den Augen warf Nachum Stab und Hut in die Ecke und fügte sich in sein Schicksal. Schließlich waren Judith und er noch nicht verheiratet, und ein Wort Mosches würde genügen, seine Zukunftspläne wie Spreu vor dem Wind zerstieben zu lassen – darüber hinaus sah er, der Vernunft ihren Platz einräumend, durchaus ein, dass Mosche im Recht war.

Unabhängig von den wirklichen Begebenheiten und vielleicht auch, weil die neuen Herren die Rehabilitierung öffentlich anschlagen ließen, blieb bei den Bewohnern Hippos ein gewisser Argwohn den Juden gegenüber bestehen.

* * *

Ein Treffen zur See

Februar 434 A. D.

Am Hauptmast des Flaggschiffs der Vandalenflotte, der Pentere *Accipiter*, flatterte die blaue Königsfahne mit den drei Habichten lustig im Fahrtwind, während sich das Schiff in majestätisch gemessener Fahrt der Hafeneinfahrt Karthagos näherte, um dann langsam und schwerfällig beizudrehen.

Die Deckmannschaft war in blank polierten Rüstungen und in voller Bewaffnung wie zum Appell angetreten. Ebenso aufpoliert, wenngleich größtenteils unsichtbar, präsentierten sich die Ruderer. Die unteren drei Reihen saßen kataphrakt unter Deck, lediglich die oberste, die nur durch die an der Bordwand befestigten Rundschilde geschützt war, trat sichtbar in Erscheinung. Die eisernen Beschläge der Schilde blitzten in der Sonne, ebenso der eisenbewehrte Rammsporn und die vergoldeten Rangabzeichen am Heck des imposanten, hundertdreißig Fuß langen Kreuzers.

Als Zeichen der friedlichen Annäherung hatte der Kommandant die Geschütze demonstrativ in Steilschussstellung nach oben richten lassen, deutlich sichtbare rote Bänder waren um die Spannhebel gewickelt, die man vor einer eventuellen Benutzung umständlich hätte entfernen müssen. In einer Seeschlacht, im Gefecht Schiff gegen Schiff, hätte die *Accipiter* mehrere kleinere Schutzeinheiten um sich benötigt – an sich war sie ein reines Repräsentationsobjekt des in seine Marine vernarrten Königs.

Geiserich stand, umgeben von dem unvermeidlichen Heldica, Prinz Hunerich und einigen Mitgliedern des Kronrates in der Thalamos am Heck des gewaltigen Schiffes und beobachtete voller Zufriedenheit den reibungslosen Ablauf der verschiedenen Manöver an Bord, wo die Infanterie von ihren Offizieren wie auf einem Exerzierplatz hin und her dirigiert wurde. Zufrieden strich Geiserich sich das blankrasierte Kinn und nickte anerkennend in Richtung der Zenturionen, die, ganz *more Romanorum,* mit erhobenem Arm den König grüßten.

Nachdem die vandalische Delegation eingetroffen war, setzte nun auch im Hafen Karthagos emsige Tätigkeit ein. Geiserich und die Seinen verfolgten gespannt, wie sich die schwere, die beiden Türme der Hafeneinfahrt verbindende Sperrkette langsam ins Wasser senkte, und das Flaggschiff der Byzantiner – ebenfalls ein vierrangiger Kreuzer – gemessenen Schlagtaktes aus dem Hafenbecken in die mäßig bewegte See glitt.

Hier war an Deck bereits alles für den hohen Gast hergerichtet, was Aspar noch einmal persönlich kontrollierte, ehe er sich den weiten, roten Kriegsmantel umlegte und den schweren Helm mit dem rosshaarbewehrten Buschen unter den Arm nahm. Metall klirrte gegen Metall, als er mit der linken Hand den korrekten Sitz seines Gladius überprüfte und mit der Armschiene am unteren Rand seines Brustpanzers entlangschrammte. Wie er diese Paraderüstung hasste, aber er musste die Etikette wahren, schließlich würde der König der Vandalen und Alanen auch nicht in Leinenhose und Wams erscheinen. Er prüfte erneut die Position der Trommler und Flötenspieler und nahm, ganz Denkmal griechisch-römischer Militärtugenden, mit dem Stab des Strategen in der Rechten Aufstellung vor der Thalamos. Langsam, ohne die Unebenheiten der Wellen weiterzutragen, glitt der Kreuzer immer weiter hinaus, entfernte sich vom schützenden Rund des Hafens und aus der Reichweite der Turmgeschütze.

Knapp und vernehmlich erschollen die Kommandorufe des Nauarchen über die Köpfe der Ruderer und Seilmannschaften. Auch er trug den roten Mantel des Imperiumsträgers, doch war er bis auf einen kleinen krummen Dolch unbewaffnet. Breitbeinig stand er neben dem *magister militum* und schirmte sich mit der Rechten das Auge. Dies war der große Tag des Nauarchen Nikomachos, der die Manöver an Bord des Flaggschiffes kommandieren durfte, da der diensthabende Legat aufgrund einer ruhrartigen, hartnäckigen Erkrankung der Intestinalien verhindert war. Nikomachos war mehr als zufrieden mit sich, froh, dass Aspar ihn, den zerlumpten Schiffbrüchigen in allen Ehren wieder aufgenommen hatte und vor allem froh, nicht dieser „punischen Schlampe“ auf den Leim gegangen zu sein, die ihn und „sein Schiff“ unter Vorspiegelung der „Großen Liebe“ beinahe ins Netz gelockt hätte, wo sie doch längst wieder mit diesem Demokedes unter einer Decke steckte. Abhängig wäre er geworden, weiter nichts.

„Steuerbordrojer, Kraft zurücknehmen“, brüllte er, als er bemerkte, dass sich der Kreuzer etwas zu sehr nach backbord bewegte. Wo war er nur wieder mit seinen Gedanken! Der kleine Fehler, den der *magister militum*, schließlich eine Landratte, gar nicht mitbekommen hatte, war rasch ausgebügelt, und die Röte, die sich gerade unter die braune Gesichtshaut des Nauarchen schlich, blieb ebenfalls unbemerkt.

Aber die Kleine war schon ein Satansbraten der Sonderklasse gewesen, etwas, das man nicht alle Tage an Land zog, das musste er sich immer wieder vor Augen führen, um sein ungewöhnlich langes Verweilen bei dieser punischen Raubkatze mit den zwiefarbenen Augen rechtfertigen zu können. Von gewissen Vorteilen wie Bequemlichkeit und Sicherheit wollte er nun, da schon das Gras dreier langer Sommer über die Sache gewachsen war, schon gar nichts mehr hören und wissen. Doch nicht genügend Gras, wie es schien ... Erneut vollführte die griechische Pentere einen Haken nach Backbord, derart, dass ihn sogar Aspar bemerkte und den Nauarchen schief von der Seite her ansah.

„Wir wollen die Vandalen nicht ausmanövrieren und nicht rammen", versetzte er halb scherzhaft, „wir nähern uns ihnen in Freundschaft, darf ich dich daran erinnern, Nauarch?"

Nikomachos zuckte zusammen, als habe ihn der *magister militum* geohrfeigt. Warum konnte er nicht bei der Sache sein! Den Wind prüfend, hob er den Blick. Kein Wölkchen trübte das satte Blau, nur einige Möwen, Seeschwalben und Milane standen in der linden Brise gegen das Land und stießen gelegentlich nach Fischen auf die sanfte Dünung herab. Über ihm knatterte der kaiserliche Stander mit dem gelben, scheibenförmigen Labarum im Fahrtwind und kündete von der Präsenz der stärksten Seemacht der Epoche. Natürlich war auch die Vandalenflotte nicht zu verachten, aber würde sie je einer Armada von zweitausend Einheiten, die zahlreiche Flottenverbände und Geschwader umfasste, Paroli bieten können? Aber das war nicht das Thema. Heute würde um einen Waffenstillstand, wenn nicht gleich einen dauerhaften Friedensvertrag, verhandelt werden.

Nochmals sah er prüfend hoch und gab, den wechselnden Windverhältnissen Rechnung tragend, entsprechende Kommandos. Dem Sonnenstand nach dürfte gerade die dritte Stunde eingeläutet werden, und tatsächlich schlug der Signalgast die kleine hellklingende Glocke an. Ja, dieser verhältnismäßig warme Februartag versprach durchaus ein denkwürdiger Tag zu werden.

Wie von Aspar erwartet, hatte sich Geiserich nicht zu einem Besuch in der belagerten Stadt überreden lassen, allen Eiden und Beschwörungen der Gastfreundschaft, der Immunität eines Gesandten, der Sacrosanctitas des Königs zu Trotz. Ebensowenig wollte sich Aspar zu Geiserich begeben. Schließlich hatte man sich auf einen höchst komplizierten, beide Seiten befriedigenden Modus geeinigt.

Arwid und Truchthari, die das Ganze zustande gebracht hatten, hatten es sich mitsamt Ceridwen nicht nehmen lassen, der Einladung des *magister militum* Folge zu leisten und unter der Bedeckung eines pro forma-Wachsoldaten von einem der Mauertürme am Hafen das Geschehen zu verfolgen. Von hier aus konnte man sehen, wie die Ruderer der *Accipiter* das schwerfällige Schiff langsam um das Heck des Byzantiners herum manövrierten, der nun seinerseits an Fahrt verlor. Schließlich bezog die *Accipiter* in geringem Abstand zu Aspars Kreuzer, jedoch außerhalb der Reichweite der Turmgeschütze des Hafens Stellung, schließlich wollte man nicht irgendeinem Idioten Anlass zu befehlswidrigem Heldentum geben. Dem Flaggschiff der Byzantiner war so der direkte Fluchtweg in den rettenden Hafen abgeschnitten.

„Typisch mein Vater!", brummte Arwid. „Null Vertrauen!"

Truchthari seufzte nur mit überdeutlich kaschierter Ungeduld und verbiss sich einen Kommentar. Schließlich hatte sich auch der in letzter Zeit so joviale Aspar eine Sicherheit ausbedungen. „Ich würde mich geehrt fühlen, wenn Prinz Arwid unter Bedeckung seines ‚Beschützers und Freundes'", womit eindeutig Truchthari gemeint war, „während der Zeit des Treffens als mein spezieller Gast in der Sicherheit der Stadt Karthago weilen könnte", hatte er geschrieben. *Per florem* sprach er damit aus, dass er die beiden gerne als Geiseln hätte. Allerdings schien sich sein Sicherheitsbedürfnis darauf zu beschränken: Der freie Zugang zum Hafen für den gegenwärtigen Kriegsgegner verriet doch eine gewisse Laxheit. Truchthari, der seinen Blick ausgiebig über die Hafenanlagen schweifen ließ, wunderte sich über diese Saumseligkeit des Byzantiners. War es ihm völlig gleichgültig, was nach seinem Abzug mit Karthago geschah? Rasch kam er zu der Erkenntnis, dass der Hafen, wie er sich hier seinen Blicken darbot, ein Provisorium und keineswegs der wiederaufgebaute alte Hafen der Punier war. Doch nicht genug damit. Er entdeckte ohne sonderliche Mühe, dass ein Turm der Hafenbefestigung nach innen hin fast vollständig zusammengebrochen war, um nur als Fassade nach außen von Wehrbereitschaft zu künden. Unterhalb dieses Turmes ergoss sich Abwasser ins Meer nach draußen. Die Abwasserschächte waren groß genug, um bequem hindurchkriechen zu können. Der Truchsess hatte genug gesehen, um eigene Schlüsse zu ziehen.

Anscheinend lag es in Aspars Absicht, Geiserich über bestimmte Sachverhalte in Kenntnis zu setzen, ohne ein direktes Wort verlieren zu müssen. Scheinbar unbewegt starrte die vandalische „Geisel" aufs Meer hinaus, wo nun an Bord der *Accipiter* allmählich Bewegung entstand.

Unter vehementen Schmerzen kletterte der König, der nicht wusste, wohin mit seinem lädierten Bein, in das kleine Beiboot, wo ihn zwei kräftige Offiziere der Leibwache und vier ausgesuchte Rojer empfingen. Die muskulösen Oberkörper der Marusier glänzten vor Öl, und sie strotzten, ganz anders als etwa bei Kriegseinsätzen, vor Zitronen- und Bergamottenaroma. Der König, dem der Duft wie ein körperlich empfundener Schmerz in die Nase stach, blickte die beiden Offiziere irritiert an. Diese zuckten errötend die Schultern.

„Weisung, wegen Sitten und Gebräuche der empfindlichen Byzantiner", brummte der vierschrötige Balamber in seinen dichten Krausbart. „Wir haben uns das aber erspart", kommentierte der zweite im Boot, Hildebert, unaufgefordert.

„Wäre ja noch schöner", brummte der König, dessen Haar ebenfalls in der Sonne glänzte, einsilbig, „also dann los jetzt", fuhr er ganz im Befehlston fort, „bringen wir's hinter uns!"

Noch während er sich um Balance auf dem schlichten Sitzbrett bemühte, wurde das Beiboot bereits ausgefiert. Kaum war der Rumpf mit der Oberfläche des Wassers in Berührung gekommen, als auch schon die Rojer lospullten und das kleine Schifflein mühelos in Richtung der byzantinischen Galeere steuerten. Man fuhr langsam genug, dass nur wenig Gischt über den Bug spritzte und nichts davon den achtern sitzenden König erreichte, der selbstredend nicht wie eine getaufte Maus vor dem Gewaltigen des Orients erscheinen wollte, schließlich hatte er sich der Bedeutung des Treffens entsprechend ausstaffieren lassen. So trug Geiserich als Herrschaftszeichen seinen bodenlangen blauen Königsmantel, dessen Borte mit einer etwa handbreiten Goldstickerei eingefasst war, die in steter Wiederholung den Habichtstriskelos zeigte. Das Prachtstück wurde mit einem Paar Scheibenfibeln zusammengehalten. Diese waren originär vandalischer Machart, wobei die mosaikartig eingelegten Einzelteilchen aus Bernstein unterschiedlichster Färbung und Politur bestanden. Im Zentrum der Scheiben erhob sich jeweils ein kleiner spitzer Goldkonus, wie auch Stege und Basis der Fibeln aus purem Gold gearbeitet waren. Die Ton in Ton zu seinem blauen Mantel passende Tunika trug farbenfrohe Borten, allerdings ohne jegliche Verwendung von Silber- oder gar Goldfäden. Auch die Nähte der weiten grauen Hose, die seine unterschiedlichen Beinlängen gut kaschierte, waren mit bunten Stoffborten besetzt, und von den Schäften der gelben Ziegenlederstiefel baumelten daumenlange Fransen.

Geiserich, der sich nie Gedanken über Äußerlichkeiten, Kleidung, Schmuck oder gar Mode gemacht hatte, fühlte sich schon etwas unwohl in dieser Staffage. Zwar hatte er schließlich eingesehen, dass in diesen sauren Apfel gebissen werden musste, doch behauptete er sich in der Frage des schmückenden Beiwerks. Anders als andere germanische Könige oder Heerführer vermied er Amulette, Anhängerchen, Kettchen, Ringe aller Art, die er als „unnötigen Firlefanz" abtat, und trug nur an der Rechten seinen Siegelring. Berglind, seine gegenwärtige Favoritin, hatte ihn lediglich dazu überreden können, seinen kostbarsten, mit silbernen Beschlägen in Flechtbandmuster verzierten Leibgurt anzulegen. Dieses aus den rauen Gefilden des äußersten bewohnbaren Nordens stammende Kunstwerk, gefertigt von einem Goldschmied aus dem Stamme der Jutier, zeigte Zwischenwesen aus der Welt der alten heidnischen Sagen: Einhörner, Vogel-Greife, Lindwürmer und Drachen. Den Bügel der Gürtelschnalle bildeten die Kiefer des aufgerissenen Rachens des Fenriswolfes, während der Dorn die vergeblich zur Faust geballte abgebissene Hand Zius, des Kriegsgottes, darstellte. Zahlreiche ebenfalls mit Silberbeschlägen versehene Lederriemen baumelten an diesem Gurt. Sie dienten nicht nur der Verzierung, sondern ihr klingelndes Aneinanderschlagen sollte die Annäherung eines wichtigen Mannes verkünden, dem finstere Geister und wildes Getier zu weichen hatten. Würde er von einer kundigen Person entsprechend besprochen, verlieh er seinem Träger übermenschliche Kräfte, raunte Berglind. Seine Holde verabschiedete ihn mit einem hinterhältigen Trick, indem sie ihm noch Blendwachs in die Haare strich, während sie vorgab, die Mähne des Herrschers liebkosend zu glätten.

„Schlange!", hatte der König gezischt, als er zu spät den liebreizenden Arm seiner schadenfroh kichernden Geliebten von sich stieß.

Langsam, aber sicher rückte man dem Ziel der Expedition näher. Schon konnte man einzelne Gesichter an Deck des Kreuzers ausmachen, auch vermochte der König die hoheitliche Gestalt Aspars vor der Thalamos am Heck zu erkennen, gerade als das Fallreep heruntergelassen wurde. Die Nussschale wackelte kurz, als er sich mühsam erhob und um Gleichgewicht kämpfte, während sein lahmes Bein langsam wieder lebendig wurde. Doch dann schlug er entschieden den weiten Mantel zurück, so dass man vom Deck des Kreuzers aus deutlich sein mit Bändern des Friedens an der reichverzierten Scheide befestigtes kurzes Stoßschwert ausmachen konnte. Mit ruhiger Hand packte er das Geländer des Fallreeps und machte sich daran, sorgfältig Stufe für Stufe nehmend, an Bord des Kreuzers zu klettern. Aufgrund der ungeheuren Schmerzen, die die Belastung seines verkrüppelten Beines nach sich zog, trat ihm der kalte Schweiß auf die Stirn, er verzog jedoch keine Miene, während er das Reep erklomm. Das schwere Schiff, das nur von den Ruderern austariert wurde, dümpelte leicht in der Dünung, was für die beiden Häuptlinge, die weiter unten auf dem Reep in gebührendem Abstand gefolgt waren, unangenehmere Folgen hatte. Der letzte, Hildebert, geriet dabei bis an die Hüften hinauf ins Wasser, doch bezeugte er ebenfalls mit keiner Miene seine Geringschätzung der Seefahrtskunst der Gastgeber. Der König war nun schon in Höhe der Deckswehr angelangt, doch ignorierte er geflissentlich die entgegengereckten Hände, bis er schließlich aus eigener Kraft an Deck stand.

Die Offiziere der persönlichen Leibgarde Aspars grüßten ihn knapp und militärisch, traten zurück und öffneten so den Weg zur Thalamos, wo der *magister militum* den König der Belagerer erwartete. Doch Geiserich blickte erwartungsvoll in die Runde, ignorierte den Heermeister auf dem Podest und sah sich zunächst nach seinen beiden Begleitern um, als diese an Deck angelangt waren, wanderte sein Blick erneut über die Reihen der Offiziere. Man wusste um eine gewisse Kurzsichtigkeit des Vandalenkönigs, dass sie derart ausgeprägt war, hatte sich allerdings der Kenntnis seiner bisherigen Kriegsgegner entzogen. Eine peinliche Stille trat ein.

Als sich auch weiter nichts rührte, trat auf einen herrischen Blick Geiserichs hin Balamber vor den König und den triefenden Hildebert und baute sich breitbeinig auf. Auch er musterte mit strengem Blick das angetretene Offzierscorps der Griechen, stieß dann unvermutet das stumpfe eisenbeschlagene Ende seines Speers dröhnend auf die Planken und verkündete mit Stentorsstimme, dass Gesericus, *rex Vandilorum et Alanorum* sich höchstselbst eingefunden habe, um mit dem *magister militum* Flavius Ardaburius Aspar, dem Stellvertreter und Statthalter des Imperators Augustus Theodosius, über Krieg oder Frieden zu verhandeln. Wenn dies als recht und billig angesehen werde, möge der bezeichnete Vertragspartner vor dem König erscheinen.

Nikomachos verschluckte sich. Er sah den Feldherrn von der Seite an und bemerkte, dass dieser die Faust um den Strategenstab ballte, dass die Knöchel weiß hervortraten. Jetzt war man diesem Fuchs schon so weit entgegengekommen, und er verlangte auch das noch, er sollte also die sieben Stufen aufs Deck hinabkommen, um von gleich zu gleich mit dem Barbaren zu verhandeln. Er gab den Bucinenbläsern ein Zeichen, die sogleich ohrenbetäubenden Lärm mit ihren krummen Blasröhren vollführten, und der Signifer, eingehüllt in das Fell eines schwarzen Leoparden, die Pranken vor der Brust gekreuzt, den aufgerissenen mit rotem Wachs ausgekleideten Rachen über dem Scheitel, trat vor die Front. Auch er stieß mit dem Schaft des Signums auf die Planken und verkündete die Ankunft des Imperators und *comes Africae* Flavius Ardaburius Aspar, der gewillt sei, mit dem *dux Vandilorum* Gesericus zu verhandeln. Geiserich schluckte die Kröte, als Herzog, Heerkönig, bezeichnet zu werden, solange sich Aspar zu ihm aufs Parkett begeben würde. Und tatsächlich, Aspar verließ so beiläufig, als käme er erst in diesem Augenblick aus der Thalamos und hätte die Ankunft des Gegners nicht mit eigenen Augen verfolgt, das Oberdeck und stieg die sieben Stufen herab, um dem König entgegenzugehen. Er streckte die Arme vor, die freien Handflächen zum Himmel gewandt, und neigte, wie zuvor seine Offiziere, militärisch knapp das Haupt bei kerzengeradem Rücken. Geiserich erwiderte den Gruß auf dieselbe Weise.

„Darf ich dich in mein bescheidenes Zelt bitten?“, begann Aspar die Unterredung, und man ging nebeneinander, begleitet von Trommelwirbeln und martialisch-feierlichem Flötenspiel hinauf zur Thalamos, wo für alle Annehmlichkeiten gesorgt war, welche die zwei Männer etwa benötigen sollten, die nun daran gingen, über das weitere Schicksal der Welt, ihr Wohl und Wehe, zu beraten.

Die Musiker, die nun auf der Plattform vor dem Zelt Aufstellung nahmen, hatten einen harten Tag, denn es oblag ihrer Kunst, die

Stimmen der Männer in der Thalamos so zu überdecken, dass kein Wort nach draußen drang, jedoch im Innern alles wohlverständlich blieb.

Die Unterredung, die offiziell niemals stattfand, es gab kein Protokoll, keine Zeugen, keine Aufzeichnungen, auch die Andeutungen Geiserichs seinen engsten Vertrauten gegenüber waren mehr als spärlich, dauerte fast den ganzen Tag. Schließlich einigte man sich.

Geiserich versprach Aspar, dass er, auch wenn er den angestrebten Rechtsstatus als Foederat von den Weströmern erhalten sollte, dennoch die Unabhängigkeit der Stadt Karthago garantieren würde. Ab sofort werde er alle Feindseligkeiten gegen Ost- und Westrom einstellen, dafür würde Aspar – mit Markian – abziehen und „Africa vertrauensvoll in die Hände der umsichtigen Verwaltung des vandalischen Königs legen", wie Geiserich ihn später gerne zitierte.

Der König atmete auf. Was er heute erreicht hatte, war mehr als nur ein Waffenstillstand. Auch wenn sich kein Bündnis mit Byzanz schließen ließ, konnte er doch davon ausgehen, dass Aspar dort als Fürsprecher der vandalischen Sache auftreten würde. Von dieser Seite war also nichts mehr zu befürchten.

Somit blieb nur noch Westrom, dem Africa de jure immer noch unterstellt war. Doch alles deutete darauf hin, dass Geiserich, wenn er geschickt verhandelte, dem militärischen Erfolg den juristischen würde nachschieben können. Denn sofern sich die Kaiserin klug verhielt, würde sie sich seinem Wunsch nach einem Foedus nicht widersetzen. Sollte sie sich tatsächlich querstellen, könnte man immer noch auf Krieg setzen, doch zunächst würde man den Römern geben, was sie so über alles liebten: Verträge, Verträge, Verträge. Man würde mit dem Foedus die zwar abgrundtief unehrliche, deshalb aber umso sicherere Freundschaft Westroms suchen. In Ravenna würde vielleicht noch eine Weile der alte Intrigant Aëtius gegen sie hetzen, doch auch dieser Kriegsmann war zu sehr Diplomat, um nicht irgendwann zu begreifen, dass die Vandalen als Foederaten tauglich seien.

Geiserich strich sich überflüssigerweise sein gewachstes Haar zurecht. Mit sich und der Welt zufrieden, ließ er sich zurück zur *Accipiter* rudern, ging ächzend und unter Wogen von Schmerzen, die seinen Optimismus vorübergehend dämpften, an Bord. Kurz darauf legten sich die Rojer in die Riemen und man schwenkte am Bug des Griechen vorbei, hinaus auf die offene See. Der Krieg um Africa war zu Ende.

*

Während die Freunde vom Wehrgang des Turmes aus das Flottenmanöver bis zum Ende verfolgten, erschien plötzlich neben ihnen eine Gruppe Sklaven und Sklavinnen, allesamt sehr ansehnlich, geschminkt, parfümiert und auch sonst eher freizügig als sittsam gekleidet, jeder eine Zierde seines Geschlechtes.

„Sucht ihr hier etwas?", wollte Truchthari, als ob er belästigt würde, wissen.

„Wir haben ein Geschenk für Euch", säuselte der Vorderste der Schar. Mit diesen Worten winkte er ein verschleiertes Mädchen aus der Gruppe zu sich und schob es ihnen entgegen. Sodann überreichte er Ceridwen ein Täfelchen.

„Lest bitte!", murmelte er.

Ceridwen nahm das Schreiben an sich. „Die Dame Ischthoret will mit uns Freundschaft schließen", verkündete sie. „Wenngleich sie mit dem Benehmen gewisser Personen der Delegation nicht ganz einverstanden sein könne, sei sie dennoch bereit, zu verzeihen, und als Symbol ihres guten Willens dürften wir das vermisste Mädchen Judith, das sie selbst angeblich mehr vermisst als alle anderen, zurück nach Hippo mitführen." Den Nachsatz, dass die Dame darum bitte, sich mit der geheimnisvollen Priesterin aus der Ferne einmal eingehend unterhalten zu dürfen, unterschlug sie. Während die entschleierte Judith Truchthari um den Hals fiel und ihn als ihren Retter begrüßte, lächelte Ceridwen zufrieden in sich hinein. Anscheinend hatte Ischthoret ihr unausgesprochenes Angebot, ihr verstehend zu helfen, auf welchen Kanälen auch immer, wahrgenommen und zeigte wohl auf diesem Weg ihre Bereitschaft, sich zu öffnen.

Während das gemischte Quartett hinaus zu einem vandalischen Aviso gerudert wurde, der schon auf sie wartete, machte sich ebendort ein völlig übermüdeter und sichtbar unter dem Seegang leidender Markian daran, seinerseits in ein Beiboot zu steigen.

Etwa auf halber Strecke begegnete man sich. Als die beiden Boote auf Rufweite heranwaren, ließ es Ceridwen sich nicht nehmen, eine obszöne Geste mit der Faust in Richtung des verhassten Vogelräubers zu machen, die sie mit Vokabeln begleitete, die widerzugeben sich die Feder sträubt. Beides jedoch prallte am ungerührten Schweigen Markians ab, der viel zu sehr mit seiner Übelkeit kämpfen musste, um seine wiedergewonnene Freiheit zu einem Wortgefecht zu nutzen.

„Hol ihn die Krähengöttin", fluchte sie hinter dem sich rasch entfernenden Boot her.

„Lass ihn in Frieden", Truchthari umfasste beschwichtigend ihren Unterarm, „vielleicht brauchen wir ihn noch einmal ..."

*

Als der König völlig erledigt und zerschlagen seine Burg betrat, erwartete ihn Berglind mit dem süßesten ihr zur Verfügung stehenden Lächeln und geleitete ihn ohne große Worte sogleich ins Badegewölbe seines provisorischen Herrschaftssitzes.

Rasch entledigte er sich der Kleider und tauchte in das dampfende Nass, das ihn von Salz und Schweiß befreien sollte. Kaum ein Luxus befriedigte den verkrüppelten Herrscher so sehr wie das heiße Bad. Wäre er Angehöriger jener Gruppe von Menschen gewesen, die sich bedenkenlos ihren Gelüsten überlassen kann, er hätte wohl seine Regierungsgeschäfte aus dem Bauche einer großen, ständig mit frischem Heißwasser gespeisten Badewanne getätigt, sich bei Feldzügen in der Tragbadewanne in Frontnähe aufgehalten und ein extra zu konstruierendes Bäderschiff für die Marine angefordert ... Er genoss den Augenblick des ersten heißen Reizes, wenn sich die Haut wie unter Kälteeinwirkung zusammenzieht und Gänseporen entwickelt, dann die Phase der Gewöhnung und Entspannung und, für ihn die Wohltat der Wohltaten, Schmerzfreiheit in seinem lahmen Bein.

Berglind schickte die Sklavinnen fort und versorgte ihn an diesem Abend persönlich, so wie er es liebte, gut heiß, so dass man im Wasser ins Schwitzen kam. Die Silingin, die ihn um fast einen Kopf überragte, trug nichts als eine ärmellose Tunika. Ihr fülliges rotblondes Haar hatte sie zu einem stattlichen Dutt zusammengeknotet, wobei sie jedoch die Stirnhaare in dieselbe frisiert hatte. Ihre blauen Augen sprühten vor Lebensfreude und jugendlicher Frische, ganz nach dem Geschmack des Königs, dessen Vorliebe eher den natürlichen Frauen galt. Ja, bis zu einem gewissen Grad liebte er Berglind, geheiratet hätte er sie nie. Ihm war die Ehe ein Sakrament, das er seiner Angetrauten in spe nicht als Segen einer am Ende vielleicht doch nur ephemeren Liebe, sondern eines vernünftigen, politisch zweckdienlichen Aktes spenden würde. Da gegenwärtig keine passende Kandidatin zu haben war, gab es eben keine Vandalenkönigin, und Geiserich, der sich ohnehin ungern festlegte, kam dies gut zupass. Nein, ganz konnte er seine jugendlichen Paladine nicht verstehen. Arwid mit seiner monomanen Monogamie war ja derart vernarrt in seine ätherische, in höheren Sphären schwebende Keltin, dass er sogar immun gegen die Reize anderer Frauen war. Man hatte ihn dahingehend schon unter der Hand geprüft. Anders Truchthari, der nahm, was er kriegen konnte, solange „es" hübsch anzusehen, schlank und am besten dunkler Haarfarbe war. Behaglich dehnte Geiserich seine Glieder im warmen Bad. Lag es an seinem schon etwas fortgeschrittenerem Alter, dass ihn mehr die drallen, vor Saft und Kraft strotzenden Mädchen ansprachen? Er konnte mit den zerbrechlichen Feen nichts anfangen, er liebte es, wenn er an den entsprechenden Körperpartien in festes Fleisch fassen konnte. Berglind war alles andere als ein ungebildeter Bauerntrampel, natürlich war sie nicht so belesen wie etwa Gunhild oder seine einzige wirkliche große Liebe, die auch schon seit Langem entschlafene Waltraute, aber schließlich war sie nur Spross eines Gemeinfreien, der sich glücklich schätzte, seine dritte Tochter als Kostgängerin und Gesellschafterin am Hof des Königs zu wissen.

Es war allgemein bekannt, dass sich der König nach dem frühen Tod der Mutter seiner Söhne Hunerich und Gento nun in Ermangelung eines standesgemäßen Eheweibes einige Konkubinen am Hof hielt, was ihm niemand übelnahm, nicht einmal die hohe Geistlichkeit.

Dass Berglind, als der König nach ihr als Gesellschafterin verlangte, dort nicht nur sticken und gelegentlich den königlichen Rücken schrubben würde, wusste der Vater natürlich, aber als ehrenrührig sah man so etwas nicht an. Zumal Berglind ohnehin keine Jungfer mehr war. Die Belagerung von Cirta hatte ihren jungvermählten Mann das Leben gekostet. Oder war man noch gar nicht rechtmäßig verheiratet gewesen? In diesen bewegten Zeiten ließen sich nur schwerlich entsprechende Dokumente beibringen, und der König hatte den eindringlichen Versicherungen des Vaters unbesehen Glauben geschenkt. Sie hatte also vor ihrem „Dienstantritt" bereits ihre Erfahrung gemacht und verfügte über eine gewisse direkte und unkomplizierte Erotik, was der König, der stundenlangen Präliminarien allein schon aus Zeitmangel abhold war, durchaus zu schätzen wusste.

Während er so, ausgestreckt in der heißen Wanne, lag und wohlig schwitzend seine Schmerzen verebben fühlte, schüttete Berglind einen neuen Holzeimer voll heißen Wassers in die überdimensionale Wanne, wobei sie sich ordentlich vollspritzte und sich die festen Knospen ihrer schweren Brüste unter dem dünnen Oberkleid mehr als nur abzeichneten. Mit einem Mal verspürte der gerade noch so schlappe König Lust auf mehr.

„Schrubb mir doch bitte den Rücken", knurrte er behaglich und setzte sich demonstrativ auf. Jedoch rückte er dazu nicht an den Rand der Wanne, sondern Berglind musste sich ordentlich vorbeugen, um ihn zu erreichen. Mit dem geübten harten Griff des Kriegers umklammerte Geiserich überraschend ihre Handgelenke und zog die Widerstrebende hinter seinem Rücken in Richtung Wanneninneres. Neben dem Überraschungseffekt kam ihm dabei zugute, dass das an sich kräftige, große Mädchen in der schlüpfrigen Umgebung der Wanne nicht den besten Stand hatte und so fiel es ihm nicht schwer, „seine zärtliche Walk-küre", wie er sie oft liebevoll-scherzhaft aufgrund ihrer Massagetalente nannte, auszuhebeln. Mit einem Klatschen landete sie in der heißen Brühe und wurde sogleich von ihrem derben Galan untergetaucht, dass die ordentliche Frisur gehörig durcheinandergeriet. Da ihre Körpergröße und -masse im Wasser nicht so ins Gewicht fiel, und sie verdattert sowie durch das Untertauchen aus dem Gleichgewicht gebracht war, war es für Geiserich ein Kinderspiel, sie flugs ihrer Kleider zu entledigen und auf sich zu ziehen. Sie zappelte zwar mehr pro forma als aus realem Protest ein wenig herum, doch im Endeffekt sperrte sie sich nicht wesentlich gegen seine ebenso überraschend wie überfallsartig vorgebrachte Begehrlichkeit. Gerne hätte sie ihn wohl noch ein bisschen auf die Folter gespannt, doch er war unerbittlich. Schließlich suchte sie seinen Mund mit dem ihren und küsste ihn, saugend und schmatzend mit der ihr eigenen derben Sinnlichkeit. Das warme Wasser und die besondere Situation hatten den König angestachelt, und so kam er nach einer kurzen heftigen Vereinigung. Doch er hatte noch nicht genug und drängte das Mädchen nach einer unverhältnismäßig kurzen Verschnaufpause wieder in den tieferen Teil, wo sie beide bis an den Hals im heißen Wasser steckten.

Er nahm sie nun von hinten, wobei sie mehrmals für längere Phasen vollständig untergetaucht wurde und in deutliche Atemnot geriet. Was er als Spaß begonnen hatte, entpuppte sich für das Mädchen zunehmend als grausames Spiel, dessen Ende sie nicht abschätzen konnte. Eine unbestimmte Angst beschlich sie und ihre Abwehr verlor alles Spielerische, zumal der König wann immer sie etwas sagen wollte, sie untertauchte, so dass sie würgte und Wasser spuckte. Er aber war besessen von seinem Trieb, und je mehr sie strampelte, um freizukommen, desto eiserner wurde der Griff seiner Hände, desto wilder drang er in sie ein. Schließlich kam er ein zweites Mal und ließ nun selbst völlig entkräftet von ihr ab, während sie sich schluchzend und trotz der Hitze des Raumes zitternd in Sicherheit brachte. Jetzt erst bemerkte er ihre Tränen.

„Hast du dir wehgetan?", fragte er voll echter Besorgnis, doch erhielt er keine Antwort. Berglind stieg aus dem Wasser und begann in ihrer Unsicherheit, ihr Kleid provisorisch auszuwringen. Erst auf seine dritte Frage hin schüttelte sie eher erbost als verneinend den Kopf.

„Ob *ich mir* wehgetan habe, wollt Ihr wissen", brachte sie mit bebender Unterlippe heraus, „fragt doch besser Euch selbst, ob Ihr mir vielleicht wehgetan haben könntet?"

Das war deutlich.

Doch Geiserich fühlte sich gründlich missverstanden. Seine gegenwärtige Erschöpfung nach den Anstrengungen der vergangenen Tage und der gerade zurückliegenden Aktion hatte ihn weitgehend eingelullt und er dümpelte in dem sich allmählich abkühlenden Wasser im Bassin wie ein Seehund in der Dünung. „Es war aber wirklich nur Spaß", brummte er, in völliger Verkennung des Ernstes der Situation. Berglind bedeckte ihre Blöße, indem sie den wollenen Wickelrock, der ihr nun bis an die Knie reichte, unter den Achseln feststeckte.

„Das war mehr als nur ein Spiel, was Ihr mit mir hier gemacht habt", fuhr sie fort zu protestieren, „Ihr wisst, dass ich Euch liebe und dass ich Euch immer zu Willen bin, aber das hier ging zu weit", sie schlug die Augen nieder und zitterte in der verhältnismäßig kühleren Luft draußen. „Ich hatte Angst, Ihr wolltet mich ertränken!"

Wie vom Skorpion gestochen fuhr er, unter Verbreitung einer über den Beckenrand spritzenden Flutwelle in der Wanne hoch und setzte sich auf.

„Wie bitte? Sag das noch mal!"

Sie zitterte nur noch stärker, und ein Strom von Tränen drang, begleitet von mühsam unterdrücktem Schluchzen, aus ihren Augen. Ihr üppiges Haar verdeckte ihr Gesicht, so dass der König ihr nicht in die Augen sehen konnte. Sein Mitgefühl für die verschreckte Blondine verwandelte sich in eine unbestimmte Wut.

„Also, das ist doch völlig idiotisch! So etwas kann sich doch nur eine Frau ausdenken", schimpfte er, „wenn ich auf die völlig abwegige Idee, hörst du, völlig abwegig – was ich hier sage, ist reine Theorie und hat keinen realen Hintergrund –, also, wenn ich auf diese Idee käme, dich loszuwerden, schickte ich dich stante pede zu deinem Vater zurück! Aber ich würde mich hüten, dir etwas anzutun. Wie kannst du nur ..."

Auch er stieg nun aus dem warmen Nass und hinkte zum Handtuchregal. Sie beeilte sich ihm zu helfen und begann, selbst schlotternd, ihn abzufrottieren. Mitleidlos sah er sie aus seinen tiefliegenden, unergründlichen Augen an, doch sie hielt seinem bohrenden Blick nicht stand, sondern sah verschüchtert zu Boden.

„Hältst du mich wirklich zu so einer Tat fähig?", wollte er nun wissen, „traust du mir das tatsächlich zu?"

Das Zittern verstärkte sich. Auch eine Antwort, dachte er bei sich. „Red schon", fauchte er sie an, „du bist allen Ernstes der Ansicht, dass ich dich beseitigen wollte?"

Statt einer Antwort zog sie ihr provisorisches, nasses Kleid zurecht, wobei sie es vermied, ihn direkt anzusehen, was seine Wut noch steigerte. Während sie weiterhin beharrlich schwieg und zitternd zu Boden sah, hinkte er mit affenartiger Behendigkeit zur Wassermischanlage und ließ einen Holzeimer bis zum Rand vollaufen, dann machte er kehrt und kippte den Inhalt mit einem wohlgezielten Guss auf die abgewandte Frauengestalt. Das Wasser war eiskalt. Mit einem Schrei fuhr sie zusammen und sprang wie von Furien gepeinigt aus der Reichweite des Königs. Was da, in der äußersten Ecke der Badestube vor dem wütenden König stand, war ein Bündel aus Kälte, Angst und Panik, alles andere als zu einer klaren, überlegten Antwort fähig. Doch er wollte es nun wissen.

„So, du meinst also, ich bin erstens willens und zweitens dazu fähig, dich zu töten", konstatierte er. Vergebens rang er um Fassung und brüllte schließlich los, dass es gewaltig im Kellergewölbe widerhallte. „Wenn das so ist, dann will ich dich tatsächlich nicht mehr sehen! Aus meinen Augen, du falsche Schlampe! Verschwinde!“ Mit diesen Worten knallte er ihr ein Päckchen frischer Tücher in die kraftlos herabhängenden Arme. Als sie nur dastand, ihn aus großen blauen Augen verständnislos ansah und mit einem Mal haltlos zu heulen begann, lauthals wie ein kleines Kind, riss ihm der Geduldsfaden, und er verpasste ihr eine schallende Ohrfeige.

Das Brennen seiner Handfläche sowie das klatschende Geräusch brachten auch den tobenden Geiserich wieder auf den Boden der Tatsachen und seine Handlungsweise tat ihm augenblicklich leid. „Entschuldige, das wollte ich nicht! Mir ist die Hand ausgerutscht“, versuchte er, seinen Fehler sogleich auszubügeln, doch sie raffte ihre Tücher zusammen und trollte sich mit eingezogenem Kopf und hängenden Schultern, wie der sprichwörtliche geprügelte Hund, wortlos und ohne ihn noch einmal anzusehen.

Am nächsten Morgen, als der von Gewissensbissen gepeinigte Geiserich sie durch eine Sklavin zu sich rufen lassen wollte, kehrte diese unverrichteter Dinge zurück. Mit zu Boden geheftetem Blick trat sie von einem Bein aufs andere.

„Was ist mit Berglind“, fragte der König, der nicht von seiner Schreibtafel aufblickte, in mürrischem Tonfall, „ist sie nicht imstande, zu kommen?“

„Nicht da“, schüttelte die hochgewachsene Garamantin den kurzgeschorenen Lockenkopf. Als sie jedoch darüber hinaus nichts mehr sagte, richtete der König seine Augen auf sie und bemerkte den kleinen Papyruszettel, den sie hilfesuchend in ihrer Hand hin und herdrehte. Natürlich, sie konnte nicht lesen. Er hatte gar nicht gewusst, dass Berglind schreiben konnte.

„Gib her und verzieh dich, du dumme Gans“, herrschte er sie an. Während sich die Sklavin auf Zehenspitzen zurückzog, entfaltete er erwartungsvoll das kleine Blatt, warf einen kurzen Blick darauf und drückte es dann an seine Brust. Alles würde gut werden! Sie hatte ihm verziehen! Doch nur kurz wich das beklommene Gefühl von ihm. Warum nur kam sie nicht zu ihm? War sie nach Hause geflohen? Aber wo wäre dieses zu Hause überhaupt?

Ein unheimlicher Verdacht keimte in ihm auf, nochmals besah er sich die Botschaft des Zettels, diesmal genauer. Auf ihm befand sich nichts weiter als jenes berühmte Symbol des von einem Pfeil durchbohrten Herzens mit einigen stilisierten Blutstropfen. Eigentlich ein eindeutiges Zeichen. Sie liebte ihn! Doch dann durchfuhr den König eine schreckliche Ahnung: Wie alle Symbole war auch dieses naive, das man so eindeutig auslegt, so man glücklich verliebt ist, ambivalent. Steht es doch nicht nur für das lustvolle Erleiden einer großen verzehrenden Passion, sondern auch für jenes aussichtslose, das eine verschmähte Liebe mit sich bringt.

Einer plötzlichen Eingebung folgend, ging der König nicht zu Berglinds Zimmer, auch nicht zu ihrem Lieblingstreffpunkt im Hof unter den Palmen, er wusste, dass er sie auch dort nicht finden würde. Mit schlotternden Knien wankte er hinunter in die Badestube, wo er seine ärgste Befürchtung bestätigt fand: In dem noch immer vollen Bassin lag der Körper Berglinds, wie schwebend, Arme und Beine von sich gestreckt, die aufgelösten Haare trieben wie lange Schlingpflanzen auf der glatten Oberfläche des burgunderrot verfärbten Wassers. Das Gesicht wies nach unten.

Der König musste gerade in dieser für ihn so schmerzlichen Situation zu der Erkenntnis gelangen, dass es um seinen Ruf innerhalb des vandalischen Adels nicht zum Besten stand.

Man hatte es ihm nicht verziehen, dass er den langwierigen Weg der Verhandlungen gegangen war und von einer handstreichartigen Einnahme Karthagos Abstand genommen hatte. Gerade die älteren Haudegen waren der Ansicht, es sei durchaus möglich gewesen, die Stadt zu berennen und die Byzantiner hinauszuwerfen. Über die Konsequenzen, die diese Vorgehensweise gehabt hätte, waren sie sich natürlich allesamt nicht im Klaren. Ebensowenig erkannten sie die weittragenden Folgen der friedlichen Einigung mit Byzanz, der zweiten großen Mittelmeermacht. Geiserich, der so seinem Volk eine friedliche Entwicklung in der neuen Heimat ermöglicht hatte, fühlte sich unverstanden. Zwar war ihm die Meinung seiner quasi schon traditionellen Gegner ziemlich gleichgültig, doch nun eskalierte die Situation durch den tragischen Tod Berglinds: Niemand mochte an die Versionen von Suizid oder Unfall glauben. So kam es, dass sich eine Geschichte, die in vielen Spielarten und Varianten kursierte, in deren Kern aber die Ermordung des Mädchens durch den König stand, als „Wahrheit“ durchsetzte. Sie führte ihm eines deutlich zu Bewusstsein: dass er vom umjubelten, ja geliebten charismatischen Heer- und Seekönig der Wanderzeit binnen dreier Jahre zum gefürchteten Despoten geworden war – und das ohne sein aktives Zutun. Die Meinung Berglinds, er sei durchaus imstande, sie aus einer Laune heraus zu töten, teilte scheinbar das Gros des Adels. Man sah in Geiserich ein sich den Seinen entfremdendes apokalyptisches Tier, das alles verschlingen würde, was sich ihm annäherte.

Und das betraf nicht nur den vandalischen Uradel, der traditionell gegen die Königsherrschaft gewesen war und Geiserichs Griff nach der Krone nur sehr widerwillig über sich ergehen ließ, da dies ihre Vorrechte schmälerte. Nein, auch seine traditionellen Anhänger, die niederen Adeligen, die Freien und nicht-hörigen Bauern rückten von ihm ab, obwohl er ihre Position gegen den Hochadel immens gestärkt hatte. Denn der König war bei der Aufteilung des eroberten Landes nach Verdienst und Leistung vorgegangen, wodurch sich mancher Haudegen des Krieges im Vergleich zu alten Adelsfamilien, die sich bei den Kämpfen weniger exponiert hatten, in deutlich verbesserter Position wiederfand.

Doch als die offizielle Nachricht vom Unfalltod der jungen Gespielin des Königs die Runde machte, und Geiserich höchstselbst bei Berwald, dem Vater erschien – der nun, kaum dass sie tot war, entdeckte, mit welcher Liebe er an seiner Tochter gehangen hatte –, um ein symbolisches, dennoch nicht gering bemessenes Wergeld zu entrichten, sah man diese an sich gut gemeinte Geste als Schuldeingeständnis an.

Berwald war so der erste einer langen Reihe aus der unteren Adelsschicht, die nach diesem Ereignis ins Lager der Opposition wechselten und sich einen Patron unter den Altadeligen suchten. Das Ansehen des Königs innerhalb seiner traditionellen Gefolgschaft hatte einen Riss erfahren, der im Augenblick nicht zu kitten war. Was sein größter innenpolitischer Erfolg hätte werden sollen, geriet zur Enttäuschung. Vergessen war sein Gang in die Höhle des Löwen, sein Geschick, den Byzantinern das Wesentliche, den Besitz Africas, abzutrotzen. Was blieb, war das Bild des gefährlichen, willkürlich tötenden Unholds, der sich zunehmend in seiner Zitadelle in Hippo verschanzte.

So war es kein großes Wunder, dass es als erste Gegenreaktion des Königs keiner Person, die nicht zu seiner unmittelbaren Umgebung gehörte, mehr erlaubt sein sollte, in Waffen vor ihm zu erscheinen. Ein Verfahren, das der Altadel als böswillige Schikane betrachtete und forthin, wenn man von den selten einberufenen Sitzungen des

Kronrats einmal absah, offizielle Begegnungen mit ihm mied. Man erledigte nun alles, was anstand, per Boten. Der König seinerseits delegierte Angelegenheiten, die mit dem unzufriedenen Adel zu tun hatten, weiter an seine Minister. Kanzler Heldica indes war bereits mit der Gebietsreform mehr als ausgelastet und schob diese, in seinen Augen Bagatellangelegenheiten, den unteren Chargen zu. Diese, notwendigerweise in der Verwaltung übrig gelassene Römer, grinsten zufrieden und schoben die Arbeit auf die lange Bank.

Trotz aller innenpolitischen Anfeindungen fuhr Geiserich damit fort, sich außenpolitisch abzusichern – noch konnte an ein Ausruhen auf von Ungefähr erstrittenem Lorbeer nicht gedacht werden. Denn Geiserichs Herrschaft war zwar Tatsache, doch sie schwebte, für die Römer ein absolutes Unding, im rechtsfreien Raum. Dringendst bedurfte er der staatsrechtlichen Anerkennung seiner Landnahme durch Westrom in Gestalt des Kaisers in Ravenna. Um ihm eine vertragliche Anerkennung abzuluchsen, war er durchaus zu Zugeständnissen materieller Art bereit. Mittlerweile vertraute er neben seinen engsten Verwandten nur noch seinem Truchsessen, und diesen sandte er dann auch mit einem Entwurf für einen Foederatenvertrag nach Ravenna. Hunerich musste ein zweites Mal als Geisel mitkommen, was ihm aber bei dem Gedanken an Eudoxia nicht sonderlich schwerfiel.

Truchthari machte seine Sache gut.

Er versprach Kaiser Valentinian, die Vandalen würden als Beschützer der römischen Interessen in Africa auftreten, sich an keinen anderen Herrscher vertraglich binden und einen jährlichen Tribut an Weizen, Öl und Wein entrichten. Im Gegenzug verlange Geiserich nur eines: sich als Freund und Bundesgenosse Roms betrachten zu dürfen. Der jugendliche Kaiser, kaum älter als der vierzehnjährige Hunerich, lächelte nur und beschied ihn nebulös mit einem: „Wir werden sehen!"

Truchthari wusste, dass das hieß, dass die Kaiserinmutter da noch ein Wörtchen mitzureden hatte.

Als er einige Tage später nach einer zweiten Audienz zum Hafen eilte, um sich schnellstmöglich wieder nach Karthago einzuschiffen, trug er unter dem Arm das Dokument für die Selbständigkeit des vandalischen Africa – damit war die bisherige Landnahme akzeptiert worden.

Dass nicht alles bei Hofe so ging, wie Valentinian es sich vielleicht vorgestellt hatte, wurde deutlich, als Truchthari sich das Vertragsformular genauer besah. Nicht Valentinians, sondern das Siegel der Kaiserin Galla Placidia prangte unter dem Dokument, was wohl heißen sollte, dass seine Vorschläge ihr Placet gefunden hatten. Als einzige zusätzliche Bedingung zur rechtmäßigen Inkrafttretung des Vertrages hatte die Kaiserin die Freilassung aller Römer senatorischen Ranges und aller Ritter gestellt. Eine Dringlichkeitsliste mit über tausend Namen lag bei. Truchthari versprach, zu tun, was in seiner Macht stand, die bezeichneten Männer, ihre Ehefrauen und unmündigen Kinder loszulösen und im Falle von Vermissten sich zumindest um Aufklärung zu bemühen. Alles in allem eine Erklärung des guten Willens, auf den die Römer hofften und bauten. Mehr konnte in diesen bewegten Zeiten selbst die *imperatrix Romana* nicht zum Schutz ihrer Untertanen tun.

* * *

Die Habichte horsten

Arwid und Truchthari waren beide mit den Landlosen, die Geiserich ihnen zugewiesen hatte, in ihrem Innersten unzufrieden. Doch konnten sie dafür dem König keine Vorwürfe machen, denn ihre Grundstücke übertrafen an Ausdehnung und Nutzbarkeit die der meisten Freien und Adeligen. Geiserich hatte die beiden Freunde und ihre Männer mit wohlerhaltenen Domänen versehen, so dass sich die abgekämpfte und erschöpfte Truppe, die zuerst als Nachhut und dann als Belagerungsarmee mehr geleistet hatte als alle anderen, ins gemachte Nest setzen konnte. Gerade auf ihr Auskommen war der König besonders bedacht gewesen.

In den Zentren ihrer ausgedehnten Domänen befanden sich ummauerte *villae rusticae*, die nun ihren Familien als Wohnstätten dienten, umgeben von Dattel- und Ölplantagen, Wingerten, Weizenfeldern und Gemüseäckern – Garanten für sichere Einkünfte. Sie lagen provozierend nahe an der noch immer in römischer Hand befindlichen Stadt Karthago. Nur eine vorgeschobene Hügelkette trennte die Grundstücke von der halbinselartigen Stadt, die schon in der Frühzeit als ein vor Anker gegangenes Schiff bezeichnet worden war.

Kaum hatte Arwid seine Villa zusammen mit Ceridwen bezogen, besiegelte die Druidin ihre persönliche Inbesitznahme des Hauses mit einem Opfer besonderer Art: Ohne ein Wort zu sagen, war sie frühmorgens mit Bogen und Wurfscheibe aufgebrochen und bereits gegen Mittag mit dem Fell eines Servals um die Schultern wieder aufgetaucht.

Das Blut der Raubkatze klebte an ihren Händen und sie hatte sich damit die Unterarme bis zum Ellenbogengelenk hinauf gefärbt. Arwid beschlich ein gewisses Entsetzen, als er seiner Angetrauten derart ansichtig wurde. Als sie dann daranging, den Schädel der gefleckten Raubkatze über dem Tor zu befestigen, vermied er es wohlweislich, bei seiner Frage nach Sinn und Zweck ihres Tuns Entrüstung durchklingen zu lassen. Bereitwillig erklärte sie ihm, dass erst mit dem Schädel eines kämpferischen Wesens die Kampfbereitschaft des Hauses gegen anbrandende Feinde, ob physischer oder metaphysischer Natur, zum Ausdruck gebracht würde. Die kleine Raubkatze sei das einzige Wild gewesen, das ihr bei ihrem Gang als geeignet erschienen sei. In ihrer Heimat würde man zu diesem Zweck die Schädel getöteter Feinde vorziehen. Arwid versuchte ihr klarzumachen, dass man mit nicht unerheblichem Befremden innerhalb des Vandalenvolkes rechnen müsse, prange von seinem Türsturz ein Menschenschädel. Den Schädel der gefleckten Katze akzeptiere er zur Not. Doch, wenn er verwest sei, bestehe er nicht unbedingt auf Ersatz.

Sie klärte ihn jedoch unbeschwert lächelnd auf, dass sie das *apotropaion* durchaus auf lange Brauchbarkeit hin präpariert hätte, indem sie den Schädel nach Entnahme des Gehirns mit heißem Baumharz ausgegossen habe. Es sei auch ein wenig Weihrauch, den sie gefunden hätte, darunter gemischt, so dass ein angenehmes Aroma von der zähnebleckenden Bestie ausgehe.

Das nahe Karthago, von wo aus immer wieder einmal übermütige Überfälle unbeschäftigter Snobs auf die umgebenden Siedler unternommen wurden, machte Arwid die Motive seiner Frau, was den Abwehrzauber betraf, verständlich. Er hingegen verließ sich lieber auf die Kampfkraft seiner Knechte, die auf der Domäne ihr Auskommen fanden. Gemeinsam mit ihnen und Ceridwens Raubkatzenschädel sah er hinter den Mauern der Villa eventuellen Übergriffen gelassen entgegen.

Auch Truchthari und Gunhild waren mit einem wunderbaren Landsitz inmitten von fruchtbarem Ackerland, Weinbergen und Dattelpalmenplantagen bedacht worden. Allerdings stand von vorneherein fest, dass der neue *dominus* in seinem Amt als Truchsess des Königs mehr als aufgehen würde und sich nicht persönlich um die Verwaltung seiner Villa würde kümmern können. Es galt, einen Mann, der sich mit derartigen Dingen auskannte, damit zu betrauen. Doch der Kreis der in Frage kommenden Personen unterlag einer gewissen Einschränkung. Weder Punier noch Marusier hatten sich bis dato eingehender mit der Güterverwaltung beschäftigt, was vordem alleinige Obliegenheit der Römer gewesen war. Auf keinen Fall jedoch durfte Truchthari einen Römer damit betrauen, da ihn ein solcher mit Sicherheit übers Ohr hauen und sich persönlich bereichern würde. Außer Lapsus vielleicht, der in ein Nebenhaus der Domäne eingezogen war, aber der hatte keinerlei Organisationstalent. Sich um einen vandalischen oder alanischen Bauernkrieger zu bemühen, war schlichtweg zwecklos: Kein Freier würde sich einem anderen Freien einfach ohne Weiteres unterordnen. Schließlich kam ihm der rettende Einfall: Auch wenn der Wunschkandidat noch keine unmittelbare Erfahrung mit Ackerbau und Viehzucht hatte, so war er doch in kaufmännischen Dingen beschlagen und gehörte weder der alten römischen noch der neuen vandalischen Oberschicht an. Truchthari sandte noch am selben Tag einen Boten nach Hippo Regius, um Nachum mit seiner frisch angetrauten Judith als Verwalter zu engagieren.

So gering war ihre Notwendigkeit, über das Angebot erst einmal in Ruhe nachzudenken, dass sie gleich mit Sack und Pack den Boten auf seiner Rückreise ins karthagische Umland begleiteten. Auch wenn er die Gemeinde seiner Landsleute und das blühende Kontor Mosches verlassen musste, war Nachum der Abschied von der Stadt, die in ihm und den Seinen noch immer eine Art Verräter sah, mehr als leichtgefallen. Voller Enthusiasmus stürzte er sich in sein neues Aufgabenfeld.

Mehr Sorgen als die Gutsverwaltung bereitete dem Truchsessen jedoch sein Eheweib.

Ihre Zuneigung war nicht von der Art, dass sie durch Belastungen, wie sie die häufigen Trennungen der letzten Jahre mit sich gebracht hatten, vertieft und gestärkt worden wäre. Zum ersten Mal seit langer Zeit zusammenlebend, mussten sich die Eheleute nun erst einmal vorsichtig wieder einander annähern. Zu vorsichtig, wie sich zeigte, da Gunhild kinderlos blieb, ein Zustand, der den König häufig zu Scherzen der wenig subtilen Art inspirierte, die Truchthari zumindest nach außen hin klaglos schluckte. Überflüssig zu erwähnen, dass diese Maske keineswegs Ausdruck seiner wahren Gefühle war.

Arwid vermisste die Gesellschaft seines Freundes, wie Truchthari die seine. Auch wenn die frischgebackenen Großgrundbesitzer als direkte Nachbarn galten, war ein anstrengender Ritt notwendig, wenn sie sich einen Besuch abstatten wollten. Dies wurde als besonders schmerzlich empfunden, da man aus den zurückliegenden Jahren eine gewisse ständige Nähe kennen und schätzen gelernt hatte. Zusätzliche Schwierigkeiten bereiteten ihnen die Damen.

Gemäß dem Gesetz, dass Gegensätze sich nicht immer unbedingt anziehen müssen, hegten Ceridwen und Gunhild keine besonderen Sympathien füreinander. Ceri konnte die „blasierte höhere Hasdingentochter“ nicht ausstehen, wofür sie durchaus das Verständnis des Ehemannes der so Eingeschätzten hatte. Gunhild hingegen hegte eine instinktive Abneigung gegen die Keltin, die in ihren

Augen etwas Dämonisches an sich hatte. Sie hielt die Druidin günstigstenfalls noch für eine Naturelfe zweifelhaften Charakters, wenn sie nicht gar eine Malefica, eine Hexe, war. Wie es um das Christentum der Gattin des Prinzen stand, zeigte ja der präparierte Raubkatzenkopf über dem Portal ihrer Villa, und Arwid selbst sah man leider auch nicht oft beim Gottesdienst der Arianer, was ihn gleichfalls verdächtig machte. Doch niemand wagte es, öffentlich die Verhältnisse in seinem Hause anzuprangern. Nur Gunhild sah sich genötigt, gegen „die Hexe und ihren Knecht" zu wettern, was ihr Truchthari in aller Schärfe verbat. Zukünftig redete sie sich, wenn es galt, den Prinzen zu besuchen, dahingehend hinaus, dass sie als Dame von Herkunft vom Reiten nichts halte und es vorziehe, mit dem Wagen zu fahren oder in der Sänfte getragen zu werden, wie man ihr sogar während der harten Wanderjahre immer zugestanden habe.

So hatte sie sich unversehens ins Abseits manövriert und keine helfende Hand streckte sich ihr entgegen. Vielmehr trieb sie mit ihrer deutlich ablehnenden Haltung gegen die Nachbarn auch noch Truchthari in deren Lager, da er sich Arwid gegenüber als loyal und Ceridwen auf ihre spezielle Art und Weise verbunden fühlte. Oft erschien er mehr oder weniger überraschend im Hause Arwids, mitunter in Lapsus' Begleitung, um dann dort einige Tage als gern gesehener Gast zu verbringen.

Bei gemeinsam verbrachten Abenden dieser Art brachten die Freunde einen alten Traum wieder zum Aufleben: Seit dem Tag, an dem sie zum ersten Mal von Geiserichs Plan gehört hatten, mit Sack und Pack nach Africa überzusetzen, hatte sich das Ideengespinst eines gemeinsamen Hauses am Meer, mit Wogenrauschen und frischem Wind, in ihren Hirnen eingenistet.

In den ersten Monaten nach der Landnahme hatten sie die Erfüllung dieses Wunsches in die sichere Entfernung einer unbestimmten Zukunft aufgeschoben, doch nun, da sie ihre Trennung als immer prekärer erlebten, begannen die alten Geister wieder zu rumoren und im Stillen machten sie dem König verstohlene Vorwürfe, dass er nicht für näher beieinanderliegende Wohnsitze gesorgt hatte. Doch lieber hätten sie sich die Zunge abgebissen, als ein Wort darüber laut werden zu lassen – klang so etwas doch einfach zu sehr nach Undank und Anmaßung.

* * *

Ewige Liebe
Ravenna 434 A. D.

Der zwölfte Geburtstag der Prinzessin Eudoxia war mit großem Glanz im Palast zu Ravenna gefeiert worden. Trotz des riesigen Aufgebotes an Höflingen, altberühmten Senatoren aus Rom mit heiratsfähigem Nachwuchs im Schlepptau, Militärs und Beamten aller Ränge sowie Botschaftern ferner Länder war es Hunerich geglückt, sich nicht nur an die gefeierte Prinzessin heranzupirschen und sich längere Zeit mit ihr intim zu unterhalten, sondern sich obendrein mit ihr zu verabreden. Bei seinem letzten Aufenthalt hatte Hunerich die Prinzessin als ein liebenswertes, aber körperlich noch völlig uninteressantes Kind kennengelernt. Nun aber konnte er sie als eine angehende Schönheit bestaunen, nach der sich die Männer umdrehen würden, selbst wenn sie nichts von ihrem Rang wüssten. Sie war nun keine unschuldige Spielkameradin mehr, mit der man Pferde stehlen mochte, aber ihre roten sinnlichen Lippen ließen neuartige, Hunerich nur vage bekannte Spiele ahnen.

Die beiden Wochen seit dem Fest waren ihm wie ein Zauberwerk erschienen. Nie hatte er so lange Nächte und so kurze Tage erlebt. Die Vorfreude auf ihr Erscheinen in seinem Quartier hatte ihn zu Leistungen angespornt, die seine Fechtmeister, Sportlehrer, aber auch Rhetoriklehrer in ihm höchstens ansatzweise vermutet hätten, und die Kameraden sahen sich durch den ansonsten eher phlegmatisch gutmütigen Vandalen plötzlich herausgefordert und mitunter sogar in die Schranken verwiesen. War es ihm doch gelungen, den mit Abstand ältesten Barbarenprinzen, den bisher unbesiegten Skiren Edekon, im Ringkampf zu schultern. Dabei schwebte allzeit das Bild seiner bezaubernden Gespielin vor seinem inneren Auge wie eine zu verteidigende Kriegsfahne. Allein vor ihr wollte er sich auszeichnen, für sie allein kämpfte, nur für sie siegte er, und wenn ihn die Kräfte zu verlassen drohten, imaginierte er sich die brünette zierliche Prinzessin als das unschuldige Opfer seines momentanen Kontrahenten und die Siegeschancen des jeweiligen Gegners gingen mit einem Male gegen null, denn Hunerich griff urplötzlich auf Reserven zurück, wie man sie sonst nur bei Kriegern kennt, die den Tod vor Augen haben.

Dass er hierbei des Öfteren die Gebote sportlicher Fairness missachtete, versteht sich von selbst, und so büßte der ohnehin schon gebeutelte Edekon beim Faustkampf ein paar Schneidezähne ein, was natürlich für böses Blut sorgte. Er war es schließlich auch gewesen, der das Gerücht in die Welt gesetzt hatte, Hunerich sei ein Berserker, der sich in gewissen Nächten in seine wahre Natur verwandle und den Mond anheule. Tatsächlich verliefen die Vollmondnächte des verliebten Vandalenprinzen alles andere als erholsam. Lange lag er wach und beobachtete den Lauf des Mondlichtes durch seine Kammer und sobald es seinen Sektor verließ, sah er sich genötigt, sich von seinem einfachen Lager zu erheben und rastlos im Hause herumzuwandeln. Dabei spukte durch seine Phantasien immer dieselbe Gestalt. Was mochte seine angebetete Eudoxia wohl gerade tun? Natürlich schmiegte sie sich in Morpheus' Arme, doch wovon, nein, viel interessanter, von wem träumte sie wohl? Von ihm oder von einem dieser stadtrömischen Gockel, die sich nicht genierten, Rötel auf die Wange zu schmieren und mit den Mädchen in geziert ins Falsett verstellter Stimme Konversation zu treiben? Hunerich hatte sie nicht besser als die heimatlichen Paviane gefunden, die sich in hellstem Gekreische Schreckensmeldungen und Freudensbekundungen gleichermaßen von Palme zu Palme zuriefen, und hatte erleichtert aufgeatmet, als das Gros dieser Parasiten des kaiserlichen Fiskus nach einer Anstandswoche im nebligen Ravenna wieder in den Süden abgereist war.

Doch an diesem Tag tigerte Hunerich voller Erwartungsfreude, wie ein Wachposten, der das Herannahen der Ablösung kommen sieht, nervös vor seinem Domizil auf und ab. Anscheinend wollte die Sonne heute überhaupt nicht mehr hinter dem Horizont verschwinden! Als hätte sie Angst vor einer ewigen Nacht, zierte sie sich, dem Dunkel endgültig zu weichen. Noch kroch die drohende Nacht nur im Gewand eines milddurchlichteten Abends an die Stadt heran und warf ihr Halbdunkel über die Außenbezirke. Feine, vom letzten Sonnenlicht tingierte Nebelfahnen umspielten in undefinierbarem Zartrosa die weithin ins Land reichenden Pappelalleen und die langen Finger einzelner Zypressen wiesen aus dem Dunst zum Himmel. Eine klamme, feuchte Kühle machte sich breit, so dass die africanische Geisel zu frösteln begann. Wie konnte der Hofstaat den Jahreslauf, wie er sich in dieser elenden Klimazone darbot, nur aushalten? Jetzt diese klamme Kälte, gefolgt von einem langen feuchtheißen Sommer, der nahtlos in einen ebenso feuchtwarmen, aber zusätzlich mit der Allgegenwart äußerst aggressiver

Stechmücken garnierten Spätsommer und Herbst überging, an den sich zwanglos ein unerfreulich feuchtkalter Winter anschloss. Leuchtete ihm hier, inmitten des Nebels, nicht das Licht seiner Seele, die süße Eudoxia, er würde diesen Weltgegenden ein zweites Mal entfliehen und sich, nicht einmal wenn man ihn in Eisen legte, hierher zurückbringen lassen!

Die Menschen hatten sich in ihre Häuser zurückgezogen, lediglich ein paar verspätete Fuhrwerke klapperten über das Kopfsteinpflaster der nahen Ausfallsstraße und ein paar einsame Hunde bellten. Noch einmal spielte das Licht der schon untergegangenen Sonne im Kalkverputz der unsymmetrischen Häuserreihen, dahinter erhoben sich schemenhaft die Mauern der Festungsanlagen wie eine jenseitige Himmelsburg.

So mochte die Götterburg Walhall dem Ansturm der Nebelriesen trotzen, dachte Hunerich, dem der Glaube seiner Vorfahren nicht gänzlich abhanden gekommen war. Schließlich trug er neben einem kunstvoll gearbeiteten Silberkruzifix einen Donarshammer und den Blitz der Siegrune an seinem Halskettchen und liebte die schöne, mit roten Granaten besetzte, strahlende Gewandfibel in Gestalt des Frohs-Ebers Gullinborsti über allem anderen Schmuck, den er besaß. Wohl hatte ihm der Vater vergoldete Silberfibeln in Armbrustgestalt aus römischen Beutebeständen mitgegeben, doch er steckte sie hier so gut wie nie an, hatten die Römer doch derartigen Schmuck ständig vor Augen. Lieber wollte er sie mit seinen für sie exotischen, barbarisch-schönen Tierfibeln und Amuletten beeindrucken.

Wie eine Elfenkönigin mit einer besonders auserwählten Nymphe schälte sich mit einem Male sein erwarteter Besuch aus den dichter werdenden Nebeln, und Hunerich kämpfte mit sich, ob er es wagen sollte, ihnen entgegenzueilen, oder ob er sich lediglich erheben und sie mit einem artigen Gruß in seinem Domizil bewillkommnen sollte. Doch Fragen dieser Art erübrigten sich, denn gerade als die Prinzessin mit ihrer altadeligen Anstandsdame erschien, kam auch sein alter Freund Mundiuk des Weges geschlendert. Heute war der muskulöse Hunne etwas besser als üblich gekleidet, mit einer reichbestickten Weste und glänzenden halblangen Lederhosen, außerdem roch er einige Meilen gegen den Wind nach irgendwelchen dubiosen Duftwässerchen. Allerdings machte er keinerlei Anstalten, bei seinem Freund und dessen Gästen zu verweilen, schützte wichtige Erledigungen vor und trollte sich nach einem kurzen Plausch. Hunerich beeilte sich, die Damen hereinzubitten.

Bald waren er und Eudoxia ungestört, denn ihre Hofdame Claudia Augustilla Saturnina, eine etwa zwanzigjährige Angehörige römischen Uradels, die die Wärme offensichtlich weniger gewohnt war als die ungemütlichen Temperaturen im Freien, hatte sich schon bald die Erlaubnis erbeten, sich vor der Tür etwas die Beine zu vertreten.

Kaum hatte diese das Zimmer verlassen und die Tür hinter sich zugezogen, warf sich die Prinzessin, alle Beherrschung und guten Manieren hinter sich lassend wie ein frischgeschlüpfter Schmetterling den Kokon, an die Brust des Vandalen. Obwohl sie sich dazu auf die Zehenspitzen stellen musste, bewillkommnete sie Hunerich mit einem heftig fordernden Liebeskuss, den er, völlig überrumpelt, mehr an sich abgleiten ließ, als dass er ihn erwidert oder gar genossen hätte. Als sie sich von ihm loslöste, um ihn anschließend zu fragen, ob er sich nicht auch ein wenig freue, sie wiederzusehen, züngelten aus ihren Augen fast schon materialisierte feurige Blitze.

Natürlich, stotterte der verdatterte Hunerich, freue er sich, er sei sogar völlig außer sich vor Freude, plapperte er nun darauf los in Richtung ihrer weitaufgerissenen, heißen, braunen Augen, es sei sogar sein dringlichster Herzenswunsch, dermaleinst sie, die begehrte, liebreizende, geistreiche Prinzessin als Gemahlin ins zauberhafte Africa heimzuführen. Das heftige Zornesfeuer in ihren Augen dämpfte sich auffällig schnell und sie lächelte.

Eudoxia hatte die Catullschen Hymnen mitgebracht und deklamierte aus der Hochzeit des Peleus mit Thetis, des Sterblichen mit der Göttin, jener vielversprechenden Verbindung, der später der Heros Achilleus entspross. Hunerich lauschte andächtig und ließ sich vom Knarzen der Treppe genauso wenig aus der Andacht bringen, wie seine Angebetete etwa auch nur für einen Wimpernschlag von ihrem Text aufgesehen hätte.

Schließlich klappte sie das kleine, mit Rötelstiftzeichnungen verzierte Büchlein zu. Hunerich räusperte sich.

„Schön, aber schwer verständlich für mich“, meinte er verlegen. Es war dunkel geworden, Eudoxia ergriff Hunerichs Hand: „Wollen wir ein paar Schritte vor dem Haus tun?“

„Also, ehrlich gesagt“, stotterte er, „ohne deine claudische Wölfin fühle ich mich wohler ...“

„Eben“, meinte sie nur sibyllinisch und zog ihn hinter sich her mit hinaus. Vom Obergeschoss drangen seltsame rhythmische Geräusche ins Treppenhaus, die Eudoxia genauso wie das offensichtliche Fehlen ihrer Anstandsdame vor der Tür ignorierte. Eine gewisse Hitze bemächtigte sich des Vandalen, große Lust, die Prinzessin einfach vom Fleck weg „niederzuknutschen“, wie es die Kameraden, wenn sie über derartige Eskapaden berichteten, gerne formulierten. Eudoxia lenkte seine Aufmerksamkeit auf den sternenübersäten Himmel. Schweigend stellte er sich neben sie und verschränkte unbeholfen die Arme vor der Brust.

„Siehst du den Abendstern im Widder dort drüben? Und siehst du dort den Stern Jupiters im Zeichen der Fische? Immerzu verfolgt er die schöne, die launische, mal am Morgen-, mal am Abendhimmel aufleuchtende Venus, die ihn neckt und lockt. Doch sie ist die Ältere und Klügere! Gibt sie sich ihm tatsächlich einmal hin, wofür es allerdings keine Indizien gibt, so versteht sie es doch, nicht geschwängert zu werden. Der Einzige, der sich ihr nähern darf und von dem sie schließlich empfängt, ist keiner der Götter. Nein, wie bei Thetis ist es ein Sterblicher, Anchises aus Troja, dem sie zuletzt den Aeneas gebiert und so die *gens Iulia* begründet. Somit wird sie und nicht Jupiter zur Herrin über die Welt“, schlussfolgerte die Prinzessin.

Fröstelnd überfuhr sie ein Schauer, so dass sich die Härchen auf ihren nackten Oberarmen aufstellten. Vorsichtig legte Hunerich den Arm um sie und sie schmiegte sich an ihn. Doch als er sich zu ihr herabbeugen wollte, senkte sie den Kopf und wich ihm so aus.

„Ja, die Sterne! Phantastisch!“, kiekste er heiser mit versagender Stimme. „Aber ehe dich eine Krankheit anfliegt hier in der Kühle, gehen wir besser wieder hinein“, brummelte er und zog sie wieder ins Haus.

Da saßen sie nun wieder vor dem Codex mit den Catull-Hymnen und dem einfachen Öllämpchen, das einen kleinen Kreis flackernden Lichts verströmte und das Gros des Raumes in ungewissem Dunkel ließ. Schattenbilder geisterten in den Ecken, die die Phantasie wohl anregen mochten. Von oben konnte man undefinierbares Gepolter vernehmen. Hunerich blickte zur Decke, Eudoxia tat es ihm gleich. Sie wechselten einen kurzen Blick, wichen wieder voreinander aus, lächelten linkisch, doch beiden war nicht nach Reden. Ihre Blicke trafen sich erneut, diesmal länger und senkten sich schließlich ineinander. Zum ersten Mal nahm er den engen orangeroten Kreis, der in beiden Iriden ihre Pupillen umfloss, wahr. So genau hatte sie, von den Eltern und den engsten Vertrauten einmal abgesehen, wohl noch niemand gesehen! Nun war er mutig geworden und berührte kurz mit seiner Nasenspitze die ihre, wie ein Rabenvogel, der nach einem ihm lockend vorgehaltenen Brotstückchen hackt, und sie lächelten beide jenes Lächeln der Verliebten, einfältig und doch so voller tiefen Wissens.

Mit gekonntem Fingerschnippen löschte sie das kleine Öllämpchen auf der Tischplatte vor ihnen und das fahle Licht des abnehmenden Mondes hielt sanft und unaufdringlich, wie sich die Wogen der Adria eines Strandes bemächtigen, Einzug in Hunerichs bescheidenes Domizil. Er war ganz an sie herangerückt, so dass er ihre Körperwärme durch die Kleider hindurch spüren konnte, als er sich wie zufällig ein wenig fester an sie drückte. Er atmete schwer, während er den Stern in ihren Pupillen vergeblich suchte, denn sie hatte erwartungsvoll die Augen geschlossen. Die fehlende Kontrolle ihrerseits gab ihm den letzten Ansporn, die Initiative zu ergreifen. Behutsam, ein aufmerksamer Beobachter hätte den leichten Tremor in seinen Fingern nicht übersehen, legte er seine schweißnasse Handfläche kurz oberhalb des Knies auf ihr Bein und fuhr langsam, aber stetig nach oben, wobei er den leichten Stoff ihres langen Kleides mit verschob und so einen Blick auf ihr in der Dunkelheit hellschimmerndes entblößtes Knie erhaschte. Wie zufällig tendierte seine äußerst langsame, wie flächig tastende Bewegung immer mehr zur Innenseite ihres Oberschenkels hin, den sie bereitwillig aus dem sicheren Schluss des anderen Beins entließ, ihn förmlich einlud, weiterzugehen. Endlich hatte er genug Stoff zusammengerafft, dass er ihre heiße Haut unmittelbar unter seiner Hand erspürte. Ein Schauer durchfuhr ihn und er musste unwillkürlich die Luft anhalten, als es ihm einen kurzen Augenblick lang so war, als dränge sie sich ihm entgegen, dann jedoch nahm sie entschlossen und fest seine Hand in die ihre, um sie an ihre Brust zu ziehen.

Hunerich spürte den heftig gegen ihr Brustbein klopfenden Schlag ihres Herzens und streichelte mit der freien Linken ihre Wange, strich ihr sorgsam und zärtlich das am schweißglänzenden hektisch geröteten Gesicht festgeklebte Haar zurück und küsste sie sanft aufs Ohr. Sie sah ihn ernst an. Aus ihrem warmen Blick sprach mit Vernunft gepaarte Zuneigung, während sie, allein durch ein kleines, verhaltenes Lächeln ein unausgesprochenes „Nein" formulierte. Eine kleine Weile saßen sie so, die Finger ineinander verflochten und spielten tändelnd jenes gedankenverlorene kleine Spiel der Liebenden, denen zu mehr der Mut oder die Gelegenheit fehlt.

Hunerich erwog bei sich, was wohl eine junge Frau, als solche sah er Eudoxia mittlerweile, in dieser Situation von einem jungen Mann erwarten mochte, auch wenn sie sich vorderhand ablehnend verhielt? Doch schließlich diktierten eher seine eigenen Wunschvorstellungen sein Handeln: Unvermutet zog er sie begehrlich an sich und versuchte, sie zu küssen. Zunächst gab sie seinem Drängen nach und erwiderte seinen Kuss, doch dann befreite sie sich aus seinen verlangenden Armen, rückte ein wenig von ihm ab und sah ihm ernst in die Augen. „Nicht jetzt", flüsterte sie und küsste ihn spitzlippig, „nicht hier!"

Doch er ließ, zusätzlich angestachelt von den eindeutigen Geräuschen aus dem Obergeschoß, dem sich mittlerweile unterdrückte kleine Schreie beigesellt hatten, nicht locker. Er hatte von der Lust der Frauen und Mädchen gelesen, er würde sich beherrschen können, könnte er wenigstens erreichen, sie zerfließen zu sehen. „Ich werde dir deine Unschuld schon nicht rauben, glaube mir, ich will nur deine Schönheit bewundern, wenn du ganz voller Lust aufblühst", raunte er mit erregt heiserer Stimme und nahm vorsichtig ihr Ohrläppchen zwischen die Zähne.

„Ich verlasse mich auf dich", gurrte sie, während er seine unterbrochene Erkundungsfahrt zwischen ihren Schenkeln wieder aufnahm, die sich ihm nun bereitwilliger öffneten.

„Ich kann warten ...", flüsterte er heroisch in ihr feines, leises Stöhnen, doch musste er entsetzt feststellen, dass ihm die willkürliche Kontrolle über gewisse Mechanismen des Körpers nicht mehr gegeben war, als nun Eudoxia seine zum Bersten harte Männlichkeit, fest und entschlossen wie es ihrer Art entsprach, berührte, allerdings nur unter der Hülle seiner Beinkleider.

Sie mochte ihn höchstens für einen Augenblick lang angefasst haben, als sie wie elektrisiert zurückfuhr und sich mit den Worten, „das ist nicht gottgefällig, was wir da tun", endgültig von ihm losmachte und zur Decke wies. „Ich habe Angst, wir verlieren die Beherrschung, und es ist Sünde, das schon vor der Ehe zu tun!"

Von Hunerichs mangelnder Körperbeherrschung ahnte die Prinzessin natürlich nichts, sie wunderte sich nur ein wenig über seine Weggetretenheit. Tatsächlich bedurfte er einiger Zeit, sich nach dem schockierenden Erlebnis des völligen Kontrollverlustes wieder zu sammeln. Eudoxia indes ordnete ihre Kleidung, schlug Feuer und entzündete die Flamme des Öllämpchens erneut. Gerade als sie sich wie eine Aufmerksamkeit heuchelnde Schülerin wieder der Lektüre zuwenden wollte, kam ihr eine andere Idee. Leichtfüßig stelzte sie auf Zehenspitzen auf den Gang hinaus, erklomm sachte die Treppe zum oberen Stockwerk und öffnete, ohne Vorwarnung und völlig ungeniert, die Tür. Die Luft im Zimmer war eine einzige olfaktorische Heimsuchung, resultierend aus schwülstigem Parfüm und den Ausdünstungen der auf dem Bett ineinanderversenkt liegenden Leiber Mundiuks und ihrer Zofe. Letztere fuhr auch sogleich mit einem Schrei hoch, als sie die wohlvertraute Gestalt der Prinzessin im Türrahmen erkannte und bedeckte reflexartig mit einem abgestreiften Kleidungsstück ihre Brüste. Das üppige Blondhaar war auf aparte Weise verwirrt und zerzaust. Mundiuk sprang auf, seine Augen sprühten Funken, als er in den Schaft seines unter dem Bett stehenden linken Stiefels griff. Etwas glänzte in seiner Hand. Eudoxia wich zurück zur Tür.

„Zieh dich an und meld dich bei mir, wenn du fertig bist“, zischte sie in Richtung der auf dem Bett kauernden Claudierin, die nun hemmungslos schluchzend in Tränen ausbrach. „Und hör auf zu flennen“, versetzte sie im Hinausgehen, „du – Nutte!“ Ein heftiges Wort für eine behütete allerhöchste Tochter, die noch keine dreizehn Lenze zählte, dachte Hunerich bei sich, der die klare Stimme der Prinzessin vom Treppenabsatz her hörte. Aber war der Hof nicht ein großes Bordell? Zumindest hatte man ihn in Hippo entsprechend gewarnt, und so war es also ein geringes Wunder, dass die Prinzessin mit Ausdrücken dieser Art auf vertrautem Fuße zu stehen schien.

Während die immer noch heulende Römerin sich hektisch ankleidete, zog es Mundiuk vor, einem Strafgericht seitens der Prinzessin zu entgehen. Er stand am Fenster und blickte angestrengt in die Ferne. Die Umrisse seines Oberkörpers hoben sich glänzend, als umgebe ihn ein feuriges Fluidum voller Magie, von der Fensteröffnung ab. Er wandte sich erst um, nachdem Claudia grußlos die quietschende Tür hinter sich ins Schloss gezogen hatte. Tränen schimmerten auf seinen Wangen. Gegen diese salzige Flut kämpfte auch die Claudierin eine Weile lang vergebens an, doch schon bald hatte sie ihre Fassung wiedergewonnen. Schließlich war sie nicht irgendwer. Sie war eine Römerin des Uradels, Mitglied einer Familie, die schon Geschichte gemacht hatte, als die Vandalen noch im Land der Hyperboreer den Mond anheulten, weil keine Sonne schien und die Hunnen in den öden Steppen der asiatischen Kernlande die Bäume für übermächtige Geister hielten, da sie das allgegenwärtige Gras überragten und sich diese Barbaren allesamt die Butter in die Haare anstatt aufs Brot schmierten. Und woher stammte schon die Familie der Galla Placidia?

„Ich verlange, nach Rom gehen zu dürfen, nachdem du meiner Dienste hier ja nicht mehr bedarfst", trompetete sie unten angekommen, ehe Eudoxia das Wort an sie hätte richten können. Doch diese zog den Kopf ihrer Zofe an einem teuren Ohrring zu sich herab, bis sich ihr schmerzerfülltes Gesicht dicht vor ihrem befand. „Das hättest du wohl gerne", zischte sie fast lautlos, „aber da wird nichts draus! Ich will nämlich von dir noch einiges lernen." Lauter ergänzte sie. „Tja, liebe Claudia Saturnina, das wird nicht folgenlos bleiben. Geh vor die Tür und warte dort auf mich."

Für diesen Abend verabschiedete sie sich mit einem innigen Kuss von ihrem geliebten Vandalenprinzen.

Hunerich saß am Tisch, vor sich den schwerkalibrigen Codex, den die Prinzessin bei ihrem überhasteten Aufbruch vergessen hatte, und sinnierte über Sinn und Unsinn der körperlichen Liebe als Ergänzung der seelisch-geistigen. Doch viel näherliegend: Wann würde sie wiederkommen? Würde sie überhaupt wiederkommen?

Könnte sie sich jemals für eine Memme wie ihn erwärmen? Er hatte nicht entschieden genug auf die Erfüllung seiner Wünsche gedrängt – andererseits, wie hatte sie angedeutet, Venus empfängt nicht von Jupiter! Aber von Anchises, einem Barbaren wie er einer war, also – ihm! Seine Miene erhellte sich. Den Herrn der Welt würde sie ihm gebären, nichts geringeres. Und diesen Herrn der Welt würde sie ihm nur schenken können, wenn sie beide erst einmal alt genug für all diese Dinge wie Regieren, Kriege führen, Heiraten und Kinderkriegen wären. Die Enttäuschung über seinen kleinen Lapsus, der sich schließlich unbemerkt von der schönen Prinzessin ereignet hatte, verflüchtigte sich zunehmend.

Liebte sie ihn wirklich?

Natürlich liebt sie dich, war ihm, als hörte er Catull aus dem

Codex nuscheln, sie wird auf dich warten, durch alle Zeiten und Sphären, auf niemand anderen als auf dich!

Meinst du? Schließlich habe ich sie nicht dahin gebracht, wo ich sie haben wollte!

Na und? Sie weiß, was sie will und das ist gut so. Hätte sie mehr gewollt, du säßest jetzt nicht hier und hegtest Gedanken dieser Art im engen Käfig deiner Vorstellungskraft.

Langsam bemächtigte sich eine den Umständen adäquate Nüchternheit der Gedanken des Vandalenprinzen. Er konnte von Glück sagen, dass ihm die Prinzessin seine Grenzen gewiesen hatte. Nicht auszudenken, hätte er sich hinreißen lassen, sie zu schwängern! Schweiß sammelte sich in dicken Tropfen auf seiner Stirn, die kragenlose Tunika schien ihm den Atem nehmen zu wollen, so dass er sich mit den Fingern die Kehle freizwängte. Er musste dringend Gehirn und Lunge lüften. Geschmeidig erhob er sich und öffnete lautlos die Tür nach draußen, wo er mit der Gestalt eines nach Blumen und Schweiß riechenden Mannes kollidierte. Erschrocken prallte er zurück und griff reflexartig nach einer nicht vorhandenen Waffe am Gürtel. Doch schnell erkannte er in der schemenhaften Figur Mundiuk. Mit entschuldigender Geste hob dieser die Schultern und stotterte in unzusammenhängenden Silben irgendwelchen Unsinn.

„Ist ja gut“, beruhigte ihn Hunerich, „ich werde dich nicht hinhängen, das ist Ehrensache!“

„Ich dich auch nicht“, konterte der Hunne geistesgegenwärtig.

„Bei uns ist das etwas anderes“, bemerkte nun der Vandale trocken, „unsere Liebe ist mehr platonisch, wenn du weißt, was ich meine ...“

„Ah, verstehe! Ihr hattet noch keine Gelegenheit“, versetzte munter der Hunne und drosch dem africanischen Freund mit seiner sehnigen Hand auf die Schulter, „keine Sorge, das wird sich weisen.“

„Also, du bist doch der letzte Halunke“, versetzte Hunerich entrüstet, „wenn es danach ginge, hätten wir schon Jupiter und all seinen Gespielinnen Konkurrenz machen können, aber wir sind eben standhaft. Wir werden uns diesem doch nur körperlichen Vergnügen erst nach der Eheschließung zuwenden. Weißt du“, belehrte er den Spross der östlichen Steppe, „bei uns Vandalen ist das nicht so zügellos wie bei all den anderen Stämmen, wir geben nämlich noch was darauf, wenn ein Mann seine Kraft nur lange genug zurückhält."

„Und dann?"

„Na, dann heiratet er eben ..."

„... und hat keine Ahnung, was zu tun ist! Ich kann mir nicht vorstellen, dass eure Ehen glücklich sind. Bei uns soll sich der Mann vor der Ehe die Hörner abstoßen, denn sobald er verheiratet ist, darf er sich keiner anderen Frau mehr nähern. Auf Ehebruch steht der Tod!"

„Ach, und was macht ihr im Krieg? Das Verlangen der hunnischen Krieger nach den Weibern der Besiegten soll stärker sein als ihre Verwegenheit im Duell Mann gegen Mann!"

Mundiuk lief rot an. „Sag das nochmal!"

„Gerne. Mit vorübergehend harten Dolchen gegen wehrlose Weiber vorzugehen, liegt euch mehr, als mit dem stählernen Schwert gegen die ..." – weiter kam er nicht, denn die knochige Faust des Hunnen knallte ohne Vorwarnung gegen seine Bauchdecke. Hunerich, der seinen Körper gut unter Kontrolle hatte, atmete geräuschvoll aus und entspannte seine Muskeln für einige Momente der Verwirrung, schüttelte den Kopf und nickte einer draußen vorbeigehenden Person ehrerbietig zu, nach der sich der Hunne, nun irritiert gleichfalls umwandte. Sofort erkannte er, dass er dem Vandalen auf den Leim gegangen war, dennoch war es zu spät, dem Knie auszuweichen, das sich schmerzhaft in seinen Unterleib bohrte. Wie ein Sack brach Mundiuk zusammen. Hunerich packte den wie zu einem fötalen Bündel zusammengezogenen Körper des am Boden liegenden Kameraden am Kragen und schleifte ihn in seine Wohnstube, wo er in aller Ruhe Feuer schlug und Würzwein erwärmte. Nach einigen Momenten schweigsamen Zögerns fragte er den unter seiner eher braunen Gesichtsfarbe erstaunlich fahlen Hunnen rundheraus.

„Wie ist das nun bei euch, mit den Männern und den Weibern?"

„Wie bei allen anderen Stämmen auch, denke ich." Der kampfunfähige Hunne stöhnte unmerklich und kämpfte um ein Grinsen, das ihm aufgrund seiner Schmerzen nicht besonders überzeugend gelang, „die Männer haben da so Dinger zwischen den Schenkeln, die sich ..."

„Ach, sei still, du Idiot!", fauchte Hunerich. Er nahm mit einem langstieligen Löffel eine Kostprobe Wein, befand ihn allmählich für heiß genug, so dass er beiden ein Glas voll schöpfte und eines dem Hunnen reichte. „Du brauchst mich nicht abzufüllen, wenn du mit mir über derartige Themen reden willst", meinte Mundiuk mit einem verschmitzten, nicht mehr so schmerzunterlegten Lächeln und nahm ein paar Schlucke von dem warmen Rotwein. Er schmeckte nach Muskat, feinem Pfeffer und Würznelken. Langsam kehrten seine Lebensgeister wieder.

„Mach so etwas nie wieder", drohte er vom Boden herauf zu dem ihn turmhoch überragenden Vandalen, „ich will nämlich noch Kinder haben – später einmal."

Hunerich, dem das Gefühl körperlicher Überlegenheit im Augenblick wohltat, blieb, nicht besonders rücksichtsvoll gegen den Gast, stehen.

„Bei euren Verhältnissen ist es doch so, dass du gar nicht wissen kannst, ob ‚deine' Kinder auch tatsächlich von dir sind, da ist es doch ein praktisches Prüfmittel für die Treue deiner Kebsen, wenn du erst mal schon keine machen kannst ..."

Mundiuk schüttelte den Kopf. Sein Mienenspiel pendelte zwischen Entrüstung und Ungläubigkeit.

„Weißt du, wovon du da sprichst?", brummte er. „Du wirst es nicht glauben, aber bei uns genießen die Weiber nicht nur großes Ansehen, sie haben auch eine gewisse Macht. Die Frau steht dem Haushalt vor, sie bestimmt, was anzuschaffen ist und sie verfügt über die Sklaven. Genau wie bei euch. Der normale Krieger muss sich seine Hörner vor der Ehe abstoßen, wie auch die Mädchen das tun dürfen. Wer davon nicht Gebrauch macht, gilt als Feigling oder sogar als homosexuell, was bei uns mit dem Tod gesühnt wird, denn ein Homosexueller kann schließlich keine Kinder in diese Welt setzen, die wir zu erobern gedenken. Also vor der Ehe ist quasi alles erlaubt. Man strebt so viele erotische Abenteuer an, wie nur möglich und scheut vor keinen Mühen zurück, trotzdem muss das alles in größter Heimlichkeit ablaufen. Wenn sich ein Jungkrieger bei einem dieser Abenteuer erwischen lässt, setzt es Prügel. Sicher erhöht das auch den Reiz der Sache."

Hunerich, der bisher begierig gelauscht hatte, erkannte den Augenblick als günstig für einen humorigen Einwurf: „Ja, jammerschade, dass du allein hier bist und nicht auch noch eine deiner liebreizenden Schwestern das harte Los der Geiselhaft auf sich nehmen musste."

„Hör mir auf mit meinen liebreizenden Schwestern", winkte der Hunne ab, „sie machen nichts als Ärger, da sie mich andauernd nach meinen Freunden ausfragen, wie sie an diesen oder jenen herankommen können ... Es ist die Hölle, lass dir das gesagt sein", er rülpste ungeniert. „Außerdem ist es bei uns Adeligen wieder anders, die Töchter, die mein Vater ins Ausland verehelichen will, werden natürlich hinter Schloss und Riegel gehalten, damit nichts passiert. Ansonsten hat man eben Gelegenheit herumzuprobieren, doch meistens enden diese Affären ohnehin in einer Heirat. Bis zu genau diesem Zeitpunkt hast du die Wahl, kannst Liebschaften haben so viele und so wild, wie du es dir nur ausdenken magst, aber dann ist Schluss! Deshalb halten wir uns später an die Weiber der Besiegten, denn das gilt nicht als Ehebruch, sondern ist so etwas wie ‚Siegerrecht', das außerhalb der Konkurrenz steht, wenn man es so sagen will. Es ist für mich auch etwas ganz anderes, wenn ich mit einer Frau, die nicht zu meinem Volk gehört, verkehre, so wie gerade mit dieser Römerin. Manchmal habe ich direkt den Eindruck, die Frauen der anderen Stämme sind gar keine richtigen Menschen, auch wenn ich weiß, dass das nicht stimmt." Er nahm noch einen Schluck und leckte sich die Lippen. „Unsere Frauen sind da in allem wilder, unzähmbarer – ich könnte es mir niemals vorstellen, dass eine Hunnin zum Beispiel verlangte, gefesselt zu werden, wie es die Römerinnen und Griechinnen gerne haben."

Hunerich lief rot an. „Wie meinst du das? Haben sie Angst, dass sie im entscheidenden Moment davonlaufen würden, oder was?"

Mundiuk schüttelte den Kopf, sah hoch und verbiss sich, als er die Ernsthaftigkeit in Hunerichs Blick wahrnahm, mühsam ein Lachen. „Du hast ja anscheinend überhaupt keine Ahnung, um was es da geht!"

Hunerich, der jedem anderen für diese Bemerkung ohne Vorwarnung ins Gesicht geschlagen hätte, erduldete geduldig und klaglos den Hohn.

„Die Frauen des Westens dürsten nach Unterwerfung", dozierte der Hunne, „sie lieben es, wenn du die Gangart bestimmst, was sie hier nicht bekommen können und folgerichtig in den Armen von uns richtigen Männern landen."

Er setzte sich auf, in den Hunnensitz, die Beine gekreuzt, zog Hunerich zu sich herunter und flüsterte: „Ich habe momentan sage und schreibe sieben Geliebte hier in Ravenna, vier Römerinnen, zwei Griechinnen und eine Gotin, die ist naturgemäß die wildeste, fast schon wie zuhause", er zwinkerte Hunerich zu, „und wie viele hast du?"

Hunerich erblasste. Mit einer derart direkten Frage hatte er nicht gerechnet. Sollte er die Wahrheit sagen, dass er in Eudoxia verliebt sei und deshalb keinerlei Abenteuer mit anderen, billiger zu habenden Frauen und Mädchen wünschte? Würde ihm das der Hunne am Ende als Sentimentalität auslegen und ihn nicht mehr als Mann achten? „Sag schon, ich verspreche dir, ich werde dich nicht hinhängen, weder beim Kaiser, noch bei seiner Schwester", wisperte er in verschwörerischem Tonfall.

„Ich sagte doch schon, dass es bei uns anders läuft. Wir sparen uns die männliche Kraft auf für die Eine, die es dann sein wird", versteckte sich der Vandalenprinz hinter einem ebenso bekannten wie fragwürdigen taciteischen Gemeinplatz, „wer nämlich seine Männlichkeit zu früh überfordert, kann dann später keine gesunden Kinder zeugen – heißt es", fügte er etwas kleinlaut hinzu.

Mundiuk lachte laut los. „Wenn du wüsstest, wie viele Kinder mein Oheim Attila mit unzähligen Frauen gezeugt hat und das schon seit ich weiß nicht wie vielen Jahren, müsstest du diese Begründung als irrig ansehen. Meines Erachtens hat das einen andern Hintergrund: Ihr seid zu viele auf zu engem Raum gewesen und da hat sich diese Haltung als sinnvoll erwiesen, jetzt aber, wo ihr ausgezogen seid aus der Enge und euch eine neue Heimat erstritten habt, sind doch derartige Vorschriften sinnlos geworden."

„Aber die Kirche sieht es nicht gern, wenn man vor der Ehe schon herummacht", fand Hunerich ein neues Mauseloch.

„Faule Ausrede", lachte Mundiuk und bleckte seine schönen, ebenmäßigen Zähne, „dein Vater ist doch der Kirchenvorstand, ich habe gehört, er sei ein weitblickender verantwortungsvoller Herrscher, dann soll er dringlichst etwas tun gegen diesen Unsinn! Diese Art Moral verhindert ein Wachstum des Volkes. Das sagt auch mein Vater: Nur Völker mit großen Heeren können erreichen, was sie wollen." Er hielt seinem Gastgeber das leergetrunkene Glas hin, der schenkte nach.

„Wir haben, was wir wollten, Africa, auch wenn wir nicht so zahlreich sind wie die Sterne des Himmels und die Sandkörner der Wüsten, wir haben es und werden es nicht mehr hergeben!"

Mundiuk grinste breit. „Weil wir gerade am Aufzählen sind, wie viele Geliebte hast du nun gerade?"

„Du lenkst vom Thema ab“, konstatierte der Vandale trocken.

„Im Gegenteil“, winkte Mundiuk ab, „das warst du! Also raus mit der Sprache!“

„Sei doch nicht so plump und undelikat“, mimte Hunerich die gekränkte Diva mit falsettierender Stimmlage, „ich wollte gerade kunstvoll dahin gelangen, dir eine adäquate Antwort zukommen zu lassen. Also in Africa habe ich eine ganze Reihe von Konkubinen“, flunkerte er drauflos, „wir haben dort die schönsten Frauen aus aller Welt, nicht nur deine zugegebenermaßen langweiligen Römerinnen und Griechinnen. Bei uns gibt es Frauen, deren Haut ist schwarz wie die Nacht und ihre Zähne sind weißer als die deinen, es gibt rothaarige Keltibererinnen, schwarzhaarige Punierinnen und wilde Garamantinnen und Nazakinnen, die bei der Liebe Schreie ausstoßen wie die Wüstenfüchse. Sie haben die Handflächen und die Füße mit dunklen filigranen Mustern bemalt, die sich niemals wieder entfernen lassen. Doch zusätzlich färben sie sich die Haare und die Arme rot, während sie voller Begierde dem Stelldichein mit dem Geliebten entgegenfiebern.“

„Und so eine Wüstenfüchsin hast du schon als Geliebte gehabt?“, insistierte der auf Details versessene Mundiuk.

„Natürlich“, beharrte Hunerich auf seiner Schwindelei, „sie war genauso groß wie ich, und als ich es ihr im Stehen besorgte, biss sie mich mit ihren zugefeilten Schneidezähnen vor Lust in die Unterlippe“, er zeigte eine kleine Narbe, die er aus einem wenig erfolgreichen Ringkampf mitbekommen hatte. Mundiuk bedachte ihn mit einem anerkennenden Seitenblick.

Hunerich indes beschloss, aufs Ganze zu gehen. „Bei mir ist das mittlerweile tatsächlich völlig anders: Ich liebe Eudoxia, musst du wissen, und wir wollen einmal in einigen nicht allzu fernen Jahren heiraten und da ist nun für andere Frauen kein Platz mehr.“

Wider Erwarten zeigte sich Mundiuk beeindruckt.

„Ja, das kann ich mir schon vorstellen, wenn du so eine hohe Frau ehelichen willst, dass dann nichts dazwischenkommen darf, also dass du dir irgendeine Krankheit holst oder so. Aber ich meine, reizt dich das nicht, dieses unbeobachtete Leben hier in Ravenna? Du kannst dir doch auch abhelfen gegen die Krankheiten, wenn du weißt, was ich meine? Also, ich mache dir einen Vorschlag, wir gehen gemeinsam auf die Pirsch, wie wäre das?“

Hunerich verschluckte sich an dem warmen Wein und winkte

dem eifrig seinen Rücken mit den flachen Händen bearbeitenden Kameraden ab. „Nein, du verstehst mich falsch, ich will ihr treu sein, ganz einfach!“

Mundiuks Gesicht glich einem Fragezeichen, er setzte an, zu protestieren, aber offenbar hatte ihm die in seinen Augen doch recht befremdliche Haltung des Vandalen die Sprache verschlagen. Schließlich trank er aus und trollte sich. Schmiedeten Hunerich und Eudoxia tatsächlich Heiratsabsichten? Wie ernst konnte es der kleinen Prinzessin sein, auch wenn sie noch so frühreif war und sich noch so majestätisch gebärdete? Allerdings, wohin würde das führen, wenn der Kaiser es zuließe, nein, vielmehr arrangierte, dass sie diesen africanischen Vandalen heiratete? Persönlich hatte er nichts gegen Hunerich, im Gegenteil, er war ihm durchaus sympathisch, auch wenn er etwas altbackene provinzlerische Moralvorstellungen haben mochte. Er beschloss, seine Kenntnisse seinem Vater mitzuteilen – mit Hilfe der neuen Kunst des Schreibens, die er sich in Ravenna angeeignet hatte. In dieser Hinsicht war Mundiuk eine Ausnahme. Ging es nach seinen römischen Lehrern, eine löbliche, hörte er auf den Atakam, den Schamanen seines Stammes, eine verwerfliche. Bdellas selbst hatte einen römischen *secretarius*, denn weder er noch sonst einer der hohen Herren im Hunnenreich war des Lesens und Schreibens mächtig. Allerdings wurde gemunkelt, dass der Atakam seinerseits heimlich versucht hätte, das Lesen zu lernen und dabei gescheitert sei.

Jedenfalls verdichtete Mundiuk seine Gedanken und Erinnerungen an das Gespräch mit Hunerich in einem Brief an seinen Vater, worin er sich allerdings über Hunerichs Idee eher lustig machte, denn summa summarum glaubte er keineswegs, dass der römische Kaiser seine Schwester einem Foederatenprinzen zur Ehe überlassen würde.

Bdellas besprach den Brief mit seinem Bruder Attila, der, wenn die Zeit gekommen sein würde, die Herrschaft über den Ostteils des Hunnenreiches antreten sollte. Die beiden kamen zu anderen Schlüssen, nämlich dass der Vandalenkönig anscheinend eine über das Foederatenbündnis hinausgehende Verbindung mit Westrom anstrebte. Was als enge Allianz zwischen Karthago und Rom beginne, könnte später zum Erbanspruch eines vandalisch-römischen Prinzen auf den Thron des Westreiches reifen. Geiserich, dieser Wüstenfuchs, bewies offenbar ein glückliches Händchen beim Einfädeln derartiger Beziehungen, und, so trösteten sich Attila und Bdellas, er hätte es wohl nötig: Als Herrscher eines winzigen Volkes in einer abgelegenen Weltecke kann man keine weitgreifenden Eroberungskriege führen, also muss man einheiraten. Andererseits sagten sie sich, dass ein Kaiser leicht einem Attentat oder einer Palastintrige zum Opfer fallen könnte und ein anderer Clan aus einer anderen Provinz das Diadem für sich beanspruchen. Was sei dann noch eine Tochter aus dem Hause der Galla Placidia? Man könne sie vorführen und funkeln lassen wie einen besonders wertvollen Ring am Finger, aber darin erschöpfte sich dann auch schon der Wert einer derartigen Verbindung.

Lag es am Antwortschreiben, das der Hunnenprinz aus den Steppenjurten seines Vaters erhielt? Die vormals engen Freunde Mundiuk und Hunerich entfremdeten sich zunehmend. Allerdings würde es ein falsches Licht auf ihre Kameradschaft werfen, würde man das Verhältnis zwischen ihnen als gespannt bezeichnen. Außenstehenden erschien es sogar so positiv, dass sie von den übrigen Geiseln und den römischen Lehrern immerzu als die „gegensätzlichen Dioskuren" tituliert wurden. Doch unzertrennlich wie die beschworenen mythologischen Vorbilder waren sie beleibe nicht. Aller Sympathie zu Trotz war das Vertrauen, das sie sich zu Beginn ihres Italienaufenthalts entgegengebracht hatten, einer gewissen Reserviertheit gewichen. Hunerich blieb bei seinem Bild von Mundiuk als sitten- und bedenkenlosem Weiberhelden, wie dieser ihn vice versa als einen triebgestörten Spinner ansah. Bilder, die noch einiges an Prägekraft erhalten sollten, in Zeiten, als die beiden Völker plötzlich miteinander zu tun bekamen.

* * *

Carthaginem non esse delendam – Karthago brennt nicht!

Karthago, Herbst 439 A. D.

Wie ein Denkmal seiner selbst stand er auf der äußersten Spitze jenes bizarren Felsengewirrs im Südosten Karthagos, das die Römer als Promontorium pulchrum – schönes Vorgebirge – oder als Kap des Mercurius zu bezeichnen pflegten. Über ihm nichts als das stählerne Blau des ewigen Äthers, zu seinen Füßen die weinfarbene Tiefe des unvergänglichen Meeres.

Das mächtige Löwenhaupt mit der imposanten Mähne, den Rachen etwa eine Handbreit geöffnet, so dass die flache, raue, sehr rote Zunge zwischen den wildgefletschten, elfenbeinweißen Eckzähnen hervorquoll, kündete von der ihm eigenen Macht und Gewalt. Die muskelbepackten Arme waren vor der Brust, in der alle Gefühle und alle Weisheit dieser Welt verborgen lagen, gekreuzt, mit stählerner Faust umfing er sein Szepter, das Maß aller Dinglichkeit. Den langen, schuppigen Drachenschwanz hatte er in siebenfacher Windung um seine stämmigen Greifenbeine geschlungen, doch in seiner Spitze zuckte es und er wand sich aus der Starre. Bewegung kam in seinen mächtigen Leib. Aïon, der immerseiende Dämon des Augenblicks, Wächter des Schlosses der Welt und Hüter der Zeit, ließ sich mit angelegten Flügeln hinabfallen wie eine riesenhafte Eule, erst knapp über dem Wasser entfaltete er seine schwarz-weißen Schwingen, was ihn steil wie einen Kometen in den Himmel hinaufschießen ließ. Bei seinem Absprung war der Fels abgebröckelt und sein aufstrebender Steigflug ins Pleroma, die Fülle des Seins, nahm sich aus wie der umgekehrte Schlangenblitz des Engelssturzes am Anbeginn der Zeit. Als glutgelber Streifen zog zu seiner Rechten die Spur vorüber, die sein jüngerer Vetter Helios, Sohn der Titanen Hyperion und Thea, in den Äther gebrannt hatte, während zu seiner Linken die silberschimmernde Wellenbahn Selenes erglänzte. Donner grollte, als er seine Lust am Augenblick mit mächtigem Schrei hinausbrüllte. Während er so dahinschoss, kam es ihm in den Sinn, seinen jugendlichen Verwandten, die wohl wieder ratlos auf dem Thessalischen Olymp herumlungerten, einen Besuch abzustatten und mit einer unmerklichen Drehung seines Drachenschwanzes wandte er sich nach Osten. Sein Löwenauge hatte kaum einmal geblinzelt, doch hatte sich einiges getan auf dem Land, über das er in trägem Segelflug gestrichen war.

Nach einer erstaunlich langen, über vierjährigen Waffenruhe erfolgte die handstreichartige Einnahme Karthagos durch die Vandalen am 19. Oktober des denkwürdigen Jahres 439. Man war mit zahlreichen Kommandotrupps durch die schadhafte Kanalisation in den Rücken der Mauern am Meer gelangt und dann in die Stadt eingesickert. Unter Führung des Truchsessen und des alten Haudegens Balamber hatten die Vandalen die Zitadelle genommen und die dort frühstückenden Prätorianer überwältigt – das heißt, zur kampflosen Übergabe bewegen können. Der Rest war ein Kinderspiel: Binnen eines Tages wehte das blaue Habichtsbanner der Hasdingen über der alten Hauptstadt Africas. Das nach Rom wichtigste Zentrum der westlichen Welt war in der Hand Geiserichs.

Endlich war er am Ziel und hatte die Stadt der alten Wölfin, die sich am Tiber mit zahnlosem Maul ihre frische, schreckliche Wunde leckte, entrissen. Valentinians formellem Protest begegnete er mit einem entschuldigenden Sendschreiben des Inhalts, dass sich zu viele subversive Elemente im Schutz der neutralen Zone getummelt hätten. Auf die Karthager hingegen hatte die Eroberung ihrer Stadt durch die Nordvölker nur wenig Eindruck gemacht. Man war nach einigen „Ahas“ und „Ohos“ zur Tagesordnung zurückgekehrt, was hieß, sich den ausgesuchtesten Genüssen und Zerstreuungen hinzugeben – in dem Wissen, dass die Vandalen in dieser Hinsicht nur von ihnen lernen konnten.

Dies machte sich bereits in ersten Anzeichen innerhalb der Führungsschicht der Eroberer bemerkbar. Manchmal, wenn Geiserich seine jungen Krieger zum Gelage lud, war ihm zu Mute, als sei die Entwicklung an ihm vorbeigegangen. Waren diese Männer in der modisch leichten Kleidung, deren gepflegte Körper in für sein Riechorgan aufdringlicher Weise nach exotischen Parfums rochen, die es teilweise schon wagten, mit kurzgeschnittenen Haaren vor ihn zu treten, noch seine Vandalen, die er von der großen Wanderung her kannte? Die neueste Mode hatte den Kriegsmantel, den alten Sagum, ins Visier genommen und ihn etwa auf Hüfthöhe gestutzt. Geiserich bezeichnete die Veränderung als äußerst unpraktisch und nutzlos, von den Jungen jedoch wurde die Mantilla als willkommene Abwechslung gerne getragen. Zwar bot diese keinen Schutz vor Regen und Sturm, Kälte, Wind und Nebelklammheit. Aber, so musste sich der König fragen lassen, gab es solch schlechtes Wetter überhaupt noch in seinem Paradies, das er so viele Jahre heraufbeschworen hatte und das nun gefunden war?

Wozu dann der plumpe Sagum? Wozu klobige, schwere Stiefel, die bis an die Knie reichten und Schweißfüße züchteten, wenn man jeden Gang in Sandalen erledigen und zu Pferd die römischen Caligae tragen konnte, die bequem zu schnüren waren? Geiserich, sonst ein wacher Geist und immer bedacht, Entwicklungen lieber vorzugreifen, als sie nachzuvollziehen, teilte in Sachen Tracht und Herkommen die Libertinage seines Jungvolkes nicht. Vielmehr versuchte er, der Hinwendung der Vandalen zum Kosmopolitentum durch Vorschriften und Maßregelungen zu begegnen – wenigstens auf der sichtbaren Ebene der Mode, die er als Ausdruck sinnloser Verschwendung titulierte.

Er wollte nicht akzeptieren, dass seine Krieger noch weitere, in seinen Augen dekadente römische Sitten annahmen und arbeitete mit allen Mitteln dagegen. Hatte er doch vormals vehement darauf gedrängt, dass sein Jungvolk an klassischer Bildung teilhaben sollte, um den Einflüsterungen der sinnenfreudigen Gegenwart zu entgehen. Seinen Jungen war allerdings damals schon aufgegangen, dass es über die *disciplina* hinausweisende Römereigenschaften gab, die sich in ihre Art zu leben integrieren ließen. *Non vivere, valere vita!* Du lebst nicht, um am Leben zu bleiben, du lebst, damit es dir wohl ergehe! So sagten sie sich, angelehnt an das Horazische „*carpe diem*“, das für sie eindeutig mit „pflücke den Tag“, nicht, wie ihnen Geiserich vorbeten ließ, mit „nutze die Zeit“ zu übersetzen war. „Privilegien statt Verbote!“, entschied Geiserich schließlich, und so traf seine erste antimoderne Verordnung den „Römerkopf“, die kurzen Haare, ohne sie direkt zu erwähnen. Im neuen Konzept der Vandalenarmee, die ja längst keine Volksarmee mehr war, sondern ein stehendes, besoldetes Heer auf freiwilliger Basis, musste die Frage der Offiziersernennungen neu geregelt werden, und Geiserich nahm dies als Aufhänger: Jeder vandalische oder alanische Freie, der als Offizier in der Armee dienen wollte, bedurfte des langen Haares als äußerlich erkennbaren Zeichens seiner freien Geburt.

Zwar wurden die Vandalen mitunter von Griechen, Puniern und den anderen Völkerschaften, die bereits in kleiner Zahl in Flotte und Heer dienten, ob ihrer Haartracht und nicht nur wegen der damit offensichtlich verbundenen Nachteile gehänselt, doch ließ dies wiederum die Eroberer kalt, wussten sie doch, dass die Frauen das ganz anders sahen.

Es folgten weitere Gesetze, die den Vandalen und Alanen Vorteile verschafften und vor allem die Römer benachteiligten. Mit der Zeit jedoch wurden die innergesellschaftlichen Grenzen durchlässiger, so dass auch Marusier, Punier und andere, mit Ausnahme der früheren römischen Oberschicht, in höhere Dienstgrade der Armee und Flotte aufsteigen konnten. Damit, glaubte Geiserich, hätte er den Theorien, die eine Assimilation als erfolgversprechend in Aussicht stellten, Genüge getan. Eine Wirtschaft ohne Sklaven war jedoch undenkbar, und so hatten sich nach den Sklavenbefreiungen der ersten Zeit der Eroberung neue Versklavungen ergeben. Die kriegerischen Vandalen und Alanen waren sich zu schade für Handel und anderes Gewerbe, wofür man sehr gut auf die Kenntnisse der Griechen, Juden und Marusier zurückgreifen konnte, und in den Schreibstuben saßen irgendwann wieder die unvermeidlichen Römer. Zunächst als kärglich entlohnte Staatssklaven, die sich ihre Freilassung nur nach langjähriger knauseriger Sparsamkeit erkaufen hätten können. Doch schon nach Abschluss des Foederatenvertrags mit Ravenna hatte der König diese Klauseln fallen gelassen und den Sklavenstatus der Unterworfenen aufgehoben.

Die vandalischen Eroberer fanden sich zuletzt wieder in der alten Rolle der landbesitzenden Schicht, die ihnen aus der Zeit vor der Wanderung vertraut war: Der des Bauern und Kriegers. Neu hinzu kam die Rolle des Staatspiraten, der auf eigenes Risiko Plünderungszüge mit der Flotte des Königs unternehmen konnte. Darin sah man übrigens keinen moralischen Makel, allüberall ging man auf Kaperfahrt, was den Seehandel mitunter schon fast zum Erliegen brachte. Als einzige Regel galt, sei schneller als die Piratenjäger und lass dich nicht erwischen, sonst endest du am Galgen! Denn die *pax Romana* duldete Piraterie mitnichten. Was Rom jedoch weitgehend fehlte, war die Exekutive, denn niemand dort sah sich in der Lage, wie zu Pompeius' Zeiten eine Flotte auszurüsten, die sich des Piratenproblems wirksam angenommen hätte. Nach der Rückkehr von einer Kaperfahrt wurde gerecht geteilt, was wohl bedeutete, dass auch der Krone ein nicht unerklecklicher Anteil der Beute für die Bereitstellung der Schiffe und Teile der Mannschaften zufloss.

Geiserich war sich bewusst, dass dieses System von erneut ungleich verteiltem Besitz und zugewiesener Kompetenz den Keim für künftige Zerwürfnisse in sich trug, doch vermochte er sein ursprüngliches Ziel, ein „multikulturelles Königreich unter südlicher Sonne", wie er es sich immer erträumt hatte, nicht in letzter Instanz zu verwirklichen. Den Marusiern und Puniern ging es nicht übel unter seiner Regierung, seine Steuererhebungen waren bei Weitem nicht so drückend wie die Lasten, unter welchen das Volk zur Zeit der römischen Okkupation gelitten hatte. Es herrschte weitgehend innere Sicherheit, so dass die Menschen bei unversperrter Türe zu schlafen wagten und Reisen von einer Stadt in die andere kein unkalkulierbares Wagnis mehr darstellten. An einen Aufstand dachte also niemand, abgesehen von den Fanatikern unter den Katholiken, die in ihrem Hass auf „die Ketzer" unversöhnlich blieben.

War bei der handstreichartig erfolgten Einnahme Karthagos so gut wie kein Blut geflossen, hatte das zum einen am mangelnden Willen zur Verteidigung seitens der Römer gelegen, zum anderen aber auch am besonnenen und disziplinierten Vorgehen der Vandalen, die es vermieden hatten, über die Stadt wie über eine eroberte feindliche Kapitale herzufallen.

Es war zu keinerlei Ausschreitungen und Gewaltexzessen gekommen, Karthago hatte nicht gebrannt. Doch bald schon lagen dem König seine Bischöfe Arbo und Kyrila in den Ohren, eine adäquate Kirche in der neuen Hauptstadt einzurichten. Ein durchaus berechtigtes Anliegen, so befand Geiserich und ließ sie gewähren. Mit großem Pomp hielten sie Einzug in eine requirierte Basilika – unter den hasserfüllten Blicken der umstehenden katholischen Bevölkerung und deren Priester.

Der Ton der Predigten in den katholischen Kirchen nahm an Schärfe zu, schließlich war nun der arianische Erzfeind in die Stadt eingebrochen. Geiserich und seine Vandalen wurden abwechselnd mit dem Tier der Apokalypse und der Hure Babylon verglichen. Den Worten folgten Taten, auch wenn der neugewählte katholische Patriarch Deogratias zu Mäßigung und Zurückhaltung aufrief. Allerorten kam es zu Attacken und Übergriffen gegen die Arianer.

Daraufhin besuchte Bischof Kyrila Versammlungen der in den Untergrund abgewanderten Circumcellionen. Dort brachte er das ohnehin schon am stetigen Siedepunkt befindliche Fass zum Überlaufen, indem er der verbotenen Sekte eine Generalamnestie in Aussicht stellte und zugleich Hetztiraden gegen die katholische Majorität von sich gab. So kam es, dass in den folgenden Tagen flächendeckend katholische Kirchen geplündert, Priester misshandelt, ja teils ermordet wurden und es zu tätlichen Übergriffen gegen Kirchgänger kam. Als dann noch Kanzler Heldica jene ominöse Liste geistlicher Würdenträger beibrachte, welche sich für den Vandalenfresser Adeodatus und gegen die versöhnlichen Tendenzen des Possidius entschieden hatten, gab es nun erst Recht kein Halten mehr. Auch wenn Possidius, der aus Hippo herbeigeeilt war, sich für seine Glaubensbrüder verwendete und schilderte, wie das Abstimmungsergebnis damals zustandegekommen war – insbesondere zeigte auch er sich konsterniert über die Namen von Bischöfen, die mit Sicherheit an der besagten Kampfabstimmung nicht teilgenommen haben konnten, da sie in Karthago geweilt hatten – er konnte sie nicht mehr retten.

Im Gegenteil. Geiserich nahm sich nun der Sache höchstpersönlich an und befahl, inzwischen völlig überflüssigerweise, hartes Durchgreifen. Possidius, der als Ansprechpartner dienen musste, wurde zunächst daran gehindert, mit seinen inhaftierten Brüdern zusammenzukommen. Geiserich machte ihm Vorhaltungen, man habe sich auf politische Neutralität geeinigt und die Katholiken hätten diese Vereinbarung gebrochen. Der König wollte, wie er ausdrücklich betonte, keinen Kulturkampf – noch immer nicht –, doch sehe er sich gezwungen, ein Exempel zu statuieren und sich von der katholischen höheren Geistlichkeit Karthagos zu trennen. Wer von ihnen die Ausschreitungen der letzten Tage überlebt hatte, wurde zum Hafen eskortiert, auf mehr oder weniger seetüchtige Schiffe bugsiert und expatriiert. Auch Possidius fand sich, versehen mit drei Seekisten voller Schriftstücke – den gesammelten Werken Augustins und der von ihm verfassten *Vita des Heiligen Mannes* –, auf einem Schiff zweifelhaften Zustandes wieder, das ihn angeblich nach Rom bringen sollte. Hatten die vereinten Vandalen und Circumcellionen nun gehofft, ihn und die Übrigen auf diese Weise endgültig loszuwerden, wurden sie in ihren Hoffnungen getrogen, denn Possidius und seine Leidensgenossen kamen gesund und wohlbehalten in der Tiberstadt an, wo der standhafte Bischof alsbald zum Berater des römischen Papstes avancierte.

Wenige Tage nach der rüden Expatriierung der katholischen

Geistlichen wurde quasi aus heiterem Himmel Bischof Arbo, der sich persönlich weitgehend zurückgehalten und das Feld dem eifrigeren Kyrila überlassen hatte, vom Blitz erschlagen. Ein Ereignis, das die katholische Majorität Karthagos mit unverhohlener Häme und Schadenfreude als Akt himmlischer Gerechtigkeit auffasste und mit Dankprozessionen beging. Prompt erhielt die Stadt mit der Investitur Bischof Kyrilas durch König Geiserich den weltweit einzigen arianischen Patriarchen. Dieser nutzte die Gunst der Stunde und versuchte, dem König ein völliges Verbot der katholischen Kirche zu suggerieren.

„Diese Romchristen sind ja gar keine echten Christen. Sie sind Mitglieder der Synagoge des Widersachers, Götzenknechte der übelsten Sorte, die nicht einmal davor zurückschrecken, zu ihren drei Göttern noch ein Weib als vierte Gottheit, die als Mutter der Dreiheit verstanden wird, zu verehren!" Seine Entrüstung war, darüber legte die Glut seiner Augen ein beredtes Zeugnis ab, echt und ungekünstelt. „Mein König, ich beschwöre dich! Rotte diesen Sumpf aus, mit Stumpf und Stiel, solange es noch ein Leichtes ist, sie zu vernichten. Man darf sie nicht tolerieren. Wer mit dem Teufel bankettieren will, braucht einen langen Löffel", nahm er zur Spruchweisheit Zuflucht, „gewährst Du ihnen die Freiheit der Religionsausübung, ergeht es uns wie im Herrenwort gesagt, ‚sie wenden sich um und fallen euch an wie wilde Hunde und zerreißen euch!'"

Geiserich sah ihn ernst an. „Ich kann deine Sorge und deinen Zorn verstehen. Natürlich werden wir mit ihnen nicht paktieren, doch ansonsten bin ich in diesen Dingen gegen Zwang. Wer seinen Untertanen vorschreibt, was sie zu glauben haben, macht einen schweren Fehler, denn Glaube lässt sich nicht erzwingen – das müsstest du als Seelenhirte eigentlich am besten wissen. Niemand kann gegen seinen Willen an etwas glauben, also verlange von den Menschen nichts, was gegen ihre Natur ist." Er bedachte den frischgebackenen Patriarchen mit einem durchdringenden Blick, der diesen die Augen senken ließ. „Wie viele Christen haben sich für ihren Glauben geopfert und Marter und Tod auf sich genommen, weil sie keinen fremden Götzen dienen wollten? Ich will keinen Unfrieden und werde deshalb niemandem eine bestimmte Form des Christentums vorschreiben."

„Mein König, erlaube diese harten Worte", bohrte Kyrila nach, „du machst hier einen nicht wieder gutzumachenden Fehler." Hängenden Hauptes entfernte er sich aus dem Beratungszimmer. Auch sonst musste der König einsehen, dass Deeskalation angezeigt war.

In der Stadt brodelte es unter der Oberfläche, und er unternahm alles, um die Spannungen abzubauen. So ließ er durch Sykophanten Verdächtige beschatten und die generelle Stimmung ausloten, was ihm schon bald nahelegte, dass der beste Weg zum Frieden zwischen den inhomogenen Volksgruppen in wirksamer Entflechtung bestand – und so rief er seine Krieger aus Karthago zurück. Das hatte noch einen weiteren Vorteil, denn so konnte er sie den Einflüsterungen des modernen Römertums entziehen. Nur wer über einen von der königlichen Kanzlei ausgestellten Passierschein verfügte, war nun noch berechtigt, die Stadt zu betreten. Und wer dorthin wollte, musste triftigere Gründe als einen Besuch im Rotlichtviertel angeben können.

Auch wenn Geiserich seinen Leuten offiziell verbot, die Stadt nach Belieben zu betreten, so ließ er doch etwas außerhalb dieser Bannmeile, dort, wo vor vielen hundert Jahren der große Kriegshafen der Punier gewesen war, eine Burg für sich errichten und erklärte Karthago öffentlich zur Hauptstadt seines Foederatenreiches. Wenngleich er sich mit dieser brodelnden, vormals zweitgrößten Stadt der westlichen Reichshälfte persönlich nicht anfreunden konnte, so sah er doch instinktiv ein, dass es für Botschafter aus fernen Ländern wenig beeindruckend gewesen wäre, wenn sie ihm weiterhin in Hippo Regius, der abgetakelten alten Numiderhauptstadt ihre Aufwartung hätten machen müssen. So zog man denn um in die noch sehr improvisierte Burg nahe der völlig fremden Hauptstadt und richtete sich dort – endlich – auf Dauer ein.

* * *

Das Fest bei Ischthoret

Karthagos Umland, Julfest 439 A. D.

Ein gleißender Sonnenstrahl drang durch das schmale Fenster und fiel auf die Brust des Schläfers, um langsam, aber stetig in Richtung seines Kopfes zu wandern. Leise tastete Truchthari um sich und musste feststellen, dass das Bett neben ihm leer war.

Unbarmherzig stach der Sonnenstrahl durch das dünne Leinentuch, unter dem der Schläfer sich der Entdeckung durch das Licht zu entziehen trachtete. Wie es schien, bedurfte es stärkerer Gegenmittel. Mit einem schmerzhaften Ruck wandte er sich der Wand zu und barg sein Haupt unter dem hierfür eigentlich nicht gedachten Kopfkissen. Sein Verstand und seine Emotionen wollten sich um keinen Preis den Anforderungen des Lichts und des Körpers, der eigentlich eine hinreichende Wachheit signalisierte, unterwerfen – nicht nur wegen der Unannehmlichkeiten der Kopfschmerzen. Sein Geist tauchte noch einmal ab in eine unterseeische violettblaue Grotte, wo das suchende und strafende Sonnenlicht ihn nur gefiltert erreichte.

Das Pulsieren der Gezeitenströme zog matt an dem Träumer, und er wiegte sich zusammen mit Seeanemonen, Tangschwaden und Weichkorallen im luftlosen Wind. Der augenblickliche Zustand einer fast vollständigen Schwerelosigkeit, er fühlte sich eins mit dem Wasser und ging doch nicht auf in dem fremden Element, kam ihm sehr zugute. Er schwebte zu einer Schar Nereiden hinüber, die sich in einem harmlos gleitenden Spiel mit einem Rudel Seehunde tummelten. Silbrig blitzten die schuppigen Leiber der Wassergeschöpfe, nah schwammen sie an dem für sie unsichtbaren Beobachter vorüber, und die Seehunde sahen aus treuherzig blickenden runden Augen wie durch ihn hindurch. Anders die Nereiden, deren grüne Augen unter den rotblonden Algenhaaren vom Abglanz eines kalten jenseitigen Lichts durchdrungen schienen. Weiter ab bahnte sich soeben eine Tragödie an. Mit einem Mal packte eines der Meerwesen eine Robbe am Kragen und eine andere Nixe zückte einen Dreizack.

Der Beobachter sah sich plötzlich unmittelbar selbst gefährdet, denn einige der Nereiden verhielten neugierig an der Stelle, wo sich der Unsichtbare durch irgendetwas verraten haben mochte, doch vermochten sie ihn nicht zu entdecken. Wie um ihn zu umhüllen, entwuchs dem Fels der unterseeischen Grotte ein dichtes Mohnfeld, vor dem die Wassergeister sich zurückzogen, und in einem wirbelnden Strudel verschwanden Wasserreich und Grotte, und der Träumer befand sich inmitten des spontan entstandenen Mohnfeldes, in einer herbstlich dämmrigen Landschaft, deren rötlichem Horizont sich eine Horde von Kentauren entwand.

Offensichtlich galt ihr Sturmritt niemand anderem als ihm, denn sie hielten unmittelbar auf ihn zu und würden ihn sogleich überrannt haben – doch kurz bevor sie ihn erreichten, vollführten sie alle zugleich einen Seitschwenk und galoppierten mit donnernden Hufen auf ein bis dahin noch unsichtbar gewesenes Dorf zu. Dort gellten alsbald Schreie, langhaarige Frauen in bunten Kleidern rannten panisch umher. Ein langbeiniges Mädchen mit braunem, vollem Haar, die dunklen Augen weit aufgerissen, lief auf ihn zu, doch nur scheinbar – wie sehr sie auch die Beine im gehetzten Lauf mühte, ihr Körper blieb wie angewurzelt auf der Stelle. Ihr Mund öffnete sich zu einem verzweifelten Schrei, doch statt eines Lautes schoss ein Blutstrahl daraus hervor und wie von einer Urgewalt entwurzelt knickte das Haupt nach hinten, der Hals brach auf Höhe der Kehle auf und die blutverschmierte Schneide einer Axt kam zum Vorschein, als der enthauptete Torso nun wirklich zu laufen begann, aber nach wenigen Schritten zusammenbrach und augenblicklich im Boden versank. Die Dämmerung war dem gleißenden Tag gewichen, und der Träumer fand sich im weitläufigen Gang eines Palastes, zumindest eines sehr großen Hauses wieder.

Er musste nicht lange durch die ungeheuer langen und leeren Gänge gehen, bis er einer Gestalt ansichtig wurde. Zunächst nur schemenhaft sah er eine safrangelbe, offenbar weibliche Figur in der Öffnung eines von außen her hell erleuchteten Fensters stehen. Bei näherer Betrachtung erkannte er in der Frau, die in ein griechisches Hochzeitskleid gehüllt war und gerade im Begriff stand, sich am Fenstersims hochzuziehen, seine angetraute Gunhild. Um sie neckisch zu erschrecken, schlich er sich an die Ahnungslose an und packte sie um die Taille. Erschreckt fuhr sie mit spitzem Schrei hoch und zappelte wie wild in seinen Armen. Er ließ sie noch nicht los, vielmehr bemerkte er sein Begehren erwachen und versuchte, seiner Holden das gelbe Hochzeitskleid auszuziehen – doch es erwies sich als mit der Figur verwachsen. Als er daranging, es grob zu zerreißen, schrie sie erneut auf: „Du tust mir weh!“ Dabei wandte sie ihm ihr Gesicht zu. Aus den blauen Augen im kreidebleichen Gesicht stachen farblose Lichtstrahlen, die sich schmerzhaft in seine Augäpfel bohrten: Vor ihm stand Ceridwen ...

Er blickte in das blendende Licht der Sonne. Seine Augen schmerzten, der Kopf dröhnte und fühlte sich an, als wenn er längere Zeit mit einem stumpfen Gegenstand malträtiert worden wäre. Truchthari läutete nach seiner Sklavin, wobei ihm der Klang des kleinen Glöckchens ins Ohr drang, als stieße jemand eine lange Nadel, die sich von der Spitze her nach hinten zu immer stärker verdickte, in den Gehörgang. Tränen stiegen ihm in die Augen und suchten sich auch durch die Nase einen Ausweg, so dass der Truchsess einen recht erbarmenswerten Anblick bot.

„Bring mir Wasser – kaltes", lallte er undeutlich, und das Mädchen, das den Herrn noch nie in derart unziemlicher Situation gesehen hatte, eilte erschrocken hinaus und kam bald darauf mit einem Krug und vorsichtshalber einigen leichten Tüchern zurück. Inzwischen hatte sich Truchthari aufgesetzt, teilweise angekleidet und starrte dumpf auf den mit verwirrenden Rankenmustern verzierten Mosaikfußboden vor seiner Liegestatt. Ja, es war real, was ihm zuvor wie ein schrecklicher Albtraum erschienen war.

Das gleißende Licht hatte ihn endgültig wachgerüttelt, ihm mit seinem schmerzhaften Strahl verdeutlicht, dass er, vielleicht unter dem Einfluss bewusstseinstrübender Substanzen, das mochte er als einzige Entschuldigung ... Nein! Entschuldigen ließ es sich nicht, was er angerichtet hatte, höchstens erklären, aber was nützte eine Erklärung, wo Sühne angezeigt war? Dabei hatte der Abend so unbeschwert und locker begonnen.

Die Dame Ischthoret hatte zu Ehren der neuen Herren Karthagos zum Julfest in ihre wiedererrichtete Landvilla geladen. Es war die erste Veranstaltung dieser Art nach Aspars Abzug und alles, was Rang und Namen hatte und es sich im Entferntesten leisten konnte, war erschienen. Ihre Mädchen hatte Ischthoret dahingehend unterrichtet, dass nun mit den blonden Bestien aus dem Norden andere Männertypen auf sie warteten. Sie sollten an die Gardeoffiziere des Comes denken, dieserart wohl werde es hergehen: Direkt, unkompliziert, etwas derb und immer mit einem Lachen auf den Lippen ... Doch ihre Überraschung war groß, als die meisten Vandalen mit Ehefrauen kamen. Geiserich, der es sich nicht hatte nehmen lassen, persönlich, wenngleich ohne weibliche Begleitung, zu erscheinen, lobte die Gartenanlage und die alten Obstbäume mit kennerischer Miene. Mit seinem gefürchteten, durchdringenden Blick hatte er Demokedes gemustert, der ihm standhielt und sich für die Gunst des hohen Besuchs mit überschwänglichen Worten bedankte. Doch Geiserich winkte ab, er sei völlig inkognito hier, sofern das möglich sei, merkte er lachend an.

Truchthari und Arwid waren wie der König erstaunt über den allgegenwärtigen Mistelschmuck sowie die altgermanisch-heidnischen Dekorationen. Vor allem die sehr realistisch gestalteten Silberhabichte, die über der langen Walhall-Tafel als Kronleuchter installiert waren, hatten es ihnen angetan.

„Nicht umsonst gilt der Habicht mit seiner kräftigen Gestalt, den langen, zupackenden Fängen und den breiten, kurzen Schwingen des Überraschungsjägers als Inbegriff des ‚Raub'-Vogels. Der flache Schädel mit den roten Augen stellt ihn außerhalb unseres Sympathieschemas, fehlt ihm doch der heraldische Stolz des Adlers und die anmutige Ästhetik des Falken ...", dozierte Arwid.

„Und doch ist er unser Wappenvogel", versetzte trocken der König.

Die Freunde waren mit ihren Gemahlinnen gekommen, wobei bereits nach kurzer Zeit eine unbedeutende Meinungsverschiedenheit der beiden dazu führte, dass sich Gunhild nun an die Gastgeberin hielt. Ischthoret, die ihrem nordischen Spiegelbild mit Sympathie begegnete, legte bald den Arm um Gunhilds Taille und führte sie zu besonderen Punkten des Gartens: den Springbrunnen und den Volieren mit seltenen und farbenprächtigen Klettervögeln, deren Geschrei ein verständliches Gespräch in der näheren Umgebung schier unmöglich machte.

Der Truchsess blickte seiner entschwindenden Gattin nach, wandte sich zu Ceridwen und Arwid und meinte nicht ohne eine gewisse Schadenfreude in der Stimme: „Wenn Gunhild im Entferntesten ahnte, wie viele Männer dieser Arm schon umfing, sie würde wohl eine Woche lang nicht mehr aus der Badewanne auftauchen."

„Hauptsache, du warst nicht darunter", gluckste Ceridwen.

Die Gäste, Honoratioren aus Karthago gleichermaßen wie vandalische Adelige und einige vornehme Alanen strömten nun in großer Zahl herbei, so dass es allmählich eng wurde und man sich im Menschengewühl aus den Augen verlor. „Das Niveau der Gespräche erhebt sich nur sehr wenig über den Erdboden", meinte Arwid, als er nach einer kleineren Odyssee durch die weitläufigen Gänge der Villa zufällig wieder mit Truchthari zusammentraf, „ich habe große Lust, mich einmal wieder so richtig zu betrinken, wenn schon sonst nichts los ist!"

Der Freund erhob seinen Becher und sie tranken gemeinsam auf das Wohl des Königs, dann auf das Wohl des Eros und der Gastgeberin, wurden dann aber durch zwei der Bediensteten Ischthorets getrennt, die wohl das Paar für Junggesellen hielten. Sie ähnelten sich in gewisser Weise wie Zwillinge, nur dass die eine von der Nachtschwärze der Numider, ihr Pendant aber wie die Gastgeberin eine bronzefarbene Punierin war. Die Dunkelhäutige drückte sich an Arwid und versuchte ihm nach wenigen Worten der Vorstellung ihrer Person als Amida eine kleine Runde in einem der Zimmer schmackhaft zu machen.

„Ich bin mit meiner Frau hier", wehrte er sich standhaft und warf einen hilfeheischenden Blick in die Runde. Allerdings konnte er Ceridwen nirgends entdecken.

„Wenn wir uns beeilen", gurrte die aparte Numiderin, „wird sie bestimmt nichts bemerken!"

Arwid, der dem Mädchen nicht wehtun wollte, meinte daraufhin, es läge ihm fern, sich mit ihr beeilen zu wollen, wenn man schon eine so schöne Frau haben dürfte, sollte man sich Zeit lassen. Prompt kam diese Botschaft falsch bei Amida an: „Wir haben alle Zeit der Welt, mein Prinz", zog sie ihn am Ärmel, und erneut sah er sich in der Defensive. Als er Truchthari zu Hilfe rufen wollte, war dieser mit der Punierin bereits verschwunden.

„Typisch", zischte er, „treulos bis ins Mark!"

Wie gerufen näherte sich Gunhild, die Arwid förmlich mit ihren Blicken durchbohrte, was Amida nicht entging. In der zwar falschen, dennoch für Arwid rettenden Annahme, sie müsse sich in wenigen Augenblicken mit der Angetrauten des Vandalen auseinandersetzen, räumte sie das Feld.

Auch Truchthari hatte sich seiner Begleiterin entledigt, gewiss nicht so abgrundtief von der Richtigkeit seines Handelns überzeugt wie Arwid, aber er trug kein Verlangen, sich den Abend zu verderben. Zufällig stieß er, kurz nach dem Kontakt zwischen Gunhild und Arwid im Gewühl der Gäste wieder auf sein Eheweib, was ihn sichtlich amüsierte. Er grinste übers ganze Gesicht. Sie hingegen mochte nichts Lustiges darin finden, ihm unter diesen Umständen zu begegnen.

„Stell dir vor, es wäre jetzt ein Maskenball, ich würde dich glattwegs verführen“, lachte er unbekümmert.

„Das eben unterscheidet uns“, merkte sie spitz an, „ich würde mich nur dann verführen lassen, wenn ich sicher sein könnte, dass du es bist, während du jedes beliebige Mädchen aufgabeln würdest!“

„Was höre ich da aus deinem Mund“, entrüstete er sich zum Schein, „welcher Sprache bedienst du dich, oh verworfenes Weib?“

In Gunhilds Gesicht regte sich kein Muskel, keine Nervenfaser spiegelte im Entferntesten wieder, was sich in ihrem Inneren abspielte.

„Die Form ist dir wieder mal wichtiger als der Inhalt“, konstatierte sie knapp, „du versuchst also gar nicht, meine Aussage abzustreiten, wie?“

Truchthari rang theatralisch die Hände und legte sich eine Apologie zurecht, die er dann jedoch zugunsten einer andern Strategie fallen ließ. Vertraulich neigte er sich zu ihrem Ohr. „Ich würde dich auch jetzt gerne verführen“, raunte er und versuchte sie mit einem schmachtenden Blick zu erweichen. Gleichzeitig boxte er mit der freien Hand eine Tür zu einem Nebenraum auf, in den er sie eiligst zerrte. Doch kaum war die Tür hinter ihnen zugefallen, versuchte sie ihn wieder abzuwimmeln. „Jetzt sei nicht albern“, murmelte sie, doch gewährte sie seinem Drängen mehr Raum als ursprünglich beabsichtigt.

Er küsste sie auf den Mund und ließ anschließend, seine Kenntnisse ihrer intimen Topographie ausnutzend, spielerisch seine Zunge über ihren Hals nach unten zu den Schlüsselbeingruben gleiten. Ihr Widerstand schmolz wie Schnee unter der Märzsonne und sie ließ sich mit geschlossenen Augen wie willenlos von ihm führen. Erregt von der prickelnden Exotik seines Vorhabens, die spröde Ehefrau während eines Festes zu verführen, nestelte er an ihren Gewandspangen und -nadeln. Doch gerade als er sie so weit hatte, dass sie sich auf die bereitstehende Kline niederließ, schob sie ihn von sich. All das Rot um sie her machte ihr überdeutlich, wo sie sich eigentlich befand. Ein Schauer körperlich manifesten Ekels schüttelte sie von oben bis unten, während sie sich gleichzeitig bemühte, ihre Kleidung in Ordnung zu bringen als auch ihn von weiteren Avancen abzuhalten. Schließlich gab er nach, zumal der Reiz des Unbekannten mittlerweile einem gewissen Wiedererkennungseffekt gewichen war. Wie immer konnte und wollte Gunhild sich nicht gehen lassen. So gut es ging, ordnete sie ihr Haar und stürmte hinaus, um für den Rest des Abends nur noch mit ihrem Oheim Konversation zu treiben.

Truchthari indes schob den Gedanken, sich an diesem Abend der Lust in die Arme zu werfen, von sich und beschloss, Arwids Appell zu realisieren, sich mal wieder ordentlich zu betrinken. Bald hatte er ihn inmitten des Gewühls im Gespräch mit einer seiner zahllosen Schwägerinnen, an deren Namen sich niemand erinnerte, aufgespürt. Arwids vor dem Bauch verschränkte Arme wie seine blasiert gelangweilte Mimik offenbarten ihm, dass er seinerseits das Gespräch lediglich durch intensives Weghören bestritt. Rasch hatte er ihn losgeeist und man hatte sich in einen ruhigen Winkel zurückgezogen und über die Frauen im Allgemeinen sowie Gunhild und Ceridwen im Speziellen gelästert. Sie hatten getrunken und getrunken, und langsam, aber sicher verschwamm die reale Sicht auf die Dinge immer mehr und die Allgemeinplätze drängten unbarmherzig nach vorne. Mit genau dosiertem Energieaufwand gelang es dem Truchsessen, seinen Körper in die Vertikale zu bewegen und während er sich in Richtung der Latrinen entfernte, entschuldigte er sich mit einem mühsamen „Komm gleich wieder" von Arwid, der es sich auf der Kline bequem gemacht hatte und sich gerade seine Kalyx neu füllen ließ.

Der Weg zu den Latrinen war weit, und erst recht der Rückweg geriet zu einer Odyssee durch von Gästen kaum frequentierte Gänge des weitläufigen Gebäudekomplexes. Völlig unvermutet wurde er der Rückansicht einer allzu bekannten, durchaus weiblichen Figur gewahr, die vom Mondlicht umflossen in einem kleinen Erker stand und nach draußen blickte. Seit jener unerwarteten Erscheinung Ceridwens im Fort von Taza war ihm keine Heimsuchung dieser Art mehr widerfahren. Nach ihrer Hochzeit hatte sie dem vormals so begehrten Mann keine weiteren Avancen mehr gemacht, wohl weil ihr und Arwids Trauringe aus dem lauteren Gold der Liebe geschmiedet waren.

Während Truchthari sich leise näherte, meldete sich eine noch leisere innere Stimme, ob es nicht so etwas wie eine Solidargemeinschaft mit seinem besten Freund gäbe? Doch hörte er da nicht ein kaum wahrnehmbares, unterdrücktes Stöhnen? Und wo waren eigentlich die Hände des feenhaften Wesens? Mit dem nächsten Schritt nahm er die Aura eines sinnlich betörenden Parfums wahr, dessen Duft jegliches Moralempfinden in ihm lahmlegte. Wie in Trance fühlte er sich magisch angezogen, glaubte ihr Haar mit den Wimpern zu spüren, bis er schließlich physisch in ihre dichten Locken eintauchte. Der unwiderstehliche schwere Duft, der von ihnen ausging, schlug ihn völlig in seinen Bann, und doch war er ganz bei sich. Behutsam, als gelte es einen zerbrechlichen Falter zu fangen, umfasste er von hinten ihre Brüste. Noch ehe er begann, sie sacht zu streicheln, fand er ihre Knospen bereits hart, und sie kam ihm zuvor, indem sie sich verlangend gegen ihn presste.

„Genau dich hab ich mir herbeigewünscht", flüsterte sie erregt, während seine Hände an ihr suchend abwärtsglitten und den leichten, plissierten Chiton über ihre straffgespannten Schenkel nach oben streiften, „dich, nicht Arwid!"

Er seufzte vor Verlangen und Lust, als sich ihre Körper der trennenden Hüllen ledig berührten. Als er sie mit vor Erregung zittriger Hand am Kinn fasste und ihr Gesicht zu einem verlangenden Kuss zu sich herumdrehte, entzog sie sich ihm nach einer flüchtigen Erwiderung und warf ihm einen flackernden Blick zu. „Ich will jetzt keine Zärtlichkeiten", ächzte sie mit heiserer Stimme, „ich will nur einen Mann!"

Atemlos und keuchend, mit geröteten Gesichtern lehnten sie in dem kleinen Erkerchen. Dank der Abgeschiedenheit ihres Versteckes war, den Geräuschen zu Trotz, niemand auf sie aufmerksam geworden. Gerade als sie sich wieder in Hinsicht auf Kleidung und Frisuren rearrangiert hatten, schlenderte das Gastgeberpaar an ihnen vorüber, offensichtlich ohne sie wahrzunehmen, denn sie schienen sich angeregt zu unterhalten. Ischthoret lachte jenes unbeschwerte natürliche Lachen des glückseligen Zustands der homerischen Götter.

Jene Unbeschwertheit verließ Truchthari im gleichen Maß, indem sich eine gewisse Ernüchterung, verbunden mit einer deftigen Prise schlechten Gewissens, einstellte. Worauf nur hatte er sich da eingelassen? Die Antwort auf diese stumm an sein Inneres gerichtete Frage war ebenso einfach wie unschön: Ehebruch! Und nicht nur das, obendrein mit der Frau seines besten Freundes!

Doch jetzt, immerhin, zog Ceri ihn an sich und küsste ihn auf den Mund. Als er aufbegehren wollte, versiegelte sie seine Lippen mit jenem berühmten Finger, der „Schweig!", bedeutet und sah ihn durchdringend an. „Jetzt schau nicht so betreten", flüsterte sie schließlich, „du hast es so gewollt und ich habe es so gewollt, damit ist alles in Ordnung."

„Und Arwid?", entgegnete er zögerlich.

„Wurde nichts weggenommen", ergänzte sie seine Frage zum Aussagesatz, „ich bin weiterhin sein ihm in Liebe verbundenes Eheweib, wie du weiterhin Gunhild beglücken wirst ..."

„Das mit Gunhild ist etwas anderes", stotterte Truchthari, sich selbst entschuldigend, „aber ich habe die Treue meines besten Freundes missachtet, das ist es, was mich niedergeschlagen macht."

„Du brauchst dich doch bloß ihm gegenüber zu offenbaren", entgegnete sie keck, „zeige Geständigkeit und Reue und er wird dir verzeihen", sie verschränkte die Arme vor der Brust, und während ihr Mund noch lächelte, schien es, als wollten sich ihre Augen in Eiskristalle verwandeln. „Von mir wird er es nicht erfahren", bemerkte sie kalt und ihre Stimme gewann mit einem Mal an Klarheit und Festigkeit, „und wenn er es trotzdem erführe, werde ich ihn für mich gewinnen, das schwöre ich dir! Und was dich betrifft", intonierte sie, als sagte sie eine magische Formel auf, „ich belege dich nun mit einem Geis: Ich stelle es dir frei: Sag Arwid, was dich umtreibt und nie wieder, hörst du, nie wieder wirst du die Freuden genießen, die ich dir schenken kann!"

Truchthari fuhr hoch. „Und wo ist die Gegenleistung? Was nimmst du auf dich für mein Schweigen?"

„Wenn du darauf bestehst – bitte", meinte sie in fast gelangweiltem Tonfall, „dasselbe soll auch für mich gelten! Nur, darauf kannst du Gift nehmen, mir stehen Mittel und Wege zu Gebot, Arwid im Hafen der Ehe zu halten, während ich für eure Männerfreundschaft schwarz sehe."

Als er ihr einen skeptischen Blick zuwarf, seufzte sie.

„Männer", sagte sie nur noch kopfschüttelnd und fuhr ihm durchs Haar.

„Genau so gut könnte ich jetzt sagen ‚Weiber'", brummte Truchthari, „schau dir nur Ischthoret an. Vor ein paar Wochen noch ein zugleich leidender wie feuerspeiender Drache und jetzt schwebt sie leichten Schrittes und unbeschwert einher, wie Hebe, die ewige Jugend ..."

Ceris Miene verdüsterte sich mit einem Male. „Was Ischthoret betrifft, glaube ich, muss ich dir etwas erzählen – aber nicht hier." Sie nahm ihn wie einen kleine Jungen bei der Hand und führte ihn hinaus in den Garten, wo sie sich auf der Ummauerung eines Springbrunnens niederließen. „Eigentlich darf ich über derartige Dinge ja gar nicht sprechen", begann sie verhalten, „aber du darfst es wissen, was da passiert ist."

Truchthari runzelte die Stirn, enthielt sich aber der Fragen, die ihm auf der Zunge lagen, etwa: „Wie das?", oder: „Was bedeutet bei dir eigentlich ‚eigentlich'?", stattdessen ermunterte er sie mit einem „Ja, das würde mich doch interessieren, wie ein derartiger Wandel zustande kommen kann."

„Es geht hier allerdings nicht so sehr um die Befriedigung deiner Neugierde", gab sie trocken heraus, „als darum, deinem materialistischen Geist einmal zu demonstrieren, was die Seele alles vermag, deren Existenz du ja in Abrede stellst."

„Habe ich je gesagt, die Seele würde nicht existieren? Es mag ja sein, dass ich daran zweifle, aber dass es sie nicht gibt, zu dieser Behauptung habe ich mich sicher nicht verstiegen."

Sie lachte wie über ein gelungenes Bonmot oder einen Witz. „Es mag sein, dass ich zweifle ... Also nicht einmal in deiner Skepsis bist du dir sicher oder wie?"

„Darüber muss ich noch mal nachdenken. Das ist mir so noch gar nicht in den Sinn gekommen, ob ich etwa auch meinen Zweifel bezweifle", versetzte er ebenfalls belustigt. „Aber Spaß beiseite. Sofern der Mensch auch unter seiner eigenen Bosheit leidet, dann ging es ihr ja tatsächlich mehr als schlecht – und das war alles die Seele?"

„Naja, die Folgen natürlich nicht", engte Ceri ihre Diagnose ein, „aber die Ursachen auf jeden Fall, und da sind sich ja die Ärzte aller Schulen ausnahmsweise einmal einig, dass die Ursachenbeseitigung der Anfang allen Heilens ist. So wie Ischthoret ihre Tage hinbrachte, war ja nicht mehr mitanzusehen. Du wirst es jetzt vielleicht nicht glauben, aber ich empfand ein tiefes Mitleid mit der armen Frau. Sie wäre nicht die erste, die ihr blühendes Leben wegen eines Mannes, noch dazu des falschen, weggeworfen hätte. Ich habe mir die Freiheit genommen, sie in einer ruhigen Stunde zu besuchen, und sie schüttete mir ihr Herz aus. Sie gestand mir unaufgefordert ihre Verfehlungen, berichtete von ihren Sühneversuchen und ihrer tiefen Krise. Ich glaube, sie beschönigte nichts. Ich machte ihr klar, dass ihr Tanit-Opfer wohl den religiösen Aspekt bereinigt hätte, aber dass ihr gegenwärtiges Kranksein nichts mehr mit ihrer eigenen Schuld zu tun hätte und sagte ihr auf den Kopf zu, dass es da noch etwas anderes, eine tief in ihr wirkende Verletzung, geben müsse. Nach einigem Zögern und Versuchen, eine letzte Offenbarung zu umgehen, erzählte sie mir schließlich von dem inneren Bild, das sie von ihrem Vater hatte, das sehr mit der äußeren Erscheinung dieses, wie sie ihn nennt, ‚Dreiviertelhelden' Nikomachos übereinstimmte. In eben diesen hätte sie sich dann mit Haut und Haaren verliebt und für ihn wäre sie bereit gewesen, alles zu tun."

„Wirklich alles?", fiel ihr Truchthari ins Wort.

„Alles! Das eigene langsame Absterben mit inbegriffen – das kannst du alter Egoist natürlich nicht nachvollziehen ..."

Truchthari verdrehte die Augen zum Himmel: „Das ist jetzt nicht das Thema, erzähl weiter!"

Ceri überlegte einen Augenblick. „Ich möchte jetzt nicht in die Details gehen, aber sie erfuhr eine der gröbsten Verletzungen, die möglich sind, unter der Sonne und unter dem Mond."

„Ich verstehe", presste Truchthari hervor, „Nikodingsbums sah nicht nur so aus ..."

Ceridwen nickte schweigend.

„Und hast du dieses Schwein mit einem Bannfluch belegt, dass er nie wieder ...", ereiferte er sich weiter.

„Ach Truchthari! Dass ihr Männer immer nur an Rache und Vergeltung denken müsst! Also, was diesen Mann betrifft" – sie sprach das Wort „Mann" etwa so aus, wie man normalerweise „Wanze", „Zecke" oder „Ratte" intoniert – „der interessiert in keinster Weise, aber mein Werk hier ist keines der Rache, sondern der Wieder-Heil-Werdung." Sie sah in Truchtharis forschend auf sie gerichtete blaugraue Augen. „Es kann sein, dass du das jetzt nicht verstehst, es ging um die Rückführung Ischthorets zur inneren Harmonie, um Versöhnung, Aussöhnung mit dem Vater!"

Truchthari ließ hörbar angestaute Luft zwischen den Zähnen entweichen und schüttelte heftig den Kopf.

„So richtig verstehen tut das niemand", gab sie zu, „aber das

‚wie' ist nicht so wichtig, Hauptsache es nützt dem Kranken. Nennen wir es einfach magische Medizin oder ein Ritual: Ich räuchere die Kranke mit bestimmten, geheimen Kräutern ein, wodurch ihre Aura gegen schädigende Einflüsse geschützt wird – in Augenblicken wie diesen, da der Mensch sein Innerstes auftut, ist er besonders angreifbar. Denke einmal an ein so wehrhaftes Tier wie die Mantis, wenn sie aus dem beengenden Mantel schlüpft. Es ging darum, sie aus dem Bann ihres Vaters zu befreien, denn sie lebte nicht ihr Leben, sondern ließ sich von seinem grenzenlosen Egoismus und Opportunismus unterjochen. Sie opferte sich nicht einmal für irgendwelche hehren, hohen Ziele oder Ideale! Sie machte sich zur Sklavin der schlechten Eigenschaften ihres Vaters beziehungsweise Liebhabers. In diesem Augenblick kann sie sich nur befreien, wenn sie bereit ist, sich auf der seelisch-geistigen Ebene mit ihm auszusöhnen und ihm zu vergeben."

Truchthari nickte zustimmend. „Aber was, wenn nun seinerseits diese Vergebung abgelehnt wird, da er sich keines Unrechts bewusst ist? Wenn er einfach nur lacht angesichts eurer Bemühungen um Aussöhnung?"

Ceridwen verzog das Gesicht, tauchte ihre heißen Hände ins Wasser des Brunnens und spritzte Truchthari ins Gesicht. „Ich sagte doch, der Täter interessiert nicht! Es interessiert nicht seine Reaktion auf diese Gegenüberstellung, von der er ja gar nichts weiß, es interessiert nicht, ob er dieses Verzeihen akzeptiert und damit leben kann! Es geht hier einzig und allein um die verletzte Frau, das Opfer."

Ceri tauchte erneut die Hände ins Nass des Brunnens, und Truchthari bedeckte schon vorsorglich das Gesicht mit dem Ärmel, doch die Druidin lachte nur lautlos und benetzte sich zur Kühlung Stirn und Wangen.

„Als Ischthoret für das eigentliche Ritual bereit war, bat ich sie, sich ihren Vater genau vorzustellen, und wenn er eine konkrete Gestalt angenommen hätte, mit ihm zu reden: „Ich habe von dir das Leben. Dafür danke ich dir und achte dich! Ich lebe mein Leben selbst, wie ich es will, für mich, nicht für dich. Ich bin dir nichts schuldig. Du hast mich tief verletzt. Ich vergesse es nicht, aber ich vergebe dir! Zieh du deiner Wege, wie ich meiner Wege gehe!"

Eine Pause entstand. Truchthari räusperte sich und warf ihr einen skeptischen Blick zu, als wollte er sagen: „Und das soll helfen!?"

Ceri nickte. „Wie du siehst. Was ich in ihrer Aura gesehen habe, war ein Kind, ein Kind der Liebe, das zu ihr will – aber nicht kann! Bis sie empfangen kann, muss noch viel Zeit vergehen. Bei mir ist das anscheinend ähnlich ... Dass sie derart schnell zu ihrem alten Glück mit Demokedes zurückgefunden hat, verwundert zwar ein wenig, aber ich denke nicht, dass sie ihn in alles einweihen wird, was aber auch nicht nötig ist."

„Ich weiß", nickte Truchthari, „hundertprozentige Offenheit ist ja nicht gerade das Deine ..."

„Störe ich etwa die Turteltäubchen", rief Arwid, der von einem Ohr zum anderen grinsend, wie aus dem Nichts aufgetaucht vor ihnen stand. „Jetzt hab ich euch schon überall gesucht, zuerst eigentlich jeden für sich, dann aber, als ich weder den einen noch die andere aufstöbern konnte, verdichtete sich in mir der Verdacht, dass ich euch wohl gemeinsam auffinden würde", er sah von einem zur anderen und lachte erneut, „wahrscheinlich knutschend in einem der zahlreichen Erkerchen oder heimlichen Winkelchen dieser bezaubernden Villa."

Während Ceri ihn mit einem halbherzigen Lächeln bedachte und Truchthari betont in den Arm nahm – „Natürlich, mein Liebster, wie sollte es auch anders sein?" –, wurde der Blickkontakt der Freunde instabil, da Truchthari angestrengt im Halbdunkel des Gartens nach jemand oder etwas Ausschau hielt.

„Ihr werdet mich entschuldigen", säuselte er gekünstelt, „mein treusorgend Eheweib wird sich wohl ähnliche Gedanken machen, und da will ich sie nicht enttäuschen." Sprach's und stürmte davon.

„So, so, er will sie in dieser Hinsicht nicht enttäuschen", brummte Arwid und sah ihm verdutzt nach. Als er sich Ceri zuwandte, wurde er mit einem heißen Kuss empfangen, der ihn an einer tieferen Erörterung des Versprechers hinderte.

Gunhild fand ihn in seiner Kammer vor sich hinstarrend, doch mit einem Ausdruck in den Augen, der sie ängstigte. Das war nicht das übliche weltferne Sinnieren, das sie gelegentlich an ihm wahrgenommen hatte. Leise zog sie die Tür hinter sich zu und beschloss, abzuwarten. Truchthari war durch das Geräusch aus seinem Kampf gegen die Qual des Sich-Erinnern-Müssens aufgeschreckt. Entsetzt blickte er in die grünlichen verschlungenen Ranken auf dem Fußboden, die darangehen wollten, ihn zu umwuchern und anschließend unweigerlich in die Abgründe der sich schon auftuenden Hölle hinabzuziehen. Schuldig war er geworden, schuldig in einer Dimension, die ihm so fremd war wie nur irgend möglich.

Er sprang auf, stieß den Krug kalten Wassers um, das sich über den Boden ergoss, ließ ihn liegen und hastete, wie von Furien gepeitscht nach draußen. Er wich der Pein des direkten Sonnenlichts aus, doch auch im Schatten einer Palme fühlte er sich weder sicher noch geborgen. Er fror, zitterte vor Kälte, einer inneren Kälte, der er wohl nicht mehr entkommen konnte. Wie er die Situation nun bei hellem Tag interpretierte, war er schuldlos schuldig geworden, war in jene klassischste Situation der klassischen Antike geschlittert – nur etwa tausend Jahre zu spät –, sah sich als Opfer der Verblendung. Und doch hatte er einem Menschen Schaden zugefügt, den er eigentlich liebte, hatte den besten Freund betrogen.

Ein für einen Menschen seines Schlages schier undenkbarer Gedanke durchzuckte ihn: Er würde ein Gespräch mit einem Priester suchen müssen! Gleich morgen, und doch ... er unterstand Ceris *Geis*! Würde er auch dies beichten, jene Akzeptanz eines heidnischen, fremden Bannspruchs? Machte er sich, wenn er diesen Passus einfach überging, der betrügerischen Erschleichung der Absolution schuldig, die er bei einem vollen Geständnis nicht erwarten dürfte? Wie ein Blitz durchfuhr ihn die Erkenntnis, dass er damit auch Ceridwen in höchste Gefahr brachte: Hexerei galt im Römischen Reich noch immer als todeswürdiges Verbrechen. Auch wenn so etwas bei den Vandalen seit der Landnahme in Africa noch nicht vorgekommen war, wollte nicht gerade er es sein, der für einen Präzedenzfall sorgen würde, indem er im Rahmen seiner Beichte die noch immer als fremd angesehene Ehefrau des Prinzen Arwid des Ehebruchs und der Hexerei bezichtigte!

Nein, hier durfte nichts überstürzt werden, dachte er, als er endlich klarer zu sehen begann. „Blinde Reue schadet nur“, fand er bereits wieder Sinn am Kalauern, doch so richtig wohl fühlte er sich nicht in seiner Haut. Nicht zuletzt um allen Beteiligten vorerst aus dem Weg zu gehen, holte er Hugin zum Trainieren vom Pflock, der Habicht war der einzige, dessen Gesellschaft er jetzt ertragen konnte.

* * *

Die Villa am Meer

Karthagos Umland, März 440 A. D.

Es war Frühling geworden. Culleus hatte dem neuen Wein mehrere Monate Zeit gegeben, doch jetzt war seine Geduld am Ende. Im Hinausgehen, Truchthari trug leichte Jagdmontur, ziegenlederne Riemensandalen, die kurze, den römischen Braccae abgesehene Hose und eine erdfarbene Mantilla, stolperte er beinahe über seinen Freigelassenen, der mitten im Hof stand. Culleus dirigierte vier Sklaven, die normalerweise nur für Handlangerdienste herangezogen wurden, herum. Sie balancierten mit Hilfe von Tragestangen breite Bretter mit seltsamen, kuchenförmigen Gebilden über den Hof in Richtung der Kelterräume.

Verwundert zog Truchthari die Braue hoch. „Was gibt das hier, wenn es fertig ist?“, fragte er halb belustigt, halb interessiert ob des Eiertanzes, den die Sklaven aufführten.

Culleus brachte eine Gesichtsgymnastik zuwege, die wohl ein gewinnendes Lächeln darstellen sollte. Er vereinte in sich die Merkmale der Nubier, dunkle Hautfarbe und krauses Haar, mit dem scharfen Profil der Römer, was auf das Resultat einer Eskapade seines Herrn mit einer Sklavin schließen ließ. Mit großer Geste wies er auf die Tabletts. „Feinen Wein“, verkündete er.

Auf Truchtharis fragenden Blick beeilte er sich, zu erklären, was er vorhatte, wofür er seine breiten Spatelhände vor dem Gesicht zum spitzgiebligen Dach zusammenführte.

„In dem neu erworbenen hast du zwar einen hervorragenden Weinberg, Nordostlage, mit warmem, lockerem Boden, aber die Weinlese verlief im letzten Jahr bedingt durch, äh, gewisse unvorhergesehene Veränderungen nicht plangemäß. Der *dominus*, also mein Vorbesitzer, der nicht so weitblickend war wie du, dass er sich herabgelassen hätte, mir die Freiheit zu schenken“ – er kicherte ein wenig verlegen oder nur verwundert, ob er zu dick aufgetragen hatte – „hat sich vor seiner überstürzten Abreise nicht mehr um den Weingarten kümmern können. Außerdem hatten sich die meisten Sklaven davongemacht. Nun müssen wir uns eben etwas einfallen lassen, dem, mit Verlaub gesagt, recht suboptimalen Wein etwas aufzuhelfen. Früher, zu Bonifacius Zeiten, wäre es kein Problem gewesen, einen leicht herben Wein auf den Markt zu bringen, denn viele folgten ihm in dieser Mode, aber die Barb...“ – er räusperte sich, als wäre ihm gerade eine besonders dicke Gräte im Hals stecken geblieben – „… die neuen Herren lieben ja mehr die lieblichen Geschmacksrichtungen. Nun frage ich dich, wer kann es sich leisten, am Geschmack derer, die das Geld haben, vorbeizuproduzieren?“, wollte er, allmählich keck geworden, von seinem Arbeitgeber wissen. „Also sagte ich mir, du machst schon lange genug in Wein, als dass du nicht einen Kniff aus der Zauberkiste parat hättest. Was wir hier vorbereitet haben“ – er wies nochmals auf die ausladenden Tablette – „sind Küchlein aus Wickenmehl, die eine Nacht lang in heißem Most gebadet haben.“ Er machte einen Schritt in Truchtharis Richtung. „Ihr dürft sie gerne anfassen, aber vorsichtig, sie sind noch warm.“ Er beugte sich selbst über einen der Kegel und schnupperte daran. „Dass sie nicht nach Wicken riechen, liegt an den Gewürzen im Most, an dem sie heute Nacht saugen durften. Sie werden jetzt gleich, solange sie noch nicht abgekühlt sind, dem minderwertigen Wein zugegeben. Cato schon empfiehlt dies und er sagt, der Wein wird dann edel schmecken und ebenso riechen.“ Stolz auf seinen guten Einfall faltete er die Hände über dem ausladenden Bauch.

Truchthari war die Zornesröte ins Gesicht gestiegen. „Untersteht euch“, legte er los, „das ist ja Betrug! Bei uns Vandalen herrscht noch Ehrgefühl, was euch Römerknechten nach Jahrhunderten der Unterdrückung natürlich abhandengekommen ist. Nennen wir das Kind doch beim Namen: Ich gebe meinen und meiner Domäne Namen nicht her für gepanschten Wein!“

Doch Culleus ließ den Ausbruch äußerlich unerschüttert an dem sprichwörtlich dicken Fell des Weinbauern abperlen und lächelte nur milde, seine Miene nichts als besseres Wissen des Fachmannes. „Aber Herr“, beschwichtigte er Truchthari, „das hat doch nichts Ehrenrühriges an sich. Was wir hier tun, ist völlig *lege artis* – gemäß uralter Handwerkskunst, wenn du verstehst, was ich meine –, die Kunst besteht doch gerade darin, dass es niemand bemerkt. Es wäre für mich ein Leichtes, einen aromatisierten Zungenschmuser aus den Fässern herauszuzaubern, wenn du das bevorzugst, aber dann schmeckt und riecht eben alles wie Rose, Veilchen oder Pistazien. Oder“, mit gewachsenem Selbstbewusstsein warf er den Kopf in den Nacken, „willst du vielleicht lieber einen Medizinalwein herstellen? Einen Meerzwiebelwein zur Stärkung verfetteter Herzen? Nein, Scherz beiseite! Schau, Herr“ – begütigend legte er seine Hand auf Truchtharis Unterarm – „wenn du mich einfach machen lässt, verkaufst du mehr und teurer."

Truchthari stemmte die Fäuste in die Hüften. „So", versetzte er spitz, „meinst du, ich verkaufe Wickenwein, der die Gedärme durchspült, als gelte es, saubere Wursthaut daraus zu machen? Da brennst du dich aber, mein Lieber!"

Culleus gab überzeugendst den Beleidigten. „Unter uns, die anderen verwenden ja viel schlimmere, mitunter giftige Substanzen für solche Zwecke: Gips, Asche von Eichenrinden, Harz, Marmorstaub, Muschelkalk oder schlichtweg Meerwasser von ganz weit draußen. Gott bewahre, so tief sind wir hier, der römischen Tyrannis zu Trotz, nicht gesunken! Auch wenn ich kein Weinschlauch bin, mein Name kommt nicht von ungefähr. Ich erkenne wohl, was ein guter Tropfen ist, und ich kann dir sagen: Verlass dich auf mich und meine Kunst, und du wirst staunen über den Jahrgang Eins der Ära Geiserich."

Vor so viel Überzeugungskraft wichen denn auch Truchtharis Bedenken, und außerdem wollte er zur Jagd gehen und sich nicht einen Vortrag über Weinbau anhören. „Wie du meinst", kapitulierte er schließlich und schwang sich auf sein Pferd. Vor dem Tor stieß Arwid zu ihm und schweigend ritten sie los.

Es war zwar noch nicht lange hell, die Sonne hatte noch nicht Kraft genug gesammelt, um ihr Licht in Wärme umwandeln zu können. Trotzdem wurde den beiden vandalischen Kriegern, die auf der Suche nach Jagdbeute die Landschaft durchstreiften, wieder einmal bewusst, über welch elementare Kraft jene Sonne letztlich verfügte, die sie aus den Sagen ihrer Heimatländer als ein schwaches Gestirn kennengelernt hatten, das sich beim Untergang der Götter bereitwillig vom Fenriswolf verschlingen ließ. Schon in den hispanischen Provinzen hatten sie den Lichtbringer als einen den Spätaufsteher strafenden Himmelsofen kennengelernt, doch hier in Africa war es nun endgültig vorbei mit einer gemächlichen Tageseinteilung. Gerade wenn man zur Jagd gehen wollte, hieß es zu besonders früher Stunde draußen zu sein, da das Wild, wie überall, in der Kühle der Morgenstunden seiner ersten Äsung nachging, um sich dann zu verbergen.

Um hinaus ins Weite zu kommen, gaben sie ihren Pferden die Sporen. Die beiden jungen Männer ritten in Richtung der aufgehenden Sonne. Wie lange Fahnen flatterten ihre Mäntel schwer hinter ihrem Rücken. Das gleichmäßige Stampfen der Pferdehufe und das rhythmische Klappern der Metallteile ihrer Ausrüstung diente nicht zuletzt dazu, aufgeschrecktes und scheugemachtes Wild zum Verlassen der Deckung zu bewegen. Beide trugen sie ihre stattlichen Habichte auf der Faust, die schon der zu schlagenden Beute entgegenfieberten. Während ihre Augen unter den vernähten Kappen wie erblindet ruhten, befanden sich die Tiere in einem Dämmerschlaf berauschter Traumbilder. Zwei Tage hatten sie hungern müssen und waren nun bereit, sich auf jedes Beutetier zu stürzen, das so aussah, als ob sie es überwältigen könnten. Arwid und Truchthari kannten einen großen Teil des Terrains schon von diversen Streifzügen her. Kaninchen gab es in Hülle und Fülle, Tauben und unbekannte Bodenvögel, die sie an gesprenkelte Rebhühner erinnerten. Steinhühner, die mit polternden Schwingen und krächzigem Geschrei auf sich aufmerksam machten, solange man ihnen nichts anhaben konnte, und sich in Nichts aufzulösen schienen, sobald man einen Beizvogel oder Bogen mitführte.

Sie näherten sich nun dem großen Verteidigungswall Karthagos, der sich weit außerhalb des bewohnten Stadtgebiets aus dem Staub der Macchienlandschaft erhob. In seiner Frühzeit, als hier noch die Punier Hannibals gegen die Römer Scipios hielten, hatte dieses Zyklopenwerk an seiner Basis annähernd 27 Fuß in der Breite gemessen und sich auf 42 Fuß Höhe nach oben hin verjüngt. Heute musste man sich zusätzlich auf den natürlich ansteigenden, felsigen Untergrund verlassen, der eine Annäherung an den Wall erschwerte. Auch nach der Einnahme der Stadt durch die Vandalen gab es noch jene Fallgruben gegen Reiter, die vor der Mauer angelegt waren, nur die Tarnungen hatte man entfernt, damit niemand versehentlich zu Tode stürzte. Doch noch immer galt es, die Augen offenzuhalten, nach alten Fußangeln, die sich in der dürftigen Vegetation verborgen hielten. Auf einigen der in regelmäßigen Abständen aus den Mauern ragenden Türmen konnten sie schemenhaft Wachmannschaften ausmachen, die sich wohl gerade das Frühstück bereiteten. Vereinzelt drangen, wie durch Watte, an die verstärkte Aufmerksamkeit ihrer Hörsinne raustimmige Wortfetzen. Arwid deutete auf einen kleinen Hügel etwas abseits und lenkte sein Pferd dorthin. Truchthari folgte kommentarlos. Als sie ihn nach einiger Zeit und nicht ohne Mühen erklommen hatten, bot sich ihnen der nicht alltägliche Anblick der Hafenstadt von oben her. Noch nie hatten sie die Stadt in ihrem ganzen Ausmaß gesehen. Sie kannten Nemausus, Arausio, Narbo oder besser ihre Überreste, hatten Carthagena, Sevilla und Hippo Regius gesehen, aber was sich hier vor ihren Augen erstreckte, stellte alles bisher Gesehene in den Schatten.

Die von einer zusätzlichen inneren Mauer umgebene *Colonia Iulia Augusta Carthago* war zwar lange nicht so groß und mächtig wie das antike Qart-hadasht der Phöniker, doch die Masse der Häuserwürfel, die grün aus dieser Farblosigkeit hervorspringenden Palmen, die gesprenkelten Dächer der Tempel und Kirchen boten im Morgendunst ein malerisches Bild. Golden überstrahlte das hoch auf dem Turm befindliche dreifache Kreuz der katholischen Kirche in der niedrig stehenden Sonne alle übrigen Bauwerke. Trotz des Eifers der africanischen Bischöfe war es nicht gelungen, in dieser Stadt der Toleranz und des philosophischen Freisinns die alten heidnischen Tempel zu schließen und die Kulte etwa der punischen Aphrodite, des göttlichen Julius oder auch des finsteren Baal völlig auszurotten. Die streng rechtwinklig konstruierte Römerkolonie war auch nach vierhundert Jahren noch immer ein Fremdkörper im an Spiralen und Kreisen orientierten Africa. So war es wenig verwunderlich, dass nur noch das Zentrum römisch wirkte, dominiert von dem mächtig aufragenden Triumphbogen des Septimius Severus, den weitgespannten Kuppelaggregationen der öffentlichen Thermen und diversen Kolonnaden. Ansonsten war die Stadt der Osmose mit dem umgebenden Land anheimgefallen. Aus der überschaubaren Anlage war im Laufe der Zeit ein undurchdringlicher Dschungel verwinkelter, mehr oder weniger anarchisch neben- und übereinandergesetzter Häuser und Bauwerke geworden. Gerade dieser langsame, der Natur nachempfundene Wachstumsprozess hatte aus der sterilen Römerkolonie einen Ort werden lassen, der sich wieder dem Leben zuneigte. Allenthalben spross und wucherte wildes Grün, den Menschen nicht nur zum Nutzen, sondern auch zur Freude. Es gab erstaunlich viel Raum für mächtige Bäume, Palmen, blüten- und duftreiche Sträucher aller Art, und es wimmelte von kleinem Getier, das sich seine Wohnstatt neben dem Menschen einrichtete. Allen voran die Tauben und Katzen der punischen Aphrodite, die auch in christlicher Zeit geduldet waren.

Arwid war fasziniert vom Anblick der Stadt im fahlen Licht des frühen Morgens, den langen Schatten der Türme und Mauern, dem aufsteigenden Rauch aus unzähligen Kochstellen, der verriet, dass man auch innerhalb der Stadt den herannahenden Tag mit heißen Getränken begrüßte.

Das also war jene berühmte Stadt, die den Römern vor Urzeiten derartige Schwierigkeiten bereitet hatte, dass sie, angesichts ihrer Heere, in den panischen Ruf „*Hannibal ad portas*“ ausbrechen mussten. Von hier aus war der letzte nennenswerte Widerstand gegen die Romanisierung des Mittelmeerraumes ausgegangen. Im selben Jahr, als die Söhne der Wölfin sich gegen das in den Makedonen verkörperte Griechentum endgültig durchsetzten und das Symbol hellenischer Freiheit, Korinth, dem Erdboden gleichmachten, schleiften sie das Zentrum jener ihnen unheimlichen Händlerkultur des Westens, deren Schicksal über Jahrhunderte so eng mit dem ihren verbunden gewesen war. Doch der Genius loci Karthagos ließ sich nicht auf Dauer veröden. Dies erkannte bereits die nächste Generation nach dem schäumenden Zensor Cato, Männer wie die Gracchen, sodann Caesar und schließlich Augustus, die dort, wo vormals die entschlossensten Feinde der Republik ihre Schwerter gegen sie gewetzt hatten, Kolonisten ansiedelten.

Im Hintergrund zeichnete sich noch das exakt umschriebene Vieleck jener berühmten „Choma“ genannten Aufschüttung ab, die Scipio von seinen Soldaten hatte anlegen lassen, um die Hafengegend Karthagos direkt erstürmen zu können. Dieses in Salzwasser gegossene Monument aus Stein, Sand und Lehm, das stellvertretend stand für Ströme vergossenen Schweißes und Blutes, war bis dato erhalten geblieben, hatte der zerstörerischen Wut der anbrandenden Wasser standgehalten, während das Ziel dieser gigantischen Anlage, der Kriegshafen selbst, nicht mehr verwendet wurde. Selbst jetzt noch, unter Geiserich, gab es nur den Handelshafen im Nordosten.

Karthago war nie die Stadt gewesen, die unermesslichen Reichtümer, über die sie gebot, selbst zu verteidigen. Sie war eine Stadt der Venus, in ihrer alten Sprache Tinit oder Tanit, Ischthoret im neuen Dialekt. Ihr Metall war immer schon das Kupfer gewesen, nicht das Eisen der Römer oder das Gold der Ägypter. Kupfer muss allezeit in Bewegung sein, die Dienste der Stadtgöttin bedurften der Entlohnung in barer Münze, die in Waren umgewandelt zu den Gestaden und Küsten ferner Völker verschifft wurden. Ihr Metall arbeitete, es war kein Hort, auf dem auszuruhen sich lohnte, noch war es anfällig für den Rost der Ruhe. Was war ein Rom ohne seine Kriege, was ein Ägypten ohne die verschwenderische Pracht seiner Tempel? Ebenso jämmerliche Orte wie ein Karthago ohne Welthandel.

Nun, da Geiserich die Stadt seinem Herrschaftsbereich angegliedert hatte, stellte er die Schwerter zum Schutz, die Karthago selbst weder zu schmieden noch zu führen verstand. Keine Söldnerrebellion mehr würde sie an den Rand des Ruins bringen, kein äußerer Feind sie erneut dem Erdboden gleichmachen. Die Vandalen verteidigten die Stadt nicht erst an der Mauer, nein, sie planten eventuelle Feinde schon vom Meer her abzuwehren; wenn es sein müsste, würden sie den Krieg in deren Länder tragen, um die Gefahr einer Invasion von vorneherein abzuwenden.

Arwid kratzte sich das bartlose Kinn, wieder einmal musste er seinen Vater im Stillen bewundern, der diese glanzvolle Stadt *sine igne et ferro,* ohne Feuer und Schwert, fast schon friedlich erobert hatte.

Sie erglänzte nahezu als weiße Insel vor dem blauen Hintergrund des Meeres. Ja, Karthago war eine Insel, ein urbanes Zentrum des schnellen Reichtums und der verfeinerten Zerstreuung – auch nach der Eroberung blieb sie dieselbe alte, unheilige Stadt wie jeher. Innerhalb ihrer sicheren Mauern spekulierte man bereits auf weitere Kriege, rechnete mit großem Gewinn für geringen Einsatz, denn kämpfen würden mit Sicherheit andere, die Karthager würden Geld verleihen, mit Informationen handeln und am Ende auf Seiten der Sieger stehen.

Während die Vandalen auf den brodelnden Sumpf mit der Verachtung des darüber gleitenden Adlers herabblickten, der sich des Aufwindes über den erhitzten Dächern bedient, höher und höher steigt und schließlich die darunterliegende Stadt nurmehr als amorphe Steinwüste wahrnimmt, die von keinem Beutetier bewohnt werden kann, um sodann mit kräftigem Flügelschlag abzustreichen, spreizte sich die Stadt wie eine teure Dirne, ließ die Eroberer aus dem Norden wissen, dass sie ihr nichts, aber auch gar nichts Neues bieten könnten, um sie wirklich zu besitzen. Allerdings geschah dies nicht ohne den berufsspezifischen Augenaufschlag. Seitdem Geiserich seine Männer nach den religiösen Unruhen aus der Stadt abgezogen hatte, hatte man sich jedoch bis auf wenige Ausnahmen nicht mehr viel zu sagen.

Die beiden Jäger verließen ihren Aussichtshügel und hielten wieder auf die Wallanlage zu. Wie ein Fremdkörper, nur mit einem schmalen Verbindungsbalkon von Mauerkrone zu Mauerkrone versehen, klebte daran ein kleines Vorwerk. Es war bestückt mit mehreren Etagen von Schießscharten und Wehrgängen, auf deren oberstem Wachsoldaten zu sehen waren. Im Schatten der Brückenkonstruktion war ein einzelnes Pferd angebunden.

Noch waren die beiden Reiter zu weit entfernt, als dass sie auf diese Einzelheiten einen Gedanken verschwendet hätten. Mittlerweile hatte die Sonne beträchtlich an Kraft gewonnen, und sie konnten die Feuchtigkeit, die das Tagesgestirn aus dem hölzernen Schanzkleid der Mauerkrone in den Himmel sog, als Dampf, der sich wie Rauch gebärdete, aufsteigen sehen. Arwid blickte hinüber zu Truchthari, der normalerweise Phänomene dieser Art zumindest mit einem „Schau doch mal, dort!“ zu kommentieren pflegte, nun aber wieder jene apathische Miene zur Schau trug, die er in den letzten Wochen ständig aufsetzte und Arwid beunruhigte. Der sonst so Redselige wirkte irgendwie verschlossen, was auf einen tiefer sitzenden Gram schließen ließ. Auch bei seinem letzten Besuch, der Truchsess hatte eine Nacht bei ihm verbracht, war kaum ein Wort zwischen ihnen gefallen. Truchthari hatte sich einsilbig gegeben und einen katerinduzierten Kopfschmerz vorgeschützt, um sich früher als üblich aufs Lager zurückzuziehen.

Ceridwen hatte Arwid mit großem, wie um Hilfe suchendem Blick angesehen. Auch sie war dem Gast gegenüber nicht sehr redselig gewesen, hatte ihn sogar einmal schroff angefahren, als er begann, sich über seine Misere mit Gunhild zu beklagen. Wollte sie, dass Arwid ihr Fehlverhalten dem Gast gegenüber wieder ausbügelte?

„Dein Freund scheint einer unerfreulichen Gemütslage zum Opfer gefallen zu sein“, hatte sie sibyllinisch geflüstert, als sie schlafen gegangen waren. Sie war diese Nacht, obwohl es zu keiner erotischen Begegnung gekommen war, in seinem Bett geblieben. Ein ungewöhnlicher Umstand, denn sie liebte die Intimität ihres eigenen Schlafraumes und blieb inzwischen nur noch „danach“ bei Arwid. In dieser Nacht hatte sie schlecht geträumt. Sie war mit einem kleinen, verhaltenen Schrei hochgefahren und hatte sich dann schutzsuchend an den schnarchenden Arwid gekuschelt – ebenfalls nichts Alltägliches.

In Arwids Kopf passierte all dies Revue, und er versuchte fieberhaft, sich einen Reim darauf zu machen. Das Schweigen, das zwischen den anscheinend so unbeschwert dahinreitenden Freunden herrschte, war nicht von harmonischer Art wie sonst. Etwas Unausgesprochenes hing wie ein bleierner Vorhang zwischen ihnen.

So sehr in Arwid auch der Wunsch erwuchs, zu fragen, was wohl vorgefallen sei, so wollte er sich auch keineswegs aufdrängen. Vielleicht wollte der Freund wirklich nicht reden, und er würde nur durch sein ungeschicktes, plumpes Fragen eine Wunde aufreißen, die sich vielleicht schon anschickte, wieder zu heilen. Allerdings sah sein Freund nicht so aus, als befände er sich auf dem Wege einer Besserung. So, wie er ihn wahrnahm, schien er am anderen Ende der Wüste und nicht wenige Schritte neben ihm zu reiten.

Mitten aus diesen Grübeleien wurde Arwid herausgerissen, als plötzlich ruckartig Truchtharis Kopf herumfuhr und er mit sehniger, rascher Bewegung Hugin die Kappe vom Kopf zog. Er streckte die Linke in Richtung einer Taube, die sich eilig mit kräftigen Flügelschlägen aus der Richtung des Vorwerks entfernte. Der Habicht hatte mit seinen roten Augen sofort die Bewegung erfasst, die er zum Stillstand bringen sollte, und der mächtige Vogel hob fast lautlos von der behandschuhten Faust ab, um sich gleich an den Boden zu drücken, während er die grobe Distanz zu seiner Beute verkleinerte. Sein Opfer nahm den durch die unmittelbare Nähe mit dem Untergrund so gut wie unsichtbaren Greif nicht wahr und behielt seine Richtung bei. Gespannt verfolgte Truchthari die Manöver seines im Tier verkörperten Willens zum Töten. Erst als der Greif in den Steigflug überging, spürte die Taube sein Nahen und versuchte ihn durch Zickzackflug abzuschütteln. Doch aufgrund der Ausgeruhtheit des Stoßjägers hatte sie kaum eine Chance zu entkommen. Plötzlich wandte sie sich nach links, zur Stadt hin, und schoss mit weit ausholenden Flügelschlägen auf die Mauer zu. Hugin reagierte sofort, und es gelang ihm, ihr sogar den Weg abzuschneiden.

„Das ist eine Brieftaube irgendeines Spions“, krächzte aufgeregt Truchthari. „Gleich werden wir wissen, welch feine Freunde wir da noch in der Stadt beherbergen!“

Meter um Meter kam der Habicht näher an die Taube heran, gleich würde er sie mit seinen langen, nadelspitzen Klauen reißen, würde ihr weißes Gefieder über und über mit hellrotem Blut besudeln und sich an dem rosigen Brustfleisch gütlich tun können, sobald er sie am Boden hatte und mantelte.

In diesem Augenblick ertönte ein gefährlich an Krieg erinnerndes

Surren und der Habicht überschlug sich in seinem Steigflug, wurde mit unsäglicher Wucht herumgeschleudert, die Schwingen knickten ein und wie ein in Tücher gewickelter Stein trudelte das Tier zu Boden, wo es klatschend aufschlug.

Truchtharis Augen füllten sich mit Tränen. Er gab dem Pferd die Sporen und galoppierte zu der Unglücksstelle, saß ab und lief zu seinem Jagdtier hinüber, das er so sorgsam, als sei er in Angst, er könnte ihm etwa noch einen Knochen brechen, vom Boden auflas. Armlang ragte ein Pfeil, kein leichter Vogeljagdpfeil, sondern ein massiver Kriegspfeil, aus dem blutverschmierten Rücken des Tieres. Direkt unter dem Halsansatz war er in die weiß-grau gesperberte Brust des Greifen eingedrungen. Aus dem geöffneten Hakenschnabel troff helles Blut, wie auch aus den Augenhöhlen, als weinte das tote Tier blutige Tränen. Truchthari drückte sein Gesicht ins flaumige Brustgefieder Hugins und weinte laut und unkontrolliert drauflos.

Als er aufblickte, war sein Gesicht weiß wie die Wand, befleckt von hellrotem Blut und ein paar darin festgeklebten Flaumfedern, die er nicht zu registrieren schien. Ungehindert rannen die Tränen über die hageren Wangen in den strubbeligen, einige Tage nicht gepflegten Bart, während er am Boden kauerte und etwa so, wie ein Kind sein zerbrochenes Holzspielzeug beweint, den Verlust seines Habichts beklagte. Arwid kannte derartige Gefühlsausbrüche von seinem Freund nicht und beeilte sich abzusitzen und begütigend seinen Arm um den Bebenden zu legen, was dieser, sonst Tröstungsversuchen nicht unbedingt zugänglich, duldete. Sie waren während der Aktion bedrohlich nahe an die Mauer herangekommen. Arwid versuchte, den verwirrten Freund, sanft, aber bestimmt aus der Reichweite des Bogenschützen zu manövrieren, der vielleicht nach dem Federvieh nun auch die Reiter aufs Korn nehmen mochte.

„Wir werden uns wohl um einen neuen Habicht für dich umsehen müssen, wenn dein erster Schmerz verdaut ist“, meinte er begütigend.

„Sehr schöne Idee!“ Truchthari blickte mit einem gefährlichen Flackern in den Augen hoch. „Und woher sollen wir den nehmen?“

In diesem Augenblick fiel Arwid eine Bemerkung des Freundes ein, die er vor Zeiten bei der Jagd hatte fallen lassen: „Ist dir eigentlich schon einmal aufgefallen, dass es hier keine Habichte gibt? Es gibt nur größere, weißgefiederte Greife, die mich eher an

Adler erinnern, aber keine Habichte wie bei uns oder noch in der Baetica! Wenn wir hier mal Nachwuchs züchten wollen, brauchen wir gute Beziehungen ins europäische Ausland."

Betreten sah er zu Boden. „Es muss ja schließlich nicht wieder ein Habicht sein! Einen Falken kannst du hier ohnehin viel besser brauchen in der offenen Landschaft."

„Nein, ich will einen Habicht!", entgegnete voll infantilen Trotzes der Geschädigte. „So", der irre Blick nahm mit jeder Sekunde an Gefährlichkeit zu, „und jetzt werde ich mal sehen, wie gut die Bogenschützen hier im Eckturm sind! Warte du hier, ich werde mir den Kerl vorknöpfen."

Mit diesen Worten eilte er zu seinem Reittier, das zwischenzeitlich die Gelegenheit beim Schopfe ergriffen hatte, ein kleines Frühstück zu sich zu nehmen und ihn nur widerstrebend aufsitzen ließ. Sodann ritt er an die Mauer heran und überflutete die Wächter des Werkes, aus dem nach allen Regeln der Ballistik der Pfeil abgeschossen worden sein musste, mit einem Schwall ausgesuchter und dennoch nicht besonders ästhetisch ansprechender Worte. Erstaunlicherweise ließen sich die Wachen auf einen Diskurs ein und bestritten heftigst, mit dem Vogelmord etwas zu tun gehabt zu haben, sie hätten selbst gebannt das Schauspiel verfolgt und hätten sich schon gefreut, einmal einen so prächtigen Habicht beim Beuteflug aus nächster Nähe sehen zu können. Sie beschworen ihre Worte bei allen Göttern Asgards und diversen Heiligen der näheren Umgebung. Mittlerweile hatte Arwid sein Pferd nah genug an Truchtharis herangelenkt und legte ihm begütigend die Hand auf die Schulter.

„Komm, hör auf, das macht deinen Hugin nicht mehr lebendig. Was hätten sie davon gehabt, deinen Habicht abzuschießen. Sie waren es bestimmt nicht!"

Resigniert senkte der Angesprochene den Kopf, wieder traten ihm Tränen in die Augen. In diesem Augenblick hörten sie sich schnell entfernendes Hufgetrappel. Truchthari blickte hoch: Das einzelne Pferd war verschwunden – doch bis er mit Arwid die kleine Festungsanlage umrundet hatte, konnten sie nur noch den in sicherer Entfernung dahinpreschenden Reiter ausmachen. Er ritt in Richtung Meer; ihn einzuholen war illusorisch.

Arwid sah den enttäuschten Freund an. „Der Lump hier bringt mich auf eine Idee: Was hältst du davon, wenn wir jetzt spontan umplanen und ans Meer reiten? Wenn wir den Kerl noch erwischen, nehmen wir ihn auseinander, wenn nicht, können wir dann immerhin noch vor dem Mittagessen etwas schwimmen gehen. Außerdem glaube ich, du hast etwas auf dem Herzen, vielleicht willst du es mir im Schutz der Brandung anvertrauen?“

Truchthari fuhr mit der behandschuhten Hand über den Handrücken des Freundes und drückte ihn sanft. Er nickte stumm.

Eine lange Kette Flamingos mit ihrer charakteristischen rotschwarzen Kontrastzeichnung rauschte hoch über ihren Köpfen in eleganter V-Formation in Richtung des großen Sees im Hinterland. Das Freundesgespann lenkte die Pferde langsamen Schrittes über den sandigen Untergrund entlang der langen Mauer aufs Meer zu. Dort angekommen schwenkten sie, der Spur folgend, nach Westen, wo sie sich endgültig zwischen den zerklüfteten Felsen verlor. Sie mussten eine geraume Zeit reiten, ehe sie eine Stelle entdeckten, an der man gefahrlos ins Wasser gehen konnte. Sie banden ihre Reittiere, die nun allmählich schwitzten, im Schatten einiger Traubeneichen fest, und Arwid setzte Haako unter die weitausladenden, belaubten Äste, nicht ohne ihm die Kappe abzunehmen und ihn mit ein paar Stückchen Fleisch zu atzen. Noch ganz unter dem Eindruck des vorangegangenen Schocks streichelte Truchthari den toten Hugin und legte ihn, der immer noch blutete, behutsam auf die Erde. Schnell entledigten sich die beiden ihrer Kleider, sprangen in die Fluten und erklommen bereits nach wenigen Minuten der Abfrischung wieder die Felsen, wo sie ihre salzwasserbenetzten Körper der Vormittagssonne darboten.

Erwartungsvoll sah Arwid auf die weite Fläche des Meeres hinaus, wo sich in der Ferne die den Puniern heilige Insel der Tinit abzeichnete. *Labitur uncta carina per aequora cana celoce*, und so schwebt er über die grauen Flächen schnell dahin, der geölte Kiel, dachte er angesichts eines zufällig vorübergleitenden Handelsschiffs, doch galt seine Neugier weniger ihm als der Geschichte, die ihm sein verstimmter Freund mitteilen würde. Auch Truchthari starrte abwesend auf den blanken Spiegel der blauen See hinaus und löste sich andeutungsweise mit einem Seufzer aus seiner festgewirkten Wolke aus Schweigen. Arwid war sein Freund, sein ältester und bester Freund. Es konnte so nicht weitergehen, er musste sich überwinden und die Wahrheit sagen. Er würde alles auf sich nehmen und Ceridwen möglichst wenig belasten.

„Ich höre!“ Arwid vermied es noch immer, ihn anzusehen.

„Ja, also, ich weiß, das klingt jetzt alles ziemlich albern für einen Mann in meinem Alter“, begann umständlich der Truchsess. „Wie du weißt, habe ich es mit der Treue Frauen gegenüber nie so ganz genau genommen. Ich habe eine Frau geehelicht, die mir politisch Vorteile verschafft, die ich auf Händen trage und ehre, die ich aber nicht täglich zur Befriedigung meiner sexuellen Bedürfnisse belästigen will, da ich immer das Gefühl dabei habe, sie zu demütigen. Sie ist wohl sehr zärtlich und manchmal kann ich ihre Umarmung als etwas ungemein Wohltuendes empfinden, doch meistens spüre ich dabei einfach auch, dass sie das alles ‚für König und Vaterland tut‘ und keine große Lust dabei empfindet. Sie versichert mir, dass sie mich bewundert, ehrt und liebt. Für dies und das – aber nie, weil ich *ich* bin. Auf die Dauer macht mir das arg zu schaffen, verstehst du das?“

Arwid nickte unmerklich, ohne ein Wort zu sagen und bedeutete dem Freund mit einer auffordernden Bewegung des Kopfes, fortzufahren.

„Nun ist mir seit langer Zeit wieder einmal etwas äußerst Ungewöhnliches widerfahren. Ich habe mich verliebt!“

Amüsiert zog Arwid die Augenbrauen hoch. „Naja, so ungewöhnlich ist dieser Zustand für dich doch nun auch wieder nicht, oder?“

Ein Schatten wanderte über die Miene Truchtharis, als erwäge er für einen Augenblick, ob er überhaupt mit seiner Beichte fortfahren sollte. „Soll ich dir nun meine Geschichte erzählen oder willst du mich mit Allgemeinplätzen über mein Ansehen in der Truppe aufziehen?“, versetzte er verletzt.

„War nicht so gemeint“, beeilte sich Arwid, ihn zu beruhigen.

Truchthari hingegen vergaß, dass er eigentlich der Form halber noch ein wenig herumplänkeln hätte dürfen, wollte er doch seinen Bericht jetzt möglichst rasch zu Ende bringen.

„Bei jenem Fest in Ischthorets Landvilla, du erinnerst dich sicherlich, es war am Julabend, strolchte ich zu vorgerückter Stunde ziellos durch die unbeleuchteten, weitläufigen Gänge, als ich einer seltsam vertrauten Gestalt ansichtig wurde, die an einem Fenstersims stand und hinaussah. In meinem nicht mehr ganz nüchternen Zustand hielt ich die ‚leichtgeschürzte Achaierin‘ für Glauke, das Objekt meiner Verliebtheit, und mein weinumnebelter Verstand machte mich blind für die Folgen meines Tuns. Als ich sie sacht aufs Ohr küsste, musste ich zu meinem Erschrecken feststellen, dass ich" – er machte eine kleine Pause, sah prüfend zu Arwid hinüber und leckte sich die trockenen Lippen – „die Dame des Hauses vor mir hatte. Stell dir vor, ausgerechnet! Sie bedachte mich mit einem zweideutigen, verschwommenen Blick. ‚Ach, den Herrn Truchsessen gelüstet es offensichtlich nun nach der Herrin persönlich?' Ihre Pupillen waren geweitet, ihre Augen glänzten und sie hatte ein impertinent sinnliches Parfüm aufgetragen. Und das, obwohl sie ihrem Gewerbe doch schon lange abgeschworen hat, Demokedes zuliebe ..." Der Erzähler schluckte heftig und ballte die Faust, wie um gegen eine anbrandende Rage anzukämpfen. „Muss ich noch mehr sagen?", versetzte er mit gehetzt klingender Stimme. Mit scheuem Blick versuchte er die Stimmung Arwids auszuloten, der wie ein Denkmal seiner selbst dasaß und abweisend weiterhin aufs Meer hinausstarrte.

Truchthari ließ stöhnend die Stirn gegen die angezogenen Knie fallen. „Ich habe mir gedacht, dass du mich nicht verstehen würdest! Ich wusste es! Jetzt lade ich zusätzlich zu meinem Selbsthass auch noch deine Missbilligung auf mich. Und das, obwohl ich mir sagte, ich würde versuchen, alles wiedergutzumachen, schließlich bereue ich mein Tun heftigst."

Noch immer reagierte Arwid mit keiner Silbe auf sein Lamento.

„Seither bin ich ein Anderer: Nicht nur, weil ich mit der Frau eines Mannes, den ich bewundere, ich möchte fast schon sagen, eines Freundes, geschlafen habe, sondern, weil ich mir bis zu jenem Tag nie habe vorstellen können, überhaupt zu so einer Handlung fähig zu sein ... ohne Rücksicht auf die Folgen mich einfach meinen Trieben zu überlassen. Ich musste schon erkennen, dass sich Liebe nicht erzwingen lässt, weder bei sich selbst noch bei anderen, nun weiß ich auch, dass es sich mit der Lust genauso verhält. Mir war, als stünde ich neben mir und sähe meinem Körper bei alledem nur zu", er sank immer mehr in sich zusammen. Verstohlen fuhr er sich mit dem Handrücken über die Augen. „Eine teuer erkaufte Erfahrung, sag ich dir. Was soll ich tun? Soll ich zu Demokedes gehen und ihm gestehen, ich hätte quasi aus Versehen mit seiner Verlobten gevögelt?" Er seufzte tief. „Mein Gott! Es ging alles so schnell und heftig, sie hatte sicher Spaß dabei, das will ich nicht in Abrede stellen, aber ob sie vom ersten Moment an wirklich dasselbe vorhatte wie ich, keine Ahnung ... egal, jedenfalls muss ich seitdem immer an sie denken ... Früher konnte ich sie ja überhaupt nicht leiden, weißt du ..."

Aus hilfesuchenden, weit aufgerissenen Augen sah er Arwid an, der endlich mit einem unergründlichen Blick den seinen erwiderte.

„Wie reinige ich mich selbst von diesem Schandfleck? Ich kann mein Spiegelbild nurmehr mit Abscheu ansehen!" Seine Stimme zitterte.

Arwid sah ein, dass ihm im Augenblick nicht zu helfen sein würde. Aber schließlich hatte Truchthari selbst diesen Weg eingeschlagen. Die große Fehlentscheidung seines Lebens war es wohl gewesen, Gunhild zu heiraten. Niemand hatte ihn zu dieser Verbindung gezwungen, außer sein Ehrgeiz dadurch in die Königsfamilie zu gelangen. Das Vertrauen, das Geiserich ihm entgegenbrachte, hatte ihm offenbar nicht gereicht, er musste sich seines Wohlwollens vertraglich versichern. Warum konnte er nicht ebenfalls dem König vertrauen, so wie dieser sich auf ihn verlassen hatte?

Arwid fragte sich, ob diese Theorien einen Wahrheitskern in sich trügen, die behaupteten, dass Kinder, die ohne ihre Eltern aufwuchsen, mehr Schwierigkeiten im Leben hätten als solche, die aus „gesicherten Verhältnissen" stammten. Aber Geiserich hatte sich doch schon früh Truchtharis angenommen und ihn in sichere Pflege gegeben, lange bevor der Knabe überhaupt so weit war, zu verstehen, was leibliche Eltern letzten Endes überhaupt sein mochten. Aber wer konnte wissen, was in so einem Kopf vor sich ging, oder besser, in so einem Herzen?

„Wenn das jetzt vielleicht auch albern klingt, versuche mal einen Entsühnungsritus. Hast du schon mal daran gedacht, dich einem Mann der Kirche und des Glaubens gegenüber über deine Verfehlung auszusprechen? Nicht, dass ich ernsthaft glaubte, eine Beichte würde dir einen gangbaren Weg aus deiner Misere aufzeigen, aber jedenfalls verschaffst du dir damit Entsühnung und das sollte einen Versuch wert sein."

„Du wirst lachen, darüber habe ich sogar schon mit einem Priester gesprochen." Truchthari kniff die Augen zusammen, wie immer, wenn er in seiner Erinnerung nach theoretischen Zusammenhängen kramte, die ihm nicht so ohne Weiteres geläufig waren. „Ich bin ja nun alles andere als ein Theologe, aber diese Idee vom *thesauros* der überschüssig erbrachten Leiden Christi, der nun von den

Priestern seiner Religion verwaltet wird, sagte mir schon einiges. Aber dann wirst du vor die Wahl gestellt, ob du nun im Diesseits eine gewisse Bußleistung erbringen willst – der Pfaffe nannte einen nicht unerklecklichen Betrag in bar ...“

„Du hast also doch schon mit einem Geistlichen darüber gesprochen“, bemerkte Arwid spitz, „ohne vorher mich zu konsultieren?“

Verlegen sah der Freund aufs Meer hinaus und wickelte eine spröde, von Salz starrende Locke um den Zeigefinger. „Was die Religion anbelangt, sage ich mir immer: ‚Man kann nie wissen.‘ Und deine relativ despektierliche Bemerkung zum Thema Beichte beleuchtet doch aufs Beste, wie du zu dieser Sache stehst!“

„Also, nun hör mal, ist dir eventuell in deiner Angst um das Heil deiner schwarzen Seele entgangen, dass man hier in klingender Münze abkassiert und Jesus Christus vorschiebt?“

„Natürlich ging mir dabei ein Licht auf, als der Priester begann, zu erzählen, dass mir die Wahl zwischen diesseitigem, materiellem Abbüßen und jenseitiger, unter Umständen ewiger Pein offensteht. Er verdeutlichte mir, dass ich für einen Tag der Sünde auf Erden exakt hundert Jahre im Feuer des Purgatoriums schmoren müsse, mit mehr oder weniger starkem Beiwerk an höllischen Quälereien, je nachdem. Ab und zu soll sogar der Teufel persönlich vorbeischauen und den Büßern die Hölle besonders heiß machen. Nur Freitags ist Ruhetag. Über dem Ganzen soll dann, anscheinend relativ ungerührt von diesen Vorgängen, ein gnädiger Gott der Liebe schalten und walten ... Also wenn man es recht bedenkt, ist das doch der blanke Unsinn. Warum gibt dieser feine Gott mir so viel Gelegenheit zu sündigen, wenn er doch so dagegen ist, dass er mich hinterher den Klauen seines verhassten Feindes überantworten muss? Das Leben ist anscheinend ein einziges großes Risiko zu sündigen. Letztendlich wäre es doch am besten, ich würde Gott bitten, mich möglichst schnell wieder von dieser Erde zu nehmen, damit ich erst gar nicht die Möglichkeit habe, hier allzu viel Unfug anzurichten.“

„Dieser Gedanke ist beileibe nicht neu, schon Hesiod ...“

„Weiß ich“, versetzte Truchthari ungehalten, „es ist nicht neu und nicht originell, aber was sehr wesentlich ist: Es betrifft mich persönlich!“ Unwillig schüttelte er die salzstarrende Mähne. „Ich habe mir dann durch den Kopf gehen lassen, wie viele lange Tage und Jahre etwa dein Vater dort im Purgatorium verbringen muss, und kam zu dem Entschluss, dass ich ihm auch dort die Treue halten werde. Ich habe mich also klar für die Buße im Jenseits entschieden. Erstens bin ich der Ansicht, dass weder die Kirche noch sonst jemand genau weiß, was dort vorgeht, zweitens glaube ich nicht, dass mir durch eine Zahlung an die Kasse des Bischofs meine Gewissensqualen genommen werden, und drittens habe ich genügend Vertrauen in Gott, dass er, wenn es ihn gibt, mir im Jenseits eine gerechte, angemessene Sühne abverlangen wird, die zu leisten ich durchaus bereit bin! Ich habe hierin sogar einen alten Kirchenlehrer als Verbündeten, einen gewissen Origenes, der sagt, dass am Ende der Zeiten selbst der Teufel freigesprochen wird und Teil an der allgemeinen Gnade des Herrn haben wird. Also was drüben ist, weiß wirklich keiner, und ich will nicht hier auf einer Ebene büßen, in der ich nicht gesündigt habe. Was Mutter Kirche da erzählt, riecht mir alles viel zu sehr nach menschlichem Konstrukt! Schließlich habe ich niemanden um Hab und Gut betrogen, dann würde ich es ja noch einsehen ... Aber ein Vergehen am Mitmenschen mit Geld sühnen zu müssen, halte ich weder für christlich noch für besonders überzeugend!“

Truchthari entließ die Locke aus der Haft seines Fingers, so dass sie spiralig in die Höhe schnellte. Bedeutungsschwer sah er dem Freund in die Augen.

Arwid wischte sich das Salz von den Lippen. „Ich sehe schon, du gehst mal wieder einen Weg des Weder-Noch: Hier willst du nicht büßen, weil du anscheinend keinen geeigneten Weg dafür findest, und deine Entscheidung fürs Jenseits ist nichts anderes als ein Aufschub, von dem du dir zwischenzeitliches Vergessen oder anderwärtig erwerbbare Gnade erhoffst!“ Er vermied es, den Freund anzusehen, um sich nicht von seinem eigenen Gedankengang abbringen zu lassen. „Du sagtest doch gerade, dass es hier keine adäquate Form der Buße gebe. Ich denke, es gibt sie: Versuche mal für eine bestimmte Frist enthaltsam zu leben, dich keiner Frau in sexueller Begierde zu nähern. Ich glaube, für dich wäre das eine echte Buße!“

Der Truchsess fuhr auf wie vom Skorpion gestochen. „Du bist wohl verrückt geworden? Wie soll ich das Gunhild erklären?“

„Denkst du gerade wirklich an sie“, Arwid schüttelte energisch den Kopf, „oder nur wieder an dich?“

Als Truchthari erneut auffahren wollte, legte ihm Arwid beruhigend seine Hand auf die Schulter. „Ich weiß, ich gehe hart mit dir ins Gericht, aber schließlich bin ich dein Freund und kein Trabant, der immer nur das Positive, und sei es noch so verborgen, hervorholen muss, oder? Und gerade noch hörte ich dich sagen, du seiest zu jeder Buße bereit. Also, was Gunhild betrifft, könntest du vielleicht eine Unpässlichkeit vorschützen oder ein Gelübde für überstandene Gefahren auf der Jagd!"

Arwids offener Blick, als er nun endlich die Augen hob und den Freund direkt ansah, versetzte Truchthari einen Stich ins Herz, der brennender schmerzte als alles bisher Durchgemachte.

„Warum erzählst du ihr nicht die Wahrheit? Ich glaube, das würde dir sicher zur Buße gereichen. Auch wenn es hart ist, aber die Wahrheit muss jeder verkraften! Aber, was red ich, das ist schließlich deine Sache!"

Truchthari drehte wieder an seiner Locke. Er fühlte die Spannung, die sich zwischen seinem Hirn und seinem Herzen aufbaute, als körperlichen Schmerz und Zerrissenheit.

„Ja, du hast schon recht! Ich werde darüber nachdenken."

Er atmete tief durch und ließ die Schultern nach vorne fallen. Er konnte einfach nicht länger die Maske vorhalten, wollte nicht mehr Katz und Maus spielen mit dem ahnungslosen Freund und gab sich einen innerlichen Ruck.

„Ähem, Arwid", begann er von Neuem und sah ihn an, wie der schüchterne kleine Junge den größeren erfahrenen Freund ansieht, ehe er ihm eine Dummheit offenbart, „wie würdest du reagieren, wenn du jetzt Demokedes wärst und ich dir die Sache – beichten würde?"

Arwid lachte unbeschwert. „Da sei Gott vor! Also, wie ich dich kenne, wird es nicht so weit kommen, dass du es fertigbringst, derart über deinen Schatten zu springen, es ihm zu erzählen." Dann wurde er mit einem Male ernst. „Und zum Glück bin ich nicht Demokedes!"

Truchtharis Wille zur Aufrichtigkeit brach in sich zusammen wie ein Kartenhaus bei einem Gewitter. Es sollte offenbar nicht sein, entschied er.

„Aber was die Entsühnung fürs Jenseits betrifft", hakte Arwid noch einmal nach, „gerade in derartigen Sachen kannst du dich getrost an Ceri wenden, sie ist schließlich ‚vom Fach' ..."

„Nein, um Gottes Willen, bloß das nicht!", fiel ihm der Trostsuchende entsetzt ins Wort, „jeder Pfaffe wäre mir da lieber als ausgerechnet Ceri!"

„Ach, du meinst wegen deines missglückten Verführungsversuches in der Baetica damals? Das hat sie sicher längst vergessen!"

„Was ich dir erzählt habe, bleibt unter uns! Bitte kein Wort zu Ceri!" Da er sich als Bittender nicht sonderlich überzeugend fühlte, setzte er noch nach: „Sonst sind wir geschiedene Leute!"

„Warum diese Heftigkeit, das ist doch alles halb so schlimm." Arwid nahm Truchthari bei den Schultern und blickte ihm ernst in die Augen. „Letztendlich ist das deine Sache. *Ich* jedenfalls bin immer für dich da, wenn du jemanden brauchst, dich auszusprechen, vergiss das nicht."

Truchthari senkte nur den Blick und nickte wortlos. Ohne noch etwas zu sagen, begannen sich die Freunde wieder anzukleiden und verließen, weiterhin schweigend, die Felsenküste. Als sie zu den Pferden zurückkamen und aufsaßen, schnaubten diese vor Vergnügen. Sie trieben die Tiere zu rascher Gangart an, während sie noch einige Meilen in östlicher Richtung am Meer entlangritten. Mittag war schon vorüber, doch es zog die beiden wie in einem stillschweigenden Einvernehmen nicht nach Hause. Bis zu jenem Ort hatten sie das Terrain schon einige Male zu Pferd auf anderem Anmarschweg durchmessen. Was jetzt kommen würde, war Neuland.

Als sie eine felsige, nur karg bewachsene kleine Hügelgruppe überquerten und somit das neue Land auch tatsächlich betraten, machten sie im Dunst des Tales vor ihnen eine verlassene Römervilla aus, die malerisch einen Winkel zwischen langen Reihen von Pinien und Palmen ausfüllte. Kleckse in unterschiedlichem Grün markierten verschiedene Laubbäume, die wohl einen Garten auf der den Reitern abgewandten Seite des Hauses bestanden.

„So erschien mir immer der ‚Traum von Africa', den ich träumte, wenn mein Vater tagsüber lange genug von diesem Paradies auf Erden geschwärmt hatte", seufzte Arwid, „wer sich dieses Haus wohl unter den Nagel gerissen hat?"

„Am besten, wir sehen es uns mal aus der Nähe an."

Truchtharis Stimme hatte wieder die alte Festigkeit. Unternehmungslustig dirigierte er sein Pferd in Richtung Villa hinüber, deren Weiß die Mittagssonne ungefiltert zu reflektieren schien.

Die Freunde schirmten die Augen mit der flachen Hand. Bald

waren sie nah genug heran, um Details wahrnehmen zu können. Die Schutzmauer um das Grundstück war eingerissen – natürlich war das Haus geplündert worden, das stand außer Zweifel.

Ungehindert drangen sie zu der Villa vor. Langsam umkreisten sie das Gebäude, wobei sie durch den verwilderten Garten ritten, der wohl früher das Kleinod des Besitzers gewesen sein mochte, denn man konnte erkennen, dass in regelmäßigen Mustern Beete angelegt worden waren und Statuensockel mehr oder weniger beschädigt im Gelb wasserhungriger fransiger Gräser verstreut lagen. Das Haus hatte etwas gelitten, die Fenster waren allesamt herausgebrochen, aus einigen hingen Stoffreste von Vorhängen, an ein paar Stellen sah man schwarze Rußspuren, doch in der Grundsubstanz war das Haus relativ vollständig erhalten. Keine der Außenmauern war herausgebrochen worden, doch gab es genug beschädigte Stellen, durch die der Sand der nahen Wüstenei eindringen konnte.

Die einstmals nur für gebetene Gäste passierbare schwere Holztüre hing unmotiviert in den Angeln, Löcher und abgescheuerte Stellen am Holz verrieten den Eifer der Plünderer, die alle Metallbeschläge, Klopfer, Knauf und Kantenverstärkungen abmontiert hatten. Schon beim leisesten Druck mit den Fingern gab die Tür den Blick in den Empfangsraum frei und zögerlich verschafften sich die beiden Freunde Zutritt.

Im Empfangsraum herrschte Düsternis. Schon nach wenigen Sekunden reizte der Muff der für unbewohnte Häuser so typischen trockenen Luft ihre Kehlen und Nasen. Mit jedem Schritt wirbelten sie Staub auf, was den Baustellenflair nur noch verstärkte, und das weitere Vordringen wurde von beständigem Räuspern und Ausspucken untermalt. Langsam adaptierte sich ihr Sehvermögen an die Umstände, bald schon konnten sie Einzelheiten ausmachen. Der marmorne Boden war, wohl auf der Suche nach vergrabenen Schätzen, verschiedenenorts herausgebrochen worden, so dass die Freunde achtgeben mussten, auf ihrem Rundgang in der Düsternis nicht ständig zu stolpern.

Das Haus machte den Eindruck, als sei es völlig leergeräubert worden. Ein paar Geckos huschten an den Wänden hoch, gespenstisch verschlissene Fensterverhänge wehten staubig in der leichten Brise. Es fand sich auch nicht der geringste Rest an Mobiliar, nicht einmal die obligatorischen Scherben von bei der Flucht zu Bruch gegangenem Gebrauchsgeschirr. Da derartige Gründlichkeit nicht einmal in ihren Reihen üblich war, einigten sich die Freunde darauf, dass der frühere Besitzer der Villa rechtzeitig unter Mitnahme des gesamten Inventars das Weite gesucht hatte. Nur eine Statue war zurückgelassen worden, die von den ersten Eindringlingen wohl im Zorn über die entgangene Beute umgestürzt worden war.

Im Peristyl machte Arwid Truchthari auf eine seltsame Vorrichtung aus Holz aufmerksam, die wohl ein überdimensionaler Bilderrahmen sein mochte, den jemand als wertlos liegen gelassen haben mochte. Als sie sich näherten und einen Blick über den Rand des Rahmens warfen, erkannten sie unter der Staubschicht ein Mosaik, eine kreisförmige Darstellung, die schon etwas gelitten hatte. Nicht willkürliche Zerstörung war hier am Werk gewesen, sondern der Sand hatte seine ruinösen Spuren an dem Kunstwerk hinterlassen, indem er sich stellenweise unter die Steinchen geschoben hatte. Doch war von unbekannter Hand aus ungehobelten, jeweils etwa vier Schritt messenden Latten, die Arwid also richtig als Rahmen gedeutet hatte, dem Verfall eine magische Grenze gezogen worden. Dies konnte zwar nicht verhindern, dass in der Peripherie ein Teil der Mosaiksteine herausfiel und der unvermeidliche Sand, der mit dem Wind ungebremst ins Haus wehte, langsam die freigewordenen Stellen mit seinem schmutzigen Braungelb verfüllte – doch ohne den primitiven Holzrahmen hätten sich die Teile, der Anordnung des Ganzen trotzend, sicher bald über die Kraterlandschaft der Fußbodenreste verteilt, als undefinierbarer Scherbenhaufen farbiger Steine.

Allein die Tatsache, dass das Mosaik von unbekannter Hand gerettet worden war, machte sie neugierig. Wer konnte daran Interesse haben, in einem verlassenen Haus, das sich, ganz vorsichtig gesprochen, in ruinösem Zustand befand, ausgerechnet die Überreste eines Mosaiks zu bewahren? Das runde Bildnis war mittig auf dem Zimmerfußboden angebracht, im selben Raum, wo einst ein gewisser Aelius Scribonius Afer, wie die Freunde der Basis seiner umgeworfenen Porträtstele entnehmen konnten, seine Gäste bewirtet. Es stellte den begnadeten Sänger Orpheus dar, der mit dem göttlichen Klang seiner Stimme, die er mit der Leier begleitete, wilde Tiere aller Art um sich scharte.

Im Zentrum der Komposition leuchtete ein aus vergoldeten Steinchen gelegtes Hexagramm, das von einem teilweise vergoldeten

Pentagon weiträumig eingefasst wurde. Erstaunlicherweise waren diese beiden Muster trotz des verwendeten Edelmetalls heil geblieben.

Den ersten das Zentrum umgebenden Kreis bevölkerten die Fische, den zweiten die Vögel und erst den dritten die Säugetiere. Dabei gaben sich Haie und Heringe, Sperber und Sperlinge, Geparden und Gazellen ein friedliches Stelldichein.

In diesem dritten Rund, nicht etwa inmitten der Komposition, saß auch der in strahlendes Weiß gekleidete Sänger, mit phrygischer Mütze, thrakischem Beinkleid und der siebensaitigen Leier. Er hatte sich auf einem als Felsen stilisierten Berg niedergelassen, um seine Friedensbotschaft möglichst weittragend verkünden zu können. Sein Gesicht erstrahlte in entrücktem Ausdruck, als lausche er den Sphärenklängen einer jenseitigen Welt. Mit sieben weiteren Kreisen hatte der Künstler die Tiergestalten umgeben, wobei er sich verschiedener gängiger Ornamente bediente, darunter die Darstellung einzelner Mondphasen und stilisierte Blitzbündel. Nach außen begrenzt wurde das Bild durch das Ornament einer wild-üppigen Weinrebe.

In diese war, direkt zu Füßen des Sängers, ein bärtiges Haupt eingearbeitet worden, das nur schwer zu erkennen war, da gerade dort der Sand größeren Tribut gefordert hatte.

Arwid starrte gebannt auf die noch recht erklecklichen Überreste des enigmatischen Mosaiks, das sich mit Hilfe der unaufhaltsam vordringenden Zerstörung langsam dem Zugriff des ordnenden, menschlichen Geistes zu entziehen trachtete und fragte sich nach seiner Bedeutung. Unglücklicherweise formulierte er diese Frage für sich nicht leise genug, denn Truchthari, der wieder etwas redseliger war, fühlte sich sogleich zu einer Interpretation genötigt.

„Der Künstler will uns die Fabel vorführen, dass Orpheus in der Lage war, die wilden Tiere mit den sanften zu verbrüdern, dass er den Kampf aus der Welt nahm, allein durch die zwingende Gewalt seiner Musik. Dass Hartes weich wurde und Weiches flüssig, dass die Elemente sich vermischten und in ihrem Drang, zur Einheit zu verschmelzen, gefördert wurden. Ziel seines Wirkens war die endgültige Überbrückung des alten Gegensatzes ‚Liebe und Streit' durch die Macht der Harmonie."

Arwid spitzte die Lippen.

„Ah, du hast damals auch ein bisschen aufgepasst", bemerkte er trocken, „das versetzt mich nun in Erstaunen!“ Er hingegen wollte in dem Bild sofort etwas gänzlich anderes erkennen, wenngleich es sich ihm nicht bis in die letzten Details aufschloss.

„Du hast hier das Modell der ganzen großen Welt vor dir, in einem einzigen Mosaik geordnet! Das ist ein Abbild des Kosmos: Die vier Elemente, verkörpert durch die sie belebenden Wesen und dann durch die sieben Sphären der Planeten. Im Zentrum siehst du die Sonne, die Kraft des Feuers, als Hexagramm abgebildet. Hier herrscht der erhabene Geist Apollons, ‚*sol lucet omnibus*‘, aber nicht alle vermögen, ihr Licht dazu zu benutzen, ihren göttlichen Funken, die Vernunft, richtig einzusetzen.“ Nicht ohne eine gewisses Maß von Schalkhaftigkeit streifte sein Blick den neben ihm stehenden Freund. „Und schau nur darum herum, das Pentagramm. Aus zwölf Pentagrammen ergibt sich schließlich der platonische Körper des Dodekaeders, der Vollkommenheit.“

„Warum gerade zwölf?“, meinte Truchthari.

„Die Zwölf ist die Zahl der Vollkommenheit. Sie zerfällt in eine Drei und eine Vier, die männliche und die weibliche Zahl, Dynamik und Vollständigkeit. Multipliziere sie miteinander, und es entsteht Harmonie durch die Vereinigung der Gegensätze. Ich nenne es die harmonische Einheit des unverrückbaren, ewigen Zentrums des Kosmos. Dieses Zentrum steht für das Licht der Welt, wenn du willst, nenne es Gott. Das Licht wiederum entspricht sowohl dem Raum, den es erfüllt, als auch der Quelle, von der es strömt ... Wir nehmen doch das Licht auch nur deshalb wahr, weil in unserem Auge Licht vom Urlicht enthalten ist. Gleiches erkennt Gleiches, aber Erkenntnisorgan und Objekt sind, bei aller Verbundenheit, zweierlei.“

Auf Truchtharis nachdenkliches Gesicht reagierend, fuhr Arwid fort. „Sagen wir es mit anderen Worten: Alles ist nach bestem, göttlichem Plan geregelt. Aus dem Feuer entsteht Luft, aus diesen beiden Elementen zusammen wird Wasser, warum soll dann nicht die Erde ebenfalls aus einer Mischung der drei vorangegangenen Elemente hervorgehen?“

„Ja, warum nicht?“, nickte Truchthari. Seine zerfurchte Stirn spiegelte die krausen Gedanken, die sich dahinter abspulen mochten, wieder, „aber wie?“

Nun verlor Arwid seine unbeirrte Sicherheit, rein zahlenspekulativ ergab sich die Entwicklung von Wasser aus den vorangegangenen Elementen wie von selbst, jetzt machte ihn der Rechengang zur Erde sichtlich nervös. Er trippelte von einem Bein auf das andere, suchte mit den Händen Halt im luftigen Element, das ihn dabei selbstverständlich im Stich ließ.

Truchthari grinste breit.

Dann versuchte es Arwid auf neuem Weg. „Es geht hier doch um etwas ganz anderes. Pythagoras nahm es zwar mit der Wahrheit sehr genau, jedoch hat er aus Menschenliebe Wesentliches im Zusammenhang mit dem ihm offenbarten Weltbild unterschlagen. Um sich nicht dem Verdacht der Gottlosigkeit auszusetzen, weihte er in dieses Wissen nur einen kleinen Kreis Erwählter ein. Ich meine das Geheimnis, dass der Platz im Zentrum des Kosmos dem Zentralfeuer vorbehalten ist und der Mensch sich irgendwo in der Peripherie angesiedelt findet. Der Mensch, dieses götterähnliche Wesen, soll also weit entfernt von allem Guten und Schönen in einer kalten Randzone, etwa dort, wo unsere Vorfahren die Hel ansiedelten, wo alles vor Kälte mit den Zähnen klappert, sein Dasein fristen. Das ist doch ein Schlag ins Gesicht! Das ist doch schlimmer zu verkraften als das Wissen um die Allgegenwart des Todes! Und dann kommt sein Enkelschüler Aristarch von Samos und hält mit seinem Wissen, die Welt sei eine Kugel, nicht mehr hinter dem Berg. Man stelle sich vor, wenn das Gemeinplatz wäre! Auf ihrer Oberfläche gäbe es keinen Mittelpunkt! Jeder, ob Barbar, Grieche, Römer, Heide oder Christ ist gleich! Keiner wird bevorzugt. Das darf es doch gar nicht geben. Gegenwärtig gaukeln wir uns doch vor, mehr oder weniger nah am Zentrum der Welt zu leben. Unsere Vorfahren, die Hyperboreer, wohnen am nördlichsten Rand, die Schwarzen am südlichen, nahe dem Grenzmeer und wir tummeln uns hier um das Mediterraneum – dem Meer in der Mitte der Welt – im grenzenlos schönen Licht der Sonne, die hier mit einer für alle erträglichen Wärme scheint. Wir können also durchaus davon ausgehen, dass wir von Gott oder den Göttern geliebt werden, da sie uns eindeutig bevorzugen. Wenn wir aber auf einer Kugel leben ...“

„Wäre alles genauso“, brummelte Truchthari, „denn es *ist* nun mal kalt bei den Hyperboreern und heiß bei den Aithiopen. Selbst wenn unser Aristarch Recht hat, was ich übrigens nicht bezweifle, und die Welt eine Kugel ist, welche das Zentralfeuer umkreist, gibt es trotzdem auf ihr Zonen in Feuernähe und -ferne, weshalb das Mediterraneum ein ausgesucht schöner und begünstigter Ort ist.“ Er fand zu seinem alten ironisierenden Tonfall zurück. „Man könnte fast sagen, weil die Dogmata vom platonisch-christlichen Weltengebäude der größten Schwäche des Menschen, seiner Eitelkeit, schmeicheln, ist es besser, man belässt alles, worauf man ohnehin keinen Einfluss hat, beim Alten, nicht wahr? Wäre das nicht schrecklich, wenn man nicht der Diener und unmittelbare Beauftragte des Allerhöchsten selber wäre, sondern nur ein mittelmäßiges Geschöpf eines mittelmäßigen Demiurgen, das dessen mittelmäßige Welt verbessern soll?"

Arwid sah die Dinge anders. „Also das unvollkommene Werk eines mittelmäßigen Mosaiklegers, der nur die Nummern auf der Rückseite gemäß dem Plan des Meisters legt?"

„Viel mehr wird es wohl nicht sein, wenn du mich fragst!", versetzte Truchthari.

„Und doch fasziniert es mich und spricht mich an! Und wenn die Welt so mittelmäßig wäre? Wir haben nun mal keine bessere in Reserve. Aber nicht die Welt ist mittelmäßig, nur unser Sensorium für sie! Ich sagte es schon vorhin, Gleiches erkennt Gleiches! Glaubst du allen Ernstes, das Licht verhält sich so, wie wir es erfassen? Glaubst du, wir wären nur kurzzeitig dem wahren Licht ausgesetzt, wir würden es ertragen?" Arwid verschränkte die Arme vor der Brust und schüttelte das Haupt, so dass Salz- und Sandkörner wie Geschosse aus seiner mittlerweile getrockneten Mähne herauskatapultiert wurden. Seine Stimme wurde bedrohlich leise: „Und dein ewig zergliedernder Agnostizismus, deine alles beherrschende Skepsis allem Wahren und Guten gegenüber werden mich hierin nicht wankend machen: Nicht der Gegenstand der Erkenntnis ist unvollkommen, die Werkzeuge unseres Erkennens und auch wir selbst sind es! Was uns aber nicht daran hindern soll, über unsere Grenzen hinauswachsen zu wollen und nach Vollkommenheit zu streben!"

„Sei mir nicht böse, das kannst du für dich gerne versuchen, aber ich kann mich diesen Hirngespinsten nicht anschließen, ich bin skeptischer Realist ..."

Nun war es ausnahmsweise an Arwid, den Freund zu unterbrechen: „... und ein berechnender, kühler Machtmensch." Er schluckte. Was heute alles aus den beiden herauskam. Lag er mit seiner These so richtig? War Truchthari, dem offenbar eine Verfehlung derart nahegegangen war, dass er in Schwermut zu verfallen drohte, wirklich der kalte Fisch, als den er ihn gerade geschildert hatte oder verbarg sich in ihm ein Gefühlsmensch, der sich nur als skeptischer Denker tarnte? Was wusste er wirklich von seinem Freund? „Du magst über mich als Feuerkopf lachen, aber das zeigt mir auch deine Verunsicherung. Sicher mag der Schalk den Göttern am wenigsten zur Last fallen, aber er ist ihnen letztendlich eben doch lästig, wenn er übertreibt. Sieh zu, dass du nicht so zu leben beginnst wie du denkst! Wecke die Emotionen in dir!"

„Über Selbstgerechtigkeit hat Pythagoras wohl nichts gesagt?", kam ein spitzer Konter. „Du bist anmaßend, was soll ich denn tun? Ich habe einen Freund betrogen, den ich achte. Meinen Fehltritt würde ich ungeschehen machen, hätte ich die Macht dazu." Er reckte die Handflächen Hilfe suchend zum Himmel, seine aufgerissenen Augen spiegelten die Ausweglosigkeit seiner Situation wider. „Sieh mich an, ich bin ein Gefangener meiner Gefühle, unfähig zu sinnvollem Handeln, und da redest du davon, ich solle mich mehr auf meine Emotionen verlassen! Nur, damit ich mich noch mehr in diesen Gespinsten verfange? Ich will nicht ständig der Ausgelieferte sein! Ich will wenigstens ein bisschen Kontrolle darüber haben, was geschieht!"

Mitleidig blickte Arwid auf den Freund. „Das kam jetzt aus tiefster Seele. Ja, du bist wirklich gefährdet! Du stehst an der Schwelle zu einer großen Fehlentwicklung. Macht und Kontrolle ist nicht das, was das Leben uns zu bieten hat. Es wartet auf mit Prüfungen, Erkenntnis aus Leiden und Läuterung, aber nicht mit kontrollierbaren Abläufen ... Ich verstehe dich manchmal nicht. Du zerlegst alles bis ins Detail, nur um hinterher zu finden, dass du den im Ganzen einwohnenden Sinn dabei völlig verloren hast. Daraus leitest du ab, dass das Ganze sinnlos ist und gehst so vor, als könne man es behandeln wie die Summe seiner sinnentleerten Teile ..."

„Sei mir nicht böse, aber mir ist das alles zu abstrakt. Konkret kann ich nur erkennen, dass ich, indem ich anscheinend bereit war, mich zum Sklaven meiner Gefühle zu machen, beinahe unter die Räder gekommen wäre. Ich muss mich in Zukunft einfach besser im Griff haben."

„Wenn ich das schon höre ..."

„Vermutlich gefällt dir nur das Wort nicht. Wenn ich nun sagen würde, in Zukunft werde ich mich mehr der Selbstdisziplin befleißigen, würde ich höchstes Lob von dir ernten", missmutig scharrte Truchthari mit der Fußspitze im Staub. „Ich schlage vor, wir reiten wieder heim, allmählich krieg ich Hunger."

„Normalerweise ist das mein Privileg", witzelte Arwid leicht unsicher über die ungewohnte Bedürfnisäußerung seines Begleiters. Bevor er ging, wandte sich Truchthari nochmals zu dem Mosaik um. „Aber ich würde sicherheitshalber zuvor noch die Goldsteine mitnehmen, wir können sie ja bei Gelegenheit wieder einfügen. Wer weiß, wer noch in nächster Zeit hier eindringt." Bevor Arwid etwas dagegen tun konnte, war der Truchsess vorsichtig auf das Mosaik getreten und zückte den Hirschfänger, um damit an den goldenen Steinen herumzustochern.

„Komm, lass das! Du machst es nur kaputt!"

Ungeachtet Arwids Kommentar versuchte Truchthari sich weiter an der Demontage der Steine. Er musste feststellen, dass das Hexagramm nur scheinbar aus mehreren Einzelteilen bestand, in Wahrheit war es als einheitliches Band gearbeitet. Langsam dämmerte ihm, weshalb sich die Steine trotz der offensichtlichen Plünderung des Hauses noch an ihrem Ort befanden: Sie ließen sich beim besten Willen nicht entfernen. Missmutig wandte er sich dem größeren umgebenden Goldband zu. Gerade als er meinte, er hätte nun einen Ansatz gefunden, das Edelmetall aus seinem esoterischen Rahmen herauszuhebeln, vernahm er ein knackendes Geräusch, das eindeutig nicht aus dem Mosaik selbst, sondern aus einer tieferen Schicht zu kommen schien. Auch gelangte aus sehr peripher gelegenen Schaltstellen seines sensorischen Nervensystems die Botschaft ans Zentrum, dass der Boden unter ihm nachgebe und es durchaus vorzuziehen sei, sich zum gegenwärtigen Zeitpunkt an einem anderen Ort aufzuhalten.

Mit seinem noch auf festem Boden befindlichen Fuß schnellte er seinen vornübergebeugten Körper vom Untergrund ab und vollführte einen ebenso verwegenen wie ästhetisch mangelhaften Salto über den sich vor seinen Augen öffnenden Schacht hinweg. Er schloss den missglückten Kunstsprung mit einer Staub aufwirbelnden Landung auf dem Rücken ab. Sperrangelweit offen stand ihm der Rachen, der sich sogleich mit Staubpartikelchen auskleidete. Noch war er diesem Vorgang wehrlos ausgeliefert, da ihm der heftige Aufprall auf den Rücken die gesamte Reserve an Atemluft aus den Lungen gepresst hatte, ihm also weder die Alternative des Lufteinsaugens, noch die des Vonsichgebens offenstand. Er wand sich auf dem staubigen Fußboden wie ein aus dem Wasser gezogener Fisch. Endlich gewann er mit Hilfe schnappender

Bewegungen des Mundes jenes gewisse Quäntchen Luft, das ihm das momentane Weiterleben ermöglichte. Unter heftigem Husten richtete er sich auf und konnte schließlich die Mündung seiner Atmungsorgane über das ärgste Staubgewölk erheben.

„Was zum Teufel war denn das?", machte er seiner Verwunderung Luft. Als er sich den Staub von der Kleidung klopfte bemerkte er, dass er noch immer den Hirschfänger mit den Fingern seiner Rechten derart umklammert hielt, dass das Weiß der Knöchel deutlich hervortrat. „Großer Gott, ich hätte mich ja gut und gerne selbst aufspießen können", dämmerten ihm langsam die Tatsachen. Neben ihm, wo zuvor das Zentrum des Mosaiks gewesen war, gähnte ein Loch.

Als er sich über den Rand der Öffnung beugte, bohrte sich sein Blick vergeblich in die rabenschwarze Finsternis, die das, was sie bergen mochte, sicher verwahrte. Offenbar hatte er zufällig den Zugang zu einer Geheimkammer entdeckt, wo der Hausherr seine Reichtümer eingelagert haben mochte. Deshalb die Gründlichkeit und das Fehlen jeglicher Scherben! Arwid pfiff durch die Zähne und kam, während er dadurch einen erneuten Erstickungshusten bei Truchthari auslöste, vorsichtig ein paar Schritte näher. Mit krächziger Stimme schlug dieser ihm nun vor, jetzt aber wirklich sogleich abzuziehen, um schnellstmöglich Wachen herzubeordern. Ohne Licht wäre ein weiteres Vordringen in den Keller nicht angeraten, und außerdem fehlte eine Leiter, um sicheren Fußes in die gruftig riechende, scheinbar bodenlose Tiefe zu gelangen.

Hastig suchten sie sich über die Unebenheiten des aufgegrabenen Fußbodens hinweg ihren Weg zum Eingang. Als sie ins Freie traten, schmerzte sie das ungefilterte Licht der Sonne in den ohnehin schon brennenden, überforderten Augen und sie verharrten noch ein wenig im Schatten der Bäume. Arwid war gerade dabei, sein Reittier loszubinden, da fühlte er sich abrupt am Ärmel gezogen. Als er verwundert herumfuhr, legte Truchthari nur den Zeigefinger auf die Lippen.

„Hörst du was?", flüsterte er nach ein paar verwirrenden Sekunden.

„Nichts Besonderes oder Beunruhigendes", entgegnete Arwid.

„Horch doch!"

Ein verstehendes Leuchten erschien nun auf seinem Gesicht. Wie selbstverständlich und deshalb absolut unaufdringlich drang aus dem Hintergrund leise das Rauschen des Meeres.

Arwid legte bedächtig einen Zeigefinger an die Nasenspitze. „Wie würdest du es finden, wenn ich diesen Bau hier kaufe und als Feriendomizil für uns alle, als Treffpunkt und Rückzugsmöglichkeit ausbaue? Ich muss sagen, ich habe einen Narren daran gefressen!"

„Das wäre eine großartige Idee, aber warum kaufen, was sich nehmen lässt? Wie es aussieht, gibt es ja gerade keinen rechtmäßigen Besitzer. Verrückt, dass wir ausgerechnet heute auf diesen Ort gestoßen sind, schließlich war so ein Refugium schon immer unser großer Traum ..."

Für den Heimweg wählten sie eine andere Route, nicht mehr zurück zum Meer und nicht an der Stadtmauer entlang, sie beschlossen, durch die Ödnis zu reiten. Hier, wo kein Bauer je versucht hatte, dem kargen Boden Ernten abzutrotzen, wo kein Siedler sein Haus errichtet hatte, hatte sich diese omnipräsente Bedrohung des fruchtbaren Landes, die Wüste, breitgemacht. Die Pferde quälten sich durch den Sand, der unter den Hufen nachgab, als liefen sie in einer körnigen Flüssigkeit. Sie sanken bis an die Fesseln ein, und um sie nicht zusätzlich zu ermüden, ließen die Reiter den Tieren ihren Willen, in einfachem Passgang dahinzugehen. Sie waren noch nicht allzu weit gekommen, als sie Hufgetrappel hinter sich vernahmen.

Vier Reiter waren es, die ihnen folgten, der Kleidung nach keine Soldaten. Arwid verfluchte die Tatsache, dass man bei der Bekämpfung der Räuberbanden, die noch immer die Gegend unsicher machten, noch keine nennenswerten Erfolge verzeichnen konnte. Normalerweise wagten sich diese zwar nicht an die vandalischen Eroberer heran, doch diese vier schienen es auf sie abgesehen zu haben, denn sie fächerten auseinander, wobei zwei der Reiter versuchten, ihnen den Weg abzuschneiden. Die Distanz begann zusehends zu schrumpfen, so dass die Freunde ihre Pferde zu schnellerer Gangart antreiben mussten. Die Tiere waren jedoch nicht mehr so leistungsfähig wie am Morgen. Arwid kalkulierte im Geiste ihre Chancen durch: Bewohntes Gebiet würden sie nicht mehr erreichen, ehe sich ihre Verfolger so weit genähert haben mochten, dass sie sie in unmittelbare Gefahr brächten. Er analysierte das Gelände und bemerkte eine dünenartige Bodenwelle, die ihnen eine Zeitlang als Deckung dienen könnte. Doch zielte anscheinend auch die Bewegung der zwei abgebogenen Reiter dorthin. Truchthari schien zum selben Ergebnis gekommen zu sein.

„Wir greifen die beiden an, die sich hier links vorbeistehlen wollen, und setzen sie erst einmal außer Gefecht“, verkündete er mit plötzlich ganz sonorer Feldherrnstimme.

„Aber du weißt doch nicht, ob sie tatsächlich als Feinde kommen!“

Truchthari schüttelte entschlossen die Mähne.

„Entschuldige, aber wenn du sie zuerst fragen willst, bitte, tu's. *Ich* werde mich jetzt ihnen als Feind nähern, sollen sie sehen, wie sie damit fertig werden.“

Von der Logik dieser Argumentation überzeugt, schwenkte Arwid zeitgleich mit Truchthari sein Pferd herum und sie preschten in gestrecktem Galopp, die Deckung gut ausnutzend, in Richtung der beiden Reiter. Anscheinend hatten ihre Verfolger das Manöver der Vandalen nicht bemerkt, denn sie waren arg verdutzt, als plötzlich die beiden Opfer in spe nun als Angreifer, wie vom Boden ausgespuckt, hinter der Düne auftauchten. Sie rissen sofort ihre Reittiere herum und versuchten wieder Anschluss an ihre Kameraden zu bekommen. Doch die beiden Freunde waren schon sehr nahe herangekommen, so dass Truchthari ohne große Hast sein Pferd zum Stehen bringen und den vorbereiteten Pfeil auf den zurückhängenden Reiter von der Sehne schnellen lassen konnte. Der warf mit einem spitzen Schrei die Arme hoch und stürzte hintenüber aus dem Sattel, was der zielsichere Schütze mit einem ebenso spitzen Triumphschrei quittierte. Der verbliebene Reiter blickte sich um, ein dunkler Bart wurde unter einer starken Nase sichtbar. Er schrie irgendetwas in seiner für die Vandalen unverständlichen Sprache, machte erstaunlicherweise kehrt und ritt nun wieder auf sie zu.

„Hol's der Teufel, er muss doch wissen, dass er mit seinem Leben spielt!“

„Du vergisst die beiden anderen, Truchthari“, lamentierte Arwid, der in der Eile seinen Pfeil stalltorweit neben dem angreifenden Reiter in den Sand gesetzt hatte. Die anderen Verfolger waren nun ebenfalls auf Pfeilschussweite heran, doch auch sie verfehlten ihre Ziele, da sie aus dem vollen Tempo des Rittes geschossen hatten.

Truchthari berechnete eiskalt seine Chancen und wechselte das Ziel, zumal der einzelne Reiter einen kleinen Schild mit sich führte, mit dessen Hilfe er die leichten Pfeile für die Jagd sicher würde abwehren können.

Diesmal war es der vordere der beiden Reiter, der mit einem Pfeil in der Kehle aus dem Sattel kippte. Seinen Kumpan verließ der Mut und er suchte, nachdem er noch erfolglos einen Pfeil auf die Vandalen abgeschossen hatte, das Weite. Es blieb der Schwarzbart, der sich zwischenzeitlich mit Arwid einen Kampf lieferte, der sich sehen lassen konnte. Beide Reiter hatten die Stichwaffen gezückt und umkreisten sich in immer enger werdenden Zirkeln. Vor allem der Schild des Räubers bereitete Arwid Schwierigkeiten, da er selbst über keine Defensivwaffe verfügte, dafür aber durch den auf dem Sattelknauf thronenden Haako nicht unerheblich behindert wurde. Eine kleine Schramme hatte ihm der wütende Schwarzbart schon an der Stirn beigebracht, umgekehrt war es ihm jedoch nicht geglückt, ebenfalls einen Treffer zu landen.

Urplötzlich griff der Schwarze in einen Lederbeutel, der an seinem Sattel hing und wie ein Schauer hagelte eine deftige Prise Sand ins Gesicht des Vandalen, die ihm völlig die Sicht nahm. Das Einzige, was er noch reflexartig tun konnte, war, seinem Pferd in die Weichen zu treten, so dass es panisch einen Satz nach vorn machte und er somit dem Schwertstreich des Räubers entging. Truchthari, der das Geschehen mit besorgter Unruhe verfolgt hatte, ergriff sogleich die einmalige Chance für einen Pfeilschuss.

Der aus kurzer Entfernung losgesandte Pfeil bohrte sich durch den Oberschenkel des Reiters und nagelte ihn erbarmungslos am Sattel fest. Der Schwarzbärtige biss die Zähne zusammen und versuchte den Pfeil zu entfernen. Während er sich abmühte, stieg Truchthari ab, hob einen Stein auf, wog ihn prüfend in der Hand und warf ihn mit exakt dosierter Wucht und entsprechendem Augenmaß gegen den Lederhelm seines Kontrahenten. Der hochgewachsene Reiter wankte im Sattel und kippte zur Seite, dabei platzte das Sattelband und er stürzte mitsamt der Sitzhilfe auf den Boden der Wüstenei. Arwid, der spuckend und niesend allmählich wieder gefechtsfähig war, krächzte: „Lass ihn, um Gottes Willen, leben!"

„Wenn ich über den Fall anders gedacht hätte, wäre unser Freund hier schon tot", klärte ihn der Truchsess auf, „ich will wissen, was das alles zu bedeuten hat. Ob diese Herren hier", er erfasste mit einer weitgreifenden Bewegung seines rechten Armes die zwei Leichen und den bewusstlosen Reiter ohne Pferd, „einfach nur habgierige Räuber waren, oder ob man sie als Mörder gedungen und auf uns angesetzt hat. Außerdem glaube ich, ist dir sicher auch schon aufgefallen, dass es hier gewisse Ähnlichkeiten mit dem Mörder Hugins in Hinsicht auf die Kleidung gibt."

Truchthari schlenderte mit bedrohlicher Langsamkeit auf den seltsam verkrümmt am Boden liegenden bewusstlosen Reiter zu, dessen linkes Bein wie der in einer bestimmten Haltung fixierte Hinterlauf eines männlichen Hundes zum Himmel ragte, während das rechte, der Pfeil war vermutlich beim Aufprall abgebrochen, unter dem Sattel steckte. Nicht gerade zimperlich stupste er die mitleiderregende Gestalt mit der Stiefelspitze in die Nierengegend. Erst ein etwas derberer Stoß an dieselbe Stelle brachte eine Reaktion hervor. Der Mann stöhnte und unter dem Lederhelm sickerte ein dünnes, rotes Rinnsal hervor. Sobald er zu sich kam, schlenzte ihm der Vandale mit dem Stiefel eine Ladung Sand ins Gesicht.

„Damit du eine Ahnung bekommst, wie schön das ist!"

Wild schüttelte der Reiter den Kopf und versuchte sich aufzurichten, ein Unterfangen, das von vorneherein, da er an seinem Sattel festgenietet war, zum Scheitern verurteilt sein musste.

Truchthari drehte ihn, erbarmungslos das hochgereckte Bein als leichtverwendbaren Hebel nutzend, mit dem Gesicht in den Sand. Der Reiter fluchte und schimpfte im Rahmen der ihm gegebenen Möglichkeiten. Doch dann musste er einsehen, dass er derjenige war, der dazu ausersehen war, Beschimpfungen und Redensarten an den Kopf geworfen zu bekommen, die es seinem Ehrgefühl diktiert hätten, vor dem Anhören lieber zu sterben. Zuletzt wollte der in seinen Tiraden maßlos gewordene Barbar auch noch wissen, was sie von ihnen gewollt hätten.

„Ihr steckt gewiss mit der Kirche unter einer Decke", bekam da Truchthari zu hören.

„Mit welcher, bitte?", stellte der sich erst einmal naiv.

Der Verwundete spuckte Sand an langen Speichelfäden, die sich in seinem Bart verfingen und bedachte ihn mit einem grimmigen Blick.

„Wer hat euch gesteckt, dass wir heute eine Taube losschicken würden?", giftete er.

Truchthari nickte Arwid bedeutungsschwanger zu. „Na siehst du, er ist doch kein einfacher Räuber, sondern ein feindlicher Spion."

Der Schwarzbart versuchte sich in einem bedrohlichen Lachen, das jedoch in einer trockenen, erstickenden Hustensalve unterging, als ihm der Truchsess erneut das Gesicht in den Sand tunkte.

„Nimm dein Maul nicht so voll“, rief er hämisch, als er den erneut fädenziehend Spuckenden wieder losließ. „Was wollt ihr von uns“, brüllte er los, „dass ihr uns einfach hier angreift?“

Nun gelang seinem Opfer doch endlich ein raues Lachen. „Zuerst versucht ihr, unsere Botschaft an die Brüder in Hippo Regius abzufangen, dann verfolgt ihr uns bis ins Heiligtum – und dann diese Frage!“ Wie ein Löwe im Käfig fletschte er die Zähne. „Ihr habt unser Heiligtum geschändet, dafür müsst ihr sterben! Wenn nicht ich euch den Hals umdrehe, wird sich ein anderer Bruder finden!“

„Das sind ja rosige Aussichten! Aber, ich glaube, wir werden zuerst einmal dich in einem Schauprozess aburteilen und den Geiern zum Fraß vorwerfen, damit wir wenigstens vor dir sicher sein können! Oder besser, wir bringen das gleich hinter uns“, Truchthari zog seinen Hirschfänger und packte den Wehrlosen an der Unterkante seines Lederhelms.

„Nein, um Gottes Willen, lass ihn leben“, fiel ihm Arwid, dem im Augenblick des Schrecks keine neue Formulierung für sein Anliegen einfallen wollte, in die Bewegung, „das ist ein Befehl“, ergänzte er noch schnell. Truchthari warf ihm einen mehrdeutigen Blick zu und ließ von seinem Opfer ab. Der Sand neben dem Reiter verfärbte sich dunkel, er hatte in seiner Todesangst die Kontrolle über die Blase verloren.

„Jetzt mach dir nicht in die Hosen“, spottete Truchthari, der seine Klinge wieder in der Scheide arretierte. Sodann knotete er den gerissenen Sattelgurt provisorisch zusammen, nestelte die Lederriemen Hugins heraus, fesselte dem Gefangenen wenig einfühlsam die Arme auf den Rücken und nötigte ihn zum erneuten Aufsitzen. Nur mit Mühe vermochte er sich oben zu halten, er sah erbärmlich aus.

„Wie heißt du eigentlich?“, wollte Arwid in versöhnlichem Tonfall wissen.

„Hannibal“, kam es monoton zurück.

„Genauso habe ich mir den großen Feldherrn und Strategen der Punier immer vorgestellt“, spottete Truchthari, „vor allem am Tag nach der Schlacht von Zama, hahaha!“

„Was war das für ein Heiligtum? Welcher Art ist eure Bruderschaft? Welche Botschaften sendet ihr aus, dass so viel Geheimnisse darum herumgewoben werden müssen?“, wandte sich Arwid unvermittelt an den zwischen ihnen reitenden Gefangenen. Doch der sah ihn nur mit einer Mischung aus Mitleid und Verachtung an und schwieg.

„Seid ihr Sektierer, die von den Katholiken verfolgt werden?"

„Wer wird das nicht, der sich nicht zu ihrer Auslegung der Schrift bekennt?", kam es lapidar zurück.

„Also seid ihr Christen!"

„Verdammt will ich sein, nein! Wir sind alles andere nur keine Christen!" Ein Blick, der an ätzender Giftigkeit nichts zu wünschen übrig ließ, streifte Arwid. „Ihr Arianer seid da ja auch nicht besser als die Katholiken, mit denen wir es bisher zu tun hatten. Jeder Christ scheint sich als oberstes Lebensziel die Aufgabe gestellt zu haben, uns auszurotten."

„Wer seid *ihr*, wenn es erlaubt ist, zu fragen", insistierte Arwid, doch ohne Erfolg.

„Es ist nicht erlaubt! Wir müssen unser Geheimnis wahren, sagt der Pater unserer Bruderschaft", fügte er erklärend hinzu.

„Ihr habt also auch einen Pater, also müsst ihr doch Christen sein. Gehört ihr vielleicht den Donatisten oder gar Circumcellionen an?"

„Das grenzt ja schon an eine Beleidigung. Mit Schwachköpfen dieser Art haben wir gewiss nichts zu tun."

Arwid wurde es allmählich zu bunt, Ungeduld vibrierte in seiner Stimme. „Jetzt pass einmal auf, mein lieber Hannibal! Wir können jetzt natürlich Verstecken spielen, bis wir daheim sind. Morgen werde ich dich unserem Exorzisten vorführen", bluffte er, „dem es sicher ein großes Vergnügen sein wird, ein abtrünniges Schaf in den Schoß der arianischen Herde zurückzuführen, egal mit welchen Mitteln."

Arwid ließ die Worte nachhallen und legte eine Kunstpause ein.

„Ich dagegen bin kein öffentlicher Prosekutor, mir ist es völlig egal, an was ihr glaubt, da ich selbst keiner Kirche oder Glaubensgemeinschaft angehöre – während er dort", er wies mit dem Kinn auf Truchthari, „ein gelangweilter und skeptischer Arianer geblieben ist, weil er Angst hat, sich auf etwas Neues und Fremdes einzulassen."

Truchthari räusperte sich auf diese Kurzcharakteristik seiner Religiosität hin und spuckte verächtlich aus.

„Wie du siehst, kannst du uns getrost deine Ansichten über das Universum und die ewige Seligkeit darlegen. Ich bin an Dingen dieser Art hochgradig interessiert und mich hat euer Heiligtum derart fasziniert, dass ich gerne die Villa erwerben will ..."

„Ihr habt ja unser Heiligtum noch gar nicht gesehen", ließ sich Hannibal, derart angegangen, hinreißen, „in den Keller habt ihr Feiglinge euch ja gar nicht vorgewagt ..."

„Hüte deine Zunge, wenn sie dir lieb ist", warnte ihn der Truchsess, der sich als Feigling völlig fehleingeschätzt sah.

In der Ferne tauchte Arwids umfriedete Domäne auf. Arwid sah sich zu einer raschen Lösung genötigt und entschied sich für den Blankobescheid. „Ich schlage dir einen Handel vor: Wir sehen von einer gerichtlichen Verfolgung eures Angriffs ab, und du klärst uns, respektive mich, über eure Religion und eure Kultstätte auf. Ist das ein Angebot?"

„Damit ihr dann unseren Tempel zerstören könnt ..."

„... wozu wir bereits jetzt durchaus in der Lage wären", konterte Arwid, „versteh mich, ich bin Pythagoreer, ich bin nicht wie alle anderen!"

„Dann bist eben du der verdammte Heide, das macht die Sache keineswegs besser."

Einige Atemzüge lang hörte man nur das monoton dumpfe Gestampfe der nach den Anstrengungen dieses denkwürdigen Tages redlich ermüdeten Pferde.

„War ja nur ein Vorschlag, dann sehen wir uns eben morgen unter dem Galgen!" Arwid hüllte sich in Schweigen, auch wenn es ihm schwerfiel, währenddessen Truchthari die Methoden einer fortschrittlichen Hinrichtungspraxis mit jenen verglich, die angeblich der Vandalenkönig bei Asebieprozessen bevorzugte. Selbstredend schnitten dabei die modernen Verfahrensweisen wie Ertränken, Hängen mit einem Stein an den Beinen oder Enthaupten mit Hilfe eines alten, stumpfen Schwertes im Vergleich relativ gut ab. Auf der Stirn Hannibals sammelten sich zusätzliche Schweißperlen, schließlich litt er bereits physische Qualen genug, war er doch gefesselt und gleichzeitig mit einem abgebrochenen Pfeil an einem locker sitzenden Sattel angenagelt.

„Also gut", wandte er sich an den betont desinteressiert blickenden Arwid, „was möchtest du wissen?"

„Alles!", kam es einsilbig zurück.

„Um es kurz zu machen, ich bin ein Jünger des Mithras."

Forschend blickte Hannibal in Richtung des Fragestellers, doch es erfolgte keinerlei erkennende Reaktion. „Unser Gott – nein, der einzig wahre in den Himmel aufgefahrene Gott – ist der Feind von jeglichem Bösen. Sein Vater ist die Sonne, und ich bin ein Diener seiner Majestät im Rang eines *miles*, das heißt, ich befinde mich auf der siebenstufigen Einweihungsleiter im dritten Grad ..."

Ungläubig starrte Arwid den Gefangenen an, dessen Worten er momentan keine ungeteilte Aufmerksamkeit mehr schenken konnte. War denn alles nur Thema mit Variationen, und man schlug sich gegenseitig die Köpfe ein, nur weil die Interpretatoren unterschiedlicher Ansicht waren? Konnte man nicht endlich so weit kommen, dass man die Auslegung der Theorien selbst in die Hand nahm? Eigentlich wollten doch alle, ob Christen, Pythagoreer, Mithrasjünger, Platoniker, Orphiker, Zarathustraner und wie sie sich nur nennen mochten, alle, die es mit dem Leben ernst meinten, dasselbe, verehrten sie doch allesamt dieselbe Macht, die sich unbegreiflicherweise hinter ihrer Schöpfung so zurücknahm und verbarg.

Sein fragender Blick huschte kurz zu Truchthari hinüber, doch der trieb sein Pferd an und ließ die beiden Religionsphilosophen in ihrem Gespräch alleine zurück. Im Wegreiten hörte er nur noch, wie der Gefangene ausführte, dass Frauen zu ihrer Art Kult nicht zugelassen seien, denn sie hätten nicht Teil an der göttlichen Gnade, da sie Wesen minderer moralischer Qualität seien, und ein Mann, der sich größere Verfehlungen zukommen ließe, unweigerlich als Frau wiedergeboren werden müsse. Seine auf wundersame Art und Weise wiedergewonnene Seelenruhe spiegelte sich in einem breiten und zufriedenen Grinsen, das mittlerweile von seinem Gesicht vollständig Besitz ergriffen hatte, während er dem Prinzen seinen Glauben erläuterte. Zuhause angekommen, war Arwids Neugierde geweckt und er ließ sogleich den Heiler Heimo kommen, da sich an der Eintrittstelle des Pfeils bereits dunkel eine entzündliche Röte eingestellt hatte. Der Heiler behandelte die Wunde mit Salbenverbänden sowie einem herb riechenden Kräutergemisch, das er Hannibal in Wein gesotten zu trinken gab. Darüber hinaus ordnete er an, die Verletzung mit einem Sud aus denselben Kräutern regelmäßig auszuspülen, was die Wunde rasch ausheilen ließ.

In der Zwischenzeit fanden die Freunde genügend Gelegenheit, Hannibal im Gespräch näherzukommen. Der Punier war vormals Offizier in der byzantinischen Marine gewesen, doch hatte man ihn nach einem Streit mit einem, seiner Ansicht nach völlig unfähigen griechischen Nauarchen unehrenhaft entlassen. Als alter Militär hatte er sich dann der Tempelwache angedient, da ihn die zivile Schifffahrt nur sehr peripher interessierte. Seine Ausführungen erfuhren das völlige Verständnis von Seiten der Vandalen.

„Insgeheim graust auch mir schon vor dem drohenden Frieden", pflichtete Truchthari lachend der kämpferischen Haltung des Puniers bei. Der wiederum war völlig anderer Ansicht, was die politische Großwetterlage betraf. „Keine Angst! Ich glaube nicht, dass eure Waffen in absehbarer Zeit Rost ansetzen werden! Der Byzantinische Kaiser lässt nichts mehr los, was er einmal am Hals gepackt hat. Er hat sich nun mal in den Kopf gesetzt, Africa dem Westen abzunehmen, und er wird auf euch und eure Ansprüche hier keine Rücksicht nehmen, denkt an meine Worte. Ich habe dem Kaiser gedient. Ich kenne ihn ..."

„Persönlich?"

Hannibal schnaubte ungeduldig durch seine weiten Nüstern. „Das ist bei uns so eine Redensart, wenn sie in jener Version des Lateinischen, die die Herren Vandalen hier reden, nicht enthalten ist, tut es mir leid. Also ich meine, ich ..."

Truchthari lachte über den Eifer, in den sich der dunkelhäutige Mann langsam hineinzureden schien, winkte matt ab und erhob seinen Becher.

„Ich glaube, mein Vater könnte einen Mann wie dich in seiner neuen Flotte durchaus brauchen", meinte Arwid. „Du kennst ja sicher die Gewässer hier ziemlich gut ..."

„... wie die Innenseite meiner Hand", pflichtete ihm Hannibal bei, heftig mit dem Kopf nickend, „ich wäre ein idealer Lotse, dem jede Untiefe und jedes Riff vertraut sind."

„Hoffentlich trägst du zur See keine Handschuhe", kalauerte Truchthari, doch Arwid schenkte der Bemerkung keine Aufmerksamkeit. „Na, ist doch prima, ich werde dich auf alle Fälle dem König empfehlen, er wird sicher für dich etwas finden!"

„Ist das dein Ernst?"

„Warum nicht?" Arwid klopfte dem Marineoffizier in spe vergnügt auf die Schultern. „Allerdings musst du uns zuvor euren Tempel zeigen, das ist Bedingung."

* * *

Im Lichttempel des Mithras

Ausgestattet mit Wergfackeln und in Pflanzenöle getunkte Tücher, die sie um Holzstäbe gewickelt hatten, standen die Freunde, in helles Licht getaucht, neben dem ominösen Mosaik. Der robuste Hannibal hatte sich rasch von seinen Wunden erholt und sein Versprechen nicht ohne innere Zerrissenheit erfüllt. Noch kurz vor dem Aufbruch gab es eine größere Auseinandersetzung mit Ceridwen, als Hannibal sich kategorisch weigerte, eine Frau in das Heiligtum mitzunehmen. Es sei ihm durchaus schon ein Graus, Uneingeweihten Zugang zum Apodyterium zu verschaffen, aber eine derart verworfene Seele den Glanz des Mithras schauen zu lassen, dass sie als Frau hätte geboren werden müssen, das sei zu viel. Ceridwen, der es wie so oft mehr ums Prinzip ging, hatte geflucht, geschimpft, gedroht, getobt. Hannibal war hart geblieben. Schließlich wechselte Ceri den Ansprechpartner und stellte kurzerhand Arwid vor die Wahl, sich mit ihr zu solidarisieren, indem er auf die Besichtigung des sakralen Raumes verzichtete oder es sich mit ihr gründlich zu verderben, wenn er dennoch hinginge. Er ging.

In aller Frühe waren die drei Männer von Arwids Villa aufgebrochen und fanden den Ort so vor, wie Arwid und Truchthari ihn verlassen hatten. Mit einer Ausnahme: Der Verschluss des Schachtes befand sich wieder in seiner ursprünglichen Position.

„Als ihr weit genug weg wart, bin ich herausgeklettert, habe die anderen verständigt und wir sind euch sofort gefolgt, aber den Zugang zu unserem Heiligtum offen zu lassen, wäre eine unverzeihliche Nachlässigkeit gewesen. Wir haben den Eingang absichtlich so angelegt, dass keiner der weniger berufenen Jünger wagen würde, ihn zu öffnen, und ein goldgieriger Dieb abstürzen müsste."

„Das musst du mir erklären", verlangte Arwid, „wieso glaubst du, dass sich keiner der weniger Fortgeschrittenen hineingewagt hätte?"

„Hier, gleich neben der Mitte des Mosaiks, befindet sich das Symbol für den Spross des ersten Gottes. Hier ist Mithras, unser Meister zu Hause. In der Mitte befindet sich der Quell allen Seins, die oberste und vornehmste Gottheit, der Allvater Ahuramazda, verkörpert in der Sonne." Arwid zwinkerte Truchthari wortlos zu. „So wie das Licht des Tagesgestirns den Raum erhellt, erhellt er uns, die Jünger seines Sohnes in spiritueller Hinsicht. Beide zusammen bringen sie dem Kosmos das Licht: Die Sonne Ahuramazda, das Hexagramm, und sein Sohn Mithras, symbolisiert durch das Pentagramm." Jetzt zwinkerte Arwid nicht mehr. „Mithras herrscht über die Himmel und *er* entscheidet, wer in den Himmel gelangt und wer noch nicht dieses Verdienst errungen hat. Kannst du dir vorstellen, einer meiner Glaubengenossen würde es wagen, Hand an dieses erhabene Symbol zu legen?"

„Kaum", nickte Arwid. „Seht ihr das eigentlich auch so wie Pythagoras und ich? Wenn jemand vom Himmel spricht, denke ich nämlich nicht an heiteres Blau mit Sonnenschein und rosa Wölkchen, sondern an den sternenübersäten mondlosen Nachthimmel. Mein Meister, der von diesen Dingen ja besondere Kenntnisse hatte, folgte der traditionellen griechischen Ansicht, die Heroen würden in die Sterne versetzt werden, was wohl dasselbe ist, wie ‚in den Himmel kommen'. Erst wenn man in den Sternenhimmel schaut und sich hineingezogen fühlt, bekommt man eine kleine Ahnung, vom Kosmos. Ich, sag euch eins, vor allem dir, Truchthari", wandte er sich an den Freund, „auch Aristarch war ein Kleingeist. Die Sonne ist nicht der Mittelpunkt des Kosmos, auch sie ist nur ein Punkt an der Peripherie, erst hinter ihrer Bahn beginnt das wahre Abenteuer. Die Sonne ist nur ein Abglanz des unermesslichen Zentralfeuers, von wo aus alles entstanden ist. Alles, wirklich alles ist doch von Feuer durchwoben, es dringt aus deinen Augen, deinem Lachen, deinen Liebesschwüren, rollt durch deine Adern, macht dein Blut heiß, deinen Verstand scharf und deine Argumente hitzig. Schließlich hat auch Platon dem Feuer den edelsten der Körper, die Pyramide, zugedacht, da dieses Element am Anfang von allem stand."

Hannibal nickte beifällig, Truchthari schüttelte ungeduldig den Kopf. „Verschont mich bitte mit einem derartigem Theoriengebräu. Natürlich habt ihr recht, wenn ihr darauf besteht, natürlich stimmt das alles, ist belegbar – aber auch das genaue Gegenteil ließe sich unter Verwendung des Wassers beweisen! Das beständige weibliche Wasser ist nämlich letztendlich stärker als das schweifende, männliche Feuer. Habt ihr schon mal gesehen, dass vernünftige Menschen mit Feuer gegen eine Flut gekämpft hätten? Wasser in ausreichender Menge löscht dagegen jeden Brand. Man könnte also ebensogut das Wasser an den Anfang stellen. Ich komme jedoch immer mehr zu der Einsicht, dass die Elemente von Urbeginn komplett vorhanden waren, nur ihre Verteilung und ihre Durchmischung bringt die Welt, so wie sie sich uns darstellt, zuwege. Irgendeines der Elemente zu bevorzugen und an den Uranfang zu setzen, halte ich für abwegig!"

„Wenn ihr so denkt, ist es besser, wenn ich hier nicht mit euch hineingehe. Dieses relativierende Gewäsch ist Mithras unwürdig", kommentierte Hannibal diese in seinen Augen frevelhafte, von Toleranz und Wissenschaftlichkeit geprägte Rede.

„Aber nein", schaltete Arwid schnell, „Mithras ist doch, soweit ich weiß, Herr über den ganzen Himmel", er fasste Hannibal scharf ins Auge, „meine These vom Urbeginn im Feuer unterstreicht doch nur die Macht und Herrlichkeit der Sonne und Mithras', sofern man an ihn glaubt", ergänzte er.

„Wie kannst du nicht an ihn glauben, nun, da du von ihm weißt?" Hannibal rollte die Augäpfel. „Schließlich ist er der Herr der Himmel und seiner Pforten, der Vermittler zwischen den Menschen und Ahuramazda, *Sol invictus*, wie die Römer ihn nennen, der Pantokrator, der Herr der Welten eben!"

„Also, alle Klarheiten beseitigt", witzelte Truchthari, „jetzt öffne deinen Berg, weiser Mann, auf dass wir die einzig wahre Religion erkennen."

Hannibal machte in Richtung des Truchsessen eine eindeutig abwertende Geste. „Muss es denn sein, dass dieses Lästermaul auch mitkommt?", wollte er in gequältem Tonfall von Arwid wissen. Der nickte nur stumm. Zögerlich, doch gottergeben betrat Hannibal die Allegorie des Kosmos, um voller Ehrfurcht mit einem schlüsselartigen Eisen die Goldborte an der richtigen Stelle zu berühren. Ein leises Knacken ertönte aus den Tiefen des Kellerraumes und ächzend öffnete sich der Eingang zur Unterwelt. Truchthari trat nun ebenfalls nahe an die Mündung heran, seine Pupillen reflektierten rot das Licht der Fackeln.

„Du wirst lachen, mein Freund, das hätte ich mir auch gedacht, dass das Mosaik keine Falle, sondern ein Geheimgang war ..."

Hannibal hatte bereits eine Leiter in die gähnende Tiefe hinabgelassen. Langsam stiegen die Freunde hinab, Hannibal mit einer Fackel voraus. Arwid schien es, als ob sich das Licht durch die stickige Grabesluft förmlich hindurchschneiden müsse, um den Raum zu erhellen.

Truchthari brachte es auf den Punkt. „Dass die Menschen doch immer wieder die Welt zuerst verfinstern müssen, um die Wirkungen des Lichts besser wahrnehmen zu können! Unsere Vorfahren taten gut daran, keine lichtraubenden Tempel zu bauen, sondern Haine anzulegen, die die Sonne nicht scheuten, um ihre Götter zu ehren." Er wollte noch weiter poltern, doch fühlte er die beschwichtigende Hand Arwids auf seinem Unterarm. Zunächst sahen sie nichts außer der Aureole von Hannibals Fackel, welche die Sehnerven der Freunde in der absoluten Dunkelheit der unterirdischen Anlage irritierte. Nur sehr schemenhaft nahmen sie den weiten Raum, der sich unter ihnen auftat, wahr. Bald wurde das Licht von einer schlichten Säule gebremst, die einen verschwommenen, länglichen Schatten in das Mittelschiff des Versammlungsraumes warf. Vor der Säule ragte eine menschliche Gestalt mit phrygischer Mütze und einer zu Boden gesenkten Fackel auf. Die aus Stein gehauene Figur trug einen blauen Mantel und skythische Hosen. Zu seinen Füßen kauerte ein überproportionaler Skorpion, der seine Scheren drohend vorreckte.

„Das ist Cautopates, der Begleiter unseres Herrn in der herbstlichen Zeit des Niederganges des Lichts."

Vor allem Truchthari war daran gelegen, den ihm durchaus auch unheimlichen Raum weitgehend auszuleuchten. Er entdeckte einige Halterungen in der Wand, die er sogleich mit rasch entflammten Lichtern bestückte, bis schließlich das Licht in den letzten Winkel vorgedrungen war. So konnten die Freunde noch eine weitere Figur mit zum Himmel gerichteter Fackel ausmachen. Sie trug dieselbe Kleidung wie ihr linkes Pendant, doch neben ihr, diesmal deutlich zu klein geraten, kauerte ein schwarzer Stier mit weißer Blesse und glotzte die Ankömmlinge ausdruckslos an.

„Cautes symbolisiert den Frühling, die Vermehrung des Lichtes, er bringt den Himmelsstier mit, der dann geopfert wird", erklärte Hannibal unaufgefordert den Freunden die Funktion der Figur. Von den schnellbrennenden Werglichtern stieg Rauch zur Decke auf, die vom Ruß längst verbrannter Lichter von undurchdringlicher Schwärze war. Herab hing eine Messingampel mit einem in rotes Glas gehüllten Kerzenständer. Eilig entzündete Hannibal das ewige Licht der Mithräer, das anscheinend aufgrund mangelnder Pflege erloschen war. Die Freunde näherten sich nun der Stirnseite des dreischiffigen Raumes, wo sich ein eindrucksvoller Hochaltar erhob. Die Seitenschiffe bestanden aus steinernen Podesten, wo sich während der Kulthandlung die versammelte Gemeinde zum Abendmahl lagerte.

„Aha, wie bei uns", meinte Truchthari, „rechts die Männer, links die Frauen ..."

„Wie bitte? Bist du des Wahnsinns?", zischte Hannibal, „sprich dieses Wort hier nicht aus. Ich habe es euch doch schon erklärt, dass die Frauen Gefäße des ewigen Widersachers Ahriman sind, sie haben hier nichts zu suchen. Die bloße Anwesenheit einer Frau, auch außerhalb kultischer Feiern, würde dieses heilige Temenon entweihen und man müsste Reinigungsrituale vornehmen, um wieder eine Liturgie feiern zu dürfen ... Aber wenn euch hier das eine oder andere bekannt vorkommt, dann ist das gewiss kein Zufall, denn eure Priester haben von unserem Kult einiges abgekupfert. Was bleibt einem im Irrtum Verhafteten auch anderes übrig, als sich beim einzig wahren Glauben zu bedienen?", wandte er sich triumphierend an den skeptischen Truchthari.

„Wir Christen", verstieg sich dieser, plötzlich unter der Anfeindung solidarisch mit weniger zaghaften Glaubensgenossen, zu einem Bekenntnis, „wären eine große Ausnahme, wenn wir uns nicht an dem orientiert hätten, was schon da war, schließlich gibt es keine Neuschöpfungen aus dem Nichts, sondern bereits Bestehendes wird kreativ umgeformt", belehrte er nun seinerseits den Punier, „aus dem Nichts kann nämlich nichts entstehen!"

„Höchstens weiteres Nichts", wollte Arwid die fruchtlose Debatte beenden.

Doch Hannibal blieb hartnäckig und runzelte die Stirn.

„Aber nur Mithras kann die Seele vor dem Abstieg ins Nichts erretten?" Als er jedoch auf sein Nachbohren hin kein Echo erhielt, verlegte er sich wie seine Begleiter auf die Betrachtung des beeindruckenden Altarbildes, das sie in erneuerter Einmütigkeit auf sich wirken ließen.

Auf dem Altar erstrahlte die in leuchtendes Weiß gekleidete männliche Gestalt des Mithras, die sich gerade anschickte, mit ihrem krummen Schwert einen in die Knie gegangenen schwarzen Stier zu töten, indem sie ihm die Kehle durchschnitt. Das bejammernswerte Geschöpf wurde gleichzeitig noch von den allgegenwärtigen Begleitern des Mithras, seinem Hund und seiner Schlange, angegangen, die sein Blut tranken, und zu allem Überdruss auch noch von einem Skorpion an den Hoden benagt. Aus dem Schweif des todgeweihten Tieres erwuchs eine reifende Kornähre. Der Blick des Mithras war in die endlose Ewigkeit der Zeit und die Unermesslichkeit des Kosmos gerichtet. Hinter ihm bauschte sich im kosmischen Wind der weite blaue Mantel zu einer Wolke, in der zahlreiche Sterne golden glänzten, als hätten sie ihre von der Lokalität unabhängige Existenz und ihr eigenes Licht. Doch ihr Flackern machte deutlich, dass sie lediglich die Fackeln im Raum reflektierten. Arwid fühlte sich leicht, so leicht, als ob er Gefahr liefe, allein aufgrund der Wahrnehmung seiner Augen in den weiten Mantel der Erlöserfigur hineingezogen zu werden.

„Nichts, was der Mensch zu bewerkstelligen imstande ist, ist wirklich groß zu nennen im Angesicht der Sterne“, flüsterte er ergriffen, „letztlich sind sie eben nicht nur die Unendlichkeit in räumlicher Hinsicht, sondern auch, von der Zeit her betrachtet, die Ewigkeit. Oder sagen wir es anders. Der Kosmos ist nicht unendlich, doch ohne Grenzen – auch das kann der schöne Begriff *apeiron* meinen, ein ‚nicht in die Grenzen der Erfahrung zu Pressendes‘, eingebettet in den unendlichen Schöpfer. So ordnete er alles in seiner schöpferischen Kraft.“

„Und was ist außerhalb?“, wollte nun Hannibal, dem die Errettung vor dem Nichts ein großes Anliegen war, wissen.

„Was soll die Frage? Der Kosmos ist so immens groß und ausufernd, dass es kein Außerhalb mehr gibt. Alles ist in ihm enthalten, Sonne, Mond, Sterne, Planeten, die Meere, der Äther, die Elemente.“

Hannibal gab sich nicht geschlagen. „Du hast nun alles aufgezählt, was der Mensch mit seinen Sinnesorganen erfassen kann, das ist nun schön und gut, aber was ist außerhalb dieser Welt?“

„Mehr gibt es einfach nicht“, versetzte Arwid, „denn das Eine ist Alles und wenn das Eine nicht Alles enthielte, wäre alles nichts! Es kann also kein Außerhalb geben. Deshalb ist nichts außerhalb“, stellte er mit entnervt klirriger Stimme in den Raum.

Hannibal verschränkte die Arme vor der Brust. „Nichts?“

Arwid runzelte die Stirn und maß den Punier mit einem Blick der zwischen Mitleid und Verachtung zu oszillieren schien. Er suchte in seiner Erinnerung nach einem bestimmten Gespräch, fand einen Zipfel davon und hatte es binnen kurzer Zeit rekonstruiert.

„Als ich damals, es muss in jenem Herbst gewesen sein, da mein Vater die Krone nahm, mit Eudaimon über den Kosmos und die Sterne sprach, und er mich in die Systematik der Sphären einführte, fragte er mich, was wohl außerhalb käme. Ich antwortete spontan ‚Nichts, vermutlich'. Er hatte sein nachsichtiges Lächeln aufgesetzt, das einen zur Weißglut bringen konnte, sich den Bart gestrählt und gegähnt. Ja, das sei das Vorrecht der Kinder, so zu denken, hatte er gemeint, dass, wenn man sich nichts mehr vorstellen könne, da auch tatsächlich nichts mehr sei. Allerdings sei ich auf dem besten Weg, aus meinen Kinderschuhen herauszuwachsen, und der Geist solle in der Entwicklung dem Körper vorauseilen und nicht umgekehrt."

Zum Glück entgingen Arwid, dessen Bewusstsein in der Geschichte verschwunden zu sein schien, die bösen Blicke, die Hannibal ihm zuwarf. Doch der Punier war taktvoll genug, ihn nicht zu unterbrechen.

„Ich wisse doch schließlich, dass das Chaos ohne Oben und Unten, Innen und Außen, richtungslos und unbegrenzt gewesen sei und der Schöpfer das All nach dem Gesetz der Zahlen zur vollendeten Wohlgestalt geordnet hätte – indem er das Ganze in Form einer Kugel darstellte. Da drängt sich doch der Gedanke auf, wir hätten eine einfache Antwort auf die so einfach wirkende Frage gefunden, was außerhalb sei: Gott." Er machte eine kleine Pause. „Dass die Schöpfung existiert, steht, über allen Zweifel erhaben, a priori fest und bedarf keines Beweises. Nichts existiert ohne Ursache, sollte dennoch die Ursache von Etwas Nichts sein, so käme dieses Etwas nicht in die Existenz, da aus dem Nichts nur Nichts entstehen kann, es wäre also nicht. Da wir und unsere Welt aber zweifelsfrei existieren, muss auch unsere Ursache existieren, und außerdem ist es unbedingter Bestandteil der Omnipotenz Gottes, aus dem Nichts etwas zu schaffen, die *creatio ex nihilo*!"

„Das kann ich so aber nicht gelten lassen", versetzte nun Truchthari, „indem du das sagst, sprichst du Gott die Existenz ab, denn er kann gar nicht aus dem Nichts schaffen, sobald er selbst bereits ist. Sobald er existiert, umfasst er alles. Bei der Schöpfung handelt es sich also nicht um eine Schöpfung aus dem Nichts."

Während Hannibal nur mit verschränkten Armen und hochgezogenen Brauen dastand, nickte Arwid anerkennend. „Richtig, ich gehe sogar so weit, mit Parmenides zu behaupten, dass es das Nichts per se nicht geben kann, da allein die Aussage ‚nichts ist' bereits ein ‚Sein' postuliert. Und dieses Sein kann ja unmöglich aus dem Nichts hervorgehen. Umgekehrt kann aber auch das Nichts nicht aus dem Sein hervorgegangen sein – klar?"

Nun aber winkte Truchthari ab. „Du hast uns in eine logische Aporie hineingeführt, das ist alles. Du meinst, dass du damit beweist, dass es das Nichts nicht geben kann, stellst aber nur zwei unvereinbare Gegebenheiten nebeneinander, darüber hinaus verletzt du damit eklatant das aristotelische Prinzip der Widerspruchsfreiheit. Mich kannst du damit nicht überzeugen. Schließlich, wenn wir bei der Begrifflichkeit bleiben wollen, gibt es ja auch das schöne Wort ‚vernichten', das durchaus eine Überführung einer Sache ins Nichts oder ins Nicht-Sein beinhaltet."

„In was, bitte?", stellte sich Arwid schwerhörig.

„Ins Nichts oder Nicht-Sein!", wiederholte der Truchsess.

„Aha. Deiner Ansicht nach vernichte ich also dieses Stück Holz, wenn ich es als Fackel benutze und verbrenne!"

„In gewisser Weise, ja!"

„Und was ist mit dem Rauch, dem Licht und der Wärme, die dabei entstehen, sind die etwa nicht?"

„Sie waren", triumphierte Truchthari, „aber sie sind nicht mehr!"

„Und was ist mit der Asche?", beendete Arwid den Schlagabtausch, „nein, weder dieses noch ein anderes Beispiel kann das Nichts beweisen, denn alles ist dem ewigen Kreislauf der Veränderungen unterworfen, wie schon Herakleitos sagt, und damit wollen wir uns zufrieden geben." Er wandte sich an den Punier, der die beiden verwirrt ansah. „Die Elemente vermischen und entmischen sich nach bestimmten Gesetzen, die wir noch lange nicht durchschauen, aber du kannst getrost sein, wenn jemand von Ver-Nichtung spricht, meint er nur eine bestimmte Form der Veränderung. Auch wenn Veränderungen dieser Art sehr radikal sind, eine Überführung eines Seienden ins ‚Nichts' kann es nicht geben. Deine Angst vor einem Abstieg ins Nichts ist also grundlos."

„Also darüber hat uns nie jemand etwas gesagt", holte Hannibal entrüstet aus, „dass es das Nichts etwa gar nicht geben könnte ..." Er schüttelte ungläubig den Kopf.

Arwid sog bedrohlich die Luft durch die Nüstern ein. „Ich habe das Gefühl, du kannst diesen Gedanken nicht ganz folgen", holte er aus, „es geht schlichtweg um die Sinnhaftigkeit der Aussage, ‚Nichts ist'. Sie ist nicht gegeben, kapiert!"

Hannibal brummelte unverständliche punische Ausdrücke vor sich hin, die gewiss keine Komplimente für Arwids Art zu diskutieren enthielten. Truchthari sah seine Chance für einen ehrenrettenden Abgang innerhalb des Pseudogezänks gekommen.

„Ich weiß zwar gerade nicht, von welchem großen griechischen Philosophen das nun ist, aber sollte man nicht von Dingen, über die man *nichts* sagen kann, besser schweigen?“

Gemeinsames Gelächter erlöste sie aus der angespannten Situation. Hannibal überschritt schließlich unter unverständlichem Gemurmel heiliger Texte die Schranken vor dem Altar und bewegte einen Hebel, der plötzlich das Altarbild wendete, das sich nun den verdutzten Gästen von der Rückseite her darbot, welche den Sonnengott darstellte, wie er zusammen mit seinem Sohn Mithras das Abendmahl hielt. Der Punier hatte genug von Debatten über Sein und Nichts, ihm ging es um Handfesteres, erneut streifte sein triumphierender Blick die beiden Arianer.

„Seht ihr, selbst das Kernstück eurer Liturgie, das Abendmahl, habt ihr von uns Mithraisten übernommen!“

Arwid kraulte sich das nackte Kinn und schüttelte den Kopf. „Ich kann hier höchstens Ähnlichkeiten sehen, aber es ist doch lange nicht dasselbe! So vermisse ich beispielsweise in unserem Abendmahl eine höhere Gottheit als Jesus Christus und finde dafür eine Vielzahl von Menschen vor, genau genommen zwölf, die hier bei euch völlig fehlen. Ich würde sagen, das Christentum ist doch mehr auf die Bedürfnisse der Menschen ausgerichtet.“

Er hatte genug gesehen und strebte mit entschlossenem Schritt in jene Richtung, wo sich bei einem ebenerdigen Bau der Ausgang hätte befinden müssen, um schließlich vor einer mit seltsamen Mosaikarbeiten verzierten siebenstufigen Treppe stehen zu bleiben, die noch tiefer hinab in den Grund führte. Nach kurzem Zögern schritt er sie hinab.

Er fand sich wieder vor dem Eingang zu einer kleinen, engen Kammer, deren Decke mit einem schweren Eisengitter versehen war. Bei genauer Exploration mit der Fackel konnte er massenweise schwarze Flecken ausmachen, die von geronnenem Blut herrührten. Er stand also vor dem Ort der Initiation der Mithrasjünger, jenem hermetischen Raum der Einweihung, den jeder religiös interessierte Mensch des Imperiums von Gerüchten her kannte: Dem Raum des Taurobolion. Ihn fröstelte und sein Nackenhaar sträubte sich. Hier also wurde die auf dem Altar gezeigte Opferhandlung real ausgeführt.

Nachdem sich der Adept durch Waschungen und Fasten innerlich wie äußerlich gereinigt hatte, wurde er mit weißem Kalk im Gesicht bestrichen, bis er dem Bild entsprach, das sich der Durchschnittsrömer vom Geist eines Abgeschiedenen machte. So präpariert stand er schließlich in der Grube und wartete, bis das heiße Blut des geopferten Stieres auf ihn herabregnete und die Larve, zu der sein Gesicht zuvor geronnen war, wegspülte. Mit dem Lebensblut eines getöteten Tieres wurde der Tod von der Seele gewaschen. Darauf folgte eine weitere Prüfung, er musste mit dem getrockneten Blut am Körper ausharren, bis es wieder von ihm abgefallen war. Dann erst galt er als initiiert. Arwid durchfuhr ein weiterer Schauder.

„Außerdem haben wir keine Blutgruben, wo reale Stiere geschlachtet werden", erscholl seine gespenstisch hohle Stimme aus der Tiefe des engen Schachtes.

„Wir erlauben uns dafür keine derartig abwegigen Theorien in die Liturgie einzubringen, dass sich der Wein – den wir übrigens bei unserem Liebesmahl auch schon tranken, ehe es euch Christen überhaupt gab – in das Blut unseres Erlösers verwandelt", rief Hannibal zurück, seine These vom Raub des Abendmahlritus untermauernd. „Schließlich ist unser Erlöser eine mächtige kraftvolle Gestalt, kein hingerichteter Sklave, der am Holz hängt und von der Sonne ausgedörrt wird."

„Wir Arianer sind nicht der Ansicht, der leibhaftige Jesus sei der gottgleiche Christus, und wir trinken auch nicht sein Blut", ereiferte sich nun Truchthari ob der Anwürfe des Puniers immer mehr für eine Sache, die ihn sonst eher kalt ließ.

„Allein der Glaube kann den Menschen erretten, keine dubiosen Kulthandlungen und blutigen Initiationen", verkündete Arwid aus dem Abgrund des Opferschachtes mit metallisch harter, belegter Stimme, was nicht zuletzt darauf zurückzuführen war, dass ihm allmählich ob des penetranten Geruches nach geronnenem Blut, der in der stickigen Grube herrschte, übel zu werden drohte. „Und außerdem muss niemand bei uns eine Woche lang mit Blut besudelt herumlaufen. Er muss weder stark noch mächtig sein oder werden wollen und", er pausierte kurz, „er darf sogar eine Frau sein!"

„Ja, und dabei wird euch ja so manches zugemutet", höhnte der Punier. „Das Kernstück eurer Liturgie, die Transsubstantiation, also die Veränderung der Substanz, ist doch ausgemachter Humbug." Arwids Kopf erschien in der Öffnung des Treppenschachtes, sein Gesicht glänzte im Licht der Fackeln in unnatürlicher Blässe. Seufzend setzte er sich auf die oberste Stufe, die spirituell gesehen der untersten gleichkam, drehte sich zu Hannibal hoch und sah ihn an.

„Ein Grieche namens Demokritos hat einmal gesagt, die Welt bestünde aus kleinsten, zufällig zusammengefügten, nicht mehr teilbaren Teilchen, die er Atome nannte. Wenn nun die Götter der alten Griechen die Atome willentlich veränderten, dann ergab das eine Metamorphose, das haben nicht wir Christen erfunden, und auch Aristoteles lehrt, dass aus Dreck Mäuse werden. Was mich aber mehr interessiert", meinte er beiläufig und erhob sich, „wie kriegt ihr eure Stiere durch das enge Loch im Mosaik hindurch? Ohne Transsubstantiation dürfte sich das schwerlich bewerkstelligen lassen."

Beide starrten gespannt auf Hannibal, der abwehrend die Arme hob. „Ich bin nicht der Pater, der allein weiß, wie es geht." Für diese Aussage erntete er durchwegs skeptische Blicke. „Ich schwöre es, hier am allerheiligsten Ort bei Ahuramazda, ich weiß es nicht!"

„Wie dem auch sei", räusperte sich Truchthari, „Gott kann sich schließlich über die von ihm gemachten Gesetze der Logik und der Naturkräfte hinwegsetzen, da er ihnen ja nicht unterworfen ist ..."

„Meint ihr damit, Gott *ist* das Nichts?", wollte nun Hannibal mit ängstlicher Stimme wissen.

„Über das Wesen Gottes zu spekulieren", meinte Arwid, den Zeigefinger vor der Nasenspitze, „halte ich für noch vermessener als über Sinn und Zweck der Welt der Erscheinungen nachzudenken. Wir erkennen mit vieler Mühe eine gewisse Ordnung darin. Nur gut, dass wir diese Ordnung nicht völlig zu durchschauen, geschweige denn zu beeinflussen vermögen!"

Er faltete die Hände vor dem Bauch, ein untrügliches Zeichen für Truchthari, dass das endgültige Schlusswort des Disputs gefallen war.

„Manchmal denke ich, es ist gut, dass wir die Welt nicht verstehen", bekräftigte er Arwids Einwand, „denn wie oft folgt dem Verstehen das Verändern? Stellt euch vor, wir hätten eine Welt, wie der Mensch sie sich denkt und wünscht, Gott bewahre! Zuerst ändere sich der Mensch, dann ändere er die Welt! So es dann noch nötig sein sollte ..."

Ein Grinsen durchzog sein Gesicht, als der alte Schalk in ihn zurückkehrte. „Nun habe ich Hunger auf eine gut geräucherte Stierwurst!", versetzte er. „Wie wäre es, wenn wir zurückritten?"

Doch Arwid stand völlig im Bann der unterirdischen Kultstätte und mochte sich noch nicht losreißen. Gedankenversunken betrachtete er die Symbole auf den Stufen der Treppe. Eine Himmelsleiter, die in die Erde führte. Ganz so abwegig mochte der Mithraismus wohl doch nicht sein. Es ging auch hier um die Wahrheitssuche und den spirituellen Weg zu Gott. „Was bedeuten eigentlich diese Zeichen", wollte er von Hannibal wissen, „wofür steht die Lanze, wofür der Rabe?"

„Wenn dich das so brennend interessiert, musst du dich eben initiieren lassen", versetzte Hannibal, „derartige Geheimnisse sind für die Ohren von Außenstehenden nicht geeignet, *‚procul este profani'* heißt es auch bei uns."

Arwid, der von seiner pythagoreischen Teilinitiation her genug darüber wusste, wie mit abtrünnigen Glaubensbrüdern, *Traditores,* verfahren wurde, nickte verstehend.

*

Für den Abend hatte der König sein Erscheinen angesagt, und man beeilte sich, nach Hause zu kommen, auch Demokedes und Ischthoret wurden erwartet. Geiserich hatte wie üblich ein eher karges Menü geordert. Auf eine Gerstengraupensuppe mit Speck folgte Meerbarbe vom Rost mit gekochtem Hirsebrei, der mit geriebenem Schafskäse und Kräutern gewürzt war, dazu Gurken und Rote Randen in Essig. Zum Abschluss ließ der König mit Honig gesüßte, gegorene Stutenmilch reichen.

Während Gunhild, wie es sich gehörte, den einfachen Speisen wacker zusprach, bedienten sich die Damen Ischthoret und Ceridwen höflichkeitshalber nur ein wenig und gaben bald vor, satt zu sein. Hannibal, der sich auf das Essen freute, wusch sich vorschriftsmäßig die Finger in den bereitgestellten Schälchen und wischte sie an einem Leinentüchlein trocken.

„Und sie erhoben die Hände zum lecker bereiteten Mahle ...", holte er aus, wohl um eine Gelageszene aus einem der Homerischen Epen zu zitieren, doch weiter kam er nicht, da ihm Demokedes ungewöhnlich schroff ins Wort fiel.

„Dein Griechisch hat mehr klangliche Ähnlichkeiten mit einer fortgeschrittenen Halskrankheit als mit dem Idiom des auf den Parnass entrückten Homer, so kehlig und rau, wie du es sprichst", kritisierte er den Punier.

Hannibal blieb nichts übrig, als dem Griechen giftige Blicke zu-

zuwerfen. Doch Demokedes fuhr, unbekümmert ob der rollenden Augen seines Gegenübers, fort ihn zu korrigieren. „So wie du das Theta aussprichst, klingt es mehr als vulgär, so spricht man vielleicht in den finstersten Ecken Thrakiens oder der Propontis, doch ein kultivierter Mensch stößt dabei nicht mit der Zunge gegen die Schneidezähne."

Plötzlich sprach Hannibal Ischthoret direkt an, in einer seltsamen, unverständlichen Mundart, die weder Anfang noch Ende der Worte erkennen ließ. Diese fuhr kurz zusammen und antwortete ihm dann in eben derselben Weise. Beide hielten sich vor Lachen die Seiten. Die Vandalen am Tisch und Demokedes sahen sich irritiert an.

„Darf man nach dem Grund eurer Erheiterung fragen", giftete Demokedes seine „Verlobte" an.

„Man darf", gab sie zurück, „Hannibal hat nur gerade festgestellt, dass hier schon Punisch gesprochen wurde, als die Römer noch ihre Wölfe molken, weil sie nicht wussten, was eine Kuh ist, und die Griechen noch Städte eroberten, indem sie Krieger in Holzpferde steckten, weil sie noch nicht wussten, dass man auf normalen Pferden reiten kann."

Ein Grinsen huschte über das Gesicht des Griechen, das sich aus einem Ausdruck der Anerkennung eines geglückten Witzes zur Überlegenheit weitete. „Man sagt auch, Karthago liege wie ein Schiff vor der Küste Africas und seine Besatzung sei nie richtig an Land gegangen – ihr seid also genauso wenig hier zu Hause wie die Römer, die Vandalen oder ich."

„Sophist", spuckte ihm seine Geliebte über das Tischchen hin zu und fuhr fort, mit ihrem Landsmann Konversation in ihrer Sprache zu führen.

Demokedes wurde rot, weil ihm hierzu noch eine Tirade durch den Kopf ging, die ihm sein Partner Chaim einmal an den Kopf geworfen hatte.

Wenn er etwas an den Griechen nicht ausstehen könne, dann ihre Arroganz und Überheblichkeit in Hinsicht auf ihre Sprache und kulturellen Errungenschaften. Schließlich läge doch der Zenit ihrer Schaffenskraft weit zurück, im Schutt der Vergangenheit begraben, und darüber hinaus seien hier, in Karthago, nicht sie die Eroberer. Sie seien vielmehr ein Gastvolk neben anderen auch. Keinem Juden sei es eingefallen, von den Puniern zu erwarten, sie sollten Hebräisch lernen, und selbst die Vandalen bemühten sich um ein verständliches Latein. Nur die Griechen hielten sich ständig für etwas Besseres und lehnten es ab, Fremdsprachen zu erlernen.

„Ich habe niemandem aufgetragen, Griechisch zu lernen, ich kann es nur eben nicht hören, wenn jemand unsere Sprache derart verhunzt", brummelte der Reeder vor sich hin, „entweder man lernt diese Königin der Sprachen richtig, oder man lässt es eben, aber so ein Kauderwelsch ..."

In der Gesprächsrunde vermochte er nicht einen einzigen Sympathisanten zu gewinnen. Auch Arwid schloss sich den Puniern an. „Es geht doch nicht darum, wer was wie gut kann oder umsetzt, sondern um den guten Willen, der sich doch viel eher in unserem bildungsbeflissenen Punier hier manifestiert als in deiner arroganten Haltung ihm gegenüber."

„Was würdest du sagen, wenn wir ab morgen nur noch Anträge auf Vandalisch oder Marusisch anerkennen würden", sekundierte ihm der König, der sich bisher zurückgehalten hatte, „die ersteren sind die Herren, die zweiten die Mehrheit, das wäre doch nur gerecht, oder?"

„Barbarensprachen als Amtssprachen? Ich danke!", murrte der Gerügte. Doch der König ließ nicht locker. „So haben deine Vorfahren auch auf die römische Okkupation reagiert und die lateinische Sprache der Eroberer als eine Barbarensprache abgetan."

„Und Recht dabei getan und bekommen!", unterbrach ihn Demokedes leidenschaftlich. „Wer spricht denn heute noch Latein in der östlichen Hälfte des sogenannten ‚Imperium Romanum'?" Seine Augen blitzten triumphierend. „Ich würde gerne darum wetten, ob sich eure Barbarensprachen im Westen des Imperiums durchsetzen werden oder ob ihr euch hier genauso assimilieren werdet wie die Römer bei uns? Nur leider reicht für die Einlösung dieser Wette unsere Lebensspanne nicht hin."

Geiserich zuckte unmerklich zusammen bei den Worten des Griechen, schließlich hatte auch er in seinem Foedusvertrag einen latinisierten Titel angenommen und alle seine Verträge waren in Latein abgefasst.

„Man muss eben mit der Zeit gehen", kommentierte er die Lage und biss herzhaft in ein Stück Brot, „und darf sich nicht dem Luxus einer anachronistischen Sprache als einzigem Kommunikationsmittel anheimgeben. Nicht wahr, Demokedes? Oder weshalb sprichst du Latein? ‚Man muss bereit sein zu lernen'", radebrechte er auf Punisch in das Schweigen und amüsierte sich – im wahrsten Sinne des Wortes – königlich über die offenen Münder in den erstaunten Gesichtern am Tisch.

Nachdem die Tafel aufgehoben war, lagen die Männer noch eine Weile beim Wein zusammen. Die Frauen hatten sich, sehr zum Missfallen Ceridwens, die lieber bei den Männern geblieben wäre, separiert, und die Diener waren bis auf die Mundschenke, die sich dezent im Hintergrund hielten, entlassen worden.

„Darf ich mir die Frage erlauben, die mir schon länger am Herzen liegt", begann Arwid umständlich in Richtung des Königs, „hast du schon Erkundigungen eingezogen, wem nun die Villa am Meer zugeschlagen wurde?"

„Ja, das habe ich", lächelte Geiserich geheimnisvoll, „ist das so wichtig, dass es gleich heraus muss, was ich weiß, oder hat es Zeit, Mimirs Quell ein andermal anzuzapfen?"

Während Hannibals Miene sich mit einem Mal verfinsterte, bedachte Arwid den Vater mit dem Blick eines Fünfjährigen in Erwartung der Enthüllung des Geburtstagsgabentisches.

„Im Prinzip müssten wir den Tempel dort ja schließen", brummte der König, „denn neben unserer christlichen Religion noch eine andere zu dulden, die fast dieselben Ansprüche stellt, ist in hohem Maße riskant." Aus den tiefen Augenhöhlen drang ein forschender Blick zu dem Punier, der allmählich blass wurde. „Wie viele derartige Mithräen gibt es denn im Umfeld Karthagos? Wie groß ist eure Gemeinde?"

Hannibal schluckte. „Genau kann ich das beim besten Willen nicht sagen, denn ich kenne nur die Männer, die meinem unmittelbaren Zirkel angehören – wie viele es neben dem unseren noch gibt, entzieht sich meiner Kenntnis."

Geiserich lächelte vieldeutig. „So ähnlich habe ich mir das vorgestellt", grummelte er großväterlich. „Ich denke, wir haben auf lange Sicht mit den Katholiken schon genug Schwierigkeiten, so dass es wohl wenig Sinn hat, einen religiösen Rundumschlag zu führen, der nichts bringt außer Hass, Zwietracht und am Ende Rebellion. So, wie ich den Hebräern ihre Synagogen zugestehe, will ich auch die Mithrasjünger, die wohl ohnehin nicht mehr als nur eine kleine Splittergruppe darstellen, tolerieren. Die Römer taten in den letzten Jahrhunderten gut daran, religiöse Toleranz zur Maxime ihrer Politik gemacht zu haben und auch mir liegt es ferne, meine nicht-vandalischen Untertanen gängeln zu wollen.“ Geiserich nahm einen kleinen Schluck mit Essig verdünnten Wassers und blickte in die Runde.

„Ich weiß, dass die folgenden Worte dem Oberhaupt der Vandalischen Kirche schlecht zu Gesicht stehen, aber was soll’s: Wer in diesen Dingen, die jenseitige Welt betreffend, recht hat oder nicht, oder anders gesprochen, ob sich überhaupt etwas Derartiges wie das Fortleben nach dem Tod ereignet, das wissen wir schließlich alle nicht, und ich bin nicht bereit, für eine erhoffte jenseitige Seligkeit einen realen gegenwärtigen Frieden aufs Spiel zu setzen. Aus diesem Grund werde ich euch nicht enteignen!“

Während Hannibals Teint zum gewohnten Braun zurückmutierte, versagten Arwids Gesichtsmuskeln ihm den Dienst. Ebenso deutlich, wie zuvor die Erwartungsfreude stand nun die Enttäuschung in ihnen festgeschrieben.

„Mein Sohn“, der Vater bedachte ihn mit einem nachsichtigen Blick, „ich kann dich gut verstehen, dass dir diese Villa zusagen würde, doch ich will den religiösen Frieden mit den Mithrasjüngern nicht antasten. Allerdings wird das Haus nur Gemeinschaftseigentum der Mithrasjünger bleiben, sofern sie uns versprechen, auch den nicht sakralen Gebäudeteil zu renovieren und einen Flügel dieses Hauses zu deiner und deiner Freunde Verfügung freizuhalten.“

Nach diesem Passus konnte Arwids Mimik mit der Hannibals gleichziehen.

„Attila – Väterchen“, so hatte er den König noch nie genannt, „du kannst es an Weisheit mit dem legendären Salomo aufnehmen“, grinste er übers ganze Gesicht, „ich hatte mich auch schon gefragt, ob es wirklich sinnvoll wäre, sich das ganze Haus anzueignen, nur um dort gelegentliche Treffen abzuhalten.“

Der König nickte beifällig. „Ich wusste, dass du einsichtig sein würdest, außerdem macht es sich wirklich nicht so gut, wenn du zu deiner Domäne und der Stadtwohnung in Hippo noch eine zusätzliche Villa in Stadtnähe von Karthago zugesprochen bekämst. Man würde dann bald von unverhältnismäßig großen Besitztümern der Königsfamilie reden, und ich will hier keine Günstlings- und Clanwirtschaft einreißen lassen.“ Ein Schatten überzog kurz Geiserichs Miene. „Auch wenn du offiziell nicht zur Familie gehörst, das Volk sieht das anders!“

* * *

Grundlos in Ungnade

Karthago, Frühjahr 440 A. D.

Die nur für den Vormittag geplante kleine Bootstour hatte sich ohne besonderes Zutun der beiden Freunde zu einer ganztägigen Exkursion ausgewachsen. Eigentlich hatten sie zuerst nur vorgehabt zu Angeln, doch dann verfielen sie auf die Idee, mit den Speeren Muränen in ihren Höhlen aufzustöbern. Die heißesten Stunden des Mittags waren sie im Wasser gewesen, hatten unbeschwert getaucht und sich mehr um ihre Beute als um die Umgebung gekümmert. Arwid war es gar geglückt, einen mehr als sechs Fuß langen Congeraal zu speeren und an Bord des kleinen Bootes zu hieven.

„Mit dieser Strecke“, er bedeckte den Riesenaal, diverse Langusten, Muränen und Sepien, die verkrümmt und leblos in der Sonne auszudorren drohten, mit einigen befeuchteten Lumpen, „könnte ich morgen Abend mal ein paar Freunde verköstigen und zu einem kleinen Gelage einladen, was meinst du? Ich bin ohnehin hinterher, was das Ausrichten von Feiern angeht.“ Dem rhetorischen Charakter seiner Frage gerecht werdend, wartete er nicht auf Antwort und schlug sogleich die in seinem Kopf befindliche Gästeliste auf. „Mein Vater wird zwar sicher wieder absagen, aber übergehen darf ich ihn natürlich nicht. Demokedes wird bestimmt kommen, Lapsus auch, Nachum – apropos, sind Meerestiere koscher? – Balamber und vielleicht noch den einen oder anderen von den Offizieren ...“

„Vergiss die Frauen nicht!“, mahnte Truchthari den Freund, „Gunhild reagiert immer so gereizt, wenn ich sage, sie könne gerne mitkommen und sie keine persönliche Einladung erhalten hat. ‚Schließlich bin ich die Nichte des Königs und muss nicht bei jedem Empfang persönlich erscheinen, schon gar nicht, wenn ich nur als Appendix des Herrn Truchsessen betrachtet werde‘“, imitierte er spitzmündig seine Angetraute. Das Leben in den Luxusvororten Karthagos, wo alles logierte, was bei den Vandalen Rang und Namen hatte, hatte unbemerkt römischen Stil angenommen. Abendgesellschaften mit Ehefrauen sowie Symposien mit viel Wein und garantiert ohne Ehefrauen, was allerdings nicht heißen musste, ganz ohne Damengesellschaft, erfreuten sich zunehmender Beliebtheit. Letzteres erfreute allerdings weder die vandalische Weiblichkeit, noch den moralinsauren König, der um Zucht und

Ordnung in den Reihen seiner Krieger besorgt war. Doch die jüngere Generation nahm diese Entwicklung auf und trieb sie mit großem Vergnügen voran. Es war immer wieder erheiternd, wenn Geiserich, der wohl wusste, was gespielt wurde, von Demokedes in arglosem Ton wissen wollte, wann er nun endlich gedenke, die Ehe mit seiner Verlobten, als solche galt Ischthoret seit Jahren bei Hofe, einzugehen.

„Jedenfalls würde ich den *praepositus regni*, Heldica, nicht einladen, unser humorloser Kanzler verdirbt immer die Stimmung“, schränkte Arwid den Kreis der Erwählten ein, „ja, und Hippodamos, diesen pferdegesichtigen Leibarzt des Königs lassen wir auch besser weg, er versaut mit seinen diätetischen Ermahnungen jedes Festessen“, erweiterte er noch schnell die Negativliste.

„Wenn es nach mir ginge, würde ich auch liebend gerne auf den Seneschall verzichten. Gelimer ist schlichtweg unausstehlich.“ Truchthari war bei seinem Intimfeind angelangt. „Er ist von jener Sorte, die sich von allem, was sie hört oder liest, zu Widerspruch und Verbesserung genötigt sieht.“

Arwid lachte. „Wer, meinst du, kommt überhaupt noch in Frage?“

„Obwohl bei mir zu Hause ja gerade eine schwülstige Einladung Gelimers zu einem Festmahl liegt“, fuhr Truchthari fort. „Weißt du, ich habe mich ohnedies schon darüber mehr als nur gewundert. Zum einen gibt es eigentlich keinen offiziellen Anlass und andererseits wüsste ich auch keinen privaten Grund, weshalb mich Gelimer, der mich garantiert genauso von Herzen hasst wie ich ihn, einladen sollte.“ Ein boshaftes Lächeln huschte über sein sonnengerötetes Gesicht. „Ich werde gnadenlos Gunhild als Symbol des guten Willens unserer Familie dorthin beordern. Das kostet mich keine große Überredungskunst, schließlich blüht sie in der Gesellschaft dieser Hinterwäldler regelrecht auf. Bei so ergreifenden Themen wie Pferden, Hunden und unfähiger Dienerschaft ist sie in ihrem Element.“

„Mich haben sie mal wieder ‚übersehen‘. Worüber ich keineswegs traurig bin, muss ich doch meine geliebte Ceri nicht als Anstandsdame dorthin delegieren!“

Truchthari hielt sich den Bauch. „Das wäre eine Szene wie aus einem antiken Satyrspiel. Ceridwen allein ohne deine mäßigende Begleitung auf einem offiziösen Fest bei Hofmarschalls. ‚Meine werte Thusnelda‘ – nennen wir sie mal so – ‚besorgt Ihr es Eurem Mann selbst oder muss da eine Dienerin in die Bresche springen?'"

Arwid, dem die Phantasie seines Freundes zu weit ging, lenkte ab, ohne das Thema Gästeliste verlassen zu müssen.

Von den Freunden unbemerkt, die unbeschwert plauderten, war zwischenzeitlich ein Ostwind aufgekommen und hatte das Boot immer weiter vor sich her getrieben. Eine kaum spürbare Meeresströmung unterstützte ihn dabei. Und so fanden sie sich plötzlich vor einer massiven Barriere in Gestalt eines größeren Felsvorsprungs wieder. Nur unter dem kraftvollen Einsatz ihrer vier Ruder schafften sie es, die schroffen Klippen zu umfahren. Erschöpft ließen sie die Arme sinken, als sie sich endlich außerhalb der Gefahrenzone wussten. Sie massierten sich die verspannten, verhärteten Muskeln und ließen ihr kleines Schiffchen wieder treiben. Als sie zur Orientierung in Richtung Land sahen, bot sich ihnen ein bizarrer und seltsam der Wirklichkeit entrückter Anblick.

In die Felswände einer natürlichen Bucht schmiegte sich ein nahezu perfekt rundes, gemauertes Hafenbecken, dessen äußerster Nordausläufer in einer Mole ins Meer vorsprang. Doch ungehindert gischtete die Brandung darüber hinweg.

„Weißt du, was ich glaube? Wir sind hier im alten Hafen der Karthager", rief Arwid, „lass uns hineinrudern, das möchte ich mir aus der Nähe ansehen."

„Meinst du wirklich, wir sollen wegen diesen alten Gemäuers noch mehr Kraft vergeuden? Seit wann interessiert dich so etwas", warf Truchthari ein, „es gibt doch nichts Langweiligeres als alte Ruinen, wo nur mehr ein paar Mauerreste aus dem Boden ragen und du dir alles dazudenken musst. Erinnerst du dich noch an Nemausus, wo wir damals durchzogen? Da gab es wenigstens eine funktionsfähige Arena. Oder in Arausio, wo das Amphitheater noch vollständig steht, auch wenn keiner mehr diese Gemäuer nutzt ... Die Römer waren tolle Architekten, das lässt sich nicht abstreiten, aber hier steht ja kein Stein mehr auf dem anderen!" Trotzig verschränkte er die Arme, rudern würde er mit Sicherheit nicht.

„Du scheinst nicht zu begreifen, auf welchem Boden wir hier stehen ...", versuchte Arwid in Fahrt zu kommen, doch Truchthari unterbrach ihn: „Ich habe nicht die geringste Lust, hier bis zum Land zu rudern, um dann gegen die Brandung wieder in See stechen zu müssen. Nein, ohne mich! Wir können ja ein andermal einen Ausflug hierher unternehmen, zu Pferd und über Land."

Doch Arwid ließ seine Ausflüchte nicht gelten. „Wir befinden uns wirklich an einem historischen Ort. Stell dir vor, von hier aus hat Hannibal damals Rom herausgefordert ..."

„Wer, bitte?" Truchthari zog amüsiert eine Augenbraue hoch.

„Natürlich nicht dein punischer Saufkumpan. Nein, dieser Hannibal, nach dem er benannt ist, der konnte es an Gerissenheit mit meinem Vater aufnehmen und war ein ähnlich guter Feldherr. Hätte er die volle Unterstützung seiner Heimatstadt gegen die Römer gehabt, wer weiß, was aus Karthago noch geworden wäre ... Komm, das schauen wir uns mal aus der Nähe an!" Mit diesen Worten griff er in die Ruder und lenkte das kleine Boot Richtung Land.

Mit langem Gesicht und halbherzigem Ruderschlag assistierte ihm der Truchsess. Bald waren sie so weit in die Rundung vorgedrungen, dass sich ihnen in der Rundumperspektive eine eindrucksvoll makabre Sicht auf die alte Hafenanlage darbot. Truchthari lief eine Gänsehaut den Rücken hinunter. Er fühlte sich beobachtet.

Die weitgehend zerfallenen Schiffshäuser grinsten ihn schwarz an, wie leere Augenhöhlen aneinandergereihter Totenschädel. War das Rondell vielleicht eine monolithische, mit noch eingezogenen Fängen versehene Zwinge, die sich langsam schließen würde, um sie zwischen ihren grausigen Kiefern zu zermalmen? Sein Gefühl, beobachtet zu werden, verstärkte sich von Ruderschlag zu Ruderschlag, und so erschrak er kaum, war eher erlöst aus seinem klammen Unbehagen, als ihr Kahn gegen ein Hindernis stieß, schaukelte und fast kenterte. Die beiden wurden mit Vehemenz nach achtern katapultiert und landeten in ihrem Fischvorrat. Während sie versuchten, sich aus dem glitschigen Haufen zu befreien, nahmen sie immer mehr dessen Geruch an.

„Was haben wir denn da für schräge Vögel aufgefischt?", hörte er in reinstem Vandalisch. Dann erst drehte er sich auf den Rücken und sah einige stämmige Matrosen auf einer kleinen Jolle, die an einem Ponton angebunden war. Das also war das Hindernis, das sie gerammt hatten.

„Ihr könnt wohl auch nicht die Augen aufmachen", schimpfte Arwid, als er sich vom ersten Schreck erholt hatte, „lasst uns hier seelenruhig auflaufen und macht nicht den Mund auf, uns zu warnen!"

Anstelle einer Antwort sprangen ein paar Matrosen ins Boot und legten die beiden nach kurzem Kampf in Fesseln.

„Das wird ein Nachspiel haben, ich werde mich beschweren", geiferte Truchthari, doch alles, was er zu hören bekam, war ein lakonisches: „Maul halten!"

Aha, die feine Art der Marine, diese naheliegende Anmerkung verbiss er sich ausnahmsweise. In Windeseile nahmen die Matrosen ihren Kahn in Schlepptau und pullten auf eines der Bootshäuser an der südlichen Peripherie zu, das sich beim Näherkommen als vollständig aufgebaut erwies.

Arwid, der zu Recht fürchtete, die Fische würden verfaulen, bis sich das Missverständnis aufklärte, belferte los. „Ihr bindet uns sofort los, ich bin Sohn des Königs, eine derartige Behandlung lasse ich mir nicht bieten!"

Der Bootsmann, der die beiden bisher mit eisigem Schweigen bedacht hatte, setzte eine arrogant herablassende Miene auf, breitete die Arme zu segnender Gebärde und erklärte gravitätisch: „Und du hast vor dir Theodosius den Zweiten, Kaiser von Byzanz, schweige also stille, Barbar, und küss mir die Stiefelspitze!"

Seine Spießgesellen lachten. Arwid aber gab immer noch nicht auf.

„Ich möchte augenblicklich den verantwortlichen Offizier sprechen, den Hafenkommandanten, den direkten Beauftragten des Königs!"

„So viele Leute, meinst du, setzen sich wegen dir hierher in Bewegung? Dass du dich nicht täuschst, du Spion, der du sicher bist!"

Daher also wehte der Wind. „Wenn die Verhältnisse so sind, dann verlange ich den Imperiumsinhaber, keinem Geringeren stehe ich Rede und Antwort, ich bin ein Mann von Adel und Herkommen."

Der Bootsmann verzog das Gesicht zu einer Grimasse, die wohl Nachdenklichkeit imitieren sollte, und kratzte sich den sauber gestutzten Bart. Das mochte natürlich wahr sein, den halbnackten Freizeitanglern sah man schließlich Herkunft und Titel nicht an. Er machte eine beschwichtigende Handbewegung. „Ist schon gut, du wirst dem Hafenkommandeur vorgeführt, wenn wir da sind, aber Vorschrift ist Vorschrift und jetzt Schluss mit dem Gejammer."

Das Boot näherte sich rasch dem angestrebten Ziel, und die beiden Gefangenen erspähten beim Blick in die Runde emsige Betriebsamkeit. Überall wieselten Arbeiter umher, wurden Ochsenkarren voller Steine auf schiefen Ebenen hinauf- und hinabbefördert, wurden größere Quader auf Rollen vorwärtsbewegt oder an massiven Holzkränen zu höher gelegenen Lokalitäten gehievt. Die hart arbeitenden Sklaven waren den ganzen Tag über der Sonne ausgesetzt gewesen, jetzt in den lauen Abendstunden holten die Vorarbeiter noch das Letzte aus den abgekämpften Fronarbeitern heraus. Rasch erkannte Arwid, was hier gespielt wurde: Der König ließ den alten Kriegshafen Karthagos wiederaufbauen. Jetzt verstand er auch die übertriebene Gründlichkeit der Wachen. Sie hatten wohl Anweisung, jedes verdächtige Individuum zu ergreifen, das sich in der Nähe der Hafenanlagen herumtrieb. Seine Zuversicht wuchs, dass der Übereifer der Wachen keine negativen Konsequenzen für ihn und Truchthari haben würde.

Das bereits gut befestigte Kai, mit zahlreichen Fendern versehen, nahm die Jolle, die etwas unsanft angelegt wurde, ächzend auf. Sofort wurde die Anlegestelle von einigen Marineinfanteristen umstellt, die drohend ihre Speere gegen das Reep vorreckten, über das die beiden Gefangenen das Boot verließen. Der Bootsmann wies die Soldaten an, sie zu Rana, dem Leitenden der Hafenverwaltung zu verbringen.

„Den Namen habe ich noch nie gehört", sinnierte Arwid. Fragend blickte er zu Truchthari hinüber, der zum Zeichen des Nichtkennens mit den Achseln zuckte. Vermutlich war dieser Rana für sie keine große Hilfe. Außerhalb der Marine waren sie es gewöhnt, den Männern der Verwaltung selbst ein Begriff zu sein und entsprechend bevorzugt behandelt zu werden. Doch nun, im Sonderzuständigkeitsbereich der Marine, war alles anders.

Mit der staatlich betriebenen Piraterie und ihrem Abschreckungseffekt war die Flotte gleichermaßen Grundstock für Geiserichs materiellen Überfluss als auch der Sicherheit des Vandalenreiches. Weder ihr Ruf noch die Praxis der Überfälle erinnerten im Entferntesten an unorganisiertes Piratentum, und wie alle scharfen und gefährlichen Waffen wurde auch die vandalische Flotte in einer sicheren Scheide aufbewahrt, einer nicht unbeträchtlichen Verwaltung.

Nicht ohne eine Spur von Häme stellte Truchthari während ihres Marsches durch das Gewirr der Gässchen hinter den Schiffshäusern fest, dass die Verwaltungsgebäude als erste bezugsfertig waren und bereits Tünche erhielten, während die Unterkünfte der Sklaven etwa noch immer mit improvisierten Strohdächern gedeckt waren. Doch das emsige Gesäge und Geklopfe, Gehoble und Gemeißel beeindruckte die beiden nicht wenig. Der König ließ wohl nichts unversucht, seinem Schoßtierchen ein angenehmes Körbchen einzurichten. Natürlich gab es nichts Vernünftigeres als den alten Hafen wieder zu verwenden. Die Zufahrt war extrem schmal und somit leicht gegen Eindringlinge zu verteidigen oder abzuriegeln, und man konnte einen Großteil der Flotte an einem Ort zusammenziehen, ohne sie lange im Wasser liegen lassen zu müssen. Gerade auch in Hinsicht auf eine eventuelle Defensive würde das von großem Nutzen sein.

Über Gedanken dieser Art war man an der üppig herausgeputzten Kommandantur angelangt, die, selbstredend im Zentrum des ringförmig angelegten Hafenbeckens, als mehrere Stockwerke hohes Bauwerk die Blicke auf sich zog.

Die Soldaten schubsten die beiden Gefangenen über eine breite, steinerne Treppe, die beiderseits mit Marmorkacheln verkleidet war, hinauf in die erste Etage, wo sie vor einer massiven Holztür zu warten genötigt wurden.

Nach endlosem Ausharren wurden sie eingelassen und unsanft auf eine Bank ohne Lehne vor dem Schreibtisch des Leitenden befördert. Man nickte sich grüßend zu.

„Als erstes verlange ich, dass uns die Fesseln abgenommen werden", protestierte Arwid gegen den angetanen Zwang. Erstaunlicherweise ließ sich Rana dazu herbei, die Soldaten dahingehend anzuweisen. Die Gefangenen rieben sich die Handgelenke und machten Greifübungen, um die Zirkulation in den Händen wieder in Gang zu setzen.

Arwid betrachtete aufmerksam den Leitenden, den er nicht sofort einer bestimmten Volksgruppe zuordnen konnte. Vandale war er jedoch mit Sicherheit nicht.

Das dunkle Haar, das er sich, offenbar um eine beginnende Stirnglatze zu kaschieren oder auch nur um keck zu wirken, mittig in die Stirn drapiert hatte, betonte nicht nur seine derbe Nasenwurzel und ihren mehr breiten als vorspringenden Ausläufer, sondern hinterließ obendrein den Eindruck, seine weit auseinanderstehenden Augen säßen auf erhöhten Punkten und fixierten beide Delinquenten gleichzeitig. Diese Gegebenheiten sowie das selbstgefällig produzierte Grinsen, mit dem er die Gefangenen bedachte, machten unwiderstehlich auf die Provinz der Lurche innerhalb des Tierreichs aufmerksam, mit der sich der Verwaltungschef physiognomisch ohne größere Mühe auf eine Ebene stellen ließ. Arwid ließ seine Gedanken abschweifen; in seinem letzten Leben hat dieser Mensch offensichtlich zu viele materielle Güter an sich gerissen, wollte sich alles einverleiben, weshalb ihm die Götter in der gegenwärtigen Erdenlaufbahn dieses Gesicht modellierten. Wenn er sich aufrafft und in sich geht, seine Lebensführung entsprechend korrigiert, hat er durchaus die Chance zur Läuterung, zur Inkarnation in eine edlere Gestalt im nächsten Leben. Oder aber er sinkt tatsächlich ab zum Frosch. Mit einer wedelnden Handbewegung vor seinen Augen wischte er diese vulgärphysiognomischen Assoziationen beiseite, eigentlich mit dem Ziel, sich auf das beginnende Verhör zu konzentrieren. Unbeabsichtigt schreckte er mit seinem Gefuchtel ein größeres, grünschillerndes Insekt auf, dessen Flugbahn sein Gegenüber mit engpupilligem, triefäugigem Blick nicht uninteressiert verfolgte. Beiläufig fuhr eine lange Zunge, die sich Arwid nicht anders als klebrig vorstellen konnte, über seine bartlose dünne Oberlippe, die unter dem frischgewonnenen Speichelmantel wässrig glänzte. Er befeuchtete jedoch nur vorsichtig seinen Zeigefinger daran, um besser aus dem vor ihm liegenden Wust von Papyri ein einzelnes Blatt herausfischen zu können. Nach dem Bisherigen kam denn auch die unangenehme Quakstimme nicht völlig unerwartet, als Rana, ohne irgendwelche Formalitäten zu zelebrieren, das Verhör begann.

„Was habt ihr hier zu suchen?“, sprach er, je ein Auge auf einem der Männer. Außer der Tatsache, dass sie wohl den wichtigsten Mann des ganzen Hafens in spe vor sich hatten, war ebenfalls nicht zu übersehen, dass sie den Schwerbeschäftigten von extrem wichtigen Arbeiten abhielten. Neben ihm in Griffweite lag ein riesiger Stapel von Schriftrollen, an der Wand unmittelbar hinter ihm hing ein detaillierter Plan, der zweidimensional wiedergab, wie der Hafen nach seiner Fertigstellung aussehen sollte. Die gerade in Arbeit befindlichen Areale waren schraffiert, die fertigen prangten rot eingerahmt auf dem Pergament. Zu seiner Rechten verstaubten zahlreiche Papyri minderer Qualität, die achtlos auf einen Haufen geworfen waren.

„Mit wem habe ich die Ehre“, quakte es gleichgültig.

„Ich vergebe dir, dass du uns nicht kennst, das ist Truchthari, der Truchsess des Königs“, setzte Arwid an, „und ich bin ...“

„... anscheinend der Wiedergänger Hannibals und größter Blödmann unter der Sonne! Ich hab dir gleich gesagt, wir sollen das lassen!", fuhr ihm der Vorgestellte so wütend dazwischen, dass Arwid zusammenzuckte.

Missbilligend zogen sich Ranas Mundwinkel nach unten, das fehlende Kinn wollte sich scheinbar nach innen stülpen, ein bedrohliches Zischen ließ sich vernehmen. Der Beamte züngelte, offenbar auf der Suche nach seiner Unterlippe, in der leeren Luft herum.

„Wie ihr wollt, wir können auch anders", zischte er, „abführen, die beiden!"

„Das ist doch ...", weiter kam Arwid nicht, denn die Wachsoldaten packten ihn unsanft und beförderten ihn, ehe er recht begriff was vorging, nach draußen. Nach zwei Treppen, die er hinabgeschleift wurde, fand er sich in einem Kellerverlies wieder, das schwach beleuchtet war. Immer noch glaubte er an einen Witz und nicht einmal die Ankunft Truchtharis, die nur wenig später per Fußtritt erfolgte, vermochte seine optimistische Haltung zu dämpfen.

„Du wirst sehen, mein Vater holt uns hier bald heraus, da bin ich mir ganz sicher", klopfte er dem Freund auf die Schulter. „Was musst du dich auch immer gleich so aufregen und ausfallend werden, du Diplomat?"

Truchthari war nicht so leicht zu überzeugen. „Jetzt sitzen wir hier in einem Loch, das die Marine für Spione ausgehoben hat, und das alles nur wegen diesen dämlichen verfallenen Mauern, denen du unbedingt einen Besuch abstatten musstest, weil dir weiß Gott was ins Hirn gepfiffen hat." Als er sich aufrichten wollte, stieß er mit dem Kopf gegen die Decke des nicht unabsichtlich so niedrig konzipierten Raumes. Er unterdrückte einen Fluch. „Wenn wir uns wenigstens was zu Schulden hätten kommen lassen, wäre alles viel einfacher. Der König könnte dann fässerweise seine Gnade über uns ausschütten und uns laufen lassen. Denn wie viel leichter ist es für einen Herrscher, mit einem Federstrich einen rechtmäßig verurteilten Verbrecher zu begnadigen, als seinen eigenen Irrtum einzusehen und einen zu Unrecht Inhaftierten wieder auf freien Fuß zu setzen!"

Über Meditationen dieser Art ging der Nachmittag hin und das nachlassende Licht kündigte das Nahen des Abends an, bald war es völlig finster und die beiden hatten weder etwas zu Essen noch die nötige Ruhe, um sich einfach schlafen zu legen.

Arwid zog sich in innere Versenkung zurück, so dass der Truchsess seinen Gedanken freien Lauf lassen konnte. Ehrlich gesagt war er nicht unglücklich, dass das Fest nun nicht stattfinden konnte, denn es hätte ein Wiedersehen mit Ceridwen bedeutet, ein Wiedersehen, vor dem er nach den jüngsten Ereignissen eher zurückschreckte. Seine Gedanken wanderten zurück an jenen bewussten, erst ein paar Wochen zurückliegenden Tag, der Frühling hatte gerade begonnen. Sie waren allein, nur sie beide im weitläufigen Garten der Mosaikvilla. Sie hatte ihn herbestellt, allein, wie sie betont hatte, weil sie eine Überraschung für ihn hätte. Er hatte keine Vorstellung, was ihn wohl erwarten würde, als er sie in sehr leichter Kleidung im Tor stehen sah. Er widerstand dem Impuls, auf sie zuzulaufen, sie zu umarmen, an sich zu ziehen und jegliches, sich eventuell anbahnende Gespräch mit einem Kuss zu ersticken. Doch auch sie war zurück ins Innere des Hauses gewichen, um mit dem Inbegriff des Beizvogels, einem weiblichen Sakerfalken auf der Faust, wieder zu erscheinen. Ihr war Truchtharis Schmerz über den Verlust seines Habichts natürlich nicht verborgen geblieben.

Bei allen Raubtieren ist die weibliche Ausprägung die gefährlichere, dachte er bei sich. War es Zufall, dass dabei sein Blick an Ceris sehr roten Lippen und den zu einem sinnlichen Lächeln entblößten Zähnen hängenblieb?

Wortlos reichte sie ihm ein Federspiel, das Truchthari sogleich kreisen ließ und Freya, so hatte sie das Tier benannt, flog los, begierig, ihrem neuen Herrn zu zeigen, was in ihr steckte. Die sichelförmigen Schwingen des Sakers trugen das imposante Tier in atemberaubendem Tempo in zuerst weiten, dann immer enger werdenden Kreisen elegant und mühelos um die beiden herum, bis Truchthari endlich die Leine des Federspiels aus der Hand gleiten ließ, Freya den Balg zielsicher griff, zu Boden glitt und ihre Beute mantelte. Voller Stolz betrachtete der neue Besitzer den Falken, wie er mit blutigem Schnabel im Fleisch der Belohnung wühlte und Bissen für Bissen kröpfte.

„Ein prächtiges Tier“, wandte er sich an Ceridwen, die ihm die Hand auf die Schulter gelegt hatte. „Das war, das ist“, verbesserte er sich, „ein wunderbares Geschenk!“ Kein Wort, dass er einen Habicht bevorzugt hätte. „Mein Dank wird dich auf ewig verfolgen ...“

„... aber nie einholen, ich weiß“, ergänzte sie leichthin.

Etwas verunsichert trat er von einem Bein aufs andere, da er beim Blick in ihre Augen ein gewisses begehrliches Feuer wahrzunehmen meinte, und als ihre Hand von der Schulter unter sein Nackenhaar wanderte, überlief ihn ein Schauer. Forschend blickte sie ihn an und zog ihn in Richtung Peristyl, wo wie zufällig eine Kline wartete. „Du darfst auch gerne atmen“, neckte sie ihn, und erst jetzt bemerkte er, dass er die Luft angehalten hatte, die er nun in einem langen Seufzer von sich gab. Ihr Gesichtsausdruck wechselte zu besorgt: „Ist dir nicht wohl? Brauchst du etwas zu trinken?“ Dankend nahm er ihr Angebot an, ohne recht zu wissen, weshalb er eigentlich Zeit gewinnen wollte. Noch weniger verstand er sein Zaudern, als die Abendsonne Ceris atemberaubende Figur in aller Deutlichkeit unter dem leichten Kleid herausmodellierte. Wie es schien, hatte sie ein wenig zugelegt, doch nicht zu ihrem Nachteil.

„Wir müssen reden“, platzte es wie ein einzelnes Wort gegen ihren Rücken gewandt aus ihm heraus, und sie fuhr herum, wie auf das Geräusch eines aus der Scheide gezogenen Schwertes.

„Ja?“, gab sie mit engkehliger Stimme zurück, seine Verunsicherung war für einen Augenblick auf sie übergegangen.

„Ich habe mit Arwid gesprochen“, sprudelte es aus ihm heraus, „ich kann nicht mehr!“ Mit einem Mal wich alle Farbe aus ihrem Gesicht. „Du hast ... es ihm gesagt?“, fragte sie gedehnt.

„Keine Angst!“, er schüttelte den Kopf, wobei er vermied, ihr ins Gesicht zu sehen. „Ich habe dich ... uns nicht verraten. Arwid ahnt nichts, soweit ich weiß“, schränkte er ein.

Sie atmete hörbar auf, verschränkte jedoch die Arme vor der Brust, wie um ihre allzu offenherzige Bekleidung zu neutralisieren. Oder war da noch etwas anderes?

„Wo ist das Problem?“, warf sie auf einmal kämpferisch den Kopf in den Nacken. Truchthari schrumpfte in seine Reitstiefel, unfähig sie auch nur anzusehen, suchte sein Blick den Falken. „Ich habe dich etwas gefragt“, Ceris Worte trafen ihn wie ein Peitschenhieb.

„Es geht einfach nicht mehr“, murmelte er kleinlaut, „besser gesagt, ich kann nicht mehr!“

Ein verächtlicher Zug umspielte Ceridwens Mundwinkel. „Woher der Sinneswandel?“

„Ich habe schlicht unüberwindliche Gewissensbisse, weil ich Arwid betrogen habe, Arwid, nicht Gunhild. Es liegt auch keineswegs an dir“, beeilte er sich anzumerken, „ich finde dich ...“, er suchte nach passenden Worten, fand sie jedoch nicht, „immer noch sehr begehrenswert, doch ich kann nicht mit der Lüge weiterleben.“

„Soso, der Herr Diplomat leidet unter seinem Gewissen.“ Ceridwen, nicht die Frau, zu bitten oder in Tränen auszubrechen, suchte Zuflucht im Spott. „Ich dachte immer, gerade in dieser Berufssparte könne man sich diesen Luxus zuletzt leisten. Ich dachte auch, wenigstens du wärst ein Mann. Aber diese Spezies Mensch muss man bei euch Vandalen ja mit der Blendlampe suchen!“ Das Blau ihrer Iriden hatte die Pupillen auf Stecknadelkopfgröße zusammengedrängt, was ihrem Blick Eiseskälte verlieh, und Truchthari fühlte sich davon förmlich durchbohrt. Er schluckte, dass sein Adamsapfel hüpfte. „Ja, was machen wir jetzt?“, wollte er wissen.

„Was du machst, weiß ich nicht, und es interessiert mich auch nicht mehr. Ich jedenfalls gehe jetzt und wäre nicht direkt unglücklich, wenn du uns in der nächsten Zeit von deiner Anwesenheit verschonen würdest, mich, Arwid und dein werdendes Kind.“ Stolz erhobenen Hauptes entfernte sie sich wie eine Medea, die einen wirkungsvollen Abgang von der Tragödienbühne sucht.

„Was soll das heißen“, Truchthari trat der Schweiß auf die Stirn, „‚dein‘ Kind?“ Furienhaft blass, nur die Lippen noch rot, schön wie Mond und Abendstern am nachtblauen Himmel, wandte sie sich noch einmal um. „Das braucht dich jetzt nicht mehr zu interessieren“, zischte sie.

In Truchtharis Brust zog sich etwas schmerzhaft zusammen, jetzt begriff er: Der Falke, benannt nach der Liebesgöttin der Vorfahren, war nicht irgendeine Gabe. Er war das Symbol ihrer Liebe, und jetzt, da sie schwanger war, von ihm natürlich, da bestand kein Zweifel, hatte er sie von sich gestoßen, hatte er seine Liebe, das war es, was er für sie empfand, der Freundschaft zu Arwid geopfert.

Vorsichtig, unbemerkt hatten sich Tränen in seine Augen geschlichen, er nahm den Falken auf die behandschuhte Faust, und das Tier äugte wie verstehend zu ihm hinauf. Er würde es unmöglich behalten können. So gut abgerichtet wie es war, hätte es in freier Wildbahn wohl kaum eine Chance zu überleben, er würde es Lapsus schenken müssen, der schon immer die hohe Kunst, mit dem Falken zu jagen, erlernen wollte. Der Anblick des edlen Tiers wäre für ihn kaum besser gewesen als der tägliche Umgang mit Ceridwen. Er wollte nur noch weg, weit weg. Und doch wusste er tief in seinem Herzen, dass sie ihn nicht einfach gehen lassen würde. Es würde ihn immer wieder zu ihr ziehen, er kannte sich und er kannte sie. Er wusste sich keinen Ausweg mehr.

Und nun dämmerte er im Kerker einer mehr als ungewissen Zukunft entgegen. Die Nacht geriet zu einem besonderen Schrecknis, als sie feststellen mussten, dass aus den Ritzen des Verlieses Ungeziefer aller Art gekrabbelt kam, und es war ihnen so, als hörten sie auch das feine Getrappel von Rattenfüßen.

„Verschwindet! Wir geben nichts!", versuchte Truchthari die ungebetenen Nager abzuwimmeln, doch die kaltschnäuzigen Tiere ließen sich nicht beirren. Erst in den frühen Morgenstunden, als es allmählich dämmerig wurde, zogen die Ratten in ihre Löcher ab und die beiden Gefangenen dachten nun endlich schlafen zu können. Gerade als Arwid eingenickt war, quietschte ein Eisenschlüssel im Schloss und die Tür wurde aufgerissen.

Drei wenig vertrauenswürdig aussehende Gestalten drängten in den Raum und legten Truchthari Ketten an, dann führten sie ihn erneut Rana vor. Als er ihres Ermessens nicht schnell genug ging, zogen sie an seinen Ketten, was ihm die Handgelenke aufschürfte, und gaben ihm einen derben Rempler mit dem Ellenbogen ins Nierenlager. Er knickte zusammen.

Erneut Püffe und ein gezielter Faustschlag aufs Auge. Truchthari beäugte verschwiemelten Gesichts seine Peiniger genau, vor allem den Grobian, der ihm aufs Auge und in die Nieren geschlagen hatte. Bei einem Schönheitswettbewerb würde er wohl nicht den ersten Platz erhalten. Seine wasserblauen engpupilligen Glotzaugen waren von Tränensäcken dick untermauert, eine rotgeäderte Bienenkorbnase stach aus dem Gesicht, als wüsste sie nicht, ob sie dortbleiben oder eigene Wege einschlagen sollte. In der Oberlippe prangte eine Narbe, die den Blick auf zwei Zähne, vielmehr deren Rudimente freigab. Der nach oben hin konisch zusammenlaufende Schädel legte dem Betrachter nahe, dass sein Träger wohl auch bei einem Wettrechnen nicht unter den Preisträgern zu finden sein würde. Doch machte die Genugtuung, die er aus Beobachtungen dieser Art zog, Truchtharis Situation nicht erfreulicher.

„Wird's bald? Mach schon, du Missgeburt!" Mit dem Gebrüll verbreiteten die schwärzlichen Zähne des Wachmannes einen widerwärtig fauligen Geruch. Truchthari wandte sein Gesicht ab und bemühte sich, aufzustehen und weiterzugehen. Er ahnte, dass er eventuell nicht bis zu Rana vordringen würde, wenn es so weiterging. Dann würde Gunhild irgendwann, wenn sich der Irrtum aufgeklärt hätte, einen Brief erhalten, er sei auf der Flucht ums Leben gekommen. Er biss die Zähne zusammen und marschierte, die Ketten an den Beinen ein arges Hindernis, zwischen seinen Bewachern her. Kurz bevor sie den Treppenabsatz des ersten Stockwerks erreicht hatten, stellte der Bienenkorbnasige dem Gefangenen unversehens das Bein, so dass er sich nur mit Mühe vor einem Sturz retten konnte. Rote Wut schoss ihm in den Kopf.

„Dich werde ich mir merken, Bürschchen", giftete er den Büttel an. Sofort rissen ihn die beiden anderen an den Ketten nach hinten, dass er nicht an den Anführer herankommen würde.

„Passt auf den Spaßvogel gut auf", meinte dieser und watschelte zu Ranas Tür. Truchtharis Blicke verfolgten ihn. Sie waren von der Art, die man einem erfolgreichen Stechinsekt nachschickt, das voll Blut gesogen in unerreichbarer Entfernung davonbrummt.

„An euch werde ich mich auch noch länger erinnern, als ich hierbleiben muss!"

„Na, das will ich auch hoffen", grunzte der linke und riss an der Kette. Blut lief am Handgelenk hinab zum Zeigefinger, um von dort aus zu Boden zu tropfen.

„He, du Schweinehund, mach hier nicht den mühsam gesäuberten Flur dreckig mit deinen Körpersäften", raunzte ihn der rechte an, „wisch das sofort auf!"

In Truchtharis Augen glomm ohnmächtiger Hass. Er würde sie alle drei mit dünnen Ketten an den kleinen Fingern aufhängen und ihnen die Nasen plattschlagen, vor allem beim Anführer würde das eine langwierige, aber dennoch belustigende Beschäftigung geben. Dann würde er ihnen genüsslich die Ohren abschneiden, sie vor ihren Augen rösten und als Henkersmahlzeit vorsetzen – und würde dabei immer noch viel zu gut zu ihnen sein. Derart in Rachephantasien vertieft, hätte er beinahe den zurückkommenden Anführer der Wachmannschaft übersehen, dem sodann auch nichts Besseres einfiel, als ihm erneut den Ellenbogen in den Rücken zu wuchten. Dem Gefangenen wurde speiübel, als er wieder im Amtszimmer Ranas auf der einfachen Holzbank vor dem mächtigen Schreibtisch zum Sitzen genötigt wurde.

„Also, um die Sache kurz zu machen: Was habt ihr im Hafen zu suchen gehabt? Für wen arbeitet ihr?", quakte Rana, der aufgrund der frühen Stunde noch nicht ganz frisch war und keine große Lust auf ein langwieriges Verhör hatte.

„Präfekt, ich habe dir doch gestern schon gesagt, dass wir Vandalen sind, zur Familie des Königs gehören und für ihn und nur ihn arbeiten. Außerdem sind wir zufällig in den Hafen geraten, weil wir beim Fischen abgetrieben wurden."

„Aha, ihr wisst also nicht, dass das Betreten des Hafens verboten ist. Und dass ebenso das Befahren des Hafenbeckens mit einem ruder- oder windgetriebenen Wasserfahrzeug nicht gestattet ist?"

„Nein, woher auch. Wir sind bei den Reitern und haben uns um die Belange der Marine nie gekümmert ..."

„Solltet ihr aber! Auch wenn man nicht die Ehre hatte, in der königlichen Marine zu dienen, sollte doch wenigstens bekannt sein, dass die Hafenanlagen ab-so-lu-tes Sperrgebiet sind!"

„Wir haben aber Sonderausweise für die Stadt Karthago, gehört denn der Hafen da nicht dazu?"

„Selbstredend nicht! Dann könnte ja jeder, der an der Stadtmauer seinen fleischlichen Begierden nachgehen will, hierherkommen und herumspionieren." Nach kurzer Pause fragte er lauernd, doch nicht ohne eine Spur von Verunsicherung: „Und wo habt ihr eure Sonderausweise, wenn es erlaubt ist zu fragen?"

Truchthari schüttelte zornig die Mähne. Rana wusste genausogut wie er, dass nicht jedermann an derartige Ausweise herankam. Nur Menschen, die das absolute Vertrauen des Königs besaßen, kamen in den Genuss dieser Auszeichnung, als solche konnte das kleine Diplom gelten. Zahllose Anträge warteten auf Erledigung, man ließ sich in der Regel viel Zeit mit der Ausstellung und die meisten Anträge wurden abgewiesen. Und auch später noch konnte jederzeit und ohne Kommentar das Betretungsrecht für die Hauptstadt zurückgezogen werden. Natürlich hatten sie diese kostbaren Ausweise nicht zum Fischen mitgenommen.

„Präfekt, wir haben sie nicht bei uns, doch in meiner Villa kannst du danach suchen lassen, meine Frau Gunhild wird ihn dir gerne zeigen."

Rana schmatzte verächtlich mit den dünnen Lippen und fuhr sich mit der Leimzunge über die Oberlippe.

„Nun, wir haben zwar andere Dinge zu tun, als irgendwelchen Herumtreibern das Auffinden ihrer Ausweise zu ermöglichen, aber wir werden sehen, ob es sich machen lässt, in den nächsten Tagen in deinem Sinne nachzuforschen. Wo dürfen meine Emissäre sich hinwenden?"

Truchthari notierte seine Anschrift auf einem Papyrusstückchen, und zeichnete einen kleinen Lageplan, worauf er seine Domäne markierte. Nach einigem Hin und Her, wo das nun genau sei, gab sich Rana zufrieden.

„Und wer ist der andere?"

„Wie wir gestern schon sagten, Arwid, König Geiserichs Sohn ist er."

Heute wurde alles widerspruchslos hingenommen, Truchthari kam aus dem Staunen nicht mehr heraus. Anscheinend hatte man ihnen nur den langen Arm der Marine vorführen wollen. Durch seine Gedanken drang die Quäkstimme des Präfekten an sein Ohr: „... werden wir euch zwischenzeitlich selbstverständlich hierbehalten. Allerdings werdet ihr in ein besseres Verlies verbracht."

„Und was ist mit meinem Arm, meinem Auge, meinen Nieren?", reklamierte Truchthari, nun Oberwasser fühlend.

„Ach, bist du etwa gestürzt? Das tut mir sehr leid für dich, aber so etwas kommt vor in diesem glitschigen Gemäuer. Abführen!", rief er nach der Wache.

Tatsächlich erwartete ihn ein gesäuberter und auch weitgehend unverletzter Arwid in einem immerhin mit Pritschen versehenen Raum auf ebener Erde. Lediglich die Fenster waren so angebracht, dass sie nur Licht hinein, neugierige Blicke jedoch nicht hinausließen.

„Wie ich schon sagte, das Ganze ist ein Irrtum und wird sich aufklären", versuchte Arwid den übel zugerichteten Freund zu beschwichtigen.

„Sie werden das bereuen", ereiferte sich der Ankömmling, „denen werde ich zeigen, was eine Harke ist!"

Arwid bedachte den Freund mit einem mitleidigen Blick. „Meinst du, sie sind es wert, länger über sie nachzudenken? Aber wenn du unbedingt willst, kannst du es ja auf einen groß angelegten Streit zwischen den Hofämtern und der Marineführung ankommen lassen."

Truchthari kratzte sich den Bart und kam ins Grübeln. „Ja, es ist wohl letzten Endes unsinnig sich Rachephantasien derart hinzuge ben, wenn man gar keine Gelegenheit dazu ..."

In diesem Moment öffnete sich eine kleine Luke in der Tür und das Gesicht Demokedes' erschien kurz darin. Truchthari fuhr überrascht auf. Anschließend wurde die mittlerweile ebenso bekannte Froschphysiognomie Ranas sichtbar.

„Ja, ich kann bestätigen, dass es sich um die beiden Personen handelt", hörten sie draußen den Griechen, dann schloss sich knallend die Luke wieder.

Arwid rempelte Truchthari konspirativ mit der Schulter, was diesen vor Schmerz zusammenzucken ließ. Anders als erwartet, wurde die Tür jedoch nicht geöffnet und die Häftlinge befreit, sondern man hörte nur: „Die also auch!" und sich entfernende Schritte.

Die beiden sahen sich an, dann, wie auf ein Kommando, schnellten sie beide von der Pritsche hoch und stürmten zur Tür, um sie mit ihren Fäusten weitgehend wirkungslos zu bearbeiten.

„Was ist denn jetzt schon wieder?", ereiferte sich Arwid. „Hat Demokedes am Ende deinen Ausrutscher mit Ischthoret mitbekommen, ergreift die Gelegenheit und lässt uns jetzt hier versauern? Jetzt red schon!" Aber Truchthari zuckte nur hilflos die Schultern.

Kurz vor Mittag bekamen sie durch eine bisher noch unbekannte Klappe in Bodennähe eine kalte Mahlzeit hereingeschoben, und ohne dass der Wächter ein Wort verloren hätte, entfernte er sich strammen Trittes.

Dieses Ritual vollzog sich dann noch genau einundzwanzig mal dreimal täglich, ehe erneut jemand mit ihnen sprach.

Höflich, aber bestimmt verlangte Rana erneut eine detaillierte Schilderung ihrer Bootstour. Dabei präsentierte ihm Arwid, nur um einmal reden zu können, seine Gästeliste – auch die prophylaktisch ausgeladenen Personen wurden nicht verschwiegen, inklusive Begründung. Als Rana die Namen Rahus und Gelimer vernahm, zog er die Augenbrauen hoch, so dass sie schier unter dem Haaransatz zu verschwinden drohten, und zischte: „So, so. Ihr kennt die beiden Herren?"

„Natürlich", brummte Truchthari an Arwids statt, „sie sind meine engsten Kollegen am Königshof. Wie Ihr wissen dürftet, gibt es das Kollegium aus Seneschall, Mundschenk und ..."

„Schweigt!", quakte Rana ungehalten, „natürlich weiß ich das!"

„Weshalb fragt Ihr dann?", wollte der Truchsess wissen.

„Ihr trefft diese Herren also nicht nur dienstlich, sondern auch privat", konstatierte er, „Schreiber! Diesen Passus unbedingt festhalten."

Arwid schüttelte den Kopf. „Aber eben nicht! Wir schätzen diese Herren eben nicht besonders und wollten sie deshalb gerade nicht einladen."

„Ta, ta“, schnalzte Rana mit der Zunge, „ich denke, das genügt!“

„Jetzt reicht es aber“, donnerte mit einem Mal Arwid los, der die Geduld verlor. „Ich verlange, vor den König gebracht zu werden, und appelliere in aller Form an sein persönliches Gericht!“

Ranas Gesicht zerfloss in alle Richtungen, was wohl einem mitleidigen Grinsen entsprechen sollte. „Ihr seid hier bei der Marine“, quäkte er unwillig.

„Ach!“, entfuhr es Arwid, „und das heißt, hier herrscht Anarchie oder was?“

Ranas Gesicht schien sich nun plötzlich, wie wenn Wasser in einem spitzen Becher zusammenfließt, unter den weitstehenden Augen zu versammeln. „So würde ich es nicht nennen. Aber wir haben hier eigene Gesetze ...“

„Dann verlange ich unverzüglich vom obersten Befehlshaber der Flotte gehört zu werden“, insistierte Arwid.

Der Schreiber, ein ältliches graues Männchen, zupfte den Präfekten am Ärmel, tuschelte eine Weile mit ihm und schloss schließlich sein Täfelchen zu.

„Nun gut“, grinste Rana von einem Ohr zum anderen, „wir werden eure Wünsche weiterleiten – allerdings auf dem Dienstweg und das kann sich ein wenig hinziehen in Zeiten wie diesen.“

„Was soll das nun wieder heißen ...“ Arwids Einwand prallte wirkungslos von der sorgsam verriegelten Tür ihres Verlieses ab – Rana war gegangen.

Klebrig wie Vogelleim zog sich die Zeit des Wartens in die Länge.

Immer wieder suchte Arwid in Truchthari zu dringen, weshalb Demokedes sie wohl nicht hier herausgeholt hatte. Ein Schuldeingeständnis, ein kleines Zeichen der Reue seitens seines Freundes hätte ihm schon gereicht, aber Truchthari konnte sich nicht dazu durchringen. Er hatte einfach Angst, sich zu verplappern und alles zu verraten, und blieb bei seinem Schweigen. Auf die Dauer kränkte das Arwid, und Truchthari wusste, so konnte es nicht weitergehen. Sie wechselten kaum noch ein Wort miteinander.

Dreimal täglich Essen, einmal Rundgang im Hof, alle zwei Tage Körperpflege inklusive Rasur durch den Barbier. Das waren die Abwechslungen ihres Internierungsalltags, bis eines Tages Rana mit frischen, weißen, aber schmucklosen Kleidern erschien und sie nötigte, diese anzuziehen.

Dann befahl er ihnen mitzukommen. Unter Bewachung dreier

Marineinfanteristen wurden sie abgeführt. Auf dem Gelände wimmelte es nur so von Gruppen wie der ihren.

„Haben wir Krieg?“, wollte Truchthari wissen.

„Schnauze“, bellte der bienenkorbnasige Wachmann.

Sie traten in den Hof hinaus, wo sie schließlich dem König vorgeführt wurden, der flankiert von sechs Bewaffneten auf einem wuchtigen, dunkelgebeizten Hochsitz thronte. Hinter ihm steckte, auf zwei malerisch über Kreuz aufgestellten überlangen Marinespeeren, sein Rundschild. Der ergraute Waffenmeister Reginbald hielt mit beiden Händen die entblößte Spatha des Königs, deren polierte Klinge bedrohlich in der Sonne glänzte.

„Mein Vater! Endlich! Du wirst sehen ...“, wandte Arwid sich erleichtert an Truchthari. Doch der schüttelte nur den Kopf. „Schau dich doch um!“

Arwid tat es und ihn beschlich das seltsame Gefühl, er stünde vor Gericht. Ein Gefühl, das nicht trog, verlas doch Rana mit seiner unangenehm quäkenden Stimme eine lange Anklageschrift, in der Worte wie „Verrat“, „Spionage“ und „Friedensbruch“ vorkamen.

Er forschte in der Miene seines Vaters nach einer eventuellen Gemütsregung. Aus den tiefliegenden Augen war der charakteristische grüne Glanz gewichen, zusammengesunken saß der sonst immer so auf Haltung bedachte Herrscher auf dem scheinbar überdimensionalen Thron. Er wirkte um Jahre gealtert. Vermutlich um dies zu kaschieren, hatte er sich erstmals seit seiner Jugend einen Bart stehen lassen.

„So, so, ihr also auch“, murmelte er matt und schüttelte den nun erst recht zu groß wirkenden Kopf. Schon wieder dieser Satz!

„Redet!“, befahl er tonlos.

Wieder einmal berichtete Arwid in aller Ausführlichkeit von ihrer Bootstour und ihren unerklärlichen Folgen.

„Also wenn ich dich richtig verstanden habe, wolltet ihr Rahus und Gelimer nicht dabei haben, weil ihr sie nicht sonderlich schätzt, oder?“

Truchthari ergriff das Wort. „Verzeih, aber du weißt genau, dass ich diese beiden schnöseligen höherer Herren Söhne nicht ausstehen kann und dass ich mich immer schon fragte, wie du diese Kreaturen Gundarichs in deinen Dienst übernehmen konntest?“

„Ja, wie es scheint, war das ein Fehler“, murmelte abwesenden Blickes der König.

„Und du, Arwid, wolltest mich für den Tag nach eurem Bootstörn zum Festbankett einladen?"

„Also, Vater, Festbankett wäre etwas übertrieben, aber ich hätte dich und meine Freunde gerne einmal wieder bei mir zu Essen, Trinken und Gesprächen versammelt gesehen. Aber deine übereifrigen Hafenwächter hier haben mir da einen dicken Strich durch die Rechnung gemacht", legte er im Plauderton los, als ginge es lediglich um eine verpatzte Abendgesellschaft.

Der König runzelte die Stirn unter dem schmalen, von Herrschaft zeugenden Goldreif, erstmals nistete sich so etwas wie ein verwundertes Lächeln in seinem Gesicht ein.

„Ich kann es einfach nicht glauben", resümierte er, „ich will es auch nicht glauben!" Daraufhin wanderte sein Blick zu Rana, die grünen Augen erhielten etwas von ihrem üblichen Feuer zurück, „und Beweis gibt es auch keinen!", fauchte er wütend. „Und wieso erfahre ich erst heute davon, dass mein Sohn mehr als drei Wochen lang festgehalten wurde?" Etwas in den tiefliegenden Augen begann gefährlich zu blitzen und ihre Farbe erhielt etwas von Giftgrün.

„Nun, ja, der Dienstweg", quakte etwas kleinlauter der Präfekt, „die Sicherheitsvorschriften ...", weiter kam er nicht.

„Du bist Präfekt gewesen", zischte Geiserich, „ich enthebe dich mit sofortiger Wirkung deines Postens! Wegen erwiesener Unfähigkeit."

Als Rana den Anschein erweckte, er wollte etwas zu seiner Verteidigung oder Rechtfertigung sagen, donnerte er ihn an: „Aus meinen Augen oder ich lasse dich augenblicklich hängen!" Mit eingezogenem Kopf, soweit dies seine abfallenden Schultern überhaupt zuließen, trollte sich der Gemaßregelte. „Und ihr", wandte Geiserich sich an die verdatterten Angeklagten, „lasst euch am besten nach Hause bringen."

„Ach, wir gehen lieber zu Fuß", meinte Arwid beiläufig, „etwas Bewegung schadet ja nie, wenn man längere Zeit nur gesessen hat."

Der Vater sah ihn verwundert an. „Ihr wisst wohl überhaupt nicht, was vorgeht?"

„Wieso, was soll denn Großes vorgehen", interessierte sich nun der Truchsess, der bisher erstaunlich ruhig geblieben war.

Geiserichs Verwunderung mutierte schlagartig zur Fassungslosigkeit. „Man hat euch also die ganze Zeit über ...?" Er sah der davonschlurfenden Gestalt Ranas hinterher. „Diesen Frosch von einem Präfekten würde ich am liebsten über die Klinge springen lassen", fauchte er, „auf ihn käme es auch nicht mehr an!"

„Catull musste so jung sterben, und so etwas besudelt weiterhin ungeniert die Strahlen der Sonne, die ihn unverdientermaßen wärmen", feixte Truchthari.

Umständlich erhob sich der König und bat die beiden ins Büro des gewesenen Präfekten, wo ein paar Sklaven bereits die persönlichen Habseligkeiten Ranas zusammensammelten. Man setzte sich und Geiserich erzählte.

Was er zu berichten hatte, ließ den beiden Ex-Gefangenen das Blut in den Adern gefrieren. Ausgehend von den beiden Hofbeamten, Rahus und Gelimer, war eine groß angelegte Verschwörung gegen das Königtum und damit automatisch auch gegen das Leben Geiserichs angezettelt worden.

Gelimer hätte an jenem denkwürdigen Tag, an dem auch Arwid sein Fest geplant hatte, den König zu sich eingeladen, um ihn dort heimtückisch zu ermorden. Unmittelbar danach hätte man die nächsten Vertrauten des Königs ins Visier genommen und ebenfalls beseitigt. Schon in der Baetica hatte es Opposition gegen das Königtum gegeben. Den Altadeligen, die ihre Privilegien dahinschwinden sahen, war Geiserich ein Pfahl im Fleische ihres Selbstverständnisses als Stützen der Gesellschaft. Die Häupter der ältesten und einflussreichsten Sippen des vandalischen Geblütsadels sahen nun, nachdem der Krieg siegreich beendet war und sich die Verhältnisse in der eroberten Römerprovinz konsolidierten, den richtigen Zeitpunkt gekommen, selbst wieder das Heft in die Hand zu nehmen und der Königsherrschaft ein Ende zu bereiten.

Sie wollten alles daransetzen, nach altem Vorbild aus ihrer silingischen Urheimat eine Adelsrepublik zu etablieren. Dass es ihnen an Rückhalt in der Bevölkerung, vor allem in der breiten Schicht der grundbesitzenden vandalischen Gemeinfreien fehlte, schien sie entweder nicht gestört oder nicht interessiert zu haben. Auch unterschätzten sie das Misstrauen Geiserichs, der den „Pferdeköpfen", wie er die Adeligen in vertrauter Runde gerne nannte, wenig Sympathien entgegenbrachte und seinen Kanzler angewiesen hatte, ihnen die nötige Aufmerksamkeit zu schenken.

Ihr Plan schlug fehl, weil es Heldicas Männern gelungen war, eine Nachricht Gelimers an einen der Mitverschworenen abzufangen, die das genaue Vorgehen, das unter den Verschwörern beschlossene Sache gewesen war, detailfreudig zusammenfasste. Zunächst hatte Gelimer versucht alles abzustreiten, doch als sich alles Leugnen als zwecklos erwies, zögerte er nicht, seinem eigenen Abgang von der politischen Bühne mit dem größtmöglichen Schaden für das Königtum zu garnieren, indem er auch loyale Vertraute des Königs mit belastenden Beschuldigungen überzog. Dabei waren auch Arwids und Truchtharis Namen gefallen, was jedoch Heldica zunächst aus Rücksichtnahme auf den ohnehin genug gebeutelten König nicht weitergeleitet hatte. Glücklicherweise waren die beiden jedoch unauffindbar gewesen, und die Marineleute, die die Verschwörung nicht ganz zu Unrecht auch gegen sich selbst gerichtet sahen, hielten ebenfalls Informatioen zurück. Rana wollte die Ermittlungen, wie es aussah, mit einem persönlichen Erfolg krönen, um beim König gut dazustehen.

„Inzwischen gibt es den alten Adel nicht mehr", fasste der König lakonisch zusammen, dass er in einem Blutgericht unvorstellbaren Ausmaßes und einer an ihm bisher nicht gekannten Grausamkeit jeden, der an den Umsturzversuchen auch nur passiv beteiligt war, zum Tod verurteilt hatte. Es war in diesen Wochen mehr Vandalenblut geflossen als in den Jahren der Wanderung und des Krieges. Rautgundis, Gundarichs Witwe, die sich dazu hatte hinreißen lassen, allzulaut den Verschwörern Erfolg und gutes Gelingen zu wünschen, ließ der wütende Geiserich ohne den Hauch eines Gerichtsverfahrens zusammen mit ihren Söhnen gefangen nehmen und ertränken. Die Drahtzieher hatte man in Schauprozessen abgeurteilt und durch Schwert, Rad, Wasser, Steine und Feuer hinrichten lassen.

Diese unappetitlichen Details ließ der König in seinem Bericht lieber aus, von ihnen erfuhren die Freunde peu à peu in den nächsten Tagen. Heldica hatte Gunhild und Ceridwen in Schutzhaft genommen, da er das Ausbleiben ihrer Männer „so oder so", wie er sich ausdrückte, mit der Verschwörung in Zusammenhang brachte. Die beiden, die unter ständiger Bewachung standen, durften ihre Häuser nicht verlassen. Appelle an den König ließ der Kanzler ebenfalls abfangen. Welche Rolle der nach außen mehr als dienstbeflissene Heldica in der ganzen Sache gespielt hatte, blieb weitgehend im Dunkeln. Jedenfalls gelang es Gelimer nicht, das Vertrauen des Königs in seinen obersten Beamten zu erschüttern. Auch Demokedes und Nachum war es in der gespannten Atmosphäre nicht möglich gewesen, bis zum König vorzudringen, wobei gesagt sein muss, dass Geiserich in jenen Tagen der Fronde sich überall und nirgends zugleich aufzuhalten schien und es mehr als schwierig war, an ihn heranzukommen.

Nach diesem Bericht spürte Arwid, wie ihm alles zu eng wurde. In seinem Innern tobte es, doch entschied sein Fluchtverlangen den ungleichen Kampf zwischen eigenen Bedürfnissen und Staatsräson für sich. Mit korrekter, steifnackiger Verbeugung salutierte er vor dem König. „Ich würde mich gerne zurückziehen. Ich werde hier ja ohnehin nicht mehr gebraucht“, murmelte er sibyllinisch.

„Danke, für den Augenblick nicht!“, entgegnete ebenso förmlich der König. „Du bist für die nächste Zeit beurlaubt.“ Darauf nahm er den Sohn bei den Schultern und zog ihn an sich, was Arwid nicht so widerstrebend wie es seine Moral für gut befunden hätte, geschehen ließ. „Mach dir ein paar schöne Tage mit deiner Ceridwen“, brummte Geiserich mit verhaltener Stimme und klopfte dem Sohn unbeholfen mit der flachen Hand den Rücken.

Nicht ohne Neid blickte Truchthari dem Freund, der sich nun in Ceris Armen von den Unbillen der Haft regenerieren würde können, nach. Arwid drehte sich nicht mehr um.

Doch was erwartete ihn, Truchthari? Die Ödnis seiner Eremitagenzweisamkeit mit Gunhild. Warum nur war es so weit gekommen? Musste denn unbedingt Ceri von ihm schwanger werden und nicht sein immer noch kinderloses Eheweib? Lag ein Fluch oder ein Zauber auf ihr oder ihm? Er wollte nur eines: alles hinter sich lassen, am besten auf immer und ewig. Er gab sich einen Stoß.

„Mein König“, krächzte er verlegen und warf sich auf die Knie nieder, „ich muss dir ein Geständnis machen.“

Geiserich zog verwundert die Brauen hoch. „Gibt es da noch etwas, das ich wissen müsste?“

„Nun, mein Problem ist eher privater Natur ...“

Aber erst auf Geiserichs einladende Handbewegung hin fasste er sich ein Herz und begann zu erzählen. Von seiner verbotenen Liebe zur Frau seines besten Freundes, von der Missachtung der eigenen Ehefrau, die doch des Königs Mündel gewesen war, von seiner inneren Zerrissenheit wegen seiner gleichzeitigen Gewissenspein und dem Unvermögen, sich dem Freund zu erklären. Zuletzt konfrontierte er schonungslos den König mit den Hintergründen der

Schwangerschaft seiner Schwiegertochter. „Ich weiß, dass Ehebruch schwer geahndet wird“, beendete er seinen Sermon, „und liefere mich deinem Spruch aus. Ich bitte um das Ärgste, das du mir antun kannst: mich aus deiner und Arwids Nähe zu verbannen.“

Während der König in Richtung der verschlossenen Tür blickte, begann sich seine Miene zu verdüstern, bis sich seine Züge dahingehend verändert hatten, dass sie jedem Schmierenkomödianten in der Rolle des gottlosen Tyrannen wie etwa eines Nebukadnezar zur Ehre gereicht hätten. „Du hast Schande über meine Familie gebracht, über mich, meinen Sohn und nicht zuletzt dich selbst, du bist es nicht wert, in unserer Gesellschaft zu verbleiben! Ich entbinde dich mit sofortiger Wirkung von deinem Hofamt als Truchsess, du Lump“, tönte er in voller Lautstärke, so dass man ihn bis zum Ende des Ganges Wort für Wort verstehen konnte.

Ein wahrhaft perfides Lächeln nistete sich in seinem bärtigen Gesicht ein. „Ich will mich deinem Wunsch nicht verschließen und werde dich in die entlegenste Weltgegend verbannen! Keine Widerrede, du kannst dich von deinen Lieben noch kurz verabschieden und dann will ich dich hier nicht mehr sehen!“

Dann legte er dem völlig Verdutzten unvermittelt in einer segnenden Geste die Hände auf den Scheitel. Das Königsheil, durchfuhr es Truchthari, fluchvertreibend, zauberzerspaltend macht es ganz und heil! Wenn die Zeit reif ist, werden auch Gunhild und ich Kinder haben!

Geiserich winkte ihm, sich zu erheben, und Truchthari meinte, die Augen Geiserichs bereits lächeln zu sehen, ehe sich diese Regung des restlichen Gesichts bemächtigte und er in vertraulichem Ton fortfuhr: „Ich werde dich als Symbol meines guten Willens zum neuen Khagan der vereinten Hunnenstämme entsenden. Wie er wirklich heißt, weiß niemand, doch alle sprechen seien Namen, lustigerweise ist er gotisch, nur voller Ehrfurcht aus: Attila – Väterchen.“

Mit diesen Worten warf er ihm eine Münze zu: „Hier – damit du dich an mich erinnerst in der Ferne.“ Truchthari schaute lange auf die Goldmünze, hob dann den Blick und sah ihn entgeistert an. „Du hast den Vertrag mit den Römern gekündigt?“

„Warum nicht?“, hielt der König dagegen. „Wie du weißt, bin ich für klare Verhältnisse. Leider konnte ich nicht dich dafür nach Ravenna schicken. Aber Hunerich hat sich des Auftrags mit Bravour entledigt." Truchthari konnte es immer noch nicht glauben. „Ich dachte mir", fuhr Geiserich fort, „nun haben wir schon gegen die Vereinbarung Karthago besetzt, bauen den Hafen aus und vergrößern die Flotte. Ich ließ Galla Placidia und Valentinian also durch Hunerichs Mund wissen, dass ich mich nun als König mit uneingeschränkten Machtbefugnissen sehe, was sich allerdings schlecht mit einer gewissen juristischen Abhängigkeit vereinbaren ließe. Zugleich ließ ich Hunerich um die Hand der Prinzessin Eudoxia anhalten, die ja mittlerweile durchaus im heiratsfähigen Alter ist, und, was mich mehr als nur erstaunte, Ravenna sagte nicht: ‚Was fällt euch ein, nie im Leben!' oder Derartiges, sondern, nun ja, man merkte ihn als ernst zu nehmenden Kandidaten wohlwollend vor. Was wollen wir mehr?"

Truchthari hatte Mühe, Geiserichs Lächeln einzuordnen, das zwischen Stolz über den errungenen Erfolg und Schadenfreude ob der kaiserlichen Ohnmacht in Ravenna oszillierte. Es gab ihm einen Stich, dass er diesen gerissenen Staatsmann gerade jetzt verlassen musste. „Du hast den Römern einfach alles vor die Füße geschmissen", jubelte er. „Dann bist du der erste Herrscher, der es wagt, Rom eine Provinz zu entreißen und auf ehemaligem Reichsterritorium ein unabhängiges Königreich zu errichten! Bist du dir dessen eigentlich bewusst?", strahlte er die Lichtgestalt seines Königs an.

„Selbstredend!" Geiserich entblößte sein makelloses Raubtiergebiss. „Ich bin nur neugierig, was der Rest der Welt", damit wies er bedeutsam auf Truchtharis Goldmünze, „dazu sagen wird?"

Die Vorderseite zeigte von stilisierten Wellen umspülte Palmen und einen Elefantenkopf. Wie zum Hohn stand dort als Rundschrift in lateinischer Sprache zu lesen: *Africa capta* – Africa ist erobert. Auf der Rückseite prangte im Schriftkreis *Gesericus rex Vandilorum et Alanorum* das energische Profil des Vandalenkönigs.

* * *

So hatten die Vandalen den Römern Africa weggenommen, und sie behielten es.

(Prokop, Vandalenkrieg 4.1)

Glossar

Verwendete Maßeinheiten: 1 (römischer) Fuß (*pes*) = 29,57 cm; 1 Schritt = 3 Fuß, ein knapper Meter.

Aïon: Altiranische Zeit-und-Augenblicks-Gottheit (vgl. Äon).

Apotropaion (lat. *apotropaeum*): Abwehrzauber, Repellens gegen Schadzauber.

Archimandrit: Klostervorsteher, Abt.

Armillarsphäre: Gerät aus ineinandergefügten Metallscheiben, das die Positionsbestimmung von Sternen ermöglichte. Vorfahr des Sextanten.

Astrapia: Arwids Schwert, griech. „die Blitzende“, „Blitze Schleudernde“.

Auri sacra fames: (lat.) „Verfluchter Hunger nach Gold!“

Auxilien: Kontingente fremdländischer Truppen; Hilfstruppen.

Baetica: Südlichste der römischen Provinzen in Spanien, heute in etwa (V)Andalusien.

Brundisium: Heute Brindisi, östlichster Mittelmeerhafen Italiens und somit des Westreiches.

Caffah: Cathbad. Caffah, so klingt der Name ausgesprochen.

Cella: Das Allerheiligste des Tempels mit dem Bildnis der verehrten Gottheit.

Culleus: Der Name bedeutet wörtlich „Weinschlauch“. Sklaven wurden oft nach ihrer Tätigkeit benannt.

Ecclesia militans: Die streitbare, für ihren Glauben kämpfende Kirche.

Eidolon: Das eigentliche Götterbild, das in der Regel den Besuchern nicht zugänglich ist.

Entsatz: Truppe für die Befreiung einer bedrängten Stadt oder militärischen Einheit.

Equites: Ritter; der zweite Stand in der römischen Gesellschaft.

Exeunt omnes: (lat.) „Alle gehen ab“; Regieanweisung im Theater: alle Schauspieler verlassen die Bühne.

Exsikkose: Austrocknung des Organismus, kann bei Chronizität lebensbedrohlich werden.

Fidibus: Zusammengedrehtes Stück leicht brennbaren Materials (hier Papyrus) zum Anzünden eines Ofens.

Foedus: Form eines Staatsvertrages zwischen dem Imperium und unabhängigen oder abhängigen Partnern als lockeres Freundschaftsabkommen. Auf der germanischen Seite des Vertrages steht nicht das Volk, sondern der König.

Froh: Der Frühlings- und Liebesgott (Nordgermanisch Freyr), er hatte als Attribut den Eber „Gullinborsti“ (der Goldborstige).

Fronde: Verschwörung des Adels gegen den Herrscher bzw. das Staatsoberhaupt.

Furor celticus: (lat.) Raserei der Kelten, die sich vor der Schlacht mit entsprechenden Drogen präparierten, um sich furchtlos mit entblößtem Oberkörper, mitunter auch ganz nackt, ins Gefecht zu werfen. (Die Geschichte vom Asterix'schen Zaubertrank ist nicht ganz abwegig!)

Garum (auch Liquamen): Flüssige, salzige Universalwürze der Antike aus fermentierten, gegorenen Fischinnereien, die, mit Wein übergossen, in der Sonne „reifte" (Rezept in: Marcus Junkelmann, Panis militaris, S. 168 ff.).

Geis: Bannender Spruch bei den Kelten, dessen Missachtung einem Tabubruch gleichkam.

Gladius: Das armlange, spitze Stoßschwert der römischen Legionäre.

Gnomon: Instrument zur Zeitmessung aus dem Stand der Sonne.

Hel: Nebelige und kalte „Hölle" der Germanen. Ort jener Abgeschiedenen, die nicht verdienten, zum Bankett an Wotans Heldentafel in Walhall geladen zu sein.

Hemina: Antikes Hohlmaß, ca. ½ Liter.

Hibernia: Der antike Name Irlands.

Himation: Ärmelloser, relativ warmer Mantel, Überwurf.

Hoplit: Schwerbewaffneter Soldat.

Imperatorenstab: Etwa ellenlanger, elfenbeinerner Stab in Gestalt einer schlanken ionischen Säule, auf dessen Spitze die Siegesgöttin auf der Weltkugel balanciert.

Kalyx: Kelchförmiges Trinkgefäß.

Karthago im 5. Jh. n. Chr.: Eigentlich *Colonia Iulia Augusta Carthago* (griech. Karchedon, phönikisch Qart-hadasht). Im ersten nachchristlichen Jahrhundert auf den Ruinen des antiken Karthago neu gegründete römische Kolonie (Pflanzstadt).

Koinè Eiréne: (griech.) Wortspiel; *k. e.* bedeutet eigentlich „allgemeiner Friede", aber auch „das von allen begehrte Mädchen namens Eirene".

Kratér: Großes Tongefäß zum Mischen von Wein und Wasser.

Lupanar: Bordell.

Mantis: Gottesanbeterin, eine Fangschrecke.

Manus manum lavat: (lat.) „Eine Hand wäscht die andere."

Nauarch: Hoher Marinedienstgrad, Kommandant eines Schiffes oder eines Flottenverbandes (vgl. Korvettenkapitän oder Konteradmiral).

Pannonien: Römische Provinz, in etwa im heutigen Ungarn.

Pentere: Schweres dreirangiges Kriegsschiff mit fünf Rojern, wovon drei an einem Riemen sowie jeweils einer an einem gesonderten Riemen ruderten.

Per florem: (lat.) „Durch die Blume" (sprechen).

Pharaobrett: Pharao war ein in der Antike beliebtes Brettspiel.

Platonische Körper: In Platons Dialog „Timaios“ erklärt der gleichnamige Pythagoreer den Aufbau des Kosmos aus diesen Elementen. Aus den Platonischen Körpern wird einige hundert Jahre später Johannes Kepler sein spekulatives Weltmodell errichten.

Prätorium: Mittelpunkt des Legionslagers, Sitz des Kommandanten.

Primus pilus (auch *primipilus*): „Erster Zenturio“. Befehligt den rechten Flügel der Legion und ist der Ranghöchste nach dem Legionskommandeur.

Procura: Filiale, Außenstelle.

Proteusartig: Wie der Meergott Proteus, der beliebig die Gestalt wechseln kann.

Rhodanus: Antiker Name der Rhône.

Rhomäer: Anderer Name für Oströmer, Griechen, Byzantiner.

Rote Rande: Für Nordgermanen: Rote Bete.

Sax: Kurzes, einschneidiges Stoßschwert.

Signifer: Standartenträger des Heerführers.

Sophia: Personifikation der Weisheit Gottes (wie bei Hagia Sophia).

Spatha: Langes zweischneidiges Schwert der Reiterei.

Sykophanten: Berufsmäßige Zuträger, Spitzel.

Tablinum: Empfangsraum des Hausherrn.

Thesauros: Schatz, Hort.

Timeo Danaos et dona ferentes: (lat.) „Ich fürchte die Griechen, auch wenn sie Geschenke bringen.“ Ausspruch des Sehers Laokoon, der die Einwohner Trojas vor dem „Trojanischen Pferd“ warnte; nach Vergils Aeneis.

Triskelos: Ornament, in welchem ein Kreis durch drei Trennlinien oder Figuren (hier Habichte, gibt es auch in Form von Hasen oder einfach nur geschwungenen Linien, die an das Yin/Yang-Symbol erinnern), in drei gleich große Segmente aufgeteilt wird.

Ubi bene ibi patria: (lat.) „Mein Vaterland ist dort, wo es mir gut geht!“

Vas bene claustum: (lat.) Das hermetisch abgeschlossene Gefäß der Alchimisten, dient zum Bebrüten der darin befindlichen Substanz.

Victus: der Besiegte; *fictus*: der (schlecht) Abgebildete, Karikierte. Allem Anschein nach hieß er einfach nur Vitus.

z. b. V.: Zur besonderen Verwendung; sein Rang bleibt, doch ihm entspricht keine Tätigkeit.

Danksagung

Allen, die an der Entstehung dieses Buches mitgewirkt haben, möchte ich herzlich danken. Hier sind vor allem drei Frauen zu nennen: Frau Dr. Annette Nünnerich-Asmus, die meine „Habichte" ins Programm des Verlags Philipp von Zabern aufzunehmen bereit war, meine nimmermüde Lektorin Astrid Ule, die mit viel Verständnis und Einfühlungsvermögen für manches „naive Trotzdem" meinerseits viele Wogen des Manuskripts glättete, und nicht zuletzt meine Frau Susanne, die mir stets den Rücken freihielt und den Glauben an „mein Buch" auch in düstereren Zeiten nicht verlor.

Die beratenden und unterstützenden Freunde alle aufzuzählen würde hier zu weit führen, doch seien stellvertretend Reinhard Brendli, Thomas Morawetz, Marlies Höcherl, Manfred Kipfelsberger und gerade in Hinsicht auf das unerschöpfliche Thema spätantikes Christentum Werner Karg erwähnt.

Mein besonderer Dank gilt meinem Agenten, dem Langstreckenläufer Thomas Montasser.

463 Seiten

Umschlagabbildung: Langobardische Scheibenfibel,
5./6. Jahrhundert. Bologna, Museo Civico Archeologico.
Foto © akg-images/Electa

Bibliografische Information der Deutschen Nationalbibliothek

Die Deutsche Nationalbibliothek verzeichnet diese Publikation in der Deutschen Nationalbibliografie; detaillierte bibliografische Daten sind im Internet über <*http://dnb.d-nb.de*> abrufbar.

Weitere Publikationen aus unserem Programm finden Sie unter:
www.zabern.de

ISBN: 978-3-8053-4080-9
Gestaltung: Ragnar Schön, Verlag Philipp von Zabern, Mainz
Lektorat: Astrid Ule, Berlin
Gestaltung des Titelbildes: Max Bartholl, b3K text und gestalt GbR,
Frankfurt am Main und Hamburg

Printed in Germany by Philipp von Zabern
Printed on fade resistant and archival quality paper (pH 7 neutral) · tcf